Stendhal

Le Rouge et le Noir

Chronique du XIXe siècle

Préface
de Claude Roy
Postface et notes
de Béatrice Didier
Professeur à l'Université Paris VIII

Gallimard

PRÉFACE

Un grand bonheur probable attend qui tient ce livre en main : lire ou relire Stendhal, lire ou relire Le Rouge, pour qui est prêt, mûr suffisamment et innocent pourtant (juste assez de savoir pour s'accroître de celui de l'auteur, et de fraîcheur juste assez pour être à l'unisson de la sienne) c'est presque sûrement la promesse de ce temps de lecture qui n'est pas passe-temps, mais un temps que le génie ajoute au temps de notre vie.

Il s'en fallut de peu, pourtant, que ce bonheur vous fût dérobé, à vous qui tenez ce livre : si on avait écouté les augures d'il y a bientôt un siècle et demi, c'est Stendhal qu'on n'entendrait plus et n'écouterait pas. Certes, les « gens de métier » (mais de métier il n'y en a qu'un, et c'est celui de vivre), certes Mérimée, Balzac, Gœthe et plusieurs autres surent immédiatement que Le Rouge et le Noir, *c'était vraiment très bien. Mais la majorité des importants, des « connaisseurs » se pressa de jeter le livre aux oubliettes. La Revue de Paris, oracle de 1830 : « Un homme singulièrement brouillé avec la simplicité... Le cherché et l'effort paraissent le défaut habituel de sa manière. »* La Gazette littéraire : « *Quand M. de Stendhal le voudra, il écrira un livre beaucoup meilleur.* » Le Journal des Débats : « *On peut obtenir un succès avec ce livre ainsi rêvé, mais jamais, jamais on n'aimera l'auteur.* »

La Revue encyclopédique : « *Un livre d'aristocratie dont le succès sera plus brillant que général et durable.* » La Gazette de France : « *Il est presque temps que M. de Stendhal change encore une fois de nom, et pour toujours de manière et de style.* » *Ce sont là les coupures de presse dont put se divertir Henri Beyle fin 1830 et début 1831. Coupures est le mot juste : comme on coupe la parole, le souffle ou le courant. Deux têtes venaient de tomber : celle de Julien Sorel sous le couperet de la guillotine, et celle de l'auteur sous le coupe-papier des critiques.*

L'auteur était un homme seul, plus que souvent absent de Paris, et toujours singulier. *Sans école, coterie, groupe, parti, revue ou journal pour l'appuyer. Esprit original, et donc inattendu : l'inattendu est souvent d'abord inentendu. Son roman déplut. C'était, déclarait-il, une « chronique ». C'était, d'évidence, un roman politique : l'histoire d'un plébéien qui dissimule son insoumission sous les apparences hypocrites de l'extrême soumission, a trop de feu pour y parvenir et pour parvenir, et finit par défier, en « méritant » et demandant la mort, « ce que l'orgueil des gens riches appelle la société ». Les jurés de Besançon et les juges littéraires de la presse ultra, conservatrice ou modérée, défiés et méprisés par le héros et par l'auteur, ne pouvaient que* trancher : *trancher la tête de Sorel, et trancher le destin littéraire de Beyle, ce raté dont la Révolution de 1830 ne voulut même pas comme préfet, et qu'elle envoya se morfondre à Civitavecchia, trou perdu dans les marais italiens.*

Mais pour ceux-là qui croyaient « penser comme » Stendhal, pour ceux qui pensaient que Beyle « pensait bien » (ils auraient dû se méfier : il pensait pour tous, dans l'intérêt général de l'humanité, mais il pensait seul ; il avait pris parti sans être d'un parti). L'accomplissement même du roman pouvait apparaître comme sa perte. Romain Colomb, parent et ami de l'auteur, explique assez finement : « Le Rouge et le Noir, commencé sous la Restauration, ne fut achevé que quatre mois après la Révolution de juillet 1830 (Erreur : il fut imprimé pendant qu'elle avait lieu, et elle retarda seulement un peu sa publication)... *Cela a pu nuire à son succès : car l'ouragan populaire avait renversé des choses et des idées que l'auteur bat en brèche.* »

Voilà Stendhal, dirait-on, coincé : pour ses ennemis, il a tort, puisqu'ils ne sont pas de son avis et n'entrent pas dans ses raisons. Pour ses « amis », il a tort d'avoir eu raison d'une raison toute datée et toute circonstancielle. Et puisque l'histoire lui a donné raison, ne parlons plus des siennes : en un éclair, d'abord prophétique, puis aussitôt dépassé, Le Rouge et le Noir est seulement une « chronique de 1830 » que 1831 rend déjà périmée.

Pourtant, depuis cent cinquante ans, loin d'être dépassé, ce livre, même pas maudit à sa naissance, mais seulement médit, mal dit et négligemment écarté, semble au contraire inépuisé. Il connaît cette grâce d'inspirer les vues les plus contradictoires, et en définitive fort peu de bêtises : Paul Bourget et Léon Blum, qui n'avaient pas deux idées ni deux goûts en commun, y trouvent également leur bien. Aragon le lit en marxiste à la mousquetaire, quand les néo-nazis français voient bizarrement en lui le premier des « vaincus de la Libération ». Il est imité et chéri par les hussards de droite à la Roger Nimier et les chevau-légers progressistes à la Roger Vailland. La « vieille critique » des grognards, style Jean Dutourd, l'exalte, et la nouvelle critique, de Jean-Pierre Richard à Georges Poulet, l'éclaire. Jean Giono le pastiche, ne sachant plus très bien s'il est un paysan raconteur de Manosque ou un Dalaï-Beyle, mais Mandiargues est parfois à son tour un stendhalien, surréaliste. Et, pour finir, la publicité fait de Stendhal le nom d'une marque de fards : avatar surprenant d'un homme qui n'aimait pas les vérités fardées, et se moquait de la mode.

Les noms célèbres, ou connus, ne sont ici que l'aigrette apparente : l'arbre enfonce profond ses racines. Stendhal, Julien Sorel font battre les cœurs par milliers, et les éditions du Rouge et le Noir ne cessent pas, comme on disait en son temps, de « faire gémir les presses ». Quand on aime, qui on aime a toujours vingt ans : Julien, mort

*à vingt ans, ou presque encore, vit toujours ses vingt ans.
On l'avait cru mort à Besançon, « simplement, convenablement, et de sa part sans aucune affectation ». Je suis
pourtant bien sûr de l'avoir rencontré, au printemps 68,
toujours pâle, insolent, insoumis, à Berkeley, Paris,
Prague, Moscou, Madrid : intuable, jeune Juif Errant,
dissimulé souvent derrière un autre rouge, un autre noir,
que celui des drapeaux. J.-P. Richard exagère en effet
un peu, mais à peine, quand il fait remarquer à son propos
que Stendhal a découvert que « la seule vraie forme moderne
d'insoumission, c'est l'hypocrisie ». Mais les Julien Sorel
se lassent vite de cette modernité-là. Impatients, ils secouent
le masque. Saint-Just oublie Tartuffe : « Voilà mon crime,
messieurs, et il sera puni avec d'autant plus de sévérité
que, dans le fait, je ne suis point jugé par mes pairs,
mais uniquement par des bourgeois indignés. » L'enfant
faussement sage finit en réfractaire, et le séminariste
périt en anarchiste.*

*Si Le Rouge et le Noir, comme les chats, a sept vies,
c'est que ce rêve d'un homme est d'abord la vie même.
On a pris l'habitude raisonnable de croire la vie mortelle,
parce que personne n'en guérit. On en déduit parfois que
le contraire de la mort, c'est l'éternité, ou ses ersatz. Il
faudrait, pour durer, se garder des chauds et froids, des
courants d'air, de l'actualité, des journaux, des balles
perdues, de la politique. Il faudrait se faire marbre ou
nuage : intemporel pour échapper au désastre du temps.
Stendhal n'en croyait rien. Se moquant du goût du jour,
il a le goût des jours qu'il vit. Il intitule insolemment un
roman de 1830 : « Chronique de 1830. » Il lui donne
comme « rampe de lancement » de son expérience-imagina-
tion des coupures de journaux toutes fraîches, des faits
divers; l'affaire Adrien La Fargue est de 1829; le procès
d'Antoine Berthet est relaté en février 1828 dans la Gazette
des Tribunaux; le départ pour Londres de Marie de Neuville
avec son amant fait scandale pendant que Stendhal écrit
l'histoire de Mathilde et Julien; la « note secrète » et les
conspirations dont il est question dans le roman sont d'hier,*

ou du matin même. Quand Stendhal quitte sa table de travail et retrouve le soir ses amis, « ils ne s'entretenaient guère, dit Delescluze, que des événements politiques de la semaine ». Et pour finir, ce livre qui est l'histoire d'un jeune homme que l'impatience d'une révolution, qu'il a crue trop lointaine, et lui trop pauvre pour s'y jeter, conduit à la fureur, et la fureur à l'échafaud, ce roman restera sur sa fin dix jours en plan dans l'imprimerie où s'achevait sa composition : du 25 juillet au 4 août 1830 les typographes ont cessé le travail pour descendre dans la rue. C'est une façon, aussi, de conclure un roman : *arrêter de le composer, pour en vivre un des possibles dénouements.*

Pour les contemporains, et pour le brave Colomb, cette volonté d'être de son temps, et chroniqueur d'une saison, c'était courir le risque d'écrire, au jour les jours, un livre pour un jour, un roman mort bientôt avec la chute des feuilles. Le danger n'échappe pas à Stendhal lui-même. La question qu'il inscrit en marge de son exemplaire personnel du roman est certes ambiguë : « Le roman est-il une composition essentiellement éphémère ? Si vous voulez plaire infiniment aujourd'hui, il faut vous résoudre à être ridicule dans vingt ans. » *Ridicule, ou périmé, ou jauni : un de ces romans frais comme le jour à force d'être actuels, et que le jour qui passe défraîchit pour toujours. Stendhal veut sans doute dire aussi autre chose, et que pour être durable (il savait qu'il le serait), il faut oser déplaire* maintenant. *Déplaire, par exemple, en* « s'occupant de politique », *quand ce n'est pas celle des puissants du moment. Être actuel, à contre-courant, contre-temps, contre-force. Mais ce* « chroniqueur » *sait aussi l'angoisse de l'éphémère. Son roman ne l'est pas, où il a pris pourtant tous les risques de l'être.* Les Martyrs *sont morts, où Chateaubriand cependant pariait sur cette forme compassée et précaire de l'éternité, l'archéologie, et ne* « s'occupait pas de politique », *mais des immortels druides et des premiers chrétiens. Qui est* « ridicule dans vingt ans » ? *Velleda, oui. Julien, non.*

Aux trois quarts de son livre, Stendhal s'interrompt, et prend la parole en son nom : « La politique, reprend l'auteur, est une pierre attachée au cou de la littérature, et qui, en moins de six mois, la submerge (...) C'est un coup de pistolet au milieu d'un concert (...) Cette politique va offenser mortellement une moitié des lecteurs, et ennuyer l'autre. » *A quoi l'auteur se fait répondre par son éditeur :* « Si vos personnages ne parlent pas politique (...) votre livre n'est plus un miroir. »

Si la politique, ce n'était seulement que ce qui se passe en politique, l'inquiétude de Stendhal serait sans apaisement possible, et l'objection qu'il se fait à lui-même serait sans réponse. Si la politique, ce n'était que ce qui se passe dans les cabinets, des crises ministérielles, ou que ces cortèges qui passent dans les rues, les émeutes ou les révolutions, l'auteur du Rouge et le Noir *aurait raison en effet de craindre l'ennui de ses lecteurs devant la description d'une politique qu'ils ont trouvée « bien autrement spéciale et énergique dans le journal du matin ». Si un grand roman était simplement, comme le dit Stendhal, au passage, un miroir qui se promène sur une grande route, et si ce miroir ne réfléchissait que ce qui se passe en chemin, quel ennui ! Mais, on le sait, les vrais miroirs sont réfléchis. Ils réfléchissent l'espace de la route et l'espace du dedans, ils réfléchissent l'objet et le sujet. Les miroirs se réfléchissent : les miroirs réfléchissent les miroirs. Il n'y a, au fait, qu'un seul miroir parfait, parce qu'il est imparfait : l'œil humain.*

Nous sentons très fort, dans ce livre où pas une ligne n'est ennuyeuse, parce qu'il n'en est pas une de froide ou d'impersonnelle, que Stendhal ne se contente pas de raconter ce qui s'est passé pour Julien Sorel en 1830, mais exprime aussi tout ce qui s'est passé dans toute la vie d'Henri Beyle : il y a entre Julien et lui une autre relation que celle qui existe entre le relaté et le relateur.

Comme les metteurs en scène de cinéma qui s'amusent à figurer une silhouette fugitive dans leurs propres films, Stendhal se dessine au passage dans le premier chapitre de la seconde partie du livre, sous le nom de Saint-Giraud, l'ami que rencontre Falcoz dans la malle-poste entre Genève et Paris. Saint-Giraud est un Beyle refroidi, désabusé, un Beyle qui rêve de s'être retiré. Mais Julien, avec qui Stendhal maintient les relations d'un père qui ne serait pas paternaliste, d'un frère aîné qui ne serait pas condescendant, et d'un complice qui ne serait jamais dupe sans être jamais juge, mais Julien, Beyle n'a rien à lui donner de lui-même : il lui suffit de laisser le jeune homme lui prendre l'essentiel. Comme le fameux : « Madame Bovary c'est moi », *Stendhal pourrait dire au présent de l'indicatif :* « Saint-Giraud c'est moi » (ou une partie de son moi). *Mais de Julien Sorel il pourrait seulement avouer :* « Je fus Julien. Je le fus dans un de ces passés possibles *que le passé réel a rendus impossibles. »*

Stendhal écrit dans son journal en 1811 : « A la qualité d'être extrêmement sensible, je joignais celle de vouloir passer pour roué, et j'étais seulement l'opposé de ce caractère. J'étais dévoré de sensibilité, timide, fier et méconnu. » *La différence qui existe entre la* ressemblance *entre Saint-Giraud et Beyle, et la* consanguinité *qui relie Sorel et Stendhal, c'est celle qui existe entre le reflet de soi auquel on délègue ses options ou attribue ses passions, et ce double du moi qui est possédé par nos obsessions. Saint-Giraud a les traits et les rides de Beyle. Julien a les plis de caractère, les pliures de l'âme et les empreintes fondamentales de Stendhal. Il vit à jamais la relation ternaire que vécut l'enfant Beyle, cherchant à trouver un père qui le repousse, à retrouver une mère qui lui fut arrachée. On a cent fois noté l'évidence analytique, banale comme Œdipe est banal, du rapport analogue entre Henri et Chérubin, et entre Julien et le père Sorel. On a très vite aperçu que le Père Pirard était le père dont Julien et Beyle rêvaient, que Mme de Rênal, comme Mme de Warrens, était l'imago de la mère disparue. On a moins remarqué peut-être la récurrence obsessionnelle des symboles dans l'œuvre de Stendhal et dans* Le Rouge *en particulier. Georges Poulet, J.-P. Richard, Béatrice Didier,*

*notamment en ont indiqué plusieurs. On pourrait ajouter
à l'étude qu'ils ont amorcée, celle du thème de la grotte, le
creux chaud, paisible, maternel où Julien fait halte
avant de commencer l'aventure de vivre, et où il souhaite à
la fin « reposer, puisque reposer est le mot ». On pourrait
approfondir aussi la signification, longtemps dissimulée
par sa naïve apparence feuilletonesque (empruntée à
l'attirail de ce que Stendhal appelait les « romans pour
femmes de chambre »), de ces érections d'échelles qui
apparaissent dès que Julien va emporter la résistance
d'une femme aimée, échelles qui se dressent contre la fenêtre de Mathilde, puis au retour à Verrières contre celle
de Mme de Rênal. (On dirait qu'ici l'expression symbolique est si forte qu'elle déjoue la vigilance « réaliste » du
romancier : quand Julien possède Mathilde pour la première fois, l'aigu de cette nuit-là est si intense que Stendhal
oublie complètement que la fameuse échelle est restée le
long du mur, couchée par terre, oublie que n'importe qui
peut l'y découvrir, et perdre les amants.)*

*Roman inépuisé, disais-je tout à l'heure. On le voit en
effet, dans l'histoire des réponses qu'il suscite depuis
son apparition. Chaque lecteur l'expérimente dans les
lectures successives qu'il peut lui-même en faire : j'ai lu
quinze fois ce livre depuis que je sais mes lettres, y découvrant toujours, m'y découvrant sans cesse, y déchiffrant
sans relâche un entrelacs de signes qui ne m'avaient
jamais fait signe auparavant. Si les amours meurent,
c'est qu'on croit avoir saisi un être. Si les amours demeurent, c'est qu'on sait que tout vivant est insaisissable. Les
grands livres aussi : on va jusqu'à leur fin sans en « venir
à bout ».*

La ressource sans relâche du Rouge et le Noir *ne provient pas uniquement de ce que chaque interprétation du
livre en éclaire un profil sans en épuiser l'épaisseur. Mais
précisément de ce que chaque éclairage exact y révèle une
totalité toujours analysable et toujours évasive. Je peux,
par exemple, « raconter »* Le Rouge *dans l'optique du dernier
discours de Julien à ses juges, celle d'une lutte de classe,*

celle du combat, de la défaite et de la dernière victoire d'un insoumis de vingt ans. Je peux le déchiffrer comme le contrepoint d'un propos critique très conscient qu'accompagne la basse continue du grand discours obscur de l'inconscient. Roman politique ? Sans aucun doute. Roman psychanalysable ? Assurément. Roman tragique et métaphysique ? Évidemment. Mais non seulement, aucune de ces clefs n'exclut l'usage des autres, mais chacune les implique, les nécessite et les exige.

C'est qu'un grand livre, comme la vie, est irréductible. Il n'y a peut-être au monde qu'une erreur absolue, celle qui commence ses phrases par : « Ce n'est que... » Et peut-être qu'une illusion absolue : croire avoir déchiré le dernier voile, croire avoir prononcé un fin mot de l'histoire qui serait le mot de la fin.

On voit tous les matins surgir en critique sociale, en critique littéraire et en critique historique un fringant découvreur qui, dans le feu d'une perception nouvelle ou le délire heureux d'une interprétation jamais proposée, s'écrie : « La clef de l'énigme, ce n'est que... » Si la Révolution française a eu lieu, ce n'est que parce que les lumières avaient mis le feu aux têtes, ou bien ce n'est que parce que Robespierre avait des complexes, ou bien ce n'est que parce que le régime alimentaire des paysans français s'était modifié entre 1600 et 1789. Si Stendhal a écrit Le Rouge et La Chartreuse, eh bien, ce ne serait que. Il détestait les Kings parce qu'il haïssait son père. Il était « libéral » parce qu'il avait eu une enfance qui ne l'était pas. Les bons médecins de famille et de société qui prétendent « soigner » les Julien Sorel de maintenant mettent au coin ces jeunes gens furieux, avec un bonnet d'âne portant les mots : « Je n'ai pas résolu mon complexe d'Œdipe. » Ils suggèrent que les envoyer quelque temps en « maison de santé » ferait l'économie de beaucoup de grabuges et de fâcheuses révolutions. Mais on n'a rien expliqué, et rien réduit à rien, quand on a renvoyé la haine de Stendhal pour les « aristocrates » à la haine du petit Henri Beyle pour Chérubin. Rien ne renvoie à rien, ou tout renvoie à tout. L'esprit humain peut réduire une équation, mais ne peut pas réduire l'esprit humain. Stendhal, le tendre et sec, le rêveur-raisonneur, l'amoureux perpétuel et le politique intrépide, Stendhal-les-plusieurs n'est pas un homme tout d'une pièce, ni sans contradictions. Mais c'est un être d'un seul tenant. On peut « le prendre par tous les bouts », mais on ne peut pas le réduire à un seul. Ni ce roman devant lequel, lecteur, je vous laisse, avec confiance, en liberté. Avec aussi un peu d'envie. J'aimerais tant, une fois encore, le relire avec vous. La relecture abolirait peut-être tout ce que je viens de dire, ou bien l'enrichirait de tout ce que je n'ai su ni lire, ni dire. Stendhal rêvait Stendhal, qui rêve que nous le rêvons. Craignons toujours, en enfonçant les clefs des songes dans la serrure des chambres merveilleuses, d'éveiller le dormeur avant que le rêve ne soit achevé, juste avant que Henri Sorel meure sur l'écha-faud et se réveille en sursaut Julien Beyle à quarante-sept ans ? Hier ? Aujourd'hui ? Demain ? Par la fenêtre ouverte, dans la chambre du dormeur dont vous allez pénétrer le sommeil noir et rouge, parvient la voix-corbeau qui croasse tristement : « Un livre dont le succès sera plus brillant que général et durable. » « Qu'on lui coupe la tête ! » dit la Reine à Alice, et le procureur de Julien au jury.

Claude Roy.

AVERTISSEMENT DE L'ÉDITEUR

Cet ouvrage était prêt à paraître lorsque les grands événements de juillet sont venus donner à tous les esprits une direction peu favorable aux jeux de l'imagination. Nous avons lieu de croire que les feuilles suivantes furent écrites en 1827 [1].

Le Rouge et le Noir
CHRONIQUE DE 1830

LIVRE PREMIER

La vérité, l'âpre vérité.
DANTON.

CHAPITRE PREMIER

UNE PETITE VILLE

> *Put thousands together*
> *Less bad,*
> *But the cage less gay.*
> HOBBES.

La petite ville de Verrières peut passer pour l'une des plus jolies de la Franche-Comté. Ses maisons blanches avec leurs toits pointus de tuiles rouges s'étendent sur la pente d'une colline, dont des touffes de vigoureux châtaigniers marquent les moindres sinuosités. Le Doubs coule à quelques centaines de pieds au-dessous de ses fortifications, bâties jadis par les Espagnols, et maintenant ruinées.

Verrières est abritée du côté du nord par une haute montagne, c'est une des branches du Jura. Les cimes brisées du Verra se couvrent de neige dès les premiers froids d'octobre. Un torrent, qui se précipite de la montagne, traverse Verrières avant de se jeter dans le Doubs, et donne le mouvement à un grand nombre de scies à bois, c'est une industrie fort simple et qui procure un certain bien-être à la majeure partie des habitants plus paysans que bourgeois. Ce ne sont pas cependant les scies à bois qui ont enrichi cette petite ville. C'est à la fabrique des toiles peintes, dites de Mulhouse, que l'on doit l'aisance générale qui, depuis la chute de Napoléon, a fait rebâtir les façades de presque toutes les maisons de Verrières.

A peine entre-t-on dans la ville que l'on est étourdi par le fracas d'une machine bruyante et terrible en apparence. Vingt marteaux pesants, et retombant avec un bruit qui fait trembler le pavé, sont élevés par une roue que l'eau du torrent fait mouvoir. Chacun de ces marteaux fabrique, chaque jour, je ne sais combien de milliers de clous. Ce sont des jeunes filles fraîches et jolies qui présentent aux coups de ces marteaux énormes les petits morceaux de fer qui sont rapidement transformés en clous. Ce travail, si rude en apparence, est un de ceux qui étonnent le plus le voyageur qui pénètre pour la première fois dans les montagnes qui séparent la France de l'Helvétie. Si, en entrant à Verrières, le voyageur demande à qui appartient cette belle fabrique de clous qui assourdit les gens qui montent la grande rue, on lui répond avec un accent traînard : _Eh ! elle est à M. le maire._

Pour peu que le voyageur s'arrête quelques instants dans cette grande rue de Verrières, qui va en montant depuis la rive du Doubs jusque vers le sommet de la colline, il y a cent à parier contre un qu'il verra paraître un grand homme à l'air affairé et important.

A son aspect tous les chapeaux se lèvent rapidement. Ses cheveux sont grisonnants, et il est vêtu de gris. Il est chevalier de plusieurs ordres, il a un grand front, un nez aquilin, et au total sa figure ne manque pas d'une certaine régularité : on trouve même, au premier aspect, qu'elle réunit à la dignité du maire de village cette sorte d'agrément qui peut encore se rencontrer avec quarante-huit ou cinquante ans. Mais bientôt le voyageur parisien est choqué d'un certain air de contentement de soi et de suffisance mêlé à je ne sais quoi de borné et de peu inventif. On sent enfin que le talent de cet homme-là se borne à se faire payer bien exactement ce qu'on lui doit, et à payer lui-même le plus tard possible quand il doit.

Tel est le maire de Verrières, M. de Rênal. Après avoir traversé la rue d'un pas grave, il entre à la mairie et disparaît aux yeux du voyageur. Mais, cent pas plus haut, si celui-ci continue sa promenade, il aperçoit une maison d'assez belle apparence, et, à travers une grille de fer attenante à la maison, des jardins magnifiques. Au-delà, c'est une ligne d'horizon formée par les collines de la Bourgogne, et qui semble faite à souhait pour le plaisir des yeux. Cette vue fait oublier au voyageur l'atmosphère empestée des petits intérêts d'argent dont il commence à être asphyxié.

On lui apprend que cette maison appartient à M. de Rênal. C'est aux bénéfices qu'il a faits sur sa grande fabrique de clous que le maire de Verrières doit cette belle habitation en pierre de taille qu'il achève en ce moment. Sa famille, dit-on, est espagnole, antique, et, à ce qu'on prétend, établie dans le pays bien avant la conquête de Louis XIV.

Depuis 1815 il rougit d'être industriel : 1815 l'a fait maire de Verrières. Les murs en terrasse qui soutiennent les diverses parties de ce magnifique jardin qui, d'étage en étage, descend jusqu'au Doubs, sont aussi la récompense de la science de M. de Rênal dans le commerce du fer.

Ne vous attendez point à trouver en France ces jardins pittoresques qui entourent les villes manufacturières de l'Allemagne, Leipsick, Francfort, Nuremberg, etc. En Franche-Comté, plus on bâtit de murs, plus on hérisse sa propriété de pierres rangées les unes au-dessus des autres, plus on acquiert de droits aux respects de ses voisins. Les jardins de M. de Rênal, remplis de murs, sont encore admirés parce qu'il a acheté, au poids de l'or, certains petits morceaux de terrain qu'ils occupent. Par exemple, cette scie à bois, dont la position singulière sur la rive du Doubs vous a frappé en entrant à Verrières, et où vous avez remarqué le nom de SOREL, écrit en

caractères gigantesques sur une planche qui domine le
toit, elle occupait, il y a six ans, l'espace sur lequel on
élève en ce moment le mur de la quatrième terrasse des
jardins de M. de Rênal.

Malgré sa fierté, M. le maire a dû faire bien des démarches auprès du vieux Sorel, paysan dur et entêté ; il a dû
lui compter de beaux louis d'or pour obtenir qu'il trans-
portât son usine ailleurs. Quant au ruisseau *public* qui
faisait aller la scie, M. de Rênal, au moyen du crédit
dont il jouit à Paris, a obtenu qu'il fût détourné. Cette
grâce lui vint après les élections de 182 *.

Il a donné à Sorel quatre arpents pour un, à cinq cents
pas plus bas sur les bords du Doubs. Et, quoique cette
position fût beaucoup plus avantageuse pour son
commerce de planches de sapin, le père Sorel, comme
on l'appelle depuis qu'il est riche, a eu le secret d'obtenir
de l'impatience et de la *manie de propriétaire*, qui animaient son voisin, une somme de 6 000 francs.

Il est vrai que cet arrangement a été critiqué par les
bonnes têtes de l'endroit. Une fois, c'était un jour de
dimanche, il y a quatre ans de cela, M. de Rênal, revenant de l'église en costume de maire, vit de loin le vieux
Sorel, entouré de ses trois fils, sourire en le regardant.
Ce sourire a porté un jour fatal dans l'âme de M. le
maire, il pense depuis lors qu'il eût pu obtenir l'échange
à meilleur marché.

Pour arriver à la considération publique à Verrières,
l'essentiel est de ne pas adopter, tout en bâtissant beaucoup de murs, quelque plan apporté d'Italie par ces
maçons, qui au printemps traversent les gorges du Jura
pour gagner Paris. Une telle innovation vaudrait à
l'imprudent bâtisseur une éternelle réputation de *mauvaise tête*, et il serait à jamais perdu auprès des gens
sages et modérés qui distribuent la considération en
Franche-Comté.

Dans le fait, ces gens sages y exercent le plus ennuyeux
despotisme ; c'est à cause de ce vilain mot que le séjour
des petites villes est insupportable pour qui a vécu dans

cette grande république qu'on appelle Paris. La tyrannie
de l'opinion, et quelle opinion ! est aussi *bête* dans les
petites villes de France qu'aux États-Unis d'Amériques.

CHAPITRE II

UN MAIRE

> *L'importance! Monsieur, n'est-ce rien ? Le
> respect des sots, l'ébahissement des enfants, l'en-
> vie des riches, le mépris du sage.*
>
> BARNAVE.

Heureusement pour la réputation de M. de Rênal
comme administrateur, un immense *mur de soutènement*
était nécessaire à la promenade publique qui longe la
colline à une centaine de pieds au-dessus du cours du
Doubs. Elle doit à cette admirable position une des
vues les plus pittoresques de France. Mais, à chaque
printemps, les eaux de pluie sillonnaient la promenade,
y creusaient des ravins et la rendaient impraticable. Cet
inconvénient, senti par tous, mit M. de Rênal dans l'heureuse nécessité d'immortaliser son administration par
un mur de vingt pieds de hauteur et de trente ou quarante toises de long.

Le parapet de ce mur pour lequel M. de Rênal a dû
faire trois voyages à Paris, car l'avant-dernier ministre
de l'intérieur s'était déclaré l'ennemi mortel de la promenade de Verrières ; le parapet de ce mur s'élève maintenant de quatre pieds au-dessus du sol. Et, comme
pour braver tous les ministres présents et passés, on le

garnit en ce moment avec des dalles de pierre de taille.

Combien de fois, songeant aux bals de Paris abandon-
nés la veille, et la poitrine appuyée contre ces grands
blocs de pierre d'un beau gris tirant sur le bleu, mes
regards ont plongé dans la vallée du Doubs ! Au-delà, sur
la rive gauche, serpentent cinq ou six vallées au fond
desquelles l'œil distingue fort bien de petits ruisseaux.
Après avoir couru de cascade en cascade on les voit tomber dans le Doubs. Le soleil est fort chaud dans ces montagnes ; lorsqu'il brille d'aplomb, la rêverie du voyageur
est abritée sur cette terrasse par de magnifiques platanes.
Leur croissance rapide et leur belle verdure tirant sur
le bleu, ils la doivent à la terre rapportée, que M. le
maire a fait placer derrière son immense mur de soutènement, car, malgré l'opposition du conseil municipal, il a
élargi la promenade de plus de six pieds (quoiqu'il soit
ultra et moi libéral, je l'en loue), c'est pourquoi dans
son opinion et dans celle de M. Valenod, l'heureux directeur du dépôt de mendicité[1] de Verrières, cette terrasse
peut soutenir la comparaison avec celle de Saint-Ger-
main-en-Laye.

Je ne trouve, quant à moi, qu'une chose à reprendre
au COURS DE LA FIDÉLITÉ ; on lit ce nom officiel en
quinze ou vingt endroits, sur des plaques de marbre qui
ont valu une croix de plus à M. de Rênal ; ce que je
reprocherais au Cours de la Fidélité, c'est la manière
barbare dont l'autorité fait tailler et tondre jusqu'au
vif ces vigoureux platanes. Au lieu de ressembler par
leurs têtes basses, rondes et aplaties, à la plus vulgaire
des plantes potagères, ils ne demanderaient pas mieux
que d'avoir ces formes magnifiques qu'on leur voit en
Angleterre. Mais la volonté de M. le maire est despo-
tique, et deux fois par an tous les arbres appartenant à
la commune sont impitoyablement amputés. Les libéraux de l'endroit prétendent, mais ils exagèrent, que
la main du jardinier officiel est devenue bien plus sévère
depuis que M. le vicaire Maslon a pris l'habitude de
s'emparer des produits de la tonte.

Ce jeune ecclésiastique fut envoyé de Besançon, il y a quelques années, pour surveiller l'abbé Chélan [1] et quelques curés des environs. Un vieux chirurgien-major de l'armée d'Italie retiré à Verrières, et qui de son vivant était à la fois, suivant M. le maire, jacobin et bonapartiste, osa bien un jour se plaindre à lui de la mutilation périodique de ces beaux arbres.

— J'aime l'ombre, répondit M. de Rênal avec la nuance de hauteur convenable quand on parle à un chirurgien membre de la Légion d'honneur ; j'aime l'ombre, je fais tailler *mes* arbres pour donner de l'ombre, et je ne conçois pas qu'un arbre soit fait pour autre chose, quand toutefois, comme l'utile noyer, il *ne rapporte pas de revenu.*

Voilà le grand mot qui décide de tout à Verrières : RAPPORTER DU REVENU. A lui seul il représente la pensée habituelle de plus des trois quarts des habitants.

Rapporter du revenu est la raison qui décide de tout dans cette petite ville qui vous semblait si jolie. L'étranger qui arrive, séduit par la beauté des fraîches et profondes vallées qui l'entourent, s'imagine d'abord que ses habitants sont sensibles au *beau* ; ils ne parlent que trop souvent de la beauté de leur pays : on ne peut pas nier qu'ils n'en fassent grand cas ; mais c'est parce qu'elle attire quelques étrangers dont l'argent enrichit les aubergistes, ce qui, par le mécanisme de l'octroi, *rapporte du revenu à la ville.*

C'était par un beau jour d'automne que M. de Rênal se promenait sur le Cours de la Fidélité, donnant le bras à sa femme. Tout en écoutant son mari qui parlait d'un air grave, l'œil de Mme de Rênal suivait avec inquiétude les mouvements de trois petits garçons. L'aîné, qui pouvait avoir onze ans, s'approchait trop souvent du parapet et faisait mine d'y monter. Une voix douce prononçait alors le nom d'Adolphe, et l'enfant renonçait à son projet ambitieux. Mme de Rênal paraissait une femme de trente ans, mais encore assez jolie.

— Il pourrait bien s'en repentir, ce beau monsieur de

Paris, disait M. de Rênal d'un air offensé, et la joue plus
pâle encore qu'à l'ordinaire. Je ne suis pas sans avoir
quelques amis au Château …

Mais, quoique je veuille vous parler de la province
pendant deux cents pages, je n'aurai pas la barbarie de
vous faire subir la longueur et les *ménagements savants*
d'un dialogue de province.

Ce beau monsieur de Paris, si odieux au maire de Verrières, n'était autre que M. Appert [1], qui, deux jours
auparavant, avait trouvé le moyen de s'introduire non
seulement dans la prison et le dépôt de mendicité de
Verrières, mais aussi dans l'hôpital administré gratuitement par le maire et les principaux propriétaires de
l'endroit.

— Mais, disait timidement Mme de Rênal, quel tort
peut vous faire ce monsieur de Paris, puisque vous admi-
nistrez le bien des pauvres avec la plus scrupuleuse
probité ?

— Il ne vient que pour *déverser* le blâme, et ensuite il
fera insérer des articles dans les journaux du libéralisme.

— Vous ne les lisez jamais, mon ami.

— Mais on nous parle de ces articles jacobins ; tout
cela nous distrait *et nous empêche de faire le bien* *.
Quant à moi je ne pardonnerai jamais au curé.

---

* Historique.

CHAPITRE III

LE BIEN DES PAUVRES

> *Un curé vertueux et sans intrigue est une*
> *Providence pour le village.*
>
> FLEURY.

Il faut savoir que le curé de Verrières, vieillard de
quatre-vingts ans, mais qui devait à l'air vif de ces
montagnes une santé et un caractère de fer, avait le
droit de visiter à toute heure la prison, l'hôpital et même
le dépôt de mendicité. C'était précisément à six heures
du matin que M. Appert, qui de Paris était recommandé
au curé, avait eu la sagesse d'arriver dans une petite
ville curieuse. Aussitôt il était allé au presbytère.

En lisant la lettre que lui écrivait M. le marquis de La
Mole, pair de France, et le plus riche propriétaire de la
province, le curé Chélan resta pensif.

Je suis vieux et aimé ici, se dit-il enfin à mi-voix, ils
n'oseraient ! Se tournant tout de suite vers le monsieur
de Paris, avec des yeux où, malgré le grand âge, brillait
ce feu sacré qui annonce le plaisir de faire une belle
action un peu dangereuse :

— Venez avec moi, monsieur, et en présence du
geôlier et surtout des surveillants du dépôt de mendicité,
veuillez n'émettre aucune opinion sur les choses que nous
verrons. M. Appert comprit qu'il avait affaire à un
homme de cœur : il suivit le vénérable curé, visita la
prison, l'hospice, le dépôt, fit beaucoup de questions
et, malgré d'étranges réponses, ne se permit pas la
moindre marque de blâme.

Cette visite dura plusieurs heures. Le curé invita à

dîner M. Appert, qui prétendit avoir des lettres à écrire :
il ne voulait pas compromettre davantage son généreux
compagnon. Vers les trois heures, ces messieurs allèrent
achever l'inspection du dépôt de mendicité, et revinrent
ensuite à la prison. Là, ils trouvèrent sur la porte le
geôlier, espèce de géant de six pieds de haut et à jambes
arquées ; sa figure ignoble était devenue hideuse par
l'effet de la terreur.

— Ah ! monsieur, dit-il au curé, dès qu'il l'aperçut, ce
monsieur que je vois là avec vous, n'est-il pas M. Appert ?

— Qu'importe ? dit le curé.

— C'est que depuis hier j'ai l'ordre le plus précis, et
que M. le préfet a envoyé par un gendarme, qui a dû
galoper toute la nuit, de ne pas admettre M. Appert
dans la prison.

— Je vous déclare, monsieur Noiroud, dit le curé, que
ce voyageur, qui est avec moi, est M. Appert. Reconnais-
sez-vous que j'ai le droit d'entrer dans la prison à toute
heure du jour et de la nuit, et en me faisant accompagner
par qui je veux ?

— Oui, M. le curé, dit le geôlier à voix basse, et baissant la tête comme un bouledogue que fait obéir à regret
la crainte du bâton. Seulement, M. le curé, j'ai femme et
enfants, si je suis dénoncé on me destituera ; je n'ai pour
vivre que ma place [1].

— Je serais aussi bien fâché de perdre la mienne,
reprit le bon curé, d'une voix de plus en plus
émue.

— Quelle différence ! reprit vivement le geôlier ; vous,
M. le curé, on sait que vous avez 800 livres de rente, du
bon bien au soleil...

Tels sont les faits qui, commentés, exagérés de vingt
façons différentes, agitaient depuis deux jours toutes
les passions haineuses de la petite ville de Verrières.
Dans ce moment, ils servaient de texte à la petite discussion que M. de Rênal avait avec sa femme. Le matin,
suivi de M. Valenod, directeur du dépôt de mendicité,
il était allé chez le curé pour lui témoigner le plus vif

mécontentement. M. Chélan n'était protégé par personne;
il sentit toute la portée de leurs paroles.

— Eh bien, messieurs ! je serai le troisième curé, de
quatre-vingts ans d'âge, que l'on destituera dans ce
voisinage[1]. Il y a cinquante-six ans que je suis ici ; j'ai
baptisé presque tous les habitants de la ville, qui n'était
qu'un bourg quand j'y arrivai. Je marie tous les jours
des jeunes gens, dont jadis j'ai marié les grands-pères.
Verrières est ma famille ; mais je me suis dit, en voyant
l'étranger : « Cet homme venu de Paris, peut être à la
vérité un libéral, il n'y en a que trop ; mais quel mal
peut-il faire à nos pauvres et à nos prisonniers ? »

Les reproches de M. de Rênal, et surtout ceux de
M. Valenod, le directeur du dépôt de mendicité, devenant
de plus en plus vifs :

— Eh bien, messieurs ! faites-moi destituer, s'était
écrié le vieux curé, d'une voix tremblante. Je n'en habi-
terai pas moins le pays. On sait qu'il y a quarante-huit
ans, j'ai hérité d'un champ qui rapporte 800 livres. Je
vivrai avec ce revenu. Je ne fais point d'économies
dans ma place, moi, messieurs, et c'est peut-être pourquoi je ne suis pas si effrayé quand on parle de me la
faire perdre.

M. de Rênal vivait fort bien avec sa femme [2] ; mais
ne sachant que répondre à cette idée, qu'elle lui répétait
timidement : « Quel mal ce monsieur de Paris peut-il
faire aux prisonniers ? » il était sur le point de se fâcher
tout à fait quand elle jeta un cri. Le second de ses fils
venait de monter sur le parapet du mur de la terrasse,
et y courait, quoique ce mur fût élevé de plus de vingt
pieds sur la vigne qui est de l'autre côté. La crainte
d'effrayer son fils et de le faire tomber empêchait Mᵐᵉ de
Rênal de lui adresser la parole. Enfin l'enfant, qui riait
de sa prouesse, ayant regardé sa mère, vit sa pâleur,
sauta sur la promenade et accourut à elle. Il fut bien
grondé.

Ce petit événement changea le cours de la conversation.

— Je veux absolument prendre chez moi Sorel, le fils du scieur de planches, dit M. de Rênal ; il surveillera les enfants qui commencent à devenir trop diables pour nous. C'est un jeune prêtre, ou autant vaut, bon latiniste, et qui fera faire des progrès aux enfants ; car il a un caractère ferme, dit le curé. Je lui donnerai 300 francs et la nourriture. J'avais quelques doutes sur sa moralité ; car il était le Benjamin de ce vieux chirurgien, membre de la Légion d'honneur, qui, sous prétexte qu'il était leur cousin, était venu se mettre en pension chez les Sorel. Cet homme pouvait fort bien n'être au fond qu'un agent secret des libéraux ; il disait que l'air de nos montagnes faisait du bien à son asthme ; mais c'est ce qui n'est pas prouvé. Il avait fait toutes les campagnes de *Buonaparté* en Italie, et même avait, dit-on, signé *non* pour l'empire dans le temps. Ce libéral montrait le latin au fils Sorel, et lui a laissé cette quantité de livres qu'il avait apportés avec lui. Aussi n'aurais-je jamais songé à mettre le fils du charpentier auprès de nos enfants ; mais le curé, justement la veille de la scène qui vient de nous brouiller à jamais, m'a dit que ce Sorel étudie la théologie depuis trois ans, avec le projet d'entrer au séminaire ; il n'est donc pas libéral, et il est latiniste.

Cet arrangement convient de plus d'une façon, continua M. de Rênal, en regardant sa femme d'un air diplomate ; le Valenod est tout fier des deux beaux normands qu'il vient d'acheter pour sa calèche. Mais il n'a pas de précepteur pour ses enfants.

— Il pourrait bien nous enlever celui-ci.

— Tu approuves donc mon projet ? dit M. de Rênal, remerciant sa femme, par un sourire, de l'excellente idée qu'elle venait d'avoir. Allons, voilà qui est décidé.

— Ah, bon Dieu ! mon cher ami, comme tu prends vite un parti !

— C'est que j'ai du caractère, moi, et le curé l'a bien vu. Ne dissimulons rien, nous sommes environnés de libéraux ici. Tous ces marchands de toile me portent envie, j'en ai la certitude ; deux ou trois deviennent des

richards ; eh bien ! j'aime assez qu'ils voient passer les
enfants de M. de Rênal, allant à la promenade sous la
conduite de *leur précepteur.* Cela imposera. Mon grand-
père nous racontait souvent que, dans sa jeunesse, il
avait eu un précepteur. C'est cent écus qu'il m'en pourra
coûter, mais ceci doit être classé comme une dépense
nécessaire pour soutenir notre rang.

Cette résolution subite laissa Mme de Rênal toute pensive. C'était une femme grande, bien faite, qui avait été
la beauté du pays, comme on dit dans ces montagnes.
Elle avait un certain air de simplicité, et de la jeunesse
dans la démarche ; aux yeux d'un Parisien, cette grâce
naïve, pleine d'innocence et de vivacité, serait même
allée jusqu'à rappeler des idées de douce volupté. Si elle
eût appris ce genre de succès, Mme de Rênal en eût été
bien honteuse. Ni la coquetterie, ni l'affectation n'avaient
jamais approché de ce cœur. M. Valenod, le riche directeur du dépôt, passait pour lui avoir fait la cour, mais
sans succès, ce qui avait jeté un éclat singulier sur sa
vertu ; car ce M. Valenod, grand jeune homme, taillé
en force, avec un visage coloré et de gros favoris noirs,
était un de ces êtres grossiers, effrontés et bruyants,
qu'en province on appelle de beaux hommes.

Mme de Rênal, fort timide, et d'un caractère en apparence fort inégal, était surtout choquée du mouvement
continuel et des éclats de voix de M. Valenod. L'éloi-
gnement qu'elle avait pour ce qu'à Verrières on appelle
de la joie, lui avait valu la réputation d'être très fière
de sa naissance. Elle n'y songeait pas, mais avait été
fort contente de voir les habitants de la ville venir moins
chez elle. Nous ne dissimulerons pas qu'elle passait pour
sotte aux yeux de *leurs* dames, parce que, sans nulle
politique à l'égard de son mari, elle laissait échapper
les plus belles occasions de se faire acheter de beaux
chapeaux de Paris ou de Besançon. Pourvu qu'on la
laissât seule errer dans son beau jardin, elle ne se plaignait jamais.

C'était une âme naïve, qui jamais ne s'était élevée

même jusqu'à juger son mari, et à s'avouer qu'il l'ennuyait. Elle supposait, sans se le dire, qu'entre mari et
femme il n'y avait pas de plus douces relations. Elle
aimait surtout M. de Rênal quand il lui parlait de ses
projets sur leurs enfants, dont il destinait l'un à l'épée,
le second à la magistrature, et le troisième à l'église.
En somme, elle trouvait M. de Rênal beaucoup moins
ennuyeux que tous les hommes de sa connaissance.

Ce jugement conjugal était raisonnable. Le maire de
Verrières devait une réputation d'esprit et surtout de
bon ton à une demi-douzaine de plaisanteries dont il
avait hérité d'un oncle. Le vieux capitaine de Rênal
servait avant la Révolution dans le régiment d'infanterie
de M. le duc d'Orléans, et, quand il allait à Paris, était
admis dans les salons du prince. Il y avait vu Mme de
Montesson, la fameuse Mme de Genlis, M. Ducrest,
l'inventeur du Palais-Royal. Ces personnages ne reparais-
saient que trop souvent dans les anecdotes de M. de
Rênal. Mais peu à peu ce souvenir de choses aussi délicates à raconter était devenu un travail pour lui, et,
depuis quelque temps, il ne répétait que dans les grandes
occasions ses anecdotes relatives à la maison d'Orléans.
Comme il était d'ailleurs fort poli, excepté lorsqu'on
parlait d'argent, il passait, avec raison, pour le personnage le plus aristocratique de Verrières.

CHAPITRE IV

UN PÈRE ET UN FILS

> *E sarà mia colpa*
> *Se cosi è ?*
> MACHIAVELLI.

Ma femme a réellement beaucoup de tête ! se disait, le lendemain à six heures du matin, le maire de Verrières, en descendant à la scie du père Sorel. Quoi que je lui aie dit, pour conserver la supériorité qui m'appartient, je n'avais pas songé que si je ne prends pas ce petit abbé Sorel, qui, dit-on, sait le latin comme un ange, le directeur du dépôt, cette âme sans repos, pourrait bien avoir la même idée que moi et me l'enlever. Avec quel ton de suffisance il parlerait du précepteur de ses enfants!... Ce précepteur, une fois à moi, portera-t-il la soutane ?

M. de Rênal était absorbé dans ce doute, lorsqu'il vit de loin un paysan, homme de près de six pieds, qui, dès le petit jour, semblait fort occupé à mesurer des pièces de bois déposées le long du Doubs, sur le chemin de halage. Le paysan n'eut pas l'air fort satisfait de voir approcher M. le maire ; car ses pièces de bois obstruaient le chemin, et étaient déposées là en contravention.

Le père Sorel, car c'était lui, fut très surpris et encore plus content de la singulière proposition que M. de Rênal lui faisait pour son fils Julien. Il ne l'en écouta pas moins avec cet air de tristesse mécontente et de désintérêt dont sait si bien se revêtir la finesse des habitants de ces montagnes [1]. Esclaves du temps de la domination espagnole, ils conservent encore ce trait de la physionomie du fellah de l'Égypte.

La réponse de Sorel ne fut d'abord que la longue récitation de toutes les formules de respect qu'il savait par cœur. Pendant qu'il répétait ces vaines paroles, avec un sourire gauche qui augmentait l'air de fausseté et presque de friponnerie naturel à sa physionomie, l'esprit actif du vieux paysan cherchait à découvrir quelle raison pouvait porter un homme aussi considérable à prendre chez lui son vaurien de fils. Il était fort mécontent de Julien, et c'était pour lui que M. de Rênal lui offrait le gage inespéré de 300 francs par an, avec la nourriture et même l'habillement. Cette dernière prétention, que le père Sorel avait eu le génie de mettre en avant subitement, avait été accordée de même par M. de Rênal.

Cette demande frappa le maire. Puisque Sorel n'est pas ravi et comblé de ma proposition, comme naturellement il devrait l'être, il est clair, se dit-il, qu'on lui a fait des offres d'un autre côté ; et de qui peuvent-elles venir, si ce n'est du Valenod ? Ce fut en vain que M. de Rênal pressa Sorel de conclure sur-le-champ : l'astuce du vieux paysan s'y refusa opiniâtrement ; il voulait disait-il, consulter son fils comme si, en province, un père riche consultait un fils qui n'a rien, autrement que pour la forme.

Une scie à eau se compose d'un hangar au bord d'un ruisseau. Le toit est soutenu par une charpente qui porte sur quatre gros piliers en bois. A huit ou dix pieds d'élévation, au milieu du hangar, on voit une scie qui monte et descend, tandis qu'un mécanisme fort simple pousse contre cette scie une pièce de bois. C'est une roue mise en mouvement par le ruisseau qui fait aller ce double mécanisme ; celui de la scie qui monte et descend, et celui qui pousse doucement la pièce de bois vers la scie, qui la débite en planches.

En approchant de son usine, le père Sorel appela Julien de sa voix de stentor ; personne ne répondit. Il ne vit que ses fils aînés, espèce de géants qui, armés de lourdes haches, équarrissaient les troncs de sapin, qu'ils allaient porter à la scie. Tout occupés à suivre exactement la marque noire tracée sur la pièce de bois, chaque coup de leur hache en séparait des copeaux énormes. Ils n'entendirent pas la voix de leur père. Celui-ci se dirigea vers le hangar ; en y entrant, il chercha vainement Julien à la place qu'il aurait dû occuper, à côté de la scie. Il l'aperçut à cinq ou six pieds plus haut, à cheval sur l'une des pièces de la toiture. Au lieu de surveiller attentivement l'action de tout le mécanisme, Julien lisait. Rien n'était plus antipathique au vieux Sorel ; il eût peut-être pardonné à Julien sa taille mince, peu propre aux travaux de force, et si différente de celle de ses aînés ; mais cette manie de lecture lui était odieuse, il ne savait pas lire lui-même.

Ce fut en vain qu'il appela Julien deux ou trois fois. L'attention que le jeune homme donnait à son livre, bien plus que le bruit de la scie, l'empêcha d'entendre la terrible voix de son père. Enfin, malgré son âge, celui-ci sauta lestement sur l'arbre soumis à l'action de la scie, et de là sur la poutre transversale qui soutenait le toit. Un coup violent fit voler dans le ruisseau le livre que tenait Julien ; un second coup aussi violent, donné sur la tête, en forme de calotte, lui fit perdre l'équilibre. Il allait tomber à douze ou quinze pieds plus bas, au milieu des leviers de la machine en action, qui l'eussent brisé, mais son père le retint de la main gauche, comme il tombait :

— Eh bien, paresseux ! tu liras donc toujours tes maudits livres, pendant que tu es de garde à la scie ? Lis-les le soir, quand tu vas perdre ton temps chez le curé, à la bonne heure.

Julien, quoique étourdi par la force du coup, et tout sanglant se rapprocha de son poste officiel, à côté de la scie. Il avait les larmes aux yeux, moins à cause de la douleur physique que pour la perte de son livre qu'il adorait.

« Descends, animal, que je te parle. » Le bruit de la machine empêcha encore Julien d'entendre cet ordre. Son père qui était descendu, ne voulant pas se donner la peine de remonter sur le mécanisme, alla chercher une longue perche pour abattre des noix, et l'en frappa sur l'épaule. A peine Julien fut-il à terre, que le vieux Sorel, le chassant rudement devant lui, le poussa vers la maison. Dieu sait ce qu'il va me faire ! se disait le jeune homme. En passant, il regarda tristement le ruisseau où était tombé son livre ; c'était celui de tous qu'il affectionnait le plus, le *Mémorial de Sainte-Hélène*.

Il avait les joues pourpres et les yeux baissés. C'était un petit jeune homme de dix-huit à dix-neuf ans, faible en apparence, avec des traits irréguliers, mais délicats, et un nez aquilin. De grands yeux noirs, qui, dans les moments tranquilles, annonçaient de la réflexion et du feu, étaient animés en cet instant de l'expression de la haine la plus féroce. Des cheveux chatain foncé, plantés fort bas, lui donnaient un petit front, et, dans les moments de colère, un air méchant. Parmi les innombrables variétés de la physionomie humaine, il n'en est peut-être point qui se soit distinguée par une spécialité plus saisissante. Une taille svelte et bien prise annonçait plus de légèreté que de vigueur. Dès sa première jeunesse, son air extrêmement pensif et sa grande pâleur avaient donné l'idée à son père qu'il ne vivrait pas, ou qu'il vivrait pour être une charge à sa famille. Objet des mépris de tous à la maison, il haïssait ses frères et son père ; dans les jeux du dimanche, sur la place publique, il était toujours battu.

Il n'y avait pas un an que sa jolie figure commençait à lui donner quelques voix amies parmi les jeunes filles. Méprisé de tout le monde, comme un être faible, Julien avait adoré ce vieux chirurgien-major qui un jour osa parler au maire au sujet des platanes.

Ce chirurgien payait quelquefois au père Sorel la journée de son fils, et lui enseignait le latin et l'histoire, c'est-à-dire, ce qu'il savait d'histoire, la campagne de 1796 en Italie. En mourant, il lui avait légué sa croix de la Légion d'honneur, les arrérages de sa demi-solde et trente ou quarante volumes, dont le plus précieux

venait de faire le saut dans le *ruisseau public*, détourné
par le crédit de M. le maire.

A peine entré dans la maison, Julien se sentit l'épaule
arrêtée par la puissante main de son père ; il tremblait,
s'attendant à quelques coups.

— Réponds-moi sans mentir, lui cria aux oreilles la
voix dure du vieux paysan, tandis que sa main le retournait comme la main d'un enfant retourne un soldat de
plomb. Les grands yeux noirs et remplis de larmes de
Julien se trouvèrent en face des petits yeux gris et
méchants du vieux charpentier, qui avait l'air de vou-
loire lire jusqu'au fond de son âme.

CHAPITRE V

UNE NÉGOCIATION

Cunctando restituit rem.
ENNIUS.

Réponds-moi sans mentir, si tu le peux, chien de
lisard ; d'où connais-tu Mme de Rênal, quand lui
as-tu parlé ?

— Je ne lui ai jamais parlé, répondit Julien, je n'ai
jamais vu cette dame qu'à l'église.

— Mais tu l'auras regardée, vilain effronté ?

— Jamais ! Vous savez qu'à l'église je ne vois que
Dieu, ajouta Julien, avec un petit air hypocrite, tout
propre, selon lui, à éloigner le retour des taloches.

— Il y a pourtant quelque chose là-dessous, répliqua

le paysan malin, et il se tut un instant ; mais je ne saurai
rien de toi, maudit hypocrite. Au fait, je vais être
délivré de toi, et ma scie n'en ira que mieux. Tu as gagné
M. le curé ou tout autre, qui t'a procuré une belle place.
Va faire ton paquet, et je te mènerai chez M. de Rênal,
où tu seras précepteur des enfants.

— Qu'aurai-je pour cela ?

— La nourriture, l'habillement et trois cents francs
de gages.

— Je ne veux pas être domestique.

— Animal, qui te parle d'être domestique, est-ce que
je voudrais que mon fils fût domestique ?

— Mais, avec qui mangerai-je ?

Cette demande déconcerta le vieux Sorel, il sentit
qu'en parlant il pourrait commettre quelque imprudence ; il s'emporta contre Julien, qu'il accabla d'injures, en l'accusant de gourmandise, et le quitta pour
aller consulter ses autres fils.

Julien les vit bientôt après, chacun appuyé sur sa
hache et tenant conseil. Après les avoir longtemps regar-
dés, Julien, voyant qu'il ne pouvait rien deviner, alla
se placer de l'autre côté de la scie, pour éviter d'être
surpris. Il voulait penser à cette annonce imprévue qui
changeait son sort, mais il se sentit incapable de prudence,
son imagination était tout entière à se figurer ce qu'il
verrait dans la belle maison de M. de Rênal.

Il faut renoncer à tout cela, se dit-il, plutôt que de se
laisser réduire à manger avec les domestiques. Mon
père voudra m'y forcer ; plutôt mourir. J'ai quinze
francs huit sous d'économies, je me sauve cette nuit ;
en deux jours, par des chemins de traverse où je ne
crains nul gendarme, je suis à Besançon ; là, je m'engage
comme soldat, et, s'il le faut, je passe en Suisse. Mais
alors plus d'avancement, plus d'ambition pour moi,
plus de ce bel état de prêtre qui mène à tout.

Cette horreur pour manger avec des domestiques
n'était pas naturelle à Julien, il eût fait pour arriver à
la fortune des choses bien autrement pénibles. Il pui-

sait cette répugnance dans les *Confessions* de Rousseau. C'était le seul livre à l'aide duquel son imagination se figurait le monde. Le recueil des bulletins de la grande armée et le *Mémorial de Sainte-Hélène* complétaient son Coran [1]. Il se serait fait tuer pour ces trois ouvrages. Jamais il ne crut en aucun autre. D'après un mot du vieux chirurgien-major, il regardait tous les autres livres du monde comme menteurs, et écrits par des fourbes pour avoir de l'avancement.

Avec une âme de feu, Julien avait une de ces mémoires étonnantes si souvent unies à la sottise. Pour gagner le vieux curé Chélan, duquel il voyait bien que dépendait son sort à venir, il avait appris par cœur tout le Nouveau Testament en latin ; il savait aussi le livre *du Pape* de M. de Maistre et croyait à l'un aussi peu qu'à l'autre.

Comme par un accord mutuel, Sorel et son fils évitèrent de se parler ce jour-là. Sur la brune, Julien alla prendre sa leçon de théologie chez le curé, mais il ne jugea pas prudent de lui rien dire de l'étrange proposition qu'on avait faite à son père. Peut-être est-ce un piège, se disait-il, il faut faire semblant de l'avoir oublié.

Le lendemain de bonne heure, M. de Rênal fit appeler le vieux Sorel, qui, après s'être fait attendre une heure ou deux finit par arriver, en faisant dès la porte cent excuses entremêlées d'autant de révérences. A force de parcourir toutes sortes d'objections, Sorel comprit que son fils mangerait avec le maître et la maîtresse de la maison, et les jours où il y aurait du monde, seul dans une chambre à part avec les enfants. Toujours plus disposé à incidenter à mesure qu'il distinguait un véritable empressement chez M. le maire, et d'ailleurs rempli de défiance et d'étonnement, Sorel demanda à voir la chambre où coucherait son fils. C'était une grande pièce meublée fort proprement, mais dans laquelle on était déjà occupé à transporter les lits des trois enfants.

Cette circonstance fut un trait de lumière pour le vieux paysan ; il demanda aussitôt avec assurance à

voir l'habit que l'on donnerait à son fils. M. de Rênal
ouvrit son bureau et prit cent francs.

— Avec cet argent, votre fils ira chez M. Durand, le
drapier, et lèvera un habit noir complet.

— Et quand même je le retirerais de chez vous, dit
le paysan, qui avait tout à coup oublié ses formes révé-
rencieuses, cet habit noir lui restera?

— Sans doute.

— Eh bien! dit Sorel d'un ton de voix traînard, il ne
reste donc plus qu'à nous mettre d'accord sur une seule
chose : l'argent que vous lui donnerez.

— Comment! s'écria M. de Rênal indigné, nous sommes d'accord depuis hier : je donne trois cents francs ;
je crois que c'est beaucoup, et peut-être trop.

— C'était votre offre, je ne le nie point, dit le vieux
Sorel, parlant encore plus lentement ; et, par un effort
de génie qui n'étonnera que ceux qui ne connaissent pas
les paysans francs-comtois, il ajouta, en regardant
fixement M. de Rênal : *Nous trouvons mieux ailleurs.*

A ces mots là la figure du maire fut bouleversée. Il
revint cependant à lui, et après une conversation savante de deux grandes heures, où pas un mot ne fut dit
au hasard, la finesse du paysan l'emporta sur la finesse
de l'homme riche, qui n'en a pas besoin pour vivre.
Tous les nombreux articles qui devaient régler la nouvelle existence de Julien se trouvèrent arrêtés ; non seulement ses appointements furent réglés à quatre cents
francs, mais on dut les payer d'avance, le premier de
chaque mois.

— Eh bien! je lui remettrai trente-cinq francs, dit
M. de Rênal.

— Pour faire la somme ronde, un homme riche et
généreux comme monsieur notre maire, dit le paysan
d'une voix *câline*, ira bien jusqu'à trente-six francs.

— Soit, dit M. de Rênal, mais finissons-en.

Pour le coup, la colère lui donnait le ton de la fermeté.
Le paysan vit qu'il fallait cesser de marcher en avant.
Alors, à son tour, M. de Rênal fit des progrès. Jamais il

ne voulut remettre le premier mois de trente-six francs au vieux Sorel, fort empressé de le recevoir pour son fils. M. de Rênal vint à penser qu'il serait obligé de raconter à sa femme le rôle qu'il avait joué dans toute cette négociation.

— Rendez-moi les cent francs que je vous ai remis, dit-il avec humeur. M. Durand me doit quelque chose. J'irai avec votre fils faire la levée du drap noir.

Après cet acte de vigueur, Sorel rentra prudemment dans ses formules respectueuses ; elles prirent un bon quart d'heure. A la fin, voyant qu'il n'y avait décidément plus rien à gagner, il se retira. Sa dernière révérence finit par ces mots :

— Je vais envoyer mon fils au château.

C'était ainsi que les administrés de M. le maire appelaient sa maison quand ils voulaient lui plaire.

De retour à son usine, ce fut en vain que Sorel chercha son fils. Se méfiant de ce qui pouvait arriver, Julien était sorti au milieu de la nuit. Il avait voulu mettre en sûreté ses livres et sa croix de la Légion d'honneur. Il avait transporté le tout chez un jeune marchand de bois, son ami, nommé Fouqué qui habitait dans la haute montagne qui domine Verrières.

Quand il reparut : — Dieu sait, maudit paresseux, lui dit son père, si tu auras jamais assez d'honneur pour me payer le prix de ta nourriture, que j'avance depuis tant d'années! Prends tes guenilles, et va-t'en chez M. le maire.

Julien, étonné de n'être pas battu, se hâta de partir. Mais à peine hors de la vue de son terrible père, il ralentit le pas. Il jugea qu'il serait utile à son hypocrisie d'aller faire une station à l'église.

Ce mot vous surprend ? Avant d'arriver à cet horrible mot, l'âme du jeune paysan avait eu bien du chemin à parcourir.

Dès sa première enfance, la vue de certains dragons du 6e, aux longs manteaux blancs, et la tête couverte de casques aux longs crins noirs, qui revenaient d'Italie [1],

et que Julien vit attacher leurs chevaux à la fenêtre
grillée de la maison de son père, le rendit fou de l'état
militaire. Plus tard il écoutait avec transport les récits
des batailles du pont de Lodi, d'Arcole, de Rivoli,
que lui faisait le vieux chirurgien-major. Il remarqua
les regards enflammés que le vieillard jetait sur sa croix.

Mais lorsque Julien avait quatorze ans, on commença
à bâtir à Verrières une église, que l'on peut appeler
magnifique pour une aussi petite ville. Il y avait surtout
quatre colonnes de marbre dont la vue frappa Julien ;
elles devinrent célèbres dans le pays, par la haine mortelle qu'elles suscitèrent entre le juge de paix et le jeune
vicaire, envoyé de Besançon, qui passait pour être
l'espion de la congrégation. Le juge de paix fut sur le
point de perdre sa place, du moins telle était l'opinion
commune. N'avait-il pas osé avoir un différend avec un
prêtre qui, presque tous les quinze jours, allait à Besançon, où il voyait, disait-on, monseigneur l'évêque ?

Sur ces entrefaites, le juge de paix, père d'une nombreuse famille, rendit plusieurs sentences qui semblèrent
injustes ; toutes furent portées contre ceux des habitants
qui lisaient le *Constitutionnel*. Le bon parti triompha. Il
ne s'agissait, il est vrai, que de sommes de trois ou de
cinq francs ; mais une de ces petites amendes dut être
payée par un cloutier, parrain de Julien. Dans sa colère,
cet homme s'écriait : « Quel changement ! et dire que,
depuis plus de vingt ans, le juge de paix passait pour un
si honnête homme ! » Le chirurgien-major, ami de Julien,
était mort.

Tout à coup Julien cessa de parler de Napoléon
il annonça le projet de se faire prêtre, et on le vit constamment, dans la scie de son père, occupé à apprendre
par cœur une bible latine que le curé lui avait prêtée. Ce
bon vieillard, émerveillé de ses progrès, passait des
soirées entières à lui enseigner la théologie. Julien ne
faisait paraître devant lui que des sentiments pieux.
Qui eût pu deviner que cette figure de jeune fille, si
pâle et si douce, cachait la résolution inébranlable

de s'exposer à mille morts plutôt que de ne pas faire fortune!

Pour Julien, faire fortune, c'était d'abord sortir de Verrières ; il abhorrait sa patrie. Tout ce qu'il y voyait glaçait son imagination.

Dès sa première enfance, il avait eu des moments d'exaltation. Alors il songeait avec délices qu'un jour il serait présenté aux jolies femmes de Paris, il saurait attirer leur attention par quelque action d'éclat. Pourquoi ne serait-il pas aimé de l'une d'elles, comme Bonaparte, pauvre encore, avait été aimé de la brillante Mme de Beauharnais? Depuis bien des années, Julien ne passait peut-être pas une heure de sa vie sans se dire que Bonaparte, lieutenant obscur et sans fortune, s'était fait le maître du monde avec son épée. Cette idée le consolait de ses malheurs qu'il croyait grands, et redoublait sa joie quand il en avait.

La construction de l'église et les sentences du juge de paix l'éclairèrent tout à coup ; une idée qui lui vint le rendit comme fou pendant quelques semaines, et enfin s'empara de lui avec la toute-puissance de la première idée qu'une âme passionnée croit avoir inventée.

« Quand Bonaparte fit parler de lui, la France avait peur d'être envahie ; le mérite militaire était nécessaire et à la mode. Aujourd'hui, on voit des prêtres de quarante ans avoir cent mille francs d'appointements, c'est-à-dire trois fois autant que les fameux généraux de division de Napoléon. Il leur faut des gens qui les secondent. Voilà ce juge de paix, si bonne tête, si honnête homme, jusqu'ici, si vieux, qui se déshonore par crainte de déplaire à un jeune vicaire de trente ans. Il faut être prêtre. »

Une fois, au milieu de sa nouvelle piété, il y avait déjà deux ans que Julien étudiait la théologie, il fut trahi par une irruption soudaine du feu qui dévorait son âme. Ce fut chez M. Chélan, à un dîner de prêtres auquel le bon curé l'avait présenté comme un prodige d'instruction, il lui arriva de louer Napoléon avec fureur. Il se lia le bras droit contre la poitrine, prétendit s'être disloqué le bras en remuant un tronc de sapin, et le porta pendant deux mois dans cette position gênante. Après cette peine afflictive, il se pardonna. Voilà le jeune homme de dix-neuf ans, mais faible en apparence, et à qui l'on en eût tout au plus donné dix-sept, qui, portant un petit paquet sous le bras, entrait dans la magnifique église de Verrières [1].

Il la trouva sombre et solitaire. A l'occasion d'une fête, toutes les croisées de l'édifice avaient été couvertes d'étoffe cramoisie. Il en résultait, aux rayons du soleil, un effet de lumière éblouissant, du caractère le plus imposant et le plus religieux. Julien tressaillit. Seul, dans l'église, il s'établit dans le banc qui avait la plus belle apparence. Il portait les armes de M. de Rênal.

Sur le prie-Dieu, Julien remarqua un morceau de papier imprimé, étalé là comme pour être lu. Il y porta les yeux et vit :

Détails de l'exécution et des derniers moments de Louis Jenrel, exécuté à Besançon, le...

Le papier était déchiré. Au revers on lisait les deux premiers mots d'une ligne, c'étaient : *Le premier pas.*

— Qui a pu mettre ce papier là, dit Julien ? Pauvre malheureux, ajouta-t-il avec un soupir, son nom finit comme le mien... et il froissa le papier.

En sortant, Julien crut voir du sang près du bénitier, c'était de l'eau bénite qu'on avait répandue : le reflet des rideaux rouges qui couvraient les fenêtres la faisait paraître du sang.

Enfin, Julien eut honte de sa terreur secrète.

— Serais-je un lâche! se dit-il, *aux armes!*

Ce mot si souvent répété dans les récits de batailles du vieux chirurgien était héroïque pour Julien. Il se leva et marcha rapidement vers la maison de M. de Rênal.

Malgré ces belles résolutions, dès qu'il l'aperçut à vingt pas de lui, il fut saisi d'une invincible timidité. La grille de fer était ouverte, elle lui semblait magnifique, il fallait entrer là-dedans.

Julien n'était pas la seule personne dont le cœur fût troublé par son arrivée dans cette maison. L'extrême timidité de Mme de Rênal était déconcertée par l'idée de cet étranger, qui, d'après ses fonctions, allait constamment se trouver entre elle et ses enfants. Elle était accoutumée à avoir ses fils couchés dans sa chambre. Le matin, bien des larmes avaient coulé quand elle avait vu transporter leurs petits lits dans l'appartement destiné au précepteur. Ce fut en vain qu'elle demanda à son mari que le lit de Stanislas-Xavier, le plus jeune, fût reporté dans sa chambre.

La délicatesse de femme était poussée à un point excessif chez Mme de Rênal. Elle se faisait l'image la plus désagréable d'un être grossier et mal peigné, chargé de gronder ses enfants, uniquement parce qu'il savait le latin, un langage barbare pour lequel on fouetterait ses fils.

CHAPITRE VI

L'ENNUI

> *Non so più cosa son,*
> *Cosa facio.*
>
> Mozart. (Figaro.)

Avec la vivacité et la grâce qui lui étaient naturelles quand elle était loin des regards des hommes, Mme de Rênal sortait par la porte-fenêtre du salon qui donnait sur le jardin, quand elle aperçut près de la porte d'entrée la figure d'un jeune paysan presque encore enfant, extrêmement pâle, et qui venait de pleurer. Il était en chemise bien blanche, et avait sous le bras une veste fort propre de ratine violette.

Le teint de ce petit paysan était si blanc, ses yeux si doux, que l'esprit un peu romanesque de Mme de Rênal eut d'abord l'idée que ce pouvait être une jeune fille déguisée, qui venait demander quelque grâce à M. le maire. Elle eut pitié de cette pauvre créature, arrêtée à la porte d'entrée, et qui évidemment n'osait pas lever la main jusqu'à la sonnette. Mme de Rênal s'approcha, distraite un instant de l'amer chagrin que lui donnait l'arrivée du précepteur. Julien, tourné vers la porte, ne la voyait pas s'avancer. Il tressaillit quand une voix douce dit tout près de son oreille :

— Que voulez-vous ici, mon enfant ?

Julien se tourna vivement, et, frappé du regard si rempli de grâce de Mme de Rênal, il oublia une partie de sa timidité. Bientôt, étonné de sa beauté, il oublia tout, même ce qu'il venait faire. Mme de Rênal avait répété sa question.

— Je viens pour être précepteur, Madame, lui dit-il enfin, tout honteux de ses larmes qu'il essuyait de son mieux.

Mme de Rênal resta interdite, ils étaient fort près l'un de l'autre à se regarder. Julien n'avait jamais vu un être aussi bien vêtu et surtout une femme avec un teint si éblouissant, lui parler d'un air doux. Mme de Rênal regardait les grosses larmes qui s'étaient arrêtées sur les joues si pâles d'abord et maintenant si roses de ce jeune paysan. Bientôt elle se mit à rire, avec toute la gaieté folle d'une jeune fille, elle se moquait d'elle-même et ne pouvait se figurer tout son bonheur. Quoi, c'était là ce précepteur qu'elle s'était figuré comme un prêtre sale et mal vêtu, qui viendrait gronder et fouetter ses enfants !

— Quoi, Monsieur, lui dit-elle enfin, vous savez le latin ?

Ce mot de Monsieur étonna si fort Julien qu'il réfléchit un instant.

— Oui, Madame, dit-il timidement.

Mme de Rênal était si heureuse, qu'elle osa dire à Julien :

— Vous ne gronderez pas trop ces pauvres enfants ?

— Moi, les gronder, dit Julien étonné, et pourquoi ?

— N'est-ce pas, Monsieur, ajouta-t-elle après un petit silence et d'une voix dont chaque instant augmentait l'émotion, vous serez bon pour eux, vous me le promettez ?

S'entendre appeler de nouveau Monsieur, bien sérieusement, et par une dame si bien vêtue, était au-dessus de toutes les prévisions de Julien : dans tous les châteaux en Espagne de sa jeunesse, il s'était dit qu'aucune dame comme il faut ne daignerait lui parler que quand il aurait un bel uniforme. Mme de Rênal, de son côté, était complètement trompée par la beauté du teint, les grands yeux noirs de Julien et ses jolis cheveux qui frisaient plus qu'à l'ordinaire, parce que pour se rafraîchir il venait de plonger la tête dans le bassin de la fontaine publique. A sa grande joie, elle trouvait l'air timide d'une jeune fille à ce fatal précepteur, dont elle avait tant redouté pour ses enfants la dureté et l'air rébarbatif. Pour l'âme si paisible de Mme de Rênal, le contraste de ses craintes et de ce qu'elle voyait fut un grand événement. Enfin elle revint de sa surprise. Elle fut étonnée de se trouver ainsi à la porte de sa maison avec ce jeune homme presque en chemise et si près de lui.

— Entrons, Monsieur, lui dit-elle d'un air assez embarrassé.

De sa vie une sensation purement agréable n'avait aussi profondément ému Mme de Rênal, jamais une apparition aussi gracieuse n'avait succédé à des craintes plus inquiétantes. Ainsi ces jolis enfants, si soignés par elle, ne tomberaient pas dans les mains d'un prêtre sale et grognon. A peine entrée sous le vestibule, elle se retourna vers Julien qui la suivait timidement. Son air étonné

à l'aspect d'une maison si belle, était une grâce de plus
aux yeux de Mme de Rênal. Elle ne pouvait en croire
ses yeux, il lui semblait surtout que le précepteur devait
avoir un habit noir.

— Mais, est-il vrai, Monsieur, lui dit-elle en s'arrêtant encore et craignant mortellement de se tromper,
tant sa croyance la rendait heureuse, vous savez le
latin ?

Ces mots choquèrent l'orgueil de Julien et dissipèrent
le charme dans lequel il vivait depuis un quart d'heure.

— Oui, Madame, lui dit-il en cherchant à prendre un
air froid, je sais le latin aussi bien que M. le curé, et
même quelquefois il a la bonté de dire mieux que lui.

Mme de Rênal trouva que Julien avait l'air fort
méchant, il s'était arrêté à deux pas d'elle. Elle s'approcha et lui dit à mi-voix :

— N'est-ce pas, les premiers jours, vous ne donnerez
pas le fouet à mes enfants, même quand ils ne sauraient
pas leurs leçons.

Ce ton si doux et presque suppliant d'une si belle
dame fit tout à coup oublier à Julien ce qu'il devait à sa
réputation de latiniste. La figure de Mme de Rênal était
près de la sienne, il sentit le parfum des vêtements d'été
d'une femme, chose si étonnante pour un pauvre paysan.
Julien rougit extrêmement et dit avec un soupir et d'une
voix défaillante :

— Ne craignez rien, Madame, je vous obéirai en tout.

Ce fut en ce moment seulement, quand son inquiétude
pour ses enfants fut tout à fait dissipée, que Mme de
Rênal fut frappée de l'extrême beauté de Julien. La
forme presque féminine de ses traits et son air d'embarras ne semblèrent point ridicules à une femme extrêmement timide elle-même. L'air mâle que l'on trouve
communément nécessaire à la beauté d'un homme lui
eût fait peur.

— Quel âge avez-vous, Monsieur ? dit-elle à Julien.

— Bientôt dix-neuf ans.

— Mon fils aîné a onze ans, reprit Mme de Rênal tout

à fait rassurée, ce sera presque un camarade pour vous, vous lui parlerez raison. Une fois son père a voulu le battre, l'enfant a été malade pendant toute une semaine, et cependant c'était un bien petit coup.

Quelle différence avec moi, pensa Julien. Hier encore, mon père m'a battu. Que ces gens riches sont heureux!

Mme de Rênal en était déjà à saisir les moindres nuances de ce qui se passait dans l'âme du précepteur; elle prit ce mouvement de tristesse pour de la timidité, et voulut l'encourager.

— Quel est votre nom, Monsieur, lui dit-elle avec un accent et une grâce dont Julien sentit tout le charme, sans pouvoir s'en rendre compte.

— On m'appelle Julien Sorel, Madame; je tremble en entrant pour la première fois de ma vie dans une maison étrangère, j'ai besoin de votre protection et que vous me pardonniez bien des choses les premiers jours. Je n'ai jamais été au collège, j'étais trop pauvre; je n'ai jamais parlé à d'autres hommes que mon cousin le chirurgien-major, membre de la Légion d'honneur, et M. le curé Chélan. Il vous rendra bon témoignage de moi. Mes frères m'ont toujours battu, ne les croyez pas s'ils vous disent du mal de moi, pardonnez mes fautes, Madame, je n'aurai jamais mauvaise intention.

Julien se rassurait pendant ce long discours, il examinait Mme de Rênal. Tel est l'effet de la grâce parfaite, quand elle est naturelle au caractère, et que surtout la personne qu'elle décore ne songe pas à avoir de la grâce, Julien, qui se connaissait fort bien en beauté féminine. eût juré dans cet instant qu'elle n'avait que vingt ans, Il eut sur-le-champ l'idée hardie de lui baiser la main. Bientôt il eut peur de son idée; un instant après il se dit : il y aurait de la lâcheté à moi de ne pas exécuter une action qui peut m'être utile, et diminuer le mépris que cette belle dame a probablement pour un pauvre ouvrier à peine arraché à la scie. Peut-être Julien fut-il un peu encouragé par ce mot de joli garçon, que depuis six mois il entendait répéter le dimanche par quelques

jeunes filles. Pendant ces débats intérieurs, Mme de
Rênal lui adressait deux ou trois mots d'instruction
sur la façon de débuter avec les enfants. La violence
que se faisait Julien le rendit de nouveau fort pâle ; il
dit, d'un air contraint :

— Jamais, Madame, je ne battrai vos enfants ; je le
jure devant Dieu.

Et en disant ces mots, il osa prendre la main de
Mme de Rênal et la porter à ses lèvres. Elle fut étonnée de
ce geste, et par réflexion choquée. Comme il faisait très
chaud, son bras était tout à fait nu sous son châle, et
le mouvement de Julien, en portant la main à ses lèvres,
l'avait entièrement découvert. Au bout de quelques
instants, elle se gronda elle-même, il lui sembla qu'elle
n'avait pas été assez rapidement indignée.

M. de Rênal, qui avait entendu parler, sortit de son
cabinet ; du même air majestueux et paterne qu'il
prenait lorsqu'il faisait des mariages à la mairie, il dit à
Julien :

— Il est essentiel que je vous parle avant que les
enfants ne vous voient.

Il fit entrer Julien dans une chambre et retint sa
femme qui voulait les laisser seuls. La porte fermée,
M. de Rênal s'assit avec gravité.

— M. le curé m'a dit que vous étiez un bon sujet, tout
le monde vous traitera ici avec honneur, et si je suis
content, j'aiderai à vous faire par la suite un petit établissement. Je veux que vous ne voyiez plus ni parents
ni amis, leur ton ne peut convenir à mes enfants. Voici
trente-six francs pour le premier mois ; mais j'exige
votre parole de ne pas donner un sou de cet argent à
votre père.

M. de Rênal était piqué contre le vieillard, qui, dans
cette affaire, avait été plus fin que lui.

— Maintenant, *Monsieur*, car d'après mes ordres
tout le monde ici va vous appeler Monsieur, et vous
sentirez l'avantage d'entrer dans une maison de gens
comme il faut ; maintenant, Monsieur, il n'est pas

convenable que les enfants vous voient en veste. Les domestiques l'ont-ils vu ? dit M. de Rênal à sa femme.

— Non, mon ami, répondit-elle d'un air profondément pensif.

— Tant mieux. Mettez ceci, dit-il au jeune homme surpris, en lui donnant une redingote à lui. Allons maintenant chez M. Durand, le marchand de drap.

Plus d'une heure après, quand M. de Rênal rentra avec le nouveau précepteur tout habillé de noir, il retrouva sa femme assise à la même place. Elle se sentit tranquillisée par la présence de Julien, en l'examinant elle oubliait d'en avoir peur. Julien ne songeait point à elle ; malgré toute sa méfiance du destin et des hommes, son âme dans ce moment n'était que celle d'un enfant, il lui semblait avoir vécu des années depuis l'instant où, trois heures auparavant, il était tremblant dans l'église. Il remarqua l'air glacé de Mme de Rênal, il comprit qu'elle était en colère de ce qu'il avait osé lui baiser la main. Mais le sentiment d'orgueil que lui donnait le contact d'habits si différents de ceux qu'il avait coutume de porter, le mettait tellement hors de lui-même, et il avait tant d'envie de cacher sa joie, que tous ses mouvements avaient quelque chose de brusque et de fou. Mme de Rênal le contemplait avec des yeux étonnés.

— De la gravité, Monsieur, lui dit M. de Rênal, si vous voulez être respecté de mes enfants et de mes gens.

— Monsieur, répondit Julien, je suis gêné dans ces nouveaux habits ; moi, pauvre paysan, je n'ai jamais porté que des vestes ; j'irai, si vous le permettez, me renfermer dans ma chambre.

— Que te semble de cette nouvelle acquisition, dit M. de Rênal à sa femme ?

Par un mouvement presque instinctif, et dont certainement elle ne se rendit pas compte, Mme de Rênal déguisa la vérité à son mari.

— Je ne suis point aussi enchantée que vous de ce petit paysan, vos prévenances en feront un impertinent que vous serez obligé de renvoyer avant un mois.

— Eh bien! nous le renverrons, ce sera une centaine
de francs qu'il m'en pourra coûter, et Verrières sera
accoutumée, à voir un précepteur aux enfants de M. de
Rênal. Ce but n'eût point été rempli si j'eusse laissé à
Julien l'accoutrement d'un ouvrier. En le renvoyant, je
retiendrai, bien entendu, l'habit noir complet que je
viens de lever chez le drapier. Il ne lui restera que ce
que je viens de trouver tout fait chez le tailleur, et dont
je l'ai couvert.

L'heure que Julien passa dans sa chambre parut un
instant à Mme de Rênal. Les enfants, auxquels l'on avait
annoncé le nouveau précepteur, accablaient leur mère de
questions. Enfin Julien parut. C'était un autre homme.
C'eût été mal parler que de dire qu'il était grave ; c'était
la gravité incarnée. Il fut présenté aux enfants, et leur
parla d'un air qui étonna M. de Rênal lui-même.

— Je suis ici, Messieurs, leur dit-il en finissant son
allocution, pour vous apprendre le latin. Vous savez ce
que c'est que de réciter une leçon. Voici la sainte Bible,
dit-il en leur montrant un petit volume in-32, relié en
noir. C'est particulièrement l'histoire de Notre-Seigneur
Jésus-Christ, c'est la partie qu'on appelle le Nouveau
Testament. Je vous ferai souvent réciter des leçons,
faites-moi réciter la mienne.

Adolphe, l'aîné des enfants, avait pris le livre.

— Ouvrez-le, au hasard, continua Julien, et dites-
moi le premier mot d'un alinéa. Je réciterai par cœur
le livre sacré, règle de notre conduite à tous, jusqu'à ce
que vous m'arrêtiez.

Adolphe ouvrit le livre, lut un mot, et Julien récita
toute la page avec la même facilité que s'il eût parlé
français. M. de Rênal regardait sa femme d'un air de
triomphe. Les enfants, voyant l'étonnement de leurs
parents, ouvraient de grands yeux. Un domestique vint
à la porte du salon, Julien continua de parler latin.
Le domestique resta d'abord immobile, et ensuite
disparut. Bientôt la femme de chambre de Madame et
la cuisinière arrivèrent près de la porte ; alors Adolphe

avait déjà ouvert le livre en huit endroits, et Julien récitait toujours avec la même facilité [1].

— Ah, mon Dieu! le joli petit prêtre, dit tout haut la cuisinière, bonne fille fort dévote.

L'amour-propre de M. de Rênal était inquiet ; loin de songer à examiner le précepteur, il était tout occupé à chercher dans sa mémoire quelques mots latins ; enfin, il put dire un vers d'Horace. Julien ne savait de latin que sa Bible. Il répondit en fronçant le sourcil :

— Le saint ministère auquel je me destine m'a défendu de lire un poète aussi profane.

M. de Rênal cita un assez grand nombre de prétendus vers d'Horace. Il expliqua à ses enfants ce que c'était qu'Horace ; mais les enfants, frappés d'admiration, ne faisaient guère attention à ce qu'il disait. Ils regardaient Julien.

Les domestiques étant toujours à la porte, Julien crut devoir prolonger l'épreuve :

— Il faut, dit-il au plus jeune des enfants, que M. Stanislas-Xavier m'indique aussi un passage du livre saint.

Le petit Stanislas, tout fier, lut tant bien que mal le premier mot d'un alinéa, et Julien dit toute la page. Pour que rien ne manquât au triomphe de M. de Rênal, comme Julien récitait, entrèrent M. Valenod, le possesseur des beaux chevaux normands, et M. Charcot de Maugiron, sous-préfet de l'arrondissement. Cette scène valut à Julien le titre de Monsieur ; les domestiques eux-mêmes n'osèrent pas le lui refuser.

Le soir, tout Verrières afflua chez M. de Rênal pour voir la merveille. Julien répondait à tous d'un air sombre qui tenait à distance. Sa gloire s'étendit si rapidement dans la ville, que peu de jours après M. de Rênal, craignant qu'on ne le lui enlevât, lui proposa de signer un engagement de deux ans.

— Non, Monsieur, répondit froidement Julien, si vous vouliez me renvoyer je serais obligé de sortir. Un engagement qui me lie sans vous obliger à rien n'est point égal, je le refuse.

Julien sut si bien faire que, moins d'un mois après son arrivée dans la maison, M. de Rênal lui-même le respectait. Le curé étant brouillé avec MM. de Rênal et Valenod, personne ne put trahir l'ancienne passion de Julien pour Napoléon, il n'en parlait qu'avec horreur.

CHAPITRE VII

LES AFFINITÉS ÉLECTIVES

Ils ne savent toucher le cœur qu'en le froissant.

UN MODERNE.

Les enfants l'adoraient, lui ne les aimait point ; sa pensée était ailleurs. Tout ce que ces marmots pouvaient faire ne l'impatientait jamais. Froid, juste, impassible, et cependant aimé, parce que son arrivée avait en quelque sorte chassé l'ennui de la maison, il fut un bon précepteur. Pour lui, il n'éprouvait que haine et horreur pour la haute société où il était admis, à la vérité au bas bout de la table, ce qui explique peut-être la haine et l'horreur. Il y eut certains dîners d'apparat, où il put à grande peine contenir sa haine pour tout ce qui l'environnait. Un jour de la Saint-Louis entre autres, M. Valenod tenait le dé chez M. de Rênal, Julien fut sur le point de se trahir ; il se sauva dans le jardin, sous prétexte de voir les enfants. Quels éloges de la probité ! s'écria-t-il, on dirait que c'est la seule vertu ; et cependant quelle considération, quel respect bas pour un homme qui évidemment a doublé et triplé sa fortune, depuis qu'il administre le bien des pauvres ! je parierais qu'il gagne même sur les fonds destinés aux enfants

trouvés, à ces pauvres dont la misère est encore plus
sacrée que celle des autres ! Ah ! monstres ! monstres ! Et
moi aussi, je suis une sorte d'enfant trouvé, haï de
mon père, de mes frères, de toute ma famille.

Quelques jours avant la Saint-Louis, Julien, se promenant seul et disant son bréviaire dans un petit bois, qu'on
appelle le Belvédère, et qui domine le Cours de la Fidélité, avait cherché en vain à éviter ses deux frères, qu'il
voyait venir de loin par un sentier solitaire. La jalousie
de ces ouvriers grossiers avait été tellement provoquée
par le bel habit noir, par l'air extrêmement propre de
leur frère, par le mépris sincère qu'il avait pour eux,
qu'ils l'avaient battu au point de le laisser évanoui et
tout sanglant. Mᵐᵉ de Rênal, se promenant avec M. Valenod et le sous-préfet, arriva par hasard dans le
petit bois ; elle vit Julien étendu sur la terre et le crut
mort. Son saisissement fut tel, qu'il donna de la jalousie
à M. Valenod.

Il prenait l'alarme trop tôt. Julien trouvait Mᵐᵉ de
Rênal fort belle, mais il la haïssait à cause de sa beauté ;
c'était le premier écueil qui avait failli arrêter sa fortune.
Il lui parlait le moins possible, afin de faire oublier le
transport qui, le premier jour, l'avait porté à lui baiser
la main.

Elisa, la femme de chambre de Mᵐᵉ de Rênal, n'avait
pas manqué de devenir amoureuse du jeune précepteur ;
elle en parlait souvent à sa maîtresse. L'amour de
Mˡˡᵉ Elisa avait valu à Julien la haine d'un des valets.
Un jour, il entendit cet homme qui disait à Elisa : Vous
ne voulez plus me parler depuis que ce précepteur cras-
seux est entré dans la maison. Julien ne méritait pas
cette injure ; mais, par instinct de joli garçon, il redoubla
de soins pour sa personne. La haine de M. Valenod redoubla aussi. Il dit publiquement que tant de coquetterie
ne convenait pas à un jeune abbé. A la soutane près,
c'était le costume que portait Julien.

Mᵐᵉ de Rênal remarqua qu'il parlait plus souvent que
de coutume à Mˡˡᵉ Elisa ; elle apprit que ces entretiens

étaient causés par la pénurie de la très petite garde-
robe de Julien. Il avait si peu de linge, qu'il était obligé
de le faire laver fort souvent hors de la maison, et c'est
pour ces petits soins qu'Elisa lui était utile. Cette extrême pauvreté, qu'elle ne soupçonnait pas, toucha
Mme de Rênal ; elle eut envie de lui faire des cadeaux,
mais elle n'osa pas ; cette résistance intérieure fut le premier sentiment pénible que lui causa Julien. Jusque-là le
nom de Julien et le sentiment d'une joie pure et tout
intellectuelle étaient synonymes pour elle. Tourmentée
par l'idée de la pauvreté de Julien, Mme de Rênal
parla à son mari de lui faire un cadeau de linge :

— Quelle duperie! répondit-il. Quoi! faire des
cadeaux à un homme dont nous sommes parfaitement
contents, et qui nous sert bien? ce serait dans le cas
où il se négligerait qu'il faudrait stimuler son zèle.

Mme de Rênal fut humiliée de cette manière de voir ;
elle ne l'eût pas remarquée avant l'arrivée de Julien.
Elle ne voyait jamais l'extrême propreté de la mise,
d'ailleurs fort simple, du jeune abbé, sans se dire : ce
pauvre garçon, comment peut-il faire?

Peu à peu, elle eut pitié de tout ce qui manquait à
Julien, au lieu d'en être choquée.

Mme de Rênal était une de ces femmes de province,
que l'on peut très bien prendre pour des sottes pendant
les quinze premiers jours qu'on les voit. Elle n'avait
aucune expérience de la vie, et ne se souciait pas de parler. Douée d'une âme délicate et dédaigneuse, cet instinct de bonheur naturel à tous les êtres faisait que, la
plupart du temps, elle ne donnait aucune attention
aux actions des personnages grossiers au milieu desquels
le hasard l'avait jetée.

On l'eût remarquée pour le naturel et la vivacité
d'esprit, si elle eût reçu la moindre éducation. Mais
en sa qualité d'héritière, elle avait été élevée chez des
religieuses adoratrices passionnées du *Sacré-Cœur de
Jésus*, et animées d'une haine violente pour les Français
ennemis des jésuites. Mme de Rênal s'était trouvé assez

de sens pour oublier bientôt, comme absurde, tout ce
qu'elle avait appris au couvent ; mais elle ne mit rien à
la place, et finit par ne rien savoir. Les flatteries pré-
coces dont elle avait été l'objet en sa qualité d'héritière
d'une grande fortune, et un penchant décidé à la dévotion
passionnée, lui avaient donné une manière de vivre
tout intérieure. Avec l'apparence de la condescendance
la plus parfaite, et d'une abnégation de volonté, que les
maris de Verrières citaient en exemple à leurs femmes,
et qui faisait l'orgueil de M. de Rênal, la conduite habituelle de son âme était en effet le résultat de l'humeur
la plus altière. Telle princesse, citée à cause de son orgueil, prête infiniment plus d'attention à ce que ses
gentilshommes font autour d'elle, que cette femme si
douce, si modeste en apparence, n'en donnait à tout
ce que disait ou faisait son mari. Jusqu'à l'arrivée de
Julien, elle n'avait réellement eu d'attention que pour
ses enfants. Leurs petites maladies, leurs douleurs, leurs
petites joies, occupaient toute la sensibilité de cette
âme qui, de la vie, n'avait adoré que Dieu, quand
elle était au *Sacré-Cœur* de Besançon.

Sans qu'elle daignât le dire à personne, un accès de
fièvre d'un de ses fils la mettait presque dans le même
état que si l'enfant eût été mort. Un éclat de rire grossier,
un haussement d'épaules, accompagné de quelque
maxime triviale sur la folie des femmes, avaient constamment accueilli les confidences de ce genre de chagrins, que le besoin d'épanchement l'avait portée à
faire à son mari, dans les premières années de leur mariage. Ces sortes de plaisanteries quand surtout elles
portaient sur les maladies de ses enfants, retournaient
le poignard dans le cœur de Mᵐᵉ de Rênal. Voilà ce
qu'elle trouva au lieu des flatteries empressées et miel-
leuses du couvent jésuitique où elle avait passé sa
jeunesse. Son éducation fut faite par la douleur. Trop
fière pour parler de ce genre de chagrins, même à son amie
Mᵐᵉ Derville, elle se figura que tous les hommes étaient
comme son mari, M. Valenod et le sous-préfet Charcot

de Maugiron. La grossièreté, et la plus brutale insensibilité à tout ce qui n'était pas intérêt d'argent, de
préséance ou de croix ; la haine aveugle pour tout raisonnement qui les contrariait, lui parurent des choses
naturelles à ce sexe, comme porter des bottes et un chapeau de feutre.

Après de longues années, Mme de Rênal n'était pas
encore accoutumée à ces gens à argent au milieu desquels il fallait vivre.

De là le succès du petit paysan Julien. Elle trouva des
jouissances douces, et toutes brillantes du charme de la
nouveauté dans la sympathie de cette âme noble et
fière. Mme de Rênal lui eut bientôt pardonné son ignorance extrême qui était une grâce de plus, et la rudesse
de ses façons qu'elle parvint à corriger. Elle trouva
qu'il valait la peine de l'écouter, même quand on parlait
des choses les plus communes, même quand il s'agissait
d'un pauvre chien écrasé, comme il traversait la rue,
par la charrette d'un paysan allant au trot. Le spectacle
de cette douleur donnait son gros rire à son mari, tandis
qu'elle voyait se contracter les beaux sourcils noirs
et si bien arqués de Julien. La générosité, la noblesse
d'âme, l'humanité lui semblèrent peu à peu n'exister
que chez ce jeune abbé. Elle eut pour lui seul toute la
sympathie et même l'admiration que ces vertus excitent
chez les âmes bien nées.

A Paris, la position de Julien envers Mme de Rênal
eût été bien vite simplifiée ; mais, à Paris, l'amour est
fils des romans. Le jeune précepteur et sa timide maîtresse auraient retrouvé dans trois ou quatre romans, et
jusque dans les couplets du Gymnase, l'éclaircissement
de leur position. Les romans leur auraient tracé le rôle
à jouer, montré le modèle à imiter ; et ce modèle, tôt
ou tard, et quoique sans nul plaisir, et peut-être en rechi-
gnant, la vanité eût forcé Julien à le suivre.

Dans une petite ville de l'Aveyron ou des Pyrénées,
le moindre incident eût été rendu décisif par le feu du
climat. Sous nos cieux plus sombres, un jeune homme

pauvre, et qui n'est qu'ambitieux parce que la délicatesse de son cœur lui fait un besoin de quelques-unes des
jouissances que donne l'argent, voit tous les jours une
femme de trente ans, sincèrement sage, occupée de ses
enfants, et qui ne prend nullement dans les romans des
exemples de conduite. Tout va lentement, tout se fait
peu à peu dans les provinces, il y a plus de naturel.

Souvent, en songeant à la pauvreté du jeune précepteur, Mme de Rênal était attendrie jusqu'aux larmes.
Julien la surprit, un jour, pleurant tout à fait.

— Eh! Madame, vous serait-il arrivé quelque malheur?

— Non, mon ami, lui répondit-elle; appelez les enfants, allons nous promener.

Elle prit son bras et s'appuya d'une façon qui parut
singulière à Julien. C'était pour la première fois qu'elle
l'avait appelé mon ami.

Vers la fin de la promenade, Julien remarqua qu'elle
rougissait beaucoup. Elle ralentit le pas.

— On vous aura raconté, dit-elle sans le regarder,
que je suis l'unique héritière d'une tante fort riche qui
habite Besançon. Elle me comble de présents... Mes
fils font des progrès... si étonnants... que je voudrais
vous prier d'accepter un petit présent comme marque
de ma reconnaissance. Il ne s'agit que de quelques
louis pour vous faire du linge. Mais... ajouta-t-elle en
rougissant encore plus, et elle cessa de parler.

— Quoi, Madame, dit Julien?

— Il serait inutile, continua-t-elle en baissant la
tête, de parler de ceci à mon mari.

— Je suis petit, Madame, mais je ne suis pas bas,
reprit Julien en s'arrêtant les yeux brillants de colère,
et se relevant de toute sa hauteur, c'est à quoi vous
n'avez pas assez réfléchi. Je serais moins qu'un valet
si je me mettais dans le cas de cacher à M. de Rênal
quoi que ce soit de relatif *à mon argent*.

Mme de Rênal était atterrée.

— M. le maire, continua Julien, m'a remis cinq fois

trente-six francs depuis que j'habite sa maison, je suis prêt à montrer mon livre de dépenses à M. de Rênal et à qui que ce soit, même à M. Valenod qui me hait.

A la suite de cette sortie, Mme de Rênal était restée pâle et tremblante et la promenade se termina sans que ni l'un ni l'autre pût trouver un prétexte pour renouer le dialogue. L'amour pour Mme de Rênal devint de plus en plus impossible dans le cœur orgueilleux de Julien ; quant à elle, elle le respecta, elle l'admira ; elle en avait été grondée. Sous prétexte de réparer l'humiliation involontaire qu'elle lui avait causée, elle se permit les soins les plus tendres. La nouveauté de ces manières fit pendant huit jours le bonheur de Mme de Rênal. Leur effet fut d'apaiser en partie la colère de Julien ; il était loin d'y voir rien qui pût ressembler à un goût personnel.

Voilà, se disait-il, comme sont ces gens riches, ils humilient, et croient ensuite pouvoir tout réparer par quelques singeries!

Le cœur de Mme de Rênal était trop plein, et encore trop innocent, pour que, malgré ses résolutions à cet égard, elle ne racontât pas à son mari l'offre qu'elle avait faite à Julien, et la façon dont elle avait été repoussée.

— Comment, reprit M. de Rênal vivement piqué, avez-vous pu tolérer un refus de la part d'un *domestique*?

Et comme Mme de Rênal se récriait sur ce mot :

— Je parle, Madame, comme feu M. le prince de Condé, présentant ses chambellans à sa nouvelle épouse : « *Tous ces gens-là*, lui dit-il, *sont nos domestiques.* » Je vous ai lu ce passage des Mémoires de Besenval, essentiel pour les préséances. Tout ce qui n'est pas gentilhomme qui vit chez vous et reçoit un salaire, est votre domestique. Je vais dire deux mots à ce M. Julien, et lui donner cent francs.

— Ah! mon ami, dit Mme de Rênal tremblante, que ce ne soit pas du moins devant les domestiques!

— Oui, ils pourraient être jaloux et avec raison, dit

son mari en s'éloignant et pensant à la quotité de la somme.

Mme de Rênal tomba sur une chaise, presque évanouie de douleur. Il va humilier Julien, et par ma faute! Elle eut horreur de son mari, et se cacha la figure avec les mains. Elle se promit bien de ne jamais faire de confidences.

Lorsqu'elle revit Julien, elle était toute tremblante, sa poitrine était tellement contractée qu'elle ne put parvenir à prononcer la moindre parole. Dans son embarras elle lui prit les mains qu'elle serra.

— Eh bien! mon ami, lui dit-elle enfin, êtes-vous content de mon mari?

— Comment ne le serais-je pas? répondit Julien avec un sourire amer; il m'a donné cent francs.

Mme de Rênal le regarda comme incertaine.

— Donnez-moi le bras, dit-elle enfin avec un accent de courage que Julien ne lui avait jamais vu.

Elle osa aller jusque chez le libraire de Verrières, malgré son affreuse réputation de libéralisme [1]. Là, elle choisit pour dix louis de livres qu'elle donna à ses fils. Mais ces livres étaient ceux qu'elle savait que Julien désirait. Elle exigea que là, dans la boutique du libraire, chacun des enfants écrivît son nom sur les livres qui lui étaient échus en partage. Pendant que Mme de Rênal était heureuse de la sorte de réparation qu'elle avait l'audace de faire à Julien, celui-ci était étonné de la quantité de livres qu'il apercevait chez le libraire. Jamais il n'avait osé entrer en un lieu aussi profane; son cœur palpitait. Loin de songer à deviner ce qui se passait dans le cœur de Mme de Rênal, il rêvait profondément au moyen qu'il y aurait, pour un jeune étudiant en théologie, de se procurer quelques-uns de ces livres. Enfin il eut l'idée qu'il serait possible avec de l'adresse de persuader à M. de Rênal qu'il fallait donner pour sujet de thème à ses fils l'histoire des gentilshommes célèbres nés dans la province. Après un mois de soins, Julien vit réussir cette idée, et à un tel point que, quelque temps après, il osa hasarder, en parlant à M. de Rênal, la mention d'une action bien autrement pénible pour le noble maire ; il s'agissait de contribuer à la fortune d'un libéral, en prenant un abonnement chez le libraire. M. de Rênal convenait bien qu'il était sage de donner à son fils aîné l'idée *de visu* de plusieurs ouvrages qu'il entendrait mentionner dans la conversation, lorsqu'il serait à l'École militaire ; mais Julien voyait M. le maire s'obstiner à ne pas aller plus loin. Il soupçonnait une raison secrète, mais ne pouvait la deviner.

— Je pensais, Monsieur, lui dit-il un jour, qu'il y aurait une haute inconvenance à ce que le nom d'un bon gentilhomme tel qu'un Rênal parût sur le sale registre du libraire.

Le front de M. de Rênal s'éclaircit.

— Ce serait aussi une bien mauvaise note, continua Julien, d'un ton plus humble, pour un pauvre étudiant en théologie, si l'on pouvait un jour découvrir que son nom a été sur le registre d'un libraire loueur de livres. Les libéraux pourraient m'accuser d'avoir demandé les livres les plus infâmes ; qui sait même s'ils n'iraient pas jusqu'à écrire après mon nom les titres de ces livres pervers.

Mais Julien s'éloignait de la trace. Il voyait la physionomie du maire reprendre l'expression de l'embarras et de l'humeur. Julien se tut. Je tiens mon homme, se dit-il.

Quelques jours après, l'aîné des enfants interrogeant Julien sur un livre annoncé dans *La Quotidienne*, en présence de M. de Rênal :

— Pour éviter tout sujet de triomphe au parti jacobin, dit le jeune précepteur, et cependant me donner les moyens de répondre à M. Adolphe, on pourrait faire prendre un abonnement chez le libraire par le dernier de vos gens.

— Voilà une idée qui n'est pas mal, dit M. de Rênal, évidemment fort joyeux.

— Toutefois il faudrait spécifier, dit Julien de cet

air grave et presque malheureux qui va si bien à de
certaines gens, quand ils voient le succès des affaires
qu'ils ont le plus longtemps désirées, il faudrait spécifier
que le domestique ne pourra prendre aucun roman. Une
fois dans la maison, ces livres dangereux pourraient corrompre les filles de Madame, et le domestique lui-même.

— Vous oubliez les pamphlets politiques, ajouta
M. de Rênal, d'un air hautain. Il voulait cacher l'admiration que lui donnait le savant mezzo-termine inventé
par le précepteur de ses enfants.

La vie de Julien se composait ainsi d'une suite de
petites négociations ; et leur succès l'occupait beaucoup
plus que le sentiment de préférence marquée qu'il n'eût
tenu qu'à lui de lire dans le cœur de Mme de Rênal.

La position morale où il avait été toute sa vie se renouvelait chez M. le maire de Verrières. Là, comme à la
scierie de son père, il méprisait profondément les gens
avec qui il vivait, et en était haï. Il voyait chaque
jour dans les récits faits par le sous-préfet, par M. Valenod, par les autres amis de la maison, à l'occasion de
choses qui venaient de se passer sous leurs yeux, combien leurs idées ressemblaient peu à la réalité. Une action
lui semblait-elle admirable, c'était celle-là précisément
qui attirait le blâme des gens qui l'environnaient. Sa
réplique intérieure était toujours : Quels monstres ou
quels sots ! Le plaisant, avec tant d'orgueil, c'est que
souvent il ne comprenait absolument rien à ce dont on
parlait.

De la vie, il n'avait parlé avec sincérité qu'au vieux
chirurgien-major ; le peu d'idées qu'il avait étaient relatives aux campagnes de Bonaparte en Italie ou à la chi-
rurgie. Son jeune courage se plaisait au récit circonstan-
cié des opérations les plus douloureuses ; il se disait :
Je n'aurais pas sourcillé.

La première fois que Mme de Rênal essaya avec
lui une conversation étrangère à l'éducation des enfants,
il se mit à parler d'opérations chirurgicales ; elle pâlit
et le pria de cesser.

Julien ne savait rien au-delà. Ainsi, passant sa vie
avec Mme de Rênal, le silence le plus singulier s'établissait entre eux dès qu'ils étaient seuls. Dans le salon,
quelle que fût l'humilité de son maintien, elle trouvait
dans ses yeux un air de supériorité intellectuelle envers
tout ce qui venait chez elle. Se trouvait-elle seule un
instant avec lui, elle le voyait visiblement embarrassé.
Elle en était inquiète, car son instinct de femme lui
faisait comprendre que cet embarras n'était nullement
tendre.

D'après je ne sais quelle idée prise dans quelque récit
de la bonne société, telle que l'avait vue le vieux chirurgien-major, dès qu'on se taisait dans un lieu où
il se trouvait avec une femme, Julien se sentait humilié,
comme si ce silence eût été son tort particulier. Cette
sensation était cent fois plus pénible dans le tête-à-tête.
Son imagination remplie des notions les plus exagérées,
les plus espagnoles, sur ce qu'un homme doit dire, quand
il est seul avec une femme, ne lui offrait dans son trouble
que des idées inadmissibles. Son âme était dans les nues,
et cependant il ne pouvait sortir du silence le plus
humiliant. Ainsi son air sévère, pendant ses longues
promenades avec Mme de Rênal et les enfants, était
augmenté par les souffrances les plus cruelles. Il se
méprisait horriblement. Si par malheur il se forçait à
parler, il lui arrivait de dire les choses les plus ridicules. Pour comble de misère, il voyait et s'exagérait
son absurdité, mais ce qu'il ne voyait pas, c'était l'expression de ses yeux, ils étaient si beaux et annonçaient
une âme si ardente, que, semblables aux bons acteurs,
ils donnaient quelquefois un sens charmant à ce qui
n'en avait pas. Mme de Rênal remarqua que, seul avec
elle, il n'arrivait jamais à dire quelque chose de bien
que lorsque, distrait par quelque événement imprévu,
il ne songeait pas à bien tourner un compliment. Comme
les amis de la maison ne la gâtaient pas en lui présentant
des idées nouvelles et brillantes, elle jouissait avec
délices des éclairs d'esprit de Julien.

Depuis la chute de Napoléon, toute apparence de
galanterie est sévèrement bannie des mœurs de la province. On a peur d'être destitué. Les fripons cherchent
un appui dans la congrégation ; et l'hypocrisie a fait
les plus beaux progrès même dans les classes libérales.
L'ennui redouble. Il ne reste d'autre plaisir que la lecture et l'agriculture.

Mme de Rênal, riche héritière d'une tante dévote,
mariée à seize ans à un bon gentilhomme, n'avait de sa
vie éprouvé ni vu rien qui ressemblât le moins du monde
à l'amour. Ce n'était guère que son confesseur, le bon
curé Chélan, qui lui avait parlé de l'amour, à propos
des poursuites de M. Valenod, et il lui en avait fait une
image si dégoûtante, que ce mot ne lui représentait que
l'idée du libertinage le plus abject. Elle regardait
comme une exception, ou même comme tout à fait hors
de nature, l'amour tel qu'elle l'avait trouvé dans le très
petit nombre de romans que le hasard avait mis sous
ses yeux. Grâce à cette ignorance, Mme de Rênal, parfaitement heureuse, occupée sans cesse de Julien, était
loin de se faire le plus petit reproche.

CHAPITRE VIII

PETITS ÉVÉNEMENTS

Then there were sighs, the deeper for suppression,
And stolen glances, sweeter for the theft,
Andburning blushes, though for no transgression.

Don Juan, C. 1, st. 74.

L'angélique douceur que Mme de Rênal devait à son
caractère et à son bonheur actuel n'était un peu altérée
que quand elle venait à songer à sa femme de chambre

Elisa. Cette fille fit un héritage, alla se confesser au curé Chélan et lui avoua le projet d'épouser Julien. Le curé eut une véritable joie du bonheur de son ami ; mais sa surprise fut extrême, quand Julien lui dit d'un air résolu que l'offre de Mlle Elisa ne pouvait lui convenir.

— Prenez garde, mon enfant, à ce qui se passe dans votre cœur, dit le curé fronçant le sourcil ; je vous félicite de votre vocation, si c'est à elle seule que vous devez le mépris d'une fortune plus que suffisante. Il y a cinquante-six ans sonnés que je suis curé de Verrières, et cependant, suivant toute apparence, je vais être destitué. Ceci m'afflige, et toutefois j'ai huit cents livres de rente. Je vous fais part de ce détail afin que vous ne vous fassiez pas d'illusions sur ce qui vous attend dans l'état de prêtre. Si vous songez à faire la cour aux hommes qui ont la puissance, votre perte éternelle est assurée. Vous pourrez faire fortune, mais il faudra nuire aux misérables, flatter le sous-préfet, le maire, l'homme considéré, et servir ses passions : cette conduite, qui dans le monde s'appelle savoir-vivre, peut, pour un laïque, n'être pas absolument incompatible avec le salut ; mais, dans notre état, il faut opter ; il s'agit de faire fortune dans ce monde ou dans l'autre, il n'y a pas de milieu. Allez, mon cher ami, réfléchissez, et revenez dans trois jours me rendre une réponse définitive. J'entrevois avec peine, au fond de votre caractère, une ardeur sombre qui ne m'annonce pas la modération et la parfaite abnégation des avantages terrestres nécessaires à un prêtre ; j'augure bien de votre esprit ; mais, permettez-moi de vous le dire, ajouta le bon curé, les larmes aux yeux, dans l'état de prêtre, je tremblerai pour votre salut.

Julien avait honte de son émotion ; pour la première fois de sa vie, il se voyait aimé ; il pleurait avec délices, et alla cacher ses larmes dans les grands bois au-dessus de Verrières.

Pourquoi l'état où je me trouve ? se dit-il enfin ; je sens que je donnerais cent fois ma vie pour ce bon curé Chélan, et cependant il vient de me prouver que je ne

suis qu'un sot. C'est lui surtout qu'il m'importe de
tromper, et il me devine. Cette ardeur secrète dont il
me parle, c'est mon projet de faire fortune. Il me croit
indigne d'être prêtre, et cela précisément quand je me
figurais que le sacrifice de cinquante louis de rente allait
lui donner la plus haute idée de ma piété et de ma vocation.

A l'avenir, continua Julien, je ne compterai que sur
les parties de mon caractère que j'aurai éprouvées. Qui
m'eût dit que je trouverais du plaisir à répandre des
larmes! que j'aimerais celui qui me prouve que je ne
suis qu'un sot [1]!

Trois jours après, Julien avait trouvé le prétexte dont
il eût dû se munir dès le premier jour ; ce prétexte était
une calomnie, mais qu'importe ? Il avoua au curé, avec
beaucoup d'hésitation, qu'une raison qu'il ne pouvait
lui expliquer, parce qu'elle nuirait à un tiers, l'avait
détourné tout d'abord de l'union projetée. C'était
accuser la conduite d'Elisa. M. Chélan trouva dans ses
manières un certain feu tout mondain, bien différent
de celui qui eût dû animer un jeune lévite.

— Mon ami, lui dit-il encore, soyez un bon bourgeois
de campagne, estimable et instruit, plutôt qu'un prêtre
sans vocation.

Julien répondit à ces nouvelles remontrances, fort
bien, quant aux paroles : il trouvait les mots qu'eût
employés un jeune séminariste fervent ; mais le ton
dont il les prononçait, mais le feu mal caché qui éclatait
dans ses yeux alarmaient M. Chélan.

Il ne faut pas trop mal augurer de Julien; il inventait
correctement les paroles d'une hypocrisie cauteleuse et
prudente. Ce n'est pas mal à son âge. Quant au ton et
aux gestes, il vivait avec des campagnards ; il avait été
privé de la vue des grands modèles. Par la suite, à peine
lui eût-il été donné d'approcher de ces messieurs, qu'il
fut admirable pour les gestes comme pour les paroles.

Mme de Rênal fut étonnée que la nouvelle fortune de
sa femme de chambre ne rendît pas cette fille plus heu-

reuse ; elle la voyait aller sans cesse chez le curé, et en
revenir les larmes aux yeux ; enfin Elisa lui parla de son
mariage.

Mme de Rênal se crut malade ; une sorte de fièvre
l'empêchait de trouver le sommeil ; elle ne vivait que
lorsqu'elle avait sous les yeux sa femme de chambre ou
Julien. Elle ne pouvait penser qu'à eux et au bonheur
qu'ils trouveraient dans leur ménage. La pauvreté de
cette petite maison, où l'on devrait vivre avec cinquante
louis de rente, se peignait à elle sous des couleurs ravis-
santes. Julien pourrait très bien se faire avocat à Bray,
la sous-préfecture à deux lieues de Verrières ; dans ce
cas elle le verrait quelquefois.

Mme de Rênal crut sincèrement qu'elle allait devenir
folle ; elle le dit à son mari, et enfin tomba malade. Le
soir même, comme sa femme de chambre la servait, elle
remarqua que cette fille pleurait. Elle abhorrait Élisa
dans ce moment, et venait de la brusquer ; elle lui en
demanda pardon. Les larmes d'Elisa redoublèrent ; elle
dit que si sa maîtresse le lui permettait, elle lui conterait
tout son malheur.

— Dites, répondit Mme de Rênal.

— Eh bien, Madame, il me refuse ; des méchants lui
auront dit du mal de moi, il les croit.

— Qui vous refuse ? dit Mme de Rênal respirant à
peine.

— Eh qui, Madame, si ce n'est M. Julien ? répliqua la
femme de chambre en sanglotant. M. le curé n'a pu
vaincre sa résistance ; car M. le curé trouve qu'il ne doit
pas refuser une honnête fille, sous prétexte qu'elle a été
femme de chambre. Après tout, le père de M. Julien
n'est autre chose qu'un charpentier ; lui-même comment
gagnait-il sa vie avant d'être chez Madame ?

Mme de Rênal n'écoutait plus ; l'excès du bonheur lui
avait presque ôté l'usage de la raison. Elle se fit répéter
plusieurs fois l'assurance que Julien avait refusé d'une
façon positive, et qui ne permettait plus de revenir à
une résolution plus sage.

— Je veux tenter un dernier effort, dit-elle à sa femme de chambre, je parlerai à M. Julien.

Le lendemain après le déjeuner, Mme de Rênal se donna la délicieuse volupté de plaider la cause de sa rivale, et de voir la main et la fortune d'Elisa refusées constamment pendant une heure.

Peu à peu Julien sortit de ses réponses compassées, et finit par répondre avec esprit aux sages représentations de Mme de Rênal. Elle ne put résister au torrent de bonheur qui inondait son âme après tant de jours de désespoir. Elle se trouva mal tout à fait. Quand elle fut remise et bien établie dans sa chambre, elle renvoya tout le monde. Elle était profondément étonnée.

Aurais-je de l'amour pour Julien, se dit-elle enfin ?

Cette découverte, qui dans tout autre moment l'aurait plongée dans les remords et dans une agitation profonde, ne fut pour elle qu'un spectacle singulier, mais comme indifférent. Son âme, épuisée par tout ce qu'elle venait d'éprouver, n'avait plus de sensibilité au service des passions.

Mme de Rênal voulut travailler, et tomba dans un profond sommeil ; quand elle se réveilla, elle ne s'effraya pas autant qu'elle l'aurait dû. Elle était trop heureuse pour pouvoir prendre en mal quelque chose. Naïve et innocente, jamais cette bonne provinciale n'avait torturé son âme, pour tâcher d'en arracher un peu de sensibilité à quelque nouvelle nuance de sentiment ou de malheur. Entièrement absorbée avant l'arrivée de Julien, par cette masse de travail qui, loin de Paris, est le lot d'une bonne mère de famille, Mme de Rênal pensait aux passions, comme nous pensons à la loterie : duperie certaine et bonheur cherché par des fous.

La cloche du dîner sonna ; Mme de Rênal rougit beaucoup quand elle entendit la voix de Julien, qui amenait les enfants. Un peu adroite depuis qu'elle aimait, pour expliquer sa rougeur, elle se plaignit d'un affreux mal de tête.

— Voilà comment sont toutes les femmes, lui répon-

dit M. de Rênal, avec un gros rire. Il y a toujours quelque
chose à raccommoder à ces machines-là !

Quoique accoutumée à ce genre d'esprit, ce ton de
voix choqua Mme de Rênal. Pour se distraire, elle regarda
la physionomie de Julien ; il eût été l'homme le plus
laid, que dans cet instant il lui eût plu.

Attentif à copier les habitudes des gens de cour, dès
les premiers beaux jours du printemps, M. de Rênal
s'établit à Vergy ; c'est le village rendu célèbre par
l'aventure tragique de Gabrielle [1]. A quelques centaines
de pas des ruines si pittoresques de l'ancienne église gothique, M. de Rênal possède un vieux château avec ses
quatre tours, et un jardin dessiné comme celui des Tuileries, avec force bordures de buis et allées de marron-
niers taillés deux fois par an. Un champ voisin, planté de
pommiers, servait de promenade. Huit ou dix noyers
magnifiques étaient au bout du verger ; leur feuillage
immense s'élevait peut-être à quatre-vingts pieds de
hauteur.

Chacun de ces maudits noyers, disait M. de Rênal
quand sa femme les admirait, me coûte la récolte d'un
demi-arpent, le blé ne peut venir sous leur ombre.

La vue de la campagne sembla nouvelle à Mme de
Rênal ; son admiration allait jusqu'aux transports. Le
sentiment dont elle était animée lui donnait de l'esprit
et de la résolution. Dès le surlendemain de l'arrivée à
Vergy, M. de Rênal étant retourné à la ville, pour les
affaires de la mairie, Mme de Rênal prit des ouvriers à
ses frais. Julien lui avait donné l'idée d'un petit chemin
sablé, qui circulerait dans le verger et sous les grands
noyers, et permettrait aux enfants de se promener dès
le matin, sans que leurs souliers fussent mouillés par la
rosée. Cette idée fut mise à exécution moins de vingt-
quatre heures après avoir été conçue. Mme de Rênal
passa toute la journée gaiement avec Julien à diriger
les ouvriers.

Lorsque le maire de Verrières revint de la ville, il fut
bien surpris de trouver l'allée faite. Son arrivée surprit

aussi Mme de Rênal ; elle avait oublié son existence.
Pendant deux mois, il parla avec humeur de la hardiesse
qu'on avait eue de faire, sans le consulter, une *réparation*
aussi importante, mais Mme de Rênal l'avait exécutée à
ses frais, ce qui le consolait un peu.

Elle passait ses journées à courir avec ses enfants
dans le verger, et à faire la chasse aux papillons. On
avait construit de grands capuchons de gaze claire,
avec lesquels on prenait les pauvres *lépidoptères*. C'est
le nom barbare que Julien apprenait à Mme de Rênal.
Car elle avait fait venir de Besançon le bel ouvrage de
M. Godart et Julien lui racontait les mœurs singulières
de ces pauvres bêtes.

On les piquait sans pitié avec des épingles dans un
grand càdre de carton arrangé aussi par Julien.

Il y eut enfin entre Mme de Rênal et Julien un sujet de
conversation, il ne fut plus exposé à l'affreux supplice
que lui donnaient les moments de silence.

Ils se parlaient sans cesse, et avec ùn intérêt extrême,
quoique toujours de choses fort innocentes. Cette vie
active, occupée et gaie, était du goût de tout le monde,
excepté de Mlle Elisa, qui se trouvait excédée de travail.
Jamais dans le carnaval, disait-elle, quand il y a bal à
Verrières, Madame ne s'est donné tant de soins pour sa
toilette ; elle change de robes deux ou trois fois par jour.

Comme notre intention est de ne flatter personne,
nous ne nierons point que Mme de Rênal, qui avait une
peau superbe, ne se fît arranger des robes qui laissaient
les bras et la poitrine fort découverts. Elle était très
bien faite, et cette manière de se mettre lui allait à
ravir.

— Jamais vous *n'avez été si jeune*, Madame, lui
disaient ses amis de Verrières qui venaient dîner à
Vergy. (C'est une façon de parler du pays.)

Une chose singulière, qui trouvera peu de croyance,
parmi nous, c'était sans intention directe que Mme de
Rênal se livrait à tant de soins. Elle y trouvait du plaisir ; et, sans y songer autrement, tout le temps qu'elle

ne passait pas à la chasse aux papillons avec les enfants
et Julien, elle travaillait avec Elisa à bâtir des robes.
Sa seule course à Verrières fut causée par l'envie d'acheter de nouvelles robes d'été qu'on venait d'apporter de
Mulhouse.

Elle ramena à Vergy une jeune femme de ses parentes.
Depuis son mariage, Mme de Rênal s'était liée insensiblement avec Mme Derville qui autrefois avait été sa
compagne au *Sacré-Cœur*.

Mme Derville riait beaucoup de ce qu'elle appelait les
idées folles de sa cousine : Seule, jamais je n'y penserais,
disait-elle. Ces idées imprévues qu'on eût appelées
saillies à Paris, Mme de Rênal en avait honte comme
d'une sottise, quand elle était avec son mari ; mais la
présence de Mme Derville lui donnait du courage. Elle
lui disait d'abord ses pensées d'une voix timide ; quand
ces dames étaient longtemps seules, l'esprit de Mme de
Rênal s'animait, et une longue matinée solitaire passait
comme un instant et laissait les deux amies fort gaies.
A ce voyage la raisonnable Mme Derville trouva sa cousine beaucoup moins gaie et beaucoup plus heureuse.

Julien, de son côté, avait vécu en véritable enfant
depuis son séjour à la campagne, aussi heureux de courir
à la suite des papillons que ses élèves. Après tant de
contrainte et de politique habile, seul, loin des regards
des hommes, et, par instinct, ne craignant point Mme de
Rênal, il se livrait au plaisir d'exister, si vif à cet âge, et
au milieu des plus belles montagnes du monde.

Dès l'arrivée de Mme Derville, il sembla à Julien
qu'elle était son amie ; il se hâta de lui montrer le point
de vue que l'on a de l'extrémité de la nouvelle allée
sous les grands noyers ; dans le fait, il est égal, si ce
n'est supérieur à ce que la Suisse et les lacs d'Italie
peuvent offrir de plus admirable. Si l'on monte la côte
rapide qui commence à quelques pas de là, on arrive
bientôt à de grands précipices bordés par des bois de
chênes, qui s'avancent presque jusque sur la rivière.
C'est sur les sommets de ces rochers coupés à pic, que

Julien, heureux, libre, et même quelque chose de plus,
roi de la maison, conduisait les deux amies, et jouissait
de leur admiration pour ces aspects sublimes.

— C'est pour moi comme de la musique de Mozart,
disait Mme Derville.

La jalousie de ses frères, la présence d'un père despote
et rempli d'humeur avaient gâté aux yeux de Julien les
campagnes des environs de Verrières. A Vergy, il ne trouvait point de ces souvenirs amers ; pour la première fois
de sa vie, il ne voyait point d'ennemi. Quand M. de Rênal
était à la ville, ce qui arrivait souvent, il osait lire ; bientôt, au lieu de lire la nuit, et encore en ayant soin de
cacher sa lampe au fond d'un vase à fleurs renversé, il
put se livrer au sommeil ; le jour, dans l'intervalle des
leçons des enfants, il venait dans ces rochers avec le
livre unique règle de sa conduite et objet de ses transports. Il y trouvait à la fois bonheur, extase et consolation dans les moments de découragement.

Certaines choses que Napoléon dit des femmes, plusieurs discussions sur le mérite des romans à la mode
sous son règne lui donnèrent alors, pour la première fois,
quelques idées que tout autre jeune homme de son âge
aurait eues depuis longtemps.

Les grandes chaleurs arrivèrent. On prit l'habitude de
passer les soirées sous un immense tilleul à quelques pas
de la maison. L'obscurité y était profonde. Un soir,
Julien parlait avec action, il jouissait avec délices du
plaisir de bien parler et à des femmes jeunes ; en gesti-
culant, il toucha la main de Mme de Rênal qui était
appuyée sur le dos d'une de ces chaises de bois peint que
l'on place dans les jardins.

Cette main se retira bien vite ; mais Julien pensa
qu'il était de son *devoir* d'obtenir que l'on ne retirât
pas cette main quand il la touchait. L'idée d'un devoir
à accomplir, et d'un ridicule ou plutôt d'un sentiment
d'infériorité à encourir si l'on n'y parvenait pas, éloigna
sur-le-champ tout plaisir de son cœur.

CHAPITRE IX

UNE SOIRÉE A LA CAMPAGNE

La Didon de M. Guérin, esquisse charmante.
                                    STROMBECK.[1]

Ses regards le lendemain, quand il revit Mme de Rênal, étaient singuliers ; il l'observait comme un ennemi avec lequel il va falloir se battre. Ces regards, si différents de ceux de la veille, firent perdre la tête à Mme de Rênal : elle avait été bonne pour lui, et il paraissait fâché. Elle ne pouvait détacher ses regards des siens.

La présence de Mme Derville permettait à Julien de moins parler et de s'occuper davantage de ce qu'il avait dans la tête. Son unique affaire, toute cette journée, fut de se fortifier par la lecture du livre inspiré qui retrempait son âme.

Il abrégea beaucoup les leçons des enfants, et ensuite, quand la présence de Mme de Rênal vint le rappeler tout à fait aux soins de sa gloire, il décida qu'il fallait absolument qu'elle permît ce soir-là que sa main restât dans la sienne.

Le soleil en baissant, et rapprochant le moment décisif, fit battre le cœur de Julien d'une façon singulière. La nuit vint. Il observa, avec une joie qui lui ôta un poids immense de dessus la poitrine, qu'elle serait fort obscure. Le ciel chargé de gros nuages, promenés par un vent très chaud, semblait annoncer une tempête. Les deux amies se promenèrent fort tard. Tout ce qu'elles faisaient ce soir-là semblait singulier à Julien. Elles jouissaient de ce temps, qui, pour certaines âmes délicates, semble augmenter le plaisir d'aimer.

On s'assit enfin, Mme de Rênal à côté de Julien, et
Mme Derville près de son amie. Préoccupé de ce qu'il
allait tenter, Julien ne trouvait rien à dire. La conversation languissait.

Serai-je aussi tremblant, et malheureux au premier
duel qui me viendra? se dit Julien, car il avait trop
de méfiance et de lui et des autres, pour ne pas voir
l'état de son âme.

Dans sa mortelle angoisse, tous les dangers lui eussent semblé préférables. Que de fois ne désira-t-il pas
voir survenir à Mme de Rênal quelque affaire qui l'obli-
geât de rentrer à la maison et de quitter le jardin! La
violence que Julien était obligé de se faire était trop
forte pour que sa voix ne fût pas profondément altérée ;
bientôt la voix de Mme de Rênal devint tremblante
aussi, mais Julien ne s'en aperçut point. L'affreux
combat que le devoir livrait à la timidité était trop
pénible pour qu'il fût en état de rien observer hors
lui-même. Neuf heures trois quarts venaient de sonner
à l'horloge du château, sans qu'il eût encore rien osé.
Julien, indigné de sa lâcheté, se dit : Au moment précis
où dix heures sonneront, j'exécuterai ce que, pendant
toute la journée, je me suis promis de faire ce soir, ou
je monterai chez moi me brûler la cervelle.

Après un dernier moment d'attente et d'anxiété,
pendant lequel l'excès de l'émotion mettait Julien
comme hors de lui, dix heures sonnèrent à l'horloge
qui était au-dessus de sa tête. Chaque coup de cette
cloche fatale retentissait dans sa poitrine, et y causait
comme un mouvement physique.

Enfin, comme le dernier coup de dix heures retentissait encore il étendit la main et prit celle de Mme de
Rênal, qui la retira aussitôt. Julien, sans trop savoir
ce qu'il faisait, la saisit de nouveau. Quoique bien ému
lui-même, il fut frappé de la froideur glaciale de la main
qu'il prenait ; il la serrait avec une force convulsive;
on fit un dernier effort pour la lui ôter, mais enfin cette
main lui resta.

Son âme fut inondée de bonheur, non qu'il aimât
Mme de Rênal, mais un affreux supplice venait de cesser. Pour que Mme Derville ne s'aperçût de rien, il se
crut obligé de parler ; sa voix alors était éclatante et
forte. Celle de Mme de Rênal, au contraire, trahissait
tant d'émotion, que son amie la crut malade et lui proposa de rentrer. Julien sentit le danger : si Mme de
Rênal rentre au salon, je vais retomber dans la position
affreuse où j'ai passé la journée. J'ai tenu cette main
trop peu de temps pour que cela compte comme un
avantage qui m'est acquis.

Au moment où Mme Derville renouvelait la proposition de rentrer au salon, Julien serra fortement la
main qu'on lui abandonnait.

Mme de Rênal, qui se levait déjà, se rassit, en disant,
d'une voix mourante :

— Je me sens, à la vérité, un peu malade, mais le
grand air me fait du bien.

Ces mots confirmèrent le bonheur de Julien, qui,
dans ce moment, était extrême : il parla, il oublia de
feindre, il parut l'homme le plus aimable aux deux amies
qui l'écoutaient. Cependant il y avait encore un peu de
manque de courage dans cette éloquence qui lui arrivait
tout à coup. Il craignait mortellement que Mme Derville,
fatiguée du vent qui commençait à s'élever et qui pré-
cédait la tempête, ne voulût rentrer seule au salon.
Alors il serait resté en tête à tête avec Mme de Rênal.
Il avait eu presque par hasard le courage aveugle qui
suffit pour agir ; mais il sentait qu'il était hors de sa
puissance de dire le mot le plus simple à Mme de Rênal.
Quelque légers que fussent ses reproches, il allait être
battu, et l'avantage qu'il venait d'obtenir anéanti.

Heureusement pour lui, ce soir-là, ses discours
touchants et emphatiques trouvèrent grâce devant
Mme Derville, qui très souvent le trouvait gauche comme
un enfant, et peu amusant. Pour Mme de Rênal, la
main dans celle de Julien, elle ne pensait à rien ; elle se
laissait vivre. Les heures qu'on passa sous ce grand

tilleul que la tradition du pays dit planté par Charles
le Téméraire, furent pour elle une époque de bonheur.
Elle écoutait avec délices les gémissements du vent
dans l'épais feuillage du tilleul, et le bruit de quelques
gouttes rares qui commençaient à tomber sur ses feuilles
les plus basses. Julien ne remarqua pas une circonstance
qui l'eût bien rassuré ; Mme de Rênal, qui avait été
obligée de lui ôter sa main, parce qu'elle se leva pour
aider sa cousine à relever un vase de fleurs que le vent
venait de renverser à leurs pieds, fut à peine assise de
nouveau, qu'elle lui rendit sa main presque sans difficulté, et comme si déjà c'eût été entre eux une chose
convenue.

Minuit était sonné depuis longtemps ; il fallut enfin
quitter le jardin : on se sépara. Mme de Rênal, transportée du bonheur d'aimer, était tellement ignorante,
qu'elle ne se faisait presque aucun reproche. Le bonheur lui ôtait le sommeil. Un sommeil de plomb s'empara
de Julien, mortellement fatigué des combats que toute
la journée la timidité et l'orgueil s'étaient livrés dans
son cœur.

Le lendemain on le réveilla à cinq heures ; et, ce qui
eût été cruel pour Mme de Rênal si elle l'eût su, à peine
lui donna-t-il une pensée. Il avait fait *son devoir, et un
devoir héroïque*. Rempli de bonheur par ce sentiment, il
s'enferma à clef dans sa chambre, et se livra avec un
plaisir tout nouveau à la lecture des exploits de son
héros.

Quand la cloche du déjeuner se fit entendre, il avait
oublié, en lisant les bulletins de la grande armée, tous
ses avantages de la veille. Il se dit, d'un ton léger, en
descendant au salon : il faut dire à cette femme que je
l'aime.

Au lieu de ces regards chargés de volupté qu'il
s'attendait à rencontrer, il trouva la figure sévère de
M. de Rênal, qui, arrivé depuis deux heures de Verrières,
ne cachait point son mécontentement de ce que Julien
passait toute la matinée sans s'occuper des enfants.

Rien n'était laid comme cet homme important, ayant
de l'humeur et croyant pouvoir la montrer.

Chaque mot aigre de son mari perçait le cœur de
Mme de Rênal. Quant à Julien, il était tellement plongé
dans l'extase, encore si occupé des grandes choses qui,
pendant plusieurs heures, venaient de passer devant
ses yeux, qu'à peine d'abord put-il rabaisser son attention jusqu'à écouter les propos durs que lui adressait
M. de Rênal. Il lui dit enfin, assez brusquement :

— J'étais malade.

Le ton de cette réponse eût piqué un homme beaucoup moins susceptible que le maire de Verrières, il
eut quelque idée de répondre à Julien en le chassant
à l'instant. Il ne fut retenu que par la maxime qu'il
s'était faite de ne jamais trop se hâter en affaires.

Ce jeune sot, se dit-il bientôt, s'est fait une sorte de
réputation dans ma maison, le Valenod peut le prendre
chez lui, ou bien il épousera Elisa, et dans les deux cas,
au fond du cœur, il pourra se moquer de moi.

Malgré la sagesse de ses réflexions, le mécontentement
de M. de Rênal n'en éclata pas moins par une suite de
mots grossiers qui peu à peu irritèrent Julien. Mme de
Rênal était sur le point de fondre en larmes. A peine
le déjeuner fut-il fini, qu'elle demanda à Julien de lui
donner le bras pour la promenade, elle s'appuyait
sur lui avec amitié. A tout ce que Mme de Rênal
lui disait, Julien ne pouvait que répondre à demi-
voix :

— *Voilà bien les gens riches !*

M. de Rênal marchait tout près d'eux ; sa présence
augmentait la colère de Julien. Il s'aperçut tout à coup
que Mme de Rênal s'appuyait sur son bras d'une façon
marquée ; ce mouvement lui fit horreur, il la repoussa
avec violence et dégagea son bras.

Heureusement M. de Rênal ne vit point cette nouvelle
impertinence, elle ne fut remarquée que de Mme Derville,
son amie fondait en larmes. En ce moment M. de Rênal
se mit à poursuivre à coups de pierres une petite

paysanne qui avait pris un sentier abusif, et traversait
un coin du verger.

— Monsieur Julien, de grâce, modérez-vous ; songez
que nous avons tous des moments d'humeur, dit rapidement Mme Derville.

Julien la regarda froidement avec des yeux où se
peignait le plus souverain mépris.

Ce regard étonna Mme Derville, et l'eût surprise bien
davantage si elle en eût deviné la véritable expression ;
elle y eût lu comme un espoir vague de la plus atroce
vengeance. Ce sont sans doute de tels moments d'humiliation qui ont fait les Robespierre.

— Votre Julien est bien violent, il m'effraie, dit tout
bas Mme Derville à son amie.

— Il a raison d'être en colère, lui répondit celle-ci.
Après les progrès étonnants qu'il a fait faire aux enfants,
qu'importe qu'il passe une matinée sans leur parler ;
il faut convenir que les hommes sont bien durs.

Pour la première fois de sa vie, Mme de Rênal sentit
une sorte de désir de vengeance contre son mari. La haine
extrême qui animait Julien contre les riches allait éclater. Heureusement M. de Rênal appela son jardinier, et
resta occupé avec lui à barrer, avec des fagots d'épines,
le sentier abusif à travers le verger. Julien ne répondit pas un seul mot aux prévenances dont pendant tout
le reste de la promenade il fut l'objet. A peine M. de Rênal
s'était-il éloigné, que les deux amies, se prétendant
fatiguées, lui avaient demandé chacune un bras.

Entre ces deux femmes dont un trouble extrême
couvrait les joues de rougeur et d'embarras, la pâleur
hautaine, l'air sombre et décidé de Julien formait un
étrange contraste. Il méprisait ces femmes, et tous les
sentiments tendres.

Quoi ! se disait-il, pas même cinq cents francs de rente
pour terminer mes études ! Ah ! comme je l'enverrais
promener !

Absorbé par ces idées sévères, le peu qu'il daignait
comprendre des mots obligeants des deux amies lui

déplaisait comme vide de sens, niais, faible, en un mot
féminin.

A force de parler pour parler, et de chercher à maintenir la conversation vivante, il arriva à Mme de Rênal
de dire que son mari était venu de Verrières parce
qu'il avait fait marché, pour de la paille de maïs, avec
un de ses fermiers. (Dans ce pays, c'est avec de la paille
de maïs que l'on remplit les paillasses des lits.)

— Mon mari ne nous rejoindra pas, ajouta Mme de
Rênal ; avec le jardinier et son valet de chambre, il va
s'occuper d'achever le renouvellement des paillasses
de la maison. Ce matin il a mis de la paille de maïs
dans tous les lits du premier étage, maintenant il est
au second.

Julien changea de couleur ; il regarda Mme de Rênal
d'un air singulier, et bientôt la prit à part en quelque
sorte en doublant le pas. Mme Derville les laissa s'éloigner.

— Sauvez-moi la vie, dit Julien à Mme de Rênal,
vous seule le pouvez ; car vous savez que le valet de
chambre me hait à la mort. Je dois vous avouer, Madame,
que j'ai un portrait ; je l'ai caché dans la paillasse de
mon lit.

A ce mot, Mme de Rênal devint pâle à son tour.

— Vous seule, Madame, pouvez dans ce moment
entrer dans ma chambre ; fouillez, sans qu'il y paraisse,
dans l'angle de la paillasse qui est le plus rapproché de
la fenêtre, vous y trouverez une petite boîte de carton
noir et lisse.

— Elle renferme un portrait ! dit Mme de Rênal
pouvant à peine se tenir debout.

Son air de découragement fut aperçu de Julien, qui
aussitôt en profita.

— J'ai une seconde grâce à vous demander, Madame,
je vous supplie de ne pas regarder ce portrait, c'est
mon secret.

— C'est un secret, répéta Mme de Rênal d'une voix
éteinte.

Mais, quoique élevée parmi des gens fiers de leur for-

tune, et sensibles au seul intérêt d'argent, l'amour avait
déjà mis de la générosité dans cette âme. Cruellement
blessée, ce fut avec l'air du dévouement le plus simple
que Mme de Rénal fit à Julien les questions nécessaires
pour pouvoir bien s'acquitter de sa commission.

— Ainsi, lui dit-elle, en s'éloignant, une petite boîte
ronde, de carton noir, bien lisse.

— Oui, Madame, répondit Julien de cet air dur que
le danger donne aux hommes.

Elle monta au second étage du château, pâle comme
si elle fût allée à la mort. Pour comble de misère elle
sentit qu'elle était sur le point de se trouver mal ;
mais la nécessité de rendre service à Julien lui rendit
des forces.

— Il faut que j'aie cette boîte, se dit-elle en doublant
le pas.

Elle entendit son mari parler au valet de chambre,
dans la chambre même de Julien. Heureusement, ils
passèrent dans celle des enfants. Elle souleva le matelas
et plongea la main dans la paillasse avec une telle violence qu'elle s'écorcha les doigts. Mais quoique fort
sensible aux petites douleurs de ce genre, elle n'eut pas
la conscience de celle-ci, car presque en même temps,
elle sentit le poli de la boîte de carton. Elle la saisit
et disparut.

A peine fut-elle délivrée de la crainte d'être surprise
par son mari, que l'horreur que lui causait cette boîte
fut sur le point de la faire décidément se trouver mal.

Julien est donc amoureux, et je tiens là le portrait
de la femme qu'il aime !

Assise sur une chaise dans l'antichambre de cet appartement, Mme de Rénal était en proie à toutes les horreurs
de la jalousie. Son extrême ignorance lui fut encore
utile en ce moment, l'étonnement tempérait la douleur.
Julien parut, saisit la boîte, sans remercier, sans rien
dire, et courut dans sa chambre où il fit du feu, et la
brûla à l'instant. Il était pâle, anéanti, il s'exagérait
l'étendue du danger qu'il venait de courir.

Le portrait de Napoléon, se disait-il en hochant
la tête, trouvé caché chez un homme qui fait profession
d'une telle haine pour l'usurpateur! trouvé par M. de
Rênal, tellement ultra et tellement irrité! et pour comble
d'imprudence, sur le carton blanc derrière le portrait,
des lignes écrites de ma main! et qui ne peuvent laisser
aucun doute sur l'excès de mon admiration! et chacun
de ces transports d'amour est daté! il y en a d'avant-hier.

Toute ma réputation tombée, anéantie en un moment!
se disait Julien, en voyant brûler la boîte, et ma réputation est tout mon bien, je ne vis que par elle... et encore
quelle vie, grand Dieu!

Une heure après, la fatigue et la pitié qu'il sentait
pour lui-même le disposaient à l'attendrissement. Il
rencontra Mᵐᵉ de Rênal et prit sa main qu'il baisa
avec plus de sincérité qu'il n'avait jamais fait. Elle
rougit de bonheur, et, presque au même instant, repoussa
Julien avec la colère de la jalousie. La fierté de Julien,
si récemment blessée, en fit un sot dans ce moment. Il
ne vit en Mᵐᵉ de Rênal qu'une femme riche, il laissa
tomber sa main avec dédain, et s'éloigna. Il alla se
promener pensif dans le jardin, bientôt un sourire amer
parut sur ses lèvres.

— Je me promène là, tranquille comme un homme
maître de son temps! Je ne m'occupe pas des enfants!
Je m'expose aux mots humiliants de M. de Rênal, et il
aura raison. Il courut à la chambre des enfants.

Les caresses du plus jeune, qu'il aimait beaucoup,
calmèrent un peu sa cuisante douleur.

Celui-là ne me méprise pas encore, pensa Julien. Mais
bientôt il se reprocha cette diminution de douleur
comme une nouvelle faiblesse. Ces enfants me caressent
comme ils caresseraient le jeune chien de chasse que l'on
a acheté hier.

CHAPITRE X

UN GRAND CŒUR ET
UNE PETITE FORTUNE

> *But passion most dissembles, yet betrays,*
> *Even by its darkness ; as the blackest sky*
> *Foretells the heaviest tempest.*
>
> Don Juan, C. 1, st. 73.

M. de Rênal qui suivait toutes les chambres du château, revint dans celle des enfants avec les domestiques
qui rapportaient les paillasses. L'entrée soudaine de cet
homme fut pour Julien la goutte d'eau qui fait déborder
le vase.

Plus pâle, plus sombre qu'à l'ordinaire, il s'élança
vers lui. M. de Rênal s'arrêta et regarda ses domestiques.

— Monsieur, lui dit Julien, croyez-vous qu'avec
tout autre précepteur, vos enfants eussent fait les mêmes
progrès qu'avec moi ? Si vous répondez que non, continua Julien sans laisser à M. de Rênal le temps de parler,
comment osez-vous m'adresser le reproche que je les
néglige ?

M. de Rênal, à peine remis de sa peur, conclut du ton
étrange qu'il voyait prendre à ce petit paysan, qu'il
avait en poche quelque proposition avantageuse et qu'il
allait le quitter. La colère de Julien s'augmentant à
mesure qu'il parlait :

— Je puis vivre sans vous, Monsieur, ajouta-t-il.

— Je suis vraiment fâché de vous voir si agité, répondit M. de Rênal en balbutiant un peu. Les domes-

tiques étaient à dix pas, occupés à arranger les lits.

— Ce n'est pas ce qu'il me faut, Monsieur, reprit
Julien hors de lui ; songez à l'infamie des paroles que
vous m'avez adressées, et devant des femmes encore !

M. de Rênal ne comprenait que trop ce que demandait Julien, et un pénible combat déchirait son
âme. Il arriva que Julien, effectivement fou de colère,
s'écria :

— Je sais où aller, Monsieur, en sortant de chez vous.

A ce mot, M. de Rênal vit Julien installé chez
M. Valenod.

— Eh bien ! Monsieur, lui dit-il enfin avec un soupir
et de l'air dont il eût appelé le chirurgien pour l'opération la plus douloureuse, j'accède à votre demande. A
compter d'après-demain, qui est le premier du mois,
je vous donne cinquante francs par mois.

Julien eut envie de rire et resta stupéfait : toute sa
colère avait disparu.

Je ne méprisais pas assez l'animal, se dit-il. Voilà
sans doute la plus grande excuse que puisse faire une
âme aussi basse.

Les enfants qui écoutaient cette scène bouche béante,
coururent au jardin dire à leur mère que M. Julien était
bien en colère, mais qu'il allait avoir cinquante francs
par mois.

Julien les suivit par habitude, sans même regarder
M. de Rênal, qu'il laissa profondément irrité.

Voilà cent soixante-huit francs, se disait le maire,
que me coûte M. Valenod. Il faut absolument que je lui
dise deux mots fermes sur son entreprise des fournitures
pour les enfants trouvés.

Un instant après, Julien se retrouva vis-à-vis de
M. de Rênal.

— J'ai à parler de ma conscience à M. Chélan ; j'ai
l'honneur de vous prévenir que je serai absent quelques
heures.

— Eh, mon cher Julien ! dit M. de Rênal, en riant
de l'air le plus faux, toute la journée, si vous voulez,

toute celle de demain, mon bon ami. Prenez le cheval du jardinier pour aller à Verrières.

Le voilà, se dit M. de Rênal, qui va rendre réponse à Valenod, il ne m'a rien promis, mais il faut laisser se refroidir cette tête de jeune homme.

Julien s'échappa rapidement et monta dans les grands bois par lesquels on peut aller de Vergy à Verrières. Il ne voulait point arriver sitôt chez M. Chélan. Loin de désirer s'astreindre à une nouvelle scène d'hypocrisie, il avait besoin d'y voir clair dans son âme, et de donner audience à la foule de sentiments qui l'agitaient.

J'ai gagné une bataille, se dit-il aussitôt qu'il se vit dans les bois et loin du regard des hommes, j'ai donc gagné une bataille!

Ce mot lui peignait en beau toute sa position, et rendit à son âme quelque tranquillité.

Me voilà avec cinquante francs d'appointements par mois, il faut que M. de Rênal ait eu une belle peur. Mais de quoi?

Cette méditation sur ce qui avait pu faire peur à l'homme heureux et puissant contre lequel une heure auparavant il était bouillant de colère acheva de rasséréner l'âme de Julien. Il fut presque sensible un moment à la beauté ravissante des bois au milieu desquels il marchait. D'énormes quartiers de roches nues étaient tombés jadis au milieu de la forêt du côté de la montagne. De grands hêtres s'élevaient presque aussi haut que ces rochers dont l'ombre donnait une fraîcheur délicieuse à trois pas des endroits où la chaleur des rayons du soleil eût rendu impossible de s'arrêter.

Julien prenait haleine un instant à l'ombre de ces grandes roches, et puis se remettait à monter. Bientôt par un étroit sentier à peine marqué et qui sert seulement aux gardiens des chèvres, il se trouva debout sur un roc immense et bien sûr d'être séparé de tous les hommes. Cette position physique le fit sourire, elle lui peignait la position qu'il brûlait d'atteindre au moral. L'air pur

de ces montagnes élevées communiqua la sérénité et
même la joie à son âme. Le maire de Verrières était bien
toujours, à ses yeux, le représentant de tous les riches
et de tous les insolents de la terre ; mais Julien sentait
que la haine qui venait de l'agiter, malgré la violence
de ses mouvements, n'avait rien de personnel. S'il eût
cessé de voir M. de Rênal, en huit jours il l'eût oublié,
lui, son château, ses chiens, ses enfants et toute sa
famille. Je l'ai forcé, je ne sais comment, à faire le plus
grand sacrifice. Quoi ! plus de cinquante écus par an ! un
instant auparavant je m'étais tiré du plus grand danger.
Voilà deux victoires en un jour ; la seconde est sans mérite, il faudrait en deviner le comment. Mais à demain
les pénibles recherches.

Julien, debout, sur son grand rocher, regardait le
ciel, embrasé par un soleil d'août. Les cigales chan-
taient dans le champ au-dessous du rocher, quand elles
se taisaient tout était silence autour de lui. Il voyait
à ses pieds vingt lieues de pays. Quelque épervier parti
des grandes roches au-dessus de sa tête était aperçu
par lui, de temps à autre, décrivant en silence ses
cercles immenses. L'œil de Julien suivait machinalement
l'oiseau de proie. Ses mouvements tranquilles et puissants le frappaient, il enviait cette force, il enviait cet
isolement [1].

C'était la destinée de Napoléon, serait-ce un jour la
sienne ?

CHAPITRE XI

UNE SOIRÉE

Yet Julia's very coldness still was kind,
And tremulously gentle her small hand
Withdrew itself from his, but left behind,
A little pressure, thrilling and so bland
And slight, so very slight that to the mind.
'Twas but a doubt.

Don Juan, C. 1, st. 71 [1].

Il fallut pourtant paraître à Verrières. En sortant du presbytère, un heureux hasard fit que Julien rencontra M. Valenod auquel il se hâta de raconter l'augmentation de ses appointements.

De retour à Vergy, Julien ne descendit au jardin que lorsqu'il fut nuit close. Son âme était fatiguée de ce grand nombre d'émotions puissantes qui l'avaient agitée dans cette journée. Que leur dirai-je? pensait-il avec inquiétude, en songeant aux dames. Il était loin de voir que son âme était précisément au niveau des petites circonstances qui occupent ordinairement tout l'intérêt des femmes. Souvent Julien était inintelligible pour Mme Derville et même pour son amie, et à son tour ne comprenait qu'à demi tout ce qu'elles lui disaient. Tel était l'effet de la force, et, si j'ose parler ainsi, de la grandeur des mouvements de passion qui bouleversaient l'âme de ce jeune ambitieux. Chez cet être singulier, c'était presque tous les jours tempête.

En entrant ce soir-là au jardin, Julien était disposé à s'occuper des idées des jolies cousines. Elles l'attendaient avec impatience. Il prit sa place ordinaire, à côté de Mme de Rênal. L'obscurité devint bientôt profonde. Il voulut prendre une main blanche que depuis longtemps il voyait près de lui, appuyée sur le dos d'une chaise. On hésita un peu, mais on finit par la lui retirer d'une façon qui marquait de l'humeur. Julien était disposé à se le tenir pour dit, et à continuer gaiement la conversation, quand il entendit M. de Rênal qui s'approchait.

Julien avait encore dans l'oreille les paroles grossières du matin. Ne serait-ce pas, se dit-il, une façon de se moquer de cet être, si comblé de tous les avantages de la fortune, que de prendre possession de la main de sa femme, précisément en sa présence? Oui, je le ferai, moi, pour qui il a témoigné tant de mépris.

De ce moment, la tranquillité, si peu naturelle au caractère de Julien, s'éloigna bien vite ; il désira avec anxiété, et sans pouvoir songer à rien autre chose, que Mme de Rênal voulût bien lui laisser sa main.

M. de Rênal parlait politique avec colère : deux ou trois industriels de Verrières devenaient décidément plus riches que lui, et voulaient le contrarier dans les élections. Mme Derville l'écoutait. Julien, irrité de ses discours approcha sa chaise de celle de Mme de Rênal. L'obscurité cachait tous les mouvements. Il osa placer sa main très près du joli bras que la robe laissait à découvert. Il fut troublé, sa pensée ne fut plus à lui, il approcha sa joue de ce joli bras, il osa y appliquer ses lèvres.

Mme de Rênal frémit. Son mari était à quatre pas, elle se hâta de donner sa main à Julien, et en même temps de le repousser un peu. Comme M. de Rênal continuait ses injures contre les gens de rien et les jacobins qui s'enrichissent, Julien couvrait la main qu'on lui avait laissée de baisers passionnés ou du moins qui semblaient tels à Mme de Rênal. Cependant la pauvre femme avait eu la preuve, dans cette journée fatale, que l'homme qu'elle adorait sans se l'avouer aimait ailleurs! Pendant toute l'absence de Julien, elle avait été en proie à un malheur extrême, qui l'avait fait réfléchir.

Quoi! J'aimerais, se disait-elle, j'aurais de l'amour!
Moi, femme mariée, je serais amoureuse! mais, se dit-
elle, je n'ai jamais éprouvé pour mon mari cette sombre
folie, qui fait que je ne puis détacher ma pensée de
Julien. Au fond ce n'est qu'un enfant plein de respect
pour moi! Cette folie sera passagère. Qu'importe à mon
mari les sentiments que je puis avoir pour ce jeune
homme! M. de Rênal serait ennuyé des conversations
que j'ai avec Julien, sur des choses d'imagination. Lui,
il pense à ses affaires. Je ne lui enlève rien pour le donner
à Julien.

Aucune hypocrisie ne venait altérer la pureté de cette
âme naïve, égarée par une passion qu'elle n'avait
jamais éprouvée. Elle était trompée, mais à son insu,
et cependant un instinct de vertu était effrayé. Tels
étaient les combats qui l'agitaient quand Julien parut
au jardin. Elle l'entendit parler, presque au même
instant elle le vit s'asseoir à ses côtés. Son âme fut comme
enlevée par ce bonheur charmant qui depuis quinze
jours l'étonnait plus encore qu'il ne la séduisait. Tout
était imprévu pour elle. Cependant après quelques
instants, il suffit donc, se dit-elle, de la présence de
Julien pour effacer tous ses torts? Elle fut effrayée ;
ce fut alors qu'elle lui ôta sa main.

Les baisers remplis de passion, et tels que jamais elle
n'en avait reçu de pareils, lui firent tout à coup oublier
que peut-être il aimait une autre femme. Bientôt il
ne fut plus coupable à ses yeux. La cessation de la douleur poignante, fille du soupçon, la présence d'un bonheur que jamais elle n'avait même rêvé, lui donnèrent
des transports d'amour et de folle gaieté. Cette soirée
fut charmante pour tout le monde excepté pour le maire
de Verrières qui ne pouvait oublier ses industriels
enrichis. Julien ne pensait plus à sa noire ambition, ni
à ses projets si difficiles à exécuter. Pour la première
fois de sa vie, il était entraîné par le pouvoir de la
beauté. Perdu dans une rêverie vague et douce, si
étrangère à son caractère, pressant doucement cette

main qui lui plaisait comme parfaitement jolie, il
écoutait à demi le mouvement des feuilles du tilleul
agitées par ce léger vent de la nuit, et les chiens du
moulin du Doubs qui aboyaient dans le lointain.

Mais cette émotion était un plaisir et non une passion.
En rentrant dans sa chambre il ne songea qu'à un
bonheur, celui de reprendre son livre favori ; à vingt ans
l'idée du monde et de l'effet à y produire l'emporte sur
tout.

Bientôt cependant il posa le livre. A force de songer
aux victoires de Napoléon, il avait vu quelque chose de
nouveau dans la sienne. Oui, j'ai gagné une bataille, se
dit-il, mais il faut en profiter, il faut écraser l'orgueil de
ce fier gentilhomme pendant qu'il est en retraite. C'est
là Napoléon tout pur. Il faut que je demande un congé
de trois jours pour aller voir mon ami Fouqué. S'il me
le refuse, je lui mets encore le marché à la main, mais il
cédera.

Mme de Rênal ne put fermer l'œil. Il lui semblait
n'avoir pas vécu jusqu'à ce moment. Elle ne pouvait
distraire sa pensée du bonheur de sentir Julien couvrir
sa main de baisers enflammés.

Tout à coup l'affreuse parole : adultère, lui apparut.
Tout ce que la plus vile débauche peut imprimer de dégoûtant à l'idée de l'amour des sens se présenta en foule
à son imagination. Ces idées voulaient tâcher de ternir
l'image tendre et divine qu'elle se faisait de Julien et du
bonheur de l'aimer. L'avenir se peignait sous des couleurs terribles. Elle se voyait méprisable.

Ce moment fut affreux ; son âme arrivait dans des
pays inconnus. La veille elle avait goûté un bonheur
inéprouvé ; maintenant elle se trouvait tout à coup plongée dans un malheur atroce. Elle n'avait aucune idée
de telles souffrances, elles troublèrent sa raison. Elle
eut un instant la pensée d'avouer à son mari qu'elle
craignait d'aimer Julien. C'eût été parler de lui. Heureusement elle rencontra dans sa mémoire un précepte donné
jadis par sa tante, la veille de son mariage. Il s'agissait

du danger des confidences faites à un mari, qui après
tout est un maître. Dans l'excès de sa douleur, elle se
tordait les mains.

Elle était entraînée au hasard par des images contradictoires et douloureuses. Tantôt elle craignait de n'être
pas aimée, tantôt l'affreuse idée du crime la torturait
comme si le lendemain elle eût dû être exposée au pilori,
sur la place publique de Verrières, avec un écriteau ex-
pliquant son adultère à la populace.

Mme de Rênal n'avait aucune expérience de la vie ;
même pleinement éveillée et dans l'exercice de toute sa
raison, elle n'eût aperçu aucun intervalle entre être
coupable aux yeux de Dieu, et se trouver accablée en
public des marques les plus bruyantes du mépris général.

Quand l'affreuse idée d'adultère et de toute l'ignominie que, dans son opinion, ce crime entraîne à sa suite,
lui laissait quelque repos, et qu'elle venait à songer
à la douceur de vivre avec Julien innocemment, et
comme par le passé, elle se trouvait jetée dans l'idée
horrible que Julien aimait une autre femme. Elle voyait
encore sa pâleur quand il avait craint de perdre son portrait, ou de la compromettre en le laissant voir. Pour la
première fois elle avait surpris la crainte sur cette physionomie si tranquille et si noble. Jamais il ne s'était
montré ému ainsi pour elle ou pour ses enfants. Ce
surcroît de douleur arriva à toute l'intensité de malheur
qu'il est donné à l'âme humaine de pouvoir supporter.
Sans s'en douter, Mme de Rênal jeta des cris qui réveillèrent sa femme de chambre. Tout à coup elle vit
paraître auprès de son lit, la clarté d'une lumière, et
reconnut Elisa.

— Est-ce vous qu'il aime ? s'écria-t-elle dans sa folie.

La femme de chambre, étonnée du trouble affreux
dans lequel elle surprenait sa maîtresse, ne fit heureusement aucune attention à ce mot singulier. Mme de Rênal
sentit son imprudence : « J'ai la fièvre, lui dit-elle, et,
je crois, un peu de délire, restez auprès de moi. » Tout à
fait réveillée par la nécessité de se contraindre, elle se

trouva moins malheureuse ; la raison reprit l'empire
que l'état de demi-sommeil lui avait ôté. Pour se délivrer
du regard fixe de sa femme de chambre, elle lui ordonna
de lire le journal, et ce fut au bruit monotone de la voix
de cette fille, lisant un long article de *la Quotidienne*,
que Mme de Rênal prit la résolution vertueuse de traiter
Julien avec une froideur parfaite quand elle le reverrait.

CHAPITRE XII

UN VOYAGE

*On trouve à Paris des gens élégants, il peut
y avoir en province des gens à caractère.*

SIEYÈS.

Le lendemain, dès cinq heures, avant que Mme de
Rênal fût visible, Julien avait obtenu de son mari un
congé de trois jours. Contre son attente, Julien se trouva
le désir de la revoir, il songeait à sa main si jolie. Il descendit au jardin, Mme de Rênal se fit longtemps attendre.
Mais si Julien l'eût aimée, il l'eût aperçue derrière les
persiennes à demi fermées du premier étage, le front
appuyé contre la vitre. Elle le regardait. Enfin, malgré
ses résolutions, elle se détermina à paraître au jardin.
Sa pâleur habituelle avait fait place aux plus vives couleurs. Cette femme si naïve était évidemment agitée : un
sentiment de contrainte et même de colère altérait cette
expression de sérénité profonde et comme au-dessus de
tous les vulgaires intérêts de la vie, qui donnait tant de
charmes à cette figure céleste.

Julien s'approcha d'elle avec empressement ; il admi-

rait ces bras si beaux qu'un châle jeté à la hâte laissait
apercevoir. La fraîcheur de l'air du matin semblait
augmenter encore l'éclat d'un teint que l'agitation de la
nuit ne rendait que plus sensible à toutes les impressions. Cette beauté modeste et touchante et cependant
pleine de pensées que l'on ne trouve point dans les
classes inférieures, semblait révéler à Julien une faculté
de son âme qu'il n'avait jamais sentie. Tout entier à
l'admiration des charmes que surprenait son regard
avide, Julien ne songeait nullement à l'accueil amical
qu'il s'attendait à recevoir. Il fut d'autant plus étonné
de la froideur glaciale qu'on cherchait à lui montrer, et
à travers laquelle il crut même distinguer l'intention de
le remettre à sa place.

Le sourire du plaisir expira sur ses lèvres : il se souvint du rang qu'il occupait dans la société, et surtout
aux yeux d'une noble et riche héritière. En un moment il
n'y eut plus sur sa physionomie que de la hauteur et de
la colère contre lui-même. Il éprouvait un violent dépit
d'avoir pu retarder son départ de plus d'une heure pour
recevoir un accueil aussi humiliant.

Il n'y a qu'un sot, se dit-il, qui soit en colère contre les
autres : une pierre tombe parce qu'elle est pesante.
Serai-je toujours un enfant ? quand donc aurai-je
contracté la bonne habitude de donner de mon âme à
ces gens-là juste pour leur argent ? Si je veux être estimé
et d'eux et de moi-même, il faut leur montrer que c'est
ma pauvreté qui est en commerce avec leur richesse,
mais que mon cœur est à mille lieues de leur insolence,
et placé dans une sphère trop haute pour être atteint
par leurs petites marques de dédain ou de faveur.

Pendant que ces sentiments se pressaient en foule
dans l'âme du jeune précepteur, sa physionomie mobile
prenait l'expression de l'orgueil souffrant et de la férocité. Mme de Rênal en fut toute troublée. La froideur
vertueuse qu'elle avait voulu donner à son accueil fit
place à l'expression de l'intérêt, et d'un intérêt animé
par toute la surprise du changement subit qu'elle venait

de voir. Les paroles vaines que l'on s'adresse le matin sur la santé, sur la beauté de la journée, tarirent à la fois chez tous les deux. Julien, dont le jugement n'était troublé par aucune passion, trouva bien vite un moyen de marquer à Mme de Rênal combien peu il se croyait avec elle dans des rapports d'amitié ; il ne lui dit rien du petit voyage qu'il allait entreprendre, la salua et partit.

Comme elle le regardait aller, atterrée de la hauteur sombre qu'elle lisait dans ce regard si aimable la veille, son fils aîné, qui accourait du fond du jardin, lui dit en l'embrassant :

— Nous avons congé, M. Julien s'en va pour un voyage.

À ce mot, Mme de Rênal se sentit saisie d'un froid mortel ; elle était malheureuse par sa vertu, et plus malheureuse encore par sa faiblesse.

Ce nouvel événement vint occuper toute son imagination ; elle fut emportée bien au-delà des sages résolutions qu'elle devait à la nuit terrible qu'elle venait de passer. Il n'était plus question de résister à cet amant si aimable, mais de le perdre à jamais.

Il fallut assister au déjeuner. Pour comble de douleur, M. de Rênal et Mme Derville ne parlèrent que du départ de Julien. Le maire de Verrières avait remarqué quelque chose d'insolite dans le ton ferme avec lequel il avait demandé un congé.

— Ce petit paysan a sans doute en poche des propositions de quelqu'un. Mais ce quelqu'un, fût-ce M. Valenod, doit être un peu découragé par la somme de 600 francs, à laquelle maintenant il faut porter le déboursé annuel. Hier, à Verrières, on aura demandé un délai de trois jours pour réfléchir ; et ce matin, afin de n'être pas obligé à me donner une réponse, le petit monsieur part pour la montagne. Être obligé de compter avec un misérable ouvrier qui fait l'insolent, voilà pourtant où nous sommes arrivés !

Puisque mon mari, qui ignore combien profondément

il a blessé Julien, pense qu'il nous quittera, que dois-je croire moi-même ? se dit Mme de Rênal. Ah ! tout est décidé !

Afin de pouvoir du moins pleurer en liberté, et ne pas répondre aux questions de Mme Derville, elle parla d'un mal de tête affreux, et se mit au lit.

— Voilà ce que c'est que les femmes, répéta M. de Rênal, il y a toujours quelque chose de dérangé à ces machines compliquées. Et il s'en alla goguenard.

Pendant que Mme de Rênal était en proie à ce qu'a de plus cruel la passion terrible dans laquelle le hasard l'avait engagée, Julien poursuivait son chemin gaiement au milieu des plus beaux aspects que puissent présenter les scènes de montagnes. Il fallait traverser la grande chaîne au nord de Vergy. Le sentier qu'il suivait, s'élevant peu à peu parmi de grands bois de hêtres, forme des zigzags infinis sur la pente de la haute montagne qui dessine au nord la vallée du Doubs. Bientôt les regards du voyageur, passant par-dessus les coteaux moins élevés qui contiennent le cours du Doubs vers le midi, s'étendirent jusqu'aux plaines fertiles de la Bourgogne et du Beaujolais. Quelque insensible que l'âme de ce jeune ambitieux fût à ce genre de beauté, il ne pouvait s'empêcher de s'arrêter de temps à autre pour regarder un spectacle si vaste et si imposant.

Enfin il atteignit le sommet de la grande montagne, près duquel il fallait passer pour arriver, par cette route de traverse, à la vallée solitaire, qu'habitait Fouqué, le jeune marchand de bois son ami. Julien n'était point pressé de le voir, lui ni aucun autre être humain. Caché comme un oiseau de proie, au milieu des roches nues qui couronnent la grande montagne, il pouvait apercevoir de bien loin tout homme qui se serait approché de lui. Il découvrit une petite grotte au milieu de la pente presque verticale d'un des rochers. Il prit sa course, et bientôt fut établi dans cette retraite. Ici, dit-il, avec des yeux brillants de joie, les hommes ne sauraient me faire de mal. Il eut l'idée de se livrer au plaisir d'écrire ses pensées,

partout ailleurs si dangereux pour lui. Une pierre carrée
lui servait de pupitre. Sa plume volait : il ne voyait
rien de ce qui l'entourait. Il remarqua enfin que le soleil
se couchait derrière les montagnes éloignées du Beaujolais.

Pourquoi ne passerais-je pas la nuit ici ? se dit-il,
j'ai du pain, et *je suis libre* ! Au son de ce grand mot
son âme s'exalta, son hypocrisie faisait qu'il n'était pas
libre même chez Fouqué. La tête appuyée sur les deux
mains, Julien resta dans cette grotte plus heureux qu'il
ne l'avait été de la vie, agité par ses rêveries et par son
bonheur de liberté. Sans y songer il vit s'éteindre, l'un
après l'autre, tous les rayons du crépuscule. Au milieu
de cette obscurité immense, son âme s'égarait dans la
contemplation de ce qu'il s'imaginait rencontrer un
jour à Paris. C'était d'abord une femme bien plus belle
et d'un génie bien plus élevé que tout ce qu'il avait pu
voir en province. Il aimait avec passion, il était aimé.
S'il se séparait d'elle pour quelques instants c'était pour
aller se couvrir de gloire et mériter d'en être encore plus
aimé.

Même en lui supposant l'imagination de Julien, un
jeune homme élevé au milieu des tristes vérités de la
société de Paris, eût été réveillé à ce point de son roman
par la froide ironie ; les grandes actions auraient disparu
avec l'espoir d'y atteindre, pour faire place à la maxime
si connue : Quitte-t-on sa maîtresse, on risque, hélas !
d'être trompé deux ou trois fois par jour [1]. Le jeune
paysan ne voyait rien entre lui et les actions les plus
héroïques, que le manque d'occasion.

Mais une nuit profonde avait remplacé le jour, et il
avait encore deux lieues à faire pour descendre au
hameau habité par Fouqué. Avant de quitter la petite
grotte, Julien alluma du feu et brûla avec soin tout ce
qu'il avait écrit.

Il étonna bien son ami en frappant à sa porte à une
heure du matin. Il trouva Fouqué occupé à écrire ses
comptes. C'était un jeune homme de haute taille, assez

mal fait, avec de grands traits durs, un nez infini, et beaucoup de bonhomie cachée sous cet aspect repoussant.

— T'es-tu donc brouillé avec ton M. de Rênal, que
tu m'arrives ainsi à l'improviste ?

Julien lui raconta, mais comme il le fallait, les événements de la veille.

— Reste avec moi, lui dit Fouqué, je vois que tu
connais M. de Rênal, M. Valenod, le sous-préfet Maugiron, le curé Chélan ; tu as compris les finesses du caractère de ces gens-là ; te voilà en état de paraître aux adjudications. Tu sais l'arithmétique mieux que moi, tu
tiendras mes comptes. Je gagne gros dans mon commerce.
L'impossibilité de tout faire par moi-même et la crainte
de rencontrer un fripon dans l'homme que je prendrais
pour associé m'empêchent tous les jours d'entreprendre
d'excellentes affaires. Il n'y a pas un mois que j'ai fait
gagner six mille francs à Michaud de Saint-Amand, que
je n'avais pas revu depuis six ans, et que j'ai trouvé par
hasard à la vente de Pontarlier. Pourquoi n'aurais-tu
pas gagné, toi, ces six mille francs, ou du moins trois
mille ? car, si ce jour-là je t'avais eu avec moi, j'aurais
mis l'enchère à cette coupe de bois, et tout le monde me
l'eût bientôt laissée. Sois mon associé.

Cette offre donna de l'humeur à Julien, elle dérangeait
sa folie. Pendant tout le souper, que les deux amis pré-
parèrent eux-mêmes comme des héros d'Homère, car
Fouqué vivait seul, il montra ses comptes à Julien, et
lui prouva combien son commerce de bois présentait
d'avantages. Fouqué avait la plus haute idée des lumières et du caractère de Julien.

Quand enfin celui-ci fut seul dans sa petite chambre de
bois de sapin : Il est vrai, se dit-il, je puis gagner ici
quelques mille francs, puis reprendre avec avantage le
métier de soldat ou celui de prêtre, suivant la mode qui
alors régnera en France. Le petit pécule que j'aurai
amassé lèvera toutes les difficultés de détail. Solitaire
dans cette montagne, j'aurai dissipé un peu l'affreuse
ignorance où je suis de tant de choses qui occupent tous

ces hommes de salon. Mais Fouqué renonce à se marier, il me répète que la solitude le rend malheureux. Il est évident que s'il prend un associé qui n'a pas de fonds à verser dans son commerce, c'est dans l'espoir de se faire un compagnon qui ne le quitte jamais.

Tromperai-je mon ami ? s'écria Julien avec humeur. Cet être, dont l'hypocrisie et l'absence de toute sympa- thie étaient les moyens ordinaires de salut, ne put cette fois supporter l'idée du plus petit manque de délicatesse envers un homme qui l'aimait.

Mais tout à coup Julien fut heureux, il avait une rai- son pour refuser. Quoi ! je perdrais lâchement sept ou huit années ! j'arriverais ainsi à vingt-huit ans ; mais, à cet âge, Bonaparte avait fait ses plus grandes choses. Quand j'aurai gagné obscurément quelque argent en courant ces ventes de bois et méritant la faveur de quel- ques fripons subalternes, qui me dit que j'aurai encore le feu sacré avec lequel on se fait un nom ?

Le lendemain matin, Julien répondit d'un grand sang- froid au bon Fouqué, qui regardait l'affaire de l'associa- tion comme terminée, que sa vocation pour le saint ministère des autels ne lui permettait pas d'accepter. Fouqué n'en revenait pas.

— Mais songes-tu, lui répétait-il, que je t'associe ou, si tu l'aimes mieux, que je te donne quatre mille francs par an ? et tu veux retourner chez ton M. Rênal, qui te méprise comme la boue de ses souliers ! quand tu auras deux cents louis devant toi, qu'est-ce qui t'empêche d'entrer au séminaire ? Je te dirai plus, je me charge de te procurer la meilleure cure du pays. Car, ajouta Fouqué en baissant la voix, je fournis de bois à brûler M. le..., M. le..., M... Je leur livre de l'essence de chêne de première qualité qu'ils ne me payent que comme du bois blanc, mais jamais argent ne fut mieux placé.

Rien ne put vaincre la vocation de Julien. Fouqué finit par le croire un peu fou. Le troisième jour, de grand matin, Julien quitta son ami pour passer la journée au milieu des rochers de la grande montagne. Il retrouva sa petite grotte, mais il n'avait plus la paix de l'âme, les offres de son ami la lui avaient enlevée. Comme Hercule, il se trouvait non entre le vice et la vertu, mais entre la médiocrité suivie d'un bien-être assuré et tous les rêves héroïques de sa jeunesse. Je n'ai donc pas une véritable fermeté, se disait-il ; et c'était là le doute qui lui faisait le plus de mal. Je ne suis pas du bois dont on fait les grands hommes, puisque je crains que huit années passées à me procurer du pain ne m'enlèvent cette énergie sublime qui fait faire les choses extraordinaires.

CHAPITRE XIII

LES BAS A JOUR

*Un roman : c'est un miroir qu'on promène
le long d'un chemin.*

Saint-Réal.

Quand Julien aperçut les ruines pittoresques de l'ancienne église de Vergy, il remarqua que depuis l'avant-veille il n'avait pas pensé une seule fois à Mme de Rênal. L'autre jour en partant, cette femme m'a rappelé la distance infinie qui nous sépare, elle m'a traité comme le fils d'un ouvrier. Sans doute elle a voulu me marquer son repentir de m'avoir laissé sa main la veille... Elle est pourtant bien jolie, cette main ! quel charme ! quelle noblesse dans les regards de cette femme !

La possiblité de faire fortune avec Fouqué donnait une certaine facilité aux raisonnements de Julien ; ils n'étaient plus aussi souvent gâtés par l'irritation, et le sentiment vif de sa pauvreté et de sa bassesse aux yeux du monde. Placé comme sur un promontoire élevé, il pouvait juger, et dominait pour ainsi dire l'extrême pauvreté et l'aisance qu'il appelait encore richesse. Il était loin de juger sa position en philosophe, mais il eut assez de clairvoyance pour se sentir *différent* après ce petit voyage dans la montagne.

Il fut frappé du trouble extrême avec lequel M\ume de Rênal écouta le petit récit de son voyage, qu'elle lui avait demandé.

Fouqué avait eu des projets de mariage, des amours malheureuses ; de longues confidences à ce sujet avaient rempli les conversations des deux amis. Après avoir trouvé le bonheur trop tôt, Fouqué s'était aperçu qu'il n'était pas seul aimé. Tous ces récits avaient étonné Julien ; il avait appris bien des choses nouvelles. Sa vie solitaire toute d'imagination et de méfiance l'avait éloigné de tout ce qui pouvait l'éclairer.

Pendant son absence, la vie n'avait été pour M\ume de Rênal qu'une suite de supplices différents, mais tous intolérables ; elle était réellement malade.

— Surtout, lui dit M\ume Derville, lorsqu'elle vit arriver Julien, indisposée comme tu l'es, tu n'iras pas ce soir au jardin, l'air humide redoublerait ton malaise.

M\ume Derville voyait avec étonnement que son amie, toujours grondée par M. de Rênal à cause de l'excessive simplicité de sa toilette, venait de prendre des bas à jour et de charmants petits souliers arrivés de Paris. Depuis trois jours la seule distraction de M\ume de Rênal avait été de tailler et de faire faire en toute hâte par Elisa une robe d'été, d'une jolie petite étoffe fort à la mode. A peine cette robe put-elle être terminée quelques instants après l'arrivée de Julien ; M\ume de Rênal la mit aussitôt. Son amie n'eut plus de doutes. Elle aime, l'infortunée! se dit M\ume Derville. Elle comprit toutes les apparences singulières de sa maladie.

Elle la vit parler à Julien. La pâleur succédait à la rougeur la plus vive. L'anxiété se peignait dans ses yeux attachés sur ceux du jeune précepteur. M\ume de Rênal s'attendait à chaque moment qu'il allait s'expliquer, et annoncer qu'il quittait la maison ou y restait. Julien n'avait garde de rien dire sur ce sujet, auquel il ne songeait pas. Après des combats affreux, Mᵐᵉ de Rênal osa enfin lui dire, d'une voix tremblante, et où se peignait toute sa passion :

— Quitterez-vous vos élèves pour vous placer ailleurs ?

Julien fut frappé de la voix incertaine et du regard de Mᵐᵉ de Rênal. Cette femme-là m'aime, se dit-il, mais après ce moment passager de faiblesse que se reproche son orgueil, et dès qu'elle ne craindra plus mon départ, elle reprendra sa fierté. Cette vue de la position respective fut, chez Julien, rapide comme l'éclair, il répondit en hésitant :

— J'aurais beaucoup de peine à quitter des enfants si aimables et *si bien nés*, mais peut-être le faudra-t-il. On a aussi des devoirs envers soi.

En prononçant la parole *si bien nés* (c'était un de ces mots aristocratiques que Julien avait appris depuis peu), il s'anima d'un profond sentiment d'anti-sympathie.

Aux yeux de cette femme, moi, se disait-il, je ne suis pas bien né.

Mᵐᵉ de Rênal, en l'écoutant, admirait son génie, sa beauté, elle avait le cœur percé de la possibilité de départ qu'il lui faisait entrevoir. Tous ses amis de Verrières, qui, pendant l'absence de Julien, étaient venus dîner à Vergy, lui avaient fait compliment comme à l'envi sur l'homme étonnant que son mari avait eu le bonheur de déterrer. Ce n'est pas que l'on comprît rien aux progrès des enfants. L'action de savoir par cœur la Bible, et encore en latin, avait frappé les habitants de Verrières d'une admiration qui durera peut-être un siècle.

Julien ne parlant à personne, ignorait tout cela. Si Mᵐᵉ de Rênal avait eu le moindre sang-froid, elle lui eût fait compliment de la réputation qu'il avait conquise et l'orgueil de Julien rassuré, il eût été pour elle doux et aimable, d'autant plus que la robe nouvelle lui semblait charmante. Mme de Rênal contente aussi de sa jolie robe, et de ce que lui en disait Julien, avait voulu faire un tour de jardin ; bientôt elle avoua qu'elle était hors d'état de marcher. Elle avait pris le bras du voyageur et, bien loin d'augmenter ses forces, le contact de ce bras les lui ôtait tout à fait.

Il était nuit ; à peine fut-on assis, que Julien, usant de son ancien privilège, osa approcher les lèvres du bras de sa jolie voisine, et lui prendre la main. Il pensait à la hardiesse dont Fouqué avait fait preuve avec ses maîtresses, et non à Mme de Rênal ; le mot *bien nés* pesait encore sur son cœur. On lui serra la main, ce qui ne lui fit aucun plaisir. Loin d'être fier, ou du moins reconnaissant du sentiment que Mme de Rênal trahissait ce soir-là par des signes trop évidents, la beauté, l'élégance, la fraîcheur le trouvèrent presque insensible. La pureté de l'âme, l'absence de toute émotion haineuse prolongent sans doute la durée de la jeunesse. C'est la physionomie qui vieillit la première chez la plupart des jolies femmes.

Julien fut maussade toute la soirée ; jusqu'ici il n'avait été en colère qu'avec le hasard et la société ; depuis que Fouqué lui avait offert un moyen ignoble d'arriver à l'aisance, il avait de l'humeur contre lui-même. Tout à ses pensées, quoique de temps en temps il dît quelques mots à ces dames, Julien finit sans s'en apercevoir par abandonner la main de Mme de Rênal. Cette action bouleversa l'âme de cette pauvre femme ; elle y vit la manifestation de son sort.

Certaine de l'affection de Julien, peut-être sa vertu eût trouvé des forces contre lui. Tremblante de le perdre à jamais, sa passion l'égara jusqu'au point de reprendre la main de Julien, que, dans sa distraction, il avait laissée appuyée sur le dossier d'une chaise. Cette action réveilla ce jeune ambitieux : il eût voulu qu'elle eût pour témoins tous ces nobles si fiers qui, à table, lorsqu'il était au bas bout avec les enfants, le regardaient avec

un sourire si protecteur. Cette femme ne peut plus me
mépriser : dans ce cas, se dit-il, je dois être sensible à
sa beauté ; je me dois à moi-même d'être son amant.
Une telle idée ne lui fût pas venue avant les confidences
naïves faites par son ami [1].

La détermination subite qu'il venait de prendre
forma une distraction agréable. Il se disait : il faut que
j'aie une de ces deux femmes ; il s'aperçut qu'il aurait
beaucoup mieux aimé faire la cour à Mme Derville ;
ce n'est pas qu'elle fût plus agréable, mais toujours
elle l'avait vu précepteur honoré pour sa science, et non
pas ouvrier charpentier, avec une veste de ratine pliée
sous le bras, comme il était apparu à Mme de Rênal.

C'était précisément comme jeune ouvrier, rougissant
jusqu'au blanc des yeux, arrêté à la porte de la maison
et n'osant sonner, que Mme de Rênal se le figurait
avec le plus de charme [2].

En poursuivant la revue de sa position, Julien vit
qu'il ne fallait pas songer à la conquête de Mme Derville,
qui s'apercevait probablement du goût que Mme de
Rênal montrait pour lui. Forcé de revenir à celle-ci :
Que connais-je du caractère de cette femme ? se dit
Julien. Seulement ceci : avant mon voyage, je lui prenais la main, elle la retirait ; aujourd'hui je retire ma
main, elle la saisit et la serre. Belle occasion de lui rendre
tous les mépris qu'elle a eus pour moi. Dieu sait combien
elle a eu d'amants ! elle ne se décide peut-être en ma
faveur qu'à cause de la facilité des entrevues.

Tel est, hélas, le malheur d'une excessive civilisation ! A vingt ans, l'âme d'un jeune homme s'il a quelque
éducation, est à mille lieues du laisser-aller, sans lequel
l'amour n'est souvent que le plus ennuyeux des devoirs.

Je me dois d'autant plus, continua la petite vanité
de Julien, de réussir auprès de cette femme, que si
jamais je fais fortune, et que quelqu'un me reproche
le bas emploi de précepteur, je pourrai faire entendre
que l'amour m'avait jeté à cette place.

Julien éloigna de nouveau sa main de celle de Mme de

Rênal, puis il la reprit en la serrant. Comme on rentrait
au salon, vers minuit, Mme de Rênal lui dit à demi-
voix :

— Vous nous quitterez, vous partirez ?

Julien répondit en soupirant :

— Il faut bien que je parte, car je vous aime avec
passion, c'est une faute... et quelle faute pour un jeune
prêtre !

Mme de Rênal s'appuya sur son bras, et avec tant
d'abandon que sa joue sentit la chaleur de celle de
Julien.

Les nuits de ces deux êtres furent bien différentes.
Mme de Rênal était exaltée par les transports de la
volupté morale la plus élevée. Une jeune fille coquette
qui aime de bonne heure s'accoutume au trouble de
l'amour ; quand elle arrive à l'âge de la vraie passion,
le charme de la nouveauté manque. Comme Mme de
Rênal n'avait jamais lu de romans, toutes les nuances
de son bonheur étaient neuves pour elle. Aucune triste
vérité ne venait la glacer, pas même le spectre de l'avenir. Elle se vit aussi heureuse dans dix ans qu'elle
l'était en ce moment. L'idée même de la vertu et de la
fidélité jurée à M. de Rênal, qui l'avait agitée quelques
jours auparavant, se présenta en vain, on la renvoya
comme un hôte importun. Jamais je n'accorderai rien
à Julien, se dit Mme de Rênal, nous vivrons à l'avenir
comme nous vivons depuis un mois. Ce sera un
ami.

CHAPITRE XIV

LES CISEAUX ANGLAIS

Une jeune fille de seize ans avait un teint de
rose, et elle mettait du rouge.

POLIDORI [1].

Pour Julien, l'offre de Fouqué lui avait en effet
enlevé tout bonheur : il ne pouvait s'arrêter à aucun
parti.

Hélas! peut-être manqué-je de caractère, j'eusse été
un mauvais soldat de Napoléon. Du moins, ajouta-t-il,
ma petite intrigue avec la maîtresse du logis va me distraire un moment.

Heureusement pour lui, même dans ce petit incident
subalterne, l'intérieur de son âme répondait mal à
son langage cavalier. Il avait peur de Mme de Rênal
à cause de sa robe si jolie. Cette robe était à ses yeux
l'avant-garde de Paris. Son orgueil ne voulut rien laisser au hasard et à l'inspiration du moment. D'après les
confidences de Fouqué et le peu qu'il avait lu sur l'amour
dans sa Bible, il se fit un plan de campagne fort détaillé.
Comme, sans se l'avouer, il était fort troublé, il écrivit
ce plan :

Le lendemain matin au salon, Mme de Rênal fut un
instant seule avec lui :

— N'avez-vous point d'autre nom que Julien? lui
dit-elle.

A cette demande si flatteuse, notre héros ne sut que
répondre. Cette circonstance n'était pas prévue dans
son plan. Sans cette sottise de faire un plan, l'esprit vif
de Julien l'eût bien servi, la surprise n'eût fait qu'ajouter à la vivacité de ses aperçus.

Il fut gauche et s'exagéra sa gaucherie. Mme de Rênal la lui pardonna bien vite. Elle y vit l'effet d'une candeur charmante. Et ce qui manquait précisément à ses yeux à cet homme, auquel on trouvait tant de génie, c'était l'air de la candeur.

— Ton petit précepteur m'inspire beaucoup de méfiance, lui disait quelquefois Mme Derville. Je lui trouve l'air de penser toujours et de n'agir qu'avec politique. C'est un sournois.

Julien resta profondément humilié du malheur de n'avoir su que répondre à Mme de Rênal.

Un homme comme moi se doit de réparer cet échec, et saisissant le moment où l'on passait d'une pièce à l'autre, il crut de son devoir de donner un baiser à Mme de Rênal.

Rien de moins amené, rien de moins agréable et pour lui et pour elle, rien de plus imprudent. Ils furent sur le point d'être aperçus. Mme de Rênal le crut fou. Elle fut effrayée et surtout choquée. Cette sottise lui rappela M. Valenod.

Que m'arriverait-il, se dit-elle, si j'étais seule avec lui? Toute sa vertu revint, parce que l'amour s'éclipsait.

Elle s'arrangea de façon à ce qu'un de ses enfants restât toujours auprès d'elle.

La journée fut ennuyeuse pour Julien, il la passa tout entière à exécuter avec gaucherie son plan de séduction. Il ne regarda pas une seule fois Mme de Rênal, sans que ce regard n'eût un pourquoi; cependant, il n'était pas assez sot pour ne pas voir qu'il ne réussissait point à être aimable, et encore moins séduisant.

Mme de Rênal ne revenait point de son étonnement de le trouver si gauche et en même temps si hardi. C'est la timidité de l'amour dans un homme d'esprit! se dit-elle enfin, avec une joie inexprimable. Serait-il possible qu'il n'eût jamais été aimé de ma rivale!

Après le déjeuner, Mme de Rênal rentra dans le salon pour recevoir la visite de M. Charcot de Maugiron, le sous-préfet de Bray. Elle travaillait à un petit métier de tapisserie fort élevé. Mᵐᵉ Derville était à ses côtés. Ce fut dans une telle position, et par le plus grand jour, que notre héros trouva convenable d'avancer sa botte et de presser le joli pied de Mᵐᵉ de Rênal, dont le bas à jour et le joli soulier de Paris attiraient évidemment les regards du galant sous-préfet.

Mᵐᵉ de Rênal eut une peur extrême ; elle laissa tomber ses ciseaux, son peloton de laine, ses aiguilles, et le mouvement de Julien put passer pour une tentative gauche destinée à empêcher la chute des ciseaux, qu'il avait vu glisser. Heureusement ces petits ciseaux d'acier anglais se brisèrent, et Mᵐᵉ de Rênal ne tarit pas en regrets de ce que Julien ne s'était pas trouvé plus près d'elle.

— Vous avez aperçu la chute avant moi, vous l'eussiez empêchée ; au lieu de cela votre zèle n'a réussi qu'à me donner un fort grand coup de pied.

Tout cela trompa le sous-préfet, mais non Mᵐᵉ Derville. Ce joli garçon a de bien sottes manières ! pensa-t-elle ; le savoir-vivre d'une capitale de province ne pardonne point ces sortes de fautes. Mᵐᵉ de Rênal trouva le moment de dire à Julien :

— Soyez prudent, je vous l'ordonne.

Julien voyait sa gaucherie, il avait de l'humeur. Il délibéra longtemps avec lui-même pour savoir s'il devait se fâcher de ce mot : *Je vous l'ordonne.* Il fut assez sot pour penser : elle pourrait me dire *je l'ordonne,* s'il s'agissait de quelque chose de relatif à l'éducation des enfants, mais en répondant à mon amour, elle suppose l'égalité. On ne peut aimer sans *égalité...* ; et tout son esprit se perdit à faire des lieux communs sur l'égalité. Il se répétait avec colère ce vers de Corneille, que Mᵐᵉ Derville lui avait appris quelques jours auparavant :

> . . . . *L'amour*
> *Fait les égalités et ne les cherche pas*[1].

Julien s'obstinant à jouer le rôle d'un don Juan, lui qui de la vie n'avait eu de maîtresse, il fut sot à

mourir toute la journée. Il n'eut qu'une idée juste ;
ennuyé de lui et de Mme de Rênal, il voyait avec effroi
s'avancer la soirée où il serait assis au jardin, à côté
d'elle et dans l'obscurité. Il dit à M. de Rênal, qu'il
allait à Verrières voir le curé ; il partit après dîner, et
ne rentra que dans la nuit.

A Verrières, Julien trouva M. Chélan occupé à démé-
nager ; il venait enfin d'être destitué, le vicaire Maslon
le remplaçait. Julien aida le bon curé, et il eut l'idée
d'écrire à Fouqué que la vocation irrésistible qu'il se
sentait pour le saint ministère l'avait empêché d'accepter d'abord ses offres obligeantes, mais qu'il venait
de voir un tel exemple d'injustice, que peut-être il
serait plus avantageux à son salut de ne pas entrer dans
les ordres sacrés.

Julien s'applaudit de sa finesse à tirer parti de la destitution du curé de Verrières pour se laisser une porte
ouverte et revenir au commerce, si dans son esprit la
triste prudence l'emportait sur l'héroïsme.

CHAPITRE XV

LE CHANT DU COQ

Amour en latin faict amor ;
Or donc provient d'amour la mort,
Et, par avant, soulcy qui mord,
Deuil, plours, pieges, forfaitz, remords.

BLASON D'AMOUR.

Si Julien avait eu un peu de l'adresse qu'il se supposait si gratuitement, il eût pu s'applaudir le lendemain
de l'effet produit par son voyage à Verrières. Son absence

avait fait oublier ses gaucheries. Ce jour-là encore, il fut assez maussade ; sur le soir, une idée ridicule lui vint, et il la communiqua à Mme de Rênal avec une rare intrépidité.

A peine fut-on assis au jardin, que sans attendre une obscurité suffisante, Julien approcha sa bouche de l'oreille de Mme de Rênal, et, au risque de la compromettre horriblement, il lui dit :

— Madame, cette nuit, à deux heures, j'irai dans votre chambre, je dois vous dire quelque chose.

Julien tremblait que sa demande ne fût accordée ; son rôle de séducteur lui pesait si horriblement, que s'il eût pu suivre son penchant, il se fût retiré dans sa chambre pour plusieurs jours, et n'eût plus vu ces dames. Il comprenait que, par sa conduite savante de la veille, il avait gâté toutes les belles apparences du jour précédent, et ne savait réellement à quel saint se vouer.

Mme de Rênal répondit avec une indignation réelle, et nullement exagérée, à l'annonce impertinente que Julien osait lui faire. Il crut voir du mépris dans sa courte réponse. Il est sûr que dans cette réponse, prononcée fort bas, le mot *fi donc* avait paru. Sous prétexte de quelque chose à dire aux enfants, Julien alla dans leur chambre, et à son retour il se plaça à côté de Mme Derville et fort loin de Mme de Rênal. Il s'ôta ainsi toute possibilité de lui prendre la main. La conversation fut sérieuse, et Julien s'en tira fort bien, à quelques moments de silence près, pendant lesquels il se creusait la cervelle. Que ne puis-je inventer quelque belle manœuvre, se disait-il, pour forcer Mme de Rênal à me rendre ces marques de tendresse non équivoques qui me faisaient croire, il y a trois jours, qu'elle était à moi !

Julien était extrêmement déconcerté de l'état presque désespéré où il avait mis ses affaires. Rien cependant ne l'eût plus embarrassé que le succès.

Lorsqu'on se sépara à minuit, son pessimisme lui fit croire qu'il jouissait du mépris de Mme Derville, et que probablement il n'était guère mieux avec Mme de Rênal.

De fort mauvaise humeur et très humilié, Julien ne dormit point. Il était à mille lieues de l'idée de renoncer à toute feinte, à tout projet, et de vivre au jour le jour avec Mme de Rênal, en se contentant comme un enfant du bonheur qu'apporterait chaque journée.

Il se fatigua le cerveau à inventer des manœuvres savantes, un instant après, il les trouvait absurdes ; il était en un mot fort malheureux, quand deux heures sonnèrent à l'horloge du château.

Ce bruit le réveilla comme le chant du coq réveilla saint Pierre. Il se vit au moment de l'événement le plus pénible. Il n'avait plus songé à sa proposition impertinente depuis le moment où il l'avait faite ; elle avait été si mal reçue !

Je lui ai dit que j'irais chez elle à deux heures, se dit-il en se levant, je puis être inexpérimenté et grossier comme il appartient au fils d'un paysan. Mme Derville me l'a fait assez entendre, mais du moins je ne serai pas faible.

Julien avait raison de s'applaudir de son courage, jamais il ne s'était imposé une contrainte plus pénible. En ouvrant sa porte, il était tellement tremblant que ses genoux se dérobaient sous lui, et il fut forcé de s'appuyer contre le mur.

Il était sans souliers. Il alla écouter à la porte de M. de Rênal, dont il put distinguer le ronflement. Il en fut désolé. Il n'y avait donc plus de prétexte pour ne pas aller chez elle. Mais, grand Dieu ! qu'y ferait-il ? Il n'avait aucun projet, et quand il en aurait eu, il se sentait tellement troublé qu'il eût été hors d'état de les suivre.

Enfin, souffrant plus mille fois que s'il eût marché à la mort, il entra dans le petit corridor qui menait à la chambre de Mme de Rênal. Il ouvrit la porte d'une main tremblante et en faisant un bruit effroyable.

Il y avait de la lumière, une veilleuse brûlait sous la cheminée ; il ne s'attendait pas à ce nouveau malheur. En le voyant entrer, Mme de Rênal se jeta vivement hors

de son lit. Malheureux ! s'écria-t-elle. Il y eut un peu de
désordre. Julien oublia ses vains projets et revint à son
rôle naturel ; ne pas plaire à une femme si charmante lui
parut le plus grand des malheurs. Il ne répondit à ses
reproches qu'en se jetant à ses pieds, en embrassant ses
genoux. Comme elle lui parlait avec une extrême dureté,
il fondit en larmes.

Quelques heures après, quand Julien sortit de la
chambre de Mme de Rênal, on eût pu dire, en style de
roman, qu'il n'avait plus rien à désirer. En effet, il
devait à l'amour qu'il avait inspiré et à l'impression
imprévue qu'avaient produite sur lui des charmes
séduisants, une victoire à laquelle ne l'eût pas conduit
toute son adresse si maladroite.

Mais, dans les moments les plus doux, victime d'un
orgueil bizarre, il prétendit encore jouer le rôle d'un
homme accoutumé à subjuguer des femmes : il fit des
efforts d'attention incroyables pour gâter ce qu'il avait
d'aimable. Au lieu d'être attentif aux transports qu'il
faisait naître, et aux remords qui en relevaient la vivacité, l'idée du *devoir* ne cessa jamais d'être présente à
ses yeux. Il craignait un remords affreux et un ridicule
éternel, s'il s'écartait du modèle idéal qu'il se proposait
de suivre. En un mot, ce qui faisait de Julien un être
supérieur fut précisément ce qui l'empêcha de goûter
le bonheur qui se plaçait sous ses pas. C'est une jeune
fille de seize ans, qui a des couleurs charmantes, et qui,
pour aller au bal, a la folie de mettre du rouge.

Mortellement effrayée de l'apparition de Julien,
Mme de Rênal fut bientôt en proie aux plus cruelles
alarmes. Les pleurs et le désespoir de Julien la trou-
blaient vivement.

Même, quand elle n'eut plus rien à lui refuser, elle
repoussait Julien loin d'elle, avec une indignation réelle,
et ensuite se jetait dans ses bras. Aucun projet ne paraissait dans toute cette conduite. Elle se croyait damnée
sans rémission, et cherchait à se cacher la vue de l'enfer
en accablant Julien des plus vives caresses. En un mot

rien n'eût manqué au bonheur de notre héros, pas même une sensibilité brûlante dans la femme qu'il venait d'enlever, s'il eût su en jouir. Le départ de Julien ne fit point cesser les transports qui l'agitaient malgré elle, et ses combats avec les remords qui la déchiraient.

Mon Dieu ! être heureux, être aimé, n'est-ce que ça ? Telle fut la première pensée de Julien, en rentrant dans sa chambre. Il était dans cet état d'étonnement et de trouble inquiet où tombe l'âme qui vient d'obtenir ce qu'elle a longtemps désiré. Elle est habituée à désirer, ne trouve plus quoi désirer, et cependant n'a pas encore de souvenirs. Comme le soldat qui revient de la parade, Julien fut attentivement occupé à repasser tous les détails de sa conduite. — N'ai-je manqué à rien de ce que je me dois à moi-même ? Ai-je bien joué mon rôle ?

Et quel rôle ? celui d'un homme accoutumé à être brillant avec les femmes.

CHAPITRE XVI

LE LENDEMAIN

He turn'd his lip to hers, and with his hand
Call'd back the tangles of her wandering hair.
                Don Juan, C. 1, st. 170.

Heureusement, pour la gloire de Julien, Mme de Rênal avait été trop agitée, trop étonnée, pour apercevoir la sottise de l'homme qui en un moment était devenu tout au monde pour elle.

Comme elle l'engageait à se retirer, voyant poindre le jour :

— Oh ! mon Dieu, disait-elle, si mon mari a entendu du bruit, je suis perdue.

Julien, qui avait le temps de faire des phrases, se souvint de celle-ci :

— Regretteriez-vous la vie ?

— Ah ! beaucoup dans ce moment ! mais je ne regretterais pas de vous avoir connu.

Julien trouva de sa dignité de rentrer exprès au grand jour et avec imprudence.

L'attention continue avec laquelle il étudiait ses moindres actions, dans la folle idée de paraître un homme d'expérience, n'eut qu'un avantage ; lorsqu'il revit Mme de Rênal à déjeuner, sa conduite fut un chef-d'œuvre de prudence.

Pour elle, elle ne pouvait le regarder sans rougir jusqu'aux yeux, et ne pouvait vivre un instant sans le regarder ; elle s'apercevait de son trouble, et ses efforts pour le cacher le redoublaient. Julien ne leva qu'une seule fois les yeux sur elle. D'abord, Mme de Rênal admira sa prudence. Bientôt, voyant que cet unique regard ne se répétait pas, elle fut alarmée : « Est-ce qu'il ne m'aimerait plus, se dit-elle ; hélas ! je suis bien vieille pour lui ; j'ai dix ans de plus que lui. »

En passant de la salle à manger au jardin, elle serra la main de Julien. Dans la surprise que lui causa une marque d'amour si extraordinaire, il la regarda avec passion, car elle lui avait semblé bien jolie au déjeuner, et, tout en baissant les yeux, il avait passé son temps à se détailler ses charmes. Ce regard consola Mme de Rênal ; il ne lui ôta pas toutes ses inquiétudes ; mais ses inquiétudes lui ôtaient presque tout à fait ses remords envers son mari.

Au déjeuner, ce mari ne s'était aperçu de rien ; il n'en était pas de même de Mme Derville : elle crut Mme de Rênal sur le point de succomber. Pendant toute la journée, son amitié hardie et incisive ne lui épargna pas les demi-mots destinés à lui peindre, sous de hideuses couleurs, le danger qu'elle courait.

Mᵐᵉ de Rênal brûlait de se trouver seule avec Julien ;
elle voulait lui demander s'il l'aimait encore [1]. Malgré
la douceur inaltérable de son caractère, elle fut plusieurs
fois sur le point de faire entendre à son amie combien
elle était importune.

Le soir, au jardin, Mᵐᵉ Derville arrangea si bien les
choses, qu'elle se trouva placée entre Mᵐᵉ de Rênal et
Julien. Mᵐᵉ de Rênal, qui s'était fait une image délicieuse du plaisir de serrer la main de Julien et de la
porter à ses lèvres, ne put pas même lui adresser un
mot.

Ce contretemps augmenta son agitation. Elle était
dévorée d'un remords. Elle avait tant grondé Julien de
l'imprudence qu'il avait faite en venant chez elle la nuit
précédente, qu'elle tremblait qu'il ne vînt pas celle-ci.
Elle quitta le jardin de bonne heure, et alla s'établir dans
sa chambre. Mais, ne tenant pas à son impatience, elle
vint coller son oreille contre la porte de Julien. Malgré
l'incertitude et la passion qui la dévoraient, elle n'osa
point entrer. Cette action lui semblait la dernière des
bassesses, car elle sert de texte à un dicton de province.

Les domestiques n'étaient pas tous couchés. La prudence l'obligea enfin à revenir chez elle. Deux heures
d'attente furent deux siècles de tourments.

Mais Julien était trop fidèle à ce qu'il appelait le
devoir, pour manquer à exécuter de point en point ce
qu'il s'était prescrit.

Comme une heure sonnait, il s'échappa doucement de
sa chambre, s'assura que le maître de la maison était
profondément endormi, et parut chez Mᵐᵉ de Rênal.
Ce jour-là, il trouva plus de bonheur auprès de son amie,
car il songea moins constamment au rôle à jouer. Il eut
des yeux pour voir et des oreilles pour entendre. Ce que
Mᵐᵉ de Rênal lui dit de son âge contribua à lui donner
quelque assurance.

— Hélas ! j'ai dix ans de plus que vous ! comment
pouvez-vous m'aimer ! lui répétait-elle sans projet, et
parce que cette idée l'opprimait.

Julien ne concevait pas ce malheur, mais il vit qu'il était réel, et il oublia presque toute sa peur d'être ridicule.

La sotte idée d'être regardé comme un amant subalterne, à cause de sa naissance obscure, disparut aussi. A mesure que les transports de Julien rassuraient sa timide maîtresse, elle reprenait un peu de bonheur et la faculté de juger son amant. Heureusement, il n'eut presque pas, ce jour-là, cet air emprunté qui avait fait du rendez-vous de la veille une victoire, mais non pas un plaisir. Si elle se fût aperçue de son attention à jouer un rôle, cette triste découverte lui eût à jamais enlevé tout bonheur. Elle n'y eût pu voir autre chose qu'un triste effet de la disproportion des âges.

Quoique Mme de Rênal n'eût jamais pensé aux théories de l'amour, la différence d'âge est, après celle de fortune, un des grands lieux communs de la plaisanterie de province, toutes les fois qu'il est question d'amour.

En peu de jours, Julien rendu à toute l'ardeur de son âge, fut éperdument amoureux.

Il faut convenir, se disait-il, qu'elle a une bonté d'âme angélique, et l'on n'est pas plus jolie.

Il avait perdu presque tout à fait l'idée du rôle à jouer. Dans un moment d'abandon, il lui avoua même toutes ses inquiétudes. Cette confidence porta à son comble la passion qu'il inspirait. Je n'ai donc point eu de rivale heureuse, se disait Mme de Rênal avec délices ! Elle osa l'interroger sur le portrait auquel il mettait tant d'intérêt : Julien lui jura que c'était celui d'un homme.

Quand il restait à Mme de Rênal assez de sang-froid pour réfléchir, elle ne revenait pas de son étonnement qu'un tel bonheur existât, et que jamais elle ne s'en fût doutée.

Ah ! se disait-elle, si j'avais connu Julien il y a dix ans, quand je pouvais encore passer pour jolie !

Julien était fort éloigné de ces pensées. Son amour était encore de l'ambition ; c'était de la joie de posséder, lui pauvre être malheureux et si méprisé, une femme

aussi noble et aussi belle. Ses actes d'adoration, ses transports à la vue des charmes de son amie, finirent par la
rassurer un peu sur la différence d'âge. Si elle eût possédé
un peu de ce savoir-vivre dont une femme de trente ans
jouit depuis longtemps dans les pays plus civilisés, elle
eût frémi pour la durée d'un amour qui ne semblait vivre
que de surprise et de ravissement d'amour-propre.

Dans ses moments d'oubli d'ambition, Julien admirait avec transport jusqu'aux chapeaux, jusqu'aux
robes de Mme de Rênal. Il ne pouvait se rassasier du plaisir de sentir leur parfum. Il ouvrait son armoire de
glace et restait des heures entières admirant la beauté
et l'arrangement de tout ce qu'il y trouvait. Son amie,
appuyée sur lui, le regardait ; lui, regardait ces bijoux,
ces chiffons qui, la veille d'un mariage, emplissent une
corbeille de noce.

J'aurais pu épouser un tel homme ! pensait quelquefois Mme de Rênal ; quelle âme de feu ! quelle vie ravissante avec lui !

Pour Julien, jamais il ne s'était trouvé aussi près de
ces terribles instruments de l'artillerie féminine. Il est
impossible, se disait-il, qu'à Paris on ait quelque chose
de plus beau ! Alors il ne trouvait point d'objection à
son bonheur. Souvent la sincère admiration et les transports de sa maîtresse lui faisaient oublier la vaine
théorie qui l'avait rendu si compassé et presque si ridicule dans les premiers moments de cette liaison. Il y eut
des moments où, malgré ses habitudes d'hypocrisie, il
trouvait une douceur extrême à avouer à cette grande
dame qui l'admirait, son ignorance d'une foule de petits
usages. Le rang de sa maîtresse semblait l'élever au-
dessus de lui-même. Mme de Rênal, de son côté, trouvait
la plus douce des voluptés morales à instruire ainsi, dans
une foule de petites choses, ce jeune homme rempli de
génie, et qui était regardé par tout le monde comme
devant un jour aller si loin. Même le sous-préfet et
M. Valenod ne pouvaient s'empêcher de l'admirer ; ils
lui en semblaient moins sots. Quant à Mme Derville, elle

était bien loin d'avoir à exprimer les mêmes sentiments. Désespérée de ce qu'elle croyait deviner, et voyant que les sages avis devenaient odieux à une femme qui à la lettre, avait perdu la tête, elle quitta Vergy sans donner une explication qu'on se garda de lui demander. Mᵐᵉ de Rênal en versa quelques larmes, et bientôt il lui sembla que sa félicité redoublait. Par ce départ elle se trouvait presque toute la journée tête à tête avec son amant.

Julien se livrait d'autant plus à la douce société de son amie, que, toutes les fois qu'il était trop longtemps seul avec lui-même, la fatale proposition de Fouqué venait encore l'agiter. Dans les premiers jours de cette vie nouvelle, il y eut des moments où lui, qui n'avait jamais aimé, qui n'avait jamais été aimé de personne, trouvait un si délicieux plaisir à être sincère, qu'il était sur le point d'avouer à Mᵐᵉ de Rênal l'ambition qui jusqu'alors avait été l'essence même de son existence. Il eût voulu pouvoir la consulter sur l'étrange tentation que lui donnait la proposition de Fouqué, mais un petit événement empêcha toute franchise.

CHAPITRE XVII

LE PREMIER ADJOINT

> *O, how this spring of love resembleth*
> *The uncertain glory of an April day;*
> *Which now shows all the beauty of the sun*
> *And by and by a cloud takes all away!*
>
> TWO GENTLEMEN OF VERONA.

Un soir au coucher du soleil, assis auprès de son amie, au fond du verger [1], loin des importuns, il rêvait profondément. Des moments si doux, pensait-il, dureront-

ils toujours ? Son âme était tout occupée de la difficulté
de prendre un état, il déplorait ce grand accès de malheur
qui termine l'enfance et gâte les premières années de
la jeunesse peu riche.

— Ah ! s'écria-t-il, que Napoléon était bien l'homme
envoyé de Dieu pour les jeunes Français ! qui le rem-
placera ? que feront sans lui les malheureux, même plus
riches que moi, qui ont juste les quelques écus qu'il
faut pour se procurer une bonne éducation, et pas
assez d'argent pour acheter un homme à vingt ans et
se pousser dans une carrière ! Quoi qu'on fasse, ajouta-
t-il avec un profond soupir, ce souvenir fatal nous
empêchera à jamais d'être heureux !

Il vit tout à coup Mme de Rênal froncer le sourcil, elle
prit un air froid et dédaigneux ; cette façon de penser
lui semblait convenir à un domestique. Élevée dans
l'idée qu'elle était fort riche, il lui semblait chose convenue que Julien l'était aussi. Elle l'aimait mille fois plus
que la vie et ne faisait aucun cas de l'argent.

Julien était loin de deviner ces idées. Ce froncement
de sourcil le rappela sur la terre. Il eut assez de présence
d'esprit pour arranger sa phrase et faire entendre à la
noble dame, assise si près de lui sur le banc de verdure,
que les mots qu'il venait de répéter, il les avait entendus
pendant son voyage chez son ami le marchand de bois.
C'était le raisonnement des impies.

— Et bien ! ne vous mêlez plus à ces gens-là, dit
Mme de Rênal, gardant encore un peu de cet air glacial,
qui, tout à coup, avait succédé à l'expression de la plus
vive tendresse.

Ce froncement de sourcil, ou plutôt le remords de son
imprudence, fut le premier échec porté à l'illusion qui
entraînait Julien. Il se dit : Elle est bonne et douce, son
goût pour moi est vif, mais elle a été élevée dans le camp
ennemi. Ils doivent surtout avoir peur de cette classe
d'hommes de cœur qui, après une bonne éducation, n'a
pas assez d'argent pour entrer dans une carrière. Que
deviendraient-ils ces nobles, s'il nous était donné de les

combattre à armes égales! Moi, par exemple, maire de Verrières, bien intentionné, honnête comme l'est au fond M. de Rênal! comme j'enlèverais le vicaire, M. Valenod et toutes leurs friponneries! comme la justice triompherait dans Verrières! Ce ne sont pas leurs talents qui me feraient obstacle. Ils tâtonnent sans cesse.

Le bonheur de Julien fut, ce jour-là, sur le point de devenir durable. Il manqua à notre héros d'oser être sincère. Il fallait avoir le courage de livrer bataille [1], mais *sur-le-champ*; Mme de Rênal avait été étonnée du mot de Julien, parce que les hommes de sa société répétaient que le retour de Robespierre était surtout possible à cause de ces jeunes gens des basses classes, trop bien élevés. L'air froid de Mme de Rênal dura assez longtemps, et sembla marqué à Julien. C'est que la crainte de lui avoir dit indirectement une chose désagréable succéda à sa répugnance pour le mauvais propos. Ce malheur se réfléchit vivement dans ses traits si purs et si naïfs quand elle était heureuse et loin des ennuyeux.

Julien n'osa plus rêver avec abandon. Plus calme et moins amoureux, il trouva qu'il était imprudent d'aller voir Mme de Rênal dans sa chambre. Il valait mieux qu'elle vînt chez lui; si un domestique l'apercevait courant dans la maison, vingt prétextes différents pouvaient expliquer cette démarche.

Mais cet arrangement avait aussi ses inconvénients. Julien avait reçu de Fouqué des livres que lui, élève en théologie, n'eût jamais pu demander à un libraire. Il n'osait les ouvrir que de nuit. Souvent il eût été bien aise de n'être pas interrompu par une visite, dont l'attente, la veille encore de la petite scène du verger, l'eût mis hors d'état de lire.

Il devait à Mme de Rênal de comprendre les livres d'une façon toute nouvelle. Il avait osé lui faire des questions sur une foule de petites choses, dont l'ignorance arrête tout court l'intelligence d'un jeune homme né hors de la société, quelque génie naturel qu'on veuille lui supposer.

Cette éducation de l'amour, donnée par une femme extrêmement ignorante, fut un bonheur. Julien arriva directement à voir la société telle qu'elle est aujourd'hui. Son esprit ne fut point offusqué par le récit de ce qu'elle a été autrefois, il y a deux mille ans, ou seulement il y a soixante ans, du temps de Voltaire et de Louis XV. A son inexprimable joie, un voile tomba de devant ses yeux, il comprit enfin les choses qui se passaient à Verrières.

Sur le premier plan parurent des intrigues très compliquées ourdies, depuis deux ans, auprès du préfet de Besançon. Elles étaient appuyées par des lettres venues de Paris, et écrites par ce qu'il y a de plus illustre. Il s'agissait de faire de M. de Moirod, c'était l'homme le plus dévot du pays, le premier, et non pas le second adjoint du maire de Verrières.

Il avait pour concurrent un fabricant fort riche, qu'il fallait absolument refouler à la place de second adjoint.

Julien comprit enfin les demi-mots qu'il avait surpris, quand la haute société du pays venait dîner chez M. de Rênal. Cette société privilégiée était profondément occupée de ce choix du premier adjoint, dont le reste de la ville et surtout les libéraux ne soupçonnaient pas même la possibilité. Ce qui en faisait l'importance, c'est qu'ainsi que chacun sait, le côté oriental de la grande rue de Verrières doit reculer de plus de neuf pieds, car cette rue est devenue route royale.

Or, si M. de Moirod, qui avait trois maisons dans le cas de reculer, parvenait à être premier adjoint, et par la suite maire dans le cas où M. de Rênal serait nommé député, il fermerait les yeux, et l'on pourrait faire, aux maisons qui avancent sur la voie publique, de petites réparations imperceptibles, au moyen desquelles elles dureraient cent ans. Malgré la haute piété et la probité reconnues de M. de Moirod, on était sûr qu'il *serait coulant*, car il avait beaucoup d'enfants. Parmi les maisons qui devaient reculer, neuf appartenaient à tout ce qu'il y a de mieux dans Verrières.

Aux yeux de Julien, cette intrigue était bien plus importante que l'histoire de la bataille de Fontenoy, dont il voyait le nom pour la première fois dans un des livres que Fouqué lui avait envoyés. Il y avait des choses qui étonnaient Julien depuis cinq ans qu'il avait commencé à aller les soirs chez le curé. Mais la discrétion et l'humilité d'esprit étant les premières qualités d'un élève en théologie, il lui avait toujours été impossible de faire des questions.

Un jour, Mme de Rênal donnait un ordre au valet de chambre de son mari, l'ennemi de Julien.

— Mais, Madame, c'est aujourd'hui le dernier vendredi du mois, répondit cet homme d'un air singulier.

— Allez, dit Mme de Rênal.

— Eh bien! dit Julien, il va se rendre dans ce magasin à foin, église autrefois, et récemment rendu au culte; mais pour quoi faire? voilà un de ces mystères que je n'ai jamais pu pénétrer.

— C'est une institution fort salutaire, mais bien singulière, répondit Mme de Rênal; les femmes n'y sont point admises: tout ce que j'en sais, c'est que tout le monde s'y tutoie. Par exemple, ce domestique va y trouver M. Valenod, et cet homme si fier et si sot ne sera point fâché de s'entendre tutoyer par Saint-Jean, et lui répondra sur le même ton. Si vous tenez à savoir ce qu'on y fait, je demanderai des détails à M. de Maugiron et à M. Valenod. Nous payons vingt francs par domestique afin qu'un jour ils ne nous égorgent pas.

Le temps volait. Le souvenir des charmes de sa maîtresse distrayait Julien de sa noire ambition. La nécessité de ne pas lui parler de choses tristes et raisonnables, puisqu'ils étaient de partis contraires, ajoutait, sans qu'il s'en doutât, au bonheur qu'il lui devait et à l'empire qu'elle acquérait sur lui.

Dans les moments où la présence d'enfants trop intelligents les réduisait à ne parler que le langage de la froide raison, c'était avec une docilité parfaite que Julien, la regardant avec des yeux étincelants d'amour,

écoutait ses explications du monde comme il va. Souvent au milieu du récit de quelque friponnerie savante,
à l'occasion d'un chemin ou d'une fourniture, l'esprit
de Mme de Rênal s'égarait tout à coup jusqu'au délire,
Julien avait besoin de la gronder, elle se permettait
avec lui les mêmes gestes intimes qu'avec ses enfants.
C'est qu'il y avait des jours où elle avait l'illusion de
l'aimer comme son enfant. Sans cesse n'avait-elle pas à
répondre à ses questions naïves sur mille choses simples
qu'un enfant bien né n'ignore pas à quinze ans ? Un
instant après, elle l'admirait comme son maître. Son
génie allait jusqu'à l'effrayer ; elle croyait apercevoir
plus nettement chaque jour le grand homme futur dans
ce jeune abbé. Elle le voyait pape, elle le voyait premier ministre comme Richelieu.

— Vivrai-je assez pour te voir dans ta gloire ? disait-
elle à Julien, la place est faite pour un grand homme ;
la monarchie, la religion en ont besoin.

CHAPITRE XVIII

UN ROI A VERRIÈRES

> *N'êtes-vous bons qu'à jeter là comme un ca-
> davre de peuple, sans âme, et dont les veines
> n'ont plus de sang ?*
>
> DISC. DE L'ÉVÊQUE, à la chapelle
> de Saint-Clément.

Le trois septembre, à dix heures du soir, un gendarme
réveilla tout Verrières en montant la grande rue au
galop ; il apportait la nouvelle que Sa Majesté le roi

de*** arrivait le dimanche suivant, et l'on était au
mardi. Le préfet autorisait, c'est-à-dire demandait la
formation d'une garde d'honneur ; il fallait déployer
toute la pompe possible. Une estafette fut expédiée à
Vergy. M. de Rênal arriva dans la nuit, et trouva toute
la ville en émoi. Chacun avait ses prétentions ; les
moins affairés louaient des balcons pour voir l'entrée
du roi [1].

Qui commandera la garde d'honneur ? M. de Rênal
vit tout de suite combien il importait, dans l'intérêt des
maisons sujettes à reculer, que M. de Moirod eût ce
commandement. Cela pouvait faire titre pour la place
de premier adjoint. Il n'y avait rien à dire à la dévotion
de M. de Moirod, elle était au-dessus de toute comparaison, mais jamais il n'avait monté à cheval. C'était
un homme de trente-six ans, timide de toutes les façons,
et qui craignait également les chutes et le ridicule.

Le maire le fit appeler dès les cinq heures du matin.

— Vous voyez, Monsieur, que je réclame vos avis,
comme si déjà vous occupiez le poste auquel tous les
honnêtes gens vous portent. Dans cette malheureuse
ville les manufactures prospèrent, le parti libéral devient
millionnaire, il aspire au pouvoir, il saura se faire des
armes de tout. Consultons l'intérêt du roi, celui de la
monarchie, et avant tout l'intérêt de notre sainte
religion. A qui pensez-vous, Monsieur, que l'on puisse
confier le commandement de la garde d'honneur ?

Malgré la peur horrible que lui faisait le cheval, M. de
Moirod finit par accepter cet honneur comme un martyre. « Je saurai prendre un ton convenable », dit-il au
maire. A peine restait-il le temps de faire arranger les
uniformes qui sept ans auparavant avaient servi lors du
passage d'un prince du sang.

A sept heures, Mme de Rênal arriva de Vergy avec
Julien et les enfants. Elle trouva son salon rempli de
dames libérales qui prêchaient l'union des partis, et
venaient la supplier d'engager son mari à accorder une
place aux leurs dans la garde d'honneur. L'une d'elles

prétendait que si son mari n'était pas élu, de chagrin
il ferait banqueroute. Mme de Rênal renvoya vite tout
ce monde. Elle paraissait fort occupée.

Julien fut étonné et encore plus fâché qu'elle lui fît
un mystère de ce qui l'agitait. Je l'avais prévu, se disait-
il avec amertume, son amour s'éclipse devant le bonheur
de recevoir un roi dans sa maison. Tout ce tapage
l'éblouit. Elle m'aimera de nouveau quand les idées de
sa caste ne lui troubleront plus la cervelle.

Chose étonnante, il l'en aima davantage.

Les tapissiers commençaient à remplir la maison, il
épia longtemps en vain l'occasion de lui dire un mot.
Enfin il la trouva qui sortait de sa chambre à lui, Julien,
emportant un de ses habits. Ils étaient seuls. Il voulut
lui parler. Elle s'enfuit en refusant de l'écouter. — Je
suis bien sot d'aimer une telle femme, l'ambition la rend
aussi folle que son mari.

Elle l'était davantage, un de ses grands désirs, qu'elle
n'avait jamais avoué à Julien de peur de le choquer,
était de le voir quitter, ne fût-ce que pour un jour, son
triste habit noir. Avec une adresse vraiment admirable
chez une femme si naturelle, elle obtint d'abord de M. de
Moirod, et ensuite de M. le sous-préfet de Maugiron, que
Julien serait nommé garde d'honneur de préférence à
cinq ou six jeunes gens, fils de fabricants fort aisés, et
dont deux au moins étaient d'une exemplaire piété.
M. Valenod, qui comptait prêter sa calèche aux plus
jolies femmes de la ville et faire admirer ses beaux
normands, consentit à donner un de ses chevaux à
Julien, l'être qu'il haïssait le plus. Mais tous les gardes
d'honneur avaient à eux ou d'emprunt quelqu'un de ces
beaux habits bleu de ciel avec deux épaulettes de colonel
en argent, qui avaient brillé sept ans auparavant. Mme de
Rênal voulait un habit neuf, et il ne lui restait que quatre
jours pour envoyer à Besançon, et en faire revenir l'habit
d'uniforme, les armes, le chapeau, etc., tout ce qui fait
un garde d'honneur. Ce qu'il y a de plaisant, c'est qu'elle
trouvait imprudent de faire faire l'habit de Julien à

Verrières. Elle voulait le surprendre, lui et la ville.

Le travail des gardes d'honneur et de l'esprit public terminé, le maire eut à s'occuper d'une grande cérémonie religieuse, le roi de*** ne voulait pas passer à Verrières sans visiter la fameuse relique de saint Clément que l'on conserve à Bray-le-Haut, à une petite lieue de la ville. On désirait un clergé nombreux, ce fut l'affaire la plus difficile à arranger ; M. Maslon, le nouveau curé, voulait à tout prix éviter la présence de M. Chélan. En vain, M. de Rênal lui représentait qu'il y aurait imprudence. M. le marquis de La Mole, dont les ancêtres ont été si longtemps gouverneurs de la province, avait été désigné pour accompagner le roi de***. Il connaissait depuis trente ans l'abbé Chélan. Il demanderait certainement de ses nouvelles en arrivant à Verrières, et s'il le trouvait disgracié, il était homme à aller le chercher dans la petite maison où il s'était retiré, accompagné de tout le cortège dont il pourrait disposer. Quel soufflet !

— Je suis déshonoré ici et à Besançon, répondait l'abbé Maslon, s'il paraît dans mon clergé. Un janséniste, grand Dieu !

— Quoi que vous en puissiez dire, mon cher abbé, répliquait M. de Rênal, je n'exposerai pas l'administration de Verrières à recevoir un affront de M. de la Mole. Vous ne le connaissez pas, il pense bien à la cour ; mais ici, en province, c'est un mauvais plaisant satirique, moqueur, ne cherchant qu'à embarrasser les gens. Il est capable, uniquement pour s'amuser, de nous couvrir de ridicule aux yeux des libéraux.

Ce ne fut que dans la nuit du samedi au dimanche, après trois jours de pourparlers, que l'orgueil de l'abbé Maslon plia devant la peur du maire qui se changeait en courage. Il fallut écrire une lettre mielleuse à l'abbé Chélan, pour le prier d'assister à la cérémonie de la relique de Bray-le-Haut, si toutefois son grand âge et ses infirmités le lui permettaient. M. Chélan demanda et obtint une lettre d'invitation pour Julien qui devait l'accompagner en qualité de sous-diacre.

Dès le matin du dimanche, des milliers de paysans arrivant des montagnes voisines, inondèrent les rues de Verrières. Il faisait le plus beau soleil. Enfin, vers les trois heures, toute cette foule fut agitée, on apercevait un grand feu sur un rocher à deux lieues de Verrières. Ce signal annonçait que le roi venait d'entrer sur le territoire du département. Aussitôt le son de toutes les cloches et les décharges répétées d'un vieux canon espagnol appartenant à la ville marquèrent sa joie de ce grand événement. La moitié de la population monta sur les toits. Toutes les femmes étaient aux balcons. La garde d'honneur se mit en mouvement. On admirait les brillants uniformes, chacun reconnaissait un parent, un ami. On se moquait de la peur de M. de Moirod, dont à chaque instant la main prudente était prête à saisir l'arçon de sa selle. Mais une remarque fit oublier toutes les autres : le premier cavalier de la neuvième file était un fort joli garçon, très mince, que d'abord on ne reconnut pas. Bientôt un cri d'indignation chez les uns, chez d'autres le silence de l'étonnement annoncèrent une sensation générale. On reconnaissait dans ce jeune homme, montant un des chevaux normands de M. Valenod, le petit Sorel, fils du charpentier. Il n'y eut qu'un cri contre le maire, surtout parmi les libéraux. Quoi, parce que ce petit ouvrier déguisé en abbé était précepteur de ses marmots, il avait l'audace de le nommer garde d'honneur, au préjudice de MM. tels et tels, riches fabricants! Ces messieurs, disait une dame banquière, devraient bien faire une avanie à ce petit insolent, né dans la crotte. — Il est sournois et porte un sabre, répondait le voisin, il serait assez traître pour leur couper la figure.

Les propos de la société noble étaient plus dangereux. Les dames se demandaient si c'était du maire tout seul que provenait cette haute inconvenance. En général, on rendait justice à son mépris pour le défaut de naissance.

Pendant qu'il était l'occasion de tant de propos,

Julien était le plus heureux des hommes. Naturellement hardi, il se tenait mieux à cheval que la plupart
des jeunes gens de cette ville de montagnes [1]. Il voyait
dans les yeux des femmes qu'il était question de lui.

Ses épaulettes étaient plus brillantes, parce qu'elles
étaient neuves. Son cheval se cabrait à chaque instant,
il était au comble de la joie.

Son bonheur n'eut plus de bornes, lorsque, passant
près du vieux rempart, le bruit de la petite pièce de
canon fit sauter son cheval hors du rang. Par un grand
hasard, il ne tomba pas, de ce moment il se sentit un
héros. Il était officier d'ordonnance de Napoléon et
chargeait une batterie.

Une personne était plus heureuse que lui. D'abord
elle l'avait vu passer d'une des croisées de l'hôtel de
ville ; montant ensuite en calèche, et faisant rapidement
un grand détour, elle arriva à temps pour frémir quand
son cheval l'emporta hors du rang. Enfin, sa calèche
sortant au grand galop, par une autre porte de la ville,
elle parvint à rejoindre la route par où le roi devait passer, et put suivre la garde d'honneur à vingt pas de
distance, au milieu d'une noble poussière. Dix mille
paysans crièrent : Vive le roi! quand le maire eut l'honneur de haranguer Sa Majesté. Une heure après, lorsque,
tous les discours écoutés, le roi allait entrer dans la ville,
la petite pièce de canon se remit à tirer à coups précipités. Mais un accident s'ensuivit, non pour les canonniers
qui avaient fait leurs preuves à Leipsick et à Mont-
mirail, mais pour le futur premier adjoint, M. de Moirod. Son cheval le déposa mollement dans l'unique
bourbier qui fût sur la grande route, ce qui fit esclandre,
parce qu'il fallut le tirer de là pour que la voiture du
roi pût passer.

Sa Majesté descendit à la belle église neuve qui ce
jour-là était parée de tous ses rideaux cramoisis. Le roi
devait dîner, et aussitôt après remonter en voiture
pour aller vénérer la célèbre relique de saint Clément.
A peine le roi fut-il à l'église, que Julien galopa vers

la maison de M. de Rênal. Là, il quitta en soupirant son
bel habit bleu de ciel, son sabre, ses épaulettes, pour reprendre le petit habit noir râpé. Il remonta à cheval,
et en quelques instants fut à Bray-le-Haut qui occupe
le sommet d'une fort belle colline. L'enthousiasme
multiplie ces paysans, pensa Julien. On ne peut se
remuer à Verrières, et en voici plus de dix mille autour
de cette antique abbaye. A moitié ruinée par le van-
dalisme révolutionnaire, elle avait été magnifiquement
rétablie depuis la Restauration, et l'on commençait à
parler de miracles. Julien rejoignit l'abbé Chélan qui
le gronda fort, et lui remit une soutane et un surplis.
Il s'habilla rapidement et suivit M. Chélan qui se rendait
auprès du jeune évêque d'Agde. C'était un neveu de
M. de La Mole, récemment nommé, et qui avait été
chargé de montrer la relique au roi. Mais l'on ne put
trouver cet évêque.

Le clergé s'impatientait. Il attendait son chef dans le
cloître sombre et gothique de l'ancienne abbaye. On
avait réuni vingt-quatre curés pour figurer l'ancien
chapitre de Bray-le-Haut, composé avant 1789 de vingt-
quatre chanoines. Après avoir déploré pendant trois
quarts d'heure la jeunesse de l'évêque, les curés pensèrent
qu'il était convenable que M. le Doyen se retirât vers
Monseigneur pour l'avertir que le roi allait arriver,
et qu'il était instant de se rendre au chœur. Le grand
âge de M. Chélan l'avait fait doyen ; malgré l'humeur
qu'il témoignait à Julien, il lui fit signe de le suivre.
Julien portait fort bien son surplis. Au moyen de je
ne sais quel procédé de toilette ecclésiastique, il avait
rendu ses beaux cheveux bouclés très plats ; mais,
par un oubli qui redoubla le colère de M. Chélan,
sous les longs plis de sa soutane on pouvait apercevoir
les éperons du garde d'honneur.

Arrivés à l'appartement de l'évêque, de grands laquais bien chamarrés daignèrent à peine répondre au
vieux curé que Monseigneur n'était pas visible. On se
moqua de lui quand il voulut expliquer qu'en sa qualité

de doyen du chapitre noble de Bray-le-Haut, il avait
le privilège d'être admis en tout temps auprès de
l'évêque officiant.

L'humeur hautaine de Julien fut choquée de l'insolence des laquais. Il se mit à parcourir les dortoirs de
l'antique abbaye, secouant toutes les portes qu'il rencontrait. Une fort petite céda à ses efforts, et il se trouva
dans une cellule au milieu des valets de chambre de
Monseigneur, en habits noirs et la chaîne au cou. A son
air pressé ces messieurs le crurent mandé par l'évêque
et le laissèrent passer. Il fit quelques pas et se trouva
dans une immense salle gothique extrêmement sombre,
et toute lambrissée de chêne noir ; à l'exception d'une
seule, les fenêtres en ogive avaient été murées avec
des briques. La grossièreté de cette maçonnerie n'était
déguisée par rien et faisait un triste contraste avec
l'antique magnificence de la boiserie. Les deux grands
côtés de cette salle célèbre parmi les antiquaires bour-
guignons et que le duc Charles le Téméraire avait fait
bâtir vers 1470 en expiation de quelque péché, étaient
garnis de stalles de bois richement sculptées. On y
voyait, figurés en bois de différentes couleurs, tous les
mystères de l'Apocalypse.

Cette magnificence mélancolique, dégradée par
la vue des briques nues et du plâtre encore tout blanc,
toucha Julien. Il s'arrêta en silence. A l'autre extrémité de la salle, près de l'unique fenêtre par laquelle
le jour pénétrait, il vit un miroir mobile en acajou. Un
jeune homme, en robe violette et en surplis de dentelle
mais la tête nue, était arrêté à trois pas de la glace,
Ce meuble semblait étrange en un tel lieu, et, sans
doute, y avait été apporté de la ville. Julien trouva
que le jeune homme avait l'air irrité ; de la main droite
il donnait gravement des bénédictions du côté du miroir.

Que peut signifier ceci ? pensa-t-il. Est-ce une cérémonie préparatoire qu'accomplit ce jeune prêtre ?
C'est peut-être le secrétaire de l'évêque... il sera insolent comme les laquais... ma foi, n'importe, essayons.

Il avança et parcourut assez lentement la longueur de la salle, toujours la vue fixée vers l'unique fenêtre et regardant ce jeune homme qui continuait à donner des bénédictions exécutées lentement mais en nombre infini, et sans se reposer un instant.

A mesure qu'il approchait, il distinguait mieux son air fâché. La richesse du surplis garni de dentelle arrêta involontairement Julien à quelques pas du magnifique miroir.

Il est de mon devoir de parler, se dit-il enfin ; mais la beauté de la salle l'avait ému, et il était froissé d'avance des mots durs qu'on allait lui adresser.

Le jeune homme le vit dans la psyché, se retourna, et quittant subitement l'air fâché, lui dit du ton le plus doux :

— En bien ! Monsieur, est-elle enfin arrangée ?

Julien resta stupéfait. Comme ce jeune homme se tournait vers lui, Julien vit la croix pectorale sur sa poitrine : c'était l'évêque d'Agde. Si jeune, pensa Julien ; tout au plus six ou huit ans de plus que moi !...

Et il eut honte de ses éperons.

— Monseigneur, répondit-il timidement, je suis envoyé par le doyen du chapitre, M. Chélan.

— Ah ! il m'est fort recommandé, dit l'évêque d'un ton poli qui redoubla l'enchantement de Julien. Mais je vous demande pardon, Monsieur, je vous prenais pour la personne qui doit me rapporter ma mitre. On l'a mal emballée à Paris ; la toile d'argent est horriblement gâtée dans le haut. Cela fera le plus vilain effet, ajouta le jeune évêque d'un air triste, et encore on me fait attendre !

— Monseigneur, je vais chercher la mitre, si Votre Grandeur le permet.

Les beaux yeux de Julien firent leur effet.

— Allez, Monsieur, répondit l'évêque avec une politesse charmante ; il me la faut sur-le-champ. Je suis désolé de faire attendre Messieurs du chapitre.

Quand Julien fut arrivé au milieu de la salle, il se

retourna vers l'évêque et le vit qui s'était remis à donner des bénédictions. Qu'est-ce que cela peut être ?
se demanda Julien, sans doute c'est une préparation
ecclésiastique nécessaire à la cérémonie qui va avoir
lieu. Comme il arrivait dans la cellule où se tenaient
les valets de chambre, il vit la mitre entre leurs mains.
Ces messieurs, cédant malgré eux au regard impérieux
de Julien, lui remirent la mitre de Monseigneur.

Il se sentit fier de la porter : en traversant la salle,
il marchait lentement ; il la tenait avec respect. Il
trouva l'évêque assis devant la glace ; mais, de temps à
autre, sa main droite, quoique fatiguée, donnait encore
la bénédiction. Julien l'aida à placer sa mitre. L'évêque
secoua la tête.

— Ah ! elle tiendra, dit-il à Julien d'un air content.
Voulez-vous vous éloigner un peu ?

Alors l'évêque alla fort vite au milieu de la pièce, puis
se rapprochant du miroir à pas lents, il reprit l'air fâché,
et donnait gravement des bénédictions.

Julien était immobile d'étonnement ; il était tenté
de comprendre, mais n'osait pas. L'évêque s'arrêta,
et le regardant avec un air qui perdait rapidement de
sa gravité :

— Que dites-vous de ma mitre, Monsieur, va-t-elle
bien ?

— Fort bien, Monseigneur.

— Elle n'est pas trop en arrière ? cela aurait l'air
un peu niais ; mais il ne faut pas non plus la porter
baissée sur les yeux comme un shako d'officier.

— Elle me semble aller fort bien.

— Le roi de *** est accoutumé à un clergé vénérable
et sans doute fort grave. Je ne voudrais pas, à cause
de mon âge surtout, avoir l'air trop léger.

Et l'évêque se mit de nouveau à marcher en donnant
des bénédictions.

C'est clair, dit Julien, osant enfin comprendre, il
s'exerce à donner la bénédiction.

Après quelques instants :

— Je suis prêt, dit l'évêque. Allez, Monsieur, avertir
M. le doyen et Messieurs du chapitre.

Bientôt M. Chélan, suivi des deux curés les plus âgés,
entra par une fort grande porte magnifiquement sculp-
tée, et que Julien n'avait pas aperçue. Mais cette fois
il resta à son rang, le dernier de tous, et ne put voir
l'évêque que par-dessus les épaules des ecclésiastiques
qui se pressaient en foule à cette porte.

L'évêque traversait lentement la salle ; lorsqu'il
fut arrivé sur le seuil les curés se formèrent en procession. Après un petit moment de désordre, la procession
commença à marcher en entonnant un psaume.
L'évêque s'avançait le dernier entre M. Chélan et un
autre curé fort vieux. Julien se glissa tout à fait près de
Monseigneur, comme attaché à l'abbé Chélan. On suivit
les longs corridors de l'abbaye de Bray-le-Haut ; malgré le
soleil éclatant, ils étaient sombres et humides. On arriva
enfin au portique du cloître. Julien était stupéfait d'admiration pour une si belle cérémonie. L'ambition réveillée par le jeune âge de l'évêque, la sensibilité et la politesse exquise de ce prélat se disputaient son cœur.
Cette politesse était bien autre chose que celle de
M. de Rênal, même dans ses bons jours. Plus on s'élève
vers le premier rang de la société, se dit Julien, plus on
trouve de ces manières charmantes.

On entrait dans l'église par une porte latérale, tout
à coup un bruit épouvantable fit retentir ses voûtes
antiques ; Julien crut qu'elles s'écroulaient. C'était
encore la petite pièce de canon ; traînée par huit chevaux au galop, elle venait d'arriver ; et à peine arrivée,
mise en batterie par les canonniers de Leipsick, elle
tirait cinq coups par minute, comme si les Prussiens
eussent été devant elle.

Mais ce bruit admirable ne fit plus d'effet sur Julien,
il ne songeait plus à Napoléon et à la gloire militaire.
Si jeune, pensait-il, être évêque d'Agde ! mais où est
Agde ? et combien cela rapporte-t-il ? deux ou trois
cent mille francs peut-être.

Les laquais de Monseigneur parurent avec un dais magnifique, M. Chélan prit l'un des bâtons, mais dans le fait ce fut Julien qui le porta. L'évêque se plaça dessous. Réellement, il était parvenu à se donner l'air vieux; l'admiration de notre héros n'eut plus de bornes. Que ne fait-on pas avec de l'adresse ! pensa-t-il.

Le roi entra. Julien eut le bonheur de le voir de très près. L'évêque le harangua avec onction, et sans oublier une petite nuance de trouble fort poli pour Sa Majesté.

Nous ne répéterons point la description des cérémonies de Bray-le-Haut ; pendant quinze jours elles ont rempli les colonnes de tous les journaux du département. Julien apprit, par le discours de l'évêque, que le roi descendait de Charles le Téméraire.

Plus tard il entra dans les fonctions de Julien de vérifier les comptes de ce qu'avait coûté cette cérémonie. M. de La Mole, qui avait fait avoir un évêché à son neveu, avait voulu lui faire la galanterie de se charger de tous les frais. La seule cérémonie de Bray-le-Haut coûta trois mille huit cents francs.

Après le discours de l'évêque et la réponse du roi, Sa Majesté se plaça sous le dais, ensuite elle s'agenouilla fort dévotement sur un coussin près de l'autel. Le chœur était environné de stalles, et les stalles élevées de deux marches sur le pavé. C'était sur la dernière de ces marches que Julien était assis aux pieds de M. Chélan, à peu près comme un caudataire près de son cardinal, à la chapelle Sixtine, à Rome. Il y eut un *Te Deum*, des flots d'encens, des décharges infinies de mousqueterie et d'artillerie ; les paysans étaient ivres de bonheur et de piété. Une telle journée défait l'ouvrage de cent numéros des journaux jacobins.

Julien était à six pas du roi, qui réellement priait avec abandon. Il remarqua, pour la première fois, un petit homme au regard spirituel et qui portait un habit presque sans broderies. Mais il avait un cordon bleu de ciel par-dessus cet habit fort simple. Il était plus près du roi que beaucoup d'autres seigneurs, dont les habits

étaient tellement brodés d'or, que, suivant l'expression
de Julien, on ne voyait pas le drap. Il apprit quelques
moments après que c'était M. de La Mole. Il lui trouva
l'air hautain et même insolent.

Ce marquis ne serait pas poli comme mon joli évêque,
pensa-t-il. Ah! l'état ecclésiastique rend doux et sage.
Mais le roi est venu pour vénérer la relique, et je ne vois
point de relique. Où sera saint Clément?

Un petit clerc, son voisin, lui apprit que la vénérable
relique était dans le haut de l'édifice dans une *chapelle
ardente*.

·Qu'est-ce qu'une chapelle ardente? se dit Julien.

Mais il ne voulut pas demander l'explication de ce
mot. Son attention redoubla.

En cas de visite d'un prince souverain, l'étiquette
veut que les chanoines n'accompagnent pas l'évêque.
Mais en se mettant en marche pour la chapelle ardente,
Monseigneur d'Agde appela l'abbé Chélan; Julien osa
le suivre.

Après avoir monté un long escalier, on parvint à une
porte extrêmement petite, mais dont le chambranle
gothique était doré avec magnificence. Cet ouvrage avait
l'air fait de la veille.

Devant la porte étaient réunies à genoux vingt-
quatre jeunes filles, appartenant aux familles les plus distinguées de Verrières. Avant d'ouvrir la porte, l'évêque
se mit à genoux au milieu de ces jeunes filles toutes
jolies. Pendant qu'il priait à haute voix, elles semblaient
ne pouvoir assez admirer ses belles dentelles, sa bonne
grâce, sa figure si jeune et si douce. Ce spectacle fit
perdre à notre héros ce qui lui restait de raison. En cet
instant il se fût battu pour l'inquisition, et de bonne foi.
La porte s'ouvrit tout à coup. La petite chapelle parut
comme embrasée de lumière. On apercevait sur l'autel
plus de mille cierges divisés en huit rangs séparés entre
eux par des bouquets de fleurs. L'odeur suave de l'encens le plus pur sortait en tourbillon de la porte du sanctuaire. La chapelle dorée à neuf était fort petite, mais

très élevée. Julien remarqua qu'il y avait sur l'autel
des cierges qui avaient plus de quinze pieds de haut.
Les jeunes filles ne purent retenir un cri d'admiration.
On n'avait admis dans le petit vestibule de la chapelle
que les vingt-quatre jeunes filles, les deux curés et Julien.

Bientôt le roi arriva, suivi du seul M. de La Mole
et de son grand chambellan. Les gardes eux-mêmes
restèrent en dehors, à genoux, et présentant les armes.

Sa Majesté se précipita plutôt qu'elle ne se jeta sur le
prie-Dieu. Ce fut alors seulement que Julien, collé contre
la porte dorée, aperçut, par-dessous le bras nu d'une
jeune fille, la charmante statue de saint Clément. Il
était caché sous l'autel, en costume de jeune soldat
romain. Il avait au cou une large blessure d'où le sang
semblait couler, l'artiste s'était surpassé ; ses yeux
mourants, mais pleins de grâce, étaient à demi fermés.
Une moustache naissante ornait cette bouche charmante,
qui à demi fermée avait encore l'air de prier. A cette vue,
la jeune fille voisine de Julien pleura à chaudes larmes,
une de ses larmes tomba sur la main de Julien.

Après un instant de prières dans le plus profond silence,
troublé seulement par le son lointain des cloches de tous
les villages à dix lieues à la ronde, l'évêque d'Agde
demanda au roi la permission de parler. Il finit un petit
discours fort touchant par des paroles simples, mais
dont l'effet n'en était que mieux assuré.

— N'oubliez jamais, jeunes chrétiennes, que vous avez
vu l'un des plus grands rois de la terre à genoux devant
les serviteurs de ce Dieu tout-puissant et terrible. Ces
serviteurs faibles, persécutés, assassinés sur la terre,
comme vous le voyez par la blessure encore sanglante
de saint Clément, ils triomphent au ciel. N'est-ce pas
jeunes chrétiennes, vous vous souviendrez à jamais de
ce jour ? vous détesterez l'impie. A jamais vous serez
fidèles à ce Dieu si grand, si terrible, mais si bon.

A ces mots, l'évêque se leva avec autorité.

— Vous me le promettez ? dit-il, en avançant le bras
d'un air inspiré.

— Nous le promettons, dirent les jeunes filles, en fondant en larmes.

— Je reçois votre promesse au nom du Dieu terrible! ajouta l'évêque d'une voix tonnante. Et la cérémonie fut terminée.

Le roi lui-même pleurait. Ce ne fut que longtemps après que Julien eut assez de sang-froid pour demander où étaient les os du saint envoyés de Rome à Philippe le Bon, duc de Bourgogne. On lui apprit qu'ils étaient cachés dans la charmante figure de cire.

Sa Majesté daigna permettre aux demoiselles qui l'avaient accompagnée dans la chapelle de porter un ruban rouge sur lequel étaient brodés ces mots : HAINE A L'IMPIE, ADORATION PERPÉTUELLE.

M. de La Mole fit distribuer aux paysans dix mille bouteilles de vin. Le soir, à Verrières, les libéraux trouvèrent une raison pour illuminer cent fois mieux que les royalistes. Avant de partir, le roi fit une visite à M. de Moirod.

CHAPITRE XIX

PENSER FAIT SOUFFRIR

> *Le grotesque des événements de tous les jours*
> *vous cache le vrai malheur des passions.*
>
> BARNAVE.

En replaçant les meubles ordinaires dans la chambre qu'avait occupée M. de La Mole, Julien trouva une feuille de papier très fort, pliée en quatre. Il lut au bas de la première page :

A S. E. M. le marquis de La Mole, pair de France, chevalier des ordres du roi, etc., etc.

C'était une pétition en grosse écriture de cuisinière.

« Monsieur le Marquis,

« J'ai eu toute ma vie des principes religieux. J'étais,
dans Lyon, exposé aux bombes, lors du siège, en 93,
d'exécrable mémoire. Je communie ; je vais tous les
dimanches à la messe en l'église paroissiale. Je n'ai
jamais manqué au devoir pascal, même en 93, d'exécrable mémoire. Ma cuisinière, avant la révolution j'avais
des gens, ma cuisinière fait maigre le vendredi. Je jouis
dans Verrières d'une considération générale, et j'ose
dire méritée. Je marche sous le dais dans les processions,
à côté de M. le curé et de M. le maire. Je porte, dans les
grandes occasions, un gros cierge acheté à mes frais. De
tout quoi les certificats sont à Paris au ministère des
finances. Je demande à M. le marquis le bureau de
loterie de Verrières, qui ne peut manquer d'être bientôt
vacant d'une manière ou d'autre, le titulaire étant fort
malade, et d'ailleurs votant mal aux élections, etc.

DE CHOLIN. »

En marge de cette pétition était une apostille signée
De Moirod, et qui commençait par cette ligne :

« J'ai eu l'honneur de parler *yert* du bon sujet qui
fait cette demande », etc.

Ainsi, même cet imbécile de Cholin me montre le
chemin qu'il faut suivre, se dit Julien.

Huit jours après le passage du roi de *** à Verrières
ce qui surnageait des innombrables mensonges, sottes
interprétations, discussions ridicules, etc., etc., dont
avaient été l'objet, successivement, le roi, l'évêque
d'Agde, le marquis de La Mole, les dix mille bouteilles
de vin, le pauvre tombé de Moirod qui, dans l'espoir d'une
croix, ne sortit de chez lui qu'un mois après sa chute, ce
fut l'indécence extrême d'avoir *bombardé* dans la garde

d'honneur Julien Sorel, fils d'un charpentier. Il fallait
entendre, à ce sujet, les riches fabricants de toiles
peintes, qui, soir et matin, s'enrouaient au café à prê-
cher l'égalité. Cette femme hautaine, Mme de Rênal,
était l'auteur de cette abomination. La raison? les
beaux yeux et les joues si fraîches du petit abbé Sorel
la disaient de reste.

Peu après le retour à Vergy, Stanislas-Xavier, le plus
jeune des enfants, prit la fièvre; tout à coup Mme de
Rênal tomba dans des remords affreux. Pour la première
fois elle se reprocha son amour d'une façon suivie; elle
sembla comprendre, comme par miracle, dans quelle
faute énorme elle s'était laissé entraîner. Quoique d'un
caractère profondément religieux, jusqu'à ce moment,
elle n'avait pas songé à la grandeur de son crime aux yeux
de Dieu.

Jadis, au couvent du Sacré-Cœur, elle avait aimé Dieu
avec passion; elle le craignit de même en cette circonstance. Les combats qui déchiraient son âme étaient d'autant plus affreux qu'il n'y avait rien de raisonnable dans
sa peur. Julien éprouva que le moindre raisonnement
l'irritait, loin de la calmer; elle y voyait le langage de
l'enfer. Cependant, comme Julien aimait beaucoup lui-
même le petit Stanislas, il était mieux venu à lui parler
de sa maladie : elle prit bientôt un caractère grave.
Alors le remords continu ôta à Mme de Rênal jusqu'à
la faculté de dormir; elle ne sortait point d'un silence
farouche : si elle eût ouvert la bouche, c'eût été pour
avouer son crime à Dieu et aux hommes.

— Je vous en conjure, lui disait Julien, dès qu'ils se
trouvaient seuls, ne parlez à personne; que je sois le seul
confident de vos peines. Si vous m'aimez encore, ne parlez pas : vos paroles ne peuvent ôter la fièvre à notre
Stanislas.

Mais ses consolations ne produisaient aucun effet;
il ne savait pas que Mme de Rênal s'était mis dans la tête
que, pour apaiser la colère du Dieu jaloux, il fallait haïr
Julien ou voir mourir son fils. C'était parce qu'elle sen-

tait qu'elle ne pouvait haïr son amant qu'elle était si malheureuse.

— Fuyez-moi, dit-elle un jour à Julien ; au nom de Dieu, quittez cette maison : c'est votre présence ici qui tue mon fils.

Dieu me punit, ajouta-t-elle à voix basse, il est juste ; j'adore son équité ; mon crime est affreux, et je vivais sans remords ! C'était le premier signe de l'abandon de Dieu : je dois être punie doublement.

Julien fut profondément touché. Il ne pouvait voir là ni hypocrisie, ni exagération. Elle croit tuer son fils en m'aimant, et cependant la malheureuse m'aime plus que son fils. Voilà, je n'en puis douter, le remords qui la tue ; voilà de la grandeur dans les sentiments. Mais comment ai-je pu inspirer un tel amour, moi, si pauvre, si mal élevé, si ignorant, quelquefois si grossier dans mes façons ?

Une nuit, l'enfant fut au plus mal. Vers les deux heures du matin, M. de Rênal vint le voir. L'enfant, dévoré par la fièvre, était fort rouge et ne put reconnaître son père. Tout à coup Mme de Rênal se jeta aux pieds de son mari : Julien vit qu'elle allait tout dire et se perdre à jamais.

Par bonheur, ce mouvement singulier importuna M. de Rênal.

— Adieu ! adieu ! dit-il en s'en allant.

— Non, écoute-moi, s'écria sa femme à genoux devant lui, et cherchant à le retenir. Apprends toute la vérité. C'est moi qui tue mon fils. Je lui ai donné la vie et je la lui reprends. Le ciel me punit, aux yeux de Dieu, je suis coupable de meurtre. Il faut que je me perde et m'humilie moi-même ; peut-être ce sacrifice apaisera le Seigneur.

Si M. de Rênal eût été un homme d'imagination, il savait tout.

— Idées romanesques, s'écria-t-il, en éloignant sa femme qui cherchait à embrasser ses genoux. Idées romanesques que tout cela ! Julien, faites appeler le médecin à la pointe du jour.

Et il retourna se coucher. Mme de Rênal tomba à
genoux, à demi évanouie, en repoussant avec un mouvement convulsif Julien qui voulait la secourir.

Julien resta étonné.

Voilà donc l'adultère! se dit-il... Serait-il possible
que ces prêtres si fourbes... eussent raison? Eux qui
commettent tant de péchés auraient le privilège de
connaître la vraie théorie du péché? Quelle bizarrerie!...

Depuis vingt minutes que M. de Rênal s'était retiré,
Julien voyait la femme qu'il aimait, la tête appuyée sur
le petit lit de l'enfant, immobile et presque sans connaissance. Voilà une femme d'un génie supérieur réduite
au comble du malheur, parce qu'elle m'a connu, se dit-il.

Les heures avancent rapidement. Que puis-je pour
elle? Il faut se décider. Il ne s'agit plus de moi ici. Que
m'importent les hommes et leurs plates simagrées? Que
puis-je pour elle?... la quitter? Mais je la laisse seule
en proie à la plus affreuse douleur. Cet automate de mari
lui nuit plus qu'il ne lui sert. Il lui dira quelque mot dur,
à force d'être grossier; elle peut devenir folle, se jeter
par la fenêtre.

Si je la laisse, si je cesse de veiller sur elle, elle lui
avouera tout. Et que sait-on, peut-être, malgré l'héritage
qu'elle doit lui apporter, il fera un esclandre. Elle peut
tout dire, grand Dieu! à ce c... d'abbé Maslon, qui prend
prétexte de la maladie d'un enfant de six ans pour ne
plus bouger de cette maison, et non sans dessein. Dans
sa douleur et sa crainte de Dieu, elle oublie tout ce
qu'elle sait de l'homme; elle ne voit que le prêtre.

— Va-t'en, lui dit tout à coup Mme de Rênal en
ouvrant les yeux.

— Je donnerais mille fois ma vie pour savoir ce qui
peut t'être le plus utile, répondit Julien : jamais je ne
t'ai tant aimée, mon cher ange, ou plutôt, de cet instant
seulement, je commence à t'adorer comme tu mérites
de l'être. Que deviendrai-je loin de toi, et avec la
conscience que tu es malheureuse par moi! Mais qu'il
ne soit pas question de mes souffrances. Je partirai, oui,

mon amour. Mais, si je te quitte, si je cesse de veiller
sur toi, de me trouver sans cesse entre toi et ton mari,
tu lui dis tout, tu te perds. Songe que c'est avec ignominie qu'il te chassera de sa maison ; tout Verrières,
tout Besançon parleront de ce scandale. On te donnera
tous les torts ; jamais tu ne te relèveras de cette honte...

— C'est ce que je demande, s'écria-t-elle, en se levant
debout. Je souffrirai, tant mieux.

— Mais, par ce scandale abominable, tu feras aussi
son malheur à lui !

— Mais je m'humilie moi-même, je me jette dans la
fange ; et, par là peut-être, je sauve mon fils. Cette
humiliation, aux yeux de tous, c'est peut-être une péni-
tance publique ? Autant que ma faiblesse peut en juger,
n'est-ce pas le plus grand sacrifice que je puisse faire à
Dieu ?... Peut-être daignera-t-il prendre mon humiliation et me laisser mon fils ! Indique-moi un autre sacrifice plus pénible, et j'y cours.

— Laisse-moi me punir. Moi aussi, je suis coupable.
Veux-tu que je me retire à la Trappe ? L'austérité de cette
vie peut apaiser ton Dieu... Ah! ciel! que ne puis-je
prendre pour moi la maladie de Stanislas...

— Ah! tu l'aimes, toi, dit Mme de Rênal, en se relevant et se jetant dans ses bras.

Au même instant, elle le repoussa avec horreur.

— Je te crois! je te crois! continua-t-elle, après s'être
remise à genoux ; ô mon unique ami! ô pourquoi n'es-tu
pas le père de Stanislas! Alors ce ne serait pas un horrible péché de t'aimer mieux que ton fils.

— Veux-tu me permettre de rester, et que désormais
je ne t'aime que comme un frère ? C'est la seule expiation raisonnable, elle peut apaiser la colère du Très-
Haut.

— Et, moi, s'écria-t-elle en se levant et prenant la
tête de Julien entre ses deux mains, et la tenant devant
ses yeux à distance, et moi, t'aimerai-je comme un frère?
Est-il en mon pouvoir de t'aimer comme un frère?

Julien fondait en larmes.

— Je t'obéirai, dit-il en tombant à ses pieds, je
t'obéirai, quoi que tu m'ordonnes ; c'est tout ce qui me
reste à faire. Mon esprit est frappé d'aveuglement ;
je ne vois aucun parti à prendre. Si je te quitte, tu dis
tout à ton mari, tu te perds et lui avec. Jamais, après ce
ridicule, il ne sera nommé député. Si je reste, tu me
crois la cause de la mort de ton fils, et tu meurs de douleur. Veux-tu essayer de l'effet de mon départ ? Si tu
veux, je vais me punir de notre faute en te quittant
pour huit jours. J'irai les passer dans la retraite où
tu voudras. A l'abbaye de Bray-le-Haut, par exemple :
mais jure-moi pendant mon absence de ne rien avouer
à ton mari. Songe que je ne pourrai plus revenir si tu
parles.

Elle promit, il partit, mais fut rappelé au bout de deux
jours.

— Il m'est impossible sans toi de tenir mon serment.
Je parlerai à mon mari, si tu n'es pas là constamment
pour m'ordonner par tes regards de me taire. Chaque
heure de cette vie abominable me semble durer une
journée.

Enfin le ciel eut pitié de cette mère malheureuse. Peu à
peu Stanislas ne fut plus en danger. Mais la glace était
brisée, sa raison avait connu l'étendue de son péché ;
elle ne put plus reprendre l'équilibre. Les remords
restèrent, et ils furent ce qu'ils devaient être dans un
cœur si sincère. Sa vie fut le ciel et l'enfer : l'enfer quand
elle ne voyait pas Julien, le ciel quand elle était à ses
pieds. Je ne me fais plus aucune illusion, lui disait-elle,
même dans les moments où elle osait se livrer à tout
son amour : je suis damnée, irrémissiblement damnée.
Tu es jeune, tu as cédé à mes séductions, le ciel peut te
pardonner ; mais moi je suis damnée. Je le connais
à un signe certain. J'ai peur : qui n'aurait pas peur
devant la vue de l'enfer ? Mais au fond, je ne me repens
point. Je commettrais de nouveau ma faute si elle était
à commettre. Que le ciel seulement ne me punisse pas
dès ce monde et dans mes enfants, et j'aurai plus que

je ne mérite. Mais, toi, du moins, mon Julien, s'écriait-
elle dans d'autres moments, es-tu heureux ? Trouves-tu
que je t'aime assez ?

La méfiance et l'orgueil souffrant de Julien qui avait
surtout besoin d'un amour à sacrifices, ne tinrent pas
devant la vue d'un sacrifice si grand si indubitable et
fait à chaque instant. Il adorait Mᵐᵉ de Rênal. Elle a
beau être noble, et moi le fils d'un ouvrier, elle m'aime...
Je ne suis pas auprès d'elle un valet de chambre chargé
des fonctions d'amant. Cette crainte éloignée, Julien
tomba dans toutes les folies de l'amour, dans ses incertitudes mortelles.

— Au moins, s'écriait-elle en voyant ses doutes sur
son amour, que je te rende bien heureux pendant le peu
de jours que nous avons à passer ensemble ! Hâtons-nous ;
demain peut-être je ne serai plus à toi. Si le ciel me frappe
dans mes enfants, c'est en vain que je chercherai à ne
vivre que pour t'aimer, à ne pas voir que c'est mon crime
qui les tue. Je ne pourrai survivre à ce coup. Quand je
le voudrais, je ne pourrais ; je deviendrais folle.

— Ah ! si je pouvais prendre sur moi ton péché, comme
tu m'offrais si généreusement de prendre la fièvre ardente
de Stanislas !

Cette grande crise morale changea la nature du sentiment qui unissait Julien à sa maîtresse. Son amour ne
fut plus seulement de l'admiration pour la beauté, l'orgueil de la posséder.

Leur bonheur était désormais d'une nature bien supérieure, la flamme qui les dévorait fut plus intense. Ils
avaient des transports pleins de folie. Leur bonheur
eût paru plus grand aux yeux du monde. Mais ils ne
retrouvèrent plus la sérénité délicieuse, la félicité sans
nuages, le bonheur facile des premières époques de leurs
amours, quand la seule crainte de Mᵐᵉ de Rênal était
de n'être pas assez aimée de Julien. Leur bonheur avait
quelquefois la physionomie du crime.

Dans les moments les plus heureux et en apparence les
plus tranquilles : — Ah ! grand Dieu ! je vois l'enfer,

s'écriait tout à coup Mme de Rênal, en serrant la main de
Julien d'un mouvement convulsif. Quels supplices
horribles! je les ai bien mérités. Elle le serrait, s'attachant à lui comme le lierre à la muraille.

Julien essayait en vain de calmer cette âme agitée. Elle
lui prenait la main, qu'elle couvrait de baisers. Puis,
retombée dans une rêverie sombre : L'enfer, disait-elle,
l'enfer serait une grâce pour moi ; j'aurais encore sur la
terre quelques jours à passer avec lui, mais l'enfer
dès ce monde, la mort de mes enfants... Cependant, à
ce prix peut-être mon crime me serait pardonné...
Ah! grand Dieu! ne m'accordez point ma grâce à ce prix.
Ces pauvres enfants ne vous ont point offensé ; moi,
moi je suis la seule coupable : j'aime un homme qui n'est
point mon mari.

Julien voyait ensuite Mme de Rênal arriver à des
moments tranquilles en apparence. Elle cherchait à
prendre sur elle, elle voulait ne pas empoisonner la vie
de ce qu'elle aimait.

Au milieu de ces alternatives d'amour, de remords
et de plaisir, les journées passaient pour eux avec la
rapidité de l'éclair. Julien perdit l'habitude de réfléchir.

Mlle Elisa alla suivre un petit procès qu'elle avait à
Verrières. Elle trouva M. Valenod fort piqué contre
Julien. Elle haïssait le précepteur, et lui en parlait sou-
vent.

— Vous me perdriez, Monsieur, si je disais la vérité!...
disait-elle un jour à M. Valenod. Les maîtres sont tous
d'accord entre eux pour les choses importantes... On ne
pardonne jamais certains aveux aux pauvres domestiques...

Après ces phrases d'usage, que l'impatiente curiosité
de M. Valenod trouva l'art d'abréger, il apprit des choses
les plus mortifiantes pour son amour-propre.

Cette femme, la plus distinguée du pays, que pendant
six ans il avait environnée de tant de soins, et malheureusement au vu et au su de tout le monde ; cette femme si

fière, dont les dédains l'avaient tant de fois fait rougir, elle venait de prendre pour amant un petit ouvrier déguisé en précepteur. Et afin que rien ne manquât au dépit de M. le directeur du dépôt, Mme de Rênal adorait cet amant.

— Et, ajoutait la femme de chambre avec un soupir, M. Julien ne s'est point donné de peine pour faire cette conquête, il n'est point sorti pour Madame de sa froideur habituelle.

Elisa n'avait eu des certitudes qu'à la campagne, mais elle croyait que cette intrigue datait de bien plus loin.

— C'est sans doute pour cela, ajouta-t-elle avec dépit, que dans le temps il a refusé de m'épouser. Et moi, imbécile, qui allais consulter Mme de Rênal, qui la priais de parler au précepteur.

Dès le même soir M. de Rênal reçut de la ville, avec son journal, une longue lettre anonyme qui lui apprenait dans le plus grand détail ce qui se passait chez lui. Julien le vit pâlir en lisant cette lettre écrite sur du papier bleuâtre et jeter sur lui des regards méchants. De toute la soirée le maire ne se remit point de son trouble, ce fut en vain que Julien lui fit la cour en lui demandant des explications sur la généalogie des meilleures familles de la Bourgogne.

CHAPITRE XX

LES LETTRES ANONYMES

Do not give dalliance
Too much the rein : the strongest oaths are straw
To the fire i' the blood.

TEMPEST.

Comme on quittait le salon sur le minuit, Julien eut le temps de dire à son amie :

— Ne nous voyons pas ce soir, votre mari a des soupçons ; je jurerais que cette grande lettre qu'il lisait en soupirant est une lettre anonyme.

Par bonheur, Julien se fermait à clef dans sa chambre. Mme de Rênal eut la folle idée que cet avertissement n'était qu'un prétexte pour ne pas la voir. Elle perdit la tête absolument, et à l'heure ordinaire vint à sa porte. Julien qui entendit du bruit dans le corridor souffla sa lampe à l'instant. On faisait des efforts pour ouvrir sa porte ; était-ce Mme de Rênal, était-ce un mari jaloux ?

Le lendemain, de fort bonne heure, la cuisinière, qui protégeait Julien, lui apporta un livre sur la couverture duquel il lut ces mots en italien : *Guardate alla pagina 130.*

Julien frémit de l'imprudence, chercha la page cent trente et y trouva attachée avec une épingle la lettre suivante écrite à la hâte, baignée de larmes et sans la moindre orthographe. Ordinairement Mme de Rênal la mettait fort bien, il fut touché de ce détail et oublia un peu l'imprudence effroyable.

« Tu n'as pas voulu me recevoir cette nuit ? Il est des moments où je crois n'avoir jamais lu jusqu'au fond de ton âme. Tes regards m'effrayent. J'ai peur de toi.

Grand Dieu! ne m'aurais-tu jamais aimée? En ce cas, que mon mari découvre nos amours, et qu'il m'enferme dans une éternelle prison, à la campagne, loin de mes enfants. Peut-être Dieu le veut ainsi. Je mourrai bientôt. Mais tu seras un monstre.

« Ne m'aimes-tu pas? es-tu las de mes folies, de mes remords, impie? Veux-tu me perdre? je t'en donne un moyen facile. Va, montre cette lettre dans tout Verrières, ou plutôt montre-la au seul M. Valenod. Dis-lui que je t'aime, mais non, ne prononce pas un tel blasphème, dis-lui que je t'adore, que la vie n'a commencé pour moi que le jour où je t'ai vu; que dans les moments les plus fous de ma jeunesse, je n'avais jamais même rêvé le bonheur que je te dois; que je t'ai sacrifié ma vie, que je te sacrifie mon âme. Tu sais que je te sacrifie bien plus.

« Mais se connaît-il en sacrifices, cet homme? Dis-lui, dis-lui pour l'irriter que je brave tous les méchants, et qu'il n'est plus au monde qu'un malheur pour moi, celui de voir changer le seul homme qui me retienne à la vie. Quel bonheur pour moi de la perdre, de l'offrir en sacrifice, et de ne plus craindre pour mes enfants!

« N'en doute pas, cher ami, s'il y a une lettre anonyme, elle vient de cet être odieux qui, pendant six ans, m'a poursuivie de sa grosse voix, du récit de ses sauts à cheval, de sa fatuité, et de l'énumération éternelle de tous ses avantages.

« Y a-t-il une lettre anonyme? méchant, voilà ce que je voulais discuter avec toi; mais non, tu as bien fait. Te serrant dans mes bras, peut-être pour la dernière fois, jamais je n'aurais pu discuter froidement, comme je fais étant seule. De ce moment notre bonheur ne sera plus aussi facile. Sera-ce une contrariété pour vous? Oui, les jours où vous n'aurez pas reçu de M. Fouqué quelque livre amusant. Le sacrifice est fait, demain, qu'il y ait ou qu'il n'y ait pas de lettre anonyme, moi aussi je dirai à mon mari que j'ai reçu une lettre anonyme, et qu'il faut à l'instant te faire un pont d'or, trouver quelque prétexte honnête, et sans délai te renvoyer à tes parents.

« Hélas! cher ami, nous allons être séparés quinze jours, un mois peut-être! Va, je te rends justice, tu souffriras autant que moi. Mais enfin, voilà le seul moyen de parer l'effet de cette lettre anonyme ; ce n'est pas la première que mon mari ait reçue, et sur mon compte encore. Hélas! combien j'en riais!

« Tout le but de ma conduite, c'est de faire penser à mon mari que la lettre vient de M. Valenod ; je ne doute pas qu'il n'en soit l'auteur. Si tu quittes la maison, ne manque pas d'aller t'établir à Verrières. Je ferai en sorte que mon mari ait l'idée d'y passer quinze jours, pour prouver aux sots qu'il n'y a pas de froid entre lui et moi. Une fois à Verrières, lie-toi d'amitié avec tout le monde, même avec les libéraux. Je sais que toutes ces dames te rechercheront.

« Ne va pas te fâcher avec M. Valenod, ni lui couper les oreilles, comme tu disais un jour ; fais-lui au contraire toutes tes bonnes grâces. L'essentiel est que l'on croie à Verrières que tu vas entrer chez le Valenod, ou chez tout autre, pour l'éducation des enfants.

« Voilà ce que mon mari ne souffrira jamais. Dût-il s'y résoudre, eh bien! au moins tu habiteras Verrières, et je te verrai quelquefois. Mes enfants qui t'aiment tant iront te voir. Grand Dieu! je sens que j'aime mieux mes enfants parce qu'ils t'aiment. Quel remords! comment tout ceci finira-t-il?... Je m'égare... Enfin, tu comprends ta conduite ; sois doux, poli, point méprisant avec ces grossiers personnages, je te le demande à genoux : ils vont être les arbitres de notre sort. Ne doute pas un instant que mon mari ne se conforme à ton égard à ce que lui prescrira *l'opinion publique*.

« C'est toi qui vas me fournir la lettre anonyme ; arme-toi de patience et d'une paire de ciseaux. Coupe dans un livre les mots que tu vas voir ; colle-les ensuite avec de la colle à bouche, sur la feuille de papier bleuâtre que je t'envoie ; elle me vient de M. Valenod. Attends-

toi à une perquisition chez toi ; brûle les pages du livre
que tu auras mutilé. Si tu ne trouves pas les mots tout
faits, aie la patience de les former lettre à lettre. Pour
épargner ta peine, j'ai fait la lettre anonyme trop courte.
Hélas! si tu ne m'aimes plus, comme je le crains, que la
mienne doit te sembler longue! »

LETTRE ANONYME

 « Madame,

 « Toutes vos petites menées sont connues ; mais les
« personnes qui ont intérêt à les réprimer sont averties.
« Par un reste d'amitié pour vous, je vous engage à vous
« détacher totalement du petit paysan. Si vous êtes
« assez sage pour cela, votre mari croira que l'avis qu'il
« a reçu le trompe, et on lui laissera son erreur. Songez
« que j'ai votre secret ; tremblez, malheureuse ; il faut à
« cette heure, *marcher droit* devant moi. »

 « Dès que tu auras fini de coller les mots qui compo-
sent cette lettre (y as-tu reconnu les façons de parler
du directeur?), sors dans la maison, je te rencontrerai.
 « J'irai dans le village et reviendrai avec un visage
troublé, je le serai en effet beaucoup. Grand Dieu! qu'est-
ce que je hasarde, et tout cela parce que tu *as cru deviner*
une lettre anonyme. Enfin, avec un visage renversé, je
donnerai à mon mari cette lettre qu'un inconnu m'aura
remise. Toi, va te promener sur le chemin des grands
bois avec les enfants, et ne reviens qu'à l'heure du dîner.
 « Du haut des rochers tu peux voir la tour du Colombier. Si nos affaires vont bien, j'y placerai un mouchoir
blanc ; dans le cas contraire, il n'y aura rien.
 « Ton cœur ingrat, ne te fera-t-il pas trouver le moyen
de me dire que tu m'aimes avant de partir pour cette
promenade? Quoi qu'il puisse arriver, sois sûr d'une
chose : je ne survivrais pas d'un jour à notre séparation
définitive. Ah! mauvaise mère! Ce sont deux mots vains
que je viens d'écrire là, cher Julien. Je ne les sens pas ;

je ne puis songer qu'à toi en ce moment, je ne les ai écrits que pour ne pas être blâmée de toi. Maintenant que je me vois au moment de te perdre, à quoi bon dissimuler ? Oui ! que mon âme te semble atroce mais que je ne mente pas devant l'homme que j'adore ! Je n'ai déjà que trop trompé en ma vie. Va, je te pardonne si tu ne m'aimes plus. Je n'ai pas le temps de relire ma lettre. C'est peu de chose à mes yeux que de payer de la vie les jours heureux que je viens de passer dans tes bras. Tu sais qu'ils me coûteront davantage. »

CHAPITRE XXI

DIALOGUE AVEC UN MAITRE

> *Alas, our frailty is the cause, not we :*
> *For such as we are made of, such we be.*
>
> TWELFTH NIGHT.

Ce fut avec un plaisir d'enfant [1] que, pendant une heure Julien assembla des mots. Comme il sortait de sa chambre, il rencontra ses élèves et leur mère ; elle prit la lettre avec une simplicité et un courage dont le calme l'effraya.

— La colle à bouche est-elle assez séchée ? lui dit-elle.

Est-ce là cette femme que le remords rendait si folle ? pensa-t-il. Quels sont ses projets en ce moment ? Il était trop fier pour le lui demander ; mais, jamais peut-être, elle ne lui avait plu davantage.

— Si ceci tourne mal, ajouta-t-elle avec le même sang-froid, on m'ôtera tout. Enterrez ce dépôt dans quelque endroit de la montagne ; ce sera peut-être un jour ma seule ressource.

Elle lui remit un étui à verre, en maroquin rouge, rempli d'or et de quelques diamants.

— Partez maintenant, lui dit-elle.

Elle embrassa les enfants, et deux fois le plus jeune. Julien restait immobile. Elle le quitta d'un pas rapide et sans le regarder.

Depuis l'instant qu'il avait ouvert la lettre anonyme, l'existence de M. de Rênal avait été affreuse. Il n'avait pas été aussi agité depuis un duel qu'il avait failli avoir en 1816, et, pour lui rendre justice, alors la perspective de recevoir une balle l'avait rendu moins malheureux. Il examinait la lettre dans tous les sens : N'est-ce pas là une écriture de femme ? se disait-il. En ce cas, quelle femme l'a écrite ? Il passait en revue toutes celles qu'il connaissait à Verrières, sans pouvoir fixer ses soupçons. Un homme aurait-il dicté cette lettre ? quel est cet homme ? Ici pareille incertitude ; il était jalousé et sans doute haï de la plupart de ceux qu'il connaissait. Il faut consulter ma femme, se dit-il par habitude, en se levant du fauteuil où il était abîmé.

A peine levé, — grand Dieu ! dit-il en se frappant la tête, c'est d'elle surtout qu'il faut que je me méfie ; elle est mon ennemie en ce moment. Et, de colère, les larmes lui vinrent aux yeux.

Par une juste compensation de la sécheresse de cœur qui fait toute la sagesse pratique de la province, les deux hommes que, dans ce moment, M. de Rênal redoutait le plus, étaient ses deux amis les plus intimes.

Après ceux-là, j'ai dix amis peut-être, et il les passa en revue, estimant à mesure le degré de consolation qu'il pourrait tirer de chacun. A tous ! à tous ! s'écria-t-il avec rage, mon affreuse aventure fera le plus extrême plaisir. Par bonheur, il se croyait fort envié, non sans raison. Outre sa superbe maison de la ville, que le roi de*** venait d'honorer à jamais en y couchant, il avait fort bien arrangé son château de Vergy. La façade était

peinte en blanc, et les fenêtres garnies de beaux volets
verts. Il fut un instant consolé par l'idée de cette magnificence. Le fait est que ce château était aperçu de trois
ou quatre lieues de distance, au grand détriment de
toutes les maisons de campagne ou soi-disant châteaux
du voisinage, auxquels on avait laissé l'humble couleur
grise donnée par le temps.

M. de Rênal pouvait compter sur les larmes et la
pitié d'un de ses amis, le marguillier de la paroisse ; mais
c'était un imbécile qui pleurait de tout. Cet homme était
cependant sa seule ressource.

Quel malheur est comparable au mien! s'écria-t-il
avec rage ; quel isolement!

Est-il possible! se disait cet homme vraiment à
plaindre, est-il possible que, dans mon infortune, je n'aie
pas un ami à qui demander conseil ? car ma raison s'égare
je le sens! Ah! Falcoz! ah! Ducros [1]! s'écria-t-il avec
amertume. C'était les noms de deux amis d'enfance qu'il
avait éloignés par ses hauteurs en 1814. Ils n'étaient pas
nobles, et il avait voulu changer le ton d'égalité sur
lequel ils vivaient depuis l'enfance.

L'un d'eux, Falcoz, homme d'esprit et de cœur, marchand de papier à Verrières, avait acheté une imprimerie dans le chef-lieu du département et entrepris un
journal. La congrégation avait résolu de le ruiner : son
journal avait été condamné, son brevet d'imprimeur
lui avait été retiré. Dans ces tristes circonstances, il
essaya d'écrire à M. de Rênal pour la première fois
depuis dix ans. Le maire de Verrières crut devoir
répondre en vieux Romain : « Si le ministre du roi me
faisait l'honneur de me consulter je lui dirais : Ruinez
sans pitié tous les imprimeurs de province, et mettez
l'imprimerie en monopole comme le tabac. » Cette lettre
à un ami intime, que tout Verrières admira dans le
temps, M. de Rênal s'en rappelait les termes avec
horreur. Qui m'eût dit qu'avec mon rang, ma fortune,
mes croix, je le regretterais un jour ? Ce fut dans ces
transports de colère, tantôt contre lui-même, tantôt

contre tout ce qui l'entourait, qu'il passa une nuit
affreuse ; mais, par bonheur, il n'eut pas l'idée d'épier sa
femme.

Je suis accoutumé à Louise, se disait-il, elle sait toutes
mes affaires ; je serais libre de me marier demain que je
ne trouverais pas à la remplacer. Alors, il se complai-
sait dans l'idée que sa femme était innocente ; cette
façon de voir ne le mettait pas dans la nécessité de
montrer du caractère et l'arrangeait bien mieux ;
combien de femmes calomniées n'a-t-on pas vues !

Mais quoi ! s'écriait-il tout à coup en marchant d'un
pas convulsif, souffrirai-je comme si j'étais un homme
de rien, un va-nu-pieds, qu'elle se moque de moi avec
son amant ! Faudra-t-il que tout Verrières fasse des
gorges chaudes sur ma débonnaireté ? Que n'a-t-on pas
dit de Charmier (c'était un mari notoirement trompé
du pays) ? Quand on le nomme le sourire n'est-il pas
sur toutes les lèvres ? Il est bon avocat, qui est-ce qui
parle jamais de son talent pour la parole ? Ah ! Charmier !
dit-on, le Charmier de Bernard, on le désigne ainsi par
le nom de l'homme qui fait son opprobre.

Grâce au ciel, disait M. de Rênal dans d'autres
moments, je n'ai point de fille, et la façon dont je vais
punir la mère ne nuira point à l'établissement de mes
enfants ; je puis surprendre ce petit paysan avec ma
femme, et les tuer tous les deux ; dans ce cas, le tragique
de l'aventure en ôtera peut-être le ridicule. Cette idée
lui sourit ; il la suivit dans tous ses détails. Le Code
pénal est pour moi et, quoi qu'il arrive, notre congrégation et mes amis du jury me sauveront. Il examina
son couteau de chasse, qui était fort tranchant ; mais
l'idée du sang lui fit peur.

Je puis rouer de coups ce précepteur insolent et le
chasser ; mais quel éclat dans Verrières et même dans
tout le département ! Après la condamnation du journal de Falcoz, quand son rédacteur en chef sortit de
prison, je contribuai à lui faire perdre sa place de six
cents francs. On dit que cet écrivailleur ose se remontrer

dans Besançon, il peut me tympaniser avec adresse, et
de façon à ce qu'il soit impossible de l'amener devant
les tribunaux. L'amener devant les tribunaux!... L'insolent insinuera de mille façons qu'il a dit vrai. Un
homme bien né, qui tient son rang comme moi, est haï
de tous les plébéiens. Je me verrai dans ces affreux
journaux de Paris ; ô mon Dieu! quel abîme! voir
l'antique nom de Rênal plongé dans la fange du ridicule... Si je voyage jamais, il faudra changer de nom ;
quoi! quitter ce nom qui fait ma gloire et ma force.
Quel comble de misère!

Si je ne tue pas ma femme, et que je la chasse avec
ignominie, elle a sa tante à Besançon, qui lui donnera de
la main à la main toute sa fortune. Ma femme ira vivre
à Paris avec Julien ; on le saura à Verrières, et je serai
encore pris pour dupe. Cet homme malheureux s'aperçut alors, à la pâleur de sa lampe, que le jour commençait à paraître. Il alla chercher un peu d'air frais au
jardin. En ce moment, il était presque résolu à ne point
faire d'éclat, par cette idée surtout qu'un éclat comble-
rait de joie ses bons amis de Verrières.

La promenade au jardin le calma un peu. Non, s'écria-
t-il, je ne me priverai point de ma femme, elle m'est trop
utile. Il se figura avec horreur ce que serait sa maison
sans sa femme ; il n'avait pour toute parente que la
marquise de R..., vieille, imbécile et méchante.

Une idée d'un grand sens lui apparut, mais l'exécution demandait une force de caractère bien supérieure
au peu que le pauvre homme en avait. Si je garde ma
femme, se dit-il, je me connais, un jour, dans un moment
où elle m'impatientera, je lui reprocherai sa faute. Elle
est fière, nous nous brouillerons, et tout cela arrivera
avant qu'elle n'ait hérité de sa tante. Alors, comme on
se moquera de moi! Ma femme aime ses enfants, tout
finira par leur revenir. Mais moi, je serai la fable de
Verrières. Quoi, diront-ils, il n'a pas su même se venger
de sa femme! Ne vaudrait-il pas mieux m'en tenir
aux soupçons et ne rien vérifier ? Alors je me lie

les mains, je ne puis par la suite lui rien reprocher.

Un instant après, M. de Rênal, repris par la vanité blessée, se rappelait laborieusement tous les moyens cités au billard du *Casino* [1] ou *Cercle noble* de Verrières, quand quelque beau parleur interrompt la poule pour s'égayer aux dépens d'un mari trompé. Combien, en cet instant, ces plaisanteries lui paraissaient cruelles!

Dieu! que ma femme n'est-elle morte! alors je serais inattaquable au ridicule. Que ne suis-je veuf! j'irais passer six mois à Paris dans les meilleures sociétés. Après ce moment de bonheur donné par l'idée du veuvage, son imagination en revint aux moyens de s'assurer de la vérité. Répandrait-il à minuit, après que tout le monde serait couché, une légère couche de son devant la porte de la chambre de Julien : le lendemain matin, au jour, il verrait l'impression des pas.

Mais ce moyen ne vaut rien, s'écria-t-il tout à coup avec rage, cette coquine d'Elisa s'en apercevrait, et l'on saurait bientôt dans la maison que je suis jaloux.

Dans un autre conte fait au *Casino*, un mari s'était assuré de sa mésaventure en attachant avec un peu de cire un cheveu qui fermait comme un scellé la porte de sa femme et celle du galant.

Après tant d'heures d'incertitudes, ce moyen d'éclaircir son sort lui semblait décidément le meilleur, et il songeait à s'en servir, lorsqu'au détour d'une allée, il rencontra cette femme qu'il eût voulu voir morte.

Elle revenait du village. Elle était allée entendre la messe dans l'église de Vergy. Une tradition fort incertaine aux yeux du froid philosophe, mais à laquelle elle ajoutait foi, prétend que la petite église dont on se sert aujourd'hui était la chapelle du château du sire de Vergy. Cette idée obséda Mme de Rênal tout le temps qu'elle comptait passer à prier dans cette église. Elle se figurait sans cesse son mari tuant Julien à la chasse, comme par accident, et ensuite le soir lui faisant manger son cœur.

Mon sort, se dit-elle, dépend de ce qu'il va penser en m'écoutant. Après ce quart d'heure fatal, peut-être

ne trouverai-je plus l'occasion de lui parler. Ce n'est
pas un être sage et dirigé par la raison. Je pourrais alors,
à l'aide de ma faible raison, prévoir ce qu'il fera ou dira.
Lui décidera notre sort commun, il en a le pouvoir.
Mais ce sort est dans mon habileté, dans l'art de diriger
les idées de ce fantasque, que sa colère rend aveugle,
et empêche de voir la moitié des choses. Grand Dieu!
il me faut du talent, du sang-froid, où les prendre?

Elle retrouva le calme comme par enchantement eₗ
entrant au jardin et voyant de loin son mari. Ses cheveux et ses habits en désordre annonçaient qu'il n'avait
pas dormi.

Elle lui remit une lettre décachetée mais repliée.
Lui, sans l'ouvrir, regardait sa femme avec des yeux
fous.

— Voici une abomination, lui dit-elle, qu'un homme
de mauvaise mine, qui prétend vous connaître et vous
devoir de la reconnaissance, m'a remise comme je pas-
sais derrière le jardin du notaire. J'exige une chose de
vous, c'est que vous renvoyiez à ses parents, et sans délai,
ce M. Julien. Mᵐᵉ de Rênal se hâta de dire ce mot, peut-
être un peu avant le moment, pour se débarrasser de
l'affreuse perspective d'avoir à le dire.

Elle fut saisie de joie en voyant celle qu'elle causait
à son mari. A la fixité du regard qu'il attachait sur elle,
elle comprit que Julien avait deviné juste. Au lieu de
s'affliger de ce malheur fort réel, quel génie, pensa-t-elle,
quel tact parfait! et dans un jeune homme encore sans
aucune expérience! A quoi n'arrivera-t-il pas par la
suite? Hélas! alors ses succès feront qu'il m'oubliera.

Ce petit acte d'admiration pour l'homme qu'elle adorait la remit tout à fait de son trouble.

Elle s'applaudit de sa démarche. Je n'ai pas été indigne de Julien, se dit-elle, avec une douce et intime
volupté.

Sans dire un mot, de peur de s'engager, M. de Rênal
examinait la seconde lettre anonyme composée, si le
lecteur s'en souvient, de mots imprimés collés sur un

papier tirant sur le bleu. On se moque de moi de toutes
les façons, se disait M. de Rênal accablé de fatigue.

Encore de nouvelles insultes à examiner, et toujours
à cause de ma femme! Il fut sur le point de l'accabler
des injures les plus grossières, la perspective de l'héritage
de Besançon l'arrêta à grande peine. Dévoré du besoin
de s'en prendre à quelque chose, il chiffonna le papier
de cette seconde lettre anonyme, et se mit à se promener
à grands pas, il avait besoin de s'éloigner de sa femme.
Quelques instants après il revint auprès d'elle, et plus
tranquille.

— Il s'agit de prendre un parti et de renvoyer
Julien, lui dit-elle aussitôt, ce n'est après tout que le
fils d'un ouvrier. Vous le dédommagerez par quelques
écus, et d'ailleurs il est savant et trouvera facilement
à se placer, par exemple chez M. Valenod ou chez le
sous-préfet de Maugiron qui ont des enfants. Ainsi vous
ne lui ferez point de tort...

— Vous parlez là comme une sotte que vous êtes,
s'écria M. de Rênal d'une voix terrible. Quel bon sens
peut-on espérer d'une femme? Jamais vous ne prêtez
attention à ce qui est raisonnable; comment sauriez-
vous quelque chose? votre nonchalance, votre paresse,
ne vous donnent d'activité que pour la chasse aux papillons, êtres faibles et que nous sommes malheureux d'avoir
dans nos familles!...

Mme de Rênal le laissait dire, et il dit longtemps; *il
passait sa colère,* c'est le mot du pays.

— Monsieur, lui répondit-elle enfin, je parle comme
une femme outragée dans son honneur, c'est-à-dire
dans ce qu'elle a de plus précieux.

Mme de Rênal eut un sang-froid inaltérable pendant
toute cette pénible conversation, de laquelle dépendait
la possibilité de vivre encore sous le même toit avec
Julien. Elle cherchait les idées qu'elle croyait les plus
propres à guider la colère aveugle de son mari. Elle
avait été insensible à toutes les réflexions injurieuses
qu'il lui avait adressées, elle ne les écoutait pas, elle

11

songeait alors à Julien. Sera-t-il content de moi?

— Ce petit paysan que nous avons comblé de prévenances et même de cadeaux, peut être innocent, dit-elle
enfin, mais il n'en est pas moins l'occasion du premier
affront que je reçois... Monsieur! quand j'ai lu ce papier
abominable je me suis promis que lui ou moi sortirions
de votre maison.

— Voulez-vous faire un esclandre pour me déshonorer et vous aussi? Vous faites bouillir du lait à bien des
gens dans Verrières.

— Il est vrai, on envie généralement l'état de prospérité où la sagesse de votre administration a su placer
vous, votre famille et la ville... Eh bien! je vais engager
Julien à vous demander un congé pour aller passer un
mois chez ce marchand de bois de la montagne, digne
ami de ce petit ouvrier.

— Gardez-vous d'agir, reprit M. de Rênal avec assez
de tranquillité. Ce que j'exige avant tout, c'est que vous
ne lui parliez pas. Vous y mettriez de la colère et me
brouilleriez avec lui, vous savez combien ce petit monsieur est sur l'œil.

— Ce jeune homme n'a point de tact, reprit Mme de
Rênal, il peut être savant, vous vous y connaissez, mais
ce n'est au fond qu'un véritable paysan. Pour moi,
je n'en ai jamais eu bonne idée depuis qu'il a refusé
d'épouser Elisa, c'était une fortune assurée; et cela sous
prétexte que quelquefois en secret, elle fait des visites
à M. Valenod.

— Ah! dit M. de Rênal, élevant le sourcil d'une façon
démesurée, quoi, Julien vous a dit cela?

— Non pas précisément; il m'a toujours parlé de
la vocation qui l'appelle au saint ministère; mais
croyez-moi, la première vocation pour ces petites gens,
c'est d'avoir du pain. Il me faisait assez entendre qu'il
n'ignorait pas ces visites secrètes.

— Et moi, moi, je les ignorais! s'écria M. de Rênal
reprenant toute sa fureur, et pesant sur les mots. Il
se passe chez moi des choses que j'ignore... Comment!

il y a eu quelque chose entre Elisa et Valenod ?

— Hé ! c'est de l'histoire ancienne, mon cher ami, dit Mme de Rênal en riant, et peut-être il ne s'est point passé de mal. C'était dans le temps que votre bon ami Valenod n'aurait pas été fâché que l'on pensât dans Verrières qu'il s'établissait entre lui et moi un petit amour tout platonique.

— J'ai eu cette idée une fois, s'écria M. de Rênal se frappant la tête avec fureur et marchant de découvertes en découvertes, et vous ne m'en avez rien dit ?

— Fallait-il brouiller deux amis pour une petite bouffée de vanité de notre cher directeur ? Où est la femme de la société à laquelle il n'a pas adressé quelques lettres extrêmement spirituelles et même un peu galantes ?

— Il vous aurait écrit ?

— Il écrit beaucoup.

— Montrez-moi ces lettres à l'instant, je l'ordonne ; et M. de Rênal se grandit de six pieds.

— Je m'en garderai bien, lui répondit-on avec une douceur qui allait presque jusqu'à la nonchalance, je vous les montrerai un jour, quand vous serez plus sage.

— A l'instant même, morbleu ! s'écria M. de Rênal, ivre de colère, et cependant plus heureux qu'il ne l'avait été depuis douze heures.

— Me jurez-vous, dit Mme de Rênal fort gravement, de n'avoir jamais de querelle avec le directeur du dépôt au sujet de ces lettres ?

— Querelle ou non, je puis lui ôter les enfants trouvés ; mais, continua-t-il avec fureur, je veux ces lettres à l'instant ; où sont-elles ?

— Dans un tiroir de mon secrétaire ; mais certes, je ne vous en donnerai pas la clef.

— Je saurai le briser, s'écria-t-il en courant vers la chambre de sa femme.

Il brisa, en effet, avec un pal de fer, un précieux secrétaire d'acajou ronceux venu de Paris, qu'il frot-

tait souvent avec le pan de son habit, quand il croyait
y apercevoir quelque tache.

Mᵐᵉ de Rênal avait monté en courant les cent vingt
marches du colombier ; elle attachait le coin d'un mouchoir blanc à l'un des barreaux de fer de la petite fenêtre. Elle était la plus heureuse des femmes. Les
larmes aux yeux, elle regardait vers les grands bois de
la montagne. Sans doute, se disait-elle, de dessous un de
ces hêtres touffus, Julien épie ce signal heureux. Longtemps elle prêta l'oreille, ensuite elle maudit le bruit
monotone des cigales et le chant des oiseaux. Sans ce
brut importun, un cri de joie, parti des grandes roches,
aurait pu arriver jusqu'ici. Son œil avide dévorait cette
pente immense de verdure sombre et unie comme un
pré, que forme le sommet des arbres. Comment n'a-t-il
pas l'esprit, se dit-elle tout attendrie, d'inventer quelque
signal pour me dire que son bonheur est égal au mien ?
Elle ne descendit du colombier que quand elle eut peur
que son mari ne vînt l'y chercher.

Elle le trouva furieux. Il parcourait les phrases ano-
dines de M. Valenod, peu accoutumées à être lues avec
tant d'émotion.

Saisissant un moment où les exclamations de son mari
lui laissaient la possibilité de se faire entendre :

— J'en reviens toujours à mon idée, dit Mᵐᵉ de
Rênal, il convient que Julien fasse un voyage. Quelque
talent qu'il ait pour le latin, ce n'est après tout qu'un
paysan souvent grossier et manquant de tact ; chaque
jour, croyant être poli, il m'adresse des compliments
exagérés et de mauvais goût, qu'il apprend par cœur
dans quelque roman...

— Il n'en lit jamais, s'écria M. de Rênal ; je m'en
suis assuré. Croyez-vous que je sois un maître de maison
aveugle et qui ignore ce qui se passe chez lui ?

— Eh bien! s'il ne lit nulle part ces compliments
ridicules, il les invente, et c'est encore tant pis pour
lui. Il aura parlé de moi sur ce ton dans Verrières... ;
et, sans aller si loin, dit Mᵐᵉ de Rênal, avec l'air de faire

une découverte, il aura parlé ainsi devant Elisa, c'est
à peu près comme s'il eût parlé devant M. Valenod.

— Ah! s'écria M. de Rênal en ébranlant la table et
l'appartement par un des plus grands coups de poing
qui aient jamais été donnés, la lettre anonyme imprimée
et les lettres du Valenod sont écrites sur le même papier.

Enfin!... pensa Mᵐᵉ de Rênal ; elle se montra atterrée
de cette découverte, et sans avoir le courage d'ajouter
un seul mot alla s'asseoir au loin sur le divan, au fond
du salon.

La bataille était désormais gagnée ; elle eut beaucoup
à faire pour empêcher M. de Rênal d'aller parler à
l'auteur supposé de la lettre anonyme.

— Comment ne sentez-vous pas que faire une scène,
sans preuves suffisantes, à M. Valenod est la plus insigne
des maladresses ? Vous êtes envié, Monsieur, à qui la
faute ? à vos talents : votre sage administration, vos
bâtisses pleines de goût, la dot que je vous ai apportée,
et surtout l'héritage considérable que nous pouvons
espérer de ma bonne tante, héritage dont on s'exagère
infiniment l'importance, ont fait de vous le premier
personnage de Verrières.

— Vous oubliez la naissance, dit M. de Rênal, en
souriant un peu.

— Vous êtes l'un des gentilshommes les plus distingués de la province, reprit avec empressement Mᵐᵉ de
Rênal ; si le roi était libre et pouvait rendre justice à
la naissance, vous figureriez sans doute à la chambre
des pairs, etc. Et c'est dans cette position magnifique
que vous voulez donner à l'envie un fait à commenter ?

Parler à M. Valenod de sa lettre anonyme, c'est pro-
clamer dans tout Verrières, que dis-je, dans Besançon,
dans toute la province, que ce petit bourgeois, admis
imprudemment peut-être à l'intimité *d'un Rênal*,
a trouvé le moyen de l'offenser. Quand ces lettres que
vous venez de surprendre prouveraient que j'ai répondu
à l'amour de M. Valenod, vous devriez me tuer, je l'aurais mérité cent fois, mais non pas lui témoigner de la

colère. Songez que tous vos voisins n'attendent qu'un
prétexte pour se venger de votre supériorité ; songez
qu'en 1816 vous avez contribué à certaines arresta-
tions. Cet homme réfugié sur son toit... [1].

— Je songe que vous n'avez ni égards, ni amitié
pour moi, s'écria M. de Rênal avec toute l'amertume que réveillait un tel souvenir, et je n'ai pas été
pair !...

— Je pense, mon ami, reprit en souriant Mme de
Rênal, que je serai plus riche que vous, que je suis votre
compagne depuis douze ans, et qu'à tous ces titres je
dois avoir voix au chapitre, et surtout dans l'affaire
d'aujourd'hui. Si vous me préférez un M. Julien, ajouta-
t-elle avec un dépit mal déguisé je suis prête à aller
passer un hiver chez ma tante.

Ce mot fut dit *avec bonheur*. Il y avait une fermeté
qui cherche à s'environner de politesse ; il décida M. de
Rênal. Mais, suivant l'habitude de la province, il parla
encore pendant longtemps, revint sur tous les arguments ;
sa femme le laissait dire, il y avait encore de la colère
dans son accent. Enfin, deux heures de bavardage inutile épuisèrent les forces d'un homme qui avait subi
un accès de colère de toute une nuit. Il fixa la ligne
de conduite qu'il allait suivre envers M. Valenod, Julien
et même Elisa [2].

Une ou deux fois, durant cette grande scène, Mme de
Rênal fut sur le point d'éprouver quelque sympathie
pour le malheur fort réel de cet homme, qui pendant
douze ans avait été son ami. Mais les vraies passions sont
égoïstes. D'ailleurs elle attendait à chaque instant l'aveu
de la lettre anonyme qu'il avait reçue la veille, et cet
aveu ne vint point. Il manquait à la sûreté de Mme de
Rênal de connaître les idées qu'on avait pu suggérer à
l'homme duquel son sort dépendait. Car, en province,
les maris sont maîtres de l'opinion. Un mari qui se plaint
se couvre de ridicule, chose tous les jours moins dangereuse en France ; mais sa femme, s'il ne lui donne pas
d'argent [3] tombe à l'état d'ouvrière à quinze sols par

journée, et encore les bonnes âmes se font-elles un scrupule de l'employer.

Une odalisque du sérail peut à toute force aimer le
sultan ; il est tout-puissant, elle n'a aucun espoir de
lui dérober son autorité par une suite de petites finesses.
La vengeance du maître est terrible, sanglante, mais
militaire, généreuse : un coup de poignard finit tout.
C'est à coups de mépris public qu'un mari tue sa femme
au XIXᵉ siècle ; c'est en lui fermant tous les salons.

Le sentiment du danger fut vivement réveillé chez
Mᵐᵉ de Rênal, à son retour chez elle ; elle fut choquée du
désordre où elle trouva sa chambre [1]. Les serrures de
tous ses jolis petits coffres avaient été brisées ; plusieurs feuilles du parquet étaient soulevées. Il eût été
sans pitié pour moi, se dit-elle ! Gâter ainsi ce parquet en
bois de couleur, qu'il aime tant ; quand un de ses enfants
y entre avec des souliers humides, il devient rouge de
colère. Le voilà gâté à jamais ! La vue de cette violence
éloigna rapidement les derniers reproches qu'elle se
faisait pour sa trop rapide victoire.

Un peu avant la cloche du dîner, Julien rentra avec
les enfants. Au dessert, quand les domestiques se furent
retirés, Mᵐᵉ de Rênal lui dit fort sèchement :

— Vous m'avez témoigné le désir d'aller passer une
quinzaine de jours à Verrières, M. de Rênal veut bien
vous accorder un congé. Vous pouvez partir quand bon
vous semblera. Mais, pour que les enfants ne perdent
pas leur temps, chaque jour on vous enverra leurs thèmes
que vous corrigerez.

— Certainement, ajouta M. de Rênal d'un ton fort
aigre, je ne vous accorderai pas plus d'une semaine.

Julien trouva sur sa physionomie l'inquiétude d'un
homme profondément tourmenté.

— Il ne s'est pas encore arrêté à un parti, dit-il à son
amie, pendant un instant de solitude qu'ils eurent au
salon.

Mᵐᵉ de Rênal lui conta rapidement tout ce qu'elle
avait fait depuis le matin.

— A cette nuit les détails, ajouta-t-elle en riant.

Perversité de femme! pensa Julien. Quel plaisir, quel instinct les portent à nous tromper.

— Je vous trouve à la fois éclairée et aveuglée par votre amour, lui dit-il avec quelque froideur ; votre conduite d'aujourd'hui est admirable ; mais y a-t-il de la prudence à essayer de nous voir ce soir ? Cette maison est pavée d'ennemis ; songez à la haine passionnée qu'Elisa a pour moi.

— Cette haine ressemble beaucoup à de l'indifférence passionnée que vous auriez pour moi.

— Même indifférent, je dois vous sauver d'un péril où je vous ai plongée. Si le hasard veut que M. de Rênal parle à Elisa, d'un mot elle peut tout lui apprendre. Pourquoi ne se cacherait-il pas près de ma chambre bien armé...

— Quoi! pas même du courage! dit Mme de Rênal, avec toute la hauteur d'une fille noble.

— Je ne m'abaisserai jamais à parler de mon courage, dit froidement Julien, c'est une bassesse. Que le monde juge sur les faits. Mais, ajouta-t-il en lui prenant la main, vous ne concevez pas combien je vous suis attaché, et quelle est ma joie de pouvoir prendre congé de vous avant cette cruelle absence.

CHAPITRE XXII

FAÇONS D'AGIR EN 1830

> *La parole a été donnée à l'homme pour cacher
> sa pensée.*
>
> R. P. MALAGRIDA [1].

A peine arrivé à Verrières, Julien se reprocha son
injustice envers Mme de Rênal. Je l'aurais méprisée
comme une femmelette, si, par faiblesse, elle avait
manqué sa scène avec M. de Rênal! Elle s'en tire comme
un diplomate, et je sympathise avec le vaincu qui est
mon ennemi. Il y a dans mon fait petitesse bourgeoise ;
ma vanité est choquée, parce que M. de Rênal est un
homme! illustre et vaste corporation à laquelle j'ai
l'honneur d'appartenir ; je ne suis qu'un sot.

M. Chélan avait refusé les logements que les libéraux
les plus considérés du pays lui avaient offerts à l'envi,
lorsque sa destitution le chassa du presbytère. Les deux
chambres qu'il avait louées étaient encombrées par ses
livres. Julien, voulant montrer à Verrières ce que c'était
qu'un prêtre, alla prendre chez son père une douzaine
de planches de sapin, qu'il porta lui-même sur le dos
tout le long de la grande rue. Il emprunta des outils à
un ancien camarade, et eut bientôt bâti une sorte de
bibliothèque, dans laquelle il rangea les livres de M. Chélan.

— Je te croyais corrompu par la vanité du monde, lui
disait le vieillard pleurant de joie ; voilà qui rachète bien
l'enfantillage de ce brillant uniforme de garde d'honneur qui t'a fait tant d'ennemis.

M. de Rênal avait ordonné à Julien de loger chez lui.
Personne ne soupçonna ce qui s'était passé. Le troi-

sième jour après son arrivée, Julien vit monter jusque
dans sa chambre un non moindre personnage que M. le
sous-préfet de Maugiron. Ce ne fut qu'après deux grandes
heures de bavardage insipide et de grandes jérémiades
sur la méchanceté des hommes, sur le peu de probité
des gens chargés de l'administration des deniers publics,
sur les dangers de cette pauvre France, etc., etc.,
que Julien vit poindre enfin le sujet de la visite. On
était déjà sur le palier de l'escalier, et le pauvre précepteur à demi disgracié reconduisait avec le respect convenable le futur préfet de quelque heureux département,
quand il plut à celui-ci de s'occuper de la fortune de
Julien, de louer sa modération en affaires d'intérêt, etc., etc. Enfin M. de Maugiron le serrant dans ses
bras de l'air le plus paterne, lui proposa de quitter
M. de Rênal et d'entrer chez un fonctionnaire qui avait
des enfants à *éduquer*, et qui, comme le roi Philippe,
remercierait le ciel, non pas tant de les lui avoir donnés
que de les avoir fait naître dans le voisinage de M. Julien.
Leur précepteur jouirait de huit cents francs d'appointements payables non pas de mois en mois, ce qui n'est
pas noble, dit M. de Maugiron, mais par quartier, et
toujours d'avance.

C'était le tour de Julien, qui, depuis une heure et demie
attendait la parole avec ennui. Sa réponse fut parfaite,
et surtout longue comme un mandement ; elle laissait
tout entendre, et cependant ne disait rien nettement. On
y eût trouvé à la fois du respect pour M. de Rênal, de la
vénération pour le public de Verrières et de la reconnaissance pour l'illustre sous-préfet. Ce sous-préfet,
étonné de trouver plus jésuite que lui, essaya vainement
d'obtenir quelque chose de précis. Julien enchanté
saisit l'occasion de s'exercer, et recommença sa réponse
en d'autres termes. Jamais ministre éloquent, qui veut
user la fin d'une séance où la Chambre a l'air de vouloir
se réveiller, n'a moins dit en plus de paroles. A peine
M. de Maugiron sorti, Julien se mit à rire comme un fou.
Pour profiter de sa verve jésuitique, il écrivit une lettre

de neuf pages à M. de Rênal, dans laquelle il lui rendait compte de tout ce qu'on lui avait dit, et lui demandait humblement conseil. Ce coquin ne m'a pourtant pas dit le nom de la personne qui fait l'offre! Ce sera M. Valenod qui voit dans mon exil à Verrières l'effet de sa lettre anonyme.

Sa dépêche expédiée, Julien, content comme un chasseur qui, à six heures du matin, par un beau jour d'automne, débouche dans une plaine abondante en gibier, sortit pour aller demander conseil à M. Chélan. Mais avant d'arriver chez le bon curé, le ciel qui voulait lui ménager des jouissances jeta sous ses pas M. Valenod, auquel il ne cacha point que son cœur était déchiré ; un pauvre garçon comme lui se devait tout entier à la vocation que le ciel avait placée dans son cœur, mais la vocation n'était pas tout dans ce bas monde. Pour travailler dignement à la vigne du Seigneur, et n'être pas tout à fait indigne de tant de savants collaborateurs, il fallait l'instruction ; il fallait passer au séminaire de Besançon deux années bien dispendieuses ; il devenait donc indispensable de faire des économies, ce qui était bien plus facile sur un traitement de huit cents francs payés par quartier, qu'avec six cents francs qu'on mangeait de mois en mois. D'un autre côté, le ciel, en le plaçant auprès des jeunes de Rênal, et surtout en lui inspirant pour eux un attachement spécial, ne semblait-il pas lui indiquer qu'il n'était pas à propos d'abandonner cette éducation pour une autre ?...

Julien atteignit à un tel degré de perfection dans ce genre d'éloquence, qui a remplacé la rapidité d'action de l'empire, qu'il finit par s'ennuyer lui-même par le son de ses paroles.

En rentrant, il trouva un valet de M. Valenod, en grande livrée, qui le cherchait dans toute la ville, avec un billet d'invitation à dîner pour le même jour.

Jamais Julien n'était allé chez cet homme ; quelques jours seulement auparavant, il ne songeait qu'aux moyens de lui donner une volée de coups de bâton sans se faire

une affaire en police correctionnelle. Quoique le dîner
ne fût indiqué que pour une heure, Julien trouva plus
respectueux de se présenter dès midi et demi dans le
cabinet de travail de M. le directeur du dépôt. Il le trouva
étalant son importance au milieu d'une foule de cartons.
Ses gros favoris noirs, son énorme quantité de cheveux,
son bonnet grec placé de travers sur le haut de la tête,
sa pipe immense, ses pantoufles brodées, les grosses chaînes d'or croisées en tous sens sur sa poitrine, et tout cet
appareil d'un financier de province, qui se croit homme
à bonnes fortunes, n'imposaient point à Julien ; il n'en
pensait que plus aux coups de bâton qu'il lui devait.

Il demanda l'honneur d'être présenté à Mme Valenod ;
elle était à sa toilette et ne pouvait recevoir. Par compensation, il eut l'avantage d'assister à celle de M. le
directeur du dépôt. On passa ensuite chez Mme Valenod,
qui lui présenta ses enfants les larmes aux yeux. Cette
dame, l'une des plus considérables de Verrières, avait
une grosse figure d'homme, à laquelle elle avait mis du
rouge pour cette grande cérémonie. Elle y déploya tout
le pathos maternel.

Julien pensait à Mme de Rênal. Sa méfiance ne le laissait guère susceptible que de ce genre de souvenirs qui
sont appelés par les contrastes, mais alors il en était
saisi jusqu'à l'attendrissement. Cette disposition fut
augmentée par l'aspect de la maison du directeur du
dépôt. On la lui fit visiter. Tout y était magnifique et
neuf, et on lui disait le prix de chaque meuble. Mais
Julien y trouvait quelque chose d'ignoble et qui sentait
l'argent volé. Jusqu'aux domestiques, tout le monde y
avait l'air d'assurer sa contenance contre le mépris.

Le percepteur des contributions, l'homme des impo-
sitions indirectes, l'officier de gendarmerie et deux ou
trois autres fonctionnaires publics arrivèrent avec leurs
femmes. Ils furent suivis de quelques libéraux riches.
On annonça le dîner. Julien, déjà fort mal disposé, vint
à penser que, de l'autre côté du mur de la salle à manger,
se trouvaient de pauvres détenus, sur la portion de

viande desquels on avait peut-être *grivelé* pour acheter
tout ce luxe de mauvais goût dont on voulait l'étourdir.

Ils ont faim peut-être en ce moment, se dit-il à lui-
même ; sa gorge se serra, il lui fut impossible de manger
et presque de parler. Ce fut bien pis un quart d'heure
après ; on entendait de loin en loin quelques accents
d'une chanson populaire, et, il faut l'avouer, un peu
ignoble, que chantait l'un des reclus. M. Valenod regarda
un de ses gens en grande livrée, qui disparut, et bientôt
on n'entendit plus chanter. Dans ce moment, un valet
offrait à Julien du vin du Rhin, dans un verre vert, et
Mme Valenod avait soin de lui faire observer que ce vin
coûtait neuf francs la bouteille pris sur place. Julien,
tenant son verre vert, dit à M. Valenod :

— On ne chante plus cette vilaine chanson.

— Parbleu! je le crois bien, répondit le directeur
triomphant, j'ai fait imposer silence aux gueux.

Ce mot fut trop fort pour Julien ; il avait les manières,
mais non pas encore le cœur de son état. Malgré toute
son hypocrisie si souvent exercée, il sentit une grosse
larme couler le long de sa joue.

Il essaya de la cacher avec le verre vert, mais il lui fut
absolument impossible de faire honneur au vin du Rhin.
L'empêcher de chanter! se disait-il à lui-même, ô mon
Dieu! et tu le souffres!

Par bonheur, personne ne remarqua son attendrissement de mauvais ton. Le percepteur des contributions
avait entonné une chanson royaliste. Pendant le tapage
du refrain, chanté en chœur : Voilà donc, se disait la
conscience de Julien, la sale fortune à laquelle tu par-
viendras, et tu n'en jouiras qu'à cette condition et en
pareille compagnie! Tu auras peut-être une place de
vingt mille francs, mais il faudra que, pendant que tu te
gorges de viandes, tu empêches de chanter le pauvre
prisonnier ; tu donneras à dîner avec l'argent que tu
auras volé sur sa misérable pitance, et pendant ton dîner
il sera encore plus malheureux! — O Napoléon! qu'il
était doux de ton temps de monter à la fortune par les

dangers d'une bataille ; mais augmenter lâchement la
douleur du misérable !

J'avoue que la faiblesse dont Julien fait preuve dans
ce monologue me donne une pauvre opinion de lui. Il
serait digne d'être le collègue de ces conspirateurs en
gants jaunes, qui prétendent changer toute la manière
d'être d'un grand pays, et ne veulent pas avoir à se
reprocher la plus petite égratignure.

Julien fut violemment rappelé à son rôle. Ce n'était
pas pour rêver et ne rien dire qu'on l'avait invité à dîner
en si bonne compagnie.

Un fabricant de toiles peintes retiré, membre corres-
pondant de l'académie de Besançon et de celle d'Uzès,
lui adressa la parole, d'un bout de la table à l'autre, pour
lui demander si ce que l'on disait généralement de ses
progrès étonnants dans l'étude du Nouveau Testament
était vrai.

Un silence profond s'établit tout à coup ; un Nouveau
Testament latin se rencontra comme par enchantement
dans les mains du savant membre de deux académies.
Sur la réponse de Julien, une demi-phrase latine fut lue
au hasard. Il récita : sa mémoire se trouva fidèle, et ce
prodige fut admiré avec toute la bruyante énergie de la
fin d'un dîner. Julien regardait la figure enluminée des
dames ; plusieurs n'étaient pas mal. Il avait distingué
la femme du percepteur beau chanteur.

— J'ai honte, en vérité, de parler si longtemps latin
devant ces dames, dit-il en la regardant. Si M. Rubigneau,
c'était le membre des deux académies, a la bonté de lire
au hasard une phrase latine, au lieu de répondre en suivant le texte latin, j'essaierai de le traduire impromptu.

Cette seconde épreuve mit le comble à sa gloire.

Il y avait là plusieurs libéraux riches, mais heureux
pères d'enfants susceptibles d'obtenir des bourses, et
en cette qualité subitement convertis depuis la dernière
mission. Malgré ce trait de fine politique, jamais M. de
Rênal n'avait voulu les recevoir chez lui. Ces braves
gens qui ne connaissaient Julien que de réputation et

pour l'avoir vu à cheval le jour de l'entrée du roi de***,
étaient ses plus bruyants admirateurs. Quand ces sots
se lasseront-ils d'écouter ce style biblique, auquel ils
ne comprennent rien ? pensait-il. Mais au contraire ce
style les amusait par son étrangeté ; ils en riaient. Mais
Julien se lassa.

Il se leva gravement comme six heures sonnaient et
parla d'un chapitre de la nouvelle théologie de Ligorio,
qu'il avait à apprendre pour le réciter le lendemain à
M. Chélan. Car mon métier, ajouta-t-il agréablement,
est de faire réciter des leçons et d'en réciter moi-même.

On rit beaucoup, on admira ; tel est l'esprit à l'usage de
Verrières. Julien était déjà debout, tout le monde se leva
malgré le décorum ; tel est l'empire du génie. Mme Valenod le retint encore un quart d'heure ; il fallait bien qu'il
entendît les enfants réciter leur catéchisme ; ils firent
les plus drôles de confusions, dont lui seul s'aperçut. Il
n'eut garde de les relever. Quelle ignorance des premiers
principes de la religion ! pensait-il. Il saluait enfin et
croyait pouvoir s'échapper ; mais il fallut essuyer une
fable de La Fontaine.

— Cet auteur est bien immoral, dit Julien à Mme Valenod, certaine fable sur messire Jean Chouart ose déverser le ridicule sur ce qu'il y a de plus vénérable. Il
est vivement blâmé par les m. lleurs commentateurs.

Julien reçut avant de sortir quatre ou cinq invitations
à dîner. Ce jeune homme fait honneur au département,
s'écriaient tous à la fois les convives fort égayés. Ils
allèrent jusqu'à parler d'une pension votée sur les fonds
communaux, pour le mettre à même de continuer ses
études à Paris.

Pendant que cette idée imprudente faisait retentir
la salle à manger, Julien avait gagné lestement la porte
cochère. Ah ! canaille ! canaille ! s'écria-t-il à voix basse
trois ou quatre fois de suite, en se donnant le plaisir de
respirer l'air frais.

Il se trouvait tout aristocrate en ce moment, lui qui
pendant longtemps avait été tellement choqué du sou-

rire dédaigneux et de la supériorité hautaine qu'il découvrait au fond de toutes les politesses qu'on lui adressait chez M. de Rênal. Il ne put s'empêcher de sentir l'extrême différence. Oublions même, se disait-il en s'en allant, qu'il s'agit d'argent volé aux pauvres détenus, et encore qu'on empêche de chanter! Jamais M. de Rênal s'avisa-t-il de dire à ses hôtes le prix de chaque bouteille de vin qu'il leur présente? Et ce M. Valenod, dans l'énumération de ses propriétés, qui revient sans cesse, il ne peut parler de sa maison, de son domaine, etc., si sa femme est présente, sans dire *ta* maison, *ton* domaine.

Cette dame, apparemment si sensible au plaisir de la propriété, venait de faire une scène abominable, pendant le dîner, à un domestique qui avait cassé un verre à pied et *dépareillé une de ses douzaines* ; et ce domestique avait répondu avec la dernière insolence.

Quel ensemble! se disait Julien ; ils me donneraient la moitié de tout ce qu'ils volent, que je ne voudrais pas vivre avec eux. Un beau jour, je me trahirais ; je ne pourrais retenir l'expression du dédain qu'ils m'inspirent.

Il fallut cependant, d'après les ordres de Mme de Rênal, assister à plusieurs dîners du même genre ; Julien fut à la mode ; on lui pardonnait son habit de garde d'honneur, ou plutôt cette imprudence était la cause véritable de ses succès. Bientôt, il ne fut plus question dans Verrières que de voir qui l'emporterait dans la lutte pour obtenir le savant jeune homme, de M. de Rênal, ou du directeur du dépôt. Ces messieurs formaient avec M. Maslon un triumvirat, qui, depuis nombre d'années, tyrannisait la ville. On jalousait le maire, les libéraux avaient à s'en plaindre ; mais après tout il était noble et fait pour la supériorité, tandis que le père de M. Valenod ne lui avait pas laissé six cents livres de rente. Il avait fallu passer pour lui de la pitié pour le mauvais habit vert pomme que tout le monde lui avait connu dans sa jeunesse, à l'envie pour ses chevaux normands, pour ses chaînes d'or, pour ses habits venus de Paris, pour toute sa prospérité actuelle.

Dans le flot de ce monde nouveau pour Julien, il crut découvrir un honnête homme ; il était géomètre, s'appelait Gros [1] et passait pour jacobin. Julien, s'étant voué à ne jamais dire que des choses qui lui semblaient fausses à lui-même, fut obligé de s'en tenir au soupçon à l'égard de M. Gros. Il recevait de Vergy de gros paquets de thèmes. On lui conseillait de voir souvent son père, il se conformait à cette triste nécessité. En un mot, il raccommodait assez bien sa réputation, lorsqu'un matin il fut bien surpris de se sentir réveiller par deux mains qui lui fermaient les yeux.

C'était Mme de Rênal, qui avait fait un voyage à la ville, et qui, montant les escaliers quatre à quatre et laissant ses enfants occupés d'un lapin favori qui était du voyage, était parvenue à la chambre de Julien, un instant avant eux. Ce moment fut délicieux, mais bien court : Mme de Rênal avait disparu quand les enfants arrivèrent avec le lapin, qu'ils voulaient montrer à leur ami. Julien fit bon accueil à tous, même au lapin. Il lui semblait retrouver sa famille ; il sentit qu'il aimait ces enfants, qu'il se plaisait à jaser avec eux. Il était étonné de la douceur de leur voix, de la simplicité et de la noblesse de leurs petites façons ; il avait besoin de laver son imagination de toutes les façons d'agir vulgaires, de toutes les pensées désagréables au milieu desquelles il respirait à Verrières. C'était toujours la crainte de manquer, c'étaient toujours le luxe et la misère se prenant aux cheveux. Les gens chez qui il dînait, à propos de leur rôti, faisaient des confidences humiliantes pour eux, et nauséabondes pour qui les entendait.

— Vous autres nobles, vous avez raison d'être fiers, disait-il à Mme de Rênal. Et il lui racontait tous les dîners qu'il avait subis.

— Vous êtes donc à la mode ! Et elle riait de bon cœur en songeant au rouge que Mme Valenod se croyait obligée de mettre toutes les fois qu'elle attendait Julien. Je crois qu'elle a des projets sur votre cœur, ajoutait-elle.

Le déjeuner fut délicieux. La présence des enfants,

quoique gênante en apparence, dans le fait augmentait
le bonheur commun. Ces pauvres enfants ne savaient
comment témoigner leur joie de revoir Julien. Les
domestiques n'avaient pas manqué de leur conter qu'on
lui offrait deux cents francs de plus pour *éduquer* les
petits Valenod.

Au milieu du déjeuner, Stanislas-Xavier, encore pâle
de sa grande maladie, demanda tout à coup à sa mère
combien valaient son couvert d'argent et le gobelet
dans lequel il buvait.

— Pourquoi cela ?

— Je veux les vendre pour en donner le prix à
M. Julien, et qu'il ne soit pas *dupe* en restant avec nous.

Julien l'embrassa, les larmes aux yeux. Sa mère
pleurait tout à fait, pendant que Julien, qui avait pris
Stanislas sur ses genoux, lui expliquait qu'il ne fallait
pas se servir de ce mot *dupe*, qui, employé dans ce sens,
était une façon de parler de laquais. Voyant le plaisir
qu'il faisait à Mme de Rênal, il chercha à expliquer, par
des exemples pittoresques, qui amusaient les enfants,
ce que c'était qu'être dupe.

— Je comprends, dit Stanislas, c'est le corbeau qui
a la sottise de laisser tomber son fromage, que prend le
renard, qui était un flatteur.

Mme de Rênal, folle de joie, couvrait ses enfants de
baisers, ce qui ne pouvait guère se faire sans s'appuyer
un peu sur Julien.

Tout à coup la porte s'ouvrit ; c'était M. de Rênal.
Sa figure sévère et mécontente fit un étrange contraste
avec la douce joie que sa présence chassait. Mme de
Rênal pâlit ; elle se sentait hors d'état de rien nier.
Julien saisit la parole, et, parlant très haut, se mit à
raconter à M. le maire le trait du gobelet d'argent que
Stanislas voulait vendre. Il était sûr que cette histoire
serait mal accueillie. D'abord M. de Rênal fronçait le
sourcil par bonne habitude au seul nom d'argent. La
mention de ce métal, disait-il, est toujours une préface
à quelque mandat tiré sur ma bourse.

Mais ici il y avait plus qu'intérêt d'argent; il y avait augmentation de soupçons. L'air de bonheur qui animait sa famille en son absence n'était pas fait pour arranger les choses, auprès d'un homme dominé par une vanité aussi chatouilleuse. Comme sa femme lui vantait la manière remplie de grâce et d'esprit avec laquelle Julien donnait des idées nouvelles à ses élèves :

— Oui! oui! je le sais, il me rend odieux à mes enfants; il lui est bien aisé d'être pour eux cent fois plus aimable que moi qui, au fond suis le maître. Tout tend dans ce siècle à jeter de l'odieux sur l'autorité *légitime*. Pauvre France!

Mme de Rênal ne s'arrêta point à examiner les nuances de l'accueil que lui faisait son mari. Elle venait d'entrevoir la possibilité de passer douze heures avec Julien. Elle avait une foule d'emplettes à faire à la ville, et déclara qu'elle voulait absolument aller dîner au cabaret; quoi que pût dire ou faire son mari, elle tint à son idée. Les enfants étaient ravis de ce seul mot *cabaret* que prononce avec tant de plaisir la pruderie moderne.

M. de Rênal laissa sa femme dans la première boutique de nouveautés où elle entra, pour aller faire quelques visites. Il revint plus morose que le matin; il était convaincu que toute la ville s'occupait de lui et de Julien. A la vérité, personne ne lui avait encore laissé soupçonner la partie offensante des propos du public. Ceux qu'on avait redits à M. le maire avaient trait uniquement à savoir si Julien resterait chez lui avec six cents francs, ou accepterait les huit cents francs offerts par M. le directeur du dépôt.

Ce directeur, qui rencontra M. de Rênal dans le monde, lui *battit froid*. Cette conduite n'était pas sans habileté; il y a peu d'étourderie en province : les sensations y sont si rares, qu'on les coule à fond.

M. Valenod était ce qu'on appelle, à cent lieues de Paris, un *faraud*; c'est une espèce d'un naturel effronté et grossier. Son existence triomphante, depuis 1815, avait renforcé ses belles dispositions. Il régnait, pour

ainsi dire, à Verrières, sous les ordres de M. de Rênal ;
mais beaucoup plus actif, ne rougissant de rien, se
mêlant de tout, sans cesse allant, écrivant, parlant,
oubliant les humiliations, n'ayant aucune prétention
personnelle, il avait fini par balancer le crédit de son
maire aux yeux du pouvoir ecclésiastique. M. Valenod
avait dit en quelque sorte aux épiciers du pays : donnez-
moi les deux plus sots d'entre vous ; aux gens de loi :
indiquez-moi les deux plus ignares ; aux officiers de
santé : désignez-moi les deux plus charlatans. Quand
il avait eu rassemblé les plus effrontés de chaque métier,
il leur avait dit : régnons ensemble.

Les façons de ces gens-là blessaient M. de Rênal. La
grossièreté du Valenod n'était offensée de rien, pas
même des démentis que le petit abbé Maslon ne lui
épargnait pas en public.

Mais, au milieu de cette prospérité, M. Valenod avait
besoin de se rassurer par de petites insolences de détail
contre les grosses vérités qu'il sentait bien que tout le
monde était en droit de lui adresser. Son activité avait
redoublé depuis les craintes que lui avait laissées la
visite de M. Appert, il avait fait trois voyages à Besançon ; il écrivait plusieurs lettres chaque courrier ; il en
envoyait d'autres par des inconnus qui passaient chez
lui à la tombée de la nuit. Il avait eu tort peut-être de
faire destituer le vieux curé Chélan ; car cette démarche
vindicative l'avait fait regarder, par plusieurs dévotes
de bonne naissance, comme un homme profondément
méchant. D'ailleurs ce service rendu l'avait mis dans la
dépendance absolue de M. le grand vicaire de Frilair,
et il en recevait d'étranges commissions. Sa politique
en était à ce point, lorsqu'il céda au plaisir d'écrire une
lettre anonyme. Pour surcroît d'embarras, sa femme lui
déclara qu'elle voulait avoir Julien chez elle ; sa vanité
s'en était coiffée.

Dans cette position, M. Valenod prévoyait une scène
décisive avec son ancien confédéré M. de Rênal. Celui-ci
lui adresserait des paroles dures, ce qui lui était assez

égal ; mais il pouvait écrire à Besançon, et même à Paris.
Un cousin de quelque ministre pouvait tomber tout à
coup à Verrières, et prendre le dépôt de mendicité.
M. Valenod pensa à se rapprocher des libéraux : c'est
pour cela que plusieurs étaient invités au dîner où
Julien récita. Il aurait été puissamment soutenu contre
le maire. Mais des élections pouvaient survenir, et il
était trop évident que le dépôt et un mauvais vote
étaient incompatibles. Le récit de cette politique, fort
bien devinée par Mme de Rênal, avait été fait à Julien,
pendant qu'il lui donnait le bras pour aller d'une boutique à l'autre, et peu à peu les avait entraînés au
COURS DE LA FIDÉLITÉ, où ils passèrent plusieurs
heures, presque aussi tranquilles qu'à Vergy.

Pendant ce temps, M. Valenod essayait d'éloigner
une scène décisive avec son ancien patron, en prenant
lui-même l'air audacieux envers lui. Ce jour-là, ce système réussit, mais augmenta l'humeur du maire.

Jamais la vanité aux prises avec tout ce que le petit
amour de l'argent peut avoir de plus âpre et de plus
mesquin n'ont mis un homme dans un plus piètre état
que celui où se trouvait M. de Rênal, en entrant au
cabaret. Jamais, au contraire, ses enfants n'avaient été
plus joyeux et plus gais. Ce contraste acheva de le
piquer.

— Je suis de trop dans ma famille, à ce que je puis
voir! dit-il en entrant, d'un ton qu'il voulut rendre
imposant.

Pour toute réponse, sa femme le prit à part et lui
exprima la nécessité d'éloigner Julien. Les heures de
bonheur qu'elle venait de trouver lui avaient rendu
l'aisance et la fermeté nécessaires pour suivre le plan
de conduite qu'elle méditait depuis quinze jours. Ce
qui achevait de troubler de fond en comble le pauvre
maire de Verrières, c'est qu'il savait que l'on plaisantait
publiquement dans la ville sur son attachement pour
l'*espèce.* M. Valenod était généreux comme un voleur,
et lui, il s'était conduit d'une manière plus prudente

que brillante dans les cinq ou six dernières quêtes pour
la confrérie de Saint-Joseph[1], pour la congrégation
de la Vierge, pour lac ongrégation du Saint-Sacre-
ment, etc., etc.

Parmi les hobereaux de Verrières et des environs,
adroitement classés sur le registre des frères collecteurs,
d'après le montant de leurs offrandes, on avait vu plus
d'une fois le nom de M. de Rênal occuper la dernière
ligne. En vain disait-il que lui ne *gagnait rien*. Le clergé
ne badine pas sur cet article.

CHAPITRE XXIII

CHAGRINS D'UN FONCTIONNAIRE

> *Il piacere di alzar la testa tutto l'anno è ben*
> *pagato da certi quarti d'ora che bisogna passar.*
>
> CASTI [2].

Mais laissons ce petit homme à ses petites craintes ;
pourquoi a-t-il pris dans sa maison un homme de cœur,
tandis qu'il lui fallait l'âme d'un valet ? Que ne sait-il
choisir ses gens ? La marche ordinaire du xixe siècle est
que, quand un être puissant et noble rencontre un
homme de cœur, il le tue, l'exile, l'emprisonne ou l'humilie tellement, que l'autre a la sottise d'en mourir de
douleur. Par hasard ici, ce n'est pas encore l'homme de
cœur qui souffre. Le grand malheur des petites villes
de France et des gouvernements par élections, comme
celui de New York, c'est de ne pas pouvoir oublier qu'il
existe au monde des êtres comme M. de Rênal. Au milieu
d'une ville de vingt mille habitants, ces hommes font
l'opinion publique, et l'opinion publique est terrible

dans un pays qui a la charte. Un homme doué d'une
âme noble, généreuse, et qui eût été votre ami, mais
qui habite à cent lieues, juge de vous par l'opinion
publique de votre ville, laquelle est faite par les sots
que le hasard a fait naître nobles, riches et modérés.
Malheur à qui se distingue!

Aussitôt après le dîner, on repartit pour Vergy; mais,
dès le surlendemain, Julien vit revenir toute la famille à
Verrières.

Une heure ne s'était pas écoulée, qu'à son grand étonnement, il découvrit que Mme de Rênal lui faisait mystère de quelque chose. Elle interrompait ses conversations avec son mari dès qu'il paraissait, et semblait
presque désirer qu'il s'éloignât. Julien ne se fit pas
donner deux fois cet avis. Il devint froid et réservé;
Mme de Rênal s'en aperçut et ne chercha pas d'explications. Va-t-elle me donner un successeur? pensa Julien.
Avant-hier encore, si intime avec moi! Mais on dit que
c'est ainsi que ces grandes dames en agissent. C'est
comme les rois, jamais plus de prévenances qu'au
ministre qui, en rentrant chez lui, va trouver sa lettre
de disgrâce.

Julien remarqua que dans ces conversations, qui ces-
saient brusquement à son approche, il était souvent
question d'une grande maison appartenant à la commune de Verrières, vieille, mais vaste et commode, et
située vis-à-vis l'église, dans l'endroit le plus marchand
de la ville. Que peut-il y avoir de commun entre cette
maison et un nouvel amant! se disait Julien. Dans son
chagrin, il se répétait ces jolis vers de François Ier, qui
lui semblaient nouveaux, parce qu'il n'y avait pas un
mois que Mme de Rênal les lui avait appris. Alors, par
combien de serments, par combien de caresses chacun
de ces vers n'était-il pas démenti!

> *Souvent femme varie,*
> *Bien fol qui s'y fie.*

M. de Rênal partit en poste pour Besançon. Ce voyage se décida en deux heures, il paraissait fort tourmenté. Au retour, il jeta un gros paquet couvert de papier gris sur la table.

— Voilà cette sotte affaire, dit-il à sa femme.

Une heure après, Julien vit l'afficheur qui emportait ce gros paquet ; il le suivit avec empressement. Je vais savoir le secret au premier coin de rue.

Il attendait, impatient, derrière l'afficheur, qui, avec son gros pinceau, barbouillait le dos de l'affiche. A peine fut-elle en place, que la curiosité de Julien y vit l'annonce fort détaillée de la location aux enchères publiques de cette grande et vieille maison dont le nom revenait si souvent dans les conversations de M. de Rênal avec sa femme. L'adjudication du bail était annoncée pour le lendemain à deux heures, en la salle de la commune, à l'extinction du troisième feu. Julien fut fort désappointé ; il trouvait bien le délai un peu court : comment tous les concurrents auraient-ils le temps d'être avertis ? Mais du reste, cette affiche, qui était datée de quinze jours auparavant et qu'il relut tout entière en trois endroits différents, ne lui apprenait rien.

Il alla visiter la maison à louer. Le portier ne le voyant pas approcher disait mystérieusement à un voisin :

— Bah ! bah ! peine perdue. M. Maslon lui a promis qu'il l'aura pour trois cents francs ; et comme le maire regimbait, il a été mandé à l'évêché, par M. le grand vicaire de Frilair.

L'arrivée de Julien eut l'air de déranger beaucoup les deux amis, qui n'ajoutèrent plus un mot.

Julien ne manqua pas l'adjudication du bail. Il y avait foule dans une salle mal éclairée ; mais tout le monde *se toisait* d'une façon singulière. Tous les yeux étaient fixés sur une table, où Julien aperçut, dans un plat d'étain, trois petits bouts de bougie allumés. L'huissier criait : *Trois cents francs, messieurs !*

— Trois cents francs ! c'est trop fort, dit un homme,

à voix basse, à son voisin. Et Julien était entre eux deux.
Elle en vaut plus de huit cents ; je veux couvrir cette
enchère.

— C'est cracher en l'air. Que gagneras-tu à te mettre
à dos M. Maslon, M. Valenod, l'évêque, son terrible
grand vicaire de Frilair, et toute la clique.

— Trois cent vingt francs, dit l'autre en criant.

— Vilaine bête ! répliqua son voisin. Et voilà justement un espion du maire, ajouta-t-il en montrant
Julien.

Julien se retourna vivement pour punir ce propos ;
mais les deux Francs-Comtois ne faisaient plus aucune
attention à lui. Leur sang-froid lui rendit le sien. En ce
moment, le dernier bout de bougie s'éteignit, et la voix
traînante de l'huissier adjugeait la maison, pour neuf
ans, à M. de Saint-Giraud, chef de bureau à la préfecture
de***, et pour trois cent trente francs.

Dès que le maire fut sorti de la salle, les propos
commencèrent.

— Voilà trente francs que l'imprudence de Grogeot
vaut à la commune, disait l'un.

— Mais M. de Saint-Giraud, répondait-on, se vengera
de Grogeot, il la sentira passer.

— Quelle infamie ! disait un gros homme à la gauche
de Julien : une maison dont j'aurais donné, moi, huit
cents francs pour ma fabrique, et j'aurais fait un bon
marché.

— Bah ! lui répondait un jeune fabricant libéral,
M. de Saint-Giraud n'est-il pas de la congrégation ? ses
quatre enfants n'ont-ils pas des bourses ? Le pauvre
homme ! Il faut que la commune de Verrières lui fasse
un supplément de traitement de cinq cents francs, voilà
tout.

— Et dire que le maire n'a pas pu l'empêcher !
remarquait un troisième. Car il est ultra, lui, à la bonne
heure ; mais il ne vole pas.

— Il ne vole pas ? reprit un autre ; non, c'est pigeon
qui vole. Tout cela entre dans une grande bourse com-

mune, et tout se partage au bout de l'an. Mais voilà
ce petit Sorel ; allons-nous-en.

Julien rentra de très mauvaise humeur ; il trouva
Mme de Rênal fort triste.

— Vous venez de l'adjudication ? lui dit-elle.

— Oui, Madame, où j'ai eu l'honneur de passer pour
l'espion de M. le maire.

— S'il m'avait cru, il eût fait un voyage.

A ce moment, M. de Rênal parut ; il était fort sombre.
Le dîner se passa sans mot dire. M. de Rênal ordonna
à Julien de suivre les enfants à Vergy, le voyage fut
triste. Mme de Rênal consolait son mari :

— Vous devriez y être accoutumé, mon ami.

Le soir, on était assis en silence autour du foyer
domestique ; le bruit du hêtre enflammé était la seule
distraction. C'était un des moments de tristesse qui se
rencontrent dans les familles les plus unies. Un des
enfants s'écria joyeusement :

— On sonne! on sonne!

— Morbleu! si c'est M. de Saint-Giraud qui vient me
relancer sous prétexte de remerciement, s'écria le maire,
je lui dirai son fait ; c'est trop fort. C'est au Valenod
qu'il en aura l'obligation, et c'est moi qui suis compromis. Que dire, si ces maudits journaux jacobins vont
s'emparer de cette anecdote, et faire de moi un M. Nonante-cinq [1]?

Un fort bel homme, aux gros favoris noirs, entrait
en ce moment à la suite du domestique.

— M. le maire, je suis il signor Geronimo [2]. Voici
une lettre que M. le chevalier de Beauvaisis, attaché
à l'ambassade de Naples, m'a remise pour vous à mon
départ ; il n'y a que neuf jours, ajouta le signor Geronimo, d'un air gai, en regardant Mme de Rênal. Le signor
de Beauvaisis, votre cousin, et mon bon ami, Madame,
dit que vous savez l'italien.

La bonne humeur du Napolitain changea cette triste
soirée en une soirée fort gaie. Mme de Rênal voulut
absolument lui donner à souper. Elle mit toute sa mai-

son en mouvement ; elle voulait à tout prix distraire
Julien de la qualification d'espion que, deux fois dans
cette journée, il avait entendu retentir à son oreille.
Le signor Geronimo était un chanteur célèbre, homme
de bonne compagnie, et cependant fort gai, qualités
qui, en France ne sont guère plus compatibles. Il chanta
après souper un petit duettino avec Mᵐᵉ de Rênal.
Il fit des contes charmants. A une heure du matin les
enfants se récrièrent, quand Julien leur proposa d'aller
se coucher.

— Encore cette histoire, dit l'aîné.

— C'est la mienne, Signorino, reprit le signor Geronimo. Il y a huit ans, j'étais comme vous un jeune
élève du conservatoire de Naples, j'entends j'avais
votre âge ; mais je n'avais pas l'honneur d'être le fils
de l'illustre maire de la jolie ville de Verrières.

Ce mot fit soupirer M. de Rênal, il regarda sa femme.

— Le signor Zingarelli, continua le jeune chanteur,
outrant un peu son accent qui faisait pouffer de rire les
enfants, le signor Zingarelli était un maître excessive-
ment sévère. Il n'est pas aimé au Conservatoire ; mais
il veut qu'on agisse toujours comme si on l'aimait. Je
sortais le plus souvent que je pouvais ; j'allais au petit
théâtre de San-Carlino, où j'entendais une musique des
dieux : mais ô ciel ! comment faire pour réunir les huit
sous que coûte l'entrée du parterre ? Somme énorme,
dit-il en regardant les enfants, et les enfants de rire.
Le signor Giovannone, directeur de San-Carlino, m'entendit chanter. J'avais seize ans : Cet enfant, il est
un trésor, dit-il.

— Veux-tu que je t'engage, mon cher ami ? vint-il
me dire.

— Et combien me donnerez-vous ?

— Quarante ducats par mois. Messieurs, c'est cent
soixante francs. Je crus voir les cieux ouverts.

— Mais comment, dis-je à Giovannone, obtenir
que le sévère Zingarelli me laisse sortir ?

— *Lascia fare a me.*

— Laissez faire à moi! s'écria l'aîné des enfants.

— Justement, mon jeune seigneur. Le signor Giovannone il me dit : Caro, d'abord un petit bout d'engagement. Je signe : il me donne trois ducats. Jamais je
n'avais vu tant d'argent. Ensuite, il me dit ce que je
dois faire.

Le lendemain, je demande une audience au terrible
signor Zingarelli. Son vieux valet de chambre me fait
entrer.

— Que me veux-tu, mauvais sujet? dit Zingarelli.

— Maestro, lui fis-je, je me repens de mes fautes ;
jamais je ne sortirai du Conservatoire en passant par-
dessus la grille de fer. Je vais redoubler d'application.

— Si je ne craignais pas de gâter la plus belle voix
de basse que j'aie jamais entendue, je te mettrais en
prison au pain et à l'eau pour quinze jours, polisson.

— Maestro, repris-je, je vais être le modèle de toute
l'école, *credete a me*. Mais je vous demande une grâce,
si quelqu'un vient me demander pour chanter dehors,
refusez-moi. De grâce, dites que vous ne pouvez pas.

— Et qui diable veux-tu qui demande un mauvais
garnement tel que toi? Est-ce que je permettrai jamais
que tu quittes le Conservatoire? Est-ce que tu veux te
moquer de moi? Décampe, décampe! dit-il, en cherchant
à me donner un coup de pied au c... ou gare le pain sec
et la prison.

Une heure après, le signor Giovannone arrive chez
le directeur :

— Je viens vous demander de faire ma fortune,
lui dit-il, accordez-moi Geronimo. Qu'il chante à mon
théâtre, et cet hiver je marie ma fille.

— Que veux-tu faire de ce mauvais sujet? lui dit
Zingarelli. Je ne veux pas ; tu ne l'auras pas ; et d'ailleurs, quand j'y consentirais, jamais il ne voudra quitter
le Conservatoire ; il vient de me le jurer.

— Si ce n'est que de sa volonté qu'il s'agit, dit gravement Giovannone en tirant de sa poche mon engagement, *carta canta!* voici sa signature.

Aussitôt Zingarelli, furieux, se pend à sa sonnette :
Qu'on chasse Geronimo du Conservatoire, cria-t-il,
bouillant de colère. On me chassa donc, moi riant
aux éclats. Le même soir, je chantai l'air *del Molti-
plico*. Polichinelle veut se marier et compte, sur ses
doigts, les objets dont il aura besoin dans son ménage,
et il s'embrouille à chaque instant dans ce calcul.

— Ah! veuillez, Monsieur, nous chanter cet air, dit
Mme de Rênal.

Geronimo chanta, et tout le monde pleurait à force
de rire. Il signor Geronimo n'alla se coucher qu'à deux
heures du matin, laissant cette famille enchantée de
ses bonnes manières, de sa complaisance et de sa gaîté.

Le lendemain, M. et Mme de Rênal lui remirent les
lettres dont il avait besoin à la cour de France.

Ainsi, partout de la fausseté, dit Julien. Voilà il
signor Geronimo qui va à Londres avec soixante mille
francs d'appointements. Sans le savoir-faire du directeur de San-Carlino, sa voix divine n'eût peut-être été
connue et admirée que dix ans plus tard... Ma foi,
j'aimerais mieux être un Geronimo qu'un Rênal. Il
n'est pas si honoré dans la société, mais il n'a pas le
chagrin de faire des adjudications comme celle d'aujourd'hui, et sa vie est gaie.

Une chose étonnait Julien : les semaines solitaires
passées à Verrières, dans la maison de M. de Rênal,
avaient été pour lui une époque de bonheur. Il n'avait
rencontré le dégoût et les tristes pensées qu'aux dîners
qu'on lui avait donnés ; dans cette maison solitaire,
ne pouvait-il pas lire, écrire, réfléchir sans être troublé ?
A chaque instant, il n'était pas tiré de ses rêveries brillantes par la cruelle nécessité d'étudier les mouvements
d'une âme basse, et encore afin de la tromper par des
démarches ou des mots hypocrites.

Le bonheur serait-il si près de moi [1]?... La dépense
d'une telle vie est peu de chose ; je puis à mon choix
épouser Mlle Elisa, ou me faire l'associé de Fouqué...
Mais le voyageur qui vient de gravir une montagne

rapide s'assied au sommet, et trouve un plaisir parfait
à se reposer. Serait-il heureux si on le forçait à se reposer
toujours?

L'esprit de Mme de Rênal était arrivé à des pensées
fatales. Malgré ses résolutions, elle avait avoué à Julien
toute l'affaire de l'adjudication. Il me fera donc oublier
tous mes serments, pensait-elle!

Elle eût sacrifié sa vie sans hésiter pour sauver celle
de son mari, si elle l'eût vu en péril. C'était une de ces
âmes nobles et romanesques, pour qui apercevoir la
possibilité d'une action généreuse, et ne pas la faire,
est la source d'un remords presque égal à celui du crime
commis. Toutefois, il y avait des jours funestes où elle
ne pouvait chasser l'image de l'excès de bonheur qu'elle
goûterait si, devenant veuve tout à coup, elle pouvait
épouser Julien.

Il aimait ses fils beaucoup plus que leur père ; malgré
sa justice sévère, il en était adoré. Elle sentait bien
qu'épousant Julien, il fallait quitter ce Vergy dont les
ombrages lui étaient si chers. Elle se voyait vivant à
Paris, continuant à donner à ses fils cette éducation
qui faisait l'admiration de tout le monde. Ses enfants,
elle, Julien, tous étaient parfaitement heureux.

Étrange effet du mariage, tel que l'a fait le xixe siècle [1]! L'ennui de la vie matrimoniale fait périr l'amour
sûrement, quand l'amour a précédé le mariage. Et cependant, dirait un philosophe, il amène bientôt chez les
gens assez riches pour ne pas travailler, l'ennui profond
de toutes les jouissances tranquilles. Et ce n'est que les
âmes sèches, parmi les femmes, qu'il ne prédispose
pas à l'amour.

La réflexion du philosophe me fait excuser Mme de
Rênal, mais on ne l'excusait pas à Verrières, et toute la
ville, sans qu'elle s'en doutât, n'était occupée que du
scandale de ses amours. A cause de cette grande affaire,
cet automne-là on s'y ennuya moins que de coutume.

L'automne, une partie de l'hiver passèrent bien vite.
Il fallut quitter les bois de Vergy. La bonne compagnie

de Verrières commençait à s'indigner de ce que ses anathèmes faisaient si peu d'impression sur M. de Rênal. En moins de huit jours, des personnes graves qui se dédommagent de leur sérieux habituel par le plaisir de remplir ces sortes de missions, lui donnèrent les soupçons les plus cruels, mais en se servant des termes les plus mesurés.

M. Valenod, qui jouait serré, avait placé Elisa dans une famille noble et fort considérée, où il y avait cinq femmes. Elisa craignant, disait-elle, de ne pas trouver de place pendant l'hiver, n'avait demandé à cette famille que les deux tiers à peu près de ce qu'elle recevait chez M. le maire. D'elle-même, cette fille avait eu l'excellente idée d'aller se confesser à l'ancien curé Chélan et en même temps au nouveau, afin de leur raconter à tous les deux le détail des amours de Julien.

Le lendemain de son arrivée, dès six heures du matin, l'abbé Chélan fit appeler Julien :

— Je ne vous demande rien, lui dit-il, je vous prie, et au besoin je vous ordonne de ne me rien dire, j'exige que sous trois jours vous partiez pour le séminaire de Besançon ou pour la demeure de votre ami Fouqué, qui est toujours disposé à vous faire un sort magnifique. J'ai tout prévu, tout arrangé, mais il faut partir, et ne pas revenir d'un an à Verrières.

Julien ne répondit point ; il examinait si son honneur devait s'estimer offensé des soins que M. Chélan, qui après tout n'était pas son père, avait pris pour lui.

— Demain à pareille heure, j'aurai l'honneur de vous revoir, dit-il enfin au curé.

M. Chélan, qui comptait l'emporter de haute lutte sur un si jeune homme, parla beaucoup. Enveloppé dans l'attitude et la physionomie la plus humble, Julien n'ouvrit pas la bouche.

Il sortit enfin, et courut prévenir Mme de Rênal, qu'il trouva au désespoir. Son mari venait de lui parler avec une certaine franchise. La faiblesse naturelle de son caractère s'appuyant sur la perspective de l'héritage

de Besançon, l'avait décidé à la considérer comme parfaitement innocente. Il venait de lui avouer l'étrange
état dans lequel il trouvait l'opinion publique de Verrières. Le public avait tort, il était égaré par des envieux,
mais enfin que faire ?

Mme de Rênal eut un instant l'illusion que Julien
pourrait accepter les offres de M. Valenod et rester à
Verrières. Mais ce n'était plus cette femme simple et
timide de l'année précédente ; sa fatale passion, ses
remords l'avaient éclairée. Elle eut bientôt la douleur
de se prouver à elle-même, tout en écoutant son mari,
qu'une séparation au moins momentanée était devenue
indispensable. Loin de moi, Julien va retomber dans
ses projets d'ambition si naturels quand on n'a rien.
Et moi, grand Dieu! je suis si riche! et si inutilement
pour mon bonheur! Il m'oubliera. Aimable comme il
est, il sera aimé, il aimera. Ah! malheureuse... De quoi
puis-je me plaindre ? Le ciel est juste, je n'ai pas eu le
mérite de faire cesser le crime, il m'ôte le jugement.
Il ne tenait qu'à moi de gagner Elisa à force d'argent,
rien ne m'était plus facile. Je n'ai pas pris la peine de
réfléchir un moment, les folles imaginations de l'amou
absorbaient tout mon temps. Je péris.

Julien fut frappé d'une chose, en apprenant la terrible
nouvelle du départ à Mme de Rênal, il ne trouva aucune
objection égoïste. Elle faisait évidemment des efforts
pour ne pas pleurer.

— Nous avons besoin de fermeté, mon ami.

Elle coupa une mèche de ses cheveux.

— Je ne sais pas ce que je ferai, lui dit-elle, mais
si je meurs, promets-moi de ne jamais oublier mes
enfants. De loin ou de près, tâche d'en faire d'honnêtes
gens. S'il y a une nouvelle révolution, tous les nobles
seront égorgés, leur père s'émigrera peut-être à cause
de ce paysan tué sur un toit. Veille sur la famille...
Donne-moi ta main. Adieu, mon ami! Ce sont ici les
derniers moments. Ce grand sacrifice fait, j'espère qu'en
public j'aurai le courage de penser à ma réputation.

Julien s'attendait à du désespoir. La simplicité de ces adieux le toucha.

— Non, je ne reçois pas ainsi vos adieux. Je partirai ; ils le veulent ; vous le voulez vous-même. Mais, trois jours après mon départ, je reviendrai vous voir de nuit.

L'existence de Mme de Rênal fut changée. Julien l'aimait donc bien puisque de lui-même il avait trouvé l'idée de la revoir! Son affreuse douleur se changea en un des plus vifs mouvements de joie qu'elle eût éprouvés de sa vie. Tout lui devint facile. La certitude de revoir son ami ôtait à ces derniers moments tout ce qu'ils avaient de déchirant. Dès cet instant, la conduite, comme la physionomie de Mme de Rênal, fut noble, ferme et parfaitement convenable.

M. de Rênal rentra bientôt ; il était hors de lui. Il parla enfin à sa femme de la lettre anonyme reçue deux mois auparavant.

— Je veux la porter au Casino, montrer à tous qu'elle est de cet infâme Valenod, que j'ai pris à la besace pour en faire un des plus riches bourgeois de Verrières. Je lui en ferai honte publiquement, et puis me battrai avec lui. Ceci est trop fort.

Je pourrais être veuve, grand Dieu! pensa Mme de Rênal. Mais presque au même instant, elle se dit : Si je n'empêche pas ce duel, comme certainement je le puis, je serai la meurtrière de mon mari.

Jamais elle n'avait ménagé sa vanité avec autant d'adresse. En moins de deux heures elle lui fit voir et toujours par des raisons trouvées par lui, qu'il fallait marquer plus d'amitié que jamais à M. Valenod, et même reprendre Elisa dans la maison. Mme de Rênal eut besoin de courage pour se décider à revoir cette fille, cause de tous ses malheurs. Mais cette idée venait de Julien.

Enfin, après avoir été mis trois ou quatre fois sur la voie, M. de Rênal arriva, tout seul, à l'idée financièrement bien pénible, que ce qu'il y aurait de plus désagréa-

ble pour lui, ce serait que Julien, au milieu de l'efferves-
cence et des propos de tout Verrières, y restât comme
précepteur des enfants de M. Valenod. L'intérêt évident
de Julien était d'accepter les offres du directeur du
dépôt de mendicité. Il importait au contraire à la gloire
de M. de Rênal que Julien quittât Verrières pour entrer
au séminaire de Besançon ou à celui de Dijon. Mais
comment l'y décider, et ensuite comment y vivrait-il ?

M. de Rênal, voyant l'imminence du sacrifice d'argent,
était plus au désespoir que sa femme. Pour elle, après
cet entretien, elle était dans la position d'un homme de
cœur qui, las de la vie, a pris une dose de *stramonium* ;
il n'agit plus que par ressort, pour ainsi dire, et ne
porte plus d'intérêt à rien. Ainsi il arriva à Louis XIV
mourant de dire : *Quand j'étais roi.* Parole admirable !

Le lendemain, dès le grand matin, M. de Rênal reçut
une lettre anonyme. Celle-ci était du style le plus insul-
tant. Les mots les plus grossiers applicables à sa position
s'y voyaient à chaque ligne. C'était l'ouvrage de quelque
envieux subalterne. Cette lettre le ramena à la pensée
de se battre avec M. Valenod. Bientôt son courage alla
jusqu'aux idées d'exécution immédiate. Il sortit seul,
et alla chez l'armurier prendre des pistolets qu'il fit
charger.

Au fait, se disait-il, l'administration sévère de l'empereur Napoléon reviendrait au monde, que moi je n'ai
pas un sou de friponneries à me reprocher. J'ai tout au
plus fermé les yeux, mais j'ai de bonnes lettres dans
mon bureau qui m'y autorisent.

Mme de Rênal fut effrayée de la colère froide de son
mari, elle lui rappelait la fatale idée de veuvage qu'elle
avait tant de peine à repousser. Elle s'enferma avec lui.
Pendant plusieurs heures elle lui parla en vain, la nouvelle lettre anonyme le décidait. Enfin elle parvint à
transformer le courage de donner un soufflet à M. Valenod en celui d'offrir six cents francs à Julien pour une
année de sa pension dans un séminaire. M. de Rênal,
maudissant mille fois le jour où il avait eu la fatale idée

de prendre un précepteur chez lui, oublia la lettre anonyme.

Il se consola un peu par une idée qu'il ne dit pas à sa
femme : avec de l'adresse, et en se prévalant des idées
romanesques du jeune homme, il espérait l'engager,
pour une somme moindre, à refuser les offres de M. Valenod.

Mme de Rênal eut bien plus de peine à prouver à
Julien que, faisant aux convenances de son mari le
sacrifice d'une place de huit cents francs, que lui offrait
publiquement le directeur du dépôt, il pouvait sans honte
accepter un dédommagement.

— Mais, disait toujours Julien, jamais je n'ai eu,
même pour un instant, le projet d'accepter ces offres.
Vous m'avez trop accoutumé à la vie élégante, la grossièreté de ces gens-là me tuerait.

La cruelle nécessité, avec sa main de fer, plia la volonté de Julien. Son orgueil lui offrait l'illusion de
n'accepter que comme un prêt la somme offerte par le
maire de Verrières, et de lui en faire un billet portant
remboursement dans cinq ans avec intérêts.

Mme de Rênal avait toujours quelques milliers de
francs cachés dans la petite grotte de la montagne.

Elle les lui offrit en tremblant, et sentant trop qu'elle
serait refusée avec colère.

— Voulez-vous, lui dit Julien, rendre le souvenir
de nos amours abominable ?

Enfin Julien quitta Verrières. M. de Rênal fut bien
heureux ; au moment fatal d'accepter de l'argent de
lui, ce sacrifice se trouva trop fort pour Julien. Il refusa
net. M. de Rênal lui sauta au cou les larmes aux yeux.
Julien lui ayant demandé un certificat de bonne conduite,
il ne trouva pas dans son enthousiasme de termes assez
magnifiques pour exalter sa conduite. Notre héros avait
cinq louis d'économies, et comptait demander une
pareille somme à Fouqué.

Il était fort ému. Mais à une lieue de Verrières, où il
laissait tant d'amour, il ne songea plus qu'au bonheur

de voir une capitale, une grande ville de guerre comme Besançon.

Pendant cette courte absence de trois jours, Mme de Rênal fut trompée par une des plus cruelles déceptions de l'amour. Sa vie était passable, il y avait entre elle et l'extrême malheur, cette dernière entrevue qu'elle devait avoir avec Julien. Elle comptait les heures, les minutes qui l'en séparaient. Enfin, pendant la nuit du troisième jour, elle entendit de loin le signal convenu. Après avoir traversé mille dangers, Julien parut devant elle.

De ce moment, elle n'eut plus qu'une pensée, c'est pour la dernière fois que je le vois. Loin de répondre aux empressements de son ami, elle fut comme un cadavre à peine animé. Si elle se forçait à lui dire qu'elle l'aimait, c'était d'un air gauche qui prouvait presque le contraire. Rien ne put la distraire de l'idée cruelle de séparation éternelle. Le méfiant Julien crut un instant être déjà oublié. Ses mots piqués dans ce sens ne furent accueillis que par de grosses larmes coulant en silence, et des serrements de main presque convulsifs.

— Mais, grand Dieu! comment voulez-vous que je vous croie? répondait Julien aux froides protestations de son amie; vous montreriez cent fois plus d'amitié sincère à Mme Derville, à une simple connaissance.

Mme de Rênal, pétrifiée, ne savait que répondre :

— Il est impossible d'être plus malheureuse... J'espère que je vais mourir... Je sens mon cœur se glacer...

Telles furent les réponses les plus longues qu'il put en obtenir.

Quand l'approche du jour vint rendre le départ nécessaire, les larmes de Mme de Rênal cessèrent tout à fait. Elle le vit attacher une corde nouée à la fenêtre sans mot dire, sans lui rendre ses baisers. En vain Julien lui disait :

— Nous voici arrivés à l'état que vous avez tant souhaité. Désormais vous vivrez sans remords. A la moindre indisposition de vos enfants, vous ne les verrez plus dans la tombe.

— Je suis fâchée que vous ne puissiez pas embrasser Stanislas, lui dit-elle froidement.

Julien finit par être profondément frappé des embrassements sans chaleur de ce cadavre vivant ; il ne put penser à autre chose pendant plusieurs lieues. Son âme était navrée, et avant de passer la montagne, tant qu'il put voir le clocher de l'église de Verrières, souvent il se retourna [1].

CHAPITRE XXIV

UNE CAPITALE

> *Que de bruit, que de gens affairés ! que d'idées pour l'avenir dans une tête de vingt ans ! quelle distraction pour l'amour !*
>
> BARNAVE [2].

Enfin il aperçut, sur une montagne lointaine, des murs noirs ; c'était la citadelle de Besançon [3]. Quelle différence pour moi, dit-il en soupirant, si j'arrivais dans cette noble ville de guerre pour être sous-lieutenant dans un des régiments chargés de la défendre !

Besançon n'est pas seulement une des plus jolies villes de France, elle abonde en gens de cœur et d'esprit. Mais Julien n'était qu'un petit paysan et n'eut aucun moyen d'approcher les hommes distingués.

Il avait pris chez Fouqué un habit bourgeois, et c'est dans ce costume qu'il passa les ponts-levis. Plein de l'histoire du siège de 1674, il voulut voir, avant de s'enfermer au séminaire, les remparts et la citadelle. Deux ou trois fois il fut sur le point de se faire arrêter par les

sentinelles ; il pénétrait dans des endroits que le génie
militaire interdit au public, afin de vendre pour douze
ou quinze francs de foin tous les ans.

La hauteur des murs, la profondeur des fossés, l'air
terrible des canons l'avaient occupé pendant plusieurs
heures, lorsqu'il passa devant le grand café, sur le
boulevard. Il resta immobile d'admiration ; il avait
beau lire le mot café, écrit en gros caractères au-dessus
des deux immenses portes, il ne pouvait en croire ses
yeux. Il fit effort sur sa timidité ; il osa entrer, et se
trouva dans une salle longue de trente ou quarante
pas, et dont le plafond est élevé de vingt pieds au moins.
Ce jour-là, tout était enchantement pour lui.

Deux parties de billard étaient en train. Les garçons
criaient les points ; les joueurs couraient autour des
billards encombrés de spectateurs. Des flots de fumée
de tabac, s'élançant de la bouche de tous, les envelop-
paient d'un nuage bleu. La haute stature de ces hommes,
leurs épaules arrondies, leur démarche lourde, leurs
énormes favoris, les longues redingotes qui les couvraient,
tout attirait l'attention de Julien. Ces nobles enfants
de l'antique Bisontium ne parlaient qu'en criant ; ils
se donnaient les airs de guerriers terribles. Julien admirait immobile ; il songeait à l'immensité et à la magnificence d'une grande capitale telle que Besançon. Il
ne se sentait nullement le courage de demander une
tasse de café à un de ces messieurs au regard hautain,
qui criaient les points du billard.

Mais la demoiselle du comptoir avait remarqué la
charmante figure de ce jeune bourgeois de campagne,
qui, arrêté à trois pas du poêle, et son petit paquet sous
le bras, considérait le buste du roi, en beau plâtre blanc.
Cette demoiselle, grande Franc-Comtoise, fort bien
faite, et mise comme il le faut pour faire valoir un café,
avait déjà dit deux fois d'une petite voix qui cherchait
à n'être entendue que de Julien : Monsieur ! Monsieur !
Julien rencontra de grands yeux bleus fort tendres,
et vit que c'était à lui qu'on parlait.

Il s'approcha vivement du comptoir et de la jolie
fille, comme il eût marché à l'ennemi. Dans ce grand
mouvement son paquet tomba.

Quelle pitié notre provincial ne va-t-il pas inspirer
aux jeunes lycéens de Paris qui, à quinze ans, savent
déjà entrer dans un café d'un air si distingué? Mais
ces enfants, si bien stylés à quinze ans, à dix-huit tour-
nent *au commun*. La timidité passionnée que l'on rencontre en province se surmonte quelquefois et alors elle
enseigne à vouloir. En s'approchant de cette jeune
fille si belle, qui daignait lui adresser la parole, il faut
que je lui dise la vérité, pensa Julien, qui devenait courageux à force de timidité vaincue.

— Madame, je viens pour la première fois de ma vie
à Besançon ; je voudrais bien avoir, en payant, un pain
et une tasse de café.

La demoiselle sourit un peu et puis rougit ; elle craignait, pour ce joli jeune homme, l'attention ironique
et les plaisanteries des joueurs de billard. Il serait
effrayé et ne reparaîtrait plus.

— Placez-vous ici, près de moi, dit-elle en lui montrant une table de marbre, presque tout à fait cachée
par l'énorme comptoir d'acajou qui s'avance dans la
salle.

La demoiselle se pencha en-dehors du comptoir, ce
qui lui donna l'occasion de déployer une taille superbe.
Julien la remarqua ; toutes ses idées changèrent. La
belle demoiselle venait de placer devant lui une tasse,
du sucre et un petit pain. Elle hésitait à appeler un
garçon pour avoir du café, comprenant bien qu'à l'arrivée de ce garçon, son tête-à-tête avec Julien allait
finir.

Julien, pensif, comparait cette beauté blonde et gaie
à certains souvenirs qui l'agitaient souvent. L'idée de
la passion dont il avait été l'objet lui ôta toute sa timidité. La belle demoiselle n'avait qu'un instant ; elle
lut dans les regards de Julien.

— Cette fumée de pipe vous fait tousser, venez

déjeuner demain avant huit heures du matin : alors,
je suis presque seule.

— Quel est votre nom? dit Julien, avec le sourire
caressant de la timidité heureuse.

— Amanda Binet.

— Permettez-vous que je vous envoie, dans une
heure, un petit paquet gros comme celui-ci?

La belle Amanda réfléchit un peu.

— Je suis surveillée : ce que vous me demandez peut
me compromettre ; cependant, je m'en vais écrire mon
adresse sur une carte, que vous placerez sur votre
paquet. Envoyez-le-moi hardiment.

— Je m'appelle Julien Sorel, dit le jeune homme ;
je n'ai ni parents, ni connaissance à Besançon.

— Ah! je comprends, dit-elle avec joie, vous venez
pour l'École de droit?

— Hélas! non, répondit Julien ; on m'envoie au séminaire.

Le découragement le plus complet éteignit les traits
d'Amanda ; elle appela un garçon : elle avait du courage maintenant. Le garçon versa du café à Julien, sans
le regarder.

Amanda recevait de l'argent au comptoir; Julien était
fier d'avoir osé parler : on se disputa à l'un des billards.
Les cris et les démentis des joueurs, retentissant dans
cette salle immense, faisaient un tapage qui étonnait
Julien. Amanda était rêveuse et baissait les yeux.

— Si vous voulez, Mademoiselle, lui dit-il tout à
coup avec assurance, je dirai que je suis votre cousin.

Ce petit air d'autorité plut à Amanda. Ce n'est pas
un jeune homme de rien, pensa-t-elle. Elle lui dit fort
vite, sans le regarder, car son œil était occupé à voir
si quelqu'un s'approchait du comptoir :

— Moi, je suis de Genlis, près de Dijon ; dites que
vous êtes aussi de Genlis, et cousin de ma mère.

— Je n'y manquerai pas.

— Tous les jeudis, à cinq heures, en été, MM. les
séminaristes passent ici devant le café.

— Si vous pensez à moi, quand je passerai, ayez un bouquet de violettes à la main.

Amanda le regarda d'un air étonné ; ce regard changea le courage de Julien en témérité ; cependant il rougit beaucoup en lui disant :

— Je sens que je vous aime de l'amour le plus violent.

— Parlez donc plus bas, lui dit-elle d'un air effrayé.

Julien songeait à se rappeler les phrases d'un volume dépareillé de la *Nouvelle Héloïse*, qu'il avait trouvé à Vergy. Sa mémoire le servit bien ; depuis dix minutes, il récitait la *Nouvelle Héloïse* à Mlle Amanda, ravie, il était heureux de sa bravoure, quand tout à coup la belle Franc-Comtoise prit un air glacial. Un de ses amants paraissait à la porte du café.

Il s'approcha du comptoir, en sifflant et marchant des épaules ; il regarda Julien. A l'instant, l'imagination de celui-ci, toujours dans les extrêmes, ne fut remplie que d'idées de duel. Il pâlit beaucoup, éloigna sa tasse, prit une mine assurée, et regarda son rival fort attentivement. Comme ce rival baissait la tête en se versant familièrement un verre d'eau-de-vie sur le comptoir, d'un regard Amanda ordonna à Julien de baisser les yeux. Il obéit, et, pendant deux minutes, se tint immobile à sa place, pâle, résolu et ne songeant qu'à ce qui allait arriver ; il était vraiment bien en cet instant. Le rival avait été étonné des yeux de Julien ; son verre d'eau-de-vie avalé d'un trait, il dit un mot à Amanda, plaça ses deux mains dans les poches latérales de sa grosse redingote et s'approcha d'un billard en soufflant et regardant Julien. Celui-ci se leva transporté de colère ; mais il ne savait comment s'y prendre pour être insolent. Il posa son petit paquet, et, de l'air le plus dandinant qu'il put, marcha vers le billard.

En vain la prudence lui disait : Mais avec un duel dès l'arrivée à Besançon, la carrière ecclésiastique est perdue.

— Qu'importe, il ne sera pas dit que je manque un insolent.

Amanda vit son courage ; il faisait un joli contraste avec la naïveté de ses manières ; en un instant, elle le préféra au grand jeune homme en redingote. Elle se leva, et, tout en ayant l'air de suivre de l'œil quelqu'un qui passait dans la rue, elle vint se placer rapidement entre lui et le billard :

— Gardez-vous de regarder de travers ce monsieur, c'est mon beau-frère.

— Que m'importe ? Il m'a regardé.

— Voulez-vous me rendre malheureuse ? Sans doute, il vous a regardé, peut-être même il va venir vous parler. Je lui ai dit que vous êtes un parent de ma mère, et que vous arrivez de Genlis. Lui est Franc-Comtois et n'a jamais dépassé Dôle, sur la route de la Bourgogne ; ainsi dites ce que vous voudrez, ne craignez rien.

Julien hésitait encore ; elle ajouta bien vite, son imagination de dame de comptoir lui fournissant des mensonges en abondance :

— Sans doute, il vous a regardé, mais c'est au moment où il me demandait qui vous êtes ; c'est un homme qui est *manant* avec tout le monde, il n'a pas voulu vous insulter.

L'œil de Julien suivait le prétendu beau-frère ; il le vit acheter un numéro à la poule que l'on jouait au plus éloigné des deux billards. Julien entendit sa grosse voix qui criait d'un ton menaçant : *Je prends à faire !* Il passa vivement derrière Mlle Amanda, et fit un pas vers le billard. Amanda le saisit par le bras :

— Venez me payer d'abord, lui dit-elle.

C'est juste, pensa Julien ; elle a peur que je ne sorte sans payer. Amanda était aussi agitée que lui et fort rouge ; elle lui rendit de la monnaie le plus lentement qu'elle put, tout en lui répétant à voix basse :

— Sortez à l'instant du café, ou je ne vous aime plus ; et cependant, je vous aime bien.

Julien sortit, en effet, mais lentement. N'est-il pas de mon devoir, se répétait-il, d'aller regarder à mon tour en soufflant ce grossier personnage ? Cette incertitude

le retint une heure, sur le boulevard, devant le café;
il regardait si son homme sortait. Il ne parut pas, et
Julien s'éloigna.

Il n'était à Besançon que depuis quelques heures et
déjà il avait conquis un remords. Le vieux chirurgien-
major lui avait donné autrefois, malgré sa goutte, quelques leçons d'escrime; telle était toute la science que
Julien trouvait au service de sa colère. Mais cet embarras
n'eût rien été s'il eût su comment se fâcher autrement
qu'en donnant un soufflet; et, si l'on en venait aux coups
de poings, son rival, homme énorme, l'eût battu et
puis planté là.

Pour un pauvre diable comme moi, se dit Julien,
sans protecteurs et sans argent, il n'y aura pas grande
différence entre un séminaire et une prison; il faut que
je dépose mes habits bourgeois dans quelque auberge,
où je reprendrai mon habit noir. Si jamais je parviens
à sortir du séminaire pour quelques heures, je pourrai
fort bien, avec mes habits bourgeois, revoir Mlle Amanda.
Ce raisonnement était beau; mais Julien, passant devant
toutes les auberges, n'osait entrer dans aucune.

Enfin, comme il repassait devant l'hôtel des Ambassadeurs, ses yeux inquiets rencontrèrent ceux d'une grosse
femme, encore assez jeune, haute en couleur, à l'air
heureux et gai. Il s'approcha d'elle et lui raconta son
histoire [1].

— Certainement, mon joli petit abbé, lui dit l'hôtesse
des Ambassadeurs, je vous garderai vos habits bourgeois
et même les ferai épousseter souvent. De ce temps-ci,
il ne fait pas bon laisser un habit de drap sans le toucher.
Elle prit une clef et le conduisit elle-même dans une
chambre, en lui recommandant d'écrire la note de ce
qu'il laissait.

— Bon Dieu! que vous avez bonne mine comme ça,
M. l'abbé Sorel, lui dit la grosse femme, quand il descendit à la cuisine, je m'en vais vous faire servir un
bon dîner; et, ajouta-t-elle à voix basse, il ne vous coûtera que vingt sols, au lieu de cinquante que tout le

monde paye ; car il faut bien ménager votre petit *bour-sicot*.

— J'ai dix louis, répliqua Julien avec une certaine fierté.

— Ah! bon Dieu, répondit la bonne hôtesse alarmée, ne parlez pas si haut ; il y a bien des mauvais sujets dans Besançon. On vous volera cela en moins de rien. Surtout n'entrez jamais dans les cafés, ils sont remplis de mauvais sujets.

— Vraiment! dit Julien, à qui ce mot donnait à penser.

— Ne venez jamais que chez moi, je vous ferai faire du café. Rappelez-vous que vous trouverez toujours ici une amie et un bon dîner à vingt sols ; c'est parler ça, j'espère. Allez vous mettre à table, je vais vous servir moi-même.

— Je ne saurais manger, lui dit Julien, je suis trop ému, je vais entrer au séminaire en sortant de chez vous.

La bonne femme ne le laissa partir qu'après avoir empli ses poches de provisions. Enfin Julien s'achemina vers le lieu terrible ; l'hôtesse, de dessus sa porte, lui en indiquait la route.

CHAPITRE XXV

LE SÉMINAIRE

Trois cent trente-six dîners à 83 centimes, trois cent trente-six soupers à 38 centimes, du chocolat à qui de droit ; combien y a-t-il à gagner sur la soumission!

Le VALENOD de Besançon.

Il vit de loin la croix de fer doré sur la porte ; il approcha lentement ; ses jambes semblaient se dérober sous lui [1]. Voilà donc cet enfer sur la terre, dont je ne pourrai

sortir! Enfin il se décida à sonner. Le bruit de la cloche
retentit comme dans un lieu solitaire. Au bout de dix
minutes, un homme pâle, vêtu de noir, vint lui ouvrir.
Julien le regarda et aussitôt baissa les yeux. Ce portier
avait une physionomie singulière. La pupille saillante
et verte de ses yeux s'arrondissait comme celle d'un
chat; les contours immobiles de ses paupières annonçaient l'impossibilité de toute sympathie; ses lèvres
minces se développaient en demi-cercle sur des dents
qui avançaient. Cependant cette physionomie ne montrait pas le crime, mais plutôt cette insensibilité parfaite, qui inspire bien plus de terreur à la jeunesse. Le
seul sentiment que le regard rapide de Julien put deviner sur cette longue figure dévote fut un mépris profond
pour tout ce dont on voudrait lui parler, et qui ne serait
pas l'intérêt du ciel.

Julien releva les yeux avec effort, et d'une voix que le
battement de cœur rendait tremblante, il expliqua qu'il
désirait parler à M. Pirard, le directeur du séminaire.
Sans dire une parole, l'homme noir lui fit signe de le
suivre. Ils montèrent deux étages par un large escalier
à rampe de bois, dont les marches déjetées penchaient
tout à fait du côté opposé au mur, et semblaient prêtes
à tomber. Une petite porte, surmontée d'une grande
croix de cimetière en bois blanc peint en noir, fut ouverte
avec difficulté, et le portier le fit entrer dans une
chambre sombre et basse [1], dont les murs blanchis à la
chaux étaient garnis de deux grands tableaux noircis
par le temps. Là, Julien fut laissé seul; il était atterré,
son cœur battait violemment; il eût été heureux d'oser
pleurer. Un silence de mort régnait dans toute la maison.

Au bout d'un quart d'heure, qui lui parut une journée,
le portier à figure sinistre reparut sur le pas d'une porte
à l'autre extrémité de la chambre, et, sans daigner
parler, lui fit signe d'avancer. Il entra dans une pièce
encore plus grande que la première et fort mal éclairée.
Les murs aussi étaient blanchis; mais il n'y avait pas
de meubles. Seulement dans un coin près de la porte,

Julien vit en passant un lit de bois blanc, deux chaises
de paille, et un petit fauteuil en planches de sapin sans
coussin. A l'autre extrémité de la chambre, près d'une
petite fenêtre, à vitres jaunies, garnie de vases de fleurs
tenus salement, il aperçut un homme assis devant une
table, et couvert d'une soutane délabrée ; il avait l'air
en colère, et prenait l'un après l'autre une foule de petits
carrés de papier qu'il rangeait sur sa table, après y
avoir écrit quelques mots. Il ne s'apercevait pas de la
présence de Julien. Celui-ci était immobile, debout vers
le milieu de la chambre, là où l'avait laissé le portier,
qui était ressorti en fermant la porte.

Dix minutes se passèrent ainsi ; l'homme mal vêtu
écrivait toujours. L'émotion et la terreur de Julien
étaient telles, qu'il lui semblait être sur le point de
tomber. Un philosophe eût dit, peut-être en se trompant : c'est la violente impression du laid sur une âme
faite pour aimer ce qui est beau.

L'homme qui écrivait leva la tête ; Julien ne s'en
aperçut qu'au bout d'un moment, et même, après l'avoir
vu, il restait encore immobile comme frappé à mort par
le regard terrible dont il était l'objet. Les yeux troublés
de Julien distinguaient à peine une figure longue et
toute couverte de taches rouges, excepté sur le front,
qui laissait voir une pâleur mortelle. Entre ces joues
rouges et ce front blanc, brillaient deux petits yeux
noirs faits pour effrayer le plus brave. Les vastes
contours de ce front étaient marqués par des cheveux
épais, plats et d'un noir de jais.

— Voulez-vous approcher, oui ou non ? dit enfin cet
homme avec impatience.

Julien s'avança d'un pas mal assuré, et enfin, prêt à
tomber et pâle, comme de sa vie il ne l'avait été, il
s'arrêta à trois pas de la petite table de bois blanc couverte de carrés de papier.

— Plus près, dit l'homme.

Julien s'avança encore en étendant la main, comme
cherchant à s'appuyer sur quelque chose.

— Votre nom ?

— Julien Sorel.

— Vous avez bien tardé, lui dit-on, en attachant de nouveau sur lui un œil terrible.

Julien ne put supporter ce regard ; étendant la main comme pour se soutenir, il tomba tout de son long sur le plancher.

L'homme sonna. Julien n'avait perdu que l'usage des yeux et la force de se mouvoir ; il entendit des pas qui s'approchaient.

On le releva, on le plaça sur le petit fauteuil de bois blanc. Il entendit l'homme terrible qui disait au portier :

— Il tombe du haut mal apparemment, il ne manquait plus que ça.

Quand Julien put ouvrir les yeux, l'homme à la figure rouge continuait à écrire ; le portier avait disparu. Il faut avoir du courage, se dit notre héros, et surtout cacher ce que je sens : il éprouvait un violent mal de cœur ; s'il m'arrive un accident, Dieu sait ce qu'on pensera de moi. Enfin l'homme cessa d'écrire, et regardant Julien de côté :

— Êtes-vous en état de me répondre ?

— Oui, Monsieur, dit Julien, d'une voix affaiblie.

— Ah ! c'est heureux.

L'homme noir s'était levé à demi et cherchait avec impatience une lettre dans le tiroir de sa table de sapin qui s'ouvrit en criant. Il la trouva, s'assit lentement, et regardant de nouveau Julien, d'un air à lui arracher le peu de vie qui lui restait :

— Vous m'êtes recommandé par M. Chélan, c'était le meilleur curé du diocèse, homme vertueux s'il en fût, et mon ami depuis trente ans.

— Ah ! c'est à M. Pirard que j'ai l'honneur de parler, dit Julien d'une voix mourante.

— Apparemment, répliqua le directeur du séminaire, en le regardant avec humeur.

Il y eut un redoublement d'éclat dans ses petits yeux, suivi d'un mouvement involontaire des muscles des

coins de la bouche. C'était la physionomie du tigre goûtant par avance le plaisir de dévorer sa proie.

— La lettre de Chélan est courte, dit-il, comme se
parlant à lui-même. *Intelligenti pauca*, par le temps qui
court, on ne saurait écrire trop peu. Il lut haut :

« Je vous adresse Julien Sorel, de cette paroisse, que
j'ai baptisé il y aura vingt ans ; fils d'un charpentier
riche, mais qui ne lui donne rien. Julien sera un ouvrier
remarquable dans la vigne du Seigneur. La mémoire,
l'intelligence ne manquent point, il y a de la réflexion.
Sa vocation sera-t-elle durable ? est-elle sincère ? »

— *Sincère!* répéta l'abbé Pirard d'un air étonné, et en
regardant Julien ; mais déjà le regard de l'abbé était
moins dénué de toute humanité ; *sincère!* répéta-t-il en
baissant la voix et reprenant sa lecture :

« Je vous demande pour Julien Sorel une bourse ; il la
méritera en subissant les examens nécessaires. Je lui ai
montré un peu de théologie, de cette ancienne et bonne
théologie des Bossuet, des Arnault, des Fleury. Si ce
sujet ne vous convient pas, renvoyez-le-moi ; le directeur du dépôt de mendicité, que vous connaissez bien,
lui offre huit cents francs pour être précepteur de ses
enfants. — Mon intérieur est tranquille, grâce à Dieu.
Je m'accoutume au coup terrible. *Vale et me ama* [1]. »

L'abbé Pirard, ralentissant la voix comme il lisait la
signature, prononça avec un soupir le mot *Chélan*.

— Il est tranquille, dit-il ; en effet, sa vertu méritait
cette récompense ; Dieu puisse-t-il me l'accorder le cas
échéant !

Il regarda le ciel et fit un signe de croix. A la vue de ce
signe sacré, Julien sentit diminuer l'horreur profonde
qui, depuis son entrée dans cette maison, l'avait glacé.

— J'ai ici trois cent vingt et un aspirants à l'état le
plus saint, dit enfin l'abbé Pirard, d'un ton de voix
sévère, mais non méchant; sept ou huit seulement me
sont recommandés par des hommes tels que l'abbé
Chélan ; ainsi parmi les trois cent vingt et un, vous allez
être le neuvième. Mais ma protection n'est ni faveur, ni

faiblesse, elle est redoublement de soins et de sévérité contre les vices. Allez fermer cette porte à clef.

Julien fit un effort pour marcher et réussit à ne pas tomber. Il remarqua qu'une petite fenêtre, voisine de la porte d'entrée, donnait sur la campagne. Il regarda les arbres ; cette vue lui fit du bien, comme s'il eût aperçu d'anciens amis.

— *Loquerisne linguam latinam ?* (Parlez-vous latin), lui dit l'abbé Pirard, comme il revenait.

— *Ita, pater optime* (oui, mon excellent père), répondit Julien, revenant un peu à lui. Certainement, jamais homme au monde ne lui avait paru moins excellent que M. Pirard, depuis une demi-heure.

L'entretien continua en latin. L'expression des yeux de l'abbé s'adoucissait ; Julien reprenait quelque sang-froid. Que je suis faible, pensa-t-il, de m'en laisser imposer par ces apparences de vertu ! cet homme sera tout simplement un fripon comme M. Maslon ; et Julien s'applaudit d'avoir caché presque tout son argent dans ses bottes.

L'abbé Pirard examina Julien sur la théologie, il fut surpris de l'étendue de son savoir. Son étonnement augmenta quand il l'interrogea en particulier sur les saintes Écritures. Mais quand il arriva aux questions sur la doctrine des Pères, il s'aperçut que Julien ignorait presque jusqu'aux noms de saint Jérôme, de saint Augustin, de saint Bonaventure, de saint Basile, etc., etc.

Au fait, pensa l'abbé Pirard, voilà bien cette tendance fatale au protestantisme que j'ai toujours reprochée à Chélan. Une connaissance approfondie et trop approfondie des saintes Écritures.

(Julien venait de lui parler, sans être interrogé à ce sujet, du temps *véritable* où avaient été écrits la Genèse, le Pentateuque, etc.)

A quoi mène ce raisonnement infini sur les saintes Écritures, pensa l'abbé Pirard, si ce n'est à *l'examen personnel*, c'est-à-dire au plus affreux protestantisme ? Et à côté de cette science imprudente, rien sur les Pères qui puisse compenser cette tendance.

Mais l'étonnement du directeur du séminaire n'eut plus de bornes, lorsque interrogeant Julien sur l'autorité du Pape, et s'attendant aux maximes de l'ancienne Église gallicane, le jeune homme lui récita tout le livre de M. de Maistre.

Singulier homme que ce Chélan, pensa l'abbé Pirard ; lui a-t-il montré ce livre pour lui apprendre à s'en moquer ?

Ce fut en vain qu'il interrogea Julien pour tâcher de deviner s'il croyait sérieusement à la doctrine de M. de Maistre. Le jeune homme ne répondait qu'avec sa mémoire. De ce moment, Julien fut réellement très bien, il sentait qu'il était maître de soi. Après un examen fort long, il lui sembla que la sévérité de M. Pirard envers lui n'était plus qu'affectée. En effet, sans les principes de gravité austère que, depuis quinze ans, il s'était imposés envers ses élèves en théologie, le directeur du séminaire eût embrassé Julien au nom de la logique, tant il trouvait de clarté, de précision et de netteté dans ses réponses.

Voilà un esprit hardi et sain, se disait-il, mais *corpus debile* (le corps est faible).

— Tombez-vous souvent ainsi ? dit-il à Julien en français et lui montrant du doigt le plancher.

— C'est la première fois de ma vie, la figure du portier m'avait glacé, ajouta Julien en rougissant comme un enfant.

L'abbé Pirard sourit presque.

— Voilà l'effet des vaines pompes du monde ; vous êtes accoutumé apparemment à des visages riants, véritables théâtres de mensonge. La vérité est austère, Monsieur. Mais notre tâche ici-bas n'est-elle pas austère aussi ? Il faudra veiller à ce que votre conscience se tienne en garde contre cette faiblesse : *Trop de sensibilité aux vaines grâces de l'extérieur.*

Si vous ne m'étiez pas recommandé, dit l'abbé Pirard en reprenant la langue latine avec un plaisir marqué, si vous ne m'étiez pas recommandé par un homme tel que l'abbé Chélan, je vous parlerais le vain langage de ce monde auquel il paraît que vous êtes trop accoutumé. La bourse entière que vous sollicitez, vous dirais-je, est la chose du monde la plus difficile à obtenir. Mais l'abbé Chélan a mérité bien peu, par cinquante-six ans de travaux apostoliques, s'il ne peut disposer d'une bourse au séminaire.

Après ces mots, l'abbé Pirard recommanda à Julien de n'entrer dans aucune société ou congrégation secrète sans son consentement.

— Je vous en donne ma parole d'honneur, dit Julien avec l'épanouissement du cœur d'un honnête homme.

Le directeur du séminaire sourit pour la première fois.

— Ce mot n'est point de mise ici, lui dit-il, il rappelle trop le vain honneur des gens du monde qui les conduit à tant de fautes, et souvent à des crimes. Vous me devez la sainte obéissance en vertu du paragraphe dix-sept de la bulle *Unam Ecclesiam* de saint Pie V. Je suis votre supérieur ecclésiastique. Dans cette maison, entendre, mon très cher fils, c'est obéir. Combien avez-vous d'argent ?

Nous y voici, se dit Julien, c'était pour cela qu'était le très cher fils.

— Trente-cinq francs, mon père.

— Écrivez soigneusement l'emploi de cet argent ; vous aurez à m'en rendre compte.

Cette pénible séance avait duré trois heures ; Julien appela le portier.

— Allez installer Julien Sorel dans la cellule n° 103, dit l'abbé Pirard à cet homme.

Par une grande distinction, il accordait à Julien un logement séparé.

— Portez-y sa malle, ajouta-t-il.

Julien baissa les yeux et reconnut sa malle précisément en face de lui, il la regardait depuis trois heures, et ne l'avait pas reconnue.

En arrivant au n° 103, c'était une petite chambrette de

huit pieds en carré, au dernier étage de la maison, Julien remarqua qu'elle donnait sur les remparts, et par-delà on apercevait la jolie plaine que le Doubs sépare de la ville.

Quelle vue charmante ! s'écria Julien ; en se parlant ainsi il ne sentait pas ce qu'exprimaient ces mots. Les sensations si violentes qu'il avait éprouvées depuis le peu de temps qu'il était à Besançon avaient entièrement épuisé ses forces. Il s'assit près de la fenêtre sur l'unique chaise de bois qui fût sa cellule, et tomba aussitôt dans un profond sommeil. Il n'entendit point la cloche du souper, ni celle du salut ; on l'avait oublié.

Quand les premiers rayons du soleil le réveillèrent le lendemain matin, il se trouva couché sur le plancher.

CHAPITRE XXVI

LE MONDE
OU CE QUI MANQUE AU RICHE

> *Je suis seul sur la terre, personne ne daigne*
> *penser à moi. Tous ceux que je vois faire fortune*
> *ont une effronterie et une dureté de cœur que*
> *que je ne me sens point. Ils me haïssent à cause de*
> *ma bonté facile. Ah ! bientôt je mourrai, soit de*
> *faim, soit du malheur de voir les hommes si durs.*
>
> YOUNG.

Il se hâta de brosser son habit et de descendre, il était en retard. Un sous-maître le gronda sévèrement ; au lieu de chercher à se justifier, Julien croisa les bras sur sa poitrine :

— *Peccavi, pater optime* (j'ai péché, j'avoue ma faute,
ô mon père), dit-il d'un air contrit.

Ce début eut un grand succès. Les gens adroits parmi
les séminaristes virent qu'ils avaient affaire à un homme
qui n'en était pas aux éléments du métier. L'heure de
la récréation arriva. Julien se vit l'objet de la curiosité
générale. Mais on ne trouva chez lui que réserve et
silence. Suivant les maximes qu'il s'était faites, il consi-
déra ses trois cent vingt et un camarades comme des
ennemis ; le plus dangereux de tous à ses yeux était
l'abbé Pirard.

Peu de jours après, Julien eut à choisir un confesseur,
on lui présenta une liste.

Eh ! bon Dieu ! pour qui me prend-on, se dit-il, croit-
on que je ne comprenne pas *ce que parler veut dire ?* et il
choisit l'abbé Pirard.

Sans qu'il s'en doutât, cette démarche était décisive.
Un petit séminariste tout jeune, natif de Verrières, et qui
dès le premier jour, s'était déclaré son ami, lui apprit que
s'il eût choisi M. Castanède, le sous-directeur du séminaire, il eût peut-être agi avec plus de prudence.

— L'abbé Castanède est l'ennemi de M. Pirard qu'on
soupçonne de jansénisme, ajouta le petit séminariste en
se penchant vers son oreille.

Toutes les premières démarches de notre héros qui se
croyait si prudent furent, comme le choix d'un confesseur, des étourderies. Égaré par toute la présomption
d'un homme à imagination, il prenait ses intentions
pour des faits, et se croyait un hypocrite consommé. Sa
folie allait jusqu'à se reprocher ses succès dans cet art
de la faiblesse.

Hélas ! c'est ma seule arme ! à une autre époque, se
disait-il, c'est par des actions parlantes en face de l'ennemi que j'aurais *gagné mon pain.*

Julien, satisfait de sa conduite, regardait autour de
lui ; il trouvait partout l'apparence de la vertu la plus
pure.

Huit ou dix séminaristes vivaient en odeur de sain-

teté, et avaient des visions comme sainte Thérèse et
saint François lorsqu'il reçut les stigmates sur le mont
Verna, dans l'Apennin. Mais c'était un grand secret,
leurs amis le cachaient. Ces pauvres jeunes gens à visions
étaient presque toujours à l'infirmerie. Une centaine
d'autres réunissaient à une foi robuste une infatigable
application. Ils travaillaient au point de se rendre
malades, mais sans apprendre grand'chose. Deux ou
trois se distinguaient par un talent réel, et, entre autres,
un nommé Chazel ; mais Julien se sentait de l'éloigne-
ment pour eux, et eux pour lui.

Le reste des trois cent vingt et un séminaristes ne se
composait que d'êtres grossiers qui n'étaient pas bien
sûrs de comprendre les mots latins qu'ils répétaient tout
le long de la journée. Presque tous étaient des fils de
paysans, et ils aimaient mieux gagner leur pain en récitant quelques mots latins qu'en piochant la terre. C'est
d'après cette observation que, dès les premiers jours,
Julien se promit de rapides succès. Dans tout service, il
faut des gens intelligents, car enfin il y a un travail à
faire, se disait-il. Sous Napoléon, j'eusse été sergent ;
parmi ces futurs curés, je serai grand vicaire.

Tous ces pauvres diables, ajoutait-il, manouvriers dès
l'enfance, ont vécu, jusqu'à leur arrivée ici, de lait caillé
et de pain noir. Dans leurs chaumières, ils ne mangeaient
de la viande que cinq ou six fois par an. Semblables aux
soldats romains qui trouvaient la guerre un temps de
repos, ces grossiers paysans sont enchantés des délices
du séminaire.

Julien ne lisait jamais dans leur œil morne que le
besoin physique satisfait après le dîner, et le plaisir
physique attendu avant le repas. Tels étaient les gens
au milieu desquels il fallait se distinguer ; mais ce que
Julien ne savait pas, ce qu'on se gardait de lui dire,
c'est que, être le premier dans les différents cours de
dogme, d'histoire ecclésiastique, etc., etc., que l'on
suit au séminaire, n'était à leurs yeux qu'un péché
splendide. Depuis Voltaire, depuis le gouvernement

des deux chambres, qui n'est au fond que *méfiance et examen personnel*, et donne à l'esprit des peuples cette mauvaise habitude de *se méfier*, l'Église de France semble avoir compris que les livres sont ses vrais ennemis [1]. C'est la soumission de cœur qui est tout à ses yeux. Réussir dans les études, même sacrées, lui est suspect, et à bon droit. Qui empêchera l'homme supérieur de passer de l'autre côté comme Sieyès ou Grégoire ! L'Église tremblante s'attache au pape comme à la seule chance de salut. Le pape seul peut essayer de paralyser l'examen personnel, et, par les pieuses pompes des cérémonies de sa cour, faire impression sur l'esprit ennuyé et malade des gens du monde.

Julien, pénétrant à demi ces diverses vérités, que cependant toutes les paroles prononcées dans un séminaire tendent à démentir, tombait dans une mélancolie profonde. Il travaillait beaucoup, et réussissait rapidement à apprendre des choses très utiles à un prêtre, très fausses à ses yeux, et auxquelles il ne mettait aucun intérêt. Il croyait n'avoir rien autre chose à faire.

Suis-je donc oublié de toute la terre ? pensait-il. Il ne savait pas que M. Pirard avait reçu et jeté au feu quelques lettres timbrées de Dijon, et où, malgré les formes du style le plus convenable, perçait la passion la plus vive. De grands remords semblaient combattre cet amour. Tant mieux, pensait l'abbé Pirard, ce n'est pas du moins une femme impie que ce jeune homme a aimée.

Un jour, l'abbé Pirard ouvrit une lettre qui semblait à demi effacée par les larmes, c'était un éternel adieu. Enfin, disait-on à Julien, le ciel m'a fait la grâce de haïr, non l'auteur de ma faute, il sera toujours ce que j'aurai de plus cher au monde, mais ma faute en elle-même. Le sacrifice est fait, mon ami. Ce n'est pas sans larmes, comme vous voyez. Le salut des êtres auxquels je me dois, et que vous avez tant aimés, l'emporte. Un Dieu juste, mais terrible, ne pourra plus se venger sur eux des crimes de leur mère. Adieu, Julien, soyez juste envers les hommes.

Cette fin de lettre était presque absolument illisible. On donnait une adresse à Dijon, et cependant on espérait que jamais Julien ne répondrait, ou que du moins il se servirait de paroles qu'une femme revenue à la vertu pourrait entendre sans rougir.

La mélancolie de Julien, aidée par la médiocre nourriture que fournissait au séminaire l'entrepreneur des dîners à 83 centimes, commençait à influer sur sa santé, lorsqu'un matin Fouqué parut tout à coup dans sa chambre.

— Enfin j'ai pu entrer. Je suis venu cinq fois à Besançon, sans reproche, pour te voir. Toujours visage de bois. J'ai aposté quelqu'un à la porte du séminaire ; pourquoi diable est-ce que tu ne sors jamais ?

— C'est une épreuve que je me suis imposée.

— Je te trouve bien changé. Enfin je te revois. Deux beaux écus de cinq francs viennent de m'apprendre que je n'étais qu'un sot de ne pas les avoir offerts dès le premier voyage.

La conversation fut infinie entre les deux amis. Julien changea de couleur lorsque Fouqué lui dit :

— A propos, sais-tu ? la mère de tes élèves est tombée dans la plus haute dévotion.

Et il parlait de cet air dégagé qui fait une si singulière impression sur l'âme passionnée de laquelle on bouleverse, sans s'en douter, les plus chers intérêts.

— Oui, mon ami, dans la dévotion la plus exaltée. On dit qu'elle fait des pèlerinages. Mais, à la honte éternelle de l'abbé Maslon, qui a espionné si longtemps ce pauvre M. Chélan, Mᵐᵉ de Rênal n'a pas voulu de lui. Elle va se confesser à Dijon ou à Besançon.

— Elle vient à Besançon, dit Julien le front couvert de rougeur.

— Assez souvent, répondit Fouqué d'un air interrogatif.

— As-tu des *Constitutionnels* sur toi ?

— Que dis-tu ? répliqua Fouqué.

— Je te demande si tu as des *Constitutionnels* ? reprit

Julien, du ton de voix le plus tranquille. Ils se vendent trente sous le numéro ici.

— Quoi! même au séminaire, des libéraux! s'écria Fouqué. Pauvre France! ajouta-t-il en prenant la voix hypocrite et le ton doux de l'abbé Maslon.

Cette visite eût fait une profonde impression sur notre héros, si dès le lendemain, un mot que lui adressa ce petit séminariste de Verrières qui lui semblait si enfant, ne lui eût fait faire une importante découverte. Depuis qu'il était au séminaire, la conduite de Julien n'avait été qu'une suite de fausses démarches. Il se moqua de lui-même avec amertume.

A la vérité, les actions importantes de sa vie étaient savamment conduites ; mais il ne soignait pas les détails, et les habiles au séminaire ne regardent qu'aux détails. Aussi, passait-il déjà parmi ses camarades pour un *esprit fort.* Il avait été trahi par une foule de petites actions.

A leurs yeux, il était convaincu de ce vice énorme, *il pensait, il jugeait par lui-même,* au lieu de suivre aveuglément *l'autorité* et l'exemple. L'abbé Pirard ne lui avait été d'aucun secours ; il ne lui avait pas adressé une seule fois la parole hors du tribunal de la pénitence, où encore il écoutait plus qu'il ne parlait. Il en eût été bien autrement s'il eût choisi l'abbé Castanède.

Du moment que Julien se fut aperçu de sa folie, il ne s'ennuya plus. Il voulut connaître toute l'étendue du mal, et, à cet effet, sortit un peu de ce silence hautain et obstiné avec lequel il repoussait ses camarades. Ce fut alors qu'on se vengea de lui. Ses avances furent accueillies par un mépris qui alla jusqu'à la dérision. Il reconnut que, depuis son entrée au séminaire, il n'y avait pas eu une heure, surtout pendant les récréations, qui n'eût porté conséquence pour ou contre lui, qui n'eût augmenté le nombre de ses ennemis, ou ne lui eût concilié la bienveillance de quelque séminariste sincèrement vertueux ou un peu moins grossier que les autres. Le mal à réparer était immense, la tâche fort

difficile. Désormais l'attention de Julien fut sans cesse
sur ses gardes ; il s'agissait de se dessiner un caractère
tout nouveau.

Les mouvements de ses yeux, par exemple, lui donnèrent beaucoup de peine. Ce n'est pas sans raison qu'en
ces lieux-là on les porte baissés. Quelle n'était pas ma
présomption à Verrières! se disait Julien, je croyais
vivre ; je me préparais seulement à la vie ; me voici
enfin dans le monde, tel que je le trouverai jusqu'à la
fin de mon rôle, entouré de vrais ennemis. Quelle immense difficulté, ajoutait-il, que cette hypocrisie de
chaque minute! c'est à faire pâlir les travaux d'Hercule. L'Hercule des temps modernes, c'est Sixte-Quint
trompant quinze années de suite, par sa modestie,
quarante cardinaux qui l'avaient vu vif et hautain
pendant toute sa jeunesse.

La science n'est donc rien ici! se disait-il avec dépit ;
les progrès dans le dogme, dans l'histoire sacrée, etc.,
ne comptent qu'en apparence. Tout ce qu'on dit à ce
sujet est destiné à faire tomber dans le piège les fous
tels que moi. Hélas! mon seul mérite consistait dans
mes progrès rapides, dans ma façon de saisir ces bali-
vernes. Est-ce qu'au fond ils les estimeraient à leur
vraie valeur? les jugent-ils comme moi? Et j'avais la
sottise d'en être fier! Ces premières places que j'obtiens
toujours n'ont servi qu'à me donner des ennemis acharnés [1]. Chazel, qui a plus de science que moi, jette toujours dans ses compositions quelque balourdise qui le
fait reléguer à la cinquantième place ; s'il obtient la
première, c'est par distraction. Ah! qu'un mot, un seul
mot de M. Pirard m'eût été utile!

Du moment que Julien fut détrompé, les longs
exercices de piété ascétique, tels que le chapelet cinq
fois la semaine, les cantiques au Sacré-Cœur, etc., etc.,
qui lui semblaient si mortellement ennuyeux, devinrent
ses moments d'action les plus intéressants. En réfléchis-
sant sévèrement sur lui-même, et cherchant surtout à
ne pas s'exagérer ses moyens, Julien n'aspira pas d'em-

blée, comme les séminaristes qui servaient de modèle aux autres, à faire à chaque instant des actions *signi-ficatives*, c'est-à-dire prouvant un genre de perfection chrétienne. Au séminaire, il est une façon de manger un œuf à la coque qui annonce les progrès faits dans la vie dévote.

Le lecteur, qui sourit peut-être, daignerait-il se souvenir de toutes les fautes que fit, en mangeant un œuf, l'abbé Delille invité à déjeuner chez une grande dame de la cour de Louis XVI.

Julien chercha d'abord à arriver au *non culpa*, c'est l'état du jeune séminariste dont la démarche, dont la façon de mouvoir les bras, les yeux, etc., n'indiquent à la vérité rien de mondain, mais ne montrent pas encore l'être absorbé par l'idée de l'autre vie et le *pur néant* de celle-ci.

Sans cesse Julien trouvait écrites au charbon, sur les murs des corridors, des phrases telles que celle-ci : qu'est-ce que soixante ans d'épreuves, mis en balance avec une éternité de délices ou une éternité d'huile bouillante en enfer ? Il ne les méprisa plus ; il comprit qu'il fallait les avoir sans cesse devant les yeux. Que ferai-je toute ma vie ? se disait-il, je vendrai aux fidèles une place dans le ciel. Comment cette place leur sera-t-elle rendue visible ? par la différence de mon extérieur et de celui d'un laïc.

Après plusieurs mois d'application de tous les instants, Julien avait encore l'air de *penser*. Sa façon de remuer les yeux et de porter la bouche n'annonçait pas la foi implicite et prête à tout croire et à tout soutenir, même par le martyre. C'était avec colère que Julien se voyait primé dans ce genre par les paysans les plus grossiers. Il y avait de bonnes raisons pour qu'ils n'eussent pas l'air penseur.

Que de peine ne se donnait-il pas pour arriver à cette physionomie de foi fervente et aveugle, prête à tout croire et à tout souffrir, que l'on trouve si fréquemment dans les couvents d'Italie, et dont, à nous autres laïcs,

le Guerchin a laissé de si parfaits modèles dans ses
tableaux d'église *.

Les jours de grande fête, on donnait aux séminaristes
des saucisses avec de la choucroute. Les voisins de table
de Julien observèrent qu'il était insensible à ce bonheur ;
ce fut là un de ses premiers crimes. Ses camarades y
virent un trait odieux de la plus sotte hypocrisie ; rien
ne lui fit plus d'ennemis. Voyez ce bourgeois, voyez ce
dédaigneux, disaient-ils, qui fait semblant de mépriser
la meilleure *pitance*, des saucisses avec de la choucroute !
fi, le vilain ! l'orgueilleux ! le damné [1] !

Hélas ! l'ignorance de ces jeunes paysans, mes camarades, est pour eux un avantage immense, s'écriait
Julien dans ses moments de découragement. A leur
arrivée au séminaire, le professeur n'a point à les délivrer
de ce nombre effroyable d'idées mondaines que j'y
apporte, et qu'ils lisent sur ma figure, quoi que je fasse.

Julien étudiait, avec une attention voisine de l'envie,
les plus grossiers des petits paysans qui arrivaient au séminaire. Au moment où on les dépouillait de leur veste de
ratine pour leur faire endosser la robe noire, leur éducation se bornait à un respect immense et sans bornes
pour l'argent *sec et liquide*, comme on dit en Franche-
Comté.

C'est la manière sacramentelle et héroïque d'exprimer
l'idée sublime d'*argent comptant*.

Le bonheur, pour ces séminaristes comme pour les
héros des romans de Voltaire, consiste surtout à bien
dîner. Julien découvrait chez presque tous un respect
inné pour l'homme qui porte un habit de *drap fin*. Ce
sentiment apprécie la *justice distributive*, telle que nous
la donnent nos tribunaux, à sa valeur et même au-dessous
de sa valeur. Que peut-on gagner, répétaient-ils souvent
entre eux, à plaider contre un *gros* ?

C'est le mot des vallées du Jura, pour exprimer un

---

* Voir au musée du Louvre, François duc d'Aquitaine déposant la
cuirasse et prenant l'habit de moine, n. 1130.

homme riche. Qu'on juge de leur respect pour l'être le plus riche de tous : le gouvernement!

Ne pas sourire avec respect au seul nom de M. le préfet, passe, aux yeux des paysans de la Franche-Comté, pour une imprudence : or, l'imprudence chez le pauvre est rapidement punie par le manque de pain.

Après avoir été comme suffoqué dans les premiers temps par le sentiment du mépris, Julien finit par éprouver de la pitié : il était arrivé souvent aux pères de la plupart de ses camarades de rentrer le soir dans l'hiver à leur chaumière, et de n'y trouver ni pain, ni châtaignes, ni pommes de terre. Qu'y a-t-il donc d'étonnant, se disait Julien, si l'homme heureux, à leurs yeux, est d'abord celui qui vient de bien dîner, et ensuite celui qui possède un bon habit! Mes camarades ont une vocation ferme, c'est-à-dire qu'ils voient dans l'état ecclésiastique une longue continuation de ce bonheur : bien dîner et avoir un habit chaud en hiver.

Il arriva à Julien d'entendre un jeune séminariste, doué d'imagination, dire à son compagnon :

— Pourquoi ne deviendrais-je pas pape comme Sixte-Quint, qui gardait les pourceaux ?

— On ne fait pape que des Italiens, répondit l'ami ; mais pour sûr on tirera au sort parmi nous pour des places de grands vicaires, de chanoines, et peut-être d'évêques. M. P..., évêque de Châlons, est fils d'un tonnelier : c'est l'état de mon père.

Un jour, au milieu d'une leçon de dogme, l'abbé Pirard fit appeler Julien. Le pauvre jeune homme fut ravi de sortir de l'atmosphère physique et morale au milieu de laquelle il était plongé.

Julien trouva chez M. le directeur l'accueil qui l'avait tant effrayé le jour de son entrée au séminaire.

— Expliquez-moi ce qui est écrit sur cette carte à jouer, lui dit-il en le regardant de façon à le faire rentrer sous terre.

Julien lut :

« Amanda Binet, au café de la Girafe, avant huit

heures. Dire que l'on est de Genlis, et le cousin de ma
mère. »

Julien vit l'immensité du danger ; la police de l'abbé
Castanède lui avait volé cette adresse.

— Le jour où j'entrai ici, répondit-il en regardant le
front de l'abbé Pirard, car il ne pouvait supporter son
œil terrible, j'étais tremblant : M. Chélan m'avait dit
que c'était un lieu plein de délations et de méchancetés
de tous les genres ; l'espionnage et la dénonciation entre
camarades y sont encouragés. Le ciel le veut ainsi, pour
montrer la vie telle qu'elle est, aux jeunes prêtres, et
leur inspirer le dégoût du monde et de ses pompes.

— Et c'est à moi que vous faites des phrases, dit
l'abbé Pirard furieux. Petit coquin !

— A Verrières, reprit froidement Julien, mes frères
me battaient lorsqu'ils avaient sujet d'être jaloux de moi...

— Au fait ! au fait ! s'écria M. Pirard, presque hors de
lui.

Sans être le moins du monde intimidé, Julien reprit
sa narration.

— Le jour de mon arrivée à Besançon, vers midi,
j'avais faim, j'entrai dans un café. Mon cœur était rempli
de répugnance pour un lieu si profane ; mais je pensai
que mon déjeuner me coûterait moins cher là qu'à l'auberge. Une dame, qui paraissait la maîtresse de la boutique, eut pitié de mon air novice. Besançon est rempli
de mauvais sujets, me dit-elle, je crains pour vous,
Monsieur. S'il vous arrivait quelque mauvaise affaire,
ayez recours à moi, envoyez chez moi avant huit heures.
Si les portiers du séminaire refusent de faire votre commission, dites que vous êtes mon cousin, et natif de
Genlis...

— Tout ce bavardage va être vérifié, s'écria l'abbé
Pirard, qui, ne pouvant rester en place, se promenait
dans la chambre.

Qu'on se rende dans sa cellule !

L'abbé suivit Julien et l'enferma à clef. Celui-ci se
mit aussitôt à visiter sa malle, au fond de laquelle la

fatale carte était précieusement cachée. Rien ne manquait
dans la malle, mais il y avait plusieurs dérangements ;
cependant la clef ne le quittait jamais. Quel bonheur,
se dit Julien, que, pendant le temps de mon aveuglement, je n'aie jamais accepté la permission de sortir,
que M. Castanède m'offrait si souvent avec une bonté
que je comprends maintenant. Peut-être j'aurais eu la
faiblesse de changer d'habits et d'aller voir la belle
Amanda, je me serais perdu. Quand on a désespéré
de tirer parti du renseignement de cette manière, pour
ne pas le perdre, on en fait une dénonciation.

Deux heures après, le directeur le fit appeler.

— Vous n'avez pas menti, lui dit-il avec un regard
moins sévère ; mais garder une telle adresse est une
imprudence dont vous ne pouvez concevoir la gravité.
Malheureux enfant ! dans dix ans, peut-être, elle vous
portera dommage.

CHAPITRE XXVII

PREMIÈRE EXPÉRIENCE DE LA VIE

> *Le temps présent, grand Dieu ! c'est l'arche
> du Seigneur. Malheur à qui y touche.*
>
> DIDEROT.

Le lecteur voudra bien nous permettre de donner très
peu de faits clairs et précis sur cette époque de la vie de
Julien. Ce n'est pas qu'ils nous manquent, bien au
contraire ; mais, peut-être ce qu'il vit au Séminaire
est-il trop noir pour le coloris modéré que l'on a cherché
à conserver dans ces feuilles. Les contemporains qui

souffrent de certaines choses ne peuvent s'en souvenir qu'avec une horreur qui paralyse tout autre plaisir, même celui de lire un conte.

Julien réussissait peu dans ses essais d'hypocrisie de gestes ; il tomba dans des moments de dégoût et même de découragement complet. Il n'avait pas de succès, et encore dans une vilaine carrière. Le moindre secours extérieur eût suffi pour lui remettre le cœur, la difficulté à vaincre n'était pas bien grande ; mais il était seul comme une barque abandonnée au milieu de l'océan. Et quand je réussirais, se disait-il ; avoir toute une vie à passer en si mauvaise compagnie ! Des gloutons qui ne songent qu'à l'omelette au lard qu'ils dévoreront au dîner, ou des abbés Castanède, pour qui aucun crime n'est trop noir ! Ils parviendront au pouvoir ; mais à quel prix, grand Dieu !

La volonté de l'homme est puissante, je le lis partout ; mais suffit-elle pour surmonter un tel dégoût ? La tâche des grands hommes a été facile ; quelque terrible que fût le danger, ils le trouvaient beau ; et qui peut comprendre, excepté moi, la laideur de ce qui m'environne ?

Ce moment fut le plus éprouvant de sa vie. Il lui était si facile de s'engager dans un des beaux régiments en garnison à Besançon ! Il pouvait se faire maître de latin ; il lui fallait si peu pour sa subsistance ! mais alors plus de carrière, plus d'avenir pour son imagination : c'était mourir. Voici le détail d'une de ses tristes journées.

Ma présomption s'est si souvent applaudie de ce que j'étais différent des autres jeunes paysans ! Eh bien, j'ai assez vécu pour voir que *différence engendre haine*, se disait-il un matin. Cette grande vérité venait de lui être montrée par une de ses plus piquantes irréussites. Il avait travaillé huit jours à plaire à un élève qui vivait en odeur de sainteté. Il se promenait avec lui dans la cour, écoutant avec soumission des sottises à dormir debout. Tout à coup le temps tourna à l'orage, le tonnerre gronda, et le saint élève s'écria, le repoussant d'une façon grossière :

— Écoutez ; chacun pour soi dans ce monde, je ne
veux pas être brûlé par le tonnerre : Dieu peut vous
foudroyer comme un impie, comme un Voltaire.

Les dents serrées de rage et les yeux ouverts vers le
ciel sillonné par la foudre : je mériterais d'être submergé,
si je m'endors pendant la tempête! s'écria Julien. Essayons la conquête de quelque autre cuistre.

Le cours d'histoire sacrée de l'abbé Castanède sonna.

A ces jeunes paysans si effrayés du travail pénible et
de la pauvreté de leurs pères, l'abbé Castanède enseignait ce jour-là que cet être si terrible à leurs yeux, le
gouvernement, n'avait de pouvoir réel et légitime qu'en
vertu de la délégation du vicaire de Dieu sur la terre.

Rendez-vous dignes des bontés du pape par la sainteté de votre vie, par votre obéissance, soyez *comme un
bâton entre ses mains*, ajoutait-il, et vous allez obtenir
une place superbe où vous commanderez en chef, loin
de tout contrôle ; une place inamovible, dont le gouvernement paie le tiers des appointements, et les fidèles,
formés par vos prédications, les deux autres tiers.

Au sortir de son cours, M. Castanède s'arrêta dans
la cour.

— C'est bien d'un curé que l'on peut dire : tant vaut
l'homme, tant vaut la place, disait-il aux élèves qui
faisaient cercle autour de lui. J'ai connu, moi qui vous
parle, des paroisses de montagne dont le casuel valait
mieux que celui de bien des curés de ville. Il y avait
autant d'argent, sans compter les chapons gras, les
œufs, le beurre frais et mille agréments de détail ; et là
le curé est le premier sans contredit : point de bon repas
où il ne soit invité, fêté, etc.

A peine M. Castanède fut-il remonté chez lui, que les
élèves se divisèrent en groupes. Julien n'était d'aucun ;
on le laissait comme une brebis galeuse. Dans tous les
groupes, il voyait un élève jeter un sol en l'air, et s'il
devinait juste au jeu de croix ou pile, ses camarades en
concluaient qu'il aurait bientôt une de ces cures à riche
casuel.

Vinrent ensuite les anecdotes. Tel jeune prêtre, à peine ordonné depuis un an, ayant offert un lapin privé à la servante d'un vieux curé, il avait obtenu d'être demandé pour vicaire, et, peu de mois après, car le curé était mort bien vite, l'avait remplacé dans la bonne cure. Tel autre avait réussi à se faire désigner pour successeur à la cure d'un gros bourg fort riche, en assistant à tous les repas du vieux curé paralytique, et lui découpant ses poulets avec grâce.

Les séminaristes, comme les jeunes gens dans toutes les carrières, s'exagèrent l'effet de ces petits moyens qui ont de l'extraordinaire et frappent l'imagination.

Il faut, se disait Julien, que je me fasse à ces conversations. Quand on ne parlait pas de saucisses et de bonnes cures, on s'entretenait de la partie mondaine des doctrines ecclésiastiques ; des différends des évêques et des préfets, des maires et des curés. Julien voyait apparaître l'idée d'un second Dieu, mais d'un Dieu bien plus à craindre et bien plus puissant que l'autre ; ce second Dieu était le pape. On se disait, mais en baissant la voix, et quand on était bien sûr de n'être pas entendu par M. Pirard, que si le pape ne se donne pas la peine de nommer tous les préfets et tous les maires de France, c'est qu'il a commis à ce soin le roi de France, en le nommant fils aîné de l'Église.

Ce fut vers ce temps que Julien crut pouvoir tirer parti pour sa considération du livre du *Pape*, par M. de Maistre. A vrai dire, il étonna ses camarades ; mais ce fut encore un malheur. Il leur déplut en exposant mieux qu'eux-mêmes leurs propres opinions. M. Chélan avait été imprudent pour Julien comme il l'était pour lui-même. Après lui avoir donné l'habitude de raisonner juste et de ne pas se laisser payer de vaines paroles, il avait négligé de lui dire que, chez l'être peu considéré, cette habitude est un crime ; car tout bon raisonnement offense.

Le bien dire de Julien lui fut donc un nouveau crime. Ses camarades, à force de songer à lui, parvinrent à

exprimer d'un seul mot toute l'horreur qu'il leur inspirait : ils le surnommèrent MARTIN LUTHER ; surtout, disaient-ils, à cause de cette infernale logique
qui le rend si fier.

Plusieurs jeunes séminaristes avaient des couleurs
plus fraîches et pouvaient passer pour plus jolis garçons
que Julien ; mais il avait les mains blanches et ne pouvait cacher certaines habitudes de propreté délicate.
Cet avantage n'en était pas un dans la triste maison où
le sort l'avait jeté. Les sales paysans au milieu desquels
il vivait déclarèrent qu'il avait des mœurs fort relâchées.
Nous craignons de fatiguer le lecteur du récit des mille
infortunes de notre héros. Par exemple, les plus vigoureux de ses camarades voulurent prendre l'habitude
de le battre ; il fut obligé de s'armer d'un compas de
fer et d'annoncer, mais par signes, qu'il en ferait usage.
Les signes ne peuvent pas figurer, dans un rapport
d'espion, aussi avantageusement que des paroles.

CHAPITRE XXVIII

UNE PROCESSION

> *Tous les cœurs étaient émus. La présence de*
> *Dieu semblait descendue dans ces rues étroites*
> *et gothiques, tendues de toutes parts, et bien*
> *sablées par les soins des fidèles.*
>
> YOUNG.

Julien avait beau se faire petit et sot, il ne pouvait
plaire, il était trop différent. Cependant, se disait-il,
tous ces professeurs sont gens très fins et choisis entre
mille ; comment n'aiment-ils pas mon humilité ? Un

seul lui semblait abuser de sa complaisance à tout croire
et à sembler dupe de tout. C'était l'abbé Chas-Bernard,
directeur des cérémonies de la cathédrale, où, depuis
quinze ans, on lui faisait espérer une place de chanoine ;
en attendant, il enseignait l'éloquence sacrée au séminaire. Dans le temps de son aveuglement, ce cours était
un de ceux où Julien se trouvait le plus habituellement
le premier. L'abbé Chas était parti de là pour lui témoigner de l'amitié, et, à la sortie de son cours, il le prenait
volontiers sous le bras pour faire quelques tours de
jardin.

Où veut-il en venir, se disait Julien ? Il voyait avec
étonnement que, pendant des heures entières, l'abbé
Chas lui parlait des ornements possédés par la cathédrale. Elle avait dix-sept chasubles galonnées, outre
les ornements de deuil. On espérait beaucoup de la
vieille présidente de Rubempré ; cette dame âgée de
quatre-vingt-dix ans, conservait, depuis soixante-dix
ans au moins, ses robes de noce, en superbes étoffes de
Lyon, brochées d'or. Figurez-vous, mon ami, disait
l'abbé Chas en s'arrêtant tout court et ouvrant de
grands yeux, que ces étoffes se tiennent droites, tant il
y a d'or. On croit généralement dans Besançon que,
par le testament de la présidente le *trésor* de la cathédrale
sera augmenté de plus de dix chasubles, sans compter
quatre ou cinq chapes pour les grandes fêtes. Je vais
plus loin, ajoutait l'abbé Chas en baissant la voix, j'ai
des raisons pour penser que la présidente nous laissera
huit magnifiques flambeaux d'argent doré, que l'on
suppose avoir été achetés en Italie, par le duc de Bourgogne, Charles le Téméraire, dont un de ses ancêtres
fut le ministre favori.

Mais où cet homme veut-il en venir avec toute cette
friperie, pensait Julien ? Cette préparation adroite dure
depuis un siècle, et rien ne paraît. Il faut qu'il se méfie
bien de moi ! Il est plus adroit que tous les autres, dont
en quinze jours on devine si bien le but secret. Je comprends, l'ambition de celui-ci souffre depuis quinze ans !

Un soir, au milieu de la leçon d'armes, Julien fut appelé chez l'abbé Pirard, qui lui dit :

— C'est demain la fête du *Corpus Domini* (la Fête-Dieu). M. l'abbé Chas-Bernard a besoin de vous pour l'aider à orner la cathédrale, allez et obéissez.

L'abbé Pirard le rappela, et de l'air de la commisération, ajouta :

— C'est à vous de voir si vous voulez profiter de l'occasion pour vous écarter dans la ville.

— *Incedo per ignes*, répondit Julien (j'ai des ennemis cachés).

Le lendemain, dès le grand matin, Julien se rendit à la cathédrale, les yeux baissés. L'aspect des rues et de l'activité qui commençait à régner dans la ville lui fit du bien. De toutes parts, on tendait le devant des maisons pour la procession. Tout le temps qu'il avait passé au séminaire ne sembla plus qu'un instant. Sa pensée était à Vergy et à cette jolie Amanda Binet qu'il pouvait rencontrer, car son café n'était pas bien éloigné. Il aperçut de loin l'abbé Chas-Bernard sur la porte de sa chère cathédrale ; c'était un gros homme à face réjouie et à l'air ouvert. Ce jour-là il était triomphant : je vous attendais, mon cher fils, s'écria-t-il, du plus loin qu'il vit Julien, soyez le bienvenu. La besogne de cette journée sera longue et rude, fortifions-nous par un premier déjeuner ; le second viendra à dix heures pendant la grand-messe.

— Je désire, monsieur, lui dit Julien d'un air grave, n'être pas un instant seul ; daignez remarquer, ajouta-t-il en lui montrant l'horloge au-dessus de leur tête, que j'arrive à cinq heures moins une minute.

— Ah ! ces petits méchants du séminaire vous font peur ! Vous êtes bien bon de penser à eux, dit l'abbé Chas ; un chemin est-il moins beau parce qu'il y a des épines dans les haies qui le bordent ? Les voyageurs font route et laissent les épines méchantes se morfondre à leur place. Du reste, à l'ouvrage, mon cher ami, à l'ouvrage !

L'abbé Chas avait raison de dire que la besogne serait

rude. Il y avait eu la veille une grande cérémonie funèbre à la cathédrale ; l'on n'avait pu rien préparer ;
il fallait donc en une seule matinée, revêtir tous les
piliers gothiques qui forment les trois nefs d'une sorte
d'habit de damas rouge qui monte à trente pieds de
hauteur. M. l'évêque avait fait venir par la malle-poste,
quatre tapissiers de Paris, mais ces messieurs ne pouvaient suffire à tout, et loin d'encourager la maladresse
de leurs camarades bisontins, ils la redoublaient en se
moquant d'eux.

Julien vit qu'il fallait monter à l'échelle lui-même, son
agilité le servit bien. Il se chargea de diriger les tapissiers
de la ville. L'abbé Chas enchanté le regardait voltiger
d'échelle en échelle. Quand tous les piliers furent revê-
tus de damas, il fut question d'aller placer cinq énormes
bouquets de plumes sur le grand baldaquin, au-dessus
du maître-autel. Un riche couronnement de bois doré
est soutenu par huit grandes colonnes torses en marbre
d'Italie. Mais, pour arriver au centre du baldaquin,
au-dessus du tabernacle, il fallait marcher sur une
vieille corniche en bois, peut-être vermoulue et à quarante pieds d'élévation.

L'aspect de ce chemin ardu avait éteint la gaîté si
brillante jusque-là des tapissiers parisiens ; ils regardaient d'en bas, discutaient beaucoup et ne montaient
pas. Julien se saisit des bouquets de plumes, et monta
l'échelle en courant. Il les plaça fort bien sur l'ornement en forme de couronne, au centre du baldaquin.
Comme il descendait de l'échelle, l'abbé Chas-Bernard
le serra dans ses bras :

— *Optime*, s'écria le bon prêtre, je conterai ça à
Monseigneur.

Le déjeuner de dix heures fut très gai. Jamais l'abbé
Chas n'avait vu son église si belle.

— Cher disciple, disait-il à Julien, ma mère était
loueuse de chaises dans cette vénérable basilique, de
sorte que j'ai été nourri dans ce grand édifice. La Terreur
de Robespierre nous ruina ; mais, à huit ans que j'avais

alors, je servais déjà des messes en chambre, et l'on me nourrissait le jour de la messe. Personne ne savait plier une chasuble mieux que moi, jamais les galons n'étaient coupés. Depuis le rétablissement du culte par Napoléon, j'ai le bonheur de tout diriger dans cette vénérable métropole. Cinq fois par an, mes yeux la voient parée de ces ornements si beaux. Mais jamais elle n'a été si resplendissante, jamais les lés de damas n'ont été aussi bien attachés qu'aujourd'hui, aussi collants aux piliers.

— Enfin, il va me dire son secret, pensa Julien, le voilà qui me parle de lui ; il y a épanchement. Mais rien d'imprudent ne fut dit par cet homme évidemment exalté. Et pourtant il a beaucoup travaillé, il est heureux, se dit Julien, le bon vin n'a pas été épargné. Quel homme ! quel exemple pour moi ! à lui le pompon. (C'était un mauvais mot qu'il tenait du vieux chirurgien.)

Comme le *Sanctus* de la grand-messe sonna, Julien voulut prendre un surplis pour suivre l'évêque à la superbe procession.

— Et les voleurs, mon ami, et les voleurs ! s'écria l'abbé Chas, vous n'y pensez pas. La procession va sortir ; l'église restera déserte ; nous veillerons, vous et moi. Nous serons bien heureux s'il ne nous manque qu'une couple d'aunes de ce beau galon qui environne le bas des piliers. C'est encore un don de Mme de Rubempré ; il provient du fameux comte son bisaïeul ; c'est de l'or pur, mon cher ami, ajouta l'abbé en lui parlant à l'oreille, et d'un air évidemment exalté, rien de faux ! Je vous charge de l'inspection de l'aile du nord, n'en sortez pas. Je garde pour moi l'aile du midi et la grand-nef. Attention aux confessionnaux ; c'est de là que les espionnes des voleurs épient le moment où nous avons le dos tourné.

Comme il achevait de parler, onze heures trois quarts sonnèrent, aussitôt la grosse cloche se fit entendre. Elle sonnait à pleine volée ; ces sons si pleins et si solen-

nels émurent Julien. Son imagination n'était plus sur
la terre.

L'odeur de l'encens et des feuilles de roses jetées devant le saint sacrement, par les petits enfants déguisés
en saint Jean, acheva de l'exalter.

Les sons si graves de cette cloche n'auraient dû
réveiller chez Julien que l'idée du travail de vingt
hommes payés à cinquante centimes et aidés peut-être
par quinze ou vingt fidèles. Il eût dû penser à l'usure des
cordes, à celle de la charpente, au danger de la cloche
elle-même qui tombe tous les deux siècles, et réfléchir
au moyen de diminuer le salaire des sonneurs, ou de les
payer par quelque indulgence ou autre grâce tirée des
trésors de l'Église, et qui n'aplatit pas sa bourse.

Au lieu de ces sages réflexions, l'âme de Julien,
exaltée par ces sons si mâles et si pleins, errait dans les
espaces imaginaires [1]. Jamais il ne fera ni un bon prêtre,
ni un grand administrateur. Les âmes qui s'émeuvent
ainsi sont bonnes tout au plus à produire un artiste.
Ici éclate dans tout son jour la présomption de Julien.
Cinquante, peut-être, des séminaristes ses camarades,
rendus attentifs au réel de la vie par la haine publique
et le jacobinisme qu'on leur montre en embuscade
derrière chaque haie, en entendant la grosse cloche de
la cathédrale, n'auraient songé qu'au salaire des
sonneurs. Ils auraient examiné avec le génie de Barême
si le degré d'émotion du public valait l'argent qu'on
donnait aux sonneurs. Si Julien eût voulu songer aux
intérêts matériels de la cathédrale, son imagination,
s'élançant au-delà du but, aurait pensé à économiser
quarante francs à la fabrique, et laissé perdre l'occasion
d'éviter une dépense de vingt-cinq centimes.

Tandis que, par le plus beau jour du monde, la procession parcourait lentement Besançon, et s'arrêtait aux
brillants reposoirs élevés à l'envi par toutes les autorités,
l'église était restée dans un profond silence. Une demi-
obscurité, une agréable fraîcheur y régnaient ; elle était
encore embaumée par le parfum des fleurs et de l'encens.

Le silence, la solitude profonde, la fraîcheur des longues nefs rendaient plus douce la rêverie de Julien. Il ne
craignait point d'être troublé par l'abbé Chas, occupé
dans une autre partie de l'édifice. Son âme avait
presque abandonné son enveloppe mortelle, qui se promenait à pas lents dans l'aile du nord confiée à sa surveillance. Il était d'autant plus tranquille, qu'il s'était
assuré qu'il n'y avait dans les confessionnaux que
quelques femmes pieuses ; son œil regardait sans voir.

Cependant sa distraction fut à demi vaincue par
l'aspect de deux femmes fort bien mises qui étaient à
genoux, l'une dans un confessionnal, et l'autre, tout
près de la première, sur une chaise. Il regardait sans
voir ; cependant, soit sentiment vague de ses devoirs,
soit admiration pour la mise noble et simple de ces
dames, il remarqua qu'il n'y avait pas de prêtre dans ce
confessionnal. Il est singulier, pensa-t-il, que ces belles
dames ne soient pas à genoux devant quelque reposoir,
si elles sont dévotes ; ou placées avantageusement au
premier rang de quelque balcon, si elles sont du monde.
Comme cette robe est bien prise ! quelle grâce ! Il ralentit le pas pour chercher à les voir [1].

Celle qui était à genoux dans le confessionnal détourna
un peu la tête en entendant le bruit des pas de Julien au
milieu de ce grand silence. Tout à coup elle jeta un
petit cri, et se trouva mal [2].

En perdant ses forces, cette dame à genoux tomba en
arrière, son amie, qui était près d'elle, s'élança pour la
secourir. En même temps Julien vit les épaules de la
dame qui tombaient en arrière. Un collier de grosses
perles fines en torsade, de lui bien connu, frappa ses
regards. Que devint-il en reconnaissant la chevelure de
Mme de Rênal ! c'était elle. La dame qui cherchait à lui
soutenir la tête et à l'empêcher de tomber tout à fait,
était Mme Derville. Julien, hors de lui, s'élança ; la
chute de Mme de Rênal eût peut-être entraîné son amie,
si Julien ne les eût soutenues. Il vit la tête de Mme de
Rênal pâle, absolument privée de sentiment, flottant

sur son épaule. Il aida Mme Derville à placer cette tête
charmante sur l'appui d'une chaise de paille ; il était à
genoux.

Mme Derville se retourna et le reconnut :

— Fuyez, Monsieur, fuyez! lui dit-elle avec l'accent
de la plus vive colère. Que surtout elle ne vous revoie
pas. Votre vue doit en effet lui faire horreur, elle était
si heureuse avant vous! Votre procédé est atroce. Fuyez ;
éloignez-vous, s'il vous reste quelque pudeur.

Ce mot fut dit avec tant d'autorité, et Julien était si
faible dans ce moment, qu'il s'éloigna. Elle m'a toujours
haï, se dit-il en pensant à Mme Derville.

Au même instant, le chant nasillard des premiers
prêtres de la procession retentit dans l'église ; elle rentrait. L'abbé Chas-Bernard appela plusieurs fois Julien,
qui d'abord ne l'entendit pas : il vint enfin le prendre par
le bras derrière un pilier, où Julien s'était réfugié à demi
mort. Il voulait le présenter à l'évêque.

— Vous vous trouvez mal, mon enfant, lui dit l'abbé
en le voyant si pâle et presque hors d'état de marcher ;
vous avez trop travaillé. L'abbé lui donna le bras. Venez,
asseyez-vous sur ce petit banc du donneur d'eau bénite,
derrière moi ; je vous cacherai. Ils étaient alors à côté
de la grande porte. Tranquillisez-vous, nous avons encore
vingt bonnes minutes avant que Monseigneur ne paraisse. Tâchez de vous remettre ; quand il passera, je
vous soulèverai, car je suis fort et vigoureux, malgré
mon âge.

Mais quand l'évêque passa, Julien était tellement
tremblant, que l'abbé Chas renonça à l'idée de le présenter.

— Ne vous affligez pas trop, lui dit-il, je retrouverai
une occasion.

Le soir, il fit porter à la chapelle du séminaire dix livres
de cierges économisés, dit-il, par les soins de Julien, et
la rapidité avec laquelle il avait fait éteindre. Rien de
moins vrai. Le pauvre garçon était éteint lui-même ; il
n'avait pas eu une idée depuis la vue de Mme de Rênal.

CHAPITRE XXIX

LE PREMIER AVANCEMENT

Il a connu son siècle, il a connu son départe-
ment, et il est riche.

LE PRÉCURSEUR [1].

Julien n'était pas encore revenu de la rêverie profonde où l'avait plongé l'événement de la cathédrale,
lorsqu'un matin le sévère abbé Pirard le fit appeler.

— Voilà M. l'abbé Chas-Bernard qui m'écrit en votre
faveur. Je suis assez content de l'ensemble de votre
conduite. Vous êtes extrêmement imprudent et même
étourdi, sans qu'il y paraisse ; cependant, jusqu'ici le
cœur est bon et même généreux ; l'esprit est supérieur.
Au total, je vois en vous une étincelle qu'il ne faut pas
négliger.

Après quinze ans de travaux, je suis sur le point de
sortir de cette maison : mon crime est d'avoir laissé les
séminaristes à leur libre arbitre, et de n'avoir ni protégé, ni desservi cette société secrète dont vous m'avez
parlé au tribunal de la pénitence. Avant de partir, je
veux faire quelque chose pour vous ; j'aurais agi deux
mois plus tôt, car vous le méritez, sans la dénonciation
fondée sur l'adresse d'Amanda Binet, trouvée chez
vous. Je vous fais répétiteur pour le Nouveau et l'Ancien Testament.

Julien, transporté de reconnaissance, eut bien l'idée
de se jeter à genoux et de remercier Dieu ; mais il céda
à un mouvement plus vrai. Il s'approcha de l'abbé
Pirard et lui prit la main, qu'il porta à ses lèvres.

— Qu'est ceci ? s'écria le directeur d'un air fâché ;

mais les yeux de Julien en disaient encore plus que son
action.

L'abbé Pirard le regarda avec étonnement, tel qu'un
homme qui, depuis longues années, a perdu l'habitude
de rencontrer des émotions délicates. Cette attention
trahit le directeur ; sa voix s'altéra.

— Eh bien! oui, mon enfant, je te suis attaché. Le
ciel sait que c'est bien malgré moi. Je devrais être juste,
et n'avoir ni haine, ni amour pour personne. Ta carrière
sera pénible. Je vois en toi quelque chose qui offense le
vulgaire. La jalousie et la calomnie te poursuivront. En
quelque lieu que la Providence te place, tes compagnons
ne te verront jamais sans te haïr ; et s'ils feignent de
t'aimer ce sera pour te trahir plus sûrement. A cela il n'y
a qu'un remède : n'aie recours qu'à Dieu, qui t'a donné,
pour te punir de ta présomption, cette nécessité d'être
haï ; que ta conduite soit pure ; c'est la seule ressource
que je te voie. Si tu tiens à la vérité d'une étreinte invincible, tôt ou tard tes ennemis seront confondus.

Il y avait si longtemps que Julien n'avait entendu
une voix amie, qu'il faut lui pardonner une faiblesse ;
il fondit en larmes. L'abbé Pirard lui ouvrit les bras ;
ce moment fut bien doux pour tous les deux.

Julien était fou de joie ; cet avancement était le
premier qu'il obtenait ; les avantages étaient immenses.
Pour les concevoir, il faut avoir été condamné à passer
des mois entiers sans un instant de solitude, et dans un
contact immédiat avec des camarades pour le moins
importuns, et la plupart intolérables. Leurs cris seuls
eussent suffi pour porter le désordre dans une organisa-
tion délicate. La joie bruyante de ces paysans bien
nourris et bien vêtus ne savait jouir d'elle-même, ne se
croyait entière que lorsqu'ils criaient de toute la force
de leurs poumons.

Maintenant, Julien dînait seul, ou à peu près, une
heure plus tard que les autres séminaristes. Il avait une
clef du jardin et pouvait s'y promener aux heures où il
est désert.

A son grand étonnement, Julien s'aperçut qu'on le haïssait moins ; il s'attendait au contraire, à un redoublement de haine. Ce désir secret qu'on ne lui adressât pas la parole, qui était trop évident et lui valait tant d'ennemis, ne fut plus une marque de hauteur ridicule. Aux yeux des êtres grossiers qui l'entouraient, ce fut un juste sentiment de sa dignité. La haine diminua sensiblement, surtout parmi les plus jeunes de ses camarades devenus ses élèves, et qu'il traitait avec beaucoup de politesse. Peu à peu il eut même des partisans ; il devint de mauvais ton de l'appeler Martin Luther.

Mais à quoi bon nommer ses amis, ses ennemis ? Tout cela est laid, et d'autant plus laid que le dessein est plus vrai. Ce sont cependant là les seuls professeurs de morale qu'ait le peuple, et sans eux que deviendrait-il ? Le journal pourra-t-il jamais remplacer le curé ?

Depuis la nouvelle dignité de Julien, le directeur du séminaire affecta de ne lui parler jamais sans témoins. Il y avait dans cette conduite prudence pour le maître, comme pour le disciple ; mais il y avait surtout *épreuve*. Le principe invariable du sévère janséniste Pirard était : Un homme a-t-il du mérite à vos yeux ? mettez obstacle à tout ce qu'il désire, à tout ce qu'il entreprend. Si le mérite est réel, il saura bien renverser ou tourner les obstacles.

C'était le temps de la chasse. Fouqué eut l'idée d'envoyer au séminaire un cerf et un sanglier de la part des parents de Julien. Les animaux morts furent déposés dans le passage, entre la cuisine et le réfectoire. Ce fut là que tous les séminaristes les virent en allant dîner. Ce fut un grand objet de curiosité. Le sanglier, tout mort qu'il était, faisait peur aux plus jeunes ; ils touchaient ses défenses. On ne parla d'autre chose pendant huit jours.

Ce don, qui classait la famille de Julien dans la partie de la société qu'il faut respecter, porta un coup mortel à l'envie. Il fut une supériorité consacrée par la fortune. Chazel et les plus distingués des séminaristes lui firent

des avances, et se seraient presque plaints à lui de ce
qu'il ne les avait pas avertis de la fortune de ses parents,
et les avait ainsi exposés à manquer de respect à l'argent.

Il y eut une conscription dont Julien fut exempté
en sa qualité de séminariste. Cette circonstance l'émut
profondément. Voilà donc passé à jamais l'instant où,
vingt ans plus tôt, une vie héroïque eût commencé
pour moi !

Il se promenait seul dans le jardin du séminaire, il
entendit parler entre eux des maçons qui travaillaient
au mur de clôture.

— Eh bien ! y faut partir, v'là une nouvelle conscription.

— Dans le temps *de l'autre*, à la bonne heure ! un
maçon y devenait officier, y devenait général, on a vu
ça.

— Va-t'en voir maintenant ! il n'y a que les gueux qui
partent. Celui qui a *de quoi* reste au pays.

— Qui est né misérable, reste misérable, et v'là.

— Ah, ça, est-ce bien vrai ce qu'ils disent, que l'autre
est mort ? reprit un troisième maçon.

— Ce sont les gros qui disent ça, vois-tu ! l'autre leur
faisait peur.

— Quelle différence, comme l'ouvrage allait de son
temps ! Et dire qu'il a été trahi par ses maréchaux !
Faut-y être traître !

Cette conversation consola un peu Julien. En s'éloignant, il répétait avec un soupir :

Le seul roi dont le peuple ait gardé la mémoire !

Le temps des examens arriva. Julien répondit d'une
façon brillante ; il vit que Chazel lui-même cherchait à
montrer tout son savoir.

Le premier jour, les examinateurs nommés par le
fameux grand vicaire de Frilair furent très contrariés de
devoir toujours porter le premier, ou tout au plus le
second, sur leur liste, ce Julien Sorel, qui leur était
signalé comme le benjamin de l'abbé Pirard. Il y eut

des paris au séminaire, que, dans la liste de l'examen
général, Julien aurait le numéro premier, ce qui emportait l'honneur de dîner chez Monseigneur l'évêque. Mais
à la fin d'une séance, où il avait été question des Pères
de l'Église, un examinateur adroit, après avoir interrogé
Julien sur saint Jérôme, et sa passion pour Cicéron, vint
à parler d'Horace, de Virgile et des autres auteurs profanes. A l'insu de ses camarades, Julien avait appris
par cœur un grand nombre de passages de ces auteurs.
Entraîné par ses succès, il oublia le lieu où il était, et,
sur la demande réitérée de l'examinateur, récita et para-
phrasa avec feu plusieurs odes d'Horace. Après l'avoir
laissé s'enferrer pendant vingt minutes, tout à coup
l'examinateur changea de visage et lui reprocha avec
aigreur le temps qu'il avait perdu à ces études profanes
et les idées inutiles ou criminelles qu'il s'était mises
dans la tête.

— Je suis un sot, monsieur, et vous avez raison, dit
Julien d'un air modeste, en reconnaissant le stratagème
adroit dont il était victime.

Cette ruse de l'examinateur fut trouvée sale, même au
séminaire, ce qui n'empêcha pas M. l'abbé de Frilair[1], cet
homme adroit qui avait organisé si savamment le réseau
de la congrégation bisontine, et dont les dépêches à
Paris faisaient trembler juges, préfet, et jusqu'aux
officiers généraux de la garnison, de placer de sa main
puissante, le numéro 198 à côté du nom de Julien. Il
avait de la joie à mortifier ainsi son ennemi, le janséniste Pirard.

Depuis dix ans, sa grande affaire était de lui enlever la
direction du séminaire. Cet abbé, suivant pour lui-
même le plan de conduite qu'il avait indiqué à Julien,
était sincère, pieux, sans intrigues, attaché à ses devoirs.
Mais le ciel, dans sa colère, lui avait donné ce tempérament bilieux, fait pour sentir profondément les injures
et la haine. Aucun des outrages qu'on lui adressait n'était
perdu pour cette âme ardente. Il eût cent fois donné sa
démission, mais il se croyait utile dans le poste où la

Providence l'avait placé. J'empêche les progrès du
jésuitisme et de l'idolâtrie, se disait-il.

A l'époque des examens, il y avait deux mois peut-
être qu'il n'avait parlé à Julien, et cependant il fut
malade pendant huit jours, quand, en recevant la lettre
officielle annonçant le résultat du concours, il vit le
numéro 198 placé à côté du nom de cet élève qu'il
regardait comme la gloire de sa maison. La seule consolation pour ce caractère sévère fut de concentrer sur
Julien tous ses moyens de surveillance. Ce fut avec
ravissement qu'il ne découvrit en lui ni colère, ni projet
de vengeance, ni découragement.

Quelques semaines après, Julien tressaillit en recevant
une lettre ; elle portait le timbre de Paris. Enfin, pensa-
t-il, Mme de Rênal se souvient de ses promesses. Un
monsieur qui signait Paul Sorel, et qui se disait son
parent, lui envoyait une lettre de change de cinq cents
francs. On ajoutait que si Julien continuait à étudier
avec succès les bons auteurs latins, une somme pareille
lui serait adressée chaque année.

C'est elle, c'est sa bonté ! se dit Julien attendri, elle
veut me consoler ; mais pourquoi pas une seule parole
d'amitié ?

Il se trompait sur cette lettre, Mme de Rênal, dirigée
par son amie Mme Derville, était tout entière à ses
remords profonds. Malgré elle, elle pensait souvent à
l'être singulier dont la rencontre avait bouleversé son
existence, mais se fût bien gardée de lui écrire.

Si nous parlions le langage du séminaire, nous pour-
rions reconnaître un miracle dans cet envoi de cinq
cents francs, et dire que c'était de M. de Frilair lui-
même, que le ciel se servait pour faire ce don à Julien.

Douze années auparavant, M. l'abbé de Frilair était
arrivé à Besançon avec un portemanteau des plus exigus,
lequel, suivant la chronique, contenait toute sa fortune.
Il se trouvait maintenant l'un des plus riches propriétaires du département. Dans le cours de ses prospérités,
il avait acheté la moitié d'une terre, dont l'autre partie

échut par héritage à M. de La Mole. De là un grand procès entre ces personnages.

Malgré sa brillante existence à Paris, et les emplois
qu'il avait à la cour, M. le marquis de La Mole sentit
qu'il était dangereux de lutter à Besançon contre un
grand vicaire qui passait pour faire et défaire les préfets.
Au lieu de solliciter une gratification de cinquante mille
francs, déguisée sous un nom quelconque admis par le
budget, et d'abandonner à l'abbé de Frilair ce chétif
procès de cinquante mille francs, le marquis se piqua.
Il croyait avoir raison : belle raison !

Or, s'il est permis de le dire : quel est le juge qui n'a
pas un fils ou du moins un cousin à pousser dans le
monde ?

Pour éclairer les plus aveugles, huit jours après le
premier arrêt qu'il obtint, M. l'abbé de Frilair prit le
carrosse de Monseigneur l'évêque, et alla lui-même porter la croix de la Légion d'honneur à son avocat. M. de
La Mole un peu étourdi de la contenance de sa partie
adverse, et sentant faiblir ses avocats, demanda des
conseils à l'abbé Chélan, qui le mit en relation avec
M. Pirard.

Ces relations avaient duré plusieurs années à l'époque
de notre histoire. L'abbé Pirard porta son caractère
passionné dans cette affaire. Voyant sans cesse les
avocats du marquis, il étudia sa cause, et la trouvant
juste, il devint ouvertement le solliciteur du marquis de
La Mole contre le tout-puissant grand vicaire. Celui-ci
fut outré de l'insolence, et de la part d'un petit janséniste
encore !

Voyez ce que c'est que cette noblesse de cour qui se
prétend si puissante ! disait, à ses intimes, l'abbé de
Frilair. M. de La Mole n'a pas seulement envoyé une
misérable croix à son agent à Besançon, et va le laisser
platement destituer. Cependant, m'écrit-on, ce noble
pair ne laisse pas passer de semaine sans aller étaler son
cordon bleu dans le salon du garde des sceaux, quel qu'il
soit.

Malgré toute l'activité de l'abbé Pirard, et quoique
M. de La Mole fût toujours au mieux avec le ministre
de la justice et surtout avec ses bureaux, tout ce qu'il
avait pu faire, après six années de soins, avait été de ne
pas perdre absolument son procès.

Sans cesse en correspondance avec l'abbé Pirard, pour
une affaire qu'ils suivaient tous les deux avec passion, le
marquis finit par goûter le genre d'esprit de l'abbé. Peu
à peu, malgré l'immense distance des positions sociales,
leur correspondance prit le ton de l'amitié. L'abbé Pirard
disait au marquis qu'on voulait l'obliger, à force d'ava-
nies, à donner sa démission. Dans la colère que lui inspira
le stratagème infâme, suivant lui, employé contre Julien,
il conta son histoire au marquis.

Quoique fort riche, ce grand seigneur n'était point
avare. De la vie, il n'avait pu faire accepter à l'abbé
Pirard, même le remboursement des frais de poste
occasionnés par le procès. Il saisit l'idée d'envoyer
cinq cent francs à son élève favori.

M. de La Mole se donna la peine d'écrire lui-même la
lettre d'envoi. Cela le fit penser à l'abbé.

Un jour, celui-ci reçut un petit billet qui, pour affaire
pressante, l'engageait à passer, sans délai, dans une
auberge du faubourg de Besançon. Il y trouva l'intendant
de M. de La Mole.

— M. le marquis m'a chargé de vous amener sa
calèche, lui dit cet homme. Il espère qu'après avoir lu
cette lettre, il vous conviendra de partir pour Paris, dans
quatre ou cinq jours. Je vais employer le temps que
vous voudrez bien m'indiquer à parcourir les terres de
M. le marquis, en Franche-Comté. Après quoi, le jour
qui vous conviendra, nous partirons pour Paris.

La lettre était courte :

« Débarrassez-vous, mon cher monsieur, de toutes
les tracasseries de province, venez respirer un air
tranquille, à Paris. Je vous envoie ma voiture, qui a
l'ordre d'attendre votre détermination, pendant quatre
jours. Je vous attendrai moi-même, à Paris, jusqu'à

mardi. Il ne me faut qu'un oui, de votre part, monsieur,
pour accepter, en votre nom, une des meilleures cures
des environs de Paris. Le plus riche de vos futurs paroissiens ne vous a jamais vu, mais vous est dévoué plus
que vous ne pouvez le croire, c'est le marquis de La
Mole. »

Sans s'en douter, le sévère abbé Pirard aimait ce
séminaire, peuplé de ses ennemis, et auquel, depuis
quinze ans, il consacrait toutes ses pensées. La lettre
de M. de La Mole fut pour lui comme l'apparition du
chirurgien chargé de faire une opération cruelle et
nécessaire. Sa destitution était certaine. Il donna rendez-
vous à l'intendant à trois jours de là.

Pendant quarante-huit heures, il eut la fièvre d'incertitude. Enfin, il écrivit à M. de La Mole, et composa,
pour Monseigneur l'évêque, une lettre, chef-d'œuvre de
style ecclésiastique, mais un peu longue. Il eût été difficile de trouver des phrases plus irréprochables et respirant un respect plus sincère. Et toutefois, cette lettre,
destinée à donner une heure difficile à M. de Frilair,
vis-à-vis de son patron, articulait tous les sujets de
plaintes graves, et descendait jusqu'aux petites tracasseries sales qui, après avoir été endurées, avec résignation, pendant six ans, forçaient l'abbé Pirard à quitter
le diocèse.

On lui volait son bois dans son bûcher, on empoison-
nait son chien, etc., etc.

Cette lettre finie, il fit réveiller Julien qui, à huit
heures du soir, dormait déjà, ainsi que tous les séminaristes.

— Vous savez où est l'évêché ? lui dit-il en beau style
latin ; portez cette lettre à Monseigneur. Je ne vous dissi-
mulerai point que je vous envoie au milieu des loups.
Soyez tout yeux et tout oreilles. Point de mensonges
dans vos réponses ; mais songez que qui vous interroge
éprouverait peut-être une joie véritable à pouvoir vous
nuire. Je suis bien aise, mon enfant, de vous donner cette
expérience avant de vous quitter, car je ne vous le cache

point, la lettre que vous portez est ma démission.

Julien resta immobile, il aimait l'abbé Pirard. La prudence avait beau lui dire :

Après le départ de cet honnête homme, le parti du *Sacré-Cœur* va me dégrader et peut-être me chasser.

Il ne pouvait penser à lui. Ce qui l'embarrassait, c'était une phrase qu'il voulait arranger d'une manière polie, et réellement il ne s'en trouvait pas l'esprit.

— Eh bien ! mon ami, ne partez-vous pas ?

— C'est qu'on dit, Monsieur, dit timidement Julien, que pendant votre longue administration, vous n'avez rien mis de côté. J'ai six cents francs.

Les larmes l'empêchèrent de continuer.

— *Cela aussi sera marqué*, dit froidement l'ex-directeur du séminaire. Allez à l'évêché, il se fait tard.

Le hasard voulut que ce soir-là, M. l'abbé de Frilair fût de service dans le salon de l'évêché ; Monseigneur dînait à la préfecture. Ce fut donc à M. de Frilair lui-même que Julien remit la lettre, mais il ne le connaissait pas.

Julien vit, avec étonnement, cet abbé ouvrir hardiment la lettre adressée à l'évêque. La belle figure du grand vicaire exprima bientôt une surprise mêlée de vif plaisir, et redoubla de gravité. Pendant qu'il lisait, Julien, frappé de sa bonne mine, eut le temps de l'examiner. Cette figure eût eu plus de gravité, sans la finesse extrême qui apparaissait dans certains traits, et qui fût allée jusqu'à dénoter la fausseté, si le possesseur de ce beau visage eût cessé un instant de s'en occuper. Le nez, très avancé, formait une seule ligne parfaitement droite, et donnait, par malheur, à un profil, fort distingué d'ailleurs, une ressemblance irrémédiable avec la physionomie d'un renard. Du reste, cet abbé qui paraissait si occupé de la démission de M. Pirard, était mis avec une élégance qui plut beaucoup à Julien, et qu'il n'avait jamais vue à aucun prêtre.

Julien ne sut que plus tard quel était le talent spécial de l'abbé de Frilair. Il savait amuser son évêque, vieillard aimable, fait pour le séjour de Paris, et qui regardait Besançon comme un exil. Cet évêque avait une fort mauvaise vue, et aimait passionnément le poisson. L'abbé de Frilair ôtait les arêtes du poisson qu'on servait à Monseigneur.

Julien regardait en silence l'abbé qui relisait la démission, lorsque tout à coup la porte s'ouvrit avec fracas. Un laquais, richement vêtu, passa rapidement. Julien n'eut que le temps de se retourner vers la porte ; il aperçut un petit vieillard portant une croix pectorale. Il se prosterna : l'évêque lui adressa un sourire de bonté et passa. Le bel abbé le suivit, et Julien resta seul dans le salon dont il put à loisir admirer la magnificence pieuse.

L'évêque de Besançon, homme d'esprit éprouvé, mais non pas éteint par les longues misères de l'émigration, avait plus de soixante-quinze ans, et s'inquiétait infiniment peu de ce qui arriverait dans dix ans.

— Quel est ce séminariste au regard fin, que je crois avoir vu en passant ? dit l'évêque. Ne doivent-ils pas, suivant mon règlement, être couchés à l'heure qu'il est ?

— Celui-ci est fort éveillé, je vous jure, Monseigneur, et il apporte une grande nouvelle : c'est la démission du seul janséniste qui restât dans votre diocèse. Ce terrible abbé Pirard comprend enfin ce que parler veut dire.

— Eh bien ! dit l'évêque en riant, je vous défie de le remplacer par un homme qui le vaille. Et pour vous montrer tout le prix de cet homme, je l'invite à dîner pour demain.

Le grand vicaire voulut glisser quelques mots sur le choix du successeur. Le prélat, peu disposé à parler d'affaires, lui dit :

— Avant de faire entrer cet autre, sachons un peu comment celui-ci s'en va. Faites-moi venir ce séminariste, la vérité est dans la bouche des enfants.

Julien fut appelé : je vais me trouver au milieu de deux inquisiteurs, pensa-t-il. Jamais il ne s'était senti plus de courage.

Au moment où il entra, deux grands valets de chambre, mieux mis que M. Valenod lui-même, déshabillaient Monseigneur. Ce prélat, avant d'en venir à M. Pirard, crut devoir interroger Julien sur ses études. Il parla un peu de dogme, et fut étonné. Bientôt il en vint aux humanités, à Virgile, à Horace, à Cicéron. Ces noms-là, pensa Julien, m'ont valu mon numéro 198. Je n'ai rien à perdre, essayons de briller. Il réussit ; le prélat, excellent humaniste lui-même, fut enchanté.

Au dîner de la préfecture, une jeune fille, justement célèbre, avait récité le poème de la Madeleine [1]. Il était en train de parler littérature, et oublia bien vite l'abbé Pirard et toutes les affaires, pour discuter, avec le séminariste, la question de savoir si Horace était riche ou pauvre. Le prélat cita plusieurs odes, mais quelquefois sa mémoire était paresseuse, et sur-le-champ Julien récitait l'ode tout entière, d'un air modeste ; ce qui frappa l'évêque fut que Julien ne sortait point du ton de la conversation ; il disait ses vingt ou trente vers latins, comme il eût parlé de ce qui se passait dans son séminaire. On parla longtemps de Virgile, de Cicéron. Enfin le prélat ne put s'empêcher de faire compliment au jeune séminariste.

— Il est impossible d'avoir fait de meilleures études.

— Monseigneur, dit Julien, votre séminaire peut vous offrir cent quatre-vingt-dix-sept sujets bien moins indignes de votre haute approbation.

— Comment cela ? dit le prélat étonné de ce chiffre.

— Je puis appuyer d'une preuve officielle ce que j'ai l'honneur de dire devant Monseigneur.

A l'examen annuel du séminaire, répondant précisément sur les matières qui me valent, dans ce moment, l'approbation de Monseigneur, j'ai obtenu le numéro 198.

— Ah ! c'est le benjamin de l'abbé Pirard, s'écria l'évêque en riant et regardant M. de Frilair ; nous aurions dû nous y attendre ; mais c'est de bonne guerre. N'est-ce pas, mon ami, ajouta-t-il en s'adressant à Julien, qu'on vous a fait réveiller pour vous envoyer ici ?

— Oui, Monseigneur. Je ne suis sorti seul du séminaire qu'une seule fois en ma vie, pour aller aider M. l'abbé Chas-Bernard à orner la cathédrale, le jour de la Fête-Dieu.

— *Optime*, dit l'évêque ; quoi, c'est vous qui avez fait preuve de tant de courage, en plaçant les bouquets de plumes sur le baldaquin ? Ils me font frémir chaque année ; je crains toujours qu'ils ne me coûtent la vie d'un homme. Mon ami, vous irez loin ; mais je ne veux pas arrêter votre carrière, qui sera brillante, en vous faisant mourir de faim.

Et sur l'ordre de l'évêque, on apporta des biscuits et du vin de Malaga, auxquels Julien fit honneur, et encore plus l'abbé de Frilair, qui savait que son évêque aimait à voir manger gaiement et de bon appétit.

Le prélat, de plus en plus content de la fin de sa soirée, parla un instant d'histoire ecclésiastique. Il vit que Julien ne comprenait pas. Le prélat passa à l'état moral de l'empire romain, sous les empereurs du siècle de Constantin. La fin du paganisme était accompagnée de cet état d'inquiétude et de doute qui, au xixe siècle, désole les esprits tristes et ennuyés. Monseigneur remarqua que Julien ignorait presque jusqu'au nom de Tacite.

Julien répondit avec candeur, à l'étonnement du prélat, que cet auteur ne se trouvait pas dans la bibliothèque du séminaire.

— J'en suis vraiment bien aise, dit l'évêque gaiement. Vous me tirez d'embarras : depuis dix minutes, je cherche le moyen de vous remercier de la soirée aimable que vous m'avez procurée, et certes d'une manière bien imprévue. Je ne m'attendais pas à trouver un docteur dans un élève de mon séminaire. Quoique le don ne soit pas trop canonique, je veux vous donner un Tacite.

Le prélat se fit apporter huit volumes supérieurement reliés, et voulut écrire lui-même, sur le titre du premier, un compliment latin pour Julien Sorel. L'évêque se piquait de belle latinité ; il finit par lui dire, d'un ton

sérieux, qui tranchait tout à fait avec celui du reste de
la conversation :

— Jeune homme, *si vous êtes sage*, vous aurez un jour
la meilleure cure de mon diocèse, et pas à cent lieues de
mon palais épiscopal ; mais il faut *être sage*.

Julien, chargé de ses volumes, sortit de l'évêché, fort
étonné, comme minuit sonnait.

Monseigneur ne lui avait pas dit un mot de l'abbé
Pirard. Julien était surtout étonné de l'extrême politesse
de l'évêque. Il n'avait pas l'idée d'une telle urbanité de
formes, réunie à un air de dignité aussi naturel. Julien
fut surtout frappé du contraste en revoyant le sombre
abbé Pirard qui l'attendait en s'impatientant.

— *Quid tibi dixerunt ?* (Que vous ont-ils dit ?) lui
cria-t-il d'une voix forte, du plus loin qu'il l'aperçut.

Julien s'embrouillant un peu à traduire en latin les
discours de l'évêque :

— Parlez français, et répétez les propres paroles de
Monseigneur, sans y ajouter rien, ni rien retrancher, dit
l'ex-directeur du séminaire, avec son ton dur et ses
manières profondément inélégantes.

— Quel étrange cadeau de la part d'un évêque, à un
jeune séminariste ! disait-il en feuilletant le superbe
Tacite, dont la tranche dorée avait l'air de lui faire
horreur.

Deux heures sonnaient, lorsque après un compte
rendu fort détaillé, il permit à son élève favori de regagner sa chambre.

— Laissez-moi le premier volume de votre Tacite, où
est le compliment de Monseigneur l'évêque, lui dit-il.
Cette ligne latine sera votre paratonnerre dans cette
maison, après mon départ.

*Erit tibi, fili mi, successor meus tanquam leo quærens
quem devoret.* (Car pour toi, mon fils, mon successeur sera
comme un lion furieux, et qui cherche à dévorer.)

Le lendemain matin, Julien trouva quelque chose
d'étrange dans la manière dont ses camarades lui parlaient. Il n'en fut que plus réservé. Voilà, pensa-t-il,

l'effet de la démission de M. Pirard. Elle est connue de toute la maison, et je passe pour son favori. Il doit y avoir de l'insulte dans ces façons ; mais il ne pouvait l'y voir. Il y avait, au contraire, absence de haine dans les yeux de tous ceux qu'il rencontrait le long des dortoirs : Que veut dire ceci ? c'est un piège sans doute, jouons serré. Enfin le petit séminariste de Verrières lui dit en riant : *Cornelii Taciti opera omnia* (Œuvres complètes de Tacite).

A ce mot, qui fut entendu, tous comme à l'envi firent compliment à Julien, non seulement sur le magnifique cadeau qu'il avait reçu de Monseigneur, mais aussi de la conversation de deux heures dont il avait été honoré. On savait jusqu'aux plus petits détails. De ce moment, il n'y eut plus d'envie ; on lui fit la cour bassement : l'abbé Castanède, qui, la veille encore, était de la dernière insolence envers lui, vint le prendre par le bras et l'invita à déjeuner.

Par une fatalité du caractère de Julien, l'insolence de ces êtres grossiers lui avait fait beaucoup de peine ; leur bassesse lui causa du dégoût et aucun plaisir.

Vers midi, l'abbé Pirard quitta ses élèves non sans leur adresser une allocution sévère. « Voulez-vous les honneurs du monde, leur dit-il, tous les avantages sociaux, le plaisir de commander, celui de se moquer des lois et d'être insolent impunément envers tous ? ou bien voulez-vous votre salut éternel ? les moins avancés d'entre vous n'ont qu'à ouvrir les yeux pour distinguer les deux routes. »

A peine fut-il sorti que les dévôts du *Sacré-Cœur de Jésus* allèrent entonner un *Te Deum* dans la chapelle. Personne au séminaire ne prit au sérieux l'allocution de l'ex-directeur. Il a beaucoup d'humeur de sa destitution, disait-on de toutes parts ; pas un seul séminariste n'eut la simplici+é de croire à la démission volontaire d'une place qui donnait tant de relations avec de gros fournisseurs.

L'abbé Pirard alla s'établir dans la plus belle auberge

de Besançon ; et sous prétexte d'affaires qu'il n'avait pas, voulut y passer deux jours.

L'évêque l'avait invité à dîner ; et pour plaisanter son grand vicaire de Frilair, cherchait à le faire briller. On était au dessert, lorsque arriva de Paris l'étrange nouvelle que l'abbé Pirard était nommé à la magnifique cure de N..., à quatre lieues de la capitale. Le bon prélat l'en félicita sincèrement. Il vit dans toute cette affaire un *bien joué* qui le mit de bonne humeur et lui donna la plus haute opinion des talents de l'abbé. Il lui donna un certificat latin magnifique, et imposa silence à l'abbé de Frilair, qui se permettait des remontrances.

Le soir, Monseigneur porta son admiration chez la marquise de Rubempré. Ce fut une grande nouvelle pour la haute société de Besançon ; on se perdait en conjectures sur cette faveur extraordinaire. On voyait déjà l'abbé Pirard, évêque. Les plus fins crurent M. de La Mole ministre, et se permirent ce jour-là de sourire des airs impérieux que M. l'abbé de Frilair portait dans le monde.

Le lendemain matin, on suivait presque l'abbé Pirard dans les rues, et les marchands venaient sur la porte de leurs boutiques, lorsqu'il alla solliciter les juges du marquis. Pour la première fois, il en fut reçu avec politesse. Le sévère janséniste, indigné de tout ce qu'il voyait, fit un long travail avec les avocats qu'il avait choisis pour le marquis de La Mole, et partit pour Paris. Il eut la faiblesse de dire à deux ou trois amis de collège, qui l'accompagnaient jusqu'à la calèche dont ils admirèrent les armoiries, qu'après avoir administré le séminaire pendant quinze ans, il quittait Besançon avec cinq cent vingt francs d'économies. Ces amis l'embrassèrent en pleurant, et se dirent entre eux : le bon abbé eût pu s'épargner ce mensonge, il est aussi par trop ridicule.

Le vulgaire, aveuglé par l'amour de l'argent, n'était pas fait pour comprendre que c'était dans sa sincérité que l'abbé Pirard avait trouvé la force nécessaire pour

lutter seul pendant six ans contre Marie Alacoque, le
Sacré-Cœur de Jésus, les jésuites et son évêque.

CHAPITRE XXX

UN AMBITIEUX

> *Il n'y a plus qu'une seule noblesse, c'est le
> titre de* duc ; *marquis est ridicule, au mot* duc
> *on tourne la tête.*
>
> EDINBURGH REVIEW.

Le marquis de La Mole reçut l'abbé Pirard sans aucune
de ces petites façons de grand seigneur, si polies, mais
si impertinentes pour qui les comprend. C'eût été du
temps perdu, et le marquis était assez avant dans les
grandes affaires pour n'avoir point de temps à perdre.

Depuis six mois, il intriguait pour faire accepter à la
fois au roi et à la nation un certain ministère, qui, par
reconnaissance, le ferait duc.

Le marquis demandait en vain, depuis longues années,
à son avocat de Besançon, un travail clair et précis
sur ses procès de Franche-Comté. Comment l'avocat
célèbre les lui eût-il expliqués, s'il ne les comprenait
pas lui-même ?

Le petit carré de papier, que lui remit l'abbé, expliquait tout.

— Mon cher abbé, lui dit le marquis, après avoir
expédié en moins de cinq minutes toutes les formules de
politesse et d'interrogation sur les choses personnelles,
mon cher abbé, au milieu de ma prétendue prospérité,
il me manque du temps pour m'occuper sérieusement de
deux petites choses assez importantes pourtant : ma

famille et mes affaires. Je soigne en grand la fortune de
ma maison, je puis la porter loin ; je soigne mes plaisirs,
et c'est ce qui doit passer avant tout, du moins à mes
yeux, ajouta-t-il en surprenant de l'étonnement dans
ceux de l'abbé Pirard. Quoique homme de sens, l'abbé
était émerveillé de voir un vieillard parler si franchement
de ses plaisirs.

Le travail existe sans doute à Paris, continua le grand
seigneur, mais perché au cinquième étage, et dès que
je me rapproche d'un homme, il prend un appartement
au second, et sa femme prend un jour ; par conséquent
plus de travail, plus d'efforts que pour être ou paraître
un homme du monde. C'est là leur unique affaire dès
qu'ils ont du pain.

Pour mes procès, exactement parlant, et encore pour
chaque procès pris à part, j'ai des avocats qui se tuent ;
il m'en est mort un de la poitrine, avant-hier. Mais, pour
mes affaires en général, croiriez-vous monsieur, que,
depuis trois ans, j'ai renoncé à trouver un homme qui,
pendant qu'il écrit pour moi, daigne songer un peu
sérieusement à ce qu'il fait ? Au reste, tout ceci n'est
qu'une préface.

Je vous estime, et j'oserais ajouter, quoique vous
voyant pour la première fois, je vous aime. Voulez-vous
être mon secrétaire, avec huit mille francs d'appointements ou bien avec le double ? J'y gagnerai encore, je
vous jure ; et je fais mon affaire de vous conserver
votre belle cure, pour le jour où nous ne nous convien-
drons plus.

L'abbé refusa ; mais vers la fin de la conversation,
le véritable embarras où il voyait le marquis lui suggéra
une idée.

— J'ai laissé au fond de mon séminaire un pauvre
jeune homme, qui, si je ne me trompe, va y être rudement persécuté. S'il n'était qu'un simple religieux, il
serait déjà *in pace*.

Jusqu'ici ce jeune homme ne sait que le latin et l'Écriture sainte ; mais il n'est pas impossible qu'un jour il

déploie de grands talents soit pour la prédication, soit
pour la direction des âmes. J'ignore ce qu'il fera ; mais
il a le feu sacré, il peut aller loin. Je comptais le donner
à notre évêque, si jamais il nous en était venu un qui
eût un peu de votre manière de voir les hommes et les
affaires.

— D'où sort votre jeune homme ? dit le marquis.

— On le dit fils d'un charpentier de nos montagnes,
mais je le croirais plutôt fils naturel de quelque homme
riche. Je lui ai vu recevoir une lettre anonyme ou pseu-
donyme avec une lettre de change de cinq cents francs.

— Ah ! c'est Julien Sorel, dit le marquis.

— D'où savez-vous son nom ? dit l'abbé étonné ; et
comme il rougissait de sa question :

— C'est ce que je ne vous dirai pas, répondit le marquis.

— Eh bien ! reprit l'abbé, vous pourriez essayer d'en
faire votre secrétaire, il a de l'énergie, de la raison ; en
un mot, c'est un essai à tenter.

— Pourquoi pas ? dit le marquis ; mais serait-ce un
homme à se laisser graisser la patte par le préfet de police
ou par tout autre pour faire l'espion chez moi ? Voilà
toute mon objection.

D'après les assurances favorables de l'abbé Pirard,
le marquis prit un billet de mille francs :

— Envoyez ce viatique à Julien Sorel ; faites-le-
moi venir.

— On voit bien, dit l'abbé Pirard, que vous habitez
Paris. Vous ne connaissez pas la tyrannie qui pèse sur
nous autres pauvres provinciaux, et en particulier sur
les prêtres non amis des jésuites. On ne voudra pas
laisser partir Julien Sorel, on saura se couvrir des prétextes les plus habiles, on me répondra qu'il est malade,
la poste aura perdu les lettres, etc., etc.

— Je prendrai un de ces jours une lettre du ministre
à l'évêque, dit le marquis.

— J'oubliais une précaution, dit l'abbé : ce jeune
homme quoique né bien bas a le cœur haut, il ne sera

d'aucune utilité si l'on effarouche son orgueil ; vous le
rendriez stupide.

— Ceci me plaît, dit le marquis, j'en ferai le camarade de mon fils, cela suffira-t-il ?

Quelques temps après, Julien reçut une lettre d'une
écriture inconnue et portant le timbre de Châlons, il
y trouva un mandat sur un marchand de Besançon, et
l'avis de se rendre à Paris, sans délai. La lettre était
signée d'un nom supposé, mais en l'ouvrant Julien avait
tressailli : une feuille d'arbre était tombée à ses pieds ;
c'était le signe [1] dont il était convenu avec l'abbé Pirard.

Moins d'une heure après, Julien fut appelé à l'évêché
où il se vit accueillir avec une bonté toute paternelle.
Tout en citant Horace, Monseigneur lui fit, sur les hautes
destinées qui l'attendaient à Paris, des compliments
fort adroits et qui, pour remerciements, attendaient des
explications. Julien ne put rien dire, d'abord parce qu'il
ne savait rien, et Monseigneur prit beaucoup de considération pour lui. Un des petits prêtres de l'évêché écrivit au maire qui se hâta d'apporter lui-même un passeport signé, mais où l'on avait laissé en blanc le nom du
voyageur.

Le soir avant minuit, Julien était chez Fouqué,
dont l'esprit sage fut plus étonné que charmé de l'avenir
qui semblait attendre son ami.

— Cela finira pour toi, dit cet électeur libéral, par une
place du gouvernement, qui t'obligera à quelque démarche qui sera vilipendée dans les journaux. C'est par
ta honte que j'aurai de tes nouvelles. Rappelle-toi, que,
même financièrement parlant, il vaut mieux gagner
cent louis dans un bon commerce de bois, dont on est
le maître, que de recevoir quatre mille francs d'un gouvernement, fût-il celui du roi Salomon.

Julien ne vit dans tout cela que la petitesse d'esprit
d'un bourgeois de campagne. Il allait enfin paraître sur
le théâtre des grandes choses. Le bonheur d'aller à Paris,
qu'il se figurait peuplé de gens d'esprit fort intrigants,
fort hypocrites, mais aussi polis que l'évêque de Besan-

çon et que l'évêque d'Agde, éclipsait tout à ses yeux.
Il se représenta à son ami, comme privé de son libre
arbitre par la lettre de l'abbé Pirard.

Le lendemain vers midi, il arriva dans Verrières le
plus heureux des hommes ; il comptait revoir Mᵐᵉ de
Rênal. Il alla d'abord chez son premier protecteur, le
bon abbé Chélan. Il trouva une réception sévère.

— Croyez-vous m'avoir quelque obligation ? lui dit
M. Chélan, sans répondre à son salut. Vous allez déjeuner avec moi, pendant ce temps on ira vous louer un
autre cheval, et vous quitterez Verrières, *sans y voir
personne*.

— Entendre c'est obéir, répondit Julien avec une
mine de séminaire ; et il ne fut plus question que de théologie et de belle latinité.

Il monta à cheval, fit une lieue, après quoi apercevant
un bois, et personne pour l'y voir entrer, il s'y enfonça.
Au coucher du soleil il renvoya le cheval. Plus tard,
il entra chez un paysan, qui consentit à lui vendre une
échelle et à le suivre en la portant jusqu'au petit bois
qui domine le Cours de la fidélité, à Verrières.

— Je suis un pauvre conscrit réfractaire... ou un
contrebandier, dit le paysan en prenant congé de lui,
mais qu'importe ! mon échelle est bien payée, et moi-
même je ne suis pas sans avoir passé quelques *mouvements*
de montre en ma vie.

La nuit était fort noire. Vers une heure du matin,
Julien, chargé de son échelle, entra dans Verrières. Il
descendit le plus tôt qu'il put dans le lit du torrent, qui
traverse les magnifiques jardins de M. de Rênal à une
profondeur de dix pieds, et contenu entre deux murs.
Julien monta facilement avec l'échelle. Quel accueil
me feront les chiens de garde ? pensait-il. Toute la
question est là. Les chiens aboyèrent, et s'avancèrent
au galop sur lui ; mais il siffla doucement, et ils vinrent
le caresser.

Remontant alors de terrasse en terrasse, quoique
toutes les grilles fussent fermées, il lui fut facile d'arri-

ver jusque sous la fenêtre de la chambre à coucher de
Mme de Rênal, qui, du côté du jardin, n'est élevée que
de huit ou dix pieds au-dessus du sol.

Il y avait aux volets une petite ouverture en forme
de cœur, que Julien connaissait bien. A son grand chagrin, cette petite ouverture n'était pas éclairée par la
lumière intérieure d'une veilleuse.

Grand Dieu! se dit-il ; cette nuit, cette chambre n'est
pas occupée par Mme de Rênal! Où sera-t-elle couchée?
La famille est à Verrières, puisque j'ai trouvé les chiens ;
mais je puis rencontrer dans cette chambre, sans veilleuse, M. de Rênal lui-même ou un étranger, et alors
quel esclandre!

Le plus prudent était de se retirer ; mais ce parti fit
horreur à Julien. Si c'est un étranger, je me sauverai à
toutes jambes, abandonnant mon échelle ; mais si c'est
elle, quelle réception m'attend? Elle est tombée dans
le repentir et dans la plus haute piété, je n'en puis douter ; mais enfin, elle a encore quelque souvenir de moi,
puisqu'elle vient de m'écrire. Cette raison le décida.

Le cœur tremblant, mais cependant résolu à périr
ou à la voir, il jeta de petits cailloux contre le volet ;
point de réponse. Il appuya son échelle à côté de la
fenêtre, et frappa lui-même contre le volet, d'abord
doucement, puis plus fort. Quelque obscurité qu'il fasse,
on peut me tirer un coup de fusil, pensa Julien. Cette
idée réduisit l'entreprise folle à une question de bravoure.

Cette chambre est inhabitée cette nuit, pensa-t-il, ou
quelle que soit la personne qui y couche, elle est éveillée
maintenant. Ainsi plus rien à ménager envers elle ; il
faut seulement tâcher de n'être pas entendu par les
personnes qui couchent dans les autres chambres.

Il descendit, plaça son échelle contre un des volets,
remonta, et passant la main dans l'ouverture en forme
de cœur, il eut le bonheur de trouver assez vite le fil de
fer attaché au crochet qui fermait le volet. Il tira ce
fil de fer ; ce fut avec une joie inexprimable qu'il sentit

que ce volet n'était plus retenu et cédait à son effort.
Il faut l'ouvrir petit à petit, et faire reconnaître ma
voix. Il ouvrit le volet assez pour passer la tête, et en
répétant à voix basse : *C'est un ami.*

Il s'assura, en prêtant l'oreille, que rien ne troublait
le silence profond de la chambre. Mais décidément, il
n'y avait point de veilleuse, même à demi éteinte,
dans la cheminée ; c'était un bien mauvais signe.

Gare le coup de fusil ! Il réfléchit un peu ; puis, avec le
doigt, il osa frapper contre la vitre : pas de réponse ; il
frappa plus fort [1]. Quand je devrais casser la vitre, il
faut en finir. Comme il frappait très fort il crut entrevoir,
au milieu de l'extrême obscurité, comme une ombre
blanche qui traversait la chambre. Enfin, il n'y eut plus
de doute, il vit une ombre qui semblait s'avancer avec une
extrême lenteur. Tout à coup il vit une joue qui s'appuyait à la vitre contre laquelle était son œil.

Il tressaillit, et s'éloigna un peu. Mais la nuit était
tellement noire, que, même à cette distance, il ne put
distinguer si c'était Mme de Rênal. Il craignait un premier cri d'alarme ; il entendait les chiens rôder et gronder
à demi autour du pied de son échelle. C'est moi, répétait-il assez haut, un ami. Pas de réponse ; le fantôme
blanc avait disparu. Daignez m'ouvrir, il faut que je
vous parle, je suis trop malheureux ! et il frappait de
façon à briser la vitre.

Un petit bruit sec se fit entendre ; l'espagnolette de la
fenêtre cédait ; il poussa la croisée et sauta légèrement
dans la chambre.

Le fantôme blanc s'éloignait ; il lui prit les bras ;
c'était une femme. Toutes ses idées de courage s'éva-
nouirent. Si c'est elle, que va-t-elle dire ? Que devint-il,
quand il comprit à un petit cri que c'était Mme de Rênal ?

Il la serra dans ses bras ; elle tremblait, et avait à
peine la force de le repousser.

— Malheureux ! que faites-vous ?

A peine si sa voix convulsive pouvait articuler ces
mots. Julien y vit l'indignation la plus vraie.

17

— Je viens vous voir après quatorze mois d'une cruelle séparation.

— Sortez, quittez-moi à l'instant. Ah! M. Chélan, pourquoi m'avoir empêché de lui écrire? J'aurais prévenu cette horreur. Elle le repoussa avec une force vraiment extraordinaire. Je me repens de mon crime; le ciel a daigné m'éclairer, répétait-elle d'une voix entrecoupée. Sortez! fuyez!

— Après quatorze mois de malheur, je ne vous quitterai certainement pas sans vous avoir parlé. Je veux savoir tout ce que vous avez fait. Ah! je vous ai assez aimée pour mériter cette confidence... je veux tout savoir.

Malgré Mme de Rênal, ce ton d'autorité avait de l'empire sur son cœur.

Julien, qui la tenait serrée avec passion, et résistait à ses efforts pour se dégager, cessa de la presser dans ses bras. Ce mouvement rassura un peu Mme de Rênal.

— Je vais retirer l'échelle, dit-il, pour qu'elle ne nous compromette pas si quelque domestique, éveillé par le bruit, fait une ronde.

— Ah! sortez, sortez au contraire, lui dit-on avec une véritable colère. Que m'importent les hommes? C'est Dieu qui voit l'affreuse scène que vous me faites et qui m'en punira. Vous abusez lâchement des sentiments que j'eus pour vous, mais que je n'ai plus. Entendez-vous, M. Julien?

Il retirait l'échelle fort lentement pour ne pas faire de bruit.

— Ton mari est-il à la ville? lui dit-il, non pour la braver, mais emporté par l'ancienne habitude.

— Ne me parlez pas ainsi, de grâce, ou j'appelle mon mari. Je ne suis déjà que trop coupable de ne vous avoir pas chassé, quoi qu'il pût en arriver. J'ai pitié de vous, lui dit-elle, cherchant à blesser son orgueil qu'elle connaissait si irritable.

Ce refus de tutoiement, cette façon brusque de briser un lien si tendre, et sur lequel il comptait encore, portèrent jusqu'au délire le transport d'amour de Julien.

— Quoi! est-il possible que vous ne m'aimiez plus! lui dit-il avec un de ces accents du cœur, si difficiles à écouter de sang-froid.

Elle ne répondit pas ; pour lui, il pleurait amèrement. Réellement, il n'avait plus la force de parler.

— Ainsi je suis complètement oublié du seul être qui m'ait jamais aimé! A quoi bon vivre désormais? Tout son courage l'avait quitté dès qu'il n'avait plus eu à craindre le danger de rencontrer un homme ; tout avait disparu de son cœur, hors l'amour.

Il pleura longtemps en silence. Il prit sa main, elle voulut la retirer ; et cependant, après quelques mouvements presque convulsifs, elle la lui laissa. L'obscurité était extrême ; ils se trouvaient l'un et l'autre assis sur le lit de Mme de Rênal.

Quelle différence avec ce qui était il y a quatorze mois! pensa Julien ; et ses larmes redoublèrent. Ainsi l'absence détruit sûrement tous les sentiments de l'homme!

— Daignez me dire ce qui vous est arrivé, dit enfin Julien embarrassé de son silence et d'une voix coupée par les larmes.

— Sans doute, répondit Mme de Rênal d'une voix dure, et dont l'accent avait quelque chose de sec et de reprochant pour Julien, mes égarements étaient connus dans la ville, lors de votre départ. Il y avait eu tant d'imprudence dans vos démarches! Quelque temps après, alors j'étais au désespoir, le respectable M. Chélan vint me voir. Ce fut en vain que, pendant longtemps, il voulut obtenir un aveu. Un jour, il eut l'idée de me conduire dans cette église de Dijon, où j'ai fait ma première communion. Là, il osa parler le premier... Mme de Rênal fut interrompue par ses larmes. Quel moment de honte! J'avouai tout. Cet homme si bon daigna ne point m'accabler du poids de son indignation : il s'affligea avec moi. Dans ce temps-là, je vous écrivais tous les jours des lettres que je n'osais vous envoyer ; je les cachais soigneusement, et quand j'étais trop malheureuse, je m'enfermais dans ma chambre et relisais mes lettres.

Enfin, M. Chélan obtint que je les lui remettrais...
Quelques-unes, écrites avec un peu plus de prudence,
vous avaient été envoyées ; vous ne me répondiez
point.

— Jamais, je te jure, je n'ai reçu aucune lettre de toi
au séminaire.

— Grand Dieu, qui les aura interceptées ?

— Juge de ma douleur, avant le jour où je te vis
à la cathédrale, je ne savais si tu vivais encore.

— Dieu me fit la grâce de comprendre combien je
péchais envers lui, envers mes enfants, envers mon mari,
reprit Mᵐᵉ de Rênal. Il ne m'a jamais aimée comme je
croyais alors que vous m'aimiez...

Julien se précipita dans ses bras, réellement sans projet et hors de lui. Mais Mᵐᵉ de Rênal le repoussa, et
continuant avec assez de fermeté :

— Mon respectable ami, M. Chélan me fit comprendre
qu'en épousant M. de Rênal, je lui avais engagé toutes
mes affections, même celles que je ne connaissais pas,
et que je n'avais jamais éprouvées avant une liaison
fatale... Depuis le grand sacrifice de ces lettres, qui
m'étaient si chères, ma vie s'est écoulée sinon heureusement, du moins avec assez de tranquillité. Ne la trou-
blez point ; soyez un ami pour moi... le meilleur de mes
amis. Julien couvrit ses mains de baisers ; elle sentit
qu'il pleurait encore. Ne pleurez point, vous me faites
tant de peine... Dites-moi à votre tour ce que vous
avez fait. Julien ne pouvait parler. Je veux savoir votre
genre de vie au séminaire, répéta-t-elle, puis vous vous
en irez.

Sans penser à ce qu'il racontait, Julien parla des intrigues, et des jalousies sans nombre qu'il avait d'abord
rencontrées, puis de sa vie plus tranquille depuis qu'il
avait été nommé répétiteur.

Ce fut alors, ajouta-t-il, qu'après un long silence, qui
sans doute était destiné à me faire comprendre ce que
je vois trop aujourd'hui, que vous ne m'aimiez plus et

que j'étais devenu indifférent pour vous... Mme de Rênal
serra ses mains. Ce fut alors que vous m'envoyâtes
une somme de cinq cents francs.

— Jamais, dit Mme de Rênal.

— C'était une lettre timbrée de Paris et signée Paul
Sorel, afin de déjouer tous les soupçons.

Il s'éleva une petite discussion sur l'origine possible
de cette lettre. La position morale changea. Sans le
savoir, Mme de Rênal et Julien avaient quitté le ton
solennel ; ils étaient revenus à celui d'une tendre amitié.
Ils ne se voyaient point, tant l'obscurité était profonde,
mais le son de la voix disait tout. Julien passa le bras
autour de la taille de son amie ; ce mouvement avait
bien des dangers. Elle essaya d'éloigner le bras de Julien,
qui, avec assez d'habileté, attira son attention dans ce
moment par une circonstance intéressante de son récit.
Ce bras fut comme oublié et resta dans la position qu'il
occupait.

Après bien des conjectures sur l'origine de la lettre aux
cinq cents francs, Julien avait repris son récit ; il devenait un peu plus maître de lui en parlant de sa vie passée,
qui, auprès de ce qui lui arrivait en cet instant, l'intéressait si peu. Son attention se fixa tout entière sur la
manière dont allait finir sa visite. Vous allez sortir, lui
disait-on toujours, de temps en temps, et avec un accent
bref.

Quelle honte pour moi si je suis éconduit! ce sera un
remords à empoisonner toute ma vie, se disait-il, jamais
elle ne m'écrira. Dieu sait quand je reviendrai en ce pays!
De ce moment, tout ce qu'il y avait de céleste dans la
position de Julien disparut rapidement de son cœur.
Assis à côté d'une femme qu'il adorait, la serrant
presque dans ses bras, dans cette chambre où il avait
été si heureux, au milieu d'une obscurité profonde,
distinguant fort bien que depuis un moment elle pleurait, sentant, au mouvement de sa poitrine, qu'elle
avait des sanglots, il eut le malheur de devenir un froid
politique, presque aussi calculant et aussi froid que

lorsque, dans la cour du séminaire, il se voyait en
butte à quelque mauvaise plaisanterie de la part
d'un de ses camarades plus fort que lui. Julien faisait
durer son récit, et parlait de la vie malheureuse qu'il
avait menée depuis son départ de Verrières. Ainsi, se
disait Mᵐᵉ de Rênal, après un an d'absence, privé
presque entièrement de marques de souvenir, tandis
que moi je l'oubliais, il n'était occupé que des jours
heureux qu'il avait trouvés à Vergy. Ses sanglots redoublaient. Julien vit le succès de son récit. Il comprit
qu'il fallait tenter la dernière ressource : il arriva
brusquement à la lettre qu'il venait de recevoir de Paris.

— J'ai pris congé de Monseigneur l'évêque.

— Quoi, vous ne retournez pas à Besançon! vous
nous quittez pour toujours?

— Oui, répondit Julien d'un ton résolu ; oui, j'abandonne un pays où je suis oublié même de ce que j'ai le
plus aimé en ma vie, et je le quitte pour ne jamais le
revoir. Je vais à Paris...

— Tu vas à Paris! s'écria assez haut, Mᵐᵉ de Rênal.

Sa voix était presque étouffée par les larmes, et montrait tout l'excès de son trouble. Julien avait besoin de
cet encouragement : il allait tenter une démarche qui
pouvait tout décider contre lui ; et avant cette exclamation, n'y voyant point, il ignorait absolument l'effet qu'il
parvenait à produire. Il n'hésita plus ; la crainte du
remords lui donnait tout empire sur lui-même ; il ajouta
froidement en se levant :

— Oui, madame, je vous quitte pour toujours,
soyez heureuse ; adieu.

Il fit quelques pas vers la fenêtre ; déjà il l'ouvrait.
Mᵐᵉ de Rênal s'élança vers lui et se précipita dans ses
bras ¹.

Ainsi, après trois heures de dialogue, Julien obtint ce
qu'il avait désiré avec tant de passion pendant les deux
premières. Un peu plus tôt arrivés, le retour aux sentiments tendres, l'éclipse des remords chez Mᵐᵉ de Rênal
eussent été un bonheur divin ; ainsi obtenus avec art,

ce ne fut plus qu'un plaisir. Julien voulut absolument, contre les instances de son amie, allumer la veilleuse.

— Veux-tu donc, lui disait-il, qu'il ne me reste aucun souvenir de t'avoir vue ? L'amour qui est sans doute dans ces yeux charmants sera donc perdu pour moi ? la blancheur de cette jolie main me sera donc invisible ? Songe que je te quitte pour bien longtemps peut-être !

Mme de Rênal n'avait rien à refuser à cette idée qui la faisait fondre en larmes. Mais l'aube [1] commençait à dessiner vivement les contours des sapins sur la montagne à l'orient de Verrières. Au lieu de s'en aller, Julien ivre de volupté demanda à Mme de Rênal de passer toute la journée caché dans sa chambre, et de ne partir que la nuit suivante [2].

— Et pourquoi pas ? répondit-elle. Cette fatale rechute m'ôte toute estime pour moi, et fait à jamais mon malheur, et elle le pressait contre son cœur. Mon mari n'est plus le même, il a des soupçons ; il croit que je l'ai mené dans toute cette affaire, et se montre fort piqué contre moi. S'il entend le moindre bruit je suis perdue, il me chassera comme une malheureuse que je suis.

— Ah ! voilà une phrase de M. Chélan, dit Julien ; tu ne m'aurais pas parlé ainsi avant ce cruel départ pour le séminaire ; tu m'aimais alors !

Julien fut récompensé du sang-froid qu'il avait mis dans ce mot : il vit son amie oublier rapidement le danger que la présence de son mari lui faisait courir, pour songer au danger bien plus grand de voir Julien douter de son amour. Le jour croissait rapidement et éclairait vivement la chambre ; Julien retrouva toutes les voluptés de l'orgueil, lorsqu'il put revoir dans ses bras et presqu'à ses pieds, cette femme charmante, la seule qu'il eût aimée et qui, peu d'heures auparavant, était tout entière à la crainte d'un Dieu terrible et à l'amour de ses devoirs. Des résolutions fortifiées par un an de constance n'avaient pu tenir devant son courage.

Bientôt on entendit du bruit dans la maison ; une

chose à laquelle elle n'avait pas songé vint troubler
Mme de Rênal.

— Cette méchante Elisa va entrer dans la chambre,
que faire de cette énorme échelle ? dit-elle à son ami ;
où la cacher ? je vais la porter au grenier, s'écria-t-elle
tout à coup, avec une sorte d'enjouement.

— Mais il faut passer dans la chambre du domestique,
dit Julien étonné.

— Je laisserai l'échelle dans le corridor, j'appellerai
le domestique et lui donnerai une commission.

— Songe à préparer un mot pour le cas où le domestique passant devant l'échelle, dans le corridor, la remarquera.

— Oui, mon ange, dit Mme de Rênal en lui donnant
un baiser. Toi, songe à te cacher bien vite sous le lit,
si, pendant mon absence, Elisa entre ici.

Julien fut étonné de cette gaîté soudaine. Ainsi,
pensa-t-il, l'approche d'un danger matériel, loin de la
troubler, lui rend sa gaîté, parce qu'elle oublie ses
remords ! Femme vraiment supérieure ! ah ! voilà un cœur
dans lequel il est glorieux de régner ! Julien était ravi.

Mme de Rénal prit l'échelle ; elle était évidemment
trop pesante pour elle. Julien allait à son secours ; il
admirait cette taille élégante et qui était si loin d'annoncer de la force, lorsque tout à coup, sans aide, elle saisit
l'échelle, et l'enleva comme elle eût fait d'une chaise.
Elle la porta rapidement dans le corridor du troisième
étage où elle la coucha le long du mur. Elle appela le
domestique, et pour lui laisser le temps de s'habiller,
monta au colombier. Cinq minutes après, à son retour
dans le corridor, elle ne trouva plus l'échelle. Qu'était-
elle devenue ? Si Julien eût été hors de la maison, ce
danger ne l'eût guère touchée. Mais, dans ce moment, si
son mari voyait cette échelle ! cet incident pouvait être
abominable. Mme de Rênal courait partout. Enfin
elle découvrit cette échelle sous le toit où le domestique
l'avait portée et même cachée. Cette circonstance était
singulière, autrefois elle l'eût alarmée.

Que m'importe, pensa-t-elle, ce qui peut arriver dans
vingt-quatre heures, quand Julien sera parti ? tout ne
sera-t-il pas alors pour moi horreur et remords ?

Elle avait comme une idée vague de devoir quitter
la vie, mais qu'importe ! Après une séparation qu'elle
avait crue éternelle, il lui était rendu, elle le revoyait, et
ce qu'il avait fait pour parvenir jusqu'à elle montrait
tant d'amour !

En racontant l'événement de l'échelle à Julien :

— Que répondrai-je à mon mari, lui dit-elle, si le
domestique lui conte qu'il a trouvé cette échelle ? Elle
rêva un instant ; il leur faudra vingt-quatre heures
pour découvrir le paysan qui te l'a vendue ; et se jetant
dans les bras de Julien, en le serrant d'un mouvement
convulsif : Ah ! mourir, mourir ainsi ! s'écria-t-elle en
le couvrant de baisers ; mais il ne faut pas que tu meures
de faim, dit-elle en riant.

Viens ; d'abord je vais te cacher dans la chambre de
Mme Derville, qui reste toujours fermée à clef. Elle alla
veiller à l'extrémité du corridor, et Julien passa en courant. Garde-toi d'ouvrir, si l'on frappe, lui dit-elle, en
l'enfermant à clef ; dans tous les cas, ce ne serait qu'une
plaisanterie des enfants en jouant entre eux.

— Fais-les venir dans le jardin, sous la fenêtre, dit
Julien, que j'aie le plaisir de les voir, fais-les parler.

— Oui, oui, lui cria Mme de Rênal en s'éloignant.

Elle revint bientôt avec des oranges, des biscuits,
une bouteille de vin de Malaga ; il lui avait été impossible de voler du pain.

— Que fait ton mari ? dit Julien.

— Il écrit des projets de marchés avec des paysans.
Mais huit heures avaient sonné, on faisait beaucoup de
bruit dans la maison. Si l'on n'eût pas vu Mme de Rênal,
on l'eût cherchée partout ; elle fut obligée de le quitter.
Bientôt elle revint, contre toute prudence, lui apportant
une tasse de café ; elle tremblait qu'il ne mourût de
faim. Après le déjeuner, elle réussit à amener les enfants
sous la fenêtre de la chambre de Mme Derville. Il les

trouva fort grandis, mais ils avaient pris l'air commun, ou bien ses idées avaient changé.

Mme de Rênal leur parla de Julien. L'aîné répondit avec amitié et regrets pour l'ancien précepteur ; mais il se trouva que les cadets l'avaient presque oublié.

M. de Rênal ne sortit pas ce matin-là ; il montait et descendait sans cesse dans la maison, occupé à faire des marchés avec des paysans, auxquels il vendait sa récolte de pommes de terre. Jusqu'au dîner, Mme de Rênal n'eut pas un instant à donner à son prisonnier. Le dîner sonné et servi, elle eut l'idée de voler pour lui une assiette de soupe chaude. Comme elle approchait sans bruit de la porte de la chambre qu'il occupait, portant cette assiette avec précaution, elle se trouva face à face avec le domestique qui avait caché l'échelle le matin. Dans ce moment, il s'avançait aussi sans bruit dans le corridor et comme écoutant. Probablement Julien avait marché avec imprudence. Le domestique s'éloigna un peu confus. Mme de Rênal entra hardiment chez Julien ; cette rencontre le fit frémir.

— Tu as peur, lui dit-elle ; moi, je braverais tous les dangers du monde et sans sourciller. Je ne crains qu'une chose, c'est le moment où je serai seule après ton départ ; et elle le quitta en courant.

— Ah ! se dit Julien exalté, le remord est le seul danger que redoute cette âme sublime !

Enfin le soir vint. M. de Rênal alla au Casino.

Sa femme avait annoncé une migraine affreuse, elle se retira chez elle, se hâta de renvoyer Elisa, et se releva bien vite pour aller ouvrir à Julien.

Il se trouva que réellement il mourait de faim. Mme de Rênal alla à l'office chercher du pain. Julien entendit un grand cri. Mme de Rênal revint et lui raconta qu'entrant dans l'office sans lumière, s'approchant du buffet où l'on serrait le pain, et étendant la main, elle avait touché un bras de femme. C'était Elisa qui avait jeté le cri entendu par Julien.

— Que faisait-elle là ?

— Elle volait quelques sucreries, ou bien elle nous épiait, dit Mme de Rênal avec une indifférence complète. Mais heureusement j'ai trouvé un pâté et un gros pain.

— Qu'y a-t-il donc là ? dit Julien, en lui montrant les poches de son tablier.

Mme de Rênal avait oublié que, depuis le dîner, elles étaient remplies de pain.

Julien la serra dans ses bras avec la plus vive passion ; jamais elle ne lui avait semblé si belle. Même à Paris, se disait-il confusément, je ne pourrai rencontrer un plus grand caractère. Elle avait toute la gaucherie d'une femme peu accoutumée à ces sortes de soins, et en même temps le vrai courage d'un être qui ne craint que des dangers d'un autre ordre et bien autrement terribles.

Pendant que Julien soupait de grand appétit, et que son amie le plaisantait sur la simplicité de ce repas, car elle avait horreur de parler sérieusement, la porte de la chambre fut tout à coup secouée avec force. C'était M. de Rênal.

— Pourquoi t'es-tu enfermée ? lui criait-il.

Julien n'eut que le temps de se glisser sous le canapé.

— Quoi! vous êtes tout habillée, dit M. de Rênal en entrant ; vous soupez, et vous avez fermé votre porte à clef.

Les jours ordinaires, cette question faite avec toute la sécheresse conjugale, eût troublé Mme de Rênal, mais elle sentait que son mari n'avait qu'à se baisser un peu pour apercevoir Julien ; car M. de Rênal s'était jeté sur la chaise que Julien occupait un moment auparavant vis-à-vis le canapé.

La migraine servit d'excuse à tout. Pendant qu'à son tour son mari lui contait longuement les incidents de la poule qu'il avait gagnée au billard du Casino, une poule de dix-neuf francs ma foi! ajoutait-il, elle aperçut sur une chaise, à trois pas devant eux, le chapeau de Julien. Son sang-froid redoubla, elle se mit à se déshabiller, et, dans un certain moment, passant rapidement derrière son mari, jeta une robe sur la chaise au chapeau.

M. de Rênal partit enfin. Elle pria Julien de recommencer le récit de sa vie au séminaire ; hier je ne t'écou-
tais pas, je ne songeais, pendant que tu parlais, qu'à
obtenir de moi de te renvoyer.

Elle était l'imprudence même. Ils parlaient très haut ;
et il pouvait être deux heures du matin, quand ils furent
interrompus par un coup violent à la porte. C'était encore
M. de Rênal.

— Ouvrez-moi bien vite, il y a des voleurs dans la
maison! disait-il, Saint-Jean a retrouvé leur échelle
ce matin.

— Voici la fin de tout, s'écria Mme de Rênal, en se
jetant dans les bras de Julien. Il va nous tuer tous les
deux, il ne croit pas aux voleurs ; je vais mourir dans
tes bras, plus heureuse à ma mort que je ne le fus de la
vie. Elle ne répondait nullement à son mari qui se fâchait,
elle embrassait Julien avec passion.

— Sauve la mère de Stanislas, lui dit-il avec le regard
du commandement. Je vais sauter dans la cour par la
fenêtre du cabinet, et me sauver dans le jardin, les chiens
m'ont reconnu. Fais un paquet de mes habits, et jette-le
dans le jardin aussitôt que tu le pourras. En attendant,
laisse enfoncer la porte. Surtout, point d'aveux, je le
défends, il vaut mieux qu'il ait des soupçons que des
certitudes.

— Tu vas te tuer en sautant! fut sa seule réponse et
sa seule inquiétude.

Elle alla avec lui à la fenêtre du cabinet ; elle prit
ensuite le temps de cacher ses habits. Elle ouvrit enfin à
son mari bouillant de colère. Il regarda dans la chambre,
dans le cabinet, sans mot dire, et disparut. Les habits
de Julien lui furent jetés, il les saisit, et courut rapidement vers le bas du jardin du côté du Doubs.

Comme il courait, il entendit siffler une balle, et aussitôt le bruit d'un coup de fusil.

Ce n'est pas M. de Rênal, pensa-t-il, il tire trop mal
pour cela. Les chiens couraient en silence à ses côtés,
un second coup cassa apparemment la patte à un chien,

car il se mit à pousser des cris lamentables. Julien sauta le mur d'une terrasse, fit à couvert une cinquantaine de pas, et se remit à fuir dans une autre direction. Il entendit des voix qui s'appelaient, et vit distinctement le domestique, son ennemi, tirer un coup de fusil ; un fermier vint aussi tirailler de l'autre côté du jardin, mais déjà Julien avait gagné la rive du Doubs où il s'habillait.

Une heure après, il était à une lieue de Verrières, sur la route de Genève ; si l'on a des soupçons, pensa Julien, c'est sur la route de Paris qu'on me cherchera.

FIN DU LIVRE PREMIER [1]

LIVRE SECOND

Elle n'est pas jolie, elle n'a point de rouge.
SAINTE-BEUVE.

CHAPITRE PREMIER

LES PLAISIRS DE LA CAMPAGNE

O rus quando ego te aspiciam!
VIRGILE.

— Monsieur vient sans doute attendre la malle-poste de Paris? lui dit le maître d'une auberge où il s'arrêta pour déjeuner.

— Celle d'aujourd'hui ou celle de demain peu m'importe, dit Julien.

La malle-poste arriva comme il faisait l'indifférent. Il y avait deux places libres.

— Quoi! c'est toi, mon pauvre Falcoz, dit le voyageur qui arrivait du côté de Genève à celui qui montait en voiture en même temps que Julien.

— Je te croyais établi aux environs de Lyon, dit Falcoz, dans une délicieuse vallée près du Rhône?

— Joliment établi. Je fuis.

— Comment! tu fuis? toi, Saint-Giraud, avec cette mine sage, tu as commis quelque crime? dit Falcoz en riant.

— Ma foi, autant vaudrait. Je fuis l'abominable vie que l'on mène en province. J'aime la fraîcheur des bois et la tranquillité champêtre, comme tu sais; tu m'as

18

souvent accusé d'être romanesque. Je ne voulais de la
vie entendre parler politique, et la politique me chasse.

— Mais de quel parti es-tu ?

— D'aucun, et c'est ce qui me perd. Voici toute ma
politique : J'aime la musique, la peinture ; un bon livre
est un événement pour moi ; je vais avoir quarante-
quatre ans. Que me reste-t-il à vivre ? Quinze, vingt,
trente ans tout au plus ? Eh bien ! je tiens que dans
trente ans, les ministres seront un peu plus adroits, mais
tout aussi honnêtes gens que ceux d'aujourd'hui. L'histoire d'Angleterre me sert de miroir pour notre avenir.
Toujours il se trouvera un roi qui voudra augmenter
sa prérogative ; toujours l'ambition de devenir député,
la gloire et les centaines de mille francs gagnés par Mirabeau empêcheront de dormir les gens riches de la province : ils appelleront cela être libéral et aimer le peuple.
Toujours l'envie de devenir pair ou gentilhomme de la
chambre galopera les ultras. Sur le vaisseau de l'État,
tout le monde voudra s'occuper de la manœuvre, car
elle est bien payée. N'y aura-t-il donc jamais une pauvre
petite place pour le simple passager ?

— Au fait, au fait, qui doit être fort plaisant avec
ton caractère tranquille. Sont-ce les dernières élections
qui te chassent de ta province ?

— Mon mal vient de plus loin. J'avais, il y a quatre
ans, quarante ans, et cinq cent mille francs, j'ai quatre
ans de plus aujourd'hui, et probablement cinquante
mille francs de moins, que je vais perdre sur la vente de
mon château de Monfleury, près du Rhône, position
superbe.

A Paris, j'étais las de cette comédie perpétuelle, à
laquelle oblige ce que vous appelez la civilisation du
xixe siècle. J'avais soif de bonhomie et de simplicité.
J'achète une terre dans les montagnes près du Rhône,
rien d'aussi beau sous le ciel.

Le vicaire du village et les hobereaux du voisinage me
font la cour pendant six mois ; je leur donne à dîner ;
j'ai quitté Paris, leur dis-je, pour de ma vie ne parler

ni n'entendre parler politique. Comme vous le voyez, je ne suis abonné à aucun journal. Moins le facteur de la poste m'apporte de lettres, plus je suis content.

Ce n'était pas le compte du vicaire ; bientôt je suis en butte à mille demandes indiscrètes, tracasseries, etc. Je voulais donner deux ou trois cents francs par an aux pauvres, on me les demande pour des associations pieuses : celle de Saint-Joseph, celle de la Vierge, etc., je refuse : alors on me fait cent insultes. J'ai la bêtise d'en être piqué. Je ne puis plus sortir le matin pour aller jouir de la beauté de nos montagnes, sans trouver quelque ennui qui me tire de mes rêveries, et me rappelle désagréablement les hommes et leur méchanceté. Aux processions des Rogations, par exemple, dont le chant me plaît (c'est probablement une mélodie grecque), on ne bénit plus mes champs, parce que, dit le vicaire, ils appartiennent à un impie. La vache d'une vieille paysanne dévote meurt, elle dit que c'est à cause du voisinage d'un étang qui appartient à moi impie, philosophe venant de Paris, et huit jours après je trouve tous mes poissons le ventre en l'air empoisonnés avec de la chaux. La tracasserie m'environne sous toutes les formes. Le juge de paix, honnête homme, mais qui craint pour sa place, me donne toujours tort. La paix des champs est pour moi un enfer. Une fois que l'on m'a vu abandonné par le vicaire, chef de la congrégation du village, et non soutenu par le capitaine en retraite, chef des libéraux, tous me sont tombés dessus, jusqu'au maçon que je faisais vivre depuis un an, jusqu'au charron qui voulait me friponner impunément en raccommodant mes charrues.

Afin d'avoir un appui et de gagner pourtant quelques-uns de mes procès, je me fais libéral ; mais, comme tu dis, ces diables d'élections arrivent, on me demande ma voix...

— Pour un inconnu ?

— Pas du tout, pour un homme que je ne connais que trop. Je refuse, imprudence affreuse ! dès ce moment,

me voilà aussi les libéraux sur les bras, ma position
devient intolérable. Je crois que s'il fût venu dans la
tête au vicaire de m'accuser d'avoir assassiné ma servante, il y aurait eu vingt témoins des deux partis, qui
auraient juré avoir vu commettre le crime.

— Tu veux vivre à la campagne sans servir les passions de tes voisins, sans même écouter leurs bavar-
dages. Quelle faute!...

— Enfin elle est réparée. Monfleury [1] est en vente, je
perds cinquante mille francs, s'il le faut, mais je suis
tout joyeux, je quitte cet enfer d'hypocrisie et de tracasseries. Je vais chercher la solitude et la paix champêtre au seul lieu où elles existent en France, dans un
quatrième étage, donnant sur les Champs-Élysées. Et
encore j'en suis à délibérer, si je ne commencerai pas
ma carrière politique, dans le quartier du Roule, par
rendre le pain bénit à la paroisse.

— Tout cela ne te fût pas arrivé sous Bonaparte,
dit Falcoz avec des yeux brillants de courroux et de
regret.

— A la bonne heure, mais pourquoi n'a-t-il pas su se
tenir en place, ton Bonaparte? tout ce dont je souffre
aujourd'hui c'est lui qui l'a fait.

Ici l'attention de Julien redoubla. Il avait compris
du premier mot que le bonapartiste Falcoz était l'ancien ami d'enfance de M. de Rênal, par lui répudié en
1816, et le philosophe Saint-Giraud devait être frère
de ce chef de bureau à la préfecture de..., qui savait se
faire adjuger à bon compte les maisons des communes.

— Et tout cela c'est ton Bonaparte qui l'a fait, continuait Saint-Giraud. Un honnête homme, inoffensif s'il
en fût, avec quarante ans et cinq cent mille francs, ne
peut pas s'établir en province et y trouver la paix ; ses
prêtres et ses nobles l'en chassent.

— Ah! ne dis pas de mal de lui, s'écria Falcoz, jamais
la France n'a été si haut dans l'estime des peuples que
pendant les treize ans qu'il a régné. Alors, il y avait de
la grandeur dans tout ce qu'on faisait.

— Ton empereur, que le diable emporte, reprit l'homme de quarante-quatre ans, n'a été grand que sur ses champs de bataille, et lorsqu'il a rétabli les finances vers 1802. Que veut dire toute sa conduite depuis? Avec ses chambellans, sa pompe et ses réceptions aux Tuileries, il a donné une nouvelle édition de toutes les niaiseries monarchiques. Elle était corrigée, elle eût pu passer encore un siècle ou deux. Les nobles et les prêtres ont voulu revenir à l'ancienne, mais ils n'ont pas la main de fer qu'il faut pour la débiter au public.

— Voilà bien le langage d'un ancien imprimeur!

— Qui me chasse de ma terre? continua l'imprimeur en colère. Les prêtres, que Napoléon a rappelés par son concordat, au lieu de les traiter comme l'État traite les médecins, les avocats, les astronomes, de ne voir en eux que des citoyens, sans s'inquiéter de l'industrie par laquelle ils cherchent à gagner leur vie. Y aurait-il aujourd'hui des gentilshommes insolents, si ton Bonaparte n'eût fait des barons et des comtes? Non, la mode en était passée. Après les prêtres, ce sont les petits nobles campagnards qui m'ont donné le plus d'humeur, et m'ont forcé à me faire libéral.

La conversation fut infinie, ce texte va occuper la France encore un demi-siècle. Comme Saint-Giraud répétait toujours qu'il était impossible de vivre en province, Julien proposa timidement l'exemple de M. de Rênal.

— Parbleu, jeune homme, vous êtes bon! s'écria Falcoz; il s'est fait marteau pour n'être pas enclume, et un terrible marteau encore. Mais je le vois débordé par le Valenod. Connaissez-vous ce coquin-là? voilà le véritable. Que dira votre M. de Rênal lorsqu'il se verra destitué un de ces quatre matins, et le Valenod mis à sa place?

— Il restera tête à tête avec ses crimes, dit Saint-Giraud. Vous connaissez donc Verrières, jeune homme? Eh bien! Bonaparte, que le ciel confonde lui et ses fri-

peries monarchiques, a rendu possible le règne des Rênal
et des Chélan, qui a amené le règne des Valenod et des
Maslon.

Cette conversation d'une sombre politique étonnait
Julien, et le distrayait de ses rêveries voluptueuses.

Il fut peu sensible au premier aspect de Paris, aperçu
dans le lointain. Les châteaux en Espagne sur son sort
à venir avaient à lutter avec le souvenir encore présent
des vingt-quatre heures qu'il venait de passer à Verrières. Il se jurait de ne jamais abandonner les enfants
de son amie, et de tout quitter pour les protéger, si les
impertinences des prêtres nous donnent la république
et les persécutions contre les nobles.

Que serait-il arrivé la nuit de son arrivée à Verrières,
si, au moment où il appuyait son échelle contre la croisée
de la chambre à coucher de Mme de Rênal, il avait trouvé
cette chambre occupée par un étranger, ou par M. de
Rênal ?

Mais aussi quelles délices les deux premières heures,
quand son amie voulait sincèrement le renvoyer et qu'il
plaidait sa cause, assis auprès d'elle dans l'obscurité !
Une âme comme celle de Julien est suivie par de tels
souvenirs durant toute une vie [1]. Le reste de l'entrevue
se confondait déjà avec les premières époques de leurs
amours, quatorze mois auparavant.

Julien fut réveillé de sa rêverie profonde, parce que
la voiture s'arrêta. On venait d'entrer dans la cour des
postes, rue J.-J. Rousseau. — Je veux aller à la Malmaison, dit-il à un cabriolet qui s'approcha.

— A cette heure, monsieur, et pour quoi faire ?

— Que vous importe ! marchez.

Toute vraie passion ne songe qu'à elle. C'est pourquoi,
ce me semble, les passions sont si ridicules à Paris, où
le voisin prétend toujours qu'on pense beaucoup à lui.
Je me garderai de raconter les transports de Julien à la
Malmaison. Il pleura. Quoi ! malgré les vilains murs
blancs construits cette année, et qui coupent ce parc
en morceaux ? — Oui, monsieur : pour Julien, comme

pour la postérité, il n'y avait rien entre Arcole, Sainte-Hélène et la Malmaison.

Le soir, Julien hésita beaucoup avant d'entrer au spectacle, il avait des idées étranges sur ce lieu de perdition.

Une profonde méfiance l'empêcha d'admirer le Paris vivant, il n'était touché que des monuments laissés par son héros.

Me voici donc dans le centre de l'intrigue et de l'hypocrisie! Ici règnent les protecteurs de l'abbé de Frilair.

Le soir du troisième jour, la curiosité l'emporta sur le projet de tout voir avant de se présenter à l'abbé Pirard. Cet abbé lui expliqua, d'un ton froid, le genre de vie qui l'attendait chez M. de La Mole.

Si au bout de quelques mois vous n'êtes pas utile, vous rentrerez au séminaire, mais par la bonne porte. Vous allez loger chez le marquis, l'un des plus grands seigneurs de France. Vous porterez l'habit noir, mais comme un homme qui est en deuil, et non pas comme un ecclésiastique [1]. J'exige que, trois fois la semaine, vous suiviez vos études en théologie dans un séminaire, où je vous ferai présenter. Chaque jour, à midi, vous vous établirez dans la bibliothèque du marquis, qui compte vous employer à faire des lettres pour des procès et d'autres affaires. Le marquis écrit, en deux mots, en marge de chaque lettre qu'il reçoit, le genre de réponse qu'il faut y faire. J'ai prétendu qu'au bout de trois mois, vous seriez en état de faire ces réponses, de façon que, sur douze que vous présenterez à la signature du marquis, il puisse en signer huit ou neuf. Le soir, à huit heures, vous mettrez son bureau en ordre, et à dix vous serez libre.

Il se peut, continua l'abbé Pirard, que quelque vieille dame ou quelque homme au ton doux vous fasse entrevoir des avantages immenses, ou tout grossièrement vous offre de l'or pour lui montrer les lettres reçues par le marquis...

— Ah! monsieur! s'écria Julien rougissant.

— Il est singulier, dit l'abbé avec un sourire amer, que pauvre comme vous l'êtes, et après une année de séminaire, il vous reste encore de ces indignations vertueuses. Il faut que vous ayez été bien aveugle!

Serait-ce la force du sang? se dit l'abbé à demi-voix et comme se parlant à soi-même. Ce qu'il y a de singulier, ajouta-t-il en regardant Julien, c'est que le marquis vous connaît... Je ne sais comment. Il vous donne, pour commencer, cent louis d'appointements. C'est un homme qui n'agit que par caprice, c'est là son défaut ; il luttera d'enfantillages avec vous. S'il est content, vos appointements pourront s'élever par la suite jusqu'à huit mille francs.

Mais vous sentez bien, reprit l'abbé d'un ton aigre, qu'il ne vous donne pas tout cet argent pour vos beaux yeux. Il s'agit d'être utile. A votre place, moi, je parlerais très peu, et surtout je ne parlerais jamais de ce que j'ignore.

Ah! dit l'abbé, j'ai pris des informations pour vous ; j'oubliais la famille de M. de La Mole. Il a deux enfants, une fille et un fils de dix-neuf ans, élégant par excellence, espèce de fou, qui ne sait jamais à midi ce qu'il fera à deux heures. Il a de l'esprit, de la bravoure ; il a fait la guerre d'Espagne [1]. Le marquis espère, je ne sais pourquoi, que vous deviendrez l'ami du jeune comte Norbert. J'ai dit que vous étiez un grand latiniste, peut-être compte-t-il que vous apprendrez à son fils quelques phrases toutes faites, sur Cicéron et Virgile.

A votre place, je ne me laisserais jamais plaisanter par ce beau jeune homme ; et, avant de céder à ses avances parfaitement polies, mais un peu gâtées par l'ironie, je me les ferais répéter plus d'une fois.

Je ne vous cacherai pas que le jeune comte de La Mole doit vous mépriser d'abord, parce que vous n'êtes qu'un petit bourgeois. Son aïeul à lui était de la cour, et eut l'honneur d'avoir la tête tranchée en place de Grève, le 26 avril 1574 [2], pour une intrigue politique. Vous, vous êtes le fils d'un charpentier de Verrières, et de plus, aux gages de son père. Pesez bien ces différences, et étudiez l'histoire de cette famille dans Moreri ; tous les flatteurs qui dînent chez eux y font de temps en temps ce qu'ils appellent des allusions délicates.

Prenez garde à la façon dont vous répondrez aux plaisanteries de M. le comte Norbert de La Mole, chef d'escadron de hussards et futur pair de France, et ne venez pas me faire des doléances par la suite.

— Il me semble, dit Julien en rougissant beaucoup, que je ne devrais pas même répondre à un homme qui me méprise.

— Vous n'avez pas d'idée de ce mépris-là ; il ne se montrera que par des compliments exagérés. Si vous étiez un sot, vous pourriez vous y laisser prendre ; si vous vouliez faire fortune, vous devriez vous y laisser prendre.

— Le jour où tout cela ne me conviendra plus, dit Julien, passerai-je pour un ingrat, si je retourne à ma petite cellule n° 103 ?

— Sans doute, répondit l'abbé, tous les complaisants de la maison vous calomnieront, mais je paraîtrai moi. *Adsum qui feci.* Je dirai que c'est de moi que vient cette résolution.

Julien était navré du ton amer et presque méchant qu'il remarquait chez M. Pirard ; ce ton gâtait tout à fait sa dernière réponse.

Le fait est que l'abbé se faisait un scrupule de conscience d'aimer Julien, et c'est avec une sorte de terreur religieuse qu'il se mêlait aussi directement du sort d'un autre.

— Vous verrez encore, ajouta-t-il avec la même mauvaise grâce, et comme accomplissant un devoir pénible, vous verrez Mme la marquise de La Mole. C'est une grande femme blonde, dévote, hautaine, parfaitement polie, et encore plus insignifiante. Elle est fille du vieux duc de Chaulnes, si connu par ses préjugés nobiliaires [1]. Cette grande dame est une sorte d'abrégé, en haut relief, de ce qui fait au fond le caractère des femmes de son

rang. Elle ne cache pas, elle, qu'avoir eu des ancêtres
qui soient allés aux croisades est le seul avantage qu'elle
estime. L'argent ne vient que longtemps après : cela
vous étonne ? Nous ne sommes plus en province, mon
ami.

Vous verrez dans son salon plusieurs grands seigneurs
parler de nos princes avec un ton de légèreté singulier.
Pour Mme de La Mole, elle baisse la voix par respect
toutes les fois qu'elle nomme un prince et surtout une
princesse. Je ne vous conseillerais pas de dire devant
elle que Philippe II ou Henri VIII furent des monstres.
Ils ont été ROIS, ce qui leur donne des droits impres-
criptibles aux respects de tous et surtout aux respects
d'êtres sans naissance, tels que vous et moi. Cependant,
ajouta M. Pirard, nous sommes prêtres, car elle vous
prendra pour tel ; à ce titre, elle nous considère comme
des valets de chambre nécessaires à son salut.

— Monsieur, dit Julien, il me semble que je ne serai
pas longtemps à Paris.

— A la bonne heure ; mais remarquez qu'il n'y a de
fortune, pour un homme de notre robe, que par les
grands seigneurs. Avec ce je ne sais quoi d'indéfinis-
sable, du moins pour moi, qu'il y a dans votre caractère, si vous ne faites pas fortune vous serez persécuté ;
il n'y a pas de moyen terme pour vous. Ne vous abusez
pas. Les hommes voient qu'ils ne vous font pas plaisir
en vous adressant la parole ; dans un pays social comme
celui-ci, vous êtes voué au malheur, si vous n'arrivez
pas aux respects.

Que seriez-vous devenu à Besançon, sans ce caprice du
marquis de La Mole ? Un jour, vous comprendrez toute
la singularité de ce qu'il fait pour vous, et, si vous n'êtes
pas un monstre, vous aurez pour lui et sa famille une
éternelle reconnaissance. Que de pauvres abbés, plus
savants que vous, ont vécu des années à Paris, avec les
quinze sous de leur messe et les dix sous de leurs arguments en Sorbonne !... Rappelez-vous ce que je vous
contais, l'hiver dernier, des premières années de ce mau-

vais sujet de cardinal Dubois. Votre orgueil se croirait-il,
par hasard, plus de talent que lui ?

Moi, par exemple, homme tranquille et médiocre, je
comptais mourir dans mon séminaire ; j'ai eu l'enfantillage de m'y attacher. Eh bien ! j'allais être destitué
quand j'ai donné ma démission. Savez-vous quelle était
ma fortune ? J'avais cinq cent vingt francs de capital,
ni plus ni moins ; pas un ami, à peine deux ou trois
connaissances. M. de La Mole, que je n'avais jamais vu,
m'a tiré de ce mauvais pas ; il n'a eu qu'un mot à dire,
et l'on m'a donné une cure dont tous les paroissiens sont
des gens aisés, au-dessus des vices grossiers, et le revenu
me fait honte, tant il est peu proportionné à mon travail.
Je ne vous ai parlé aussi longtemps que pour mettre un
peu de plomb dans cette tête.

Encore un mot : j'ai le malheur d'être irascible ; il
est possible que vous et moi nous cessions de nous parler.

Si les hauteurs de la marquise, ou les mauvaises plaisanteries de son fils, vous rendent cette maison décidément insupportable, je vous conseille de finir vos études
dans quelque séminaire à trente lieues de Paris, et plutôt
au nord qu'au midi. Il y a au nord plus de civilisation et
moins d'injustices ; et, ajouta-t-il en baissant la voix, il
faut que je l'avoue, le voisinage des journaux de Paris
fait peur aux petits tyrans.

Si nous continuons à trouver du plaisir à nous voir,
et que la maison du marquis ne vous convienne pas, je
vous offre la place de mon vicaire, et je partagerai par
moitié avec vous ce que rend cette cure. Je vous dois
cela et plus encore, ajouta-t-il en interrompant les
remerciements de Julien, pour l'offre singulière que vous
m'avez faite à Besançon. Si au lieu de cinq cent vingt
francs, je n'avais rien eu, vous m'eussiez sauvé.

L'abbé avait perdu son ton de voix cruel. A sa grande
honte, Julien se sentit les larmes aux yeux ; il mourait
d'envie de se jeter dans les bras de son ami : il ne put
s'empêcher de lui dire, de l'air le plus mâle qu'il put
affecter :

— J'ai été haï de mon père depuis le berceau ; c'était un de mes grands malheurs ; mais je ne me plaindrai plus du hasard, j'ai retrouvé un père en vous, monsieur.

— C'est bon, c'est bon, dit l'abbé embarrassé ; puis rencontrant fort à propos un mot de directeur de séminaire : il ne faut jamais dire le hasard, mon enfant, dites toujours la Providence.

Le fiacre s'arrêta ; le cocher souleva le marteau de bronze d'une porte immense : c'était l'HOTEL DE LA MOLE ; et, pour que les passants ne pussent en douter, ces mots se lisaient sur un marbre noir au-desssus de la porte.

Cette affectation déplut à Julien. Ils ont tant de peur des jacobins ! Ils voient un Robespierre et sa charrette derrière chaque haie ; ils en sont souvent à mourir de rire, et ils affichent ainsi leur maison pour que la canaille la reconnaisse en cas d'émeute, et la pille. Il communiqua sa pensée à l'abbé Pirard.

— Ah ! pauvre enfant, vous serez bientôt mon vicaire. Quelle épouvantable idée vous est venue là !

— Je ne trouve rien de si simple, dit Julien.

La gravité du portier et surtout la propreté de la cour l'avaient frappé d'admiration. Il faisait un beau soleil.

— Quelle architecture magnifique ! dit-il à son ami.

Il s'agissait d'un de ces hôtels à façade si plate du faubourg Saint-Germain, bâtis vers le temps de la mort de Voltaire. Jamais la mode et le beau n'ont été si loin l'un de l'autre.

CHAPITRE II

ENTRÉE DANS LE MONDE

*Souvenir ridicule et touchant : le premier salon
où à dix-huit ans l'on a paru seul et sans appui !
le regard d'une femme suffisait pour m'intimider.
Plus je voulais plaire, plus je devenais gauche.
Je me faisais de tout les idées les plus fausses ;
ou je me livrais sans motifs, ou je voyais dans
un homme un ennemi parce qu'il m'avait regardé
d'un air grave. Mais alors, au milieu des affreux
malheurs de ma timidité, qu'un beau jour était
beau !*

KANT.

Julien s'arrêtait ébahi au milieu de la cour.

— Ayez donc l'air raisonnable, dit l'abbé Pirard ;
il vous vient des idées horribles, et puis vous n'êtes
qu'un enfant ! Où est le *nil mirari* d'Horace ? (Jamais
d'enthousiasme.) Songez que ce peuple de laquais, vous
voyant établi ici, va chercher à se moquer de vous ; ils
verront en vous un égal, mis injustement au-dessus
d'eux. Sous les dehors de la bonhomie, des bons conseils,
du désir de vous guider, ils vont essayer de vous faire
tomber dans quelque grosse balourdise.

— Je les en défie, dit Julien en se mordant la lèvre, et
il reprit toute sa méfiance.

Les salons que ces messieurs traversèrent au premier
étage, avant d'arriver au cabinet du marquis, vous
eussent semblé, ô mon lecteur, aussi tristes que magnifiques. On vous les donnerait tels qu'ils sont, que vous
refuseriez de les habiter ; c'est la patrie du bâillement et
du raisonnement triste. Ils redoublèrent l'enchantement

de Julien. Comment peut-on être malheureux, pensait-il, quand on habite un séjour aussi splendide [1] !

Enfin, ces messieurs arrivèrent à la plus laide des pièces de ce superbe appartement : à peine s'il y faisait jour ; là, se trouva un petit homme maigre, à l'œil vif et en perruque blonde. L'abbé se retourna vers Julien et le présenta. C'était le marquis. Julien eut beaucoup de peine à le reconnaître, tant il lui trouva l'air poli. Ce n'était plus le grand seigneur, à mine si altière, de l'abbaye de Bray-le-Haut. Il sembla à Julien que sa perruque avait beaucoup trop de cheveux. A l'aide de cette sensation, il ne fut point du tout intimidé. Le descendant de l'ami de Henri III lui parut d'abord avoir une tournure assez mesquine. Il était fort maigre et s'agitait beaucoup. Mais il remarqua bientôt que le marquis avait une politesse encore plus agréable à l'interlocuteur que celle de l'évêque de Besançon lui-même. L'audience ne dura pas trois minutes. En sortant, l'abbé dit à Julien :

— Vous avez regardé le marquis, comme vous eussiez fait un tableau. Je ne suis pas un grand grec dans ce que ces gens-ci appellent la politesse, bientôt vous en saurez plus que moi ; mais enfin la hardiesse de votre regard m'a semblé peu polie.

On était remonté en fiacre ; le cocher arrêta près du boulevard ; l'abbé introduisit Julien dans une suite de grands salons. Julien remarqua qu'il n'y avait pas de meubles. Il regardait une magnifique pendule dorée, représentant un sujet très indécent selon lui, lorsqu'un monsieur fort élégant s'approcha d'un air riant. Julien fit un demi-salut.

Le monsieur sourit et lui mit la main sur l'épaule. Julien tressaillit et fit un saut en arrière. Il rougit de colère. L'abbé Pirard, malgré sa gravité, rit aux larmes. Le monsieur était un tailleur.

Je vous rends votre liberté pour deux jours, lui dit l'abbé en sortant ; c'est alors seulement que vous pourrez être présenté à Mme de La Mole. Un autre vous garderait comme une jeune fille, en ces premiers moments de votre séjour dans cette nouvelle Babylone [1]. Perdez-vous tout de suite, si vous avez à vous perdre, et je serai délivré de la faiblesse que j'ai de penser à vous. Après-demain matin, ce tailleur vous portera deux habits ; vous donnerez cinq francs au garçon qui vous les essaiera. Du reste, ne faites pas connaître le son de votre voix à ces Parisiens-là. Si vous dites un mot, ils trouveront le secret de se moquer de vous. C'est leur talent. Après-demain soyez chez moi à midi... Allez, perdez-vous... J'oubliais, allez commander des bottes, des chemises, un chapeau aux adresses que voici.

Julien regardait l'écriture de ces adresses.

— C'est la main du marquis, dit l'abbé ; c'est un homme actif qui prévoit tout, et qui aime mieux faire que commander. Il vous prend auprès de lui pour que vous lui épargniez ce genre de peines. Aurez-vous assez d'esprit pour bien exécuter toutes les choses que cet homme vif vous indiquera à demi-mot ? C'est ce que montrera l'avenir : gare à vous !

Julien entra sans dire un seul mot chez les ouvriers indiqués par les adresses ; il remarqua qu'il en était reçu avec respect, et le bottier, en écrivant son nom sur son registre, mit M. Julien de Sorel.

Au cimetière du Père-Lachaise, un monsieur fort obligeant, et encore plus libéral dans ses propos, s'offrit pour indiquer à Julien le tombeau du maréchal Ney, qu'une politique savante prive de l'honneur d'une épitaphe. Mais en se séparant de ce libéral, qui, les larmes aux yeux, le serrait presque dans ses bras, Julien n'avait plus de montre. Ce fut riche de cette expérience que le surlendemain, à midi, il se présenta à l'abbé Pirard, qui le regarda beaucoup.

— Vous allez peut-être devenir un fat, lui dit l'abbé d'un air sévère. Julien avait l'air d'un fort jeune homme, en grand deuil ; il était à la vérité très bien, mais le bon abbé était trop provincial lui-même pour voir que Julien avait encore cette démarche des épaules qui en

province est à la fois élégance et importance. En voyant
Julien, le marquis jugea ses grâces d'une manière si
différente de celle du bon abbé, qu'il lui dit :

— Auriez-vous quelque objection à ce que M. Sorel
prît des leçons de danse ?

L'abbé resta pétrifié.

— Non, répondit-il enfin, Julien n'est pas prêtre.

Le marquis montant deux à deux les marches d'un
petit escalier dérobé, alla lui-même installer notre héros
dans une jolie mansarde qui donnait sur l'immense
jardin de l'hôtel. Il lui demanda combien il avait pris
de chemises chez la lingère.

— Deux, répondit Julien, intimidé de voir un si grand
seigneur descendre à ces détails.

— Fort bien, reprit le marquis d'un air sérieux et
avec un certain ton impératif et bref, qui donna à penser
à Julien, fort bien ! Prenez encore vingt-deux chemises.
Voici le premier quartier de vos appointements.

En descendant de la mansarde, le marquis appela un
homme âgé : Arsène, lui dit-il, vous servirez M. Sorel.
Peu de minutes après, Julien se trouva seul dans une
bibliothèque magnifique ; ce moment fut délicieux.
Pour n'être pas surpris dans son émotion, il alla se cacher
dans un petit coin sombre ; de là il contemplait avec
ravissement le dos brillant des livres : Je pourrai lire
tout cela, se disait-il. Et comment me déplairais-je ici ?
M. de Rênal se serait cru déshonoré à jamais de la cen-
tième partie de ce que le marquis de La Mole vient de
faire pour moi.

Mais voyons les copies à faire. Cet ouvrage terminé,
Julien osa s'approcher des livres ; il faillit devenir fou
de joie en trouvant une édition de Voltaire. Il courut
ouvrir la porte de la bibliothèque pour n'être pas surpris. Il se donna ensuite le plaisir d'ouvrir chacun des
quatre-vingts volumes. Ils étaient reliés magnifiquement,
c'était le chef-d'œuvre du meilleur ouvrier de Londres.
Il n'en fallait pas tant pour porter au comble l'admiration de Julien.

Une heure après, le marquis entra, regarda les copies, et remarqua avec étonnement que Julien écrivait *cela* avec deux ll, *cella* [1]. Tout ce que l'abbé m'a dit de sa science serait-il tout simplement un conte ! Le marquis, fort découragé, lui dit avec douceur :

— Vous n'êtes pas sûr de votre orthographe ?

— Il est vrai, dit Julien, sans songer le moins du monde au tort qu'il se faisait ; il était attendri des bontés du marquis, qui lui rappelait le ton rogue de M. de Rênal.

C'est du temps perdu que toute cette expérience de petit abbé franc-comtois, pensa le marquis ; mais j'avais un si grand besoin d'un homme sûr !

— *Cela* ne s'écrit qu'avec une *l*, lui dit le marquis ; quand vos copies seront terminées, cherchez dans le dictionnaire les mots de l'orthographe desquels vous ne serez pas sûr.

A six heures, le marquis le fit demander, il regarda avec une peine évidente les bottes de Julien : j'ai un tort à me reprocher, je ne vous ai pas dit que tous les jours à cinq heures et demie, il faut vous habiller.

Julien le regardait sans comprendre.

— Je veux dire mettre des bas. Arsène vous en fera souvenir ; aujourd'hui je ferai vos excuses.

En achevant ces mots, M. de La Mole faisait passer Julien dans un salon resplendissant de dorures. Dans les occasions semblables, M. de Rênal ne manquait jamais de doubler le pas pour avoir l'avantage de passer le premier à la porte. La petite vanité de son ancien patron fit que Julien marcha sur les pieds du marquis, et lui fit beaucoup de mal à cause de sa goutte. — Ah ! il est balourd par-dessus le marché, se dit celui-ci. Il le présenta à une femme de haute taille et d'un aspect imposant. C'était la marquise. Julien lui trouva l'air impertinent, un peu comme Mme de Maugiron, la sous-préfète de l'arrondissement de Verrières, quand elle assistait au dîner de la Saint-Charles. Un peu troublé de l'extrême magnificence du salon, Julien n'entendit pas ce que

disait M. de La Mole. La marquise daigna à peine le
regarder. Il y avait quelques hommes parmi lesquels
Julien reconnut avec un plaisir indicible le jeune évêque
d'Agde, qui avait daigné lui parler quelques mois
auparavant à la cérémonie de Bray-le-Haut. Ce jeune
prélat fut effrayé sans doute des yeux tendres que fixait
sur lui la timidité de Julien, et ne se soucia point de
reconnaître ce provincial.

Les hommes réunis dans ce salon semblèrent à Julien
avoir quelque chose de triste et de contraint ; on parle
bas à Paris, et l'on n'exagère pas les petites choses.

Un joli jeune homme, avec des moustaches, très pâle
et très élancé, entra vers les six heures et demie ; il avait
une tête fort petite.

— Vous vous ferez toujours attendre, dit la marquise,
à laquelle il baisait la main.

Julien comprit que c'était le comte de La Mole. Il le
trouva charmant dès le premier abord.

Est-il possible, se dit-il, que ce soit là l'homme dont
les plaisanteries offensantes doivent me chasser de cette
maison !

A force d'examiner le comte Norbert, Julien remarqua
qu'il était en bottes et en éperons ; et moi je dois être
en souliers, apparemment comme inférieur. On se mit à
table. Julien entendit la marquise qui disait un mot
sévère, en élevant un peu la voix. Presque en même
temps il aperçut une jeune personne, extrêmement
blonde et fort bien faite, qui vint s'asseoir vis-à-vis de
lui. Elle ne lui plut point ; cependant en la regardant
attentivement, il pensa qu'il n'avait jamais vu des yeux
aussi beaux ; mais ils annonçaient une grande froideur
d'âme. Par la suite, Julien trouva qu'ils avaient l'expression de l'ennui qui examine, mais qui se souvient de
l'obligation d'être imposant. Mme de Rênal avait cependant de bien beaux yeux, se disait-il, le monde lui en
faisait compliment ; mais ils n'avaient rien de commun
avec ceux-ci. Julien n'avait pas assez d'usage pour
distinguer que c'était du feu de la saillie que brillaient

de temps en temps les yeux de Mlle Mathilde, c'est ainsi
qu'il l'entendit nommer. Quand les yeux de Mme de
Rênal s'animaient, c'était du feu des passions, ou par
l'effet d'une indignation généreuse au récit de quelque
action méchante. Vers la fin du repas, Julien trouva un
mot pour exprimer le genre de beauté des yeux de
Mlle de La Mole : ils sont scintillants, se dit-il. Du reste,
elle ressemblait cruellement à sa mère, qui lui déplaisait
de plus en plus, et il cessa de la regarder. En revanche, le
comte Norbert lui semblait admirable de tous points.
Julien était tellement séduit, qu'il n'eut pas l'idée d'en
être jaloux et de le haïr, parce qu'il était plus riche et
plus noble que lui.

Julien trouva que le marquis avait l'air de s'ennuyer.

Vers le second service, il dit à son fils :

— Norbert, je te demande tes bontés pour M. Julien
Sorel que je viens de prendre à mon état-major, et dont
je prétends faire un homme, si *cella* se peut.

— C'est mon secrétaire, dit le marquis à son voisin,
et il écrit *cela* avec deux *ll*.

Tout le monde regarda Julien, qui fit une inclination
de tête un peu trop marquée à Norbert ; mais en général
on fut content de son regard.

Il fallait que le marquis eût parlé du genre d'éducation
que Julien avait reçue, car un des convives l'attaqua sur
Horace : c'est précisément en parlant d'Horace que j'ai
réussi auprès de l'évêque de Besançon, se dit Julien,
apparemment qu'ils ne connaissent que cet auteur. A
partir de cet instant, il fut maître de lui. Ce mouvement
fut rendu facile, parce qu'il venait de décider que Mlle de
La Mole ne serait jamais une femme à ses yeux. Depuis
le séminaire, il mettait les hommes au pis, et se laissait
difficilement intimider par eux. Il eût joui de tout son
sang-froid, si la salle à manger eût été meublée avec
moins de magnificence. C'était, dans le fait, deux glaces
de huit pieds de haut chacune, et dans lesquelles il
regardait quelquefois son interlocuteur en parlant
d'Horace, qui lui imposaient encore. Ses phrases n'étaient

pas trop longues pour un provincial. Il avait de beaux
yeux, dont la timidité tremblante ou heureuse, quand
il avait bien répondu, redoublait l'éclat. Il fut trouvé
agréable. Cette sorte d'examen jetait un peu d'intérêt
dans un dîner grave. Le marquis engagea par un signe
l'interlocuteur de Julien à le pousser vivement. Serait-il
possible qu'il sût quelque chose, pensait-il !

Julien répondit en inventant ses idées, et perdit assez
de sa timidité pour montrer, non pas de l'esprit, chose
impossible à qui ne sait pas la langue dont on se sert à
Paris, mais il eut des idées nouvelles quoique présentées
sans grâce ni à propos et l'on vit qu'il savait parfaitement
le latin.

L'adversaire de Julien était un académicien des Ins-
criptions, qui, par hasard, savait le latin ; il trouva en
Julien un très bon humaniste, n'eut plus la crainte de le
faire rougir, et chercha réellement à l'embarrasser. Dans
la chaleur du combat, Julien oublia enfin l'ameublement
magnifique de la salle à manger, il en vint à exposer sur
les poètes latins des idées que l'interlocuteur n'avait lues
nulle part. En honnête homme il en fit honneur au
jeune secrétaire. Par bonheur, on entama une discussion
sur la question de savoir si Horace a été pauvre ou riche :
un homme aimable, voluptueux et insouciant, faisant
des vers pour s'amuser, comme Chapelle, l'ami de
Molière et de La Fontaine ; ou un pauvre diable de
poète lauréat suivant la cour et faisant des odes pour
le jour de naissance du roi, comme Southey, l'accusateur de lord Byron. On parla de l'état de la société sous
Auguste et sous George IV ; aux deux époques l'aristocratie était toute-puissante ; mais à Rome, elle se
voyait arracher le pouvoir par Mécène, qui n'était que
simple chevalier ; et en Angleterre elle avait réduit
George IV à peu près à l'état d'un doge de Venise.
Cette discussion sembla tirer le marquis de l'état de tor-
peur où l'ennui le plongeait au commencement du dîner.

Julien ne comprenait rien à tous les noms modernes,
comme Southey, lord Byron, George IV, qu'il entendait

prononcer pour la première fois. Mais il n'échappa à personne que toutes les fois qu'il était question de faits passés à Rome, et dont la connaissance pouvait se déduire des œuvres d'Horace, de Martial, de Tacite, etc., il avait une incontestable supériorité. Julien s'empara sans façon de plusieurs idées qu'il avait apprises de l'évêque de Besançon, dans la fameuse discussion qu'il avait eue avec ce prélat ; ce ne furent pas les moins goûtées.

Lorsque l'on fut las de parler de poètes, la marquise, qui se faisait une loi d'admirer tout ce qui amusait son mari, daigna regarder Julien. Les manières gauches de ce jeune abbé cachent peut-être un homme instruit, dit à la marquise l'académicien qui se trouvait près d'elle ; et Julien en entendit quelque chose. Les phrases toutes faites convenaient assez à l'esprit de la maîtresse de la maison ; elle adopta celle-ci sur Julien, et se sut bon gré d'avoir engagé l'académicien à dîner. Il amuse M. de La Mole, pensait-elle.

CHAPITRE III

LES PREMIERS PAS

Cette immense vallée remplie de lumières éclatantes et de tant de milliers d'hommes éblouit ma vue. Pas un ne me connaît, tous me sont supérieurs. Ma tête se perd.

Poemi dell' av. REINA.

Le lendemain de fort bonne heure, Julien faisait des copies de lettres dans la bibliothèque, lorsque Mlle Mathilde y entra par une petite porte de dégage-

ment, fort bien cachée avec des dos de livres. Pendant
que Julien admirait cette invention, Mlle Mathilde [1]
paraissait fort étonnée et assez contrariée de le rencontrer là. Julien lui trouva en papillotes l'air dur, hautain
et presque masculin. Mlle de La Mole avait le secret
de voler des livres dans la bibliothèque de son père,
sans qu'il y parût. La présence de Julien rendait inutile
sa course de ce matin, ce qui la contraria d'autant plus,
qu'elle venait chercher le second volume de *la Princesse
de Babylone* de Voltaire, digne complément d'une éducation éminemment monarchique et religieuse, chef-
d'œuvre du Sacré-Cœur! Cette pauvre fille, à dix-neuf
ans, avait déjà besoin du piquant de l'esprit pour s'intéresser à un roman.

Le comte Norbert parut dans la bibliothèque vers les
trois heures ; il venait étudier un journal, pour pouvoir
parler politique le soir, et fut bien aise de rencontrer
Julien, dont il avait oublié l'existence. Il fut parfait
pour lui ; il lui offrit de monter à cheval.

— Mon père nous donne congé jusqu'au dîner.

Julien comprit ce *nous* et le trouva charmant.

— Mon Dieu, monsieur le comte, dit Julien, s'il
s'agissait d'abattre un arbre de quatre-vingts pieds de
haut, de l'équarrir et d'en faire des planches, je m'en
tirerais bien, j'ose le dire ; mais monter à cheval, cela
ne m'est pas arrivé six fois en ma vie.

— Eh bien, ce sera la septième, dit Norbert.

Au fond, Julien se rappelait l'entrée du roi de ***, à
Verrières, et croyait monter à cheval supérieurement.
Mais, en revenant du bois de Boulogne, au beau milieu
de la rue du Bac, il tomba, en voulant éviter brusquement un cabriolet, et se couvrit de boue. Bien lui prit
d'avoir deux habits. Au dîner, le marquis voulant lui
adresser la parole, lui demanda des nouvelles de sa
promenade ; Norbert se hâta de répondre en termes
généraux.

— Monsieur le comte est plein de bontés pour moi,
reprit Julien, je l'en remercie, et j'en sens tout le prix.

Il a daigné me faire donner le cheval le plus doux et le plus joli ; mais enfin il ne pouvait pas m'y attacher, et, faute de cette précaution, je suis tombé au beau milieu de cette rue si longue, près du pont.

Mlle Mathilde essaya en vain de dissimuler un éclat de rire, ensuite son indiscrétion demanda des détails. Julien s'en tira avec beaucoup de simplicité ; il eut de la grâce sans le savoir.

— J'augure bien de ce petit prêtre, dit le marquis à l'académicien ; un provincial simple en pareille occurrence ! C'est ce qui ne s'est jamais vu et ne se verra plus ; et encore il raconte son malheur devant des *dames*!

Julien mit tellement les auditeurs à leur aise sur son infortune, qu'à la fin du dîner, lorsque la conversation générale eut pris un autre cours, Mlle Mathilde faisait des questions à son frère sur les détails de l'événement malheureux. Ses questions se prolongeant, et Julien rencontrant ses yeux plusieurs fois, il osa répondre directement, quoiqu'il ne fût pas interrogé, et tous trois finirent par rire, comme auraient pu faire trois jeunes habitants d'un village au fond d'un bois.

Le lendemain, Julien assista à deux cours de théologie, et revint ensuite transcrire une vingtaine de lettres. Il trouva établi près de lui, dans la bibliothèque, un jeune homme mis avec beaucoup de soin, mais la tournure était mesquine et la physionomie celle de l'envie.

Le marquis entra.

— Que faites-vous ici, monsieur Tanbeau ? dit-il au nouveau venu d'un ton sévère.

— Je croyais..., reprit le jeune homme en souriant bassement.

— Non, monsieur, vous *ne croyiez pas*. Ceci est un essai, mais il est malheureux.

Le jeune Tanbeau se leva furieux et disparut. C'était un neveu de l'académicien, ami de Mme de La Mole, il se destinait aux lettres. L'académicien avait obtenu que le marquis le prendrait pour secrétaire. Tanbeau, qui travaillait dans une chambre écartée, ayant su la

faveur dont Julien était l'objet, voulut la partager,
et le matin il était venu établir son écritoire dans la
bibliothèque.

A quatre heures, Julien osa, après un peu d'hésitation, paraître chez le comte Norbert. Celui-ci allait monter à cheval, et fut embarrassé, car il était parfaitement
poli.

— Je pense, dit-il à Julien, que bientôt vous irez au
manège ; et après quelques semaines, je serai ravi de
monter à cheval avec vous.

— Je voulais avoir l'honneur de vous remercier des
bontés que vous avez eues pour moi ; croyez, monsieur,
ajouta Julien d'un air fort sérieux, que je sens tout
ce que je vous dois. Si votre cheval n'est pas blessé par
suite de ma maladresse d'hier, et s'il est libre, je dési-
rerais le monter ce matin.

— Ma foi, mon cher Sorel, à vos risques et périls.
Supposez que je vous ai fait toutes les objections que
réclame la prudence ; le fait est qu'il est quatre heures,
nous n'avons pas de temps à perdre.

Une fois qu'il fut à cheval :

— Que faut-il faire pour ne pas tomber ? dit Julien au
jeune comte.

— Bien des choses, répondit Norbert en riant aux
éclats : par exemple, tenir le corps en arrière.

Julien prit le grand trot. On était sur la place
Louis XVI.

— Ah ! jeune téméraire, dit Norbert, il y a trop de
voitures, et encore menées par des imprudents ! Une fois
par terre, leurs tilburys vont vous passer sur le corps ;
ils n'iront pas risquer de gâter la bouche de leur cheval en
l'arrêtant tout court.

Vingt fois Norbert vit Julien sur le point de tomber ;
mais enfin la promenade finit sans accident. En rentrant, le jeune comte dit à sa sœur :

— Je vous présente un hardi casse-cou.

A dîner, parlant à son père, d'un bout de la table à
l'autre, il rendit justice à la hardiesse de Julien ; c'était

tout ce qu'on pouvait louer dans sa façon de monter à cheval. Le jeune comte avait entendu le matin les gens qui pansaient les chevaux dans la cour prendre texte de la chute de Julien pour se moquer de lui outrageusement.

Malgré tant de bonté, Julien se sentit bientôt parfaitement isolé au milieu de cette famille. Tous les usages lui semblaient singuliers, et il manquait à tous. Ses bévues faisaient la joie des valets de chambre.

L'abbé Pirard était parti pour sa cure. Si Julien est un faible roseau, qu'il périsse ; si c'est un homme de cœur, qu'il se tire d'affaire tout seul, pensait-il.

CHAPITRE IV

L'HOTEL DE LA MOLE

*Que fait-il ici ! s'y plairait-il ? penserait-il
y plaire ?*

RONSARD.

Si tout semblait étrange à Julien, dans le noble salon de l'hôtel de La Mole, ce jeune homme, pâle et vêtu de noir [1], semblait à son tour fort singulier aux personnes qui daignaient le remarquer. Mme de La Mole proposa à son mari de l'envoyer en mission les jours où l'on avait à dîner certains personnages.

— J'ai envie de pousser l'expérience jusqu'au bout, répondit le marquis. L'abbé Pirard prétend que nous avons tort de briser l'amour-propre des gens que nous admettons auprès de nous. *On ne s'appuie que sur ce qui résiste*, etc. Celui-ci n'est inconvenant que par sa figure inconnue, c'est du reste un sourd-muet.

Pour que je puisse m'y reconnaître, il faut, se dit Julien, que j'écrive les noms et un mot sur le caractère des personnages que je vois arriver dans ce salon.

Il plaça en première ligne cinq ou six amis de la maison, qui lui faisaient la cour à tout hasard, le croyant protégé par un caprice du marquis. C'étaient de pauvres hères, plus ou moins plats ; mais il faut le dire à la louange de cette classe d'hommes telle qu'on la trouve aujourd'hui dans les salons de l'aristocratie, ils n'étaient pas plats également pour tous. Tel d'entre eux se fût laissé malmener par le marquis, qui se fût révolté contre un mot dur à lui adressé par Mme de La Mole.

Il y avait trop de fierté et trop d'ennui au fond du caractère des maîtres de la maison ; ils étaient trop accoutumés à outrager pour se désennuyer, pour qu'ils pussent espérer de vrais amis. Mais, excepté les jours de pluie, et dans les moments d'ennui féroce, qui étaient rares, on les trouvait toujours d'une politesse parfaite.

Si les cinq ou six complaisants qui témoignaient une amitié si paternelle à Julien eussent déserté l'hôtel de La Mole, la marquise eût été exposée à de grands moments de solitude ; et, aux yeux des femmes de ce rang, la solitude est affreuse : c'est l'emblème de la *disgrâce.*

Le marquis était parfait pour sa femme ; il veillait à ce que son salon fût suffisamment garni ; non pas de pairs, il trouvait ses nouveaux collègues pas assez nobles pour venir chez lui comme amis, pas assez amusants pour y être admis comme subalternes.

Ce ne fut que bien plus tard que Julien pénétra ces secrets. La politique dirigeante qui fait l'entretien des maisons bourgeoises n'est abordée dans celles de la classe du marquis, que dans les instants de détresse.

Tel est encore, même dans ce siècle ennuyé, l'empire de la nécessité de s'amuser que même les jours de dîners, à peine le marquis avait-il quitté le salon, que tout le monde s'enfuyait. Pourvu qu'on ne plaisantât ni de Dieu, ni des prêtres, ni du roi, ni des gens en place, ni

des artistes protégés par la cour, ni de tout ce qui est
établi ; pourvu qu'on ne dît du bien ni de Béranger, ni
des journaux de l'opposition, ni de Voltaire, ni de Rousseau, ni de tout ce qui se permet un peu de franc-parler ;
pourvu surtout qu'on ne parlât jamais politique, on
pouvait librement raisonner de tout.

Il n'y a pas de cent mille écus de rente ni de cordon
bleu qui puissent lutter contre une telle charte de salon.
La moindre idée vive semblait une grossièreté. Malgré
le bon ton, la politesse parfaite, l'envie d'être agréable,
l'ennui se lisait sur tous les fronts. Les jeunes gens qui
venaient rendre des devoirs, ayant peur de parler de
quelque chose qui fît soupçonner une pensée, ou de
trahir quelque lecture prohibée, se taisaient après quelques mots bien élégants sur Rossini et le t nps qu'il
faisait.

Julien observa que la conversation était ordinairement maintenue vivante par deux vicomtes et cinq
barons que M. de La Mole avait connus dans l'émigration. Ces messieurs jouissaient de six à huit mille livres
de rente ; quatre tenaient pour *La Quotidienne*, et trois
pour la *Gazette de France*. L'un d'eux avait tous les
jours à raconter quelque anecdote du Château où le mot
admirable n'était pas épargné. Julien remarqua qu'il
avait cinq croix, les autres n'en avaient en général que
trois.

En revanche, on voyait dans l'antichambre dix laquais
en livrée, et toute la soirée on avait des glaces ou du thé
tous les quarts d'heure ; et, sur le minuit, une espèce de
souper avec du vin de Champagne.

C'était la raison qui quelquefois faisait rester Julien
jusqu'à la fin ; du reste, il ne comprenait presque pas
que l'on pût écouter sérieusement la conversation ordinaire de ce salon, si magnifiquement doré. Quelquefois,
il regardait les interlocuteurs, pour voir si eux-mêmes ne
se moquaient pas de ce qu'ils disaient. Mon M. de Maistre, que je sais par cœur, a dit cent fois mieux, pensait-il,
et encore est-il bien ennuyeux.

Julien n'était pas le seul à s'apercevoir de l'asphyxie morale. Les uns se consolaient en prenant force glaces ; les autres par le plaisir de dire tout le reste de la soirée : je sors de l'hôtel de La Mole, où j'ai su que la Russie, etc.

Julien apprit, d'un des complaisants, qu'il n'y avait pas encore six mois que Mme de La Mole avait récompensé une assiduité de plus de vingt années en faisant préfet le pauvre baron Le Bourguignon, sous-préfet depuis la Restauration.

Ce grand événement avait retrempé le zèle de tous ces messieurs ; ils se seraient fâchés de bien peu de chose auparavant, ils ne se fâchèrent plus de rien. Rarement, le manque d'égards était direct, mais Julien avait déjà surpris à table, deux ou trois petits dialogues brefs, entre le marquis et sa femme, cruels pour ceux qui étaient placés auprès d'eux. Ces nobles personnages ne dissimulaient pas le mépris sincère pour tout ce qui n'était pas issu de gens *montant dans les carrosses du roi*. Julien observa que le mot *croisade* était le seul qui donnât à leur figure l'expression du sérieux profond, mêlé de respect. Le respect ordinaire avait toujours une nuance de complaisance.

Au milieu de cette magnificence et de cet 'ennui, Julien ne s'intéressait à rien qu'à M. de La Mole ; il l'entendit avec plaisir protester un jour qu'il n'était pour rien dans l'avancement de ce pauvre Le Bourguignon. C'était une attention pour la marquise : Julien savait la vérité par l'abbé Pirard.

Un matin que l'abbé travaillait avec Julien, dans la bibliothèque du marquis, à l'éternel procès de Frilair :

— Monsieur, dit Julien tout à coup, dîner tous les jours avec Mme la marquise, est-ce un de mes devoirs, ou est-ce une bonté que l'on a pour moi ?

— C'est un honneur insigne ! reprit l'abbé, scandalisé. Jamais M. N... l'académicien, qui, depuis quinze ans, fait une cour assidue, n'a pu l'obtenir pour son neveu M. Tanbeau.

— C'est pour moi, monsieur, la partie la plus pénible

de mon emploi. Je m'ennuyais moins au séminaire. Je
vois bâiller quelquefois jusqu'à Mlle de La Mole, qui
pourtant doit être accoutumée à l'amabilité des amis de
la maison. J'ai peur de m'endormir. De grâce, obtenez-
moi la permission d'aller dîner à quarante sous dans
quelque auberge obscure.

L'abbé, véritable parvenu, était fort sensible à l'honneur de dîner avec un grand seigneur. Pendant qu'il
s'efforçait de faire comprendre ce sentiment par Julien,
un bruit léger leur fit tourner la tête. Julien vit Mlle de
La Mole qui écoutait. Il rougit. Elle était venue chercher
un livre et avait tout entendu ; elle prit quelque considération pour Julien. Celui-là n'est pas né à genoux,
pensa-t-elle, comme ce vieil abbé. Dieu ! qu'il est laid.

A dîner, Julien n'osait pas regarder Mlle de La Mole,
mais elle eut la bonté de lui adresser la parole. Ce jour-là,
on attendait beaucoup de monde, elle l'engagea à rester.
Les jeunes filles de Paris n'aiment guère les gens d'un
certain âge, surtout quand ils sont mis sans soin. Julien
n'avait pas eu besoin de beaucoup de sagacité pour
s'apercevoir que les collègues de M. le Bourguignon,
restés dans le salon, avaient l'honneur d'être l'objet
ordinaire des plaisanteries de Mlle de La Mole. Ce jour-
là, qu'il y eût ou non de l'affectation de sa part, elle
fut cruelle pour les ennuyeux.

Mlle de La Mole était le centre d'un petit groupe qui
se formait presque tous les soirs derrière l'immense
bergère de la marquise. Là, se trouvaient le marquis de
Croisenois, le comte de Caylus, le vicomte de Luz et
deux ou trois autres jeunes officiers, amis de Norbert
ou de sa sœur. Ces messieurs s'asseyaient sur un grand
canapé bleu [1]. A l'extrémité du canapé, opposée à celle
qu'occupait la brillante Mathilde, Julien était placé
silencieusement sur une petite chaise de paille assez basse.
Ce poste modeste était envié par tous les complaisants ;
Norbert y maintenait décemment le jeune secrétaire de
son père, en lui adressant la parole ou en le nommant
une ou deux fois par soirée. Ce jour-là, Mlle de La Mole

lui demanda quelle pouvait être la hauteur de la montagne sur laquelle est placée la citadelle de Besançon.
Jamais Julien ne put dire si cette montagne était plus
ou moins haute que Montmartre. Souvent il riait de
grand cœur de ce qu'on disait dans ce petit groupe ;
mais il se sentait incapable de rien inventer de semblable. C'était comme une langue étrangère qu'il eût comprise, mais qu'il n'eût pu parler.

Les amis de Mathilde étaient ce jour-là en hostilité
continue avec les gens qui arrivaient dans ce vaste
salon. Les amis de la maison eurent d'abord la préférence, comme étant mieux connus. On peut juger si
Julien était attentif ; tout l'intéressait, et le fond des
choses et la manière d'en plaisanter.

— Ah! voici M. Descoulis, dit Mathilde, il n'a plus de
perruque ; est-ce qu'il voudrait arriver à la préfecture
par le génie? Il étale ce front chauve qu'il dit rempli
de hautes pensées.

— C'est un homme qui connaît toute la terre, dit le
marquis de Croisenois ; il vient aussi chez mon oncle le
cardinal. Il est capable de cultiver un mensonge auprès
de chacun de ses amis, pendant des années de suite,
et il a deux ou trois cents amis. Il sait alimenter l'amitié,
c'est son talent. Tel que vous le voyez, il est déjà crotté,
à la porte d'un de ses amis, dès les sept heures du matin,
en hiver.

Il se brouille de temps en temps, et il écrit sept ou huit
lettres pour la brouillerie. Puis il se réconcilie, et il a sept
ou huit lettres pour les transports d'amitié. Mais c'est
dans l'épanchement franc et sincère de l'honnête homme
qui ne garde rien sur le cœur, qu'il brille le plus. Cette
manœuvre paraît, quand il a quelque service à demander.
Un des grands vicaires de mon oncle est admirable
quand il raconte la vie de M. Descoulis depuis la Restauration. Je vous l'amènerai.

— Bah! je ne croirais pas à ces propos ; c'est jalousie
de métier entre petites gens, dit le comte de Caylus.

— M. Descoulis aura un nom dans l'histoire, reprit

le marquis ; il a fait la Restauration avec l'abbé de Pradt
et MM. de Talleyrand et Pozzo di Borgo.

— Cet homme a manié des millions, dit Norbert,
et je ne conçois pas qu'il vienne ici embourser les épigrammes de mon père, souvent abominables. Combien
avez-vous trahi de fois vos amis, mon cher Descoulis ?
lui criait-il l'autre jour, d'un bout de la table à l'autre.

— Mais est-il vrai qu'il ait trahi ? dit Mlle de La Mole.
Qui n'a pas trahi ?

— Quoi ! dit le comte de Caylus à Norbert, vous avez
chez vous M. Sainclair [1], ce fameux libéral ; et que diable
vient-il y faire ? Il faut que je l'approche, que je
lui parle, que je me fasse parler ; on dit qu'il a tant
d'esprit.

— Mais comment ta mère va-t-elle le recevoir ? dit
M. de Croisenois. Il a des idées si extravagantes, si généreuses, si indépendantes...

— Voyez, dit Mlle de La Mole, voilà l'homme indépendant, qui salue jusqu'à terre M. Descoulis, et qui
saisit sa main. J'ai presque cru qu'il allait la porter à
ses lèvres.

— Il faut que Descoulis soit mieux avec le pouvoir que
nous ne le croyons, reprit M. de Croisenois.

— Sainclair vient ici pour être de l'Académie, dit
Norbert ; voyez comme il salue le baron L..., Croisenois.

— Il serait moins bas de se mettre à genoux, reprit
M. de Luz.

— Mon cher Sorel, dit Norbert, vous qui avez de
l'esprit, mais qui arrivez de vos montagnes, tâchez de ne
jamais saluer comme fait ce grand poète, fût-ce Dieu
le père.

— Ah ! voici l'homme d'esprit par excellence, M. le
baron Bâton, dit Mlle de La Mole, imitant un peu la
voix du laquais qui venait de l'annoncer.

— Je crois que même vos gens se moquent de lui.
Quel nom, baron Bâton ! dit M. de Caylus.

— Que fait le nom ? nous disait-il l'autre jour, reprit
Mathilde. Figurez-vous le duc de Bouillon annoncé pour

la première fois ; il ne manque au public, à mon égard,
qu'un peu d'habitude...

Julien quitta le voisinage du canapé. Peu sensible
encore aux charmantes finesses d'une moquerie légère,
pour rire d'une plaisanterie, il prétendait qu'elle fût
fondée en raison. Il ne voyait, dans les propos de ces
jeunes gens, que le ton de dénigrement général, et en
était choqué. Sa pruderie provinciale ou anglaise allait
jusqu'à y voir de l'envie, en quoi assurément il se trompait.

Le comte Norbert, se disait-il, à qui j'ai vu faire trois
brouillons pour une lettre de vingt lignes à son colonel,
serait bien heureux s'il avait écrit de sa vie une page
comme celles de M. Sinclair.

Passant inaperçu à cause de son peu d'importance,
Julien s'approcha successivement de plusieurs groupes ;
il suivait de loin le baron Bâton et voulait l'entendre.
Cet homme de tant d'esprit avait l'air inquiet, et Julien
ne le vit se remettre un peu que lorsqu'il eut trouvé trois
ou quatre phrases piquantes. Il sembla à Julien que ce
genre d'esprit avait besoin d'espace.

Le baron ne pouvait pas dire des mots ; il lui fallait
au moins quatre phrases de six lignes chacune pour être
brillant.

— *Cet homme disserte, il ne cause pas*, disait quelqu'un
derrière Julien. Il se retourna et rougit de plaisir quand il
entendit nommer le comte Chalvet. C'est l'homme le
plus fin du siècle. Julien avait souvent trouvé son nom
dans le *Mémorial de Sainte-Hélène* et dans les morceaux
d'histoire dictés par Napoléon. Le comte Chalvet était
bref dans sa parole ; ses traits étaient des éclairs, justes,
vifs, profonds. S'il parlait d'une affaire, sur-le-champ on
voyait la discussion faire un pas. Il y portait des faits,
c'était plaisir de l'entendre. Du reste, en politique, il
était cynique effronté.

— Je suis indépendant, moi, disait-il à un monsieur
portant trois plaques, et dont apparemment il se moquait.
Pourquoi veut-on que je sois aujourd'hui de la même

opinion qu'il y a six semaines ? En ce cas, mon opinion
serait mon tyran.

Quatre jeunes gens graves, qui l'entouraient, firent la
mine ; ces messieurs n'aiment pas le genre plaisant. Le
comte vit qu'il était allé trop loin. Heureusement il
aperçut l'honnête M. Balland, tartufe d'honnêteté. Le
comte se mit à lui parler ; on se rapprocha, on comprit
que le pauvre Balland allait être immolé. A force de
morale et de moralité, quoique horriblement laid, et
après des premiers pas dans le monde, difficiles à raconter, M. Balland a épousé une femme fort riche, qui est
morte ; ensuite une seconde femme fort riche, que l'on
ne voit point dans le monde. Il jouit en toute humilité
de soixante mille livres de rente, et a lui-même des flatteurs. Le comte Chalvet lui parla de tout cela et sans
pitié. Il y eut bientôt autour d'eux un cercle de trente
personnes. Tout le monde souriait, même les jeunes
gens graves, l'espoir du siècle.

Pourquoi vient-il chez M. de La Mole, où il est le plas-
tron évidemment ? pensa Julien. Il se rapprocha de
l'abbé Pirard, pour le lui demander.

M. Balland s'esquiva.

— Bon ! dit Norbert, voilà un des espions de mon
père parti ; il ne reste plus que le petit boiteux Napier.

Serait-ce là le mot de l'énigme ? pensa Julien. Mais,
en ce cas, pourquoi le marquis reçoit-il M. Balland ?

Le sévère abbé Pirard faisait la mine dans un coin du
salon, en entendant les laquais annoncer.

— C'est donc une caverne, disait-il comme Basile, je
ne vois arriver que des gens tarés.

C'est que le sévère abbé ne connaissait pas ce qui tient
à la haute société. Mais, par ses amis les jansénistes, il
avait des notions fort exactes sur ces hommes qui n'arrivent dans les salons que par leur extrême finesse au
service de tous les partis, ou leur fortune scandaleuse.
Pendant quelques minutes, ce soir-là, il répondit d'abondance de cœur aux questions empressées de Julien, puis
s'arrêta tout court, désolé d'avoir toujours du mal à dire

de tout le monde, et se l'imputant à péché. Bilieux, janséniste, et croyant au devoir de la charité chrétienne, sa
vie dans le monde était un combat.

— Quelle figure a cet abbé Pirard ! disait Mlle de La
Mole, comme Julien se rapprochait du canapé.

Julien se sentit irrité, mais pourtant elle avait raison.
M. Pirard était sans contredit le plus honnête homme du
salon, mais sa figure couperosée, qui s'agitait des bourrè-
lements de sa conscience, le rendait hideux en ce moment.
Croyez après cela aux physionomies, pensa Julien ; c'est
dans le moment où la délicatesse de l'abbé Pirard se
reproche quelque peccadille, qu'il a l'air atroce ; tandis
que sur la figure de ce Napier, espion connu de tous, on
lit un bonheur pur et tranquille. L'abbé Pirard avait fait
cependant de grandes concessions à son parti, il avait
pris un domestique, il était fort bien vêtu.

Julien remarqua quelque chose de singulier dans le
salon : c'était un mouvement de tous les yeux vers la
porte et un demi-silence subit. Le laquais annonçait le
fameux baron de Tolly, sur lequel les élections venaient
de fixer tous les regards. Julien s'avança et le vit fort
bien. Le baron présidait un collège : il eut l'idée lumi-
neuse d'escamoter les petits carrés de papier portant les
votes d'un des partis. Mais, pour qu'il y eût compensation,
il les remplaçait à mesure par d'autres petits morceaux
de papier portant un nom qui lui était agréable. Cette
manœuvre décisive fut aperçue par quelques électeurs
qui s'empressèrent de faire compliment au baron de
Tolly. Le bonhomme était encore pâle de cette grande
affaire. Des esprits mal faits avaient prononcé le mot de
galères. M. de La Mole le reçut froidement. Le pauvre
baron s'échappa.

— S'il nous quitte si vite, c'est pour aller chez
M. Comte, dit le comte Chalvet ; et l'on rit.

Au milieu de quelques grands seigneurs muets, et des
intrigants, la plupart tarés, mais tous gens d'esprit, qui,
ce soir-là, abordaient successivement dans le salon de
M. de La Mole (on parlait de lui pour un ministère),

le petit Tanbeau faisait ses premières armes. S'il n'avait pas encore la finesse des aperçus, il s'en dédommageait, comme on va voir, par l'énergie des paroles.

— Pourquoi ne pas condamner cet homme à dix ans de prison ? disait-il au moment où Julien approcha de son groupe ; c'est dans un fond de basse-fosse qu'il faut confiner les reptiles ; on doit les faire mourir à l'ombre, autrement leur venin s'exalte et devient plus dangereux. A quoi bon le condamner à mille écus d'amende ? Il est pauvre, soit, tant mieux ; mais son parti payera pour lui. Il fallait cinq cents francs d'amende et dix ans de basse-fosse.

Eh bon Dieu ! quel est donc le monstre dont on parle ? pensa Julien, qui admirait le ton véhément et les gestes saccadés de son collègue. La petite figure maigre et tirée du neveu favori de l'académicien était hideuse en ce moment. Julien apprit bientôt qu'il s'agissait du plus grand poète de l'époque.

— Ah, monstre ! s'écria Julien à demi haut, et des larmes généreuses vinrent mouiller ses yeux. Ah, petit gueux ! pensa-t-il, je te revaudrai ce propos.

Voilà pourtant, pensa-t-il, les enfants perdus du parti dont le marquis est un des chefs ! Et cet homme illustre qu'il calomnie, que de croix, que de sinécures n'eût-il pas accumulées, s'il se fût vendu, je ne dis pas au plat ministère de M. de Nerval [1], mais à quelqu'un de ces ministres passablement honnêtes que nous avons vus se succéder ?

L'abbé Pirard fit signe de loin à Julien ; M. de La Mole venait de lui dire un mot. Mais quand Julien, qui dans ce moment écoutait, les yeux baissés, les gémissements d'un évêque, fut libre enfin, et put approcher de son ami, il le trouva accaparé par cet abominable petit Tanbau. Ce petit monstre l'exécrait comme la source de la faveur de Julien, et venait lui faire la cour.

Quand la mort nous délivrera-t-elle de cette vieille pourriture ? C'était dans ces termes, d'une énergie biblique, que le petit homme de lettres parlait en ce moment du

respectable lord Holland [1]. Son mérite était de savoir
très bien la biographie des hommes vivants, et il venait
de faire une revue rapide de tous les hommes qui pouvaient aspirer à quelque influence sous le règne du nouveau roi d'Angleterre.

L'abbé Pirard passa dans un salon voisin ; Julien le
suivit :

— Le marquis n'aime pas les écrivailleurs, je vous en
avertis ; c'est sa seule antipathie. Sachez le latin, le grec,
si vous pouvez, l'histoire des Égyptiens, des Perses, etc.,
il vous honorera et vous protégera comme un savant.
Mais n'allez pas écrire une page en français, et surtout
sur des matières graves et au-dessus de votre position
dans le monde, il vous appellerait écrivailleur, et vous
prendrait en guignon. Comment, habitant l'hôtel d'un
grand seigneur, ne savez-vous pas le mot du duc de
Castries sur d'Alembert et Rousseau : Cela veut raisonner de tout, et n'a pas mille écus de rente.

Tout se sait, pensa Julien, ici comme au séminaire !
Il avait écrit huit ou dix pages assez emphatiques :
c'était une sorte d'éloge historique du vieux chirurgien-
major qui, disait-il, l'avait fait homme. Et ce petit cahier,
se dit Julien, a toujours été fermé à clef ! Il monta chez
lui, brûla son manuscrit, et revint au salon. Les coquins
brillants l'avaient quitté, il ne restait que les hommes à
plaques.

Autour de la table, que les gens venaient d'apporter
toute servie, se trouvaient sept à huit femmes fort nobles,
fort dévotes, fort affectées, âgées de trente à trente-cinq
ans. La brillante maréchale de Fervaques entra en faisant des excuses sur l'heure tardive. Il était plus de
minuit ; elle alla prendre place auprès de la marquise.
Julien fut profondément ému ; elle avait les yeux et le
regard de Mme de Rênal.

Le groupe de Mlle de La Mole était encore peuplé. Elle
était occupée avec ses amis à se moquer du malheureux
comte de Thaler. C'était le fils unique de ce fameux
juif, célèbre par les richesses qu'il avait acquises en

prêtant de l'argent aux rois pour faire la guerre aux peuples. Le juif venait de mourir laissant à son fils cent mille écus de rente par mois, et un nom, hélas, trop connu ! Cette position singulière eût exigé de la simplicité dans le caractère, ou beaucoup de force de volonté.

Malheureusement, le comte n'était qu'un bon homme garni de toutes sortes de prétentions qui lui étaient inspirées par ses flatteurs.

M. de Caylus prétendait qu'on lui avait donné la volonté de demander en mariage Mlle de La Mole (à laquelle le marquis de Croisenois, qui devait être duc avec cent mille livres de rente, faisait la cour).

— Ah ! ne l'accusez pas d'avoir une volonté, disait piteusement Norbert.

Ce qui manquait peut-être le plus à ce pauvre comte de Thaler, c'était la faculté de vouloir. Par ce côté de son caractère il eût été digne d'être roi. Prenant sans cesse conseil de tout le monde, il n'avait le courage de suivre aucun avis jusqu'au bout.

Sa physionomie eût suffi à elle seule, disait Mlle de La Mole, pour lui inspirer une joie éternelle [1]. C'était un mélange singulier d'inquiétude et de désappointement ; mais de temps à autre on y distinguait fort bien des bouffées d'importance et de ce ton tranchant que doit avoir l'homme le plus riche de France, quand surtout il est assez bien fait de sa personne et n'a pas encore trente-six ans. Il est timidement insolent, disait M. de Croisenois. Le comte de Caylus, Norbert et deux ou trois jeunes gens à moustaches le persiflèrent tant qu'ils voulurent, sans qu'il s'en doutât, et enfin, le renvoyèrent comme une heure sonnait :

— Sont-ce vos fameux chevaux arabes qui vous attendent à la porte par le temps qu'il fait ? lui dit Norbert.

— Non ; c'est un nouvel attelage bien moins cher, répondit M. de Thaler. Le cheval de gauche me coûte cinq mille francs, et celui de droite ne vaut que cent louis ; mais je vous prie de croire qu'on ne l'attelle que de nuit. C'est que son trot est parfaitement semblable à celui de l'autre.

La réflexion de Norbert fit penser au comte qu'il était décent pour un homme comme lui d'avoir la passion des chevaux, et qu'il ne fallait pas laisser mouiller les siens. Il partit, et ces messieurs sortirent un instant après en se moquant de lui.

Ainsi, pensait Julien en les entendant rire dans l'escalier, il m'a été donné de voir l'autre extrême de ma situation ! Je n'ai pas vingt louis de rente, et je me suis trouvé côte à côte avec un homme qui a vingt louis de rente par heure, et l'on se moquait de lui... Une telle vue guérit de l'envie.

CHAPITRE V

LA SENSIBILITÉ ET UNE GRANDE DAME DÉVOTE

Une idée un peu vive y a l'air d'une grossièreté,
tant on y est accoutumé aux mots sans relief.
Malheur à qui invente en parlant !

FAUBLAS.

Après plusieurs mois d'épreuves, voici où en était Julien le jour où l'intendant de la maison lui remit le troisième quartier de ses appointements. M. de La Mole l'avait chargé de suivre l'administration de ses terres en Bretagne et en Normandie. Julien y faisait de fréquents

voyages. Il était chargé, en chef, de la correspondance
relative au fameux procès avec l'abbé de Frilair. M. Pirard l'avait instruit.

Sur les courtes notes que le marquis griffonnait en
marge des papiers de tout genre qui lui étaient adressés,
Julien composait des lettres qui presque toutes étaient
signées.

A l'école de théologie, ses professeurs se plaignaient
de son peu d'assiduité, mais ne l'en regardaient pas
moins comme un de leurs élèves les plus distingués. Ces
différents travaux, saisis avec toute l'ardeur de l'ambition souffrante, avaient bien vite enlevé à Julien les
fraîches couleurs qu'il avait apportées de la province.
Sa pâleur était un mérite aux yeux des jeunes séminaristes ses camarades ; il les trouvait beaucoup moins
méchants, beaucoup moins à genoux devant un écu que
ceux de Besançon ; eux le croyaient attaqué de la poitrine. Le marquis lui avait donné un cheval.

Craignant d'être rencontré dans ses courses à cheval,
Julien leur avait dit que cet exercice lui était prescrit
par les médecins. L'abbé Pirard l'avait mené dans plusieurs sociétés de jansénistes ¹. Julien fut étonné ; l'idée
de la religion était invinciblement liée dans son esprit à
celle d'hypocrisie et d'espoir de gagner de l'argent. Il
admira ces hommes pieux et sévères qui ne songent pas
au budget. Plusieurs jansénistes l'avaient pris en amitié
et lui donnaient des conseils. Un monde nouveau s'ouvrait devant lui. Il connut chez les jansénistes un comte
Altamira ² qui avait près de six pieds de haut, libéral
condamné à mort dans son pays, et dévot. Cet étrange
contraste, la dévotion et l'amour de la liberté, le frappa.

Julien était en froid avec le jeune comte. Norbert
avait trouvé qu'il répondait trop vivement aux plaisanteries de quelques-uns de ses amis. Julien, ayant
manqué une ou deux fois aux convenances, s'était prescrit de ne jamais adresser la parole à Mⁱˡᵉ Mathilde. On
était toujours parfaitement poli à son égard à l'hôtel
de La Mole ; mais il se sentait déchu. Son bon sens de

province expliquait cet effet par le proverbe vulgaire
tout beau tout nouveau [1].

Peut-être était-il un peu plus clairvoyant que les
premiers jours, ou bien le premier enchantement produit par l'urbanité parisienne était passé.

Dès qu'il cessait de travailler, il était en proie à un
ennui mortel ; c'est l'effet desséchant de la politesse
admirable, mais si mesurée, si parfaitement graduée
suivant les positions, qui distingue la haute société. Un
cœur un peu sensible voit l'artifice.

Sans doute, on peut reprocher à la province un ton
commun ou peu poli ; mais on se passionne un peu en
vous répondant. Jamais à l'hôtel de La Mole l'amour-
propre de Julien n'était blessé ; mais souvent, à la fin
de la journée, il se sentait l'envie de pleurer. En province,
un garçon de café prend intérêt à vous, s'il vous arrive
un accident en entrant dans son café ; mais si cet accident offre quelque chose de désagréable pour l'amour-
propre, en vous plaignant, il répétera dix fois le mot qui
vous torture. A Paris, on a l'attention de se cacher pour
rire, mais vous êtes toujours un étranger.

Nous passons sous silence une foule de petites aventures qui eussent donné des ridicules à Julien, s'il n'eût
pas été en quelque sorte au-dessous du ridicule. Une
sensibilité folle lui faisait commettre des milliers de
gaucheries. Tous ses plaisirs étaient de précaution : il
tirait le pistolet tous les jours, il était un des bons
élèves des plus fameux maîtres d'armes. Dès qu'il
pouvait disposer d'un instant, au lieu de l'employer à
lire comme autrefois, il courait au manège et demandait
les chevaux les plus vicieux. Dans les promenades avec
le maître du manège, il était presque régulièrement jeté
par terre.

Le marquis le trouvait commode à cause de son
travail obstiné, de son silence, de son intelligence, et peu
à peu lui confia la suite de toutes les affaires un peu
difficiles à débrouiller. Dans les moments où sa haute
ambition lui laissait quelque relâche, le marquis faisait

des affaires avec sagacité ; à portée de savoir des nouvelles, il jouait à la rente avec bonheur. Il achetait des
maisons, des bois ; mais il prenait facilement de l'humeur.
Il donnait des centaines de louis et plaidait pour des
centaines de francs. Les hommes riches qui ont le cœur
haut, cherchent dans les affaires de l'amusement et non
des résultats. Le marquis avait besoin d'un chef d'état-
major qui mît un ordre clair et facile à saisir dans toutes
ses affaires d'argent.

Mme de La Mole, quoique d'un caractère si mesuré, se
moquait quelquefois de Julien. *L'imprévu*, produit par
la sensibilité, est l'horreur des grandes dames ; c'est
l'antipode des convenances. Deux ou trois fois le marquis prit son parti : S'il est ridicule dans votre salon, il
triomphe dans son bureau. Julien, de son côté, crut
saisir le secret de la marquise. Elle daignait s'intéresser
à tout dès qu'on annonçait le baron de La Joumate [1].
C'était un être froid, à physionomie impassible. Il était
petit, mince, laid, fort bien mis, passait sa vie au Château,
et, en général, ne disait rien sur rien. Telle était sa façon
de penser. Mme de La Mole eût été passionnément heureuse, pour la première fois de sa vie, si elle eût pu en
faire le mari de sa fille.

CHAPITRE VI

MANIÈRE DE PRONONCER

Leur haute mission est de juger avec calme les petits événements de la vie journalière des peuples. Leur sagesse doit prévenir les grandes colères pour les petites causes, ou pour des événements que la voix de la renommée transfigure en les portant au loin.

GRATIUS.

Pour un nouveau débarqué, qui, par hauteur, ne faisait jamais de questions, Julien ne tomba pas dans de trop grandes sottises. Un jour, poussé dans un café de la rue Saint-Honoré, par une averse soudaine, un grand homme en redingote de castorine, étonné de son regard sombre, le regarda à son tour, absolument comme jadis à Besançon, l'amant de Mlle Amanda.

Julien s'était reproché trop souvent d'avoir laissé passer cette première insulte, pour souffrir ce regard. Il en demanda l'explication. L'homme en redingote lui adressa aussitôt les plus sales injures : tout ce qui était dans le café les entoura ; les passants s'arrêtaient devant la porte. Par une précaution de provincial, Julien portait toujours des petits pistolets ; sa main les serrait dans sa poche d'un mouvement convulsif. Cependant il fut sage, et se borna à répéter à son homme de minute en minute : *Monsieur, votre adresse ? je vous méprise.*

La constance avec laquelle il s'attachait à ces six mots finit par frapper la foule !

Dame ! il faut que l'autre qui parle tout seul lui donne son adresse. L'homme à la redingote, entendant cette décision souvent répétée, jeta au nez de Julien cinq ou six cartes. Aucune heureusement ne l'atteignit au visage,

il s'était promis de ne faire usage de ses pistolets que dans
le cas où il serait touché. L'homme s'en alla, non sans se
retourner de temps en temps pour le menacer du poing
et lui adresser des injures.

Julien se trouva baigné de sueur. Ainsi il est au pouvoir du dernier des hommes de m'émouvoir à ce point !
se disait-il avec rage. Comment tuer cette sensibilité
si humiliante ?

Où prendre un témoin ? il n'avait pas un ami. Il avait
eu plusieurs connaissances ; mais toutes, régulièrement,
au bout de six semaines de relations, s'éloignaient de
lui. Je suis insociable, et m'en voilà cruellement puni,
pensa-t-il. Enfin, il eut l'idée de chercher un ancien
lieutenant du 96ᵉ nommé Liévin, pauvre diable avec
qui il faisait souvent des armes. Julien fut sincère avec
lui.

— Je veux bien être votre témoin, dit Liévin, mais à
une condition : si vous ne blessez pas votre homme, vous
vous battrez avec moi, séance tenante.

— Convenu, dit Julien enchanté, et ils allèrent chercher M. C. de Beauvoisis à l'adresse indiquée par ses
billets, au fond du faubourg Saint-Germain.

Il était sept heures du matin. Ce ne fut qu'en se faisant annoncer chez lui que Julien pensa que ce pouvait
bien être le jeune parent de Mᵐᵉ de Rênal, employé jadis
à l'ambassade de Rome ou de Naples et qui avait donné
une lettre de recommandation au chanteur Geronimo.

Julien avait remis à un grand valet de chambre une
des cartes jetées la veille, et une des siennes.

On le fit attendre, lui et son témoin, trois grands
quarts d'heure ; enfin ils furent introduits dans un appartement admirable d'élégance. Ils trouvèrent un grand
jeune homme, mis comme une poupée ; ses traits of-
fraient la perfection et l'insignifiance de la beauté
grecque. Sa tête, remarquablement étroite, portait une
pyramide de cheveux du plus beau blond. Ils étaient
frisés avec beaucoup de soin, pas un cheveu ne dépas-
sait l'autre. C'est pour se faire friser ainsi, pensa le

lieutenant du 96e, que ce maudit fat nous a fait attendre.
La robe de chambre bariolée, le pantalon du matin,
tout, jusqu'aux pantoufles brodées, était correct et
merveilleusement soigné. Sa physionomie, noble et vide,
annonçait des idées convenables et rares : l'idéal de
l'homme aimable, l'horreur de l'imprévu et de la plaisanterie, beaucoup de gravité.

Julien, auquel son lieutenant du 96e avait expliqué
que se faire attendre si longtemps, après lui avoir jeté
grossièrement sa carte à la figure, était une offense de
plus, entra brusquement chez M. de Beauvoisis. Il avait
l'intention d'être insolent, mais il aurait bien voulu en
même temps être de bon ton.

Il fut si frappé de la douceur des manières de M. de
Beauvoisis, de son air à la fois compassé, important et
content de soi, de l'élégance admirable de ce qui l'entourait, qu'il perdit en un clin d'œil toute idée d'être insolent. Ce n'était pas son homme de la veille. Son étonnement fut tel de rencontrer un être aussi distingué au
lieu du grossier personnage rencontré au café, qu'il
ne put trouver une seule parole. Il présenta une des
cartes qu'on lui avait jetées.

— C'est mon nom, dit l'homme à la mode, auquel
l'habit noir de Julien, dès sept heures du matin, inspirait assez peu de considération ; mais je ne comprends
pas, d'honneur...

La manière de prononcer ces derniers mots rendit à
Julien une partie de son humeur.

— Je viens pour me battre avec vous, monsieur, et
il expliqua d'un trait toute l'affaire.

M. Charles de Beauvoisis, après y avoir mûrement
pensé, était assez content de la coupe de l'habit noir de
Julien. Il est de Staub, c'est clair, se disait-il en l'écoutant parler ; ce gilet est de bon goût, ces bottes sont
bien ; mais, d'un autre côté, cet habit noir dès le grand
matin !... Ce sera pour mieux échapper à la balle, se dit
le chevalier de Beauvoisis.

Dès qu'il se fut donné cette explication, il revint à

une politesse parfaite, et presque d'égal à égal envers Julien. Le colloque fut assez long, l'affaire était délicate ; mais enfin Julien ne put se refuser à l'évidence. Le jeune homme si bien né qu'il avait devant lui n'offrait aucun point de ressemblance avec le grossier personnage qui, la veille, l'avait insulté.

Julien éprouvait une invincible répugnance à s'en aller, il faisait durer l'explication. Il observait la suffisance du chevalier de Beauvoisis, c'est ainsi qu'il s'était nommé en parlant de lui, choqué de ce que Julien l'appelait simplement monsieur.

Il admirait sa gravité, mêlée d'une certaine fatuité modeste, mais qui ne l'abandonnait pas un seul instant. Il était étonné de sa manière singulière de remuer la langue en prononçant les mots... Mais enfin, dans tout cela, il n'y avait pas la plus petite raison de lui chercher querelle.

Le jeune diplomate offrait de se battre avec beaucoup de grâce, mais l'ex-lieutenant du 96e, assis depuis une heure, les jambes écartées, les mains sur les cuisses, et les coudes en dehors, décida que son ami M. Sorel n'était point fait pour chercher une querelle d'Allemand à un homme, parce qu'on avait volé à cet homme ses billets de visite.

Julien sortait de fort mauvaise humeur. La voiture du chevalier de Beauvoisis l'attendait dans la cour, devant le perron ; par hasard, Julien leva les yeux et reconnut son homme de la veille dans le cocher.

Le voir, le tirer par sa grande jaquette, le faire tomber de son siège et l'accabler de coups de cravache ne fut que l'affaire d'un instant. Deux laquais voulurent défendre leur camarade ; Julien reçut des coups de poing : au même instant il arma un de ses petits pistolets et le tira sur eux ; ils prirent la fuite. Tout cela fut l'affaire d'une minute.

Le chevalier de Beauvoisis descendait l'escalier avec la gravité la plus plaisante, répétant avec sa prononciation de grand seigneur : Qu'est ça ? qu'est ça ? Il était

évidemment fort curieux, mais l'importance diplomatique ne lui permettait pas de marquer plus d'intérêt.
Quand il sut de quoi il s'agissait, la hauteur le disputa
encore dans ses traits au sang-froid légèrement badin
qui ne doit jamais quitter une figure de diplomate.

Le lieutenant du 96e comprit que M. de Beauvoisis
avait envie de se battre : il voulut diplomatiquement
aussi conserver à son ami les avantages de l'initiative.
— Pour le coup, s'écria-t-il, il y a là matière à duel!
— Je le croirais assez, reprit le diplomate.

— Je chasse ce coquin, dit-il à ses laquais ; qu'un
autre monte. On ouvrit la portière de la voiture : le chevalier voulut absolument en faire les honneurs à Julien
et à son témoin. On alla chercher un ami de M. de Beauvoisis, qui indiqua une place tranquille. La conversation
en allant fut vraiment bien. Il n'y avait de singulier
que le diplomate en robe de chambre.

Ces messieurs, quoique très nobles, pensa Julien, ne
sont point ennuyeux comme les personnes qui viennent
dîner chez M. de La Mole ; et je vois pourquoi, ajouta-
t-il un instant après, ils se permettent d'être indécents.
On parlait des danseuses que le public avait distinguées
dans un ballet donné la veille. Ces messieurs faisaient
allusion à des anecdotes piquantes que Julien et son
témoin, le lieutenant du 96e, ignoraient absolument.
Julien n'eut point la sottise de prétendre les savoir ; il
avoua de bonne grâce son ignorance. Cette franchise
plut à l'ami du chevalier ; il lui raconta ces anecdotes
dans les plus grands détails, et fort bien.

Une chose étonna infiniment Julien. Un reposoir que
l'on construisait au milieu de la rue, pour la procession
de la Fête-Dieu, arrêta un instant la voiture. Ces
messieurs se permirent plusieurs plaisanteries ; le curé,
suivant eux, était fils d'un archevêque. Jamais chez le
marquis de La Mole, qui voulait être duc, on n'eût osé
prononcer un tel mot.

Le duel fut fini en un instant : Julien eut une balle
dans le bras ; on le lui serra avec des mouchoirs ; on les

mouilla avec de l'eau-de-vie, et le chevalier de Beauvoisis pria Julien très poliment de lui permettre de le reconduire chez lui, dans la même voiture qui l'avait
amené. Quand Julien indiqua l'hôtel de La Mole, il y
eut échange de regards entre le jeune diplomate et son
ami. Le fiacre de Julien était là, mais il trouvait la
conversation de ces messieurs infiniment plus amusante
que celle du bon lieutenant du 96ᵉ.

Mon Dieu! un duel, n'est-ce que ça! pensait Julien.
Que je suis heureux d'avoir retrouvé ce cocher! Quel
serait mon malheur, si j'avais dû supporter encore cette
injure dans un café! La conversation amusante n'avait
presque pas été interrompue. Julien comprit alors que
l'affectation diplomatique est bonne à quelque chose.

L'ennui n'est donc point inhérent, se disait-il, à une
conversation entre gens de haute naissance! Ceux-ci
plaisantent de la procession de la Fête-Dieu, ils osent
raconter et avec détails pittoresques des anecdotes fort
scabreuses. Il ne leur manque absolument que le raisonnement sur la chose politique, et ce manque-là est plus
que compensé par la grâce de leur ton et la parfaite
justesse de leurs expressions. Julien se sentait une vive
inclination pour eux. Que je serais heureux de les voir
souvent!

A peine se fut-on quitté, que le chevalier de Beauvoisis
courut aux informations : elles ne furent pas brillantes.

Il était fort curieux de connaître son homme ; pouvait-il décemment lui faire une visite? Le peu de renseignements qu'il put obtenir n'étaient pas d'une nature
encourageante.

— Tout cela est affreux! dit-il à son témoin. Il est
impossible que j'avoue m'être battu avec un simple
secrétaire de M. de La Mole, et encore parce que mon
cocher m'a volé mes cartes de visite.

— Il est sûr qu'il y aurait dans tout cela possibilité
de ridicule.

Le soir même, le chevalier de Beauvoisis et son ami
dirent partout que ce M. Sorel, d'ailleurs un jeune homme

parfait, était fils naturel d'un ami intime du marquis de
La Mole. Ce fait passa sans difficulté. Une fois qu'il fut
établi, le jeune diplomate et son ami daignèrent faire
quelques visites à Julien, pendant les quinze jours qu'il
passa dans sa chambre. Julien leur avoua qu'il n'était
allé qu'une fois en sa vie à l'Opéra.

— Cela est épouvantable, lui dit-on, on ne va que là ;
il faut que votre première sortie soit pour le *Comte Ory* [1].

A l'Opéra, le chevalier de Beauvoisis le présenta au
fameux chanteur Geronimo, qui avait alors un immense
succès.

Julien faisait presque la cour au chevalier ; ce mélange
de respect pour soi-même, d'importance mystérieuse et
de fatuité de jeune homme l'enchantait. Par exemple le
chevalier bégayait un peu parce qu'il avait l'honneur de
voir souvent un grand seigneur qui avait ce défaut.
Jamais Julien n'avait trouvé réunis dans un seul être
le ridicule qui amuse et la perfection des manières qu'un
pauvre provincial doit chercher à imiter.

On le voyait à l'Opéra avec le chevalier de Beauvoisis ;
cette liaison fit prononcer son nom.

— Eh bien ! lui dit un jour M. de La Mole, vous voilà
donc le fils naturel d'un riche gentilhomme de Franche-
Comté, mon ami intime ?

Le marquis coupa la parole à Julien, qui voulait
protester qu'il n'avait contribué en aucune façon à
accréditer ce bruit.

— M. de Beauvoisis n'a pas voulu s'être battu contre
le fils d'un charpentier.

— Je le sais, je le sais, dit M. de La Mole ; c'est à moi
maintenant de donner de la consistance à ce récit, qui
me convient. Mais j'ai une grâce à vous demander, et
qui ne vous coûtera qu'une petite demi-heure de votre
temps : tous les jours d'Opéra, à onze heures et demie,
allez assister dans le vestibule à la sortie du beau monde.
Je vous vois encore quelquefois des façons de province,
il faudrait vous en défaire ; d'ailleurs il n'est pas mal de
connaître, au moins de vue, de grands personnages

auprès desquels je puis un jour vous donner quelque mission. Passez au bureau de location pour vous faire reconnaître ; on vous a donné les entrées.

CHAPITRE VII

UNE ATTAQUE DE GOUTTE

Et j'eus de l'avancement, non pour mon mérite,
mais parce que mon maître avait la goutte.

BERTOLOTTI.

Le lecteur est peut-être surpris de ce ton libre et presque amical ; nous avons oublié de dire que depuis six semaines le marquis était retenu chez lui par une attaque de goutte.

Mlle de La Mole et sa mère étaient à Hyères, auprès de la mère de la marquise. Le comte Norbert ne voyait son père que des instants ; ils étaient fort bien l'un pour l'autre, mais n'avaient rien à se dire. M. de La Mole, réduit à Julien, fut étonné de lui trouver des idées. Il se faisait lire les journaux. Bientôt le jeune secrétaire fut en état de choisir les passages intéressants. Il y avait un journal nouveau que le marquis abhorrait ; il avait juré de ne le jamais lire, et chaque jour en parlait. Julien riait. Le marquis, irrité contre le temps présent, se fit lire Tite-Live ; la traduction improvisée sur le texte latin l'amusait.

Un jour le marquis dit avec ce ton de politesse excessive qui souvent impatientait Julien.

— Permettez, mon cher Sorel, que je vous fasse cadeau d'un habit bleu : quand il vous conviendra de le

prendre et de venir chez moi, vous serez, à mes yeux, le
frère cadet du comte de Chaulnes, c'est-à-dire le fils de
mon ami le vieux duc.

Julien ne comprenait pas trop de quoi il s'agissait ; le
soir même il essaya une visite en habit bleu. Le marquis
le traita comme un égal. Julien avait un cœur digne de
sentir la vraie politesse, mais il n'avait pas d'idée des
nuances. Il eût juré, avant cette fantaisie du marquis,
qu'il était impossible d'être reçu par lui avec plus
d'égards. Quel admirable talent! se dit Julien ; quand
il se leva pour sortir, le marquis lui fit des excuses de ne
pouvoir l'accompagner à cause de sa goutte.

Cette idée singulière occupa Julien : se moquerait-il
de moi ? pensa-t-il. Il alla demander conseil à l'abbé
Pirard, qui, moins poli que le marquis, ne lui répondit
qu'en sifflant et parlant d'autre chose. Le lendemain
matin Julien se présenta au marquis, en habit noir,
avec son portefeuille et ses lettres à signer. Il en fut
reçu à l'ancienne manière. Le soir en habit bleu, ce fut
un ton tout différent et absolument aussi poli que la
veille.

— Puisque vous ne vous ennuyez pas trop dans les
visites que vous avez la bonté de faire à un pauvre
vieillard malade, lui dit le marquis, il faudrait lui parler
de tous les petits incidents de votre vie, mais franchement et sans songer à autre chose qu'à raconter clairement et d'une façon amusante. Car il faut s'amuser,
continua le marquis ; il n'y a que cela de réel dans la vie.
Un homme ne peut pas me sauver la vie à la guerre
tous les jours, ou me faire tous les jours cadeau d'un
million ; mais si j'avais Rivarol, ici, auprès de ma chaise
longue, tous les jours il m'ôterait une heure de souffrance
et d'ennui. Je l'ai beaucoup connu à Hambourg, pendant
l'émigration.

Et le marquis conta à Julien les anecdotes de Rivarol
avec les Hambourgeois qui s'associaient quatre pour
comprendre un bon mot.

M. de La Mole, réduit à la société de ce petit abbé,

voulut l'émoustiller. Il piqua d'honneur l'orgueil de
Julien. Puisqu'on lui demandait la vérité, Julien résolut
de tout dire ; mais en taisant deux choses : son admiration fanatique pour un nom qui donnait de l'humeur au
marquis, et la parfaite incrédulité qui n'allait pas trop
bien à un futur curé. Sa petite affaire avec le chevalier
de Beauvoisis arriva fort à propos. Le marquis rit aux
larmes de la scène dans le café de la rue Saint-Honoré,
avec le cocher qui l'accablait d'injures sales. Ce fut
l'époque d'une franchise parfaite dans les relations entre
le maître et le protégé.

M. de La Mole s'intéressa à ce caractère singulier.
Dans les commencements, il caressait les ridicules de
Julien, afin d'en jouir ; bientôt il trouva plus d'intérêt
à corriger tout doucement les fausses manières de voir
de ce jeune homme. Les autres provinciaux qui arrivent
à Paris admirent tout, pensait le marquis ; celui-ci hait
tout. Ils ont trop d'affectation, lui n'en a pas assez, et les
sots le prennent pour un sot.

L'attaque de goutte fut prolongée par les grands
froids de l'hiver et dura plusieurs mois.

On s'attache bien à un bel épagneul, se disait le marquis, pourquoi ai-je tant de honte de m'attacher à ce
petit abbé ? il est original. Je le traite comme un fils ;
eh bien ! où est l'inconvénient ? Cette fantaisie, si elle
dure, me coûtera un diamant de cinq cents louis dans
mon testament.

Une fois que le marquis eut compris le caractère ferme
de son protégé, chaque jour il le chargeait de quelque
nouvelle affaire.

Julien remarqua avec effroi qu'il arrivait à ce grand
seigneur de lui donner des décisions contradictoires sur
le même objet.

Ceci pouvait le compromettre gravement. Julien ne
travailla plus avec lui sans apporter un registre sur
lequel il écrivait les décisions, et le marquis les para-
phait. Julien avait pris un commis qui transcrivait les
décisions relatives à chaque affaire sur un registre par-

ticulier. Ce registre recevait aussi la copie de toutes
les lettres.

Cette idée sembla d'abord le comble du ridicule et de
l'ennui. Mais, en moins de deux mois, le marquis en
sentit les avantages. Julien lui proposa de prendre un
commis sortant de chez un banquier, et qui tiendrait
en partie double le compte de toutes les recettes et de
toutes les dépenses des terres que Julien était chargé
d'administrer.

Ces mesures éclaircirent tellement aux yeux du marquis ses propres affaires, qu'il put se donner le plaisir
d'entreprendre deux ou trois nouvelles spéculations sans
le secours de son prête-nom qui le volait.

— Prenez trois mille francs pour vous, dit-il un jour
à son jeune ministre.

— Monsieur, ma conduite peut être calomniée.

— Que vous faut-il donc? reprit le marquis avec
humeur.

— Que vous veuilliez bien prendre un arrêté et l'écrire
de votre main sur le registre ; cet arrêté me donnera une
somme de trois mille francs. Au reste, c'est M. l'abbé
Pirard qui a eu l'idée de toute cette comptabilité. Le
marquis, avec la mine ennuyée du marquis de Moncade [1],
écoutant les comptes de M. Poisson, son intendant,
écrivit la décision.

Le soir, lorsque Julien paraissait en habit bleu, il
n'était jamais question d'affaires. Les bontés du marquis
étaient si flatteuses pour l'amour-propre toujours souffrant de notre héros, que bientôt, malgré lui, il éprouva
une sorte d'attachement pour ce vieillard aimable. Ce
n'est pas que Julien fût sensible, comme on l'entend à
Paris ; mais ce n'était pas un monstre, et personne,
depuis la mort du vieux chirurgien-major, ne lui avait
parlé avec tant de bonté. Il remarquait avec étonnement
que le marquis avait pour son amour-propre des ménagements de politesse qu'il n'avait jamais trouvés chez
le vieux chirurgien. Il comprit enfin que le chirurgien
était plus fier de sa croix que le marquis de son cordon

bleu. Le père du marquis était un grand seigneur.

Un jour, à la fin d'une audience du matin, en habit noir et pour les affaires, Julien amusa le marquis, qui le retint deux heures, et voulut absolument lui donner quelques billets de banque que son prête-nom venait de lui apporter de la Bourse.

— J'espère, monsieur le marquis, ne pas m'écarter du profond respect que je vous dois en vous suppliant de me permettre un mot.

— Parlez, mon ami.

— Que monsieur le marquis daigne souffrir que je refuse ce don. Ce n'est pas à l'homme en habit noir qu'il est adressé, et il gâterait tout à fait les façons que l'on a la bonté de tolérer chez l'homme en habit bleu. Il salua avec beaucoup de respect, et sortit sans regarder.

Ce trait amusa le marquis. Il le conta le soir à l'abbé Pirard.

— Il faut que je vous avoue enfin une chose, mon cher abbé. Je connais la naissance de Julien, et je vous autorise à ne pas me garder le secret sur cette confidence.

Son procédé de ce matin est noble, pensa le marquis, et moi je l'anoblis.

Quelques temps après, le marquis put enfin sortir.

— Allez passer deux mois à Londres, dit-il à Julien. Les courriers extraordinaires et autres vous porteront les lettres reçues par moi avec mes notes. Vous ferez les réponses et me les renverrez en mettant chaque lettre dans sa réponse. J'ai calculé que le retard ne sera que de cinq jours [1].

En courant la poste sur la route de Calais, Julien s'étonnait de la futilité des prétendues affaires pour lesquelles on l'envoyait.

Nous ne dirons point avec quel sentiment de haine et presque d'horreur il toucha le sol anglais. On connaît sa folle passion pour Bonaparte. Il voyait dans chaque officier un sir Hudson Lowe, dans chaque grand seigneur un lord Bathurst, ordonnant les infamies de Sainte-

Hélène et en recevant la récompense par dix années
de ministère.

A Londres, il connut enfin la haute fatuité. Il s'était
lié avec de jeunes seigneurs russes qui l'initièrent.

— Vous êtes prédestiné, mon cher Sorel, lui disaient-
ils, vous avez naturellement cette mine froide et à *mille
lieues de la sensation présente*, que nous cherchons tant
à nous donner.

— Vous n'avez pas compris votre siècle, lui disait le
prince Korasoff : *faites toujours le contraire de ce qu'on
attend de vous.* Voilà, d'honneur, la seule religion de
l'époque. Ne soyez ni fou, ni affecté, car alors on attendrait de vous des folies et des affectations, et le précepte
ne serait plus accompli.

Julien se couvrit de gloire un jour dans le salon du duc
de Fitz-Folke, qui l'avait engagé à dîner, ainsi que le
prince Korasoff. On attendit pendant une heure. La
façon dont Julien se conduisit au milieu des vingt
personnes qui attendaient est encore citée parmi les
jeunes secrétaires d'ambassade à Londres. Sa mine fut
impayable.

Il voulut voir, malgré les dandys ses amis, le célèbre
Philippe Vane, le seul philosophe que l'Angleterre ait
eu depuis Loke. Il le trouva achevant sa septième
année de prison. L'aristocratie ne badine pas en ce
pays-ci, pensa Julien ; de plus, Vane est déshonoré,
vilipendé, etc.

Julien le trouva gaillard ; la rage de l'aristocratie le
désennuyait. Voilà, se dit Julien en sortant de prison,
le seul homme gai que j'aie vu en Angleterre.

L'idée la plus utile aux tyrans est celle de Dieu, lui avait
dit Vane...

Nous supprimons le reste du système comme *cynique.*

A son retour : — Quelle idée amusante m'apportez-
vous d'Angleterre ? lui dit M. de La Mole... Il se taisait.
— Quelle idée apportez-vous, amusante ou non ? reprit
le marquis vivement.

— Primo, dit Julien, l'Anglais le plus sage est fou une heure par jour ; il est visité par le démon du suicide qui est le dieu du pays.

2º L'esprit et le génie perdent vingt-cinq pour cent de leur valeur, en débarquant en Angleterre.

3º Rien au monde n'est beau, admirable, attendrissant comme les paysages anglais.

— A mon tour, dit le marquis :

Primo, pourquoi allez-vous dire, au bal chez l'ambassadeur de Russie, qu'il y a en France trois cent mille jeunes gens de vingt-cinq ans qui désirent passionnément la guerre ? croyez-vous que cela soit obligeant pour les rois ?

— On ne sait comment faire en parlant à nos grands diplomates, dit Julien. Ils ont la manie d'ouvrir des discussions sérieuses. Si l'on s'en tient aux lieux communs des journaux, on passe pour un sot. Si l'on se permet quelque chose de vrai et de neuf, ils sont étonnés, ne savent que répondre, et le lendemain, à sept heures, ils vous font dire par le premier secrétaire d'ambassade qu'on a été inconvenant [1].

— Pas mal, dit le marquis en riant. Au reste, je parie, monsieur l'homme profond, que vous n'avez pas deviné ce que vous êtes allé faire en Angleterre.

— Pardonnez-moi, reprit Julien ; j'y ai été pour dîner une fois la semaine chez l'ambassadeur du roi, qui est le plus poli des hommes.

— Vous êtes allé chercher la croix que voilà, lui dit le marquis. Je ne veux pas vous faire quitter votre habit noir, et je suis accoutumé au ton plus amusant que j'ai pris avec l'homme portant l'habit bleu. Jusqu'à nouvel ordre, entendez bien ceci : quand je verrai cette croix, vous serez le fils cadet de mon ami le duc de Chaulnes, qui, sans s'en douter, est depuis six mois, employé dans la diplomatie. Remarquez, ajouta le marquis, d'un air fort sérieux, et coupant court aux actions de grâces, que je ne veux point vous sortir de votre état. C'est toujours une faute et un malheur pour le protecteur comme

pour le protégé. Quand mes procès vous ennuieront,
ou que vous ne me conviendrez plus, je demanderai
pour vous une bonne cure, comme celle de notre ami
l'abbé Pirard, et *rien de plus*, ajouta le marquis d'un ton
fort sec.

Cette croix mit à l'aise l'orgueil de Julien ; il parla
beaucoup plus. Il se crut moins souvent offensé et pris
de mire par ces propos, susceptibles de quelque explication peu polie, et qui, dans une conversation animée,
peuvent échapper à tout le monde.

Cette croix lui valut une singulière visite ; ce fut celle
de M. le baron de Valenod, qui venait à Paris remercier
le ministère de sa baronnie et s'entendre avec lui. Il
allait être nommé maire de Verrières en remplacement
de M. de Rênal.

Julien rit bien, intérieurement, quand M. de Valenod
lui fit entendre qu'on venait de découvrir que M. de
Rênal était un jacobin. Le fait est que, dans une réélec-
tion qui se préparait, le nouveau baron était le candidat
du ministère, et au grand collège du département, à la
vérité fort ultra, c'était M. de Rênal qui était porté par
les libéraux.

Ce fut en vain que Julien essaya de savoir quelque
chose de Mme de Rênal ; le baron parut se souvenir de
leur ancienne rivalité, et fut impénétrable. Il finit par
demander à Julien la voix de son père dans les élections
qui allaient avoir lieu. Julien promit d'écrire.

— Vous devriez, monsieur le chevalier, me présenter
à M. le marquis de La Mole.

En effet, *je le devrais*, pensa Julien ; mais un tel
coquin !...

— En vérité, répondit-il, je suis un trop petit garçon
à l'hôtel de La Mole pour prendre sur moi de présenter.

Julien disait tout au marquis : le soir il lui conta la
prétention du Valenod, ainsi que ses faits et gestes depuis
1814.

— Non seulement, reprit M. de La Mole, d'un air
fort sérieux, vous me présenterez demain le nouveau

baron, mais je l'invite à dîner pour après-demain. Ce sera un de nos nouveaux préfets.

— En ce cas, reprit Julien froidement, je demande la place de directeur du dépôt de mendicité pour mon père.

— A la bonne heure, dit le marquis en reprenant l'air gai ; accordé ; je m'attendais à des moralités. Vous vous formez.

M. de Valenod apprit à Julien que le titulaire du bureau de loterie de Verrières venait de mourir : Julien trouva plaisant de donner cette place à M. de Cholin, ce vieil imbécile dont jadis il avait ramassé la pétition dans la chambre de M. de La Mole. Le marquis rit de bien bon cœur de la pétition que Julien récita en lui faisant signer la lettre qui demandait cette place au ministre des finances.

A peine M. de Cholin nommé, Julien apprit que cette place avait été demandée par la députation du département pour M. Gros, le célèbre géomètre : cet homme généreux n'avait que quatorze cents francs de rente, et chaque année prêtait six cents francs au titulaire qui venait de mourir, pour l'aider à élever sa famille.

Julien fut étonné de ce qu'il avait fait. Ce n'est rien, se dit-il, il faudra en venir à bien d'autres injustices, si je veux parvenir et encore savoir les cacher, sous de belles paroles sentimentales : pauvre M. Gros ! C'est lui qui méritait la croix, c'est moi qui l'ai, et je dois agir dans le sens du gouvernement qui me la donne.

CHAPITRE VIII

QUELLE EST LA DÉCORATION QUI DISTINGUE?

> *Ton eau ne me rafraîchit pas, dit le génie*
> *altéré. — C'est pourtant le puits le plus frais*
> *de tout le Diar Békir.*
>
> PELLICO.

Un jour Julien revenait de la charmante terre de Villequier, sur les bords de la Seine, que M. de La Mole voyait avec intérêt, parce que, de toutes les siennes, c'était la seule qui eût appartenu au célèbre Boniface de La Mole. Il trouva à l'hôtel la marquise et sa fille, qui arrivaient d'Hyères.

Julien était un dandy maintenant, et comprenait l'art de vivre à Paris. Il fut d'une froideur parfaite envers Mlle de La Mole. Il parut n'avoir gardé aucun souvenir des temps où elle lui demandait si gaiement des détails sur sa manière de tomber de cheval.

Mlle de La Mole le trouva grandi et pâli. Sa taille, sa tournure n'avaient plus rien du provincial ; il n'en était pas ainsi de sa conversation : on y remarquait encore trop de sérieux, trop de positif. Malgré ces qualités raisonnables, grâce à son orgueil elle n'avait rien de subalterne ; on sentait seulement qu'il regardait encore trop de choses comme importantes. Mais on voyait qu'il était homme à soutenir son dire.

— Il manque de légèreté, mais non pas d'esprit, dit Mlle de La Mole à son père, en plaisantant avec lui sur la croix qu'il avait donnée à Julien. Mon frère vous l'a demandée pendant dix-huit mois, et c'est un La Mole !...

— Oui ; mais Julien a de l'imprévu, c'est ce qui n'est jamais arrivé au La Mole dont vous me parlez.

On annonça M. le duc de Retz.

Mathilde se sentit saisie d'un bâillement irrésistible ; elle reconnaissait les antiques dorures et les anciens habitués du salon paternel. Elle se faisait une image parfaitement ennuyeuse de la vie qu'elle allait reprendre à Paris. Et cependant à Hyères elle regrettait Paris.

Et pourtant j'ai dix-neuf ans ! pensait-elle : *c'est l'âge du bonheur,* disent tous ces nigauds à tranches dorées. Elle regardait huit ou dix volumes de poésies nouvelles, accumulés, pendant le voyage de Provence, sur la console du salon. Elle avait le malheur d'avoir plus d'esprit que MM. de Croisenois, de Caylus, de Luz, et ses autres amis. Elle se figurait tout ce qu'ils allaient lui dire sur le beau ciel de la Provence, la poésie, le midi, etc., etc.

Ces yeux si beaux, où respirait l'ennui le plus profond, et, pis encore, le désespoir de trouver le plaisir, s'arrêtèrent sur Julien. Du moins, il n'était pas exactement comme un autre.

— Monsieur Sorel, dit-elle avec cette voix vive, brève, et qui n'a rien de féminin, qu'emploient les jeunes femmes de la haute classe, monsieur Sorel, venez-vous ce soir au bal de M. de Retz ?

— Mademoiselle, je n'ai pas eu l'honneur d'être présenté à M. le duc. (On eût dit que ces mots et ce titre écorchaient la bouche du provincial orgueilleux.)

— Il a chargé mon frère de vous amener chez lui ; et, si vous y étiez venu, vous m'auriez donné des détails sur la terre de Villequier ; il est question d'y aller au printemps. Je voudrais savoir si le château est logeable, et si les environs sont aussi jolis qu'on le dit. Il y a tant de réputations usurpées !

Julien ne répondait pas.

— Venez au bal avec mon frère, ajouta-t-elle d'un ton fort sec.

Julien salua avec respect. Ainsi, même au milieu du

bal, je dois des comptes à tous les membres de la famille.
Ne suis-je pas payé comme homme d'affaires? Sa mauvaise humeur ajouta : Dieu sait encore si ce que je dirai
à la fille ne contrariera pas les projets du père, du frère,
de la mère! C'est une véritable cour de prince souverain.
Il faudrait y être d'une nullité parfaite, et cependant ne
donner à personne le droit de se plaindre.

Que cette grande fille me déplaît! pensa-t-il en regardant marcher Mlle de La Mole, que sa mère avait appelée
pour la présenter à plusieurs femmes de ses amies. Elle
outre toutes les modes, sa robe lui tombe des épaules...
elle est encore plus pâle qu'avant son voyage... Quels
cheveux sans couleur, à force d'être blonds! On dirait
que le jour passe à travers. Que de hauteur dans cette
façon de saluer, dans ce regard! quels gestes de reine!

Mlle de La Mole venait d'appeler son frère, au moment
où il quittait le salon.

Le comte Norbert s'approcha de Julien :

— Mon cher Sorel, lui dit-il, où voulez-vous que je
vous prenne à minuit pour le bal de M. de Retz? Il m'a
chargé expressément de vous amener.

— Je sais bien à qui je dois tant de bontés, répondit
Julien, en saluant jusqu'à terre.

Sa mauvaise humeur, ne pouvant rien trouver à
reprendre au ton de politesse et même d'intérêt avec
lequel Norbert lui avait parlé, se mit à s'exercer sur la
réponse que lui, Julien, avait faite à ce mot obligeant.
Il y trouvait une nuance de bassesse.

Le soir, en arrivant au bal, il fut frappé de la magnificence de l'hôtel de Retz. La cour d'entrée était couverte
d'une immense tente de coutil cramoisi avec des étoiles
en or : rien de plus élégant. Au-dessous de cette tente,
la cour était transformée en un bois d'orangers et de
lauriers-roses en fleurs. Comme on avait eu soin d'enterrer suffisamment les vases, les lauriers et les orangers
avaient l'air de sortir de terre. Le chemin que parcou-
raient les voitures était sablé.

Cet ensemble parut extraordinaire à notre provincial.

Il n'avait pas l'idée d'une telle magnificence ; en un instant son imagination émue fut à mille lieues de la mauvaise humeur. Dans la voiture, en venant au bal, Norbert était heureux, et lui voyait tout en noir ; à peine entrés dans la cour, les rôles changèrent.

Norbert n'était sensible qu'à quelques détails, qui, au milieu de tant de magnificence, n'avaient pu être soignés. Il évaluait la dépense de chaque chose, et, à mesure qu'il arrivait à un total élevé, Julien remarqua qu'il s'en montrait presque jaloux et prenait de l'humeur.

Pour lui, il arriva séduit, admirant, et presque timide à force d'émotion, dans le premier des salons où l'on dansait. On se pressait à la porte du second, et la foule était si grande, qu'il lui fut impossible d'avancer. La décoration de ce second salon représentait l'Alhambra de Grenade.

— C'est la reine du bal, il faut en convenir, disait un jeune homme à moustaches, dont l'épaule entrait dans la poitrine de Julien.

— Mlle Fourmont, qui tout l'hiver a été la plus jolie, lui répondait son voisin, s'aperçoit qu'elle descend à la seconde place : vois son air singulier.

— Vraiment elle met toutes voiles dehors pour plaire. Vois, vois ce sourire gracieux au moment où elle figure seule dans cette contredanse. C'est, d'honneur, impayable.

— Mlle de La Mole a l'air d'être maîtresse du plaisir que lui fait son triomphe, dont elle s'aperçoit fort bien. On dirait qu'elle craint de plaire à qui lui parle.

— Très bien ! Voilà l'art de séduire.

Julien faisait de vains efforts pour apercevoir cette femme séduisante ; sept ou huit hommes plus grands que lui l'empêchaient de la voir.

— Il y a bien de la coquetterie dans cette retenue si noble, reprit le jeune homme à moustaches.

— Et ces grands yeux bleus qui s'abaissent si lentement au moment où l'on dirait qu'ils sont sur le point de se trahir, reprit le voisin. Ma foi, rien de plus habile.

— Vois, comme auprès d'elle la belle Fourmont a l'air commun, dit un troisième.

— Cet air de retenue veut dire : que d'amabilité je déploierais pour vous, si vous étiez l'homme digne de moi!

— Et qui peut être digne de la sublime Mathilde ? dit le premier : quelque prince souverain, beau, spirituel, bien fait, un héros à la guerre, et âgé de vingt ans tout au plus.

— Le fils naturel de l'empereur de Russie... auquel, en faveur de ce mariage, on ferait une souveraineté ; ou tout simplement le comte de Thaler, avec son air de paysan habillé...

La porte fut dégagée, Julien put entrer.

Puisqu'elle passe pour si remarquable aux yeux de ces poupées, elle vaut la peine que je l'étudie, pensa-t-il. Je comprendrai quelle est la perfection pour ces gens-là.

Comme il la cherchait des yeux, Mathilde le regarda. Mon devoir m'appelle, se dit Julien ; mais il n'y avait plus d'humeur que dans son expression. La curiosité le faisait avancer avec un plaisir que la robe fort basse des épaules de Mathilde augmenta bien vite, à la vérité d'une manière peu flatteuse pour son amour-propre. Sa beauté a de la jeunesse, pensa-t-il. Cinq ou six jeunes gens, parmi lesquels Julien reconnut ceux qu'il avait entendus à la porte, étaient entre elle et lui.

— Vous, monsieur, qui avez été ici tout l'hiver, lui dit-elle, n'est-il pas vrai que ce bal est le plus joli de la saison ?

Il ne répondait pas.

— Ce quadrille de Coulon me semble admirable ; et ces dames le dansent d'une façon parfaite. Les jeunes gens se retournèrent pour voir quel était l'homme heureux dont on voulait absolument avoir une réponse. Elle ne fut pas encourageante.

— Je ne saurais être un bon juge, mademoiselle ; je passe ma vie à écrire : c'est le premier bal de cette magnificence que j'aie vu.

Les jeunes gens à moustaches furent scandalisés.

— Vous êtes un sage, monsieur Sorel, reprit-on avec un intérêt plus marqué ; vous voyez tous ces bals, toutes ces fêtes, comme un philosophe, comme J.-J. Rousseau. Ces folies vous étonnent sans vous séduire.

Un mot venait d'éteindre l'imagination de Julien et de chasser de son cœur toute illusion. Sa bouche prit l'expression d'un dédain un peu exagéré peut-être.

— J.-J. Rousseau, répondit-il, n'est à mes yeux qu'un sot, lorsqu'il s'avise de juger le grand monde ; il ne le comprenait pas, et y portait le cœur d'un laquais parvenu.

— Il a fait le *Contrat Social*, dit Mathilde du ton de la vénération.

— Tout en prêchant la république et le renversement des dignités monarchiques, ce parvenu est ivre de bonheur, si un duc change la direction de sa promenade après dîner pour accompagner un de ses amis.

— Ah ! oui, le duc de Luxembourg à Montmorency accompagne un M. Coindet du côté de Paris [1]..., reprit Mlle de La Mole avec le plaisir et l'abandon de la première jouissance de pédanterie. Elle était ivre de son savoir, à peu près comme l'académicien qui découvrit l'existence du roi Feretrius [2]. L'œil de Julien resta pénétrant et sévère. Mathilde avait eu un moment d'enthousiasme ; la froideur de son partner la déconcerta profondément. Elle fut d'autant plus étonnée, que c'était elle qui avait coutume de produire cet effet-là sur les autres.

Dans ce moment, le marquis de Croisenois s'avançait avec empressement vers Mlle de La Mole. Il fut un instant à trois pas d'elle, sans pouvoir pénétrer à cause de la foule. Il la regardait en souriant de l'obstacle. La jeune marquise de Rouvray était près de lui, c'était une cousine de Mathilde. Elle donnait le bras à son mari, qui ne l'était que depuis quinze jours. Le marquis de Rouvray, fort jeune aussi, avait tout l'amour niais qui prend un homme qui, faisant un mariage de convenance uniquement arrangé par les notaires, trouve une personne

parfaitement belle. M. de Rouvray allait être duc à la
mort d'un oncle fort âgé.

Pendant que le marquis de Croisenois, ne pouvant
percer la foule, regardait Mathilde d'un air riant, elle
arrêtait ses grands yeux, d'un bleu céleste, sur lui et ses
voisins. Quoi de plus plat, se dit-elle, que tout ce groupe!
Voilà Croisenois qui prétend m'épouser ; il est doux,
poli, il a des manières parfaites comme M. de Rouvray.
Sans l'ennui qu'ils donnent, ces messieurs seraient fort
aimables. Lui aussi me suivra au bal avec cet air borné
et content. Un an près le mariage, ma voiture, mes chevaux, mes robes, mon château à vingt lieues de Paris,
tout cela sera aussi bien que possible, tout à fait ce qu'il
faut pour faire périr d'envie une parvenue, une comtesse
de Roiville par exemple ; et après ?...

Mathilde s'ennuyait en espoir. Le marquis de Croisenois parvint à l'approcher, et lui parlait, mais elle rêvait
sans l'écouter. Le bruit de ses paroles se confondait pour
elle avec le bourdonnement du bal. Elle suivait machinalement de l'œil Julien, qui s'était éloigné d'un air respectueux, mais fier et mécontent. Elle aperçut dans un
coin, loin de la foule circulante, le comte Altamira,
condamné à mort dans son pays, que le lecteur connaît
déjà. Sous Louis XIV, une de ses parentes avait épousé
un prince de Conti ; ce souvenir le protégeait un peu
contre la police de la congrégation.

Je ne vois que la condamnation à mort qui distingue
un homme, pensa Mathilde : c'est la seule chose qui ne
s'achète pas.

Ah! c'est un bon mot que je viens de me dire! Quel
dommage qu'il ne soit pas venu de façon à m'en faire
honneur! Mathilde avait trop de goût pour amener
dans la conversation un bon mot fait d'avance ; mais elle
avait aussi trop de vanité pour ne pas être enchantée
d'elle-même. Un air de bonheur remplaça dans ses traits
l'apparence de l'ennui. Le marquis de Croisenois, qui lui
parlait toujours, crut entrevoir le succès, et redoubla
de faconde.

Qu'est-ce qu'un méchant pourrait objecter à mon bon mot ? se dit Mathilde. Je répondrais au critique : un titre de baron, de vicomte, cela s'achète ; une croix, cela se donne ; mon frère vient de l'avoir, qu'a-t-il fait ? Un grade, cela s'obtient. Dix ans de garnison, ou un parent ministre de la guerre, et l'on est chef d'escadron comme Norbert. Une grande fortune !... c'est encore ce qu'il y a de plus difficile et par conséquent de plus méritoire. Voilà qui est drôle ! c'est le contraire de tout ce que disent les livres... Eh bien ! pour la fortune, on épouse la fille de M. Rothschild.

Réellement mon mot a de la profondeur. La condamnation à mort est encore la seule chose que l'on ne se soit pas avisé de solliciter.

— Connaissez-vous le comte Altamira ? dit-elle à M. de Croisenois.

Elle avait l'air de revenir de si loin, et cette question avait si peu de rapport avec tout ce que le pauvre marquis lui disait depuis cinq minutes, que son amabilité en fut déconcertée. C'était pourtant un homme d'esprit et fort renommé comme tel.

Mathilde a de la singularité, pensa-t-il ; c'est un inconvénient, mais elle donne une si belle position sociale à son mari ! Je ne sais comment fait ce marquis de La Mole ; il est lié avec ce qu'il y a de mieux dans tous les partis ; c'est un homme qui ne peut sombrer. Et d'ailleurs, cette singularité de Mathilde peut passer pour du génie. Avec une haute naissance et beaucoup de fortune, le génie n'est point un ridicule, et alors quelle distinction ! Elle a si bien d'ailleurs, quand elle veut, ce mélange d'esprit, de caractère et d'à-propos, qui fait l'amabilité parfaite... Comme il est difficile de faire bien deux choses à la fois, le marquis répondait à Mathilde d'un air vide, et comme récitant une leçon.

— Qui ne connaît ce pauvre Altamira ? Et il lui faisait l'histoire de sa conspiration manquée, ridicule, absurde.

— Très absurde ! dit Mathilde, comme se parlant à

elle-même, mais il a agi. Je veux voir un homme ;
amenez-le-moi, dit-elle au marquis très choqué.

Le comte Altamira était un des admirateurs les plus
déclarés de l'air hautain et presque impertinent de
Mlle de La Mole ; elle était suivant lui l'une des plus
belles personnes de Paris.

— Comme elle serait belle sur un trône ! dit-il à
M. de Croisenois ; et il se laissa amener sans difficulté.

Il ne manque pas de gens dans le monde qui veulent
établir que rien n'est de mauvais ton comme une conspiration, cela sent le jacobin. Et quoi de plus laid que le
jacobin sans succès ?

Le regard de Mathilde se moquait du libéralisme d'Altamira avec M. de Croisenois, mais elle l'écoutait avec
plaisir.

Un conspirateur au bal, c'est un joli contraste, pensait-elle. Elle trouvait à celui-ci, avec ses moustaches
noires, la figure du lion quand il se repose ; mais elle
s'aperçut bientôt que son esprit n'avait qu'une attitude : *l'utilité, l'admiration pour l'utilité.*

Excepté ce qui pouvait donner à son pays le gouvernement des deux Chambres, le jeune comte trouvait
que rien n'était digne de son attention. Il quitta avec
plaisir Mathilde, la plus séduisante personne du bal,
parce qu'il vit entrer un général péruvien.

Désespérant de l'Europe le pauvre Altamira en était
réduit à penser que, quand les États de l'Amérique
méridionale seront forts et puissants, ils pourront
rendre à l'Europe la liberté que Mirabeau leur a envoyée *.

Un tourbillon de jeunes gens à moustaches s'était
approché de Mathilde. Elle avait bien vu qu'Altamira
n'était pas séduit, et se trouvait piquée de son départ ;
elle voyait son œil noir briller en parlant au général
péruvien. Mlle de La Mole regardait les jeunes Français
avec ce sérieux profond qu'aucune de ses rivales ne

---

* Cette feuille, composée le 25 juillet 1830, a été imprimée le 4 août.
                                         Note de l'éditeur

pouvait imiter. Lequel d'entre eux, pensait-elle, pourrait se faire condamner à mort, en lui supposant même
toutes les chances favorables ?

Ce regard singulier flattait ceux qui avaient peu d'esprit mais inquiétait les autres. Ils redoutaient l'explosion
de quelque mot piquant et de réponse difficile.

Une haute naissance donne cent qualités dont l'absence m'offenserait : je le vois par l'exemple de Julien,
pensait Mathilde ; mais elle étiole ces qualités de l'âme
qui font condamner à mort.

En ce moment quelqu'un disait près d'elle : Ce comte
Altamira est le second fils du prince de San Nazaro-
Pimentel, c'est un Pimentel qui tenta de sauver Conra-
din, décapité en 1268. C'est l'une des plus nobles familles
de Naples.

Voilà, se dit Mathilde, qui prouve joliment ma maxime:
La haute naissance ôte la force de caractère sans laquelle
on ne se fait point condamner à mort! Je suis donc
prédestinée à déraisonner ce soir. Puisque je ne suis
qu'une femme comme une autre, eh bien! il faut danser.
Elle céda aux instances du marquis de Croisenois, qui
depuis une heure sollicitait une galope. Pour se distraire
de son malheur en philosophie, Mathilde voulut être
parfaitement séduisante, M. de Croisenois fut ravi.

Mais ni la danse, ni le désir de plaire à l'un des plus
jolis hommes de la cour, rien ne put distraire Mathilde.
Il était impossible d'avoir plus de succès. Elle était
la reine du bal, elle le voyait, mais avec froideur.

Quelle vie effacée je vais passer avec un être tel que
Croisenois ! se disait-elle, comme il la ramenait à sa
place une heure après... Où est le plaisir pour moi,
ajouta-t-elle tristement, si, après six mois d'absence,
je ne le trouve pas au milieu d'un bal qui fait l'envie
de toutes les femmes de Paris ? Et encore, j'y suis environnée des hommages d'une société que je ne puis pas
imaginer mieux composée. Il n'y a ici de bourgeois que
quelques pairs et un ou deux Julien peut-être. Et
cependant, ajoutait-elle avec une tristesse croissante,

quels avantages le sort ne m'a-t-il pas donnés : illustra-
tion, fortune, jeunesse hélas! tout, excepté le bonheur.

Les plus douteux de mes avantages sont encore ceux
dont ils m'ont parlé toute la soirée. L'esprit, j'y crois,
car je leur fais peur évidemment à tous. S'ils osent
aborder un sujet sérieux, au bout de cinq minutes de
conversation ils arrivent tout hors d'haleine, et comme
faisant une grande découverte à une chose que je leur
répète depuis une heure. Je suis belle, j'ai cet avantage
pour lequel Mme de Staël eût tout sacrifié, et pourtant
il est de fait que je meurs d'ennui. Y a-t-il une raison
pour que je m'ennuie moins quand j'aurai changé mon
nom pour celui du marquis de Croisenois?

Mais, mon Dieu! ajouta-t-elle presque avec l'envie
de pleurer, n'est-ce pas un homme parfait? C'est le
chef-d'œuvre de l'éducation de ce siècle; on ne peut le
regarder sans qu'il trouve une chose aimable, et même
spirituelle à vous dire; il est brave... Mais ce Sorel
est singulier, se dit-elle, et son œil quittait l'air morne
pour l'air fâché. Je l'ai averti que j'avais à lui parler,
et il ne daigne pas reparaître!

CHAPITRE IX

LE BAL

*Le luxe des toilettes, l'éclat des bougies, les
parfums : tant de jolis bras, de belles épaules;
des bouquets, des airs de Rossini qui enlèvent,
des peintures de Ciceri! Je suis hors de moi!*

Voyages d'Uzeri.

Vous avez de l'humeur, lui dit la marquise de La
Mole ; je vous en avertis, c'est de mauvaise grâce au bal.

— Je ne me sens que mal à la tête, répondit Mathilde
d'un air dédaigneux, il fait trop chaud ici.

A ce moment, comme pour justifier Mlle de La Mole,
le vieux baron de Tolly se trouva mal et tomba ; on
fut obligé de l'emporter. On parla d'apoplexie, ce fut
un événement désagréable.

Mathilde ne s'en occupa point. C'était un parti pris,
chez elle, de ne regarder jamais les vieillards et tous les
êtres reconnus pour dire des choses tristes.

Elle dansa pour échapper à la conversation sur l'apoplexie, qui n'en était pas une, car le surlendemain
le baron reparut.

Mais M. Sorel ne vient point, se dit-elle encore après
qu'elle eut dansé. Elle le cherchait presque des yeux,
lorsqu'elle l'aperçut dans un autre salon. Chose étonnante, il semblait avoir perdu ce ton de froideur impassible qui lui était si naturel ; il n'avait plus l'air anglais.

Il cause avec le comte Altamira, mon condamné à
mort ! se dit Mathilde. Son œil est plein d'un feu sombre ;
il a l'air d'un prince déguisé ; son regard a redoublé
d'orgueil.

Julien se rapprochait de la place où elle était, toujours
causant avec Altamira ; elle le regardait fixement, étudiant ses traits pour y chercher ces hautes qualités
qui peuvent valoir à un homme l'honneur d'être
condamné à mort.

Comme il passait près d'elle :

— Oui, disait-il au comte Altamira, Danton était
un homme !

O ciel ! serait-il un Danton, se dit Mathilde ; mais il
a une figure si noble, et ce Danton était si horriblement
laid, un boucher, je crois. Julien était encore assez près
d'elle, elle n'hésita pas à l'appeler ; elle avait la conscience
et l'orgueil de faire une question extraordinaire pour une
jeune fille.

— Danton n'était-il pas un boucher ? lui dit-elle.

— Oui, aux yeux de certaines personnes, lui répondit
Julien avec l'expression du mépris le plus mal déguisé

et l'œil encore enflammé de sa conversation avec Altamira, mais malheureusement pour les gens bien nés, il
était avocat à Méry-sur-Seine ; c'est-à-dire, Mademoiselle, ajouta-t-il d'un air méchant, qu'il a commencé
comme plusieurs pairs que je vois ici. Il est vrai que
Danton avait un désavantage énorme aux yeux de la
beauté, il était fort laid.

Ces derniers mots furent dits rapidement, d'un air
extraordinaire et assurément fort peu poli.

Julien attendit un instant, le haut du corps légèrement penché et avec un air orgueilleusement humble.
Il semblait dire : Je suis payé pour vous répondre, et
je vis de ma paye. Il ne daignait pas lever l'œil sur Mathilde. Elle, avec ses beaux yeux ouverts extraordinai-
rement et fixés sur lui, avait l'air de son esclave. Enfin,
comme le silence continuait, il la regarda ainsi qu'un
valet regarde son maître, afin de prendre des ordres.
Quoique ses yeux rencontrassent en plein ceux de
Mathilde, toujours fixés sur lui avec un regard étrange,
il s'éloigna avec un empressement marqué.

Lui, qui est réellement si beau, se dit enfin Mathilde
sortant de sa rêverie, faire un tel éloge de la laideur !
Jamais de retour sur lui-même ! Il n'est pas comme Caylus
ou Croisenois. Ce Sorel a quelque chose de l'air que mon
père prend quand il fait si bien Napoléon au bal. Elle
avait tout à fait oublié Danton. Décidément, ce soir,
je m'ennuie. Elle saisit le bras de son frère, et à son
grand chagrin, le força de faire un tour dans le bal.
L'idée lui vint de suivre la conversation du condamné
à mort avec Julien.

La foule était énorme. Elle parvint cependant à les
rejoindre au moment où, à deux pas devant elle, Altamira s'approchait d'un plateau pour prendre une
glace. Il parlait à Julien, le corps à demi tourné. Il vit
un bras d'habit brodé qui prenait une glace à côté de
la sienne. La broderie sembla exciter son attention ;
il se retourna tout à fait pour voir le personnage à qui
appartenait ce bras. A l'instant, ces yeux si nobles et

si naïfs prirent une légère expression de dédain.

— Vous voyez cet homme, dit-il assez bas à Julien ; c'est le prince d'Araceli, ambassadeur de ***. Ce matin il a demandé mon extradition à votre ministre des affaires étrangères de France, M. de Nerval. Tenez, le voilà là-bas, qui joue au wisth. M. de Nerval est assez disposé à me livrer, car nous vous avons donné deux ou trois conspirateurs en 1816. Si l'on me rend à mon roi, je suis pendu dans les vingt-quatre heures. Et ce sera quelqu'un de ces jolis messieurs à moustaches qui *m'empoignera.*

— Les infâmes ! s'écria Julien à demi-haut.

Mathilde ne perdait pas une syllabe de leur conversation. L'ennui avait disparu.

— Pas si infâmes, reprit le comte Altamira. Je vous ai parlé de moi pour vous frapper d'une image vive. Regardez le prince d'Araceli ; toutes les cinq minutes, il jette les yeux sur sa Toison d'Or ; il ne revient pas du plaisir de voir ce colifichet sur sa poitrine. Ce pauvre homme n'est au fond qu'un anachronisme. Il y a cent ans la Toison était un honneur insigne, mais alors elle eût passé bien au-dessus de sa tête. Aujourd'hui, parmi les gens bien nés, il faut être un Araceli pour en être enchanté. Il eût fait pendre toute une ville pour l'obtenir.

— Est-ce à ce prix qu'il l'a eue ? dit Julien avec anxiété.

— Non pas précisément, répondit Altamira froidement ; il a peut-être fait jeter à la rivière une trentaine de riches propriétaires de son pays, qui passaient pour libéraux.

— Quel monstre ! dit encore Julien.

Mlle de La Mole, penchant la tête avec le plus vif intérêt, était si près de lui, que ses beaux cheveux touchaient presque son épaule.

— Vous êtes bien jeune ! répondait Altamira. Je vous disais que j'ai une sœur mariée en Provence ; elle est encore jolie, bonne, douce ; c'est une excellente mère de famille, fidèle à tous ses devoirs, pieuse et non dévote.

Où veut-il en venir ? pensait Mlle de La Mole.

— Elle est heureuse, continua le comte Altamira ;
elle l'était en 1815. Alors j'étais caché chez elle, dans
sa terre près d'Antibes ; eh bien, au moment où elle
apprit l'exécution du maréchal Ney, elle se mit à danser !

— Est-il possible ? dit Julien atterré.

— C'est l'esprit de parti, reprit Altamira. Il n'y a
plus de passions véritables au XIXe siècle : c'est pour
cela que l'on s'ennuie tant en France. On fait les plus
grandes cruautés mais sans cruauté.

— Tant pis ! dit Julien ; du moins, quand on fait des
crimes, faut-il les faire avec plaisir : ils n'ont que cela
de bon, et l'on ne peut même les justifier un peu que
par cette raison.

Mlle de La Mole oubliant tout à fait ce qu'elle se
devait à elle-même, s'était placée presque entièrement
entre Altamira et Julien. Son frère, qui lui donnait
le bras, accoutumé à lui obéir, regardait ailleurs dans
la salle, et, pour se donner une contenance, avait l'air
d'être arrêté par la foule.

— Vous avez raison, disait Altamira ; on fait tout
sans plaisir et sans s'en souvenir, même les crimes.
Je puis vous montrer dans ce bal dix hommes peut-
être qui seront damnés comme assassins. Ils l'ont oublié,
et le monde aussi *.

Plusieurs sont émus jusqu'aux larmes si leur chien
se casse la patte. Au Père-Lachaise, quand on jette
des fleurs sur leur tombe, comme vous dites si plaisam-
ment à Paris, on nous apprend qu'ils réunissaient toutes
les vertus des preux chevaliers et l'on parle des grandes
actions de leur bisaïeul qui vivait sous Henri IV. Si,
malgré les bons offices du prince d'Araceli, je ne suis
pas pendu, et que je jouisse jamais de ma fortune à

* C'est un mécontent qui parle.

Note de Molière au « Tartufe ».

Paris, je veux vous faire dîner avec huit ou dix assassins honorés et sans remords.

Vous et moi à ce dîner, nous serons les seuls purs de sang, mais je serai méprisé et presque haï, comme un monstre sanguinaire et jacobin, et vous méprisé simplement comme homme du peuple intrus dans la bonne compagnie.

— Rien de plus vrai, dit Mlle de La Mole.

Altamira la regarda étonné ; Julien ne daigna pas la regarder.

— Notez que la révolution à la tête de laquelle je me suis trouvé, continua le comte Altamira, n'a pas réussi, uniquement parce que je n'ai pas voulu faire tomber trois têtes et distribuer à nos partisans sept à huit millions qui se trouvaient dans une caisse dont j'avais la clef. Mon roi, qui aujourd'hui brûle de me faire pendre, et qui, avant la révolte me tutoyait, m'eût donné le grand cordon de son ordre si j'avais fait tomber ces trois têtes et distribuer l'argent de ces caisses, car j'aurais obtenu au moins un demi-succès, et mon pays eût eu une charte telle quelle... Ainsi va le monde, c'est une partie d'échecs.

— Alors, reprit Julien l'œil en feu, vous ne saviez pas le jeu ; maintenant...

— Je ferais tomber des têtes, voulez-vous dire, et je ne serais pas un Girondin comme vous me le faisiez entendre l'autre jour ?... Je vous répondrai, dit Altamira d'un air triste, quand vous aurez tué un homme en duel, ce qui encore est bien moins laid que de le faire exécuter par un bourreau.

— Ma foi ! dit Julien, qui veut la fin veut les moyens ; si, au lieu d'être un atome, j'avais quelque pouvoir, je ferais pendre trois hommes pour sauver la vie à quatre.

Ces yeux exprimaient le feu de la conscience et le mépris des vains jugements des hommes ; ils rencontrèrent ceux de Mlle de La Mole tout près de lui, et ce mépris, loin de se changer en air gracieux et civil, sembla redoubler.

Elle en fut profondément choquée ; mais il ne fut plus en son pouvoir d'oublier Julien ; elle s'éloigna avec dépit, entraînant son frère.

Il faut que je prenne du punch, et que je danse beaucoup, se dit-elle ; je veux choisir ce qu'il y a de mieux, et faire effet à tout prix. Bon, voici ce fameux impertinent, le comte de Fervaques. Elle accepta son invitation ; ils dansèrent. Il s'agit de voir, pensa-t-elle, qui des deux sera le plus impertinent, mais, pour me moquer pleinement de lui, il faut que je le fasse parler. Bientôt tout le reste de la contredanse ne dansa que par contenance. On ne voulait pas perdre une des reparties piquantes de Mathilde. M. de Fervaques se troublait, et, ne trouvant que des paroles élégantes, au lieu d'idées, faisait des mines ; Mathilde, qui avait de l'humeur, fut cruelle pour lui, et s'en fit un ennemi. Elle dansa jusqu'au jour et enfin se retira horriblement fatiguée. Mais, en voiture, le peu de force qui lui restait encore était employé à la rendre triste et malheureuse. Elle avait été méprisée par Julien, et ne pouvait le mépriser.

Julien était au comble du bonheur. Ravi à son insu par la musique, les fleurs, les belles femmes, l'élégance générale, et, plus que tout, par son imagination, qui rêvait des distinctions pour lui et la liberté pour tous.

— Quel beau bal ! dit-il au comte, rien n'y manque.

— Il y manque la pensée, répondit Altamira.

Et sa physionomie trahissait ce mépris, qui n'en est que plus piquant, parce qu'on voit que la politesse s'impose le devoir de le cacher.

— Vous y êtes, monsieur le comte. N'est-ce pas, la pensée est conspirante encore ?

— Je suis ici à cause de mon nom. Mais on hait la pensée dans vos salons. Il faut qu'elle ne s'élève pas au-dessus de la pointe d'un couplet de vaudeville : alors on la récompense. Mais l'homme qui pense, s'il a de l'énergie et de la nouveauté dans ses saillies, vous l'appelez *cynique*. N'est-ce pas ce nom-là qu'un de vos juges a donné à Courier ? Vous l'avez mis en prison, ainsi que

Béranger. Tout ce qui vaut quelque chose, chez vous, par l'esprit, la congrégation le jette à la police correctionnelle ; et la bonne compagnie applaudit.

C'est que votre société vieillie prise avant tout les convenances... Vous ne vous élèverez jamais au-dessus de la bravoure militaire ; vous aurez des Murat, et jamais de Washington. Je ne vois en France que de la vanité. Un homme qui invente en parlant arrive facilement à une saillie imprudente, et le maître de la maison se croit déshonoré.

A ces mots, la voiture du comte, qui ramenait Julien, s'arrêta devant l'hôtel de La Mole. Julien était amoureux de son conspirateur. Altamira lui avait fait ce beau compliment, évidemment échappé à une profonde conviction : Vous n'avez pas la légèreté française, et comprenez le principe de *l'utilité*. Il se trouvait que, justement l'avant-veille, Julien avait vu *Marino Faliero*, tragédie de M. Casimir Delavigne.

Israël Bertuccio n'a-t-il pas plus de caractère que tous ces nobles Vénitiens ? se disait notre plébéien révolté ; et cependant ce sont des gens dont la noblesse prouvée remonte à l'an 700, un siècle avant Charlemagne, tandis que tout ce qu'il y avait de plus noble ce soir au bal de M. de Retz ne remonte, et encore clopin-clopant, que jusqu'au XIIIe siècle. Eh bien ! au milieu de ces nobles de Venise, si grands par la naissance, c'est d'Israël Bertuccio qu'on se souvient.

Une conspiration anéantit tous les titres donnés par les caprices sociaux. Là, un homme prend d'emblée le rang que lui assigne sa manière d'envisager la mort. L'esprit lui-même perd de son empire...

Que serait Danton aujourd'hui, dans ce siècle des Valenod et des Rênal ? pas même substitut du procureur du roi...

Que dis-je ? il se serait vendu à la congrégation ; il serait ministre, car enfin ce grand Danton a volé. Mirabeau aussi s'est vendu. Napoléon avait volé des millions en Italie, sans quoi il eût été arrêté tout court p ar

la pauvreté, comme Pichegru. La Fayette seul n'a
jamais volé. Faut-il voler, faut-il se vendre ? pensa
Julien. Cette question l'arrêta tout court. Il passa le
reste de la nuit à lire l'histoire de la Révolution.

Le lendemain, en faisant ses lettres dans la bibliothèque, il ne songeait encore qu'à la conversation du
comte Altamira.

Dans le fait, se disait-il après une longue rêverie, si
ces Espagnols libéraux avaient compromis le peuple
par des crimes, on ne les eût pas balayés avec cette facilité. Ce furent des enfants orgueilleux et bavards…
comme moi ! s'écria tout à coup Julien comme se réveil-
lant en sursaut.

Qu'ai-je fait de difficile qui me donne le droit de juger
de pauvres diables, qui enfin, une fois en la vie, ont
osé, ont commencé à agir ? Je suis comme un homme qui,
au sortir de table, s'écrie : Demain je ne dînerai pas ;
ce qui ne m'empêchera point d'être fort et allègre
comme je le suis aujourd'hui. Qui sait ce qu'on éprouve
à moitié chemin d'une grande action ?… Ces hautes
pensées furent troublées par l'arrivée imprévue de
Mlle de La Mole, qui entrait dans la bibliothèque. Il
était tellement animé par son admiration pour les
grandes qualités de Danton, de Mirabeau, de Carnot,
qui ont su n'être pas vaincus, que ses yeux s'arrêtèrent
sur Mlle de La Mole, mais sans songer à elle, sans la
saluer, sans presque la voir. Quand enfin ses grands
yeux si ouverts s'aperçurent de sa présence, son regard
s'éteignit. Mlle de La Mole, le remarqua avec amertume.

En vain elle lui demanda un volume de l'*Histoire de
France* de Vély, placé au rayon le plus élevé, ce qui
obligeait Julien à aller chercher la plus grande des deux
échelles. Julien avait approché l'échelle ; il avait cherché
le volume, il le lui avait remis, sans encore pouvoir
songer à elle. En remportant l'échelle, dans sa préoc-
cupation il donna un coup de coude dans une des glaces
de la bibliothèque ; les éclats, en tombant sur le parquet,
le réveillèrent enfin. Il se hâta de faire des excuses à

Mlle de La Mole ; il voulut être poli, mais il ne fut que
poli. Mathilde vit avec évidence qu'elle l'avait troublé,
et qu'il eût mieux aimé songer à ce qui l'occupait avant
son arrivée, que lui parler. Après l'avoir beaucoup
regardé, elle s'en alla lentement. Julien la regardait
marcher. Il jouissait du contraste de la simplicité de sa
toilette actuelle avec l'élégance magnifique de celle de
la veille. La différence entre les deux physionomies
était presque aussi frappante. Cette jeune fille, si altière
au bal du duc de Retz, avait presque en ce moment un
regard suppliant. Réellement, se dit Julien, cette robe
noire fait briller encore mieux la beauté de sa taille. Elle
a un port de reine ; mais pourquoi est-elle en deuil ?

Si je demande à quelqu'un la cause de ce deuil, il se
trouvera que je commets encore une gaucherie. Julien
était tout à fait sorti des profondeurs de son enthousiasme. Il faut que je relise toutes les lettres que j'ai
faites ce matin ; Dieu sait les mots sautés et les balour-
dises que j'y trouverai. Comme il lisait avec une attention forcée la première de ces lettres, il entendit tout
près de lui le bruissement d'une robe de soie ; il se retourna rapidement ; Mlle de La Mole était à deux pas
de sa table, elle riait. Cette seconde interruption donna
de l'humeur à Julien.

Pour Mathilde, elle venait de sentir vivement qu'elle
n'était rien pour ce jeune homme ; ce rire était fait pour
cacher son embarras, elle y réussit.

— Évidemment, vous songez à quelque chose de bien
intéressant, Monsieur Sorel. N'est-ce point quelque
anecdote curieuse sur la conspiration qui nous a envoyé
à Paris M. le comte Altamira ? Dites-moi ce dont il
s'agit ; je brûle de le savoir ; je serai discrète, je vous le
jure ! Elle fut étonnée de ce mot en se l'entendant prononcer. Quoi donc, elle suppliait un subalterne ! Son
embarras augmentant, elle ajouta d'un petit air léger :

— Qu'est-ce qui a pu faire de vous, ordinairement si
froid, un être inspiré, une espèce de prophète de Michel-
Ange ?

Cette vive et indiscrète interrogation, blessant Julien profondément, lui rendit toute sa folie.

— Danton a-t-il bien fait de voler? lui dit-il brusquement et d'un air qui devenait de plus en plus farouche. Les révolutionnaires du Piémont, de l'Espagne, devaient-ils compromettre le peuple par des crimes? Donner à des gens même sans mérite toutes les places de l'armée, toutes les croix? Les gens qui auraient porté ces croix n'eussent-ils pas redouté le retour du roi? Fallait-il mettre le trésor de Turin au pillage? En un mot, Mademoiselle, dit-il en s'approchant d'elle d'un air terrible, l'homme qui veut chasser l'ignorance et le crime de la terre doit-il passer comme la tempête et faire le mal comme au hasard?

Mathilde eut peur, ne put soutenir son regard, et recula deux pas. Elle le regarda un instant; puis, honteuse de sa peur, d'un pas léger elle sortit de la bibliothèque [1].

CHAPITRE X

LA REINE MARGUERITE

Amour! dans quelle folie ne parviens-tu pas à nous faire trouver du plaisir?

Lettres d'une Religieuse portugaise.

Julien relut ses lettres. Quand la cloche du dîner se fit entendre : Combien je dois avoir été ridicule aux yeux de cette poupée parisienne! se dit-il ; quelle folie de lui dire réellement ce à quoi je pensais! Mais peut-être

folie pas si grande. La vérité dans cette occasion était
digne de moi.

Pourquoi aussi venir m'interroger sur des choses
intimes! Cette question est indiscrète de sa part. Elle
a manqué d'usage. Mes pensées sur Danton ne font point
partie du service pour lequel son père me paye.

En arrivant dans la salle à manger, Julien fut distrait
de son humeur par le grand deuil de Mlle de La Mole, qui
le frappa d'autant plus qu'aucune autre personne de la
famille n'était en noir.

Après dîner, il se trouva tout à fait débarrassé de
l'accès d'enthousiasme qui l'avait obsédé toute la journée. Par bonheur, l'académicien qui savait le latin était
de ce dîner. Voilà l'homme qui se moquera le moins de
moi, se dit Julien, si, comme je le présume, ma question
sur le deuil de Mlle de La Mole est une gaucherie.

Mathilde le regardait avec une expression singulière.
Voilà bien la coquetterie des femmes de ce pays telle
que Mme de Rênal me l'avait peinte, se dit Julien.
Je n'ai pas été aimable pour elle ce matin, je n'ai
pas cédé à la fantaisie qu'elle avait de causer. J'en
augmente de prix à ses yeux. Sans doute le diable n'y
perd rien. Plus tard, sa hauteur dédaigneuse saura bien
se venger. Je la mets à pis faire. Quelle différence avec
ce que j'ai perdu! Quel naturel charmant! Quelle
naïveté! Je savais ses pensées avant elle ; je les voyais
naître ; je n'avais pour antagoniste, dans son cœur, que
la peur de la mort de ses enfants ; c'était une affection
raisonnable et naturelle, aimable même pour moi qui
en souffrais. J'ai été un sot. Les idées que je me faisais
de Paris m'ont empêché d'apprécier cette femme sublime.

Quelle différence, grand Dieu! Et qu'est-ce que je
trouve ici ? De la vanité sèche et hautaine, toutes les
nuances de l'amour-propre et rien de plus.

On se levait de table. Ne laissons pas engager mon
académicien, se dit Julien. Il s'approcha de lui comme on
passait au jardin, prit un air doux et soumis, et partagea
sa fureur contre le succès d'*Hernani* [1].

— Si nous étions encore au temps des lettres de cachet!... dit-il.

— Alors il n'eût pas osé, s'écria l'académicien avec un geste à la Talma.

A propos d'une fleur, Julien cita quelques mots des *Géorgiques* de Virgile, et trouva que rien n'était égal aux vers de l'abbé Delille. En un mot, il flatta l'académicien de toutes les façons. Après quoi, de l'air le plus indifférent :

— Je suppose, lui dit-il, que Mlle de La Mole a hérité de quelque oncle dont elle porte le deuil.

— Quoi! vous êtes de la maison, dit l'académicien en s'arrêtant tout court, et vous ne savez pas sa folie? Au fait, il est étrange que sa mère lui permette de telles choses ; mais entre nous, ce n'est pas précisément par la force du caractère qu'on brille dans cette maison. Mlle Mathilde en a pour eux tous, et les mène. C'est aujourd'hui le 30 avril! Et l'académicien s'arrêta en regardant Julien d'un air fin. Julien sourit de l'air le plus spirituel qu'il put.

Quel rapport peut-il y avoir entre mener toute une maison, porter une robe noire et le 30 avril ? se disait-il. Il faut que je sois encore plus gauche que je ne le pensais.

— Je vous avouerai..., dit-il à l'académicien, et son œil continuait à interroger.

— Faisons un tour de jardin, dit l'académicien, entrevoyant avec ravissement l'occasion de faire une longue narration élégante. Quoi! Est-il bien possible que vous ne sachiez pas ce qui s'est passé le 30 avril 1574.

— Et où, dit Julien étonné.

— En place de Grève [1].

Julien était si étonné, que ce mot ne le mit pas au fait. La curiosité, l'attente d'un intérêt tragique, si en rapport avec son caractère, lui donnaient ces yeux brillants qu'un narrateur aime tant à voir chez la personne qui l'écoute. L'académicien, ravi de trouver une oreille vierge, raconta longuement à Julien comme quoi, le 30 avril 1574, le plus joli garçon de son siècle, Boniface

de La Mole, et Annibal de Coconasso, gentilhomme pié-
montais, son ami, avaient eu la tête tranchée en place
de Grève. La Mole était l'amant adoré de la reine Marguerite de Navarre ; et remarquez, ajouta l'académicien,
que Mlle de La Mole s'appelle *Mathilde-Marguerite*. La
Mole était en même temps le favori du duc d'Alençon
et l'intime ami du roi de Navarre, depuis Henri IV, mari
de sa maîtresse. Le jour du mardi gras de cette année
1574, la cour se trouvait à Saint-Germain avec le pauvre
roi Charles IV, qui s'en allait mourant. La Mole voulut
enlever les princes ses amis, que la reine Catherine de
Médicis retenait comme prisonniers à la cour. Il fit
avancer deux cents chevaux sous les murs de Saint-
Germain, le duc d'Alençon eut peur, et La Mole fut
jeté au bourreau.

Mais ce qui touche Mlle Mathilde, ce qu'elle m'a
avoué elle-même, il y a sept à huit ans, quand elle en
avait douze, car c'est une tête, une tête !... Et l'académicien leva les yeux au ciel. Ce qui l'a frappée dans
cette catastrophe politique, c'est que la reine Marguerite
de Navarre, cachée dans une maison de la place de
Grève, osa faire demander au bourreau la tête de son
amant. Et la nuit suivante, à minuit, elle prit cette
tête dans sa voiture, et alla l'enterrer elle-même dans
une chapelle située au pied de la colline de Montmartre.

— Est-il possible ? s'écria Julien touché.

— Mlle Mathilde méprise son frère, parce que, comme
vous le voyez, il ne songe nullement à toute cette histoire ancienne, et ne prend point le deuil le 30 avril.
C'est depuis ce fameux supplice, et pour rappeler l'amitié intime de La Mole pour Coconasso, lequel Coconasso,
comme un Italien qu'il était, s'appelait Annibal, que
tous les hommes de cette famille portent ce nom. Et,
ajouta l'académicien en baissant la voix, ce Coconasso
fut, au dire de Charles IX lui même, l'un des plus cruels
assassins du 24 août 1572. Mais comment est-il possible,
mon cher Sorel, que vous ignoriez ces choses, vous,
commensal de cette maison ?

— Voilà donc pourquoi, deux fois à dîner, Mlle de La
Mole a appelé son frère Annibal. Je croyais avoir mal
entendu.

— C'était un reproche. Il est étrange que la marquise
souffre de telles folies... Le mari de cette grande fille en
verra de belles !

Ce mot fut suivi de cinq ou six phrases satiriques.
La joie et l'intimité qui brillaient dans les yeux de
l'académicien choquèrent Julien. Nous voici deux
domestiques occupés à médire de leurs maîtres, pensa-t-il.
Mais rien ne doit m'étonner de la part de cet homme
d'académie.

Un jour, Julien l'avait surpris aux genoux de la
marquise de La Mole ; il lui demandait une recette de
tabac pour un neveu de province. Le soir, une petite
femme de chambre de Mlle de La Mole, qui faisait la
cour à Julien, comme jadis Elisa, lui donna cette idée
que le deuil de sa maîtresse n'était point pris pour attirer
les regards. Cette bizarrerie tenait au fond de son caractère. Elle aimait réellement ce La Mole, amant aimé de la
reine la plus spirituelle de son siècle, et qui mourut pour
avoir voulu rendre la liberté à ses amis. Et quels amis !
Le premier prince du sang et Henri IV.

Accoutumé au naturel parfait qui brillait dans toute
la conduite de Mme de Rênal, Julien ne voyait qu'affectation dans toutes les femmes de Paris ; et pour peu
qu'il fût disposé à la tristesse, ne trouvait rien à leur
dire. Mlle de La Mole fit exception.

Il commençait à ne plus prendre pour de la sécheresse
de cœur le genre de beauté qui tient à la noblesse du
maintien. Il eut de longues conversations avec Mlle de
La Mole, qui, quelquefois après dîner, se promenait avec
lui dans le jardin, le long des fenêtres ouvertes du salon.
Elle lui dit un jour qu'elle lisait l'histoire de d'Aubigné,
et Brantôme. Singulière lecture, pensa Julien ; et la
marquise ne lui permet pas de lire les romans de Walter
Scott !

Un jour elle lui raconta, avec ces yeux brillants de

plaisir, qui prouvent la sincérité de l'admiration, ce trait d'une jeune femme du règne de Henri III, qu'elle venait de lire dans les *Mémoires* de l'Étoile : trouvant son mari infidèle, elle le poignarda.

L'amour-propre de Julien était flatté. Une personne environnée de tant de respects, et qui, au dire de l'académicien, menait toute la maison, daignait lui parler d'un air qui pouvait presque ressembler à de l'amitié.

Je m'étais trompé, pensa bientôt Julien ; ce n'est pas de la familiarité, je ne suis qu'un confident de tragédie, c'est le besoin de parler. Je passe pour savant dans cette famille. Je m'en vais lire Brantôme, d'Aubigné, l'Étoile. Je pourrai contester quelques-unes des anecdotes dont me parle Mlle de La Mole. Je veux sortir de ce rôle de confident passif.

Peu à peu ses conversations avec cette jeune fille, d'un maintien si imposant et en même temps si aisé, devinrent plus intéressantes. Il oubliait son triste rôle de plébéien révolté. Il la trouvait savante, et même raisonnable. Ses opinions dans le jardin étaient bien différentes de celles qu'elle avouait au salon. Quelquefois elle avait avec lui un enthousiasme et une franchise qui formaient un contraste parfait avec sa manière d'être ordinaire, si altière et si froide.

Les guerres de la Ligue sont les temps héroïques de la France, lui disait-elle un jour, avec des yeux étincelants de génie et d'enthousiasme. Alors chacun se battait pour obtenir une certaine chose qu'il désirait, pour faire triompher son parti, et non pas pour gagner platement une croix comme du temps de votre empereur. Convenez qu'il y avait moins d'égoïsme et de petitesse. J'aime ce siècle.

— Et Boniface de La Mole en fut le héros, lui dit-il.

— Du moins, il fut aimé comme peut-être il est doux de l'être. Quelle femme actuellement vivante n'aurait horreur de toucher à la tête de son amant décapité ?

Mme de La Mole appela sa fille. L'hypocrisie, pour

être utile, doit se cacher ; et Julien, comme on voit,
avait fait à Mlle de La Mole une demi-confidence sur
son admiration pour Napoléon.

Voilà l'immense avantage qu'ils ont sur nous, se dit
Julien, resté seul au jardin. L'histoire de leurs aïeux
les élève au-dessus des sentiments vulgaires, et ils n'ont
pas toujours à songer à leur subsistance ! Quelle misère !
ajoutait-il avec amertume, je suis indigne de raisonner
sur ces grands intérêts. Ma vie n'est qu'une suite d'hypocrisies, parce que je n'ai pas mille francs de rente pour
acheter du pain.

— A quoi rêvez-vous là, Monsieur ? lui dit Mathilde,
qui revenait en courant [1].

Julien était las de se mépriser. Par orgueil, il dit franchement sa pensée. Il rougit beaucoup en parlant de sa
pauvreté à une personne aussi riche. Il chercha à bien
exprimer par son ton fier qu'il ne demandait rien.
Jamais il n'avait semblé aussi joli à Mathilde ; elle lui
trouva une expression de sensibilité et de franchise qui
souvent lui manquait [2].

A moins d'un mois de là, Julien se promenait pensif
dans le jardin de l'hôtel de La Mole ; mais sa figure
n'avait plus la dureté et la roguerie philosophique qu'y
imprimait le sentiment continu de son infériorité. Il
venait de reconduire jusqu'à la porte du salon Mlle de La
Mole, qui prétendait s'être fait mal au pied en courant
avec son frère.

Elle s'est appuyée sur mon bras d'une façon bien singulière ! se disait Julien. Suis-je un fat, ou serait-il vrai
qu'elle a du goût pour moi ? Elle m'écoute d'un air si
doux, même quand je lui avoue toutes les souffrances
de mon orgueil ! Elle qui a tant de fierté avec tout le
monde ! On serait bien étonné au salon si on lui voyait
cette physionomie. Très certainement cet air doux et
bon, elle ne l'a avec personne.

Julien cherchait à ne pas s'exagérer cette singulière
amitié. Il la comparait lui-même à un commerce armé.
Chaque jour en se retrouvant, avant de reprendre le ton

presque intime de la veille, on se demandait presque :
Serons-nous aujourd'hui amis ou ennemis [1]? Julien
avait compris que se laisser offenser impunément une
seule fois par cette fille si hautaine, c'était tout perdre.
Si je dois me brouiller, ne vaut-il pas mieux que ce
soit de prime abord, en défendant les justes droits de
mon orgueil, qu'en repoussant les marques de mépris
dont serait bientôt suivi le moindre abandon de ce que
je dois à ma dignité personnelle ?

Plusieurs fois, en des jours de mauvaise humeur,
Mathilde essaya de prendre avec lui le ton d'une grande
dame ; elle mettait une rare finesse à ces tentatives, mais
Julien les repoussait rudement.

Un jour il l'interrompit brusquement : Mademoiselle
de La Mole a-t-elle quelque ordre à donner au secrétaire
de son père ? lui dit-il ; il doit écouter ses ordres, et les
exécuter avec respect ; mais du reste, il n'a pas un mot
à lui adresser. Il n'est point payé pour lui communiquer
ses pensées.

Cette manière d'être et les singuliers doutes qu'avait
Julien, firent disparaître l'ennui qu'il trouvait régulièrement dans ce salon si magnifique, mais où l'on avait
peur de tout, et où il n'était convenable de plaisanter de
rien.

Il serait plaisant qu'elle m'aimât. Quelle m'aime ou
non, continuait Julien, j'ai pour confidente intime une
fille d'esprit, devant laquelle je vois trembler toute la
maison, et plus que tous les autres, le marquis de Croisenois. Ce jeune homme si poli, si doux, si brave, et qui
réunit tous les avantages de naissance et de fortune dont
un seul me mettrait le cœur si à l'aise ! Il en est amoureux fou, il doit l'épouser. Que de lettres M. de La Mole
m'a fait écrire aux deux notaires pour arranger le
contrat ! Et moi qui me vois si subalterne la plume à la
main, deux heures après, ici dans le jardin, je triomphe
de ce jeune homme si aimable : car enfin les préférences
sont frappantes, directes. Peut-être aussi elle hait en
lui un mari futur. Elle a assez de hauteur pour cela. Et

les bontés qu'elle a pour moi, je les obtiens à titre de confident subalterne.

Mais non, ou je suis fou, ou elle me fait la cour ; plus je me montre froid et respectueux avec elle, plus elle me recherche. Ceci pourrait être un parti pris, une affectation ; mais je vois ses yeux s'animer quand je parais à l'improviste. Les femmes de Paris savent-elles feindre à ce point ? Que m'importe ! J'ai l'apparence pour moi, jouissons des apparences. Mon Dieu, qu'elle est belle ! Que ses grands yeux bleus me plaisent, vus de près, et me regardant comme ils le font souvent ! Quelle différence de ce printemps-ci à celui de l'année passée, quand je vivais malheureux et me soutenant à force de caractère, au milieu de ces trois cents hypocrites méchants et sales ! J'étais presque aussi méchant qu'eux.

Dans les jours de méfiance : Cette jeune fille se moque de moi, pensait Julien. Elle est d'accord avec son frère pour me mystifier. Mais elle a l'air de tellement mépriser le manque d'énergie de ce frère ! Il est brave, et puis c'est tout, me dit-elle. Il n'a pas une pensée qui ose s'écarter de la mode. C'est toujours moi qui suis obligé de prendre sa défense. Une jeune fille de dix-neuf ans ! A cet âge peut-on être fidèle à chaque instant de la journée à l'hypocrisie qu'on s'est prescrite ?

D'un autre côté, quand Mlle de La Mole fixe sur moi ses grands yeux bleus avec une certaine expression singulière, toujours le comte Norbert s'éloigne. Ceci m'est suspect ; ne devrait-il pas s'indigner de ce que sa sœur distingue un *domestique* de leur maison ? Car j'ai entendu le duc de Chaulnes parler ainsi de moi. A ce souvenir la colère remplaçait tout autre sentiment. Est-ce amour du vieux langage chez ce duc maniaque ?

Eh bien, elle est jolie ! continuait Julien avec des regards de tigre. Je l'aurai, je m'en irai ensuite, et malheur à qui me troublera dans ma fuite !

Cette idée devint l'unique affaire de Julien ; il ne pouvait plus penser à rien autre chose. Ses journées passaient comme des heures.

A chaque instant, cherchant à s'occuper de quelque
affaire sérieuse, sa pensée abandonnait tout, et il se
réveillait un quart d'heure après, le cœur palpitant, la
tête troublée, et rêvant à cette idée : M'aime-t-elle [1] ?

CHAPITRE XI

L'EMPIRE D'UNE JEUNE FILLE

J'admire sa beauté, mais je crains son esprit.
                                        MÉRIMÉE.

Si Julien [2] eût employé à examiner ce qui se passait
dans le salon le temps qu'il mettait à s'exagérer la beauté
de Mathilde, ou à se passionner contre la hauteur
naturelle à sa famille, qu'elle oubliait pour lui, il eût
compris en quoi consistait son empire sur tout ce qui
l'entourait. Dès qu'on déplaisait à Mlle de La Mole, elle
savait punir par une plaisanterie si mesurée, si bien
choisie, si convenable en apparence, lancée si à propos,
que la blessure croissait à chaque instant, plus on y
réfléchissait. Peu à peu elle devenait atroce pour l'amour-
propre offensé. Comme elle n'attachait aucun prix à
bien des choses qui étaient des objets de désirs sérieux
pour le reste de sa famille, elle paraissait toujours de
sang-froid à leurs yeux. Les salons de l'aristocratie sont
agréables à citer quand on en sort, mais voilà tout [3] ;
la politesse toute seule n'est quelque chose par elle-
même que les premiers jours. Julien l'éprouvait ; après
le premier enchantement, le premier étonnement. La
politesse, se disait-il, n'est que l'absence de la colère
que donneraient les mauvaises manières. Mathilde

s'ennuyait souvent, peut-être se fût-elle ennuyée partout. Alors aiguiser une épigramme était pour elle une distraction et un vrai plaisir.

C'était peut-être pour avoir des victimes un peu plus amusantes que ses grands parents, que l'académicien et les cinq ou six autres subalternes qui leur faisaient la cour, qu'elle avait donné des espérances au marquis de Croisenois, au comte de Caylus et deux ou trois autres jeunes gens de la première distinction. Ils n'étaient pour elle que de nouveaux objets d'épigramme.

Nous avouerons avec peine, car nous aimons Mathilde [1], qu'elle avait reçu des lettres de plusieurs d'entre eux, et leur avait quelquefois répondu. Nous nous hâtons d'ajouter que ce personnage fait exception aux mœurs du siècle. Ce n'est pas en général le manque de prudence que l'on peut reprocher aux élèves du noble couvent du Sacré-Cœur.

Un jour le marquis de Croisenois rendit à Mathilde une lettre assez compromettante qu'elle lui avait écrite la veille. Il croyait par cette marque de haute prudence avancer beaucoup ses affaires. Mais c'était l'imprudence que Mathilde aimait dans ses correspondances. Son plaisir était de jouer son sort. Elle ne lui adressa pas la parole de six semaines.

Elle s'amusait des lettres de ces jeunes gens ; mais suivant elle, toutes se ressemblaient. C'était toujours la passion la plus profonde, la plus mélancolique.

— Ils sont tous le même homme parfait, prêt à partir pour la Palestine, disait-elle à sa cousine. Connaissez-vous quelque chose de plus insipide ? Voilà donc les lettres que je vais recevoir toute la vie ! Ces lettres-là ne doivent changer que tous les vingt ans, suivant le genre d'occupation qui est à la mode. Elles devaient être moins décolorées du temps de l'Empire. Alors tous ces jeunes gens du grand monde avaient vu ou fait des actions qui *réellement* avaient de la grandeur. Le duc de N***, mon oncle, a été à Wagram.

— Quel esprit faut-il pour donner un coup de sabre ?

Et quand cela leur est arrivé, ils en parlent si souvent!
dit Mlle de Sainte-Hérédité, la cousine de Mathilde.

— Eh bien! ces récits me font plaisir. Être dans une
véritable bataille, une bataille de Napoléon, où l'on tuait
dix mille soldats, cela prouve du courage. S'exposer au
danger élève l'âme et la sauve de l'ennui où mes pauvres
adorateurs semblent plongés ; et il est contagieux, cet
ennui. Lequel d'entre eux a l'idée de faire quelque chose
d'extraordinaire ? Ils cherchent à obtenir ma main, la
belle affaire! Je suis riche, et mon père avancera son
gendre. Ah! pût-il en trouver un qui fût un peu amusant !

La manière de voir vive, nette, pittoresque de
Mathilde, gâtait son langage comme on voit. Souvent
un mot d'elle faisait tache aux yeux de ses amis si polis.
Ils se seraient presque avoué, si elle eût été moins à la
mode, que son parler avait quelque chose d'un peu
coloré pour la délicatesse féminine.

Elle, de son côté, était bien injuste envers les jolis
cavaliers qui peuplent le bois de Boulogne. Elle voyait
l'avenir non pas avec terreur, c'eût été un sentiment vif,
mais avec un dégoût bien rare à son âge.

Que pouvait-elle désirer ? La fortune, la haute naissance, l'esprit, la beauté à ce qu'on disait, et à ce qu'elle
croyait, tout avait été accumulé sur elle par les mains
du hasard.

Voilà quelles étaient les pensées de l'héritière la plus
enviée du faubourg Saint-Germain, quand elle commença à trouver du plaisir à se promener avec Julien.
Elle fut étonnée de son orgueil ; elle admira l'adresse de
ce petit bourgeois. Il saura se faire évêque comme l'abbé
Maury, se dit-elle.

Bientôt cette résistance sincère et non jouée, avec
laquelle notre héros accueillait plusieurs de ses idées,
l'occupa ; elle y pensait ; elle racontait à son amie les
moindres détails des conversations, et trouvait que
jamais elle ne parvenait à en bien rendre toute la physionomie.

Une idée l'illumina tout à coup : J'ai le bonheur d'aimer, se dit-elle un jour, avec un transport de joie incroyable. J'aime, j'aime, c'est clair ! A mon âge, une fille jeune, belle, spirituelle, où peut-elle trouver des sensations, si ce n'est dans l'amour ? J'ai beau faire, je n'aurai jamais d'amour pour Croisenois, Caylus, et *tutti quanti*. Ils sont parfaits, trop parfaits peut-être ; enfin, ils m'ennuient.

Elle repassa dans sa tête toutes les descriptions de passion qu'elle avait lues dans *Manon Lescaut*, la *Nouvelle Héloïse*, les *Lettres d'une Religieuse portugaise*, etc. Il n'était question, bien entendu, que de la grande passion ; l'amour léger était indigne d'une fille de son âge et de sa naissance. Elle ne donnait le nom d'amour qu'à ce sentiment héroïque que l'on rencontrait en France du temps de Henri III et de Bassompierre. Cet amour-là[1] ne cédait point bassement aux obstacles ; mais, bien loin de là, faisait faire de grandes choses. Quel malheur pour moi qu'il n'y ait pas une cour véritable comme celle de Catherine de Médicis ou de Louis XIII ! Je me sens au niveau de tout ce qu'il y a de plus hardi et de plus grand. Que ne ferais-je pas d'un roi homme de cœur, comme Louis XIII soupirant à mes pieds ! Je le mènerais en Vendée, comme dit si souvent le baron de Tolly, et de là il reconquerrait son royaume ; alors plus de Charte... et Julien me seconderait. Que lui manque-t-il ? un nom et de la fortune. Il se ferait un nom, il acquerrait de la fortune.

Rien ne manque à Croisenois, et il ne sera toute sa vie qu'un duc à demi ultra, à demi libéral, un être indécis toujours éloigné des extrêmes, et *par conséquent se trouvant le second partout*.

Quelle est la grande action qui ne soit pas *un extrême* au moment où on l'entreprend ? C'est quand elle est accomplie qu'elle semble possible aux êtres du commun. Oui, c'est l'amour avec tous ses miracles qui va régner dans mon cœur ; je le sens au feu qui m'anime. Le ciel me devait cette faveur. Il n'aura pas en vain accumulé

sur un seul être tous les avantages. Mon bonheur sera
digne de moi. Chacune de mes journées ne ressemblera
pas froidement à celle de la veille. Il y a déjà de la grandeur et de l'audace à oser aimer un homme placé si loin
de moi par sa position sociale. Voyons : continuera-t-il
à me mériter ? A la première faiblesse que je vois en lui,
je l'abandonne. Une fille de ma naissance, et avec le
caractère chevaleresque que l'on veut bien m'accorder
(c'était un mot de son père), ne doit pas se conduire
comme une sotte.

N'est-ce pas là le rôle que je jouerais si j'aimais le
marquis de Croisenois ? J'aurais une nouvelle édition du
bonheur de mes cousines, que je méprise si complètement. Je sais d'avance tout ce que me dirait le pauvre
marquis, tout ce que j'aurais à lui répondre. Qu'est-ce
qu'un amour qui fait bâiller ? autant vaudrait être
dévote. J'aurais une signature de contrat, comme celle
de la cadette de mes cousines, où les grands-parents
s'attendriraient, si pourtant ils n'avaient pas d'humeur
à cause d'une dernière condition introduite la veille dans
le contrat par le notaire de la partie adverse.

CHAPITRE XII

SERAIT-CE UN DANTON?

> Le besoin d'anxiété, *tel était le caractère*
> *de la belle Marguerite de Valois, ma tante, qui*
> *bientôt épousa le roi de Navarre, que nous voyons*
> *de présent régner en France sous le nom de*
> *Henry IV. Le besoin de jouer formait tout le*
> *secret du caractère de cette princesse aimable;*
> *de là ses brouilles et ses raccommodements, avec*
> *ses frères dès l'âge de seize ans. Or, que peut*
> *jouer une jeune fille? Ce qu'elle a de plus pré-*
> *cieux : sa réputation, la considération de toute sa*
> *vie.*
>
> > Mémoires du duc d'ANGOULÊME,
> > fils naturel de Charles IX.

Entre Julien et moi il n'y a point de signature de
contrat, point de notaire, tout est héroïque, tout sera
fils du hasard. A la noblesse près, qui lui manque, c'est
l'amour de Marguerite de Valois pour le jeune La Mole,
l'homme le plus distingué de son temps. Est-ce ma faute
à moi si les jeunes gens de la cour sont de si grands
partisans du *convenable*, et pâlissent à la seule idée de la
moindre aventure un peu singulière? Un petit voyage
en Grèce ou en Afrique [1] est pour eux le comble de
l'audace, et encore ne savent-ils marcher qu'en troupe.
Dès qu'ils se voient seuls, ils ont peur, non de la lance
du Bédouin, mais du ridicule, et cette peur les rend fous.

Mon petit Julien, au contraire, n'aime à agir que seul.
Jamais, dans cet être privilégié, la moindre idée de chercher de l'appui et du secours dans les autres! Il méprise
les autres, c'est pour cela que je ne le méprise pas.

Si, avec sa pauvreté, Julien était noble, mon amour

ne serait qu'une sottise vulgaire, une mésalliance
plate ; je n'en voudrais pas ; il n'aurait point ce qui
caractérise les grandes passions : l'immensité de la
difficulté à vaincre et la noire incertitude de l'événement.

Mlle de La Mole était si préoccupée de ces beaux raisonnements, que le lendemain, sans s'en douter, elle
vantait Julien au marquis de Croisenois et à son frère.
Son éloquence alla si loin, qu'elle les piqua.

— Prenez bien garde à ce jeune homme, qui a tant
d'énergie [1], s'écria son frère ; si la révolution recom-
mence, il nous fera tous guillotiner.

Elle se garda de répondre, et se hâta de plaisanter
son frère et le marquis de Croisenois sur la peur que
leur faisait l'énergie. Ce n'est au fond que la peur de
rencontrer l'imprévu, que la crainte de rester court en
présence de l'imprévu...

— Toujours, toujours, Messieurs, la peur du ridicule,
monstre qui, par malheur, est mort en 1816.

Il n'y a plus de ridicule, disait M. de La Mole, dans
un pays où il y a deux partis.

Sa fille avait compris cette idée.

— Ainsi, Messieurs, disait-elle aux ennemis de
Julien, vous aurez eu bien peur toute votre vie, et
après on vous dira :

Ce n'était pas un loup, ce n'en était que l'ombre [2].

Mathilde les quitta bientôt. Le mot de son frère lui
faisait horreur ; il l'inquiéta beaucoup ; mais, dès le
lendemain, elle y voyait la plus belle des louanges.

Dans ce siècle, où toute énergie est morte, son énergie
leur fait peur. Je lui dirai le mot de mon frère ; je veux
voir la réponse qu'il y fera. Mais je choisirai un des
moments où ses yeux brillent. Alors il ne peut me
mentir.

— Ce serait un Danton! ajouta-t-elle après une
longue et indistincte rêverie. Eh bien! la révolution
aurait recommencé. Quels rôles joueraient alors Croisenois et mon frère ? Il est écrit d'avance : la résignation

sublime. Ce seraient des moutons héroïques, se laissant
égorger sans mot dire. Leur seule peur en mourant serait
encore d'être de mauvais goût. Mon petit Julien brû-
lerait la cervelle au jacobin qui viendrait l'arrêter, pour
peu qu'il eût l'espérance de se sauver. Il n'a pas peur
d'être de mauvais goût, lui.

Ce dernier mot la rendit pensive ; il réveillait de
pénibles souvenirs, et lui ôta toute sa hardiesse. Ce mot
lui rappelait les plaisanteries de MM. de Caylus, de
Croisenois, de Luz et de son frère. Ces Messieurs repro-
chaient unanimement à Julien l'air *prêtre* : humble et
hypocrite.

— Mais, reprit-elle tout à coup, l'œil brillant de joie,
l'amertume et la fréquence de leurs plaisanteries
prouvent, en dépit d'eux, que c'est l'homme le plus
distingué que nous ayons vu cet hiver. Qu'importent
ses défauts, ses ridicules ? Il a de la grandeur, et ils en
sont choqués, eux d'ailleurs si bons et si indulgents. Il
est sûr qu'il est pauvre, et qu'il a étudié pour être
prêtre ; eux sont chefs d'escadron, et n'ont pas eu besoin
d'étude ; c'est plus commode.

Malgré tous les désavantages de son éternel habit
noir et de cette physionomie de prêtre, qu'il lui faut
bien avoir, le pauvre garçon, sous peine de mourir de
faim, son mérite leur fait peur, rien de plus clair. Et
cette physionomie de prêtre, il ne l'a plus dès que nous
sommes quelques instants seuls ensemble. Et quand ces
messieurs disent un mot qu'ils croient fin et imprévu,
leur premier regard n'est-il pas pour Julien ? je l'ai
fort bien remarqué. Et pourtant ils savent bien que jamais
il ne leur parle, à moins d'être interrogé. Ce n'est qu'à
moi qu'il adresse la parole, il me croit l'âme haute. Il ne
répond à leurs objections que juste autant qu'il faut
pour être poli. Il tourne au respect tout de suite. Avec
moi, il discute des heures entières, il n'est pas sûr de ses
idées tant que j'y trouve la moindre objection. Enfin
tout cet hiver nous n'avons pas eu de coups de fusil ; il
ne s'est agi que d'attirer l'attention par des paroles. Eh

bien, mon père, homme supérieur, et qui portera loin la fortune de notre maison, respecte Julien. Tout le reste le hait, personne ne le méprise, que les dévotes amies de ma mère.

Le comte de Caylus avait ou feignait une grande passion pour les chevaux ; il passait sa vie dans son écurie, et souvent y déjeunait. Cette grande passion, jointe à l'habitude de ne jamais rire, lui donnait beaucoup de considération parmi ses amis : c'était l'aigle de ce petit cercle.

Dès qu'il fut réuni le lendemain derrière la bergère de Mme de La Mole, Julien n'étant point présent, M. de Caylus, soutenu par Croisenois et par Norbert, attaqua vivement la bonne opinion que Mathilde avait de Julien, et cela sans à-propos, et presque au premier moment où il vit Mlle de La Mole. Elle comprit cette finesse d'une lieue, et en fut charmée.

Les voilà tous ligués, se dit-elle, contre un homme de génie qui n'a pas dix louis de rente, et qui ne peut leur répondre qu'autant qu'il est interrogé. Ils en ont peur sous son habit noir. Que serait-ce avec des épaulettes ?

Jamais elle n'avait été plus brillante. Dès les premières attaques, elle couvrit de sarcasmes plaisants Caylus et ses alliés. Quand le feu des plaisanteries de ces brillants officiers fut éteint :

— Que demain quelque hobereau des montagnes de la Franche-Comté, dit-elle à M. de Caylus, s'aperçoive que Julien est son fils naturel, et lui donne un nom et quelques milliers de francs, dans six semaines il a des moustaches comme vous, messieurs ; dans six mois il est officier de housards comme vous, messieurs. Et alors la grandeur de son caractère n'est plus un ridicule. Je vous vois réduit, Monsieur le duc futur, à cette ancienne mauvaise raison : la supériorité de la noblesse de cour sur la noblesse de province. Mais que vous restera-t-il, si je veux vous pousser à bout, si j'ai la malice de donner pour père à Julien un duc espagnol, prisonnier de guerre à Besançon du temps de Napoléon,

et qui, par scrupule de conscience, le reconnaît à son
lit de mort ?

Toutes ces suppositions de naissance non légitime
furent trouvées d'assez mauvais goût par MM. de Caylus
et de Croisenois. Voilà tout ce qu'ils virent dans le
raisonnement de Mathilde.

Quelque dominé que fût Norbert, les paroles de sa
sœur étaient si claires, qu'il prit un air grave qui allait
assez mal, il faut l'avouer, à sa physionomie souriante
et bonne. Il osa dire quelques mots.

— Êtes-vous malade, mon ami ? lui répondit Mathilde d'un petit air sérieux. Il faut que vous soyez
bien mal pour répondre à des plaisanteries par de la
morale.

De la morale, vous ! est-ce que vous sollicitez une
place de préfet ?

Mathilde oublia bien vite l'air piqué du comte de
Caylus, l'humeur de Norbert et le désespoir silencieux
de M. de Croisenois. Elle avait à prendre un parti sur
une idée fatale qui venait de saisir son âme.

Julien est assez sincère avec moi, se dit-elle ; à son
âge, dans une fortune inférieure, malheureux comme il
l'est par une ambition étonnante, on a besoin d'une
amie. Je suis peut-être cette amie ; mais je ne lui vois
point d'amour. Avec l'audace de son caractère, il m'eût
parlé de cet amour [1].

Cette incertitude, cette discussion avec soi-même, qui
dès cet instant occupa chacun des instants de Mathilde,
et pour laquelle, à chaque fois que Julien lui parlait,
elle se trouvait de nouveaux arguments, chassa tout à
fait ces moments d'ennui auxquels elle était tellement
sujette.

Fille d'un homme d'esprit qui pouvait devenir ministre, et rendre ses bois au clergé, Mlle de La Mole
avait été, au couvent du Sacré-Cœur, l'objet des flatteries les plus excessives. Ce malheur jamais ne se
compense. On lui avait persuadé qu'à cause de tous
ses avantages de naissance, de fortune, etc., elle devait

être plus heureuse qu'une autre. C'est la source de l'ennui des princes et de toutes leurs folies.

Mathilde n'avait point échappé à la funeste influence de cette idée. Quelque esprit qu'on ait, l'on n'est pas en garde à dix ans contre les flatteries de tout un couvent, et aussi bien fondées en apparence.

Du moment qu'elle eut décidé qu'elle aimait Julien, elle ne s'ennuya plus. Tous les jours elle se félicitait du parti qu'elle avait pris de se donner une grande passion. Cet amusement a bien des dangers, pensait-elle. Tant mieux! mille fois tant mieux!

Sans grande passion, j'étais languissante d'ennui au plus beau moment de la vie, de seize ans jusqu'à vingt. J'ai déjà perdu mes plus belles années ; obligée pour tout plaisir à entendre déraisonner les amies de ma mère, qui, à Coblentz en 1792, n'étaient pas tout à fait, dit-on, aussi sévères que leurs paroles d'aujourd'hui.

C'était pendant que ces grandes incertitudes agitaient Mathilde que Julien ne comprenait pas ses longs regards qui s'arrêtaient sur lui. Il trouvait bien un redoublement de froideur dans les manières du comte Norbert, et un nouvel accès de hauteur dans celles de MM. de Caylus, de Luz et de Croisenois. Il y était accoutumé. Ce malheur lui arrivait quelquefois à la suite d'une soirée où il avait brillé plus qu'il ne convenait à sa position. Sans l'accueil particulier que lui faisait Mathilde, et la curiosité que tout cet ensemble lui inspirait, il eût évité de suivre au jardin ces brillants jeunes gens à moustaches, lorsque les après-dînées ils y accompagnaient Mlle de La Mole.

Oui, il est impossible que je me le dissimule, se disait Julien, Mlle de La Mole me regarde d'une façon singulière. Mais, même quand ses beaux yeux bleus fixés sur moi sont ouverts avec le plus d'abandon, j'y lis toujours un fond d'examen, de sang-froid et de méchanceté. Est-il possible que ce soit là de l'amour ? Quelle différence avec les regards de Mme de Rênal !

Une après-dînée, Julien, qui avait suivi M. de La Mole
dans son cabinet, revenait rapidement au jardin. Comme
il approchait sans précaution du groupe de Mathilde,
il surprit quelques mots prononcés très haut. Elle tourmentait son frère. Julien entendit son nom prononcé
distinctement deux fois. Il parut ; un silence profond
s'établit tout à coup, et l'on fit de vains efforts pour le
faire cesser. Mlle de La Mole et son frère étaient trop
animés pour trouver un autre sujet de conversation.
MM. de Caylus, de Croisenois, de Luz et un de leurs
amis parurent à Julien d'un froid de glace. Il s'éloigna.

CHAPITRE XIII

UN COMPLOT

> *Des propos décousus, des rencontres par effet*
> *du hasard se transforment en preuves de la*
> *dernière évidence aux yeux de l'homme à imagina-*
> *tion s'il a quelque feu dans le cœur.*
>
> Schiller.

Le lendemain, il surprit encore Norbert et sa sœur,
qui parlaient de lui. A son arrivée, un silence de mort
s'établit, comme la veille. Ses soupçons n'eurent plus
de bornes. Ces aimables jeunes gens auraient-ils entrepris
de se moquer de moi ? Il faut avouer que cela est beaucoup plus probable, beaucoup plus naturel qu'une
prétendue passion de Mlle de La Mole pour un pauvre
diable de secrétaire. D'abord ces gens-là ont-ils des
passions ? Mystifier est leur fort. Ils sont jaloux de ma
pauvre petite supériorité de paroles. Être jaloux, est

encore un de leurs faibles. Tout s'explique dans ce
système. Mlle de La Mole veut me persuader qu'elle
me distingue, tout simplement pour le donner en spectacle à son prétendu.

Ce cruel soupçon changea toute la position morale
de Julien. Cette idée trouva dans son cœur un commencement d'amour qu'elle n'eut pas de peine à détruire.
Cet amour n'était fondé que sur la rare beauté de Mathilde, ou plutôt sur ses façons de reine et sa toilette
admirable. En cela Julien était encore un parvenu.
Une jolie femme du grand monde est, à ce qu'on assure, ce qui étonne le plus un paysan homme d'esprit,
quand il arrive aux premières classes de la société. Ce
n'était point le caractère de Mathilde qui faisait rêver
Julien les jours précédents. Il avait assez de sens pour
comprendre qu'il ne connaissait point ce caractère.
Tout ce qu'il en voyait pouvait n'être qu'une apparence.

Par exemple, pour tout au monde, Mathilde n'aurait
pas manqué la messe un dimanche ; presque tous les
jours elle y accompagnait sa mère. Si, dans le salon
de l'hôtel de La Mole, quelque imprudent oubliait le
lieu où il était, et se permettait l'allusion la plus éloignée à une plaisanterie contre les intérêts vrais ou
supposés du trône ou de l'autel, Mathilde devenait à
l'instant d'un sérieux de glace. Son regard, qui était si
piquant, reprenait toute la hauteur impassible d'un
vieux portrait de famille.

Mais Julien s'était assuré qu'elle avait toujours dans
sa chambre un ou deux des volumes les plus philoso-
phiques de Voltaire. Lui-même volait souvent quelques
tomes de la belle édition si magnifiquement reliée. En
écartant un peu chaque volume de son voisin, il cachait
l'absence de celui qu'il emportait, mais bientôt il s'a-
perçut qu'une autre personne lisait Voltaire. Il eut
recours à une finesse de séminaire, il plaça quelques
petits morceaux de crin sur les volumes qu'il supposait
pouvoir intéresser Mlle de La Mole. Ils disparaissaient
pendant des semaines entières.

M. de La Mole, impatienté contre son libraire, qui
lui envoyait tous les *faux Mémoires*, chargea Julien
d'acheter toutes les nouveautés un peu piquantes.
Mais, pour que le venin ne se répandît pas dans la
maison, le secrétaire avait l'ordre de déposer ces livres
dans une petite bibliothèque placée dans la chambre
même du marquis. Il eut bientôt la certitude que pour
peu que ces livres nouveaux fussent hostiles aux intérêts du trône et de l'autel, ils ne tardaient pas à disparaître. Certes, ce n'était pas Norbert qui lisait.

Julien, s'exagérant cette expérience, croyait à M\ue de
La Mole la duplicité de Machiavel. Cette scélératesse
prétendue était un charme à ses yeux, presque l'unique
charme moral qu'elle eût. L'ennui de l'hypocrisie et
des propos de vertu le jetait dans cet excès.

Il excitait son imagination plus qu'il n'était entraîné
par son amour.

C'était après s'être perdu en rêveries sur l'élégance
de la taille de M\ue de La Mole, sur l'excellent goût de
sa toilette, sur la blancheur de sa main, sur la beauté
de son bras, sur la *disinvoltura* de tous ses mouvements,
qu'il se trouvait amoureux. Alors, pour achever le
charme, il la croyait une Catherine de Médicis. Rien
n'était trop profond ou trop scélérat, pour le caractère
qu'il lui prêtait. C'était l'idéal des Maslon, des Frilair
et des Castanède par lui admirés dans sa jeunesse.
C'était en un mot pour lui l'idéal de Paris.

Y eut-il jamais rien de plus plaisant que de croire
de la profondeur ou de la scélératesse au caractère
parisien ?

Il est possible que ce *trio* se moque de moi, pensait
Julien. On connaît bien peu son caractère, si l'on ne
voit pas déjà l'expression sombre et froide que prirent
ses regards en répondant à ceux de Mathilde. Une
ironie amère repoussa les assurances d'amitié que M\ue de
La Mole étonnée osa hasarder deux ou trois fois.

Piqué par cette bizarrerie soudaine, le cœur de cette
jeune fille naturellement froid, ennuyé, sensible à l'es-

prit, devint aussi passionné qu'il était dans sa nature
de l'être. Mais il y avait aussi beaucoup d'orgueil dans
le caractère de Mathilde et la naissance d'un sentiment
qui faisait dépendre d'un autre tout son bonheur fut
accompagnée d'une sombre tristesse.

Julien avait déjà assez profité depuis son arrivée à
Paris pour distinguer que ce n'était pas là la tristesse
sèche de l'ennui. Au lieu d'être avide, comme autrefois,
de soirées, de spectacles et de distractions de tous
genres, elle les fuyait.

La musique chantée par des Français ennuyait
Mathilde à la mort, et cependant Julien, qui se faisait
un devoir d'assister à la sortie de l'Opéra, remarqua
qu'elle s'y faisait mener le plus souvent qu'elle pouvait.
Il crut distinguer qu'elle avait perdu un peu de la mesure parfaite qui brillait dans toutes ses actions. Elle
répondait quelquefois à ses amis par des plaisanteries
outrageantes à force de piquante énergie. Il lui sembla
qu'elle prenait en guignon le marquis de Croisenois.
Il faut que ce jeune homme aime furieusement l'argent,
pour ne pas planter là cette fille, si riche qu'elle soit !
pensait Julien. Et pour lui, indigné des outrages faits
à la dignité masculine, il redoublait de froideur envers
elle. Souvent il alla jusqu'aux réponses peu polies.

Quelque résolu qu'il fût à ne pas être dupe des marques d'intérêt de Mathilde, elles étaient si évidentes
de certains jours, et Julien, dont les yeux commençaient à se dessiller, la trouvait si jolie, qu'il en était
quelquefois embarrassé.

L'adresse et la longanimité de ces jeunes gens du
grand monde finiraient par triompher de mon peu
d'expérience, se dit-il ; il faut partir et mettre un terme
à tout ceci. Le marquis venait de lui confier l'administration d'une quantité de petites terres et de maisons
qu'il possédait dans le bas Languedoc. Un voyage était
nécessaire : M. de La Mole y consentit avec peine.
Excepté pour les matières de haute ambition, Julien
était devenu un autre lui-même.

Au bout du compte, ils ne m'ont point attrapé, se disait Julien en préparant son départ. Que les plaisanteries que Mlle de La Mole fait à ces messieurs soient réelles ou seulement destinées à m'inspirer de la confiance, je m'en suis amusé.

S'il n'y a pas conspiration contre le fils du charpentier, Mlle de La Mole est inexplicable, mais elle l'est pour le marquis de Croisenois du moins autant que pour moi. Hier, par exemple, son humeur était bien réelle, et j'ai eu le plaisir de faire bouquer par ma faveur un jeune homme aussi noble et aussi riche que je suis gueux et plébéien. Voilà le plus beau de mes triomphes ; il m'égaiera dans ma chaise de poste, en courant les plaines du Languedoc.

Il avait fait de son départ un secret, mais Mathilde savait mieux que lui qu'il allait quitter Paris le lendemain, et pour longtemps. Elle eut recours à un mal de tête fou, qu'augmentait l'air étouffé du salon. Elle se promena beaucoup dans le jardin, et poursuivit tellement de ses plaisanteries mordantes Norbert, le marquis de Croisenois, Caylus, de Luz et quelques autres jeunes gens qui avaient dîné à l'hôtel de La Mole, qu'elle les força de partir. Elle regardait Julien d'une façon étrange.

Ce regard est peut-être une comédie, pensa Julien ; mais cette respiration pressée, mais tout ce trouble ! Bah ! se dit-il, qui suis-je pour juger de toutes ces choses ? Il s'agit ici de ce qu'il y a de plus sublime et de plus fin parmi les femmes de Paris. Cette respiration pressée qui a été sur le point de me toucher, elle l'aura étudiée chez Léontine Fay [1] qu'elle aime tant.

Ils étaient restés seuls ; la conversation languissait évidemment. Non ! Julien ne sent rien pour moi, se disait Mathilde vraiment malheureuse.

Comme il prenait congé d'elle, elle lui serra le bras avec force :

— Vous recevrez ce soir une lettre de moi, lui dit-elle d'une voix tellement altérée, que le son n'en était pas reconnaissable.

Cette circonstance toucha sur-le-champ Julien.

— Mon père, continua-t-elle, a une juste estime pour les services que vous lui rendez. *Il faut* ne pas partir demain ; trouvez un prétexte. Et elle s'éloigna en courant.

Sa taille était charmante. Il était impossible d'avoir un plus joli pied, elle courait avec une grâce qui ravit Julien ; mais devinerait-on à quoi fut sa seconde pensée après qu'elle eut tout à fait disparu ? Il fut offensé du ton impératif avec lequel elle avait dit ce mot *il faut*. Louis XV aussi, au moment de mourir, fut vivement piqué du mot *il faut*, maladroitement employé par son premier médecin, et Louis XV pourtant n'était pas un parvenu.

Une heure après, un laquais remit une lettre à Julien ; c'était tout simplement une déclaration d'amour.

Il n'y a pas trop d'affectation dans le style, se dit Julien, cherchant par ses remarques littéraires à contenir la joie qui contractait ses joues et le forçait à rire malgré lui.

Enfin moi, s'écria-t-il tout à coup, la passion étant trop forte pour être contenue, moi, pauvre paysan, j'ai donc une déclaration d'amour d'une grande dame !

Quant à moi, ce n'est pas mal, ajouta-t-il en comprimant sa joie le plus possible. J'ai su conserver la dignité de mon caractère. Je n'ai point dit que j'aimais. Il se mit à étudier la forme des caractères ; Mlle de La Mole avait une jolie petite écriture anglaise. Il avait besoin d'une occupation physique pour se distraire d'une joie qui allait jusqu'au délire.

« Votre départ m'oblige à parler... Il serait au-dessus de mes forces de ne plus vous voir. »

Une pensée vint frapper Julien comme une découverte, interrompre l'examen qu'il faisait de la lettre de Mathilde, et redoubler sa joie. Je l'emporte sur le marquis de Croisenois, s'écria-t-il, moi, qui ne dis que des choses sérieuses ! Et lui est si joli ! il a des moustaches, un charmant uniforme ; il trouve toujours à dire, juste au moment convenable, un mot spirituel et fin.

Julien eut un instant délicieux ; il errait à l'aventure dans le jardin, fou de bonheur.

Plus tard il monta à son bureau et se fit annoncer chez le marquis de La Mole, qui heureusement n'était pas sorti. Il lui prouva facilement, en lui montrant quelques papiers marqués arrivés de Normandie, que le soin des procès normands l'obligeait à différer son départ pour le Languedoc.

— Je suis bien aise que vous ne partiez pas, lui dit le marquis, quand ils eurent fini de parler d'affaires, *j'aime à vous voir.* Julien sortit ; ce mot le gênait.

Et moi, je vais séduire sa fille ! rendre impossible peut-être ce mariage avec le marquis de Croisenois, qui fait le charme de son avenir : s'il n'est pas duc, du moins sa fille aura un tabouret. Julien eut l'idée de partir pour le Languedoc malgré la lettre de Mathilde, malgré l'explication donnée au marquis. Cet éclair de vertu disparut bien vite.

Que je suis bon, se dit-il ; moi, plébéien, avoir pitié d'une famille de ce rang ! Moi, que le duc de Chaulnes appelle un domestique ! Comment le marquis augmentera-t-il son immense fortune ? En vendant de la rente, quand il apprend au château qu'il y aura le lendemain apparence de coup d'État. Et moi, jeté au dernier rang par une Providence marâtre, moi à qui elle a donné un cœur noble et pas mille francs de rente, c'est-à-dire pas de pain, *exactement parlant pas de pain* ; moi, refuser un plaisir qui s'offre ! Une source limpide qui vient étancher ma soif dans le désert brûlant de la médiocrité que je traverse si péniblement ! Ma foi, pas si bête ; chacun pour soi dans ce désert d'égoïsme qu'on appelle la vie.

Et il se rappela quelques regards remplis de dédain, à lui adressés par Mme de La Mole, et surtout par les *dames* ses amies.

Le plaisir de triompher du marquis de Croisenois vint achever la déroute de ce souvenir de vertu.

Que je voudrais qu'il se fâchât ! dit Julien ; avec quelle

assurance je lui donnerais maintenant un coup d'épée. Et il faisait le geste du coup de seconde. Avant ceci, j'étais un cuistre, abusant bassement d'un peu de courage. Après cette lettre, je suis son égal.

Oui, se disait-il avec une volupté infinie et en parlant lentement, nos mérites, au marquis et à moi, ont été pesés, et le pauvre charpentier du Jura l'emporte.

Bon! s'écria-t-il, voilà la signature de ma réponse trouvée. N'allez pas vous figurer, Mlle de La Mole, que j'oublie mon état. Je vous ferai comprendre et bien sentir que c'est pour le fils d'un charpentier que vous trahissez un descendant du fameux Guy de Croisenois, qui suivit saint Louis à la croisade.

Julien ne pouvait contenir sa joie. Il fut obligé de descendre au jardin. Sa chambre, où il s'était enfermé à clef, lui semblait trop étroite pour y respirer.

Moi, pauvre paysan du Jura, se répétait-il sans cesse, moi, condamné à porter toujours ce triste habit noir! Hélas! vingt ans plus tôt, j'aurais porté l'uniforme comme eux! Alors un homme comme moi était tué, ou *général à trente-six ans*. Cette lettre, qu'il tenait serrée dans sa main, lui donnait la taille et l'attitude d'un héros. Maintenant, il est vrai, avec cet habit noir, à quarante ans, on a cent mille francs d'appointements et le cordon bleu, comme M. l'évêque de Beauvais.

Eh bien! se dit-il en riant comme Méphistophélès, j'ai plus d'esprit qu'eux; je sais choisir l'uniforme de mon siècle. Et il sentit redoubler son ambition et son attachement à l'habit ecclésiastique. Que de cardinaux nés plus bas que moi et qui ont gouverné! mon compatriote Granvelle [1], par exemple.

Peu à peu l'agitation de Julien se calma; la prudence surnagea. Il se dit, comme son maître Tartuffe, dont il savait le rôle par cœur :

Je puis croire ces mots, un artifice honnête.
. . . .
Je ne me fierai point à des propos si doux,

Qu'un peu de ses faveurs, après quoi je soupire,
Ne vienne m'assurer tout ce qu'ils m'ont pu dire.

               Tartufe, acte IV, scène v

Tartufe aussi fut perdu par une femme, et il en valait bien un autre... Ma réponse peut être montrée... à quoi nous trouvons ce remède, ajouta-t-il en prononçant lentement, et avec l'accent de la férocité qui se contient, nous la commençons par les phrases les plus vives de la lettre de la sublime Mathilde.

Oui, mais quatre laquais de M. de Croisenois se précipitent sur moi et m'arrachent l'original.

Non, car je suis bien armé, et j'ai l'habitude, comme on sait, de faire feu sur les laquais.

Eh bien, l'un d'eux a du courage ; il se précipite sur moi. On lui a promis cent napoléons. Je le tue ou je le blesse, à la bonne heure, c'est ce qu'on demande. On me jette en prison fort légalement ; je parais en police correctionnelle, et l'on m'envoie, avec toute justice et équité de la part des juges, tenir compagnie dans Poissy à MM. Fontan et Magalon [1]. Là, je couche avec quatre cents gueux pêle-mêle... Et j'aurais quelque pitié de ces gens-là, s'écria-t-il en se levant impétueusement! En ont-ils pour les gens du tiers état quand ils les tiennent! Ce mot fut le dernier soupir de sa reconnaissance pour M. de La Mole qui, malgré lui, le tourmentait jusque-là.

Doucement, messieurs les gentilshommes, je comprends ce petit trait de machiavélisme ; l'abbé Maslon ou M. Castanède du séminaire n'auraient pas mieux fait. Vous m'enlèverez la lettre *provocatrice*, et je serai le second tome du colonel Caron à Colmar [2].

Un instant, messieurs, je vais envoyer la lettre fatale en dépôt dans un paquet bien cacheté à M. l'abbé Pirard. Celui-là est honnête homme, janséniste, et en cette qualité à l'abri des séductions du budget. Oui, mais il ouvre les lettres... c'est à Fouqué que j'enverrai celle-ci.

Il faut en convenir, le regard de Julien était atroce, sa physionomie hideuse ; elle respirait le crime sans al-

liage. C'était l'homme malheureux en guerre avec toute
la société.

Aux armes! s'écria Julien. Et il franchit d'un saut
les marches du perron de l'hôtel. Il entra dans l'échoppe
de l'écrivain du coin de la rue, il lui fit peur. Copiez,
lui dit-il en lui donnant la lettre de Mlle de La Mole.

Pendant que l'écrivain travaillait, il écrivit lui-même
à Fouqué; il le priait de lui conserver un dépôt précieux. Mais, se dit-il en s'interrompant, le cabinet noir
à la poste ouvrira ma lettre et vous rendra celle que
vous cherchez...; non, messieurs. Il alla acheter une
énorme Bible chez un libraire protestant, cacha fort
adroitement la lettre de Mathilde dans la couverture,
fit emballer le tout, et son paquet partit par la diligence, adressé à un des ouvriers de Fouqué, dont personne à Paris ne savait le nom.

Cela fait, il rentra joyeux et leste à l'hôtel de La
Mole. *A nous!* maintenant, s'écria-t-il, en s'enfermant
à clef dans sa chambre, et jetant son habit :

« Quoi! mademoiselle, écrivait-il à Mathilde, c'est
Mlle de La Mole qui, par les mains d'Arsène, laquais
de son père, fait remettre une lettre trop séduisante
à un pauvre charpentier du Jura, sans doute pour se
jouer de sa simplicité... » Et il transcrivait les phrases
les plus claires de la lettre qu'il venait de recevoir.

La sienne eût fait l'honneur à la prudence diplomatique
de M. le chevalier de Beauvoisis. Il n'était encore que
dix heures; Julien, ivre de bonheur et du sentiment de
sa puissance, si nouveau pour un pauvre diable, entra
à l'Opéra italien. Il entendit chanter son ami Geronimo.
Jamais la musique ne l'avait exalté à ce point. Il était
un dieu *.

* Esprit per. pré. gui. II. A. 30 ¹.

CHAPITRE XIV

PENSÉES D'UNE JEUNE FILLE

Que de perplexités ! Que de nuits passées sans
sommeil ! Grand Dieu ! vais-je me rendre mépri-
sable ? Il me méprisera lui-même. Mais il part,
il s'éloigne.

Alfred DE MUSSET.

Ce n'était point sans combats que Mathilde avait
écrit. Quel qu'eût été le commencement de son intérêt
pour Julien, bientôt il domina l'orgueil qui, depuis
qu'elle se connaissait, régnait seul dans son cœur. Cette
âme haute et froide était emportée pour la première
fois par un sentiment passionné. Mais s'il dominait
l'orgueil, il était encore fidèle aux habitudes de l'orgueil.
Deux mois de combats et de sensations nouvelles renou-
velèrent pour ainsi dire tout son être moral.

Mathilde croyait voir le bonheur. Cette vue toute-
puissante sur les âmes courageuses, liées à un esprit
supérieur, eut à lutter longuement contre la dignité
et tous sentiments de devoirs vulgaires. Un jour, elle
entra chez sa mère, dès sept heures du matin, la priant
de lui permettre de se réfugier à Villequier. La marquise
ne daigna pas même lui répondre, et lui conseilla d'aller
se remettre au lit. Ce fut le dernier effort de la sagesse
vulgaire et de la déférence aux idées reçues.

La crainte de mal faire et de heurter les idées tenues
pour sacrées par les Caylus, les de Luz, les Croisenois,
avait assez peu d'empire sur son âme ; de tels êtres ne
lui semblaient pas faits pour la comprendre ; elle les
eût consultés s'il eût été question d'acheter une calèche

ou une terre. Sa véritable terreur était que Julien ne fût mécontent d'elle.

Peut-être aussi n'a-t-il que les apparences d'un homme supérieur ?

Elle abhorrait le manque de caractère, c'était sa seule objection contre les beaux jeunes gens qui l'entouraient. Plus ils plaisantaient avec grâce tout ce qui s'écarte de la mode, ou la suit mal, croyant la suivre, plus ils se perdaient à ses yeux.

Ils étaient braves, et voilà tout. Et encore, comment braves ? se disait-elle : en duel, mais le duel n'est plus qu'une cérémonie. Tout en est su d'avance, même ce que l'on doit dire en tombant. Étendu sur le gazon, et la main sur le cœur, il faut un pardon généreux pour l'adversaire et un mot pour une belle souvent imaginaire, ou bien qui va au bal le jour de votre mort, de peur d'exciter les soupçons.

On brave le danger à la tête d'un escadron tout brillant d'acier, mais le danger solitaire, singulier, imprévu, vraiment laid ?

Hélas ! se disait Mathilde, c'était à la cour de Henri III que l'on trouvait des hommes grands par le caractère comme par la naissance ! Ah ! si Julien avait servi à Jarnac ou à Moncontour, je n'aurais plus de doute. En ces temps de vigueur et de force, les Français n'étaient pas des poupées. Le jour de la bataille était presque celui des moindres perplexités.

Leur vie n'était pas emprisonnée comme une momie d'Égypte, sous une enveloppe toujours commune à tous, toujours la même. Oui, ajoutait-elle, il y avait plus de vrai courage à se retirer seul à onze heures du soir en sortant de l'hôtel de Soissons, habité par Catherine de Médicis, qu'aujourd'hui à courir à Alger [1]. La vie d'un homme était une suite de hasards. Maintenant la civilisation a chassé le hasard, plus d'imprévu. S'il paraît dans les idées, il n'est pas assez d'épigrammes pour lui ; s'il paraît dans les événements, aucune lâcheté n'est au-dessus de notre peur. Quelque folie que nous

fasse faire la peur, elle est excusée. Siècle dégénéré
et ennuyeux! Qu'aurait dit Boniface de La Mole, si,
levant hors de la tombe sa tête coupée, il eût vu, en
1793, dix-sept de ses descendants, se laisser prendre
comme des moutons, pour être guillotinés deux jours
après? La mort était certaine, mais il eût été de mauvais
ton de se défendre et de tuer au moins un jacobin ou
deux. Ah! dans les temps héroïques de la France, au
siècle de Boniface de La Mole, Julien eût été le chef
d'escadron, et mon frère, le jeune prêtre, aux mœurs
convenables, avec la sagesse dans les yeux et la raison
à la bouche.

Quelques mois auparavant, Mathilde désespérait de
rencontrer un être un peu différent du patron commun.
Elle avait trouvé quelque bonheur en se permettant
d'écrire à quelques jeunes gens de la société. Cette
hardiesse si inconvenante, si imprudente chez une
jeune fille, pouvait la déshonorer aux yeux de M. de
Croisenois, du duc de Chaulnes son père, et de tout
l'hôtel de Chaulnes, qui, voyant se rompre le mariage
projeté, aurait voulu savoir pourquoi. En ce temps-là
les jours où elle avait écrit une de ses lettres, Mathilde
ne pouvait dormir. Mais ces lettres n'étaient que des
réponses.

Ici elle osait dire qu'elle aimait. Elle écrivait *la première* (quel mot terrible!) à un homme placé dans les
derniers rangs de la société.

Cette circonstance assurait, en cas de découverte,
un déshonneur éternel. Laquelle des femmes venant
chez sa mère eût osé prendre son parti? Quelle phrase
eût-on pu leur donner à répéter pour amortir le coup de
l'affreux mépris des salons?

Et encore parler était affreux, mais écrire! *Il est des
choses qu'on n'écrit pas*, s'écriait Napoléon apprenant
la capitulation de Baylen. Et c'était Julien qui lui avait
conté ce mot! comme lui faisant d'avance une leçon.

Mais tout cela n'était rien encore, l'angoisse de Mathilde avait d'autres causes. Oubliant l'effet horrible

sur la société, la tache ineffaçable et toute pleine de mépris, car elle outrageait sa caste, Mathilde allait écrire
à un être d'une bien autre nature que les Croisenois, les
de Luz, les Caylus [1].

La profondeur, l'*inconnu* du caractère de Julien
eussent effrayé, même en nouant avec lui une relation
ordinaire. Et elle en allait faire son amant, peut-être
son maître!

Quelles ne seront pas ses prétentions, si jamais il peut
tout sur moi? Eh bien! je me dirai comme Médée :
Au milieu de tant de périls, il me reste MOI.

Julien n'avait nulle vénération pour la noblesse du
sang, croyait-elle. Bien plus, peut-être il n'avait nul
amour pour elle!

Dans ces derniers moments de doutes affreux se
présentèrent les idées d'orgueil féminin. Tout doit être
singulier dans le sort d'une fille comme moi,
s'écria Mathilde impatientée. Alors l'orgueil qu'on lui
avait inspiré dès le berceau se battait contre la vertu.
Ce fut dans cet instant que le départ de Julien vint tout
précipiter.

(De tels caractères sont heureusement fort rares.)

Le soir, fort tard, Julien eut la malice de faire descendre une malle très pesante chez le portier ; il appela
pour la transporter le valet de pied qui faisait la cour
à la femme de chambre de Mlle de La Mole. Cette manœuvre peut n'avoir aucun résultat, se dit-il, mais si elle
réussit, elle me croit parti. Il s'endormit fort gai sur cette
plaisanterie. Mathilde ne ferma pas l'œil.

Le lendemain, de fort grand matin, Julien sortit de
l'hôtel sans être aperçu, mais il rentra avant huit heures.

A peine était-il dans la bibliothèque, que Mlle de La
Mole parut sur la porte. Il lui remit sa réponse. Il pensait qu'il était de son devoir de lui parler ; rien n'était
plus commode, du moins, mais Mlle de La Mole ne voulut
pas l'écouter et disparut. Julien en fut charmé, il ne
savait que lui dire.

Si tout ceci n'est pas un jeu convenu avec le comte

Norbert, il est clair que ce sont mes regards pleins de
froideur qui ont allumé l'amour baroque que cette
fille de si haute naissance s'avise d'avoir pour moi.
Je serais un peu plus sot qu'il ne convient si jamais
je me laissais entraîner à avoir du goût pour cette grande
poupée blonde. Ce raisonnement le laissa plus froid et
plus calculant qu'il n'avait jamais été.

Dans la bataille qui se prépare, ajouta-t-il, l'orgueil
de la naissance sera comme une colline élevée, formant
position militaire entre elle et moi. C'est là-dessus qu'il
faut manœuvrer. J'ai fort mal fait de rester à Paris ;
cette remise de mon départ m'avilit et m'expose si
tout ceci n'est qu'un jeu. Quel danger y avait-il à partir ?
Je me moquais d'eux, s'ils se moquent de moi. Si son
intérêt pour moi a quelque réalité, je centuplais cet
intérêt.

La lettre de Mlle de La Mole avait donné à Julien une
jouissance de vanité si vive, que, tout en riant de ce qui
lui arrivait, il avait oublié de songer sérieusement à la
convenance du départ.

C'était une fatalité de son caractère d'être extrêmement sensible à ses fautes. Il était fort contrarié de celle-
ci, et ne songeait presque plus à la victoire incroyable
qui avait précédé ce petit échec, lorsque, vers les neuf
heures, Mlle de La Mole parut sur le seuil de la porte
de la bibliothèque, lui jeta une lettre et s'enfuit.

Il paraît que ceci va être le roman par lettres, dit-il
en relevant celle-ci. L'ennemi fait un faux mouvement,
moi je vais faire donner la froideur et la vertu.

On lui demandait une réponse décisive avec une hauteur qui augmenta sa gaieté intérieure. Il se donna le
plaisir de mystifier, pendant deux pages, les personnes
qui voudraient se moquer de lui, et ce fut encore par
une plaisanterie qu'il annonça, vers la fin de sa réponse,
son départ décidé pour le lendemain matin.

Cette lettre terminée : le jardin va me servir pour la
remettre, pensa-t-il, et il y alla. Il regardait la fenêtre
de la chambre de Mlle de La Mole.

Elle était au premier étage, à côté de l'appartement de sa mère, mais il y avait un grand entresol.

Ce premier était tellement élevé, qu'en se promenant sous l'allée de tilleuls, sa lettre à la main, Julien ne pouvait être aperçu de la fenêtre de Mlle de La Mole. La voûte formée par les tilleuls, fort bien taillés, interceptait la vue. Mais quoi! se dit Julien avec humeur, encore une imprudence! Si l'on a entrepris de se moquer de moi, me faire voir une lettre à la main, c'est servir mes ennemis.

La chambre de Norbert était précisément au-dessus de celle de sa sœur, et si Julien sortait de la voûte formée par le branches taillées des tileuls, le comte et ses amis pouvaient suivre tous ses mouvements.

Mlle de La Mole parut derrière sa vitre ; il montra sa lettre à demi ; elle baissa la tête. Aussitôt Julien remonta chez lui en courant, et rencontra par hasard, dans le grand escalier, la belle Mathilde, qui saisit sa lettre avec une aisance parfaite et des yeux riants.

Que de passion il y avait dans les yeux de cette pauvre Mme de Rênal, se dit Julien, quand, même après six mois de relations intimes, elle osait recevoir une lettre de moi! De sa vie, je crois, elle ne m'a regardé avec des yeux riants.

Il ne s'exprima pas aussi nettement le reste de sa réponse ; avait-il honte de la futilité des motifs ? Mais aussi quelle différence, ajoutait sa pensée, dans l'élégance de la robe du matin, dans l'élégance de la tournure! En apercevant Mlle de La Mole à trente pas de distance, un homme de goût devinerait le rang qu'elle occupe dans la société. Voilà ce qu'on peut appeler un mérite explicite.

Tout en plaisantant, Julien ne s'avouait pas encore toute sa pensée ; Mme de Rênal n'avait pas de marquis de Croisenois à lui sacrifier. Il n'avait pour rival que cet ignoble sous-préfet M. Charcot, qui se faisait appeler de Maugiron, parce qu'il n'y a plus de Maugirons.

A cinq heures, Julien reçut une troisième lettre ; elle lui fut lancée de la porte de la bibliothèque. Mlle de La

Mole s'enfuit encore. Quelle manie d'écrire! se dit-il en riant, quand on peut se parler si commodément! L'ennemi veut avoir de mes lettres, c'est clair, et plusieurs! Il ne se hâtait point d'ouvrir celle-ci. Encore des phrases élégantes, pensait-il ; mais il pâlit en lisant. Il n'y avait que huit lignes.

« J'ai besoin de vous parler : il faut que je vous parle, ce soir ; au moment où une heure après minuit sonnera, trouvez-vous dans le jardin. Prenez la grande échelle du jardinier auprès du puits ; placez-la contre ma fenêtre et montez chez moi. Il fait clair de lune : n'importe. »

CHAPITRE XV

EST-CE UN COMPLOT?

> *Ah! que l'intervalle est cruel entre un grand projet conçu et son exécution! Que de vaines terreurs! que d'irrésolutions! Il s'agit de la vie.*
> *— Il s'agit de bien plus : de l'honneur!*
>
> SCHILLER.

Ceci devient sérieux, pensa Julien... et un peu trop clair, ajouta-t-il après avoir pensé. Quoi! cette belle demoiselle peut me parler dans la bibliothèque avec une liberté qui, grâce à Dieu, est entière ; le marquis, dans la peur qu'il a que je ne lui montre des comptes, n'y vient jamais. Quoi! M. de La Mole et le comte Norbert, les seules personnes qui entrent ici, sont absents presque toute la journée ; on peut facilement observer le moment de leur rentrée à l'hôtel, et la sublime

Mathilde, pour la main de laquelle une prince souverain
ne serait pas trop noble, veut que je commette une
imprudence abominable!

C'est clair, on veut me perdre ou se moquer de moi,
tout au moins. D'abord, on a voulu me perdre avec mes
lettres ; elles se trouvent prudentes ; eh bien! il leur faut
une action plus claire que le jour. Ces jolis petits messieurs me croient aussi trop bête ou trop fat. Diable! par
le plus beau clair de lune du monde monter ainsi par
une échelle à un premier étage de vingt-cinq pieds
d'élévation! on aura le temps de me voir, même des
hôtels voisins. Je serai beau sur mon échelle! Julien
monta chez lui et se mit à faire sa malle en sifflant. Il
était résolu à partir et à ne pas même répondre.

Mais cette sage résolution ne lui donnait pas la paix
du cœur. Si par hasard, se dit-il tout à coup, sa malle
fermée, Mathilde était de bonne foi! alors moi je joue,
à ses yeux, le rôle d'un lâche parfait. Je n'ai point de
naissance, moi, il me faut de grandes qualités, argent
comptant, sans suppositions complaisantes, bien prou-
vées par des actions parlantes...

Il fut un quart d'heure à réfléchir. A quoi bon le
nier? dit-il enfin ; je serai un lâche à ses yeux. Je perds
non seulement la personne la plus brillante de la haute
société, ainsi qu'ils disaient tous au bal de M. le duc de
Retz, mais encore le divin plaisir de me voir sacrifier le
marquis de Croisenois, le fils d'un duc, et qui sera duc
lui-même. Un jeune homme charmant qui a toutes les
qualités qui me manquent : esprit d'à-propos, naissance, fortune...

Ce remords va me poursuivre toute ma vie, non pour
elle, il est tant de maîtresses!

> *... Mais il n'est qu'un honneur!*

dit le vieux don Diègue, et ici clairement et nettement,
je recule devant le premier péril qui m'est offert ; car ce
duel avec M. de Beauvoisis se présentait comme une
plaisanterie. Ceci est tout différent. Je puis être tiré au

blanc par un domestique, mais c'est le moindre danger ;
je puis être déshonoré.

Ceci devient sérieux, mon garçon, ajouta-t-il avec
une gaîté et un accent gascons. Il y va de l'*honur*. Jamais
un pauvre diable, jeté aussi bas que moi par le hasard
ne retrouvera une telle occasion ; j'aurai des bonnes
fortunes, mais subalternes...

Il réfléchit longtemps, il se promenait à pas précipités,
s'arrêtant tout court de temps à autre. On avait déposé
dans sa chambre un magnifique buste en marbre du cardinal Richelieu, qui malgré lui attirait ses regards. Ce
buste avait l'air de le regarder d'une façon sévère, et
comme lui reprochant le manque de cette audace qui
doit être si naturelle au caractère français. De ton
temps, grand homme, aurais-je hésité ?

Au pire, se dit enfin Julien, supposons que tout ceci
soit un piège, il est bien noir et bien compromettant
pour une jeune fille. On sait que je ne suis pas homme à
me taire. Il faudra donc me tuer. Cela était bon en 1574,
du temps de Boniface de La Mole, mais jamais celui
d'aujourd'hui n'oserait. Ces gens-là ne sont plus les
mêmes. Mlle de La Mole est si enviée ! Quatre cents
salons retentiraient demain de sa honte, et avec quel
plaisir !

Les domestiques jasent, entre eux, des préférences
marquées dont je suis l'objet, je le sais, je les ai entendus...

D'un autre côté, ses lettres !... ils peuvent croire que
je les ai sur moi. Surpris dans sa chambre, on me les
enlève. J'aurai affaire à deux, trois, quatre hommes,
que sais-je ? Mais ces hommes, où les prendront-ils ? où
trouver des subalternes discrets à Paris ? La justice
leur fait peur... Parbleu ! les Caylus, les Croisenois, les
de Luz eux-mêmes. Ce moment, et la sotte figure, que
je ferai au milieu d'eux sera ce qui les aura séduits.
Gare le sort d'Abailard, M. le secrétaire !

Eh bien, parbleu ! messieurs, vous porterez de mes
marques, je frapperai à la figure, comme les soldats de

César à Pharsale... Quant aux lettres, je puis les mettre en lieu sûr.

Julien fit des copies des deux dernières, les cacha dans un volume du beau Voltaire de la Bibliothèque, et porta lui-même les originaux à la poste.

Quand il fut de retour : Dans quelle folie je vais me jeter! se dit-il avec surprise et terreur. Il avait été un quart d'heure sans regarder en face son action de la nuit prochaine.

Mais, si je refuse, je me méprise moi-même dans la suite! Toute la vie cette action sera un grand sujet de doute, et, pour moi, un tel doute est le plus cuisant des malheurs. Ne l'ai-je pas éprouvé pour l'amant d'Amanda! Je crois que je me pardonnerais plus aisément un crime bien clair; une fois avoué, je cesserais d'y penser.

Quoi! j'aurai été en rivalité avec un homme portant un des plus beaux noms de France, et je me serai moi-même, de gaîté de cœur, déclaré son inférieur! Au fond, il y a de la lâcheté à ne pas aller. Ce mot décide tout, s'écria Julien en se levant... d'ailleurs elle est bien jolie.

Si ceci n'est pas une trahison, quelle folie elle fait pour moi!... Si c'est une mystification, parbleu! messieurs, il ne tient qu'à moi de rendre la plaisanterie sérieuse, et ainsi ferai-je.

Mais s'ils m'attachent les bras au moment de l'entrée dans la chambre; ils peuvent avoir placé quelque machine ingénieuse!

C'est comme un duel, se dit-il en riant, il y a parade à tout, dit mon maître d'armes, mais le bon Dieu, qui veut qu'on en finisse, fait que l'un des deux oublie de parer. Du reste, voici de quoi leur répondre : il tirait ses pistolets de poche ; et quoique l'amorce fût fulminante, il la renouvela.

Il y avait encore bien des heures à attendre ; pour faire quelque chose, Julien écrivit à Fouqué : « Mon ami, n'ouvre la lettre ci-incluse qu'en cas d'accident, si tu entends dire que quelque chose d'étrange m'est arrivé. Alors, efface les noms propres du manuscrit que je t'envoie, et fais-en huit copies que tu enverras aux journaux de Marseille, Bordeaux, Lyon, Bruxelles, etc.; dix jours plus tard, fais imprimer ce manuscrit, envoie le premier exemplaire à M. le marquis de La Mole ; et quinze jours après, jette les autres exemplaires de nuit dans les rues de Verrières. »

Ce petit mémoire justificatif arrangé en forme de conte, que Fouqué ne devait ouvrir qu'en cas d'accident, Julien le fit aussi peu compromettant que possible pour Mlle de La Mole, mais enfin il peignait fort exactement sa position.

Julien achevait de fermer son paquet, lorsque la cloche du dîner sonna ; elle fit battre son cœur. Son imagination, préoccupée du récit qu'il venait de composer, était toute aux pressentiments tragiques. Il s'était vu saisi par des domestiques, garrotté, conduit dans une cave avec un bâillon dans la bouche. Là, un domestique le gardait à vue, et si l'honneur de la noble famille exigeait que l'aventure eût une fin tragique, il était facile de tout finir avec ces poisons qui ne laissent point de traces ; alors, on disait qu'il était mort de maladie, et on le transportait mort dans sa chambre.

Ému de son propre conte comme un auteur dramatique, Julien avait réellement peur lorsqu'il entra dans la salle à manger. Il regardait tous ces domestiques en grande livrée. Il étudiait leur physionomie. Quels sont ceux qu'on a choisis pour l'expédition de cette nuit ? se disait-il. Dans cette famille, les souvenirs de la cour de Henri III sont si présents, si souvent rappelés, que se croyant outragés, ils auront plus de décision que les autres personnages de leur rang. Il regarda Mlle de La Mole pour lire dans ses yeux les projets de sa famille ; elle était pâle, et avait tout à fait une physionomie du moyen âge. Jamais il ne lui avait trouvé l'air si grand, elle était vraiment belle et imposante. Il en devint presque amoureux. *Pallida morte futura*, se dit-il (Sa pâleur annonce ses grands desseins).

En vain, après dîner, il affecta de se promener longtemps dans le jardin, Mlle de La Mole n'y parut pas.
Lui parler eût, dans ce moment, délivré son cœur d'un
grand poids.

Pourquoi ne pas l'avouer? il avait peur. Comme il
était résolu à agir, il s'abandonnait à ce sentiment sans
vergogne. Pourvu qu'au moment d'agir, je me trouve
le courage qu'il faut, se disait-il, qu'importe ce que je
puis sentir en ce moment? Il alla reconnaître la situation et le poids de l'échelle.

C'est un instrument, se dit-il en riant, dont il est dans
mon destin de me servir! ici comme à Verrières. Quelle
différence! Alors, ajouta-t-il avec un soupir, je n'étais
pas obligé de me méfier de la personne pour laquelle je
m'exposais. Quelle différence aussi dans le danger!

J'eusse été tué dans les jardins de M. de Rênal qu'il n'y
avait point de déshonneur pour moi. Facilement on eût
rendu ma mort inexplicable. Ici, quels récits abominables ne va-t-on pas faire dans les salons de l'hôtel de
Chaulnes, de l'hôtel de Caylus, de l'hôtel de Retz, etc.,
partout enfin. Je serai un monstre dans la postérité.

Pendant deux ou trois ans, reprit-il en riant, et se
moquant de soi. Mais cette idée l'anéantissait. Et moi,
où pourra-t-on me justifier? En supposant que Fouqué
imprime mon pamphlet posthume, ce ne sera qu'une
infamie de plus. Quoi! Je suis reçu dans une maison,
et pour prix de l'hospitalité que j'y reçois, des bontés
dont on m'y accable, j'imprime un pamphlet sur ce qui
s'y passe! j'attaque l'honneur des femmes! Ah! mille
fois plutôt, soyons dupes!

Cette soirée fut affreuse.

CHAPITRE XVI

UNE HEURE DU MATIN

> *Ce jardin était fort grand, dessiné depuis peu*
> *d'années avec un goût parfait. Mais les arbres*
> *avaient plus d'un siècle. On y trouvait quelque*
> *chose de champêtre.*
>
> MASSINGER.

Il allait écrire un contre-ordre à Fouqué lorsque onze
heures sonnèrent. Il fit jouer avec bruit la serrure de
la porte de sa chambre, comme s'il se fût enfermé chez
lui. Il alla observer à pas de loup ce qui se passait dans
toute la maison, surtout au quatrième étage, habité
par les domestiques. Il n'y avait rien d'extraordinaire.
Une des femmes de chambre de Mme de La Mole donnait soirée, les domestiques prenaient du punch fort
gaîment. Ceux qui rient ainsi, pensa Julien, ne doivent
pas faire partie de l'expédition nocturne, ils seraient
plus sérieux.

Enfin il alla se placer dans un coin obscur du jardin.
Si leur plan est de se cacher des domestiques de la maison, ils feront arriver par-dessus les murs du jardin les
gens chargés de me surprendre.

Si M. de Croisenois porte quelque sang-froid dans
tout ceci, il doit trouver moins compromettant pour la
jeune personne qu'il veut épouser de me faire surprendre avant le moment où je serai entré dans sa
chambre.

Il fit une reconnaissance militaire et fort exacte. Il
s'agit de mon honneur, pensa-t-il ; si je tombe dans
quelque bévue, ce ne sera pas une excuse à mes propres
yeux de me dire : Je n'y avais pas songé.

Le temps était d'une sérénité désespérante. Vers les onze heures la lune se leva, à minuit et demi elle éclairait en plein la façade de l'hôtel donnant sur le jardin.

Elle est folle, se disait Julien ; comme une heure sonna, il y avait encore de la lumière aux fenêtres du comte Norbert. De sa vie Julien n'avait eu autant de peur, il ne voyait que les dangers de l'entreprise, et n'avait aucun enthousiasme.

Il alla prendre l'immense échelle [1], attendit cinq minutes pour laisser le temps à un contre-ordre, et à une heure cinq minutes posa l'échelle contre la fenêtre de Mathilde. Il monta doucement, le pistolet à la main, étonné de n'être pas attaqué. Comme il approchait de la fenêtre, elle s'ouvrit sans bruit :

— Vous voilà, monsieur, lui dit Mathilde avec beaucoup d'émotion ; je suis vos mouvements depuis une heure.

Julien était fort embarrassé, il ne savait comment se conduire, il n'avait pas d'amour du tout. Dans son embarras, il pensa qu'il fallait oser, il essaya d'embrasser Mathilde.

— Fi donc ! lui dit-elle en le repoussant.

Fort content d'être éconduit, il se hâta de jeter un coup d'œil autour de lui : la lune était si brillante que les ombres qu'elle formait dans la chambre de Mlle de La Mole étaient noires. Il peut fort bien y avoir là des hommes cachés sans que je les voie, pensa-t-il.

— Qu'avez-vous dans la poche de côté de votre habit ? lui dit Mathilde, enchantée de trouver un sujet de conversation. Elle souffrait étrangement ; tous les sentiments de retenue et de timidité, si naturels à une fille bien née, avaient repris leur empire, et la mettaient au supplice.

— J'ai toutes sortes d'armes et de pistolets, répondit Julien, non moins content d'avoir quelque chose à dire.

— Il faut retirer l'échelle, dit Mathilde.

— Elle est immense, et peut casser les vitres du salon en bas, ou de l'entresol.

— Il ne faut pas casser les vitres, reprit Mathilde essayant en vain de prendre le ton de la conversation ordinaire ; vous pourriez, ce me semble, abaisser l'échelle au moyen d'une corde qu'on attacherait au premier échelon. J'ai toujours une provision de cordes chez moi.

Et c'est là une femme amoureuse ! pensa Julien, elle ose dire qu'elle aime ! tant de sang-froid, tant de sagesse dans les précautions m'indiquent assez que je ne triomphe pas de M. de Croisenois comme je le croyais sottement ; mais que tout simplement je lui succède. Au fait, que m'importe ! est-ce que je l'aime ? je triomphe du marquis en ce sens, qu'il sera très fâché d'avoir un successeur, et plus fâché encore que ce successeur soit moi. Avec quelle hauteur il me regardait hier soir au café Tortoni [1], en affectant de ne pas me reconnaître ! avec quel air méchant il me salua ensuite, quand il ne put plus s'en dispenser !

Julien avait attaché la corde au dernier échelon de l'échelle, il la descendait doucement, et en se penchant beaucoup en dehors du balcon pour faire en sorte qu'elle ne touchât pas les vitres. Beau moment pour me tuer pensa-t-il, si quelqu'un est caché dans la chambre de Mathilde ; mais un silence profond continuait à régner partout.

L'échelle toucha la terre, Julien parvint à la coucher dans la plate-bande de fleurs exotiques le long du mur.

— Que va dire ma mère, dit Mathilde, quand elle verra ses belles plantes tout écrasées !... Il faut jeter la corde, ajouta-t-elle d'un grand sang-froid. Si on l'apercevait remontant au balcon, ce serait une circonstance difficile à expliquer.

— Et comment moi m'en aller ? dit Julien d'un ton plaisant, et en affectant le langage créole. (Une des femmes de chambre de la maison était née à Saint-Domingue.)

— Vous, vous en aller par la porte, dit Mathilde ravie de cette idée [2].

Ah! que cet homme est digne de tout mon amour!
pensa-t-elle.

Julien venait de laisser tomber la corde dans le
jardin; Mathilde lui serra le bras. Il crut être saisi par
un ennemi, et se retourna vivement en tirant un poignard. Elle avait cru entendre ouvrir une fenêtre. Ils
restèrent immobiles et sans respirer. La lune les éclairait
en plein. Le bruit ne se renouvelant pas, il n'y eut plus
d'inquiétude.

Alors l'embarras recommença, il était grand des deux
parts. Julien s'assura que la porte était fermée avec tous
ses verrous; il pensait bien à regarder sous le lit, mais
n'osait pas; on avait pu y placer un ou deux laquais.
Enfin il craignait un reproche futur de sa prudence et
regarda.

Mathilde était tombée dans toutes les angoisses de la
timidité la plus extrême. Elle avait horreur de sa position.

— Qu'avez-vous fait de mes lettres? dit-elle enfin.

Quelle bonne occasion de déconcerter ces messieurs
s'ils sont aux écoutes, et d'éviter la bataille! pensa
Julien.

— La première est cachée dans une grosse Bible pro-
testante que la diligence d'hier soir emporte bien loin
d'ici.

Il parlait fort distinctement en entrant dans ces
détails, et de façon à être entendu des personnes qui
pouvaient être cachées dans deux grandes armoires
d'acajou qu'il n'avait pas osé visiter.

— Les deux autres sont à la poste, et suivent la
même route que la première.

— Eh, grand Dieu! pourquoi toutes ces précautions?
dit Mathilde étonnée.

A propos de quoi est-ce que je mentirais? pensa
Julien, et il lui avoua tous ses soupçons.

— Voilà donc la cause de la froideur de tes lettres!
s'écria Mathilde avec l'accent de la folie plus que de la
tendresse.

Julien ne remarqua pas cette nuance. Ce tutoiement
lui fit perdre la tête ou de moins ses soupçons s'éva-
nouirent ; il osa serrer dans ses bras cette fille si belle,
et qui lui inspirait tant de respect. Il ne fut repoussé
qu'à demi.

Il eut recours à sa mémoire, comme jadis à Besançon
auprès d'Amanda Binet, et récita plusieurs des plus
belles phrases de la *Nouvelle Héloïse*.

— Tu as un cœur d'homme, lui répondit-on sans
trop écouter ses phrases ; j'ai voulu éprouver ta bravoure, je l'avoue. Tes premiers soupçons et ta résolution te montrent plus intrépide encore que je ne
croyais.

Mathilde faisait effort pour le tutoyer, elle était évidemment plus attentive à cette étrange façon de parler
qu'au fond des choses qu'elle disait. Ce tutoiement,
dépouillé du ton de la tendresse, ne faisait aucun plaisir à Julien, il s'étonnait de l'absence du bonheur ; enfin
pour le sentir il eut recours à sa raison. Il se voyait
estimé par cette jeune fille si fière, et qui n'accordait
jamais de louanges sans restriction ; avec ce raisonnement il parvint à un bonheur d'amour-propre.

Ce n'était pas, il est vrai, cette volupté de l'âme qu'il
avait trouvée quelquefois auprès de Mme de Rênal. Il
n'y avait rien de tendre dans ses sentiments de ce premier moment. C'était le plus vif bonheur d'ambition,
et Julien était surtout ambitieux. Il parla de nouveau
des gens par lui soupçonnés, et des précautions qu'il
avait inventées. En parlant il songeait aux moyens de
profiter de sa victoire.

Mathilde encore fort embarrassée, et qui avait l'air
atterrée de sa démarche, parut enchantée de trouver
un sujet de conversation. On parla des moyens de se
revoir. Julien jouit délicieusement de l'esprit et de la
bravoure dont il fit preuve de nouveau pendant cette
discussion. On avait affaire à des gens très clairvoyants,
le petit Tanbeau était certainement un espion, mais
Mathilde et lui n'étaient pas non plus sans adresse.

Quoi de plus facile que de se rencontrer dans la bibliothèque, pour convenir de tout ?

— Je puis paraître, sans exciter de soupçons, dans toutes les parties de l'hôtel, ajoutait Julien, et presque jusque dans la chambre de Mme de La Mole. Il fallait absolument la traverser pour arriver à celle de sa fille. Si Mathilde trouvait mieux qu'il arrivât toujours par une échelle, c'était avec un cœur ivre de joie qu'il s'exposerait à ce faible danger.

En l'écoutant parler, Mathilde était choquée de cet air de triomphe. Il est donc mon maître ! se dit-elle. Déjà elle était en proie au remords. Sa raison avait horreur de l'insigne folie qu'elle venait de commettre. Si elle l'eût pu, elle eût anéanti elle et Julien. Quand par instants la force de sa volonté faisait taire les remords, des sentiments de timidité et de pudeur souffrante la rendaient fort malheureuse. Elle n'avait nullement prévu l'état affreux où elle se trouvait.

Il faut cependant que je lui parle, se dit-elle à la fin, cela est dans les convenances, on parle à son amant. Et alors pour accomplir un devoir, et avec une tendresse qui était bien plus dans les paroles dont elle se servait que dans le son de sa voix, elle raconta les diverses résolutions qu'elle avait prises à son égard pendant ces derniers jours.

Elle avait décidé que s'il osait arriver chez elle avec le secours de l'échelle du jardinier, ainsi qu'il lui était prescrit, elle serait toute à lui. Mais jamais l'on ne dit d'un ton plus froid et plus poli des choses aussi tendres. Jusque-là ce rendez-vous était glacé. C'était à faire prendre l'amour en haine. Quelle leçon de morale pour une jeune imprudente ! Vaut-il la peine de perdre son avenir pour un tel moment ?

Après de longues incertitudes, qui eussent pu paraître à un observateur superficiel l'effet de la haine la plus décidée, tant les sentiments qu'une femme se doit à elle-même avaient de peine à céder même à une volonté

aussi ferme, Mathilde finit par être pour lui une maîtresse aimable.

A la vérité, ces transports étaient un peu *voulus*.
L'amour passionné était encore plutôt un modèle qu'on
imitait qu'une réalité.

Mlle de La Mole croyait remplir un devoir envers
elle-même et envers son amant. Le pauvre garçon, se
disait-elle, a été d'une bravoure achevée, il doit être
heureux, ou bien c'est moi qui manque de caractère.
Mais elle eût voulu racheter au prix d'une éternité de
malheur la nécessité cruelle où elle se trouvait.

Malgré la violence affreuse qu'elle se faisait, elle fut
parfaitement maîtresse de ses paroles.

Aucun regret, aucun reproche ne vinrent gâter cette
nuit qui sembla singulière plutôt qu'heureuse à Julien.
Quelle différence, grand Dieu ! avec son dernier séjour
de vingt-quatre heures à Verrières ! Ces belles façons
de Paris ont trouvé le secret de tout gâter, même l'a-
mour, se disait-il dans son injustice extrême.

Il se livrait à ces réflexions debout dans une des
grandes armoires d'acajou où on l'avait fait entrer aux
premiers bruits entendus dans l'appartement voisin,
qui était celui de Mme de La Mole. Mathilde suivit sa
mère à la messe, les femmes quittèrent bientôt l'appartement, et Julien s'échappa facilement avant qu'elles
ne revinssent terminer leurs travaux.

Il monta à cheval et chercha les endroits les plus
solitaires d'une des forêts voisines de Paris. Il était
bien plus étonné qu'heureux. Le bonheur qui, de temps
à autre, venait occuper son âme, était comme celui
d'un jeune sous-lieutenant qui, à la suite de quelque
action étonnante, vient d'être nommé colonel d'emblée
par le général en chef ; il se sentait porté à une immense
hauteur. Tout ce qui était au-dessus de lui la veille,
était à ses côtés maintenant ou bien au-dessous. Peu
à peu le bonheur de Julien augmenta à mesure qu'il
s'éloignait.

S'il n'y avait rien de tendre dans son âme, c'est que,

quelque étrange que ce mot puisse paraître, Mathilde, dans toute sa conduite avec lui, avait accompli un devoir. Il n'y eut rien d'imprévu pour elle dans tous les événements de cette nuit, que le malheur et la honte qu'elle avait trouvés au lieu de cette entière félicité dont parlent les romans.

Me serais-je trompée, n'aurais-je pas d'amour pour lui ? se dit-elle.

CHAPITRE XVII

UNE VIEILLE ÉPÉE

> *I now mean to be serious ; — it is time,*
> *Since laughter now-a-days is deem'd too serious*
> *A jest at vice by virtue's called a crime.*
>
> Don Juan, c. XIII.

Elle ne parut pas au dîner. Le soir elle vint un instant au salon, mais ne regarda pas Julien. Cette conduite lui parut étrange ; mais, pensa-t-il, je ne connais pas leurs usages[1], elle me donnera quelque bonne raison pour tout ceci. Toutefois, agité par la plus extrême curiosité, il étudiait l'expression des traits de Mathilde ; il ne put pas se dissimuler qu'elle avait l'air sec et méchant. Évidemment ce n'était pas la même femme qui, la nuit précédente, avait ou feignait des transports de bonheur trop excessifs pour être vrais.

Le lendemain, le surlendemain, même froideur de sa part ; elle ne le regardait pas, elle ne s'apercevait pas de son existence. Julien, dévoré par la plus vive inquiétude, était à mille lieues des sentiments de triomphe

qui l'avaient seuls animé le premier jour. Serait-ce, par
hasard, se dit-il, un retour à la vertu? Mais ce mot était
bien bourgeois pour l'altière Mathilde.

Dans les positions ordinaires de la vie elle ne croit
guère à la religion, pensait Julien, elle l'aime comme très
utile aux intérêts de sa caste.

Mais par simple délicatesse ne peut-elle pas se reprocher vivement la faute qu'elle a commise? Julien
croyait être son premier amant.

Mais, se disait-il dans d'autres instants, il faut avouer
qu'il n'y a rien de naïf, de simple, de tendre dans toute
sa manière d'être; jamais je ne l'ai vue plus altière.
Me mépriserait-elle? Il serait digne d'elle de se reprocher
ce qu'elle a fait pour moi, à cause seulement de la bassesse de ma naissance.

Pendant que Julien, rempli de ses préjugés puisés dans
les livres et dans les souvenirs de Verrières, poursuivait
la chimère d'une maîtresse tendre et qui ne songe plus
à sa propre existence du moment qu'elle a fait le bonheur de son amant, la vanité de Mathilde était furieuse
contre lui.

Comme elle ne s'ennuyait plus depuis deux mois, elle
ne craignait plus l'ennui; ainsi, sans pouvoir s'en douter
le moins du monde, Julien avait perdu son plus grand
avantage.

Je me suis donné un maître! se disait M¹¹ᵉ de La Mole
en proie au plus noir chagrin. Il est rempli d'honneur,
à la bonne heure; mais si je pousse à bout sa vanité,
il se vengera en faisant connaître la nature de nos relations. Jamais Mathilde n'avait eu d'amant, et dans cette
circonstance de la vie qui donne quelques illusions
tendres même aux âmes les plus sèches, elle était en
proie aux réflexions les plus amères.

Il a sur moi un empire immense, puisqu'il règne par
la terreur et peut me punir d'une peine atroce, si je le
pousse à bout. Cette seule idée suffisait pour porter
M¹¹ᵉ de La Mole à l'outrager [1]. Le courage était la première qualité de son caractère. Rien ne pouvait lui

donner quelque agitation et la guérir d'un fond d'ennui
sans cesse renaissant que l'idée qu'elle jouait à croix
ou pile son existence entière.

Le troisième jour, comme Mlle de La Mole s'obstinait
à ne pas le regarder, Julien la suivit après dîner, et
évidemment malgré elle, dans la salle de billard.

— Eh bien, monsieur, vous croyez donc avoir acquis
des droits bien puissants sur moi, lui dit-elle avec une
colère à peine retenue, puisque en opposition à ma volonté bien évidemment déclarée, vous prétendez me
parler ?... Savez-vous que personne au monde n'a jamais
tant osé ?

Rien ne fut plaisant comme le dialogue de ces deux
amants ; sans s'en douter ils étaient animés l'un contre
l'autre des sentiments de la haine la plus vive. Comme
ni l'un ni l'autre n'avaient le caractère endurant, que
d'ailleurs ils avaient des habitudes de bonne compagnie,
ils en furent bientôt à se déclarer nettement qu'ils se
brouillaient à jamais.

— Je vous jure un secret éternel, dit Julien, j'ajouterais
même que jamais je ne vous adresserai la parole, si
votre réputation ne pouvait souffrir de ce changement
trop marqué. Il salua avec respect et partit.

Il accomplissait sans trop de peine ce qu'il croyait
un devoir ; il était bien loin de se croire fort amoureux
de Mlle de La Mole. Sans doute il ne l'aimait pas trois
jours auparavant, quand on l'avait caché dans la grande
armoire d'acajou. Mais tout changea rapidement dans
son âme, du moment qu'il se vit à jamais brouillé avec
elle.

Sa mémoire cruelle se mit à lui retracer les moindres
circonstances de cette nuit qui dans la réalité l'avait
laissé si froid.

Dans la nuit même qui suivit la déclaration de brouille
éternelle, Julien faillit devenir fou en étant obligé de
s'avouer qu'il aimait Mlle de La Mole.

Des combats affreux suivirent cette découverte :
tous ses sentiments étaient bouleversés.

Deux jours après, au lieu d'être fier avec M. de Croisenois, il l'aurait presque embrassé en fondant en larmes.

L'habitude du malheur lui donna une lueur de bon sens, il se décida à partir pour le Languedoc, fit sa malle et alla à la poste.

Il se sentit défaillir quand, arrivé au bureau des malles-poste, on lui apprit que, par un hasard singulier, il y avait une place le lendemain dans la malle de Toulouse Il l'arrêta et revint à l'hôtel de La Mole, annoncer son départ au marquis.

M. de La Mole était sorti. Plus mort que vif, Julien alla l'attendre dans la bibliothèque. Que devint-il en y trouvant Mlle de La Mole ?

En le voyant paraître elle prit un air de méchanceté auquel il lui fut impossible de se méprendre.

Emporté par son malheur, égaré par la surprise, Julien eut la faiblesse de lui dire, du ton le plus tendre et qui venait de l'âme : Ainsi, vous ne m'aimez plus ?

— J'ai horreur de m'être livrée au premier venu, dit Mathilde en pleurant de rage contre elle-même.

— *Au premier venu !* s'écria Julien, et il s'élança sur une vieille épée du Moyen Age qui était conservée dans la bibliothèque comme une curiosité.

Sa douleur, qu'il croyait extrême au moment où il avait adressé la parole à Mlle de La Mole, venait d'être centuplée par les larmes de honte qu'il lui voyait répandre. Il eût été le plus heureux des hommes de pouvoir la tuer.

Au moment où il venait de tirer l'épée, avec quelque peine, de son fourreau antique, Mathilde, heureuse d'une sensation si nouvelle, s'avança fièrement vers lui ; ses larmes s'étaient taries.

L'idée du marquis de La Mole, son bienfaiteur, se présenta vivement à Julien. Je tuerais sa fille ! se dit-il, quelle horreur ! Il fit un mouvement pour jeter l'épée. Certainement, pensa-t-il, elle va éclater de rire à la vue de ce mouvement de mélodrame : il dut à cette idée le retour de tout son sang-froid. Il regarda la lame de la vieille épée curieusement et comme s'il y eût cherché quelque tache de rouille, puis il la remit dans le fourreau, et avec la plus grande tranquillité la replaça au clou de bronze doré qui la soutenait.

Tout ce mouvement, fort lent sur la fin, dura bien une minute ; Mlle de La Mole le regardait étonnée. J'ai donc été sur le point d'être tuée par mon amant! se disait-elle.

Cette idée la transportait dans les plus beaux temps du siècle de Charles IX et de Henri III.

Elle était immobile devant Julien qui venait de replacer l'épée, elle le regardait avec des yeux où il n'y avait plus de haine. Il faut convenir qu'elle était bien séduisante en ce moment, certainement jamais femme n'avait moins ressemblé à une poupée parisienne (ce mot était la grande objection de Julien contre les femmes de ce pays).

Je vais retomber dans quelque faiblesse pour lui, pensa Mathilde ; c'est bien pour le coup qu'il se croirait mon seigneur et maître, après une rechute, et au moment précis où je viens de lui parler si ferme. Elle s'enfuit.

Mon Dieu! qu'elle est belle! dit Julien en la voyant courir : voilà cet être qui se précipitait dans mes bras avec tant de fureur il n'y a pas huit jours... Et ces instants ne reviendront jamais! Et c'est par ma faute! Et, au moment d'une action si extraordinaire, si intéressante pour moi, je n'y étais pas sensible!... Il faut avouer que je suis né avec un caractère bien plat et bien malheureux.

Le marquis parut ; Julien se hâta de lui annoncer son départ.

— Pour où? dit M. de La Mole.

— Pour le Languedoc.

— Non pas, s'il vous plaît, vous êtes réservé à de plus hautes destinées, si vous partez ce sera pour le Nord... même, en termes militaires, je vous consigne à l'hôtel. Vous m'obligerez de n'être jamais plus de deux ou trois heures absent, je puis avoir besoin de vous d'un moment à l'autre.

Julien salua, et se retira sans mot dire, laissant le marquis fort étonné ; il était hors d'état de parler, il s'enferma dans sa chambre. Là, il put s'exagérer en liberté toute l'atrocité de son sort.

Ainsi, pensait-il, je ne puis pas même m'éloigner ! Dieu sait combien de jours le marquis va me retenir à Paris ; grand Dieu ! Que vais-je devenir ? Et pas un ami que je puisse consulter : l'abbé Pirard ne me laisserait pas finir la première phrase, le comte Altamira me proposerait de m'affilier à quelque conspiration.

Et cependant je suis fou, je le sens ; je suis fou !

Qui pourra me guider, que vais-je devenir ?

CHAPITRE XVIII

MOMENTS CRUELS

> *Et elle me l'avoue ! Elle détaille jusqu'aux moindres circonstances ! Son œil si beau fixé sur le mien peint l'amour qu'elle sentit pour un autre !*
>
> SCHILLER.

Mademoiselle de La Mole ravie ne songeait qu'au bonheur d'avoir été sur le point d'être tuée. Elle allait jusqu'à se dire : il est digne d'être mon maître, puisqu'il a été sur le point de me tuer. Combien faudrait-il fondre ensemble de beaux jeunes gens de la société pour arriver à un tel mouvement de passion ?

Il faut avouer qu'il était bien joli au moment où il est monté sur la chaise, pour replacer l'épée, précisément dans la position pittoresque que le tapissier décorateur lui a donnée! Après tout, je n'ai pas été si folle de l'aimer.

Dans cet instant, s'il se fût présenté quelque moyen honnête de renouer, elle l'eût saisi avec plaisir. Julien, enfermé à double tour dans sa chambre, était en proie au plus violent désespoir. Dans ses idées folles, il pensait à se jeter à ses pieds. Si au lieu de se tenir caché dans un lieu écarté, il eût erré au jardin et dans l'hôtel, de manière à se tenir à la portée des occasions, il eût peut-être en un seul instant changé en bonheur le plus vif son affreux malheur.

Mais l'adresse dont nous lui reprochons l'absence, aurait exclu le mouvement sublime de saisir l'épée qui, dans ce moment, le rendait si joli aux yeux de Mlle de La Mole. Ce caprice, favorable à Julien, dura toute la journée; Mathilde se faisait une image charmante des courts instants pendant lesquels elle l'avait aimé, elle les regrettait.

Au fait, se disait-elle, ma passion pour ce pauvre garçon n'a duré à ses yeux que depuis une heure après minuit, quand je l'ai vu arriver par son échelle avec tous ses pistolets, dans la poche de côté de son habit, jusqu'à huit heures du matin. C'est un quart d'heure après, en entendant la messe à Sainte-Valère, que j'ai commencé à penser qu'il allait se croire mon maître, et qu'il pourrait bien essayer de me faire obéir au nom de la terreur.

Après dîner, Mlle de La Mole, loin de fuir Julien, lui parla et l'engagea en quelque sorte à la suivre au jardin; il obéit. Cette épreuve lui manquait. Mathilde cédait sans trop s'en douter à l'amour qu'elle reprenait pour lui. Elle trouvait un plaisir extrême à se promener à ses côtés, c'était avec curiosité qu'elle regardait ces mains qui le matin avaient saisi l'épée pour la tuer.

Après une telle action, après tout ce qui s'était passé, il ne pouvait plus être question de leur ancienne conversation.

Peu à peu Mathilde se mit à lui parler avec confidence intime de l'état de son cœur. Elle trouvait une singulière volupté dans ce genre de conversation ; elle en vint à lui raconter les mouvements d'enthousiasme passagers qu'elle avait éprouvés pour M. de Croisenois, pour M. de Caylus...

— Quoi ! Pour M. de Caylus aussi ! s'écria Julien ; et toute l'amère jalousie d'un amant délaissé éclatait dans ce mot. Mathilde en jugea ainsi, et n'en fut point offensée.

Elle continua à torturer Julien, en lui détaillant ses sentiments d'autrefois de la façon la plus pittoresque, et avec l'accent de la plus intime vérité. Il voyait qu'elle peignait ce qu'elle avait sous les yeux. Il avait la douleur de remarquer qu'en parlant, elle faisait des découvertes dans son propre cœur.

Le malheur de la jalousie ne peut aller plus loin.

Soupçonner qu'un rival est aimé est déjà bien cruel, mais se voir avouer en détail l'amour qu'il inspire par la femme qu'on adore est sans doute le comble des douleurs.

O combien étaient punis, en cet instant, les mouvements d'orgueil qui avaient porté Julien à se préférer aux Caylus, aux Croisenois ! Avec quel malheur intime et senti il s'exagérait leurs plus petits avantages ! Avec quelle bonne foi ardente il se méprisait lui-même !

Mathilde lui semblait adorable, toute parole est faible pour exprimer l'excès de son admiration. En se promenant à côté d'elle, il regardait à la dérobée ses mains, ses bras, son port de reine. Il était sur le point de tomber à ses pieds, anéanti d'amour et de malheur, et en criant : Pitié !

Et cette personne si belle, si supérieure à tout, qui une fois m'a aimé, c'est M. de Caylus qu'elle aimera sans doute bientôt !

Julien ne pouvait douter de la sincérité de Mlle de La Mole ; l'accent de la vérité était trop évident dans tout ce qu'elle disait. Pour que rien absolument ne

manquât à son malheur, il y eut des moments où à
force de s'occuper des sentiments qu'elle avait éprouvés
une fois pour M. de Caylus, Mathilde en vint à parler
de lui comme si elle l'aimait actuellement. Certainement il y avait de l'amour dans son accent, Julien le
voyait nettement.

L'intérieur de sa poitrine eût été inondé de plomb
fondu qu'il eût moins souffert. Comment, arrivé à cet
excès de malheur, le pauvre garçon eût-il pu deviner que
c'était parce qu'elle parlait à lui, que Mlle de La Mole
trouvait tant de plaisir à repenser aux velléités d'amour
qu'elle avait éprouvées jadis pour M. de Caylus ou M.
de Luz ?

Rien ne saurait exprimer les angoisses de Julien. Il
écoutait les confidences détaillées de l'amour éprouvé
pour d'autres dans cette même allée de tilleuls où si
peu de jours auparavant il attendait qu'une heure
sonnât pour pénétrer dans sa chambre. Un être humain
ne peut soutenir le malheur à un plus haut degré [1].

Ce genre d'intimité cruelle dura huit grands jours.
Mathilde tantôt semblait rechercher, tantôt ne fuyait
pas les occasions de lui parler ; et le sujet de conversation, auquel ils semblaient tous deux revenir avec une
sorte de volupté cruelle, c'était le récit des sentiments
qu'elle avait éprouvés pour d'autres : elle lui racontait
les lettres qu'elle avait écrites, elle lui en rappelait
jusqu'aux paroles, elle lui récitait des phrases entières.
Les derniers jours elle semblait contempler Julien avec
une sorte de joie maligne. Ses douleurs étaient une
vive jouissance pour elle.

On voit que Julien n'avait aucune expérience de la
vie, il n'avait pas même lu de romans ; s'il eût été un
peu moins gauche et qu'il eût dit avec quelque sang-
froid à cette jeune fille, par lui si adorée et qui lui faisait des confidences si étranges : Convenez que quoique
je ne vaille pas tous ces messieurs, c'est pourtant moi
que vous aimez...

Peut-être eût-elle été heureuse d'être devinée ;

du moins le succès eût-il dépendu entièrement de la
grâce avec laquelle Julien eût exprimé cette idée, et
du moment qu'il eût choisi. Dans tous les cas il sortait
bien, et avec avantage pour lui, d'une situation qui
allait devenir monotone aux yeux de Mathilde.

— Et vous ne m'aimez plus, moi qui vous adore!
lui dit un jour Julien éperdu d'amour et de malheur.
Cette sottise était à peu près la plus grande qu'il pût
commettre.

Ce mot détruisit en un clin d'œil tout le plaisir que
Mlle de La Mole trouvait à lui parler de l'état de son
cœur. Elle commençait à s'étonner qu'après ce qui
s'était passé il ne s'offensât pas de ses récits, elle allait
jusqu'à s'imaginer, au moment où il lui tint ce sot
propos, que peut-être il ne l'aimait plus. La fierté a
sans doute éteint son amour, se disait-elle. Il n'est pas
homme à se voir impunément préférer des êtres comme
Caylus, de Luz, Croisenois, qu'il avoue lui être tellement
supérieurs. Non, je ne le verrai plus à mes pieds!

Les jours précédents, dans la naïveté de son malheur,
Julien lui faisait souvent un éloge sincère des brillantes
qualités de ces messieurs ; il allait jusqu'à les exagérer.
Cette nuance n'avait point échappé à Mlle de La Mole,
elle en était étonnée, mais n'en devinait point la cause.
L'âme frénétique de Julien, en louant un rival qu'il
croyait aimé, sympathisait avec son bonheur.

Son mot si franc, mais si stupide, vint tout changer
en un instant : Mathilde, sûre d'être aimée, le méprisa
parfaitement.

Elle se promenait avec lui au moment de ce propos
maladroit ; elle le quitta, et son dernier regard expri-
mait le plus affreux mépris. Rentrée au salon, de toute
la soirée elle ne le regarda plus. Le lendemain ce mépris
occupait tout son cœur ; il n'était plus question du mouvement qui, pendant huit jours, lui avait fait trouver tant
de plaisir à traiter Julien comme l'ami le plus intime ;
sa vue lui était désagréable. La sensation de Mathilde
alla jusqu'au dégoût ; rien ne saurait exprimer l'excès

du mépris qu'elle éprouvait en le rencontrant sous ses yeux.

Julien n'avait rien compris à tout ce qui s'était passé, depuis huit jours, dans le cœur de Mathilde, mais il discerna le mépris. Il eut le bon sens de ne paraître devant elle que le plus rarement possible, et jamais ne la regarda.

Mais ce ne fut pas sans une peine mortelle qu'il se priva en quelque sorte de sa présence. Il crut sentir que son malheur s'en augmentait encore. Le courage d'un cœur d'homme ne peut aller plus loin, se disait-il. Il passait sa vie à une petite fenêtre dans les combles de l'hôtel ; la persienne en était fermée avec soin, et de là du moins il pouvait apercevoir Mlle de La Mole quand elle paraissait au jardin.

Que devenait-il quand après dîner il la voyait se promener avec M. de Caylus, M. de Luz ou tel autre pour qui elle lui avait avoué quelque velléité d'amour autrefois éprouvée ?

Julien n'avait pas l'idée d'une telle intensité de malheur ; il était sur le point de jeter des cris ; cette âme si ferme était enfin bouleversée de fond en comble.

Toute pensée étrangère à Mlle de La Mole lui était devenue odieuse ; il était incapable d'écrire les lettres les plus simples.

— Vous êtes fou, lui dit le marquis.

Julien, tremblant d'être deviné, parla de maladie et parvint à se faire croire. Heureusement pour lui, le marquis le plaisanta à dîner sur son prochain voyage : Mathilde comprit qu'il pouvait être fort long. Il y avait déjà plusieurs jours que Julien la fuyait, et les jeunes gens si brillants qui avaient tout ce qui manquait à cet être si pâle et si sombre, autrefois aimé d'elle, n'avaient plus le pouvoir de la tirer de sa rêverie.

Une fille ordinaire, se disait-elle, eût cherché l'homme qu'elle préfère parmi ces jeunes gens qui attirent tous les regards dans un salon ; mais un des caractères du génie est de ne pas traîner sa pensée dans l'ornière tracée par le vulgaire.

Compagne d'un homme tel que Julien, auquel il ne manque que de la fortune que j'ai, j'exciterai continuellement l'attention, je ne passerai point inaperçue dans la vie. Bien loin de redouter sans cesse une révolution comme mes cousines, qui de peur du peuple n'osent pas gronder un postillon qui les mène mal, je serai sûre de jouer un rôle et un grand rôle, car l'homme que j'ai choisi a du caractère et une ambition sans bornes. Que lui manque-t-il? des amis, de l'argent? Je lui en donne. Mais sa pensée traitait un peu Julien en être inférieur, dont on se fait aimer quand on veut [1].

CHAPITRE XIX

L'OPÉRA BOUFFE

> *O how this spring of love resembleth*
> *The uncertain glory of an April day;*
> *Which now shows all the beauty of the sun,*
> *And by and by a cloud takes all away!*
>
> SHAKESPEARE.

Occupée de l'avenir et du rôle singulier qu'elle espérait, Mathilde en vint bientôt jusqu'à regretter les discussions sèches et métaphysiques qu'elle avait souvent avec Julien. Fatiguée de si hautes pensées, quelquefois aussi elle regrettait les moments de bonheur qu'elle avait trouvés auprès de lui; ces derniers souvenirs ne paraissaient point sans remords, elle en était accablée dans de certains moments.

Mais si l'on a une faiblesse, se disait-elle, il est digne d'une fille telle que moi de n'oublier ses devoirs que pour

un homme de mérite ; on ne dira point que ce sont ses
jolies moustaches ni sa grâce à monter à cheval qui
m'ont séduite, mais ses profondes discussions sur l'avenir qui attend la France, ses idées sur la ressemblance
que les événements qui vont fondre sur nous peuvent
avoir avec la révolution de 1688 en Angleterre. J'ai
été séduite, répondait-elle à ses remords, je suis une
faible femme, mais du moins je n'ai pas été égarée
comme une poupée par les avantages extérieurs.

S'il y a une révolution, pourquoi Julien Sorel ne joue-
rait-il pas le rôle de Roland, et moi celui de Mme Roland ?
J'aime mieux ce rôle que celui de Mme de Staël : l'immoralité de la conduite sera un obstacle dans notre siècle.
Certainement on ne me reprochera pas une seconde
faiblesse ; j'en mourrais de honte.

Les rêveries de Mathilde n'étaient pas toutes aussi
graves, il faut l'avouer, que les pensées que nous venons
de transcrire.

Elle regardait Julien, elle trouvait une grâce charmante à ses moindres actions.

Sans doute, se disait-elle, je suis parvenue à détruire
chez lui jusqu'à la plus petite idée qu'il a des droits.

L'air de malheur et de passion profonde avec lequel
le pauvre garçon m'a dit ce mot d'amour, il y a huit
jours, le prouve de reste ; il faut convenir que j'ai
été bien extraordinaire de me fâcher d'un mot où brillaient tant de respect, tant de passion. Ne suis-je pas
sa femme ? Ce mot était bien naturel, et, il faut l'avouer,
il était bien aimable. Julien m'aimait encore après
des conversations éternelles, dans lesquelles je ne lui
avais parlé, et avec bien de la crauté, j'en conviens, que
des velléités d'amour que l'ennui de la vie que je mène
m'avait inspirées pour ces jeunes gens de la société desquels il est si jaloux. Ah ! s'il savait combien ils sont
peu dangereux pour moi ! Combien auprès de lui ils
me semblent étiolés et tous copies les uns des autres [1].

En faisant ces réflexions, Mathilde traçait au hasard
des traits de crayon sur une feuille de son album. Un

des profils qu'elle venait d'achever l'étonna, la ravit :
il ressemblait à Julien d'une manière frappante. C'est
la voix du ciel! Voilà un des miracles de l'amour, s'écria-
t-elle avec transport : sans m'en douter je fais son portrait.

Elle s'enfuit dans sa chambre, s'y enferma, s'appli-
qua beaucoup, chercha sérieusement à faire le portrait
de Julien, mais elle ne put réussir ; le profil tracé au
hasard se trouva toujours le plus ressemblant ; Mathilde
en fut enchantée, elle y vit une preuve évidente de grande
passion.

Elle ne quitta son album que fort tard, quand la
marquise la fit appeler pour aller à l'Opéra italien.
Elle n'eut qu'une idée, chercher Julien des yeux pour
le faire engager par sa mère à les accompagner.

Il ne parut point ; ces dames n'eurent que des êtres
vugaires dans leur loge. Pendant tout le premier acte
de l'opéra, Mathilde rêva à l'homme qu'elle aimait
avec les transports de la passion la plus vive ; mais
au second acte une maxime d'amour chantée, il faut
l'avouer, sur une mélodie digne de Cimarosa, pénétra
son cœur. L'héroïne de l'opéra disait : Il faut me punir
de l'excès d'adoration que je sens pour lui, je l'aime
trop!

Du moment qu'elle eut entendu cette cantilène sublime, tout ce qui existait au monde disparut pour
Mathilde [1]. On lui parlait ; elle ne répondait pas ; sa
mère la grondait, à peine pouvait-elle prendre sur elle
de la regarder. Son extase arriva à un état d'exaltation
et de passion comparable aux mouvements les plus
violents que depuis quelques jours Julien avait éprouvés pour elle. La cantilène, pleine d'une grâce divine
sur laquelle était chantée la maxime qui lui semblait
faire une application si frappante à sa position, occupait tous les instants où elle ne songeait pas directement
à Julien. Grâce à son amour pour la musique, elle fut
ce soir-là comme Mme de Rênal était toujours en pensant à Julien [2]. L'amour de tête a plus d'esprit sans

doute que l'amour vrai, mais il n'a que des instants d'enthousiasme ; il se connaît trop, il se juge sans cesse ; loin d'égarer la pensée, il n'est bâti qu'à force de pensées.

De retour à la maison, quoi que pût dire Mme de La Mole, Mathilde prétendit avoir la fièvre, et passa une partie de la nuit à répéter cette cantilène sur son piano. Elle chantait les paroles de l'air célèbre qui l'avait charmée :

> *Devo punirmi, devo punirmi,*
> *Se troppo amai, etc.*

Le résultat de cette nuit de folie, fut qu'elle crut être parvenue à triompher de son amour. (Cette page nuira de plus d'une façon au malheureux auteur. Les âmes glacées l'accuseront d'indécence. Il ne fait point l'injure aux jeunes personnes qui brillent dans les salons de Paris, de supposer qu'une seule d'entre elles soit susceptible des mouvements de folie qui dégradent le caractère de Mathilde. Ce personnage est tout à fait d'imagination, et même imaginé bien en dehors des habitudes sociales qui parmi tous les siècles assureront un rang si distingué à la civilisation du xixe siècle.

Ce n'est point la prudence qui manque aux jeunes filles qui ont fait l'ornement des bals de cet hiver.

Je ne pense pas non plus que l'on puisse les accuser de trop mépriser une brillante fortune, des chevaux, de belles terres et tout ce qui assure une position agréable dans le monde. Loin de ne voir que de l'ennui dans tous ces avantages, ils sont en général l'objet des désirs les plus constants, et s'il y a passion dans les cœurs elle est pour eux.

Ce n'est point l'amour non plus qui se charge de la fortune des jeunes gens doués de quelque talent comme Julien ; ils s'attachent d'une étreinte invincible à une coterie, et quand la coterie fait fortune, toutes les bonnes choses de la société pleuvent sur eux. Malheur à l'homme d'étude qui n'est d'aucune coterie, on lui reprochera jusqu'à de petits succès fort incertains, et

la haute vertu triomphera en le volant. Eh, monsieur,
un roman est un miroir qui se promène sur une grande
route. Tantôt il reflète à vos yeux l'azur des cieux, tantôt la fange des bourbiers de la route. Et l'homme qui
porte le miroir dans sa hotte sera par vous accusé d'être
immoral! Son miroir montre la fange, et vous accusez
le miroir! Accusez bien plutôt le grand chemin où est
le bourbier, et plus encore l'inspecteur des routes qui
laisse l'eau croupir et le bourbier se former.

Maintenant qu'il est bien convenu que le caractère
de Mathilde est impossible dans notre siècle, non moins
prudent que vertueux, je crains moins d'irriter en continuant le récit des folies de cette aimable fille.)

Pendant toute la journée du lendemain elle épia
les occasions de s'assurer de son triomphe sur sa folle
passion. Son grand but fut de déplaire en tout à Julien ;
mais aucun de ses mouvements ne lui échappa.

Julien était trop malheureux et surtout trop agité
pour deviner une manœuvre de passion aussi compliquée,
encore moins put-il voir tout ce qu'elle avait de favorable
pour lui : il en fut la victime ; jamais peut-être son malheur n'avait été aussi excessif. Ses actions étaient tellement peu sous la direction de son esprit que si quelque
philosophe chagrin lui eût dit : « Songez à profiter
rapidement des dispositions qui vont vous être favorables ; dans ce genre d'amour de tête, que l'on voit à
Paris, la même manière d'être ne peut durer plus de
deux jours », il ne l'eût pas compris. Mais quelque exalté
qu'il fût, Julien avait de l'honneur. Son premier devoir
était la discrétion ; il le comprit. Demander conseil,
raconter son supplice au premier venu eût été un bonheur
comparable à celui du malheureux qui, traversant un
désert enflammé, reçoit du ciel une goutte d'eau glacée.
Il connut le péril, il craignit de répondre par un torrent
de larmes à l'indiscret qui l'interrogerait ; il s'enferma
chez lui.

Il vit Mathilde se promener longtemps au jardin ; quand enfin elle l'eut quitté, il y descendit ; il

s'approcha d'un rosier où elle avait pris une fleur.

La nuit était sombre, il put se livrer à tout son malheur sans crainte d'être vu. Il était évident pour lui que Mlle de La Mole aimait un de ces jeunes officiers avec qui elle venait de parler si gaîment. Elle l'avait aimé lui, mais elle avait connu son peu de mérite.

Et en effet, j'en ai bien peu! se disait Julien avec pleine conviction ; je suis au total un être bien plat, bien vulgaire, bien ennuyeux pour les autres, bien insupportable à moi-même. Il était mortellement dégoûté de toutes ses bonnes qualités, de toutes les choses qu'il avait aimées avec enthousiasme ; et dans cet état d'*imagination renversée*, il entreprenait de juger la vie avec son imagination. Cette erreur est d'un homme supérieur.

Plusieurs fois l'idée du suicide s'offrit à lui ; cette image était pleine de charmes, c'était comme un repos délicieux ; c'était le verre d'eau glacée offert au misérable qui, dans le désert, meurt de soif et de chaleur [1].

Ma mort augmentera le mépris qu'elle a pour moi! s'écria-t-il. Quel souvenir je laisserai!

Tombé dans ce dernier abîme du malheur, un être humain n'a de ressources que le courage. Julien n'eut pas assez de génie pour se dire : il faut oser ; mais comme il regardait la fenêtre de la chambre de Mathilde, il vit à travers les persiennes qu'elle éteignait sa lumière : il se figurait cette chambre charmante qu'il avait vue, hélas! une fois en sa vie. Son imagination n'allait pas plus loin.

Une heure sonna, entendre le son de la cloche et se dire : je vais monter avec l'échelle, ne fut qu'un instant.

Ce fut l'éclair du génie, les bonnes raisons arrivèrent en foule. Puis-je être plus malheureux! se disait-il. Il courut à l'échelle, le jardinier l'avait enchaînée. A l'aide du chien d'un de ses petits pistolets, qu'il brisa, Julien, animé dans ce moment d'une force surhumaine, tordit un des chaînons de la chaîne qui retenait l'échelle ; il en fut maître en peu de minutes, et la plaça contre la fenêtre de Mathilde.

Elle va se fâcher, m'accabler de mépris, qu'importe ?
Je lui donne un baiser, un dernier baiser, je monte chez
moi et je me tue... ; mes lèvres toucheront sa joue
avant que de mourir !

Il volait en montant l'échelle, il frappe à la persienne ;
après quelques instants Mathilde l'entend, elle veut
ouvrir la persienne, l'échelle s'y oppose : Julien se
cramponne au crochet de fer destiné à tenir la persienne ouverte, et, au risque de se précipiter mille fois,
donne une violente secousse à l'échelle, et la déplace un
peu. Mathilde peut ouvrir la persienne.

Il se jette dans la chambre plus mort que vif :

— C'est donc toi ! dit-elle en se précipitant dans ses
bras...

. . . .

Qui pourra décrire l'excès du bonheur de Julien ?
Celui de Mathilde fut presque égal.

Elle lui parlait contre elle-même, elle se dénonçait à
lui.

— Punis-moi de mon orgueil atroce, lui disait-elle, en
le serrant dans ses bras de façon à l'étouffer ; tu es mon
maître, je suis ton esclave, il faut que je te demande
pardon à genoux d'avoir voulu me révolter. Elle quittait
ses bras pour tomber à ses pieds. Oui, tu es mon maître,
lui disait-elle encore ivre de bonheur et d'amour ; règne
à jamais sur moi, punis sévèrement ton esclave quand
elle voudra se révolter.

Dans un autre moment elle s'arrache de ses bras,
allume la bougie, et Julien a toutes les peines du monde
à l'empêcher de se couper tout un côté de ses cheveux.

— Je veux me rappeler, lui dit-elle, que je suis ta
servante : si jamais un exécrable orgueil vient m'égarer,
montre-moi ces cheveux et dis : il n'est plus question
d'amour, il ne s'agit pas de l'émotion que votre âme
peut éprouver en ce moment, vous avez juré d'obéir,
obéissez sur l'honneur.

Mais il est plus sage de supprimer la description d'un
tel degré d'égarement et de félicité.

La vertu de Julien fut égale à son bonheur ; il faut que je descende par l'échelle, dit-il à Mathilde, quand il vit l'aube du jour paraître sur les cheminées lointaines du côté de l'orient, au-delà des jardins. Le sacrifice que je m'impose est digne de vous, je me prive de quelques heures du plus étonnant bonheur qu'une âme humaine puisse goûter, c'est un sacrifice que je fais à votre réputation : si vous connaissez mon cœur, vous comprenez la violence que je me fais. Serez-vous toujours pour moi ce que vous êtes en ce moment ? Mais l'honneur parle, il suffit. Apprenez que, lors de notre première entrevue, tous les soupçons n'ont pas été dirigés contre les voleurs. M. de La Mole a fait établir une garde dans le jardin. M. de Croisenois est environné d'espions, on sait ce qu'il fait chaque nuit...

A cette idée, Mathilde rit aux éclats. Sa mère et une femme de service furent éveillées ; tout à coup on lui adressa la parole à travers la porte. Julien la regarda, elle pâlit en grondant la femme de chambre et ne daigna pas adresser la parole à sa mère.

— Mais si elles ont l'idée d'ouvrir la fenêtre, elles voient l'échelle ! lui dit Julien.

Il la serra encore une fois dans ses bras, se jeta sur l'échelle et se laissa glisser plutôt qu'il ne descendit ; en un moment il fut à terre.

Trois secondes après l'échelle était sous l'allée de tilleuls, et l'honneur de Mathilde sauvé. Julien, revenu à lui, se trouva tout en sang et presque nu : il s'était blessé en se laissant glisser sans précaution.

L'excès du bonheur lui avait rendu toute l'énergie de son caractère : vingt hommes se fussent présentés, que les attaquer seul, en cet instant, n'eût été qu'un plaisir de plus. Heureusement sa vertu militaire ne fut pas mise à l'épreuve : il coucha l'échelle à sa place ordinaire ; il replaça la chaîne qui la retenait ; il n'oublia point d'effacer l'empreinte que l'échelle avait laissée dans la plate-bande de fleurs exotiques sous la fenêtre de Mathilde.

Comme dans l'obscurité il promenait sa main sur la terre molle pour s'assurer que l'empreinte était entièrement effacée, il sentit tomber quelque chose sur ses mains, c'était tout un côté des cheveux de Mathilde, qu'elle avait coupé et qu'elle lui jetait.

Elle était à sa fenêtre.

— Voilà ce que t'envoie ta servante, lui dit-elle assez haut, c'est le signe d'une obéissance éternelle. Je renonce à l'exercice de ma raison, sois mon maître [1].

Julien, vaincu, fut sur le point d'aller reprendre l'échelle et de remonter chez elle. Enfin la raison fut la plus forte.

Rentrer du jardin dans l'hôtel n'était pas chose facile. Il réussit à forcer la porte d'une cave ; parvenu dans la maison, il fut obligé d'enfoncer le plus silencieusement possible la porte de sa chambre. Dans son trouble il avait laissé, dans la petite chambre qu'il venait d'abandonner si rapidement, jusqu'à la clef qui était dans la poche de son habit. Pourvu, pensa-t-il, qu'elle songe à cacher toute cette dépouille mortelle !

Enfin, la fatigue l'emporta sur le bonheur, et comme le soleil se levait, il tomba dans un profond sommeil.

La cloche du déjeuner eut grand'peine à l'éveiller, il parut à la salle à manger. Bientôt après Mathilde y entra. L'orgueil de Julien eut un moment bien heureux en voyant l'amour qui éclatait dans les yeux de cette personne si belle et environnée de tant d'hommages ; mais bientôt sa prudence eut lieu d'être effrayée.

Sous prétexte du peu de temps qu'elle avait eu pour soigner sa coiffure, Mathilde avait arrangé ses cheveux de façon à ce que Julien pût apercevoir du premier coup d'œil toute l'étendue du sacrifice qu'elle avait fait pour lui en les coupant la nuit précédente. Si une aussi belle figure avait pu être gâtée par quelque chose, Mathilde y serait parvenue ; tout un côté de ses beaux cheveux, d'un blond cendré, était coupé à un demi-pouce de la tête.

A déjeuner, toute la manière d'être de Mathilde

répondit à cette première imprudence. On eût dit qu'elle prenait à tâche de faire savoir à tout le monde la folle passion qu'elle avait pour Julien. Heureusement, ce jour-là, M. de La Mole et la marquise étaient fort occupés d'une promotion de cordons bleus, qui allait avoir lieu, et dans laquelle M. de Chaulnes n'était pas compris. Vers la fin du repas, il arriva à Mathilde, qui parlait à Julien, de l'appeler *mon maître*. Il rougit jusqu'au blanc des yeux.

Soit hasard ou fait exprès de la part de Mme de La Mole, Mathilde ne fut pas un instant seule ce jour-là. Le soir, en passant de la salle à manger au salon, elle trouva pourtant le moment de dire à Julien :

— Croirez-vous que ce soit un prétexte de ma part ? Maman vient de décider qu'une de ses femmes s'établira la nuit dans mon appartement.

Cette journée passa comme un éclair. Julien était au comble du bonheur. Dès sept heures du matin, le lendemain, il était installé dans la bibliothèque, il espérait que Mlle de La Mole daignerait y paraître ; il lui avait écrit une lettre infinie.

Il ne la vit que bien des heures après, au déjeuner. Elle était ce jour-là coiffée avec le plus grand soin ; un art merveilleux s'était chargé de cacher la place des cheveux coupés. Elle regarda une ou deux fois Julien, mais avec des yeux polis et calmes, il n'était plus question de l'appeler *mon maître*.

L'étonnement de Julien l'empêchait de respirer... Mathilde se reprochait presque tout ce qu'elle avait fait pour lui.

En y pensant mûrement, elle avait décidé que c'était un être, si ce n'est tout à fait commun, du moins ne sortant pas assez de la ligne pour mériter toutes les étranges folies qu'elle avait osées pour lui. Au total, elle ne songeait guère à l'amour ; ce jour-là, elle était lasse d'aimer.

Pour Julien, les mouvements de son cœur furent ceux d'un enfant de seize ans [1]. Le doute affreux, l'étonnement, le désespoir l'occupèrent tour à tour pendant ce déjeuner qui lui sembla d'une éternelle durée.

Dès qu'il put décemment se lever de table, il se précipita plutôt qu'il ne courut à l'écurie, sella lui-même son cheval, et partit au galop ; il craignait de se déshonorer par quelque faiblesse. Il faut que je tue mon cœur à force de fatigue physique, se disait-il en galopant dans les bois de Meudon. Qu'ai-je fait, qu'ai-je dit pour mériter une telle disgrâce ?

Il faut ne rien faire, ne rien dire aujourd'hui, pensat-il en rentrant à l'hôtel, être mort au physique comme je le suis au moral. Julien ne vit plus, c'est son cadavre qui s'agite encore.

CHAPITRE XX

LE VASE DU JAPON

> *Son cœur ne comprend pas d'abord tout l'excès de son malheur ; il est plus troublé qu'ému. Mais à mesure que la raison revient, il sent la profondeur de son infortune. Tous les plaisirs de la vie se trouvent anéantis pour lui, il ne peut sentir que les vives pointes du désespoir qui le déchirent. Mais à quoi bon parler de douleur physique ? Quelle douleur sentie par le corps seulement est comparable à celle-ci ?*
>
> JEAN PAUL.

On sonnait le dîner, Julien n'eut que le temps de s'habiller ; il trouva au salon Mathilde, qui faisait des instances à son frère et à M. de Croisenois, pour les engager à ne pas aller passer la soirée à Suresnes, chez Mme la maréchale de Fervaques.

Il eût été difficile d'être plus séduisante et plus

aimable pour eux. Après dîner parurent MM. de Luz,
de Caylus et plusieurs de leurs amis. On eût dit que
Mlle de La Mole avait repris avec le culte de l'amitié
fraternelle celui des convenances les plus exactes.
Quoique le temps fût charmant ce soir-là, elle insista
pour ne pas aller au jardin ; elle voulut que l'on ne
s'éloignât pas de la bergère où Mme de La Mole était
placée. Le canapé bleu fut le centre du groupe, comme
en hiver.

Mathilde avait de l'humeur contre le jardin, ou du
moins il lui semblait parfaitement ennuyeux : il était
lié au souvenir de Julien.

Le malheur diminue l'esprit. Notre héros eut la gaucherie de s'arrêter auprès de cette petite chaise de paille,
qui jadis avait été le témoin de triomphes si brillants.
Aujourd'hui personne ne lui adressa la parole ; sa présence était comme inaperçue et pire encore. Ceux des
amis de Mlle de La Mole, qui étaient placés près de lui
à l'extrémité du canapé, affectaient en quelque sorte de
lui tourner le dos, du moins il en eut l'idée.

C'est une disgrâce de cour, pensa-t-il. Il voulut étudier
un instant les gens qui prétendaient l'accabler de leur
dédain.

L'oncle de M. de Luz avait une grande charge auprès
du roi, d'où il résultait que ce bel officier plaçait au
commencement de sa conversation, avec chaque interlocuteur qui survenait, cette particularité piquante :
son oncle s'était mis en route à sept heures pour Saint-
Cloud, et le soir il comptait y coucher. Ce détail était
amené avec toute l'apparence de la bonhomie, mais
toujours il arrivait.

En observant M. de Croisenois avec l'œil sévère du
malheur, Julien remarqua l'extrême influence que cet
aimable et bon jeune homme supposait aux causes
occultes. C'était au point qu'il s'attristait et prenait de
l'humeur, s'il voyait attribuer un événement un peu
important à une cause simple et toute naturelle. Il y a
là un peu de folie, se dit Julien. Ce caractère a un rapport

frappant avec celui de l'empereur Alexandre, tel que
me l'a d'écrit le prince Korasoff. Durant la première
année de son séjour à Paris, le pauvre Julien sortant du
séminaire, ébloui par les grâces pour lui si nouvelles de
tous ces aimables jeunes gens, n'avait pu que les admirer. Leur véritable caractère commençait seulement à se
dessiner à ses yeux.

Je joue ici un rôle indigne, pensa-t-il tout à coup. Il
s'agissait de quitter sa petite chaise de paille d'une
façon qui ne fût pas trop gauche. Il voulut inventer, il
demandait quelque chose de nouveau à une imagination tout occupée ailleurs. Il fallait avoir recours à la
mémoire, la sienne était, il faut l'avouer, peu riche en
ressources de ce genre ; le pauvre garçon avait encore
bien peu d'usage, aussi fut-il d'une gaucherie parfaite
et remarquée de tous lorsqu'il se leva pour quitter le
salon. Le malheur était trop évident dans toute sa
manière d'être. Il jouait depuis trois quarts d'heure le
rôle d'un importun subalterne auquel on ne donne pas
la peine de cacher ce qu'on pense de lui.

Les observations critiques qu'il venait de faire sur ses
rivaux l'empêchèrent toutefois de prendre son malheur
trop au tragique ; il avait, pour soutenir sa fierté, le
souvenir de ce qui s'était passé l'avant-veille. Quels que
soient leurs avantages sur moi, pensait-il, en entrant
seul au jardin, Mathilde n'a été pour aucun d'eux ce que
deux fois dans ma vie elle a daigné être pour moi.

Sa sagesse n'alla pas plus loin. Il ne comprenait nullement le caractère de la personne singulière que le hasard
venait de rendre maîtresse absolue de tout son bonheur.

Il s'en tint la journée suivante à tuer de fatigue lui et
son cheval. Il n'essaya plus de s'approcher, le soir, du
canapé bleu, auquel Mathilde était fidèle. Il remarqua
que le comte Norbert ne daignait pas même le regarder
en le rencontrant dans la maison. Il doit se faire une
étrange violence, pensa-t-il, lui naturellement si poli.

Pour Julien, le sommeil eût été le bonheur. En dépit
de la fatigue physique, des souvenirs trop séduisants

commençaient à envahir toute son imagination. Il n'eut
pas le génie de voir que par ses grandes courses à cheval
dans les bois des environs de Paris, n'agissant que sur
lui-même et nullement sur le cœur ou sur l'esprit de
Mathilde, il laissait au hasard la disposition de son sort.

Il lui semblait qu'une chose apporterait à sa douleur
un soulagement infini : ce serait de parler à Mathilde.
Mais cependant qu'oserait-il lui dire ?

C'est à quoi un matin à sept heures il rêvait profondément lorsque tout à coup il la vit entrer dans la bibliothèque.

— Je sais, monsieur, que vous désirez me parler.

— Grand Dieu ! Qui vous l'a dit ?

— Je le sais, que vous importe ? Si vous manquez
d'honneur, vous pouvez me perdre, ou du moins le
tenter ; mais ce danger, que je ne crois pas réel, ne m'empêchera certainement pas d'être sincère. Je ne vous aime
plus, Monsieur, mon imagination folle m'a trompée...

A ce coup terrible, éperdu d'amour et de malheur,
Julien essaya de se justifier. Rien de plus absurde. Se
justifie-t-on de déplaire ? Mais la raison n'avait plus
aucun empire sur ses actions. Un instinct aveugle le
poussait à retarder la décision de son sort. Il lui semblait
que tant qu'il parlait, tout n'était pas fini. Mathilde
n'écoutait pas ses paroles, leur son l'irritait, elle ne
concevait pas qu'il eût l'audace de l'interrompre.

Les remords de la vertu et ceux de l'orgueil la rendaient ce matin-là également malheureuse. Elle était
en quelque sorte anéantie par l'affreuse idée d'avoir
donné des droits sur elle à un petit abbé, fils d'un paysan.
C'est à peu près, se disait-elle dans les moments où elle
s'exagérait son malheur, comme si j'avais à me reprocher une faiblesse pour un des laquais.

Dans les caractères hardis et fiers il n'y a qu'un pas
de la colère contre soi-même à l'emportement contre
les autres ; les transports de fureur sont dans ce cas un
plaisir vif.

En un instant, Mlle de La Mole arriva au point d'acca-

bler Julien des marques de mépris les plus excessives.
Elle avait infiniment d'esprit, et cet esprit triomphait
dans l'art de torturer les amours-propres et de leur
infliger des blessures cruelles.

Pour la première fois de sa vie, Julien se trouvait
soumis à l'action d'un esprit supérieur animé contre lui
de la haine la plus violente. Loin de songer le moins du
monde à se défendre en cet instant, il en vint à se
mépriser soi-même. En s'entendant accabler de marques
de mépris si cruelles, et calculées avec tant d'esprit pour
détruire toute bonne opinion qu'il pouvait avoir de soi,
il lui semblait que Mathilde avait raison et qu'elle n'en
disait pas assez.

Pour elle, elle trouvait un plaisir d'orgueil délicieux
à punir ainsi elle et lui de l'adoration qu'elle avait sentie
quelques jours auparavant.

Elle n'avait pas besoin d'inventer et de penser pour
la première fois les choses cruelles qu'elle lui adressait
avec tant de complaisance. Elle ne faisait que répéter ce
que depuis huit jours disait dans son cœur l'avocat du
parti contraire à l'amour.

Chaque mot centuplait l'affreux malheur de Julien.
Il voulut fuir, Mlle de La Mole le retint par le bras avec
autorité.

— Daignez remarquer, lui dit-il, que vous parlez
très haut, on vous entendra de la pièce voisine.

— Qu'importe! reprit fièrement Mlle de La Mole, qui
osera me dire qu'on m'entend? Je veux guérir à jamais
votre petit amour-propre des idées qu'il a pu se figurer
sur mon compte.

Lorsque Julien put sortir de la bibliothèque, il était
tellement étonné, qu'il en sentait moins son malheur.
Eh bien! elle ne m'aime plus, se répétait-il en se parlant
tout haut comme pour s'apprendre sa position. Il paraît
qu'elle m'a aimé huit ou dix jours, et moi je l'aimerai
toute la vie.

Est-il bien possible, elle n'était rien! rien pour mon
cœur, il y a si peu de jours!

Les jouissances d'orgueil inondaient le cœur de Mathilde ; elle avait donc pu rompre à tout jamais! Triompher si complètement d'un penchant si puissant la rendrait parfaitement heureuse. Ainsi ce petit monsieur comprendra, et une fois pour toutes, qu'il n'a et n'aura jamais aucun empire sur moi. Elle était si heureuse, que réellement elle n'avait plus d'amour en ce moment.

Après une scène aussi atroce, aussi humiliante, chez un être moins passionné que Julien, l'amour fût devenu impossible. Sans s'écarter un seul instant de ce qu'elle se devait à elle-même, Mlle de La Mole lui avait adressé de ces choses désagréables, tellement bien calculées, qu'elles peuvent paraître une vérité, même quand on s'en souvient de sang-froid.

La conclusion que Julien tira dans le premier moment d'une scène si étonnante fut que Mathilde avait un orgueil infini. Il croyait fermement que tout était fini à tout jamais entre eux, et cependant le lendemain, au déjeuner, il fut gauche et timide devant elle. C'était un défaut qu'on n'avait pu lui reprocher jusque-là. Dans les petites comme dans les grandes choses, il savait nettement ce qu'il devait et voulait faire, et l'exécutait.

Ce jour-là, après le déjeuner, comme Mme de La Mole lui demandait une brochure séditieuse et pourtant assez rare, que le matin son curé lui avait apportée en secret, Julien en la prenant sur une console fit tomber un vieux vase de porcelaine bleu, laid au possible.

Mme de La Mole se leva en jetant un cri de détresse et vint considérer de près les ruines de son vase chéri. C'était du vieux japon, disait-elle, il me venait de ma grand'tante abbesse de Chelles ; c'était un présent des Hollandais au duc d'Orléans régent qui l'avait donné à sa fille...

Mathilde avait suivi le mouvement de sa mère, ravie de voir brisé ce vase bleu qui lui semblait horriblement laid. Julien était silencieux et point trop troublé ; il vit Mlle de La Mole tout près de lui.

— Ce vase, lui dit-il, est à jamais détruit, ainsi en est-il d'un sentiment qui fut autrefois le maître de mon cœur ; je vous prie d'agréer mes excuses de toutes les folies qu'il m'a fait faire ; et il sortit.

— On dirait en vérité, dit Mᵐᵉ de La Mole comme il s'en allait, que ce M. Sorel est fier et content de ce qu'il vient de faire.

Ce mot tomba directement sur le cœur de Mathilde. Il est vrai, se dit-elle, ma mère a deviné juste, tel est le sentiment qui l'anime. Alors seulement cessa la joie de la scène qu'elle lui avait faite la veille. Eh bien, tout est fini, se dit-elle avec un calme apparent ; il me reste un grand exemple ; cette erreur est affreuse, humiliante ! Elle me vaudra la sagesse pour tout le reste de la vie.

Que n'ai-je dit vrai ? pensait Julien, pourquoi l'amour que j'avais pour cette folle me tourmente-t-il encore ?

Cet amour, loin de s'éteindre comme il l'espérait, fit des progrès rapides. Elle est folle, il est vrai, se disait-il, en est-elle moins adorable ? Est-il possible d'être plus jolie ? Tout ce que la civilisation la plus élégante peut présenter de vifs plaisirs, n'était-il pas réuni comme à l'envi chez Mˡˡᵉ de La Mole ? Ces souvenirs de bonheur passé s'emparaient de Julien, et détruisaient rapidement tout l'ouvrage de la raison.

La raison lutte en vain contre les souvenirs de ce genre ; ses essais sévères ne font qu'en augmenter le charme.

Vingt-quatre heures après la rupture du vase de vieux japon, Julien était décidément l'un des hommes les plus malheureux.

CHAPITRE XXI

LA NOTE SECRÈTE

*Car tout ce que je raconte, je l'ai vu ; et si
j'ai pu me tromper en le voyant, bien certainement je ne vous trompe point en vous le disant.*

Lettre à l'Auteur.

Le marquis le fit appeler ; M. de La Mole semblait
rajeuni, son œil était brillant.

— Parlons un peu de votre mémoire, dit-il à Julien,
on dit qu'elle est prodigieuse ! Pourriez-vous apprendre
par cœur quatre pages et aller les réciter à Londres ?
Mais sans changer un mot !...

Le marquis chiffonnait avec humeur *la Quotidienne*
du jour, et cherchait en vain à dissimuler un air fort
sérieux et que Julien ne lui avait jamais vu, même lorsqu'il était question du procès Frilair.

Julien avait déjà assez d'usage pour sentir qu'il
devait paraître tout à fait dupe du ton léger qu'on lui
montrait.

— Ce numéro de *la Quotidienne* n'est peut-être pas
fort amusant ; mais, si Monsieur le marquis le permet,
demain matin j'aurai l'honneur de le lui réciter tout
entier.

— Quoi ! même les annonces ?

— Fort exactement, et sans qu'il y manque un mot.

— M'en donnez-vous votre parole ? reprit le marquis
avec une gravité soudaine.

— Oui, Monsieur, la crainte d'y manquer pourrait
seule troubler ma mémoire.

— C'est que j'ai oublié de vous faire cette question
hier : je ne vous demande pas votre serment de ne ja-

mais répéter ce que vous allez entendre ; je vous connais
trop pour vous faire cette injure. J'ai répondu de vous,
je vais vous mener dans un salon où se réuniront douze
personnes ; vous tiendrez note de ce que chacun dira.

Ne soyez pas inquiet, ce ne sera point une conversation confuse, chacun parlera à son tour, je ne veux pas
dire avec ordre, ajouta le marquis en reprenant l'air
fin et léger qui lui était si naturel. Pendant que nous
parlerons, vous écrirez une vingtaine de pages ; vous
reviendrez ici avec moi, nous réduirons ces vingt pages
à quatre. Ce sont ces quatre pages que vous me réci-
terez demain matin au lieu de tout le numéro de *la
Quotidienne*. Vous partirez aussitôt après ; il faudra
courir la poste comme un jeune homme qui voyage pour
ses plaisirs. Votre but sera de n'être remarqué de personne. Vous arriverez auprès d'un grand personnage.
Là, il vous faudra plus d'adresse. Il s'agit de tromper
tout ce qui l'entoure ; car parmi ses secrétaires, parmi
ses domestiques, il y a des gens vendus à nos ennemis,
et qui guettent nos agents au passage pour les intercepter.

Vous aurez une lettre de recommandation insignifiante.

Au moment où Son Excellence vous regardera, vous
tirerez ma montre que voici et que je vous prête pour
le voyage. Prenez-la sur vous, c'est toujours autant de
fait, donnez-moi la vôtre.

Le duc lui-même daignera écrire sous votre dictée
les quatre pages que vous aurez apprises par cœur.

Cela fait, mais non plus tôt, remarquez bien, vous
pourrez, si Son Excellence vous interroge, raconter la
séance à laquelle vous allez assister.

Ce qui vous empêchera de vous ennuyer le long du
voyage, c'est qu'entre Paris et la résidence du ministre,
il y a des gens qui ne demanderaient pas mieux que de
tirer un coup de fusil à M. l'abbé Sorel. Alors sa mission
est finie et je vois un grand retard ; car, mon cher, comment saurons-nous votre mort ? Votre zèle ne peut pas
aller jusqu'à nous en faire part.

Courez sur-le-champ acheter un habillement complet, reprit le marquis d'un air sérieux. Mettez-vous à la mode d'il y a deux ans. Il faut ce soir que vous ayez l'air peu soigné. En voyage, au contraire, vous serez comme à l'ordinaire. Cela vous surprend, votre méfiance devine ? Oui, mon ami, un des vénérables personnages que vous allez entendre opiner est fort capable d'envoyer des renseignements, au moyen desquels on pourra bien vous donner au moins de l'opium, le soir, dans quelque bonne auberge où vous aurez demandé à souper.

— Il vaut mieux, dit Julien, faire trente lieues de plus et ne pas prendre la route directe. Il s'agit de Rome, je suppose...

Le marquis prit un air de hauteur et de mécontentement que Julien ne lui avait pas vu à ce point depuis Bray-le-Haut.

— C'est ce que vous saurez, Monsieur, quand je jugerai à propos de vous le dire. Je n'aime pas les questions.

— Ceci n'en était pas une, reprit Julien avec effusion ; je vous le jure, Monsieur, je pensais tout haut, je cherchais dans mon esprit la route la plus sûre.

— Oui, il paraît que votre esprit était bien loin. N'oubliez jamais qu'un ambassadeur, et de votre âge encore, ne doit pas avoir l'air de forcer la confiance.

Julien fut très mortifié, il avait tort. Son amour-propre cherchait une excuse et ne la trouvait pas.

— Comprenez donc, ajouta M. de La Mole, que toujours on en appelle à son cœur quand on a fait quelque sottise.

Une heure après, Julien était dans l'antichambre du marquis avec une tournure subalterne, des habits antiques, une cravate d'un blanc douteux, et quelque chose de cuistre dans toute l'apparence.

En le voyant le marquis éclata de rire, et alors seulement la justification de Julien fut complète.

Si ce jeune homme me trahit, se disait M. de La

Mole, à qui se fier ? Et cependant quand on agit, il faut
se fier à quelqu'un. Mon fils et ses brillants amis de
même acabit ont du cœur, de la fidélité pour cent
mille ; s'il fallait se battre, ils périraient sur les marches
du trône, ils savent tout... excepté ce dont on a besoin
dans le moment. Du diable si je vois un d'entre eux qui
puisse apprendre par cœur quatre pages et faire cent
lieues sans être dépisté. Norbert saurait se faire tuer
comme ses aïeux, c'est aussi le mérite d'un conscrit...

Le marquis tomba dans une rêverie profonde : Et
encore se faire tuer, dit-il avec un soupir, peut-être ce
Sorel le saurait-il aussi bien que lui...

— Montons en voiture, dit le marquis comme pour
chasser une idée importune.

— Monsieur, dit Julien, pendant qu'on m'arrangeait
cet habit, j'ai appris par cœur la première page de la
Quotidienne d'aujourd'hui.

Le marquis prit le journal. Julien récita sans se
tromper d'un seul mot. Bon, dit le marquis, fort diplomate ce soir-là ; pendant ce temps ce jeune homme ne
remarque pas les rues par lesquelles nous passons.

Ils arrivèrent dans un grand salon d'assez triste apparence, en partie boisé et en partie tendu de velours vert.
Au milieu du salon, un laquais renfrogné achevait d'é-
tablir une grande table à manger, qu'il changea plus
tard en table de travail, au moyen d'un immense tapis
vert tout taché d'encre, dépouille de quelque ministère.

Le maître de la maison était un homme énorme, dont
le nom ne fut point prononcé ; Julien lui trouva la
physionomie et l'éloquence d'un homme qui digère.

Sur un signe du marquis, Julien était resté au bas
bout de la table. Pour se donner une contenance, il se
mit à tailler des plumes. Il compta du coin de l'œil sept
interlocuteurs, mais Julien ne les apercevait que par
le dos. Deux lui parurent adresser la parole à M. de La
Mole sur le ton de l'égalité, les autres semblaient plus
ou moins respectueux.

Un nouveau personnage entra sans être annoncé.

Ceci est singulier, pensa Julien, on n'annonce point dans ce salon. Est-ce que cette précaution serait prise en mon honneur ? Tout le monde se leva pour recevoir le nouveau venu. Il portait la même décoration extrêmement distinguée que trois autres des personnes qui étaient déjà dans le salon. On parlait assez bas. Pour juger le nouveau venu, Julien en fut réduit à ce que pouvaient lui apprendre ses traits et sa tournure. Il était court et épais, haut en couleur, l'œil brillant et sans expression autre qu'une méchanceté de sanglier.

L'attention de Julien fut vivement distraite par l'arrivée presque immédiate d'un être tout différent. C'était un grand homme, très maigre et qui portait trois ou quatre gilets. Son œil était caressant, son geste poli.

C'est toute la physionomie du vieil évêque de Besançon, pensa Julien. Cet homme appartenait évidemment à l'Église, il n'annonçait pas plus de cinquante à cinquante-cinq ans, on ne pouvait pas avoir l'air plus paterne.

Le jeune évêque d'Agde [1] parut, il eut l'air fort étonné quand, faisant la revue des présents, ses yeux arrivèrent à Julien. Il ne lui avait pas adressé la parole depuis la cérémonie de Bray-le-Haut. Son regard surpris embarrassa et irrita Julien. Quoi donc ! se disait celui-ci, connaître un homme me tournera-t-il toujours à malheur ? Tous ces grands seigneurs que je n'ai jamais vus ne m'intimident nullement, et le regard de ce jeune évêque me glace ! Il faut convenir que je suis un être bien singulier et bien malheureux.

Un petit homme extrêmement noir entra bientôt avec fracas, et se mit à parler dès la porte ; il avait le teint jaune et l'air un peu fou. Dès l'arrivée de ce parleur impitoyable, des groupes se formèrent, apparemment pour éviter l'ennui de l'écouter.

En s'éloignant de la cheminée, on se rapprochait du bas bout de la table, occupé par Julien. Sa contenance devenait de plus en plus embarrassée ; car enfin, quelque effort qu'il fît, il ne pouvait pas ne pas entendre, et quelque peu d'expérience qu'il eût, il comprenait toute l'importance des choses dont on parlait sans aucun déguisement ; et combien les hauts personnages qu'il avait apparemment sous les yeux devaient tenir à ce qu'elles restassent secrètes !

Déjà, le plus lentement possible, Julien avait taillé une vingtaine de plumes ; cette ressource allait lui manquer. Il cherchait en vain un ordre dans les yeux de M. de La Mole ; le marquis l'avait oublié.

Ce que je fais est ridicule, se disait Julien en taillant ses plumes ; mais des gens à physionomie aussi médiocre et chargés par d'autres ou par eux-mêmes d'aussi grands intérêts, doivent être fort susceptibles. Mon malheureux regard a quelque chose d'interrogatif et de peu respectueux, qui sans doute les piquerait. Si je baisse décidément les yeux, j'aurai l'air de faire collection de leurs paroles.

Son embarras était extrême, il entendait de singulières choses.

CHAPITRE XXII

LA DISCUSSION

> *La république — pour un, aujourd'hui, qui sacrifierait tout au bien public, il en est des milliers et des millions qui ne connaissent que leurs jouissances, leur vanité. On est considéré, à Paris, à cause de sa voiture et non à cause de sa vertu.*
>
> NAPOLÉON, Mémorial.

Le laquais entra précipitamment en disant : Monsieur le duc de ***.

— Taisez-vous, vous n'êtes qu'un sot, dit le duc en entrant. Il dit si bien ce mot, et avec tant de majesté, que, malgré lui, Julien pensa que savoir se fâcher contre un laquais était toute la science de ce grand personnage. Julien leva les yeux et les baissa aussitôt. Il avait si bien deviné la portée du nouvel arrivant, qu'il trembla que son regard ne fût une indiscrétion.

Ce duc était un homme de cinquante ans, mis comme un dandy, et marchant par ressorts. Il avait la tête étroite, avec un grand nez, et un visage busqué et tout en avant ; il eût été difficile d'avoir l'air plus noble et plus insignifiant. Son arrivée détermina l'ouverture de la séance.

Julien fut vivement interrompu dans ses observations physiognomoniques par la voix de M. de La Mole. — Je vous présente M. l'abbé Sorel, disait le marquis ; il est doué d'une mémoire étonnante ; il n'y a qu'une heure que je lui ai parlé de la mission dont il pouvait être honoré, et, afin de donner une preuve de sa mémoire, il a appris par cœur la première page de *la Quotidienne.*

— Ah! les nouvelles étrangères de ce pauvre N..., dit le maître de la maison. Il prit le journal avec empressement et regardant Julien d'un air plaisant, à force de chercher à être important : Parlez, Monsieur, lui dit-il.

Le silence était profond, tous les yeux fixés sur Julien ; il récita si bien, qu'au bout de vingt lignes : Il suffit, dit le duc. Le petit homme au regard de sanglier s'assit. Il était le président, car à peine en place, il montra à Julien une table de jeu, et lui fit signe de l'apporter auprès de lui. Julien s'y établit avec ce qu'il faut pour écrire. Il compta douze personnes assises autour du tapis vert.

— M. Sorel, dit le duc, retirez-vous dans la pièce voisine, on vous fera appeler.

Le maître de la maison prit l'air fort inquiet : Les volets ne sont pas fermés, dit-il à demi bas à son voisin. — Il est inutile de regarder par la fenêtre, cria-t-il sottement à Julien. — Me voici fourré dans une conspiration tout au moins, pensa celui-ci. Heureusement, elle n'est pas de celles qui conduisent en place de Grève. Quand il y aurait du danger, je dois cela et plus encore au marquis. Heureux s'il m'était donné de réparer tout le chagrin que mes folies peuvent lui causer un jour!

Tout en pensant à ses folies et à son malheur, il regardait les lieux de façon à ne jamais les oublier. Il se souvint alors seulement qu'il n'avait point entendu le marquis dire au laquais le nom de la rue, et le marquis avait fait prendre un fiacre, ce qui ne lui arrivait jamais.

Longtemps Julien fut laissé à ses réflexions. Il était dans un salon tendu en velours rouge avec de larges galons d'or. Il y avait sur la console un grand crucifix en ivoire, et sur la cheminée, le livre du *Pape*, de M. de Maistre, doré sur tranches, et magnifiquement relié. Julien l'ouvrit pour ne pas avoir l'air d'écouter. De moment en moment on parlait très haut dans la pièce voisine. Enfin, la porte s'ouvrit, on l'appela.

— Songez, Messieurs, disait le président, que de ce

moment nous parlons devant le duc de ***. Monsieur,
dit-il en montrant Julien, est un jeune lévite, dévoué
à notre sainte cause, et qui redira facilement, à l'aide
de sa mémoire étonnante, jusqu'à nos moindres discours.

La parole est à monsieur, dit-il en indiquant le personnage à l'air paterne, et qui portait trois ou quatre
gilets. Julien trouva qu'il eût été plus naturel de nommer
le monsieur aux gilets. Il prit du papier et écrivit beaucoup.

(Ici l'auteur eût voulu placer une page de points.
Cela aura mauvaise grâce, dit l'éditeur, et pour un
écrit aussi frivole, manquer de grâce, c'est mourir.

— La politique, reprend l'auteur, est une pierre
attachée au cou de la littérature, et qui, en moins de
six mois, la submerge. La politique au milieu des intérêts d'imagination, c'est un coup de pistolet au milieu
d'un concert. Ce bruit est déchirant sans être énergique.
Il ne s'accorde avec le son d'aucun instrument. Cette
politique va offenser mortellement une moitié des lecteurs, et ennuyer l'autre qui l'a trouvée bien autrement
spéciale et énergique dans le journal du matin...

— Si vos personnages ne parlent pas politique, reprend l'éditeur, ce ne sont plus des Français de 1830,
et votre livre n'est plus un miroir, comme vous en avez
la prétention...) [1].

Le procès-verbal de Julien avait vingt-six pages ;
voici un extrait bien pâle ; car il a fallu, comme toujours, supprimer les ridicules dont l'excès eût semblé
odieux ou peu vraisemblable (Voir *la Gazette des Tribunaux*).

L'homme aux gilets et à l'air paterne (c'était un
évêque peut-être) souriait souvent, et alors ses yeux,
entourés de paupières flottantes, prenaient un brillant
singulier et une expression moins indécise que de coutume. Ce personnage, que l'on faisait parler le premier
devant le duc (mais quel duc ? se disait Julien), apparemment pour exposer les opinions et faire les fonctions
d'avocat général, parut à Julien tomber dans l'incer-

titude et l'absence de conclusions décidées que l'on reproche souvent à ces magistrats. Dans le courant de la discussion, le duc alla même jusqu'à le lui reprocher.

Après plusieurs phrases de morale et d'indulgente philosophie, l'homme aux gilets dit :

— La noble Angleterre, guidée par un grand homme, l'immortel Pitt, a dépensé quarante milliards de francs pour contrarier la révolution. Si cette assemblée me permet d'aborder avec quelque franchise une idée triste, l'Angleterre ne comprit pas assez qu'avec un homme tel que Bonaparte, quand surtout on n'avait à lui opposer qu'une collection de bonnes intentions, il n'y avait de décisif que les moyens personnels...

— Ah! encore l'éloge de l'assassinat! dit le maître de la maison d'un air inquiet.

— Faites-nous grâce de vos homélies sentimentales, s'écria avec humeur le président ; son œil de sanglier brilla d'un éclat féroce. Continuez, dit-il à l'homme aux gilets. Les joues et le front du président devinrent pourpres.

— La noble Angleterre, reprit le rapporteur, est écrasée aujourd'hui, car chaque Anglais, avant de payer son pain, est obligé de payer l'intérêt des quarante milliards de francs qui furent employés contre les jacobins. Elle n'a plus de Pitt...

— Elle a le duc de Wellington, dit un personnage militaire qui prit l'air fort important.

— De grâce, silence, Messieurs, s'écria le président ; si nous disputons encore, il aura été inutile de faire entrer M. Sorel.

— On sait que Monsieur a beaucoup d'idées, dit le duc d'un air piqué en regardant l'interrupteur, ancien général de Napoléon. Julien vit que ce mot faisait allusion à quelque chose de personnel et de fort offensant. Tout le monde sourit ; le général transfuge parut outré de colère.

— Il n'y a plus de Pitt, Messieurs, reprit le rapporteur de l'air découragé d'un homme qui désespère de faire entendre raison à ceux qui l'écoutent. Y eût-il un nouveau Pitt en Angleterre, on ne mystifie pas deux fois une nation par les mêmes moyens...

— C'est pourquoi un général vainqueur, un Bonaparte, est désormais impossible en France, s'écria l'interrupteur militaire.

Pour cette fois, ni le président ni le duc n'osèrent se fâcher, quoique Julien crût lire dans leurs yeux qu'ils en avaient bonne envie. Ils baissèrent les yeux, et le duc se contenta de soupirer de façon à être entendu de tous.

Mais le rapporteur avait pris de l'humeur.

— On est pressé de me voir finir, dit-il, avec feu et en laissant tout à fait de côté cette politesse souriante et ce langage plein de mesure que Julien croyait l'expression de son caractère : on est pressé de me voir finir ; on ne me tient nul compte des efforts que je fais pour n'offenser les oreilles de personne, de quelque longueur qu'elles puissent être. Eh bien, Messieurs, je serai bref.

Et je vous dirai en paroles bien vulgaires : l'Angleterre n'a plus un sou au service de la bonne cause. Pitt lui-même reviendrait, qu'avec tout son génie il ne parviendrait pas à mystifier les petits propriétaires anglais, car ils savent que la brève campagne de Waterloo leur a coûté, à elle seule, un milliard de francs. Puisque l'on veut des phrases nettes, ajouta le rapporteur en s'animant de plus en plus, je vous dirai : *Aidez-vous vous-mêmes*, car l'Angleterre n'a pas une guinée à votre service, et quand l'Angleterre ne paye pas, l'Autriche, la Russie, la Prusse, qui n'ont que du courage et pas d'argent, ne peuvent faire contre la France plus d'une campagne ou deux.

L'on peut espérer que les jeunes soldats rassemblés par le jacobinisme seront battus à la première campagne, à la seconde peut-être ; mais à la troisième, dussé-je passer pour un révolutionnaire à vos yeux prévenus, à la troisième vous aurez les soldats de 1794, qui n'étaient plus les paysans enrégimentés de 1792.

Ici l'interruption partit de trois ou quatre points à la fois.

— Monsieur, dit le président à Julien, allez mettre
au net dans la pièce voisine le commencement de procès-
verbal que vous avez écrit. Julien sortit à son grand
regret. Le rapporteur venait d'aborder des probabilités
qui faisaient le sujet de ses méditations habituelles.

Ils ont peur que je ne me moque d'eux, pensa-t-il.
Quand on le rappela, M. de La Mole disait, avec un
sérieux qui, pour Julien qui le connaissait, semblait
bien plaisant :

... Oui, Messieurs, c'est surtout de ce malheureux
peuple qu'on peut dire :

> *Sera-t-il dieu, table ou cuvette ?*

Il sera dieu ! s'écrie le fabuliste. C'est à vous, Messieurs, que semble appartenir ce mot si noble et si profond. Agissez par vous-mêmes, et la noble France
reparaîtra telle à peu près que nos aïeux l'avaient faite
et que nos regards l'ont encore vue avant la mort de
Louis XVI.

L'Angleterre, ses nobles lords du moins, exècre
autant que nous l'ignoble jacobinisme : sans l'or anglais,
l'Autriche, la Russie, la Prusse ne peuvent livrer que
deux ou trois batailles. Cela suffira-t-il pour amener
une heureuse occupation, comme celle que M. de Richelieu gaspilla si bêtement en 1817 [1]! Je ne le crois pas.

Ici il y eut interruption, mais étouffée par les *chut* de
tout le monde. Elle partait encore de l'ancien général
impérial, qui désirait le cordon bleu, et voulait marquer
parmi les rédacteurs de la note secrète.

Je ne le crois pas, reprit M. de La Mole après le
tumulte. Il insista sur le *Je*, avec une insolence qui
charma Julien. Voilà du bien joué, se disait-il tout en
faisant voler sa plume presque aussi vite que la parole
du marquis. Avec un mot bien dit, M. de La Mole
anéantit les vingt campagnes de ce transfuge.

Ce n'est pas à l'étranger tout seul, continua le marquis du ton le plus mesuré, que nous pouvons devoir
une nouvelle occupation militaire. Toute cette jeunesse

qui fait des articles incendiaires dans *le Globe* vous donnera trois au quatre mille jeunes capitaines, parmi lesquels peut se trouver un Kléber, un Hoche, un Jourdan, un Pichegru, mais moins bien intentionné.

— Nous n'avons pas su lui faire de la gloire, dit le président, il fallait le maintenir immortel.

Il faut enfin qu'il y ait en France deux partis, reprit M. de La Mole, mais deux partis, non pas seulement de nom, deux partis bien nets, bien tranchés. Sachons qui il faut écraser. D'un côté les journalistes, les électeurs, l'opinion, en un mot ; la jeunesse et tout ce qui l'admire. Pendant qu'elle s'étourdit du bruit de ses vaines paroles, nous, nous avons l'avantage certain de consommer le budget.

Ici encore interruption.

— Vous, Monsieur, dit M. de La Mole à l'interrupteur avec une hauteur et une aisance admirables, vous ne consommez pas, si le mot vous choque, vous dévorez quarante mille francs portés au budget de l'État et quatre-vingt mille que vous recevez de la liste civile.

Eh bien, Monsieur, puisque vous m'y forcez, je vous prends hardiment pour exemple. Comme vos nobles aïeux qui suivirent saint Louis à la croisade, vous devriez, pour ces cent vingt mille francs, nous montrer au moins un régiment, une compagnie, que dis-je! une demi-compagnie, ne fût-elle que de cinquante hommes prêts à combattre, et dévoués à la bonne cause, à la vie et à la mort. Vous n'avez que des laquais qui, en cas de révolte, vous feraient peur à vous-même.

Le trône, l'autel, la noblesse peuvent périr demain, Messieurs, tant que vous n'aurez pas créé dans chaque département une force de cinq cents hommes *dévoués* ; mais je dis dévoués, non seulement avec toute la bravoure française, mais aussi avec la constance espagnole.

La moitié de cette troupe devra se composer de nos enfants, de nos neveux, de vrais gentilshommes enfin. Chacun d'eux aura à ses côtés, non pas un petit bourgeois bavard, prêt à arborer la cocarde tricolore si 1815

se présente de nouveau, mais un bon paysan simple et
franc comme Cathelineau ; notre gentilhomme l'aura
endoctriné, ce sera son frère de lait s'il se peut. Que
chacun de nous sacrifie le *cinquième* de son revenu pour
former cette petite troupe dévouée de cinq cents hommes
par département. Alors vous pourrez compter sur une
occupation étrangère. Jamais le soldat étranger ne
pénétrera jusqu'à Dijon seulement, s'il n'est sûr de
trouver cinq cents soldats amis dans chaque département.

Les rois étrangers ne vous écouteront que quand vous
leur annoncerez vingt mille gentilshommes prêts à
saisir les armes pour leur ouvrir les portes de la France.
Ce service est pénible, direz-vous ; Messieurs, notre tête
est à ce prix. Entre la liberté de la presse et notre existence comme gentilshommes, il y a guerre à mort.
Devenez des manufacturiers, des paysans, ou prenez
votre fusil. Soyez timides si vous voulez, mais ne soyez
pas stupides ; ouvrez les yeux.

Formez vos bataillons, vous dirais-je avec la chanson
des jacobins ; alors il se trouvera quelque noble Gus-
tave-Adolphe, qui, touché du péril imminent du
principe monarchique, s'élancera à trois cents lieues de
son pays, et fera pour vous ce que Gustave fit pour les
princes protestants. Voulez-vous continuer à parler
sans agir ? Dans cinquante ans il n'y aura plus en
Europe que des présidents de république, et pas un roi.
Et avec ces trois lettres R,O,I, s'en vont les prêtres et
les gentilshommes. Je ne vois plus que des *candidats*
faisant la cour à des *majorités* crottées.

Vous avez beau dire que la France n'a pas en ce
moment un général accrédité, connu et aimé de tous,
que l'armée n'est organisée que dans l'intérêt du trône
et de l'autel, qu'on lui a ôté tous les vieux troupiers,
tandis que chacun des régiments prussiens et autrichiens compte cinquante sous-officiers qui ont vu le feu.

Deux cent mille jeunes gens appartenant à la petite
bourgeoisie sont amoureux de la guerre...

— Trêve de vérités désagréables, dit d'un ton suffisant un grave personnage, apparemment fort avant
dans les dignités ecclésiastiques, car M. de La Mole
sourit agréablement au lieu de se fâcher, ce qui fut un
grand signe pour Julien.

Trêve de vérités désagréables, résumons-nous, Messieurs : l'homme à qui il est question de couper une
jambe gangrenée serait mal venu de dire à son chirurgien : cette jambe malade est fort saine. Passez-moi
l'expression, Messieurs, le noble duc de*** est notre
chirurgien [1].

Voilà enfin le grand mot prononcé, pensa Julien ;
c'est vers le... que je galoperai cette nuit.

CHAPITRE XXIII

LE CLERGÉ, LES BOIS, LA LIBERTÉ

> *La première loi de tout être, c'est de se conser-*
> *ver, c'est de vivre. Vous semez de la ciguë et*
> *prétendez voir mûrir des épis !*
>
> MACHIAVEL.

Le grave personnage continuait ; on voyait qu'il
savait ; il exposait avec une éloquence douce et modérée,
qui plut infiniment à Julien, ces grandes vérités :

1º L'Angleterre n'a pas une guinée à notre service ;
l'économie et Hume y sont à la mode. Les *Saints* même
ne nous donneront pas d'argent, et M. Brougham [2] se
moquera de nous.

2º Impossible d'obtenir plus de deux campagnes des
rois de l'Europe, sans l'or anglais ; et deux campagnes
ne suffiront pas contre la petite bourgeoisie.

3º Nécessité de former un parti armé en France, sans quoi le principe monarchique d'Europe ne hasardera pas même ces deux campagnes.

Le quatrième point que j'ose vous proposer comme évident, est celui-ci :

Impossibilité de former un parti armé en France sans le clergé. Je vous le dis hardiment, parce que je vais vous le prouver, Messieurs. Il faut tout donner au clergé.

1º Parce que s'occupant de son affaire nuit et jour, et guidé par des hommes de haute capacité établis loin des orages à trois cents lieues de vos frontières...

— Ah ! Rome, Rome ! s'écria le maître de la maison...

— Oui, Monsieur, *Rome!* reprit le cardinal avec fierté. Quelles que soient les plaisanteries plus ou moins ingénieuses qui furent à la mode quand vous étiez jeune, je dirai hautement, en 1830, que le clergé, guidé par Rome, parle seul au petit peuple.

Cinquante mille prêtres répètent les mêmes paroles au jour indiqué par les chefs, et le peuple, qui, après tout, fournit les soldats, sera plus touché de la voix de ses prêtres que de tous les petits vers du monde... (Cette personnalité excita des murmures.)

Le clergé a un génie supérieur au vôtre, reprit le cardinal en haussant la voix ; tous les pas que vous avez faits vers ce point capital, *avoir en France un parti armé*, ont été faits par nous. Ici parurent des faits... Qui a envoyé quatre-vingt mille fusils en Vendée ?... etc., etc.

Tant que le clergé n'a pas ses bois, il ne tient rien. A la première guerre, le ministre des finances écrit à ses agents qu'il n'y a plus d'argent que pour les curés. Au fond, la France ne croit pas, et elle aime la guerre. Qui que ce soit qui la lui donne, il sera doublement populaire, car faire la guerre, c'est affamer les jésuites, pour parler comme le vulgaire ; faire la guerre, c'est délivrer ces monstres d'orgueil, les Français, de la menace de l'intervention étrangère.

Le cardinal était écouté avec faveur... Il faudrait,

dit-il, que M. de Nerval quittât le ministère, son nom irrite inutilement.

A ce mot, tout le monde se leva et parla à la fois. On va me renvoyer encore, pensa Julien ; mais le sage président lui-même avait oublié la présence et l'existence de Julien.

Tous les yeux cherchaient un homme que Julien reconnut. C'était M. de Nerval, le premier ministre, qu'il avait aperçu au bal de M. le duc de Retz.

Le désordre fut à son comble, comme disent les journaux en parlant de la Chambre. Au bout d'un gros quart d'heure le silence se rétablit un peu.

Alors M. de Nerval se leva, et, prenant le ton d'un apôtre :

— Je ne vous affirmerai point, dit-il d'une voix singulière, que je ne tiens pas au ministère.

Il m'est démontré, Messieurs, que mon nom double les forces des jacobins en décidant contre nous beaucoup de modérés. Je me retirerais donc volontiers ; mais les voies du Seigneur sont visibles à un petit nombre ; mais, ajouta-t-il en regardant fixement le cardinal, j'ai une mission ; le ciel m'a dit : Tu porteras ta tête sur un échafaud, ou tu rétabliras la monarchie en France, et réduiras les Chambres à ce qu'était le parlement sous Louis XV, et cela, Messieurs, *je le ferai.*

Il se tut, se rassit, et il y eut un grand silence.

Voilà un bon acteur, pensa Julien. Il se trompait, toujours comme à l'ordinaire, en supposant trop d'esprit aux gens. Animé par les débats d'une soirée aussi vive, et surtout par la sincérité de la discussion, dans ce moment M. de Nerval croyait à sa mission. Avec un grand courage, cet homme n'avait pas de sens.

Minuit sonna pendant le silence qui suivit le beau mot, *je le ferai.* Julien trouva que le son de la pendule avait quelque chose d'imposant et de funèbre. Il était ému.

La discussion reprit bientôt avec une énergie croissante, et surtout une incroyable naïveté. Ces gens-ci

me feront empoisonner, pensait Julien dans de certains
moments. Comment dit-on de telles choses devant un
plébéien ?

Deux heures sonnaient que l'on parlait encore. Le
maître de la maison dormait depuis longtemps ; M. de
La Mole fut obligé de sonner pour faire renouveler les
bougies. M. de Nerval, le ministre, était sorti à une heure
trois quarts, non sans avoir souvent étudié la figure de
Julien dans une glace que le ministre avait à ses côtés.
Son départ avait paru mettre à l'aise tout le monde.

Pendant qu'on renouvelait les bougies, — Dieu sait ce
que cet homme va dire au roi ! dit tout bas à son voisin
l'homme aux gilets. Il peut nous donner bien des ridicules et gâter notre avenir.

Il faut convenir qu'il y a chez lui suffisance bien rare,
et même effronterie, à se présenter ici. Il y paraissait
avant d'arriver au ministère ; mais le portefeuille change
tout, noie tous les intérêts d'un homme, il eût dû le
sentir.

A peine le ministre sorti, le général de Bonaparte
avait fermé les yeux. En ce moment il parla de sa santé,
de ses blessures, consulta sa montre et s'en alla.

— Je parierais, dit l'homme aux gilets, que le général court après le ministre ; il va s'excuser de s'être
trouvé ici, et prétendre qu'il nous mène.

Quand les domestiques à demi endormis eurent terminé le renouvellement des bougies :

— Délibérons enfin, Messieurs, dit le président,
n'essayons plus de nous persuader les uns les autres.
Songeons à la teneur de la note qui dans quarante-huit
heures sera sous les yeux de nos amis du dehors. On a
parlé des ministres. Nous pouvons le dire maintenant
que M. de Nerval nous a quittés, que nous importent
les ministres ? nous les ferons vouloir.

Le cardinal approuva par un sourire fin.

— Rien de plus facile, ce me semble, que de résumer
notre position, dit le jeune évêque d'Agde avec le feu
concentré et contraint du fanatisme le plus exalté.

Jusque-là il avait gardé le silence ; son œil que Julien avait observé, d'abord doux et calme, s'était enflammé après la première heure de discussion. Maintenant son âme débordait comme la lave du Vésuve.

— De 1806 à 1814, l'Angleterre n'a eu qu'un tort, dit-il, c'est de ne pas agir directement et personnellement sur Napoléon. Dès que cet homme eut fait des ducs et des chambellans, dès qu'il eut rétabli le trône, la mission que Dieu lui avait confiée était finie ; il n'était plus bon qu'à immoler. Les saintes Écritures nous enseignent en plus d'un endroit la manière d'en finir avec les tyrans. (Ici il y eut plusieurs citations latines.)

Aujourd'hui, Messieurs, ce n'est plus un homme qu'il faut immoler, c'est Paris. Toute la France copie Paris. A quoi bon armer vos cinq cents hommes par département ? Entreprise hasardeuse et qui n'en finira pas. A quoi bon mêler la France à la chose qui est personnelle à Paris ? Paris seul avec ses journaux et ses salons a fait le mal, que la nouvelle Babylone périsse.

Entre l'autel et Paris, il faut en finir. Cette catastrophe est même dans les intérêts mondains du trône. Pourquoi Paris n'a-t-il pas osé souffler, sous Bonaparte ? Demandez-le au canon de Saint-Roch...

. . . .

Ce ne fut qu'à trois heures du matin que Julien sortit avec M. de La Mole.

Le marquis était honteux et fatigué. Pour la première fois, en parlant à Julien, il y eut de la prière dans son accent. Il lui demandait sa parole de ne jamais révéler les excès de zèle, ce fut son mot, dont le hasard venait de le rendre témoin. N'en parlez à notre ami de l'étranger que s'il insiste sérieusement pour connaître nos jeunes fous. Que leur importe que l'État soit renversé ? ils seront cardinaux, et se réfugieront à Rome. Nous, dans nos châteaux, nous serons massacrés par les paysans.

La note secrète que le marquis rédigea d'après le grand procès-verbal de vingt-six pages, écrit par

Julien, ne fut prête qu'à quatre heures trois quarts.

— Je suis fatigué à la mort, dit le marquis, et on le voit bien à cette note qui manque de netteté vers la fin ; j'en suis plus mécontent que d'aucune chose que j'aie faite en ma vie. Tenez, mon ami, ajouta-t-il, allez vous reposer quelques heures, et de peur qu'on ne vous enlève, moi je vais vous enfermer à clef dans votre chambre.

Le lendemain, le marquis conduisit Julien à un château isolé assez éloigné de Paris. Là se trouvèrent des hôtes singuliers, que Julien jugea être prêtres. On lui remit un passeport qui portait un nom supposé, mais indiquait enfin le véritable but du voyage qu'il avait toujours feint d'ignorer. Il monta seul dans une calèche.

Le marquis n'avait aucune inquiétude sur sa mémoire, Julien lui avait récité plusieurs fois la note secrète, mais il craignait fort qu'il ne fût intercepté.

— Surtout n'ayez l'air que d'un fat qui voyage pour tuer le temps, lui dit-il, avec amitié, au moment où il quittait le salon. Il y avait peut-être plus d'un faux frère dans notre assemblée d'hier soir.

Le voyage fut rapide et fort triste. A peine Julien avait-il été hors de la vue du marquis qu'il avait oublié et la note secrète et la mission pour ne songer qu'au mépris de Mathilde.

Dans un village à quelques lieues au-delà de Metz, le maître de poste vint lui dire qu'il n'y avait pas de chevaux. Il était dix heures du soir ; Julien, fort contrarié, demanda à souper. Il se promena devant la porte, et insensiblement, sans qu'il y parût, passa dans la cour des écuries. Il n'y vit pas de chevaux.

L'air de cet homme était pourtant singulier, se disait Julien ; son œil grossier m'examinait.

Il commençait, comme on voit, à ne pas croire exactement tout ce qu'on lui disait. Il songeait à s'échapper après souper, et pour apprendre toujours quelque chose sur le pays, il quitta sa chambre pour aller se chauffer

au feu de la cuisine. Quelle ne fut pas sa joie d'y trouver
il signor Geronimo, le célèbre chanteur.

Établi dans un fauteuil qu'il avait fait apporter
près du feu, le Napolitain gémissait tout haut et parlait
plus, à lui tout seul, que les vingt paysans allemands
qui l'entouraient ébahis.

— Ces gens-ci me ruinent, cria-t-il à Julien, j'ai promis
de chanter demain à Mayence. Sept princes souverains
sont accourus pour m'entendre. Mais allons prendre
l'air, ajouta-t-il d'un air significatif.

Quand il fut à cent pas sur la route, et hors de la
possibilité d'être entendu :

— Savez-vous de quoi il retourne ? dit-il à Julien ;
ce maître de poste est un fripon. Tout en me promenant,
j'ai donné vingt sous à un petit polisson qui m'a tout
dit. Il y a plus de douze chevaux dans une écurie à
l'autre extrémité du village. On veut retarder quelque
courrier.

— Vraiment ? dit Julien d'un air innocent.

Ce n'était pas le tout que de découvrir la fraude, il
fallait partir : c'est à quoi Geronimo et son ami ne
purent réussir. Attendons le jour, dit enfin le chanteur,
on se méfie de nous. C'est peut-être à vous ou à moi
qu'on en veut. Demain matin nous commandons un
bon déjeuner ; pendant qu'on le prépare nous allons
promener, nous nous échappons, nous louons des chevaux et gagnons la poste prochaine.

— Et vos effets ? dit Julien qui pensait que peut-
être Geronimo lui-même pouvait être envoyé pour
l'intercepter. Il fallut souper et se coucher. Julien était
encore dans le premier sommeil, quand il fut réveillé
en sursaut par la voix de deux personnes qui parlaient
dans sa chambre, sans trop se gêner.

Il reconnut le maître de poste, armé d'une lanterne
sourde. La lumière était dirigée vers le coffre de la calèche, que Julien avait fait monter dans sa chambre.
A côté du maître de poste était un homme qui fouillait
tranquillement dans le coffre ouvert. Julien ne distin-

guait que les manches de son habit, qui étaient noires
et fort serrées.

C'est une soutane, se dit-il, et il saisit doucement de
petits pistolets qu'il avait placés sous son oreiller.

— Ne craignez pas qu'il se réveille, monsieur le
curé, disait le maître de poste. Le vin qu'on leur a
servi était de celui que vous avez préparé vous-même.

— Je ne trouve aucune trace de papiers, répondait
le curé. Beaucoup de linge, d'essences, de pommades,
de futilités ; c'est un jeune homme du siècle, occupé
de ses plaisirs. L'émissaire sera plutôt l'autre, qui affecte
de parler avec un accent italien.

Ces gens se rapprochèrent de Julien pour fouiller
dans les poches de son habit de voyage. Il était bien tenté
de les tuer comme voleurs. Rien de moins dangereux
pour les suites. Il en eut bonne envie. Je ne serais qu'un
sot, se dit-il, je compromettrais ma mission. Son habit
fouillé, ce n'est pas là un diplomate, dit le prêtre : il
s'éloigna et fit bien.

— S'il me touche dans mon lit, malheur à lui! se
disait Julien ; il peut fort bien venir me poignarder,
et c'est ce que je ne souffrirai pas.

Le curé tourna la tête, Julien ouvrait les yeux à
demi ; quel ne fut pas son étonnement! c'était l'abbé
Castanède! En effet, quoique les deux personnes vou-
lussent parler assez bas, il lui avait semblé, dès l'abord,
reconnaître une des voix. Julien fut saisi d'une envie
démesurée de purger la terre d'un de ses plus lâches
coquins...

— Mais ma mission! se dit-il.

Le curé et son acolyte sortirent. Un quart d'heure
après, Julien fit semblant de s'éveiller. Il appela et
réveilla toute la maison.

— Je suis empoisonné, s'écriait-il, je souffre horriblement! Il voulait un prétexte pour aller au secours
de Geronimo. Il le trouva à demi asphyxié par le lau-
danum contenu dans le vin.

Julien craignant quelque plaisanterie de ce genre,

avait soupé avec du chocolat apporté de Paris. Il ne put venir à bout de réveiller assez Geronimo pour le décider à partir.

— On me donnerait tout le royaume de Naples, disait le chanteur, que je ne renoncerais pas en ce moment à la volupté de dormir.

— Mais les sept princes souverains!

— Qu'ils attendent.

Julien partit seul et arriva sans autre incident auprès du grand personnage. Il perdit toute une matinée à solliciter en vain une audience. Par bonheur, vers les quatre heures, le duc voulut prendre l'air. Julien le vit sortir à pied, il n'hésita pas à l'approcher et à lui demander l'aumône. Arrivé à deux pas du grand personnage, il tira la montre du marquis de La Mole, et la montra avec affectation. *Suivez-moi de loin*, lui dit-on sans le regarder.

A un quart de lieue de là, le duc entra brusquement dans un petit *Café-haus*. Ce fut dans une chambre de cette auberge du dernier ordre que Julien eut l'honneur de réciter au duc ses quatre pages. Quand il eut fini : *Recommencez et allez plus lentement*, lui dit-on.

Le prince prit des notes. *Gagnez à pied la poste voisine. Abandonnez ici vos effets et votre calèche. Allez à Strasbourg comme vous pourrez, et le vingt-deux du mois* (on était au dix) *trouvez-vous à midi et demi dans ce même Café-haus. N'en sortez que dans une demi-heure. Silence!*

Telles furent les seules paroles que Julien entendit. Elles suffirent pour le pénétrer de la plus haute admiration. C'est ainsi, pensa-t-il, qu'on traite les affaires ; que dirait ce grand homme d'État, s'il entendait les bavards passionnés d'il y a trois jours?

Julien en mit deux à gagner Strasbourg, il lui semblait qu'il n'avait rien à y faire. Il prit un grand détour. Si ce diable d'abbé Castanède m'a reconnu, il n'est pas homme à perdre facilement ma trace... Et quel plaisir pour lui de se moquer de moi, et de faire échouer ma mission!

L'abbé Castanède, chef de la police de la congrégation, sur toute la frontière du nord, ne l'avait heureusement pas reconnu. Et les jésuites de Strasbourg, quoique
très zélés, ne songèrent nullement à observer Julien,
qui avec sa croix et sa redingote bleue, avait l'air d'un
jeune militaire fort occupé de sa personne.

CHAPITRE XXIV

STRASBOURG

> *Fascination ! tu as de l'amour toute son énergie,
> toute sa puissance d'éprouver le malheur. Ses
> plaisirs enchanteurs, ses douces jouissances sont
> seuls au-delà de ta sphère. Je ne pouvais pas
> dire en la voyant dormir : elle est toute à moi,
> avec sa beauté d'ange et ses douces faiblesses !
> La voilà livrée à ma puissance, telle que le ciel
> la fit dans sa miséricorde pour enchanter un
> cœur d'homme.*
>
> Ode de SCHILLER.

Forcé de passer huit jours à Strasbourg, Julien cherchait à se distraire par des idées de gloire militaire et
de dévouement à la patrie. Était-il donc amoureux ?
il n'en savait rien, il trouvait seulement dans son âme
bourrelée Mathilde maîtresse absolue de son bonheur
comme de son imagination. Il avait besoin de toute
l'énergie de son caractère pour se maintenir au-dessus
du désespoir. Penser à ce qui n'avait pas quelque rapport à Mlle de La Mole était hors de sa puissance. L'ambition, les simples succès de vanité le distrayaient autrefois des sentiments que Mme de Rênal lui avait

inspirés. Mathilde avait tout absorbé ; il la trouvait partout dans l'avenir.

De toutes parts, dans cet avenir, Julien voyait le manque de succès. Cet être que l'on a vu à Verrières si rempli de présomption, si orgueilleux, était tombé dans un excès de modestie ridicule.

Trois jours auparavant il eût tué avec plaisir l'abbé Castanède, et si, à Strasbourg, un enfant se fût pris de querelle avec lui, il eût donné raison à l'enfant. En repensant aux adversaires, aux ennemis, qu'il avait rencontrés dans sa vie, il trouvait toujours que lui, Julien, avait eu tort.

C'est qu'il avait maintenant pour implacable ennemie cette imagination puissante, autrefois sans cesse employée à lui peindre dans l'avenir des succès si brillants.

La solitude absolue de la vie de voyageur augmentait l'empire de cette noire imagination. Quel trésor n'eût pas été un ami ! Mais, se disait Julien, est-il donc un cœur qui batte pour moi ? Et quand j'aurais un ami, l'honneur ne me commande-t-il pas un silence éternel ?

Il se promenait à cheval tristement dans les environs de Kehl ; c'est un bourg sur le bord du Rhin, immortalisé par Desaix et Gouvion Saint-Cyr. Un paysan allemand lui montrait les petits ruisseaux, les chemins, les îlots du Rhin auxquels le courage de ces grands généraux a fait un nom. Julien, conduisant son cheval de la main gauche, tenait déployée de la droite la superbe carte qui orne les *Mémoires* du maréchal Saint-Cyr [1]. Une exclamation de gaieté lui fit lever la tête.

C'était le prince Korasoff, cet ami de Londres, qui lui avait dévoilé quelques mois auparavant les premières règles de la haute fatuité. Fidèle à ce grand art, Korasoff, arrivé la veille à Strasbourg, depuis une heure à Kehl, et qui de la vie n'avait lu une ligne sur le siège de 1796, se mit à tout expliquer à Julien. Le paysan allemand le regardait étonné, car il savait assez de français pour distinguer les énormes bévues dans lesquelles tombait le prince. Julien était à mille lieues des

idées du paysan, il regardait avec étonnement ce beau
jeune homme, il admirait sa grâce à monter à cheval [1].

L'heureux caractère! se disait-il. Comme son pantalon va bien ; avec quelle élégance sont coupés ses cheveux! Hélas! si j'eusse été ainsi, peut-être qu'après
m'avoir aimé trois jours, elle ne m'eût pas pris en
aversion.

Quand le prince eut fini son siège de Kehl : — Vous
avez la mine d'un trappiste, dit-il à Julien, vous outrez
le principe de la gravité que je vous ai donné à Londres.
L'air triste ne peut être de bon ton ; c'est l'air ennuyé
qu'il faut. Si vous êtes triste, c'est donc quelque chose
qui vous manque, quelque chose qui ne vous a pas
réussi.

C'est montrer soi inférieur [2]. Êtes-vous ennuyé, au
contraire, c'est ce qui a essayé vainement de vous
plaire qui est inférieur. Comprenez donc, mon cher,
combien la méprise est grave.

Julien jeta un écu au paysan qui les écoutait bouche
béante.

— Bien, dit le prince, il y a de la grâce, un noble
dédain! fort bien! Et il mit son cheval au galop. Julien
le suivit, rempli d'une admiration stupide.

Ah! si j'eusse été ainsi, elle ne m'eût pas préféré
Croisenois! Plus sa raison était choquée des ridicules
du prince, plus il se méprisait de ne pas les admirer, et
s'estimait malheureux de ne pas les avoir. Le dégoût
de soi-même ne peut aller plus loin.

Le prince le trouvant décidément triste : — Ah çà,
mon cher, lui dit-il en rentrant à Strasbourg, avez-vous
perdu tout votre argent, ou seriez-vous amoureux de
quelque petite actrice ?

Les Russes copient les mœurs françaises, mais toujours à cinquante ans de distance. Ils en sont maintenant au siècle de Louis XV.

Ces plaisanteries sur l'amour mirent des larmes dans
les yeux de Julien : Pourquoi ne consulterais-je pas cet
homme si aimable ? se dit-il tout à coup.

— Eh bien oui, mon cher, dit-il au prince, vous me voyez à Strasbourg fort amoureux et même délaissé. Une femme charmante, qui habite une ville voisine, m'a planté là après trois jours de passion, et ce changement me tue.

Il peignit au prince, sous des noms supposés, les actions et le caractère de Mathilde.

— N'achevez pas, dit Korasoff : pour vous donner confiance en votre médecin, je vais terminer la confidence. Le mari de cette jeune femme jouit d'une fortune énorme, ou bien plutôt elle appartient, elle, à la plus haute noblesse du pays. Il faut qu'elle soit fière de quelque chose.

Julien fit un signe de tête, il n'avait plus le courage de parler.

— Fort bien, dit le prince, voici trois drogues assez amères que vous allez prendre sans délai :

1° Voir tous les jours Madame..., comment l'appelez-vous ?

— Mᵐᵉ de Dubois.

Quel nom ! dit le prince en éclatant de rire ; mais pardon, il est sublime pour vous. Il s'agit de voir chaque jour Mᵐᵉ de Dubois ; n'allez pas surtout paraître à ses yeux froid et piqué ; rappelez-vous le grand principe de votre siècle : soyez le contraire de ce à quoi l'on s'attend. Montrez-vous précisément tel que vous étiez huit jours avant d'être honoré de ses bontés.

— Ah ! j'étais tranquille alors, s'écria Julien avec désespoir, je croyais la prendre en pitié...

— Le papillon se brûle à la chandelle, continua le prince, comparaison vieille comme le monde.

1° Vous la verrez tous les jours ;

2° Vous ferez la cour à une femme de sa société, mais sans vous donner les apparences de la passion, entendez-vous ? Je ne vous le cache pas, votre rôle est difficile ; vous jouez la comédie, et si l'on devine que vous la jouez, vous êtes perdu.

— Elle a tant d'esprit, et moi si peu! Je suis predn,
dit Julien tristement.

— Non, vous êtes seulement plus amoureux que je
ne le croyais. Mme de Dubois est profondément occupée
d'elle-même, comme toutes les femmes qui ont reçu
du ciel ou trop de noblesse ou trop d'argent. Elle se
regarde au lieu de vous regarder, donc elle ne vous
connaît pas. Pendant les deux ou trois accès d'amour
qu'elle s'est donnés en votre faveur, à grand effort
d'imagination, elle voyait en vous le héros qu'elle avait
rêvé, et non pas ce que vous êtes réellement...

Mais que diable, ce sont là les éléments, mon cher
Sorel, êtes-vous tout à fait un écolier?...

Parbleu! entrons dans ce magasin; voilà un col noir
charmant, on le dirait fait par John Anderson, de Bur-
lington street; faites-moi le plaisir de le prendre, et de
jeter bien loin cette ignoble corde noire que vous avez
au cou.

Ah çà, continua le prince en sortant de la boutique
du premier passementier de Strasbourg, quelle est la
société de Mme de Dubois? grand Dieu! quel nom! Ne
vous fâchez pas, mon cher Sorel, c'est plus fort que moi...
A qui ferez-vous la cour?

— A une prude par excellence, fille d'un marchand
de bas immensément riche. Elle a les plus beaux yeux
du monde, et qui me plaisent infiniment; elle tient
sans doute le premier rang dans le pays; mais au milieu de toutes ses grandeurs, elle rougit au point de se
déconcerter si quelqu'un vient à parler de commerce
et de boutique. Et par malheur, son père était l'un des
marchands les plus connus de Strasbourg.

— Ainsi si l'on parle d'*industrie*, dit le prince en
riant, vous êtes sûr que votre belle songe à elle et non
pas à vous. Ce ridicule est divin et fort utile, il vous
empêchera d'avoir le moindre moment de folie auprès
de ses beaux yeux. Le succès est certain.

Julien songeait à Mme la maréchale de Fervaques qui
venait beaucoup à l'hôtel de La Mole. C'était une belle

étrangère qui avait épousé le maréchal un an avant sa
mort. Toute sa vie semblait n'avoir d'autre objet que
de faire oublier qu'elle était fille d'un *industriel*, et pour
être quelque chose à Paris, elle s'était mise à la tête de
la vertu.

Julien admirait sincèrement le prince ; que n'eût-il
pas donné pour avoir ses ridicules! La conversation
entre les deux amis fut infinie ; Korasoff était ravi :
jamais un Français ne l'avait écouté aussi longtemps.
Ainsi, j'en suis enfin venu, se disait le prince charmé,
à me faire écouter en donnant des leçons à mes maîtres!

— Nous sommes bien d'accord, répétait-il à Julien
pour la dixième fois, pas l'ombre de passion quand vous
parlerez à la jeune beauté, fille du marchand de bas de
Strasbourg, en présence de Mme de Dubois. Au contraire,
passion brûlante en écrivant. Lire une lettre d'amour
bien écrite est le souverain plaisir pour une prude ;
c'est un moment de relâche. Elle ne joue pas la comédie,
elle ose écouter son cœur ; donc deux lettres par jour.

— Jamais! jamais! dit Julien découragé ; je me ferais
plutôt piler dans un mortier que de composer trois
phrases ; je suis un cadavre, mon cher, n'espérez plus
rien de moi. Laissez-moi mourir au bord de la route.

— Et qui vous parle de composer des phrases ? J'ai
dans mon nécessaire six volumes de lettres d'amour
manuscrites. Il y en a pour tous les caractères de femme,
j'en ai pour la plus haute vertu. Est-ce que Kalisky n'a
pas fait la cour à Richemond-la-Terrasse, vous savez,
à trois lieues de Londres, à la plus jolie quakeresse de
toute l'Angleterre ?

Julien était moins malheureux quand il quitta son
ami à deux heures du matin.

Le lendemain le prince fit appeler un copiste, et deux
jours après Julien eut cinquante-trois lettres d'amour
bien numérotées, destinées à la vertu la plus sublime
et la plus triste.

— Il n'y en a pas cinquante-quatre, dit le prince,
parce que Kalisky se fit éconduire ; mais que vous im-

porte d'être maltraité par la fille du marchand de bas,
puisque vous ne voulez agir que sur le cœur de Mme de
Dubois?

Tous les jours on montait à cheval : le prince était
fou de Julien. Ne sachant comment lui témoigner son
amitié soudaine, il finit par lui offrir la main d'une de
ses cousines, riche héritière de Moscou ; et une fois
marié, ajouta-t-il, mon influence et la croix que vous
avez là vous font colonel en deux ans.

— Mais cette croix n'est pas donnée par Napoléon,
il s'en faut bien.

— Qu'importe, dit le prince, ne l'a-t-il pas inventée? ·
Elle est encore de bien loin la première en Europe.

Julien fut sur le point d'accepter ; mais son devoir
le rappelait auprès du grand personnage ; en quittant
Korasoff il promit d'écrire. Il reçut la réponse à la note
secrète qu'il avait apportée, et courut vers Paris ;
mais à peine eut-il été seul deux jours de suite, que quitter la France et Mathilde lui parut un supplice pire
que la mort. Je n'épouserai pas les millions que m'offre
Korasoff, se dit-il, mais je suivrai ses conseils.

Après tout, l'art de séduire est son métier ; il ne songe
qu'à cette seule affaire depuis plus de quinze ans, car
il en a trente. On ne peut pas dire qu'il manque d'esprit ;
il est fin et cauteleux ; l'enthousiasme, la poésie sont
une impossibilité dans ce caractère ; c'est un procureur ;
raison de plus pour qu'il ne se trompe pas.

Il le faut, je vais faire la cour à Mme de Fervaques.

Elle m'ennuiera bien peut-être un peu, mais je regar-
derai ces yeux si beaux et qui ressemblent tellement
à ceux qui m'ont le plus aimé au monde.

Elle est étrangère ; c'est un caractère nouveau à
observer.

Je suis fou, je me noie, je dois suivre les conseils d'un
ami et ne pas m'en croire moi-même.

CHAPITRE XXV

LE MINISTÈRE DE LA VERTU

Mais si je prends de ce plaisir avec tant de prudence et de circonspection, ce ne sera plus un plaisir pour moi.

LOPE DE VEGA.

A peine de retour à Paris, et au sortir du cabinet du marquis de La Mole, qui parut fort déconcerté des dépêches qu'on lui présentait, notre héros courut chez le comte Altamira. A l'avantage d'être condamné à mort, ce bel étranger réunissait beaucoup de gravité et le bonheur d'être dévôt ; ces deux mérites et, plus que tout, la haute naissance du comte, convenaient tout à fait à Mᵐᵉ de Fervaques, qui le voyait beaucoup.

Julien lui avoua gravement qu'il en était fort amoureux.

— C'est la vertu la plus pure et la plus haute, répondit Altamira, seulement un peu jésuitique et emphatique. Il est des jours où je comprends chacun des mots dont elle se sert, mais je ne comprends pas la phrase tout entière. Elle me donne souvent l'idée que je ne sais pas le français aussi bien qu'on le dit. Cette connaissance fera prononcer votre nom ; elle vous donnera du poids dans le monde. Mais allons chez Bustos, dit le comte Altamira, qui était un esprit d'ordre ; il a fait la cour à Mᵐᵉ la maréchale.

Don Diego Bustos se fit longtemps expliquer l'affaire, sans rien dire, comme un avocat dans son cabinet. Il avait une grosse figure de moine, avec des moustaches noires, et une gravité sans pareille ; du reste, bon carbonaro.

— Je comprends, dit-il enfin à Julien. La maréchale de Fervaques a-t-elle eu des amants, n'en a-t-elle pas eu? Avez-vous ainsi quelque espoir de réussir? voilà la question. C'est vous dire que, pour ma part, j'ai échoué. Maintenant que je ne suis plus piqué, je me fais ce raisonnement : souvent elle a de l'humeur, et, comme je vous le raconterai bientôt, elle n'est pas mal vindicative.

Je ne lui trouve pas ce tempérament bilieux qui est celui du génie, et jette sur toutes les actions comme un vernis de passion. C'est au contraire à la façon d'être flegmatique et tranquille des Hollandais qu'elle doit sa rare beauté et ses couleurs si fraîches.

Julien s'impatientait de la lenteur et du flegme iné-branlable de l'Espagnol; de temps en temps, malgré lui, quelques monosyllabes lui échappaient.

— Voulez-vous m'écouter? lui dit gravement don Diego Bustos.

— Pardonnez à la *furia francese*; je suis tout oreilles, dit Julien.

— La maréchale de Fervaques est donc fort adonnée à la haine; elle poursuit impitoyablement des gens qu'elle n'a jamais vus, des avocats, de pauvres diables d'hommes de lettres qui ont fait des chansons comme Collé, vous savez?

> *J'ai la marotte*
> *D'aimer Marote, etc.*

Et Julien dut essuyer la citation tout entière. L'Es-pagnol était bien aise de chanter en français.

Cette divine chanson ne fut jamais écoutée avec plus d'impatience. Quand elle fut finie : — la maréchale, dit don Diego Bustos, a fait destituer l'auteur de cette chanson :

> *Un jour l'amant au cabaret...*

Julien frémit qu'il ne voulût la chanter. Il se contenta de l'analyser. Réellement elle était impie et peu décente.

Quand la maréchale se prit de colère contre cette chanson, dit don Diego, je lui fis observer qu'une femme de son rang ne devait point lire toutes les sottises qu'on publie. Quelques progrès que fassent la piété et la gravité, il y aura toujours en France une littérature de cabaret. Quand Mme de Fervaques eut fait ôter à l'auteur, pauvre diable en demi-solde, une place de dix-huit cents francs : Prenez garde, lui dis-je, vous avez attaqué ce rimailleur avec vos armes, il peut vous répondre avec ses rimes : il fera une chanson sur la vertu. Les salons dorés seront pour vous ; les gens qui aiment à rire répéteront ses épigrammes. Savez-vous, Monsieur, ce que la maréchale me répondit ? — Pour l'intérêt du Seigneur tout Paris me verrait marcher au martyre ; ce serait un spectacle nouveau en France. Le peuple apprendrait à respecter la qualité. Ce serait le plus beau jour de ma vie. Jamais ses yeux ne furent plus beaux.

— Et elle les a superbes, s'écria Julien.

— Je vois que vous êtes amoureux... Donc, reprit gravement don Diego Bustos, elle n'a pas la constitution bilieuse qui porte à la vengeance. Si elle aime à nuire pourtant, c'est qu'elle est malheureuse, je soupçonne là *malheur intérieur*. Ne serait-ce point une prude lasse de son métier ?

L'Espagnol le regarda en silence pendant une grande minute.

— Voilà toute la question, ajouta-t-il gravement, et c'est de là que vous pouvez tirer quelque espoir. J'y ai beaucoup réfléchi pendant les deux ans que je me suis porté son très humble serviteur. Tout votre avenir, monsieur qui êtes amoureux, dépend de ce grand problème : Est-ce une prude lasse de son métier, et méchante parce qu'elle est malheureuse ?

— Ou bien, dit Altamira sortant enfin de son profond silence, serait-ce ce que je t'ai dit vingt fois ? tout simplement de la vanité française ; c'est le souvenir de son père, le fameux marchand de draps, qui fait le

malheur de ce caractère naturellement morne et sec.
Il n'y aurait qu'un bonheur pour elle, celui d'habiter
Tolède, et d'être tourmentée par un confesseur qui
chaque jour lui montrerait l'enfer tout ouvert.

Comme Julien sortait : — Altamira m'apprend que
vous êtes des nôtres, lui dit don Diego, toujours plus
grave. Un jour vous nous aiderez à reconquérir notre
liberté, ainsi veux-je vous aider dans ce petit amusement. Il est bon que vous connaissiez le style de la
maréchale ; voici quatre lettres de sa main.

— Je vais les copier, s'écria Julien, et vous les rapporter.

— Et jamais personne ne saura par vous un mot de
ce que nous avons dit ?

— Jamais, sur l'honneur ! s'écria Julien.

— Ainsi Dieu vous soit en aide ! ajouta l'Espagnol ;
et il reconduisit silencieusement, jusque sur l'escalier,
Altamira et Julien.

Cette scène égaya un peu notre héros ; il fut sur le
point de sourire. Et voilà le dévot Altamira, se disait-il,
qui m'aide dans une entreprise d'adultère.

Pendant toute la grave conversation de don Diego
Bustos, Julien avait été attentif aux heures sonnées
par l'horloge de l'hôtel d'Aligre.

Celle du dîner approchait, il allait donc revoir
Mathilde ! Il rentra, et s'habilla avec beaucoup de soin.

Première sottise, se dit-il en descendant l'escalier ;
il faut suivre à la lettre l'ordonnance du prince.

Il remonta chez lui, et prit un costume de voyage
on ne peut pas plus simple.

Maintenant, pensa-t-il, il s'agit des regards. Il n'était
que cinq heures et demie, et l'on dînait à six. Il eut l'idée
de descendre au salon, qu'il trouva solitaire. A la vue
du canapé bleu, il fut ému jusqu'aux larmes ; bientôt
ses joues devinrent brûlantes [1]. Il faut user cette sensibilité sotte, se dit-il avec colère ; elle me trahirait. Il
prit un journal pour avoir une contenance, et passa
trois ou quatre fois du salon au jardin.

Ce ne fut qu'en tremblant et bien caché par un grand chêne qu'il osa lever les yeux jusqu'à la fenêtre de Mlle de La Mole. Elle était hermétiquement fermée ; il fut sur le point de tomber, et resta longtemps appuyé contre le chêne ; ensuite, d'un pas chancelant, il alla revoir l'échelle du jardinier.

Le chaînon, jadis forcé par lui en des circonstances, hélas! si différentes, n'avait point été raccommodé. Emporté par un mouvement de folie, Julien le pressa contre ses lèvres.

Après avoir erré longtemps du salon au jardin, Julien se trouva horriblement fatigué ; ce fut un premier succès qu'il sentit vivement. Mes regards seront éteints et ne me trahiront pas! Peu à peu, les convives arrivèrent au salon ; jamais la porte ne s'ouvrit sans jeter un trouble mortel dans le cœur de Julien.

On se mit à table. Enfin parut Mlle de La Mole, toujours fidèle à son habitude de se faire attendre. Elle rougit beaucoup en voyant Julien ; on ne lui avait pas dit son arrivée. D'après la recommandation du prince Korasoff, Julien regarda ses mains ; elles tremblaient. Troublé lui-même au-delà de toute expression par cette découverte, il fut assez heureux pour ne paraître que fatigué.

M. de La Mole fit son éloge. La marquise lui adressa la parole un instant après, et lui fit compliment sur son air de fatigue. Julien se disait à chaque instant : Je ne dois pas trop regarder Mlle de La Mole, mais mes regards non plus ne doivent point la fuir. Il faut paraître ce que j'étais réellement huit jours avant mon malheur... Il eut lieu d'être satisfait du succès, et resta au salon. Attentif pour la première fois envers la maîtresse de la maison, il fit tous ses efforts pour faire parler les hommes de sa société et maintenir la conversation vivante.

Sa politesse fut récompensée : sur les huit heures, on annonça Mme la maréchale de Fervaques. Julien s'échappa et reparut bientôt, vêtu avec le plus grand soin. Mme de La Mole lui sut un gré infini de cette marque de respect, et voulut lui témoigner sa satisfaction, en parlant de son voyage à Mme de Fervaques. Julien s'établit auprès de la maréchale, de façon à ce que ses yeux ne fussent pas aperçus de Mathilde. Placé ainsi, suivant toutes les règles de l'art, Mme de Fervaques fut pour lui l'objet de l'admiration la plus ébahie. C'est par une tirade sur ce sentiment que commençait la première des cinquante-trois lettres dont le prince Korasoff lui avait fait cadeau.

La maréchale annonça qu'elle allait à l'Opéra-Buffa. Julien y courut ; il trouva le chevalier de Beauvoisis, qui l'emmena dans une loge de messieurs les gentilshommes de la chambre, justement à côté de la loge de Mme de Fervaques. Julien la regarda constamment. Il faut, se dit-il, en rentrant à l'hôtel, que je tienne un journal de siège ; autrement j'oublierais mes attaques. Il se força à écrire deux ou trois pages sur ce sujet ennuyeux, et parvint ainsi, chose admirable! à ne presque pas penser à Mlle de La Mole.

Mathilde l'avait presque oublié pendant son voyage. Ce n'est après tout qu'un être commun, pensait-elle, son nom me rappellera toujours la plus grande faute de ma vie. Il faut revenir de bonne foi aux idées vulgaires de sagesse et d'honneur ; une femme a tout à perdre en les oubliant. Elle se montra disposée à permettre enfin la conclusion de l'arrangement avec le marquis de Croisenois, préparé depuis si longtemps. Il était fou de joie ; on l'eût bien étonné en lui disant qu'il y avait de la résignation au fond de cette manière de sentir de Mathilde, qui le rendait si fier.

Toutes les idées de Mlle de La Mole changèrent en voyant Julien. Au vrai, c'est là mon mari, se dit-elle, si je reviens de bonne foi aux idées de sagesse, c'est évidemment lui que je dois épouser.

Elle s'attendait à des importunités, à des airs de malheur de la part de Julien ; elle préparait ses réponses : car sans doute, au sortir du dîner, il essaierait de lui adresser quelques mots. Loin de là, il resta ferme au salon, ses regards ne se tournèrent pas même vers le jardin, Dieu sait avec quelle peine! Il vaut mieux avoir tout de suite cette explication, pensa Mlle de La Mole; elle alla seule au jardin, Julien n'y parut pas. Mathilde vint se promener près des portes-fenêtres du salon; elle le vit fort occupé à décrire à Mme de Fervaques les vieux châteaux en ruines qui couronnent les coteaux des bords du Rhin et leur donnent tant de physionomie. Il commençait à ne pas mal se tirer de la phrase sentimentale et pittoresque qu'on appelle *esprit* dans certains salons.

Le prince Korasoff eût été bien fier, s'il se fût trouvé à Paris: cette soirée était exactement ce qu'il avait prédit.

Il eût approuvé la conduite que tint Julien les jours suivants.

Une intrigue parmi les membres du gouvernement occulte allait disposer de quelques cordons bleus; Mme la maréchale de Fervaques exigeait que son grand-oncle fût chevalier de l'ordre. Le marquis de La Mole avait la même prétention pour son beau-père; ils réunirent leurs efforts, et la maréchale vint presque tous les jours à l'hôtel de La Mole. Ce fut d'elle que Julien apprit que le marquis allait être ministre: il offrait à la *Camarilla* un plan fort ingénieux pour anéantir la Charte, sans commotion, en trois ans.

Julien pouvait espérer un évêché, si M. de La Mole arrivait au ministère; mais à ses yeux tous ces grands intérêts s'étaient comme recouverts d'un voile. Son imagination ne les apercevait plus que vaguement et pour ainsi dire dans le lointain. L'affreux malheur qui en faisait un maniaque lui montrait tous les intérêts de la vie dans sa manière d'être avec Mlle de La Mole. Il calculait qu'après cinq ou six ans de soins, il parviendrait à s'en faire aimer de nouveau.

Cette tête si froide était, comme on voit, descendue à l'état de déraison complet. De toutes les qualités qui l'avaient distingué autrefois, il ne lui restait qu'un

peu de fermeté. Matériellement fidèle au plan de conduite
dicté par le prince Korasoff, chaque soir, il se plaçait
assez près du fauteuil de Mme de Fervaques, mais il
lui était impossible de trouver un mot à dire.

L'effort qu'il s'imposait pour paraître guéri aux
yeux de Mathilde absorbait toutes les forces de son
âme, il restait auprès de la maréchale comme un être
à peine animé ; ses yeux même, ainsi que dans l'extrême
souffrance physique, avaient perdu tout leur feu.

Comme la manière de voir de Mme de La Mole n'était
jamais qu'une contre-épreuve des opinions de ce mari
qui pouvait la faire duchesse, depuis quelques jours
elle portait aux nues le mérite de Julien.

CHAPITRE XXVI

L'AMOUR MORAL

*There also was of course in Adeline
That calm patrician polish in the address,
Which ne'er can pass the equinoctial line
Of any thing which Nature would express:
Just as a Mandarin finds nothing fine,
At least his manner suffers not to guess
That any thing he views can greatley please.*

DON JUAN, c. XIII, stanza 84.

Il y a un peu de folie dans la façon de voir de toute
cette famille, pensait la maréchale ; ils sont engoués
de leur jeune abbé, qui ne sait qu'écouter avec d'assez
beaux yeux, il est vrai [1].

Julien, de son côté, trouvait dans les façons de la

maréchale un exemple à peu près parfait de ce *calme patricien* qui respire une politesse exacte et encore plus l'impossibilité d'aucune vive émotion. L'imprévu dans les mouvements, le manque d'empire sur soi-même, eût scandalisé Mme de Fervaques presque autant que l'absence de majesté envers ses inférieurs. Le moindre signe de sensibilité eût été à ses yeux comme une sorte d'*ivresse morale* dont il faut rougir, et qui nuit fort à ce qu'une personne d'un rang élevé se doit à soi-même. Son grand bonheur était de parler de la dernière chasse du roi, son livre favori les *Mémoires du duc de Saint-Simon*, surtout pour la partie généalogique.

Julien savait la place qui, d'après la disposition des lumières, convenait au genre de beauté de Mme de Fervaques. Il s'y trouvait d'avance, mais avait grand soin de tourner sa chaise de façon à ne pas apercevoir Mathilde. Étonnée de cette constance à se cacher d'elle, un jour elle quitta le canapé bleu et vint travailler auprès d'une petite table voisine du fauteuil de la maréchale. Julien la voyait d'assez près par-dessous le chapeau de Mme de Fervaques. Ces yeux, qui disposaient de son sort, l'effrayèrent d'abord, ensuite le jetèrent violemment hors de son apathie habituelle ; il parla et fort bien.

Il adressait la parole à la maréchale, mais son but unique était d'agir sur l'âme de Mathilde. Il s'anima de telle sorte que Mme de Fervaques arriva à ne plus comprendre ce qu'il disait.

C'était un premier mérite. Si Julien eût eu l'idée de le compléter par quelques phrases de mysticité allemande, de haute religiosité et de jésuitisme, la maréchale l'eût rangé d'emblée parmi les hommes supérieurs appelés à régénérer le siècle.

Puisqu'il est d'assez mauvais goût, se disait Mlle de La Mole, pour parler aussi longtemps et avec tant de feu à Mme de Fervaques, je ne l'écouterai plus. Pendant toute la fin de cette soirée, elle tint parole, quoique avec peine.

A minuit, lorsqu'elle prit le bougeoir de sa mère,

pour l'accompagner à sa chambre, Mme de La Mole
s'arrêta sur l'escalier pour faire un éloge complet de
Julien. Mathilde acheva de prendre de l'humeur ; elle
ne pouvait trouver le sommeil. Une idée la calma : ce
que je méprise peut encore faire un homme de grand
mérite aux yeux de la maréchale.

Pour Julien, il avait agi, il était moins malheureux ;
ses yeux tombèrent par hasard sur le portefeuille en cuir
de Russie où le prince Korasoff avait enfermé les cinquante-trois lettres d'amour dont il lui avait fait cadeau.
Julien vit en note au bas de la première lettre : *On
envoie le n° 1 huit jours après la première vue.*

Je suis en retard ! s'écria Julien, car il y a bien longtemps que je vois Mme de Fervaques. Il se mit aussitôt
à transcrire cette première lettre d'amour ; c'était une
homélie remplie de phrases sur la vertu et ennuyeuse
à périr ; Julien eut le bonheur de s'endormir à la seconde
page.

Quelques heures après, le grand soleil le surprit appuyé
sur sa table. Un des moments les plus pénibles de sa vie
était celui où chaque matin, en s'éveillant, il *apprenait*
son malheur. Ce jour-là, il acheva la copie de sa lettre
presque en riant. Est-il possible, se disait-il, qu'il se soit
trouvé un jeune homme pour écrire ainsi ! Il compta
plusieurs phrases de neuf lignes. Au bas de l'original,
il aperçut une note au crayon.

*On porte ces lettres soi-même : à cheval, cravate noire,
redingote bleue. On remet la lettre au portier d'un air
contrit ; profonde mélancolie dans le regard. Si l'on aperçoit quelque femme de chambre, essuyer ses yeux furtive-
ment. Adresser la parole à la femme de chambre.*

Tout cela fut exécuté fidèlement.

Ce que je fais est bien hardi, pensa Julien en sortant de
l'hôtel de Fervaques, mais tant pis pour Korasoff. Oser
écrire à une vertu si célèbre ! Je vais en être traité avec
le dernier mépris, et rien ne m'amusera davantage. C'est
au fond la seule comédie à laquelle je puisse être sensible. Oui, couvrir de ridicule cet être si odieux, que

j'appelle *moi*, m'amusera. Si je m'en croyais, je commettrais quelque crime pour me distraire.

Depuis un mois, le plus beau moment de la vie de
Julien était celui où il remettait son cheval à l'écurie.
Korasoff lui avait expressément défendu de regarder,
sous quelque prétexte que ce fût, la maîtresse qui l'avait
quitté. Mais le pas de ce cheval qu'elle connaissait si
bien, la manière avec laquelle Julien frappait de sa
cravache à la porte de l'écurie pour appeler un homme,
attiraient quelquefois Mathilde derrière le rideau de sa
fenêtre. La mousseline était si légère que Julien voyait
à travers. En regardant d'une certaine façon sous le
bord de son chapeau, il apercevait la taille de Mathilde
sans voir ses yeux. Par conséquent, se disait-il, elle ne
peut voir les miens, et ce n'est point là la regarder [1].

Le soir, Mme de Fervaques fut pour lui exactement
comme si elle n'eût pas reçu la dissertation philosophique, mystique et religieuse que, le matin, il avait
remise à son portier avec tant de mélancolie. La veille,
le hasard avait révélé à Julien le moyen d'être éloquent ;
il s'arrangea de façon à voir les yeux de Mathilde. Elle,
de son côté, un instant après l'arrivée de la maréchale,
quitta le canapé bleu : c'était déserter sa société habituelle. M. de Croisenois parut consterné de ce nouveau
caprice ; sa douleur évidente ôta à Julien ce que son
malheur avait de plus atroce.

Cet imprévu dans sa vie le fit parler comme un ange ;
et comme l'amour-propre se glisse même dans les cœurs
qui servent de temple à la vertu la plus auguste : Mme de
La Mole a raison, se dit la maréchale en remontant en
voiture, ce jeune prêtre a de la distinction. Il faut que,
les premiers jours, ma présence l'ait intimidé. Dans le
fait, tout ce que l'on rencontre dans cette maison est
bien léger ; je n'y vois que des vertus aidées par la
vieillesse, et qui avaient grand besoin des glaces de
l'âge. Ce jeune homme aura su voir la différence ; il
écrit bien ; mais je crains fort que cette demande de
l'éclairer de mes conseils qu'il me fait dans sa lettre, ne

soit au fond qu'un sentiment qui s'ignore soi-même.

Toutefois, que de conversions ont ainsi commencé ! Ce qui me fait bien augurer de celle-ci, c'est la différence de son style avec celui des jeunes gens dont j'ai eu l'occasion de voir les lettres. Il est impossible de ne pas reconnaître de l'onction, un sérieux profond et beaucoup de conviction dans la prose de ce jeune lévite ; il aura la douce vertu de Massillon.

CHAPITRE XXVII

LES PLUS BELLES PLACES DE L'ÉGLISE

> *Des services ! des talénts ! du mérite ! bah ! soyez d'une coterie.*
>
> TÉLÉMAQUE.

Ainsi l'idée d'évêché était pour la première fois mêlée avec celle de Julien dans la tête d'une femme qui tôt ou tard devait distribuer les plus belles places de l'Église de France. Cet avantage n'eût guère touché Julien ; en cet instant, sa pensée ne s'élevait à rien d'étranger à son malheur actuel : tout le redoublait ; par exemple, la vue de sa chambre lui était devenue insupportable. Le soir, quand il rentrait avec sa bougie, chaque meuble, chaque petit ornement lui semblait prendre une voix pour lui annoncer aigrement quelque nouveau détail de son malheur.

Ce jour-là, j'ai un travail forcé, se dit-il en rentrant et avec une vivacité que depuis longtemps il ne connaissait plus : espérons que la seconde lettre sera aussi ennuyeuse que la première.

Elle l'était davantage. Ce qu'il copiait lui semblait si absurde, qu'il en vint à transcrire ligne par ligne, sans songer au sens.

C'est encore plus emphatique, se disait-il, que les pièces officielles du traité de Munster, que mon professeur de diplomatie me faisait copier à Londres.

Il se souvint seulement alors des lettres de Mme de Fervaques dont il avait oublié de rendre les originaux au grave Espagnol don Diego Bustos. Il les chercha ; elles étaient réellement presque aussi amphigouriques que celles du jeune seigneur russe. Le vague était complet. Cela voulait tout dire et ne rien dire. C'est la harpe éolienne du style, pensa Julien. Au milieu des plus hautes pensées sur le néant, sur la mort, sur l'infini, etc., je ne vois de réel qu'une peur abominable du ridicule.

Le monologue que nous venons d'abréger fut répété pendant quinze jours de suite. S'endormir en transcrivant une sorte de commentaire de l'Apocalypse, le lendemain aller porter une lettre d'un air mélancolique, remettre le cheval à l'écurie avec l'espérance d'apercevoir la robe de Mathilde, travailler, le soir paraître à l'Opéra quand Mme de Fervaques ne venait pas à l'hôtel de La Mole, tels étaient les événements monotones de la vie de Julien. Elle avait plus d'intérêt quand Mme de Fervaques venait chez la marquise ; alors il pouvait entrevoir les yeux de Mathilde sous une aile du chapeau de la maréchale, et il était éloquent. Ses phrases pittoresques et sentimentales commençaient à prendre une tournure plus frappante à la fois et plus élégante.

Il sentait bien que ce qu'il disait était absurde aux yeux de Mathilde, mais il voulait la frapper par l'élégance de la diction. Plus ce que je dis est faux, plus je dois lui plaire, pensait Julien ; et alors, avec une hardiesse abominable, il exagérait certains aspects de la nature. Il s'aperçut bien vite que, pour ne pas paraître vulgaire aux yeux de la maréchale, il fallait surtout se bien garder des idées simples et raisonnables. Il continuait ainsi, ou abrégeait ses amplifications suivant qu'il voyait le succès ou l'indifférence dans les yeux des deux grandes dames auxquelles il fallait plaire.

Au total, sa vie était moins affreuse que lorsque ses journées se passaient dans l'inaction.

Mais, se disait-il un soir, me voici transcrivant la quinzième de ces abominables dissertations ; les quatorze premières ont été fidèlement remises au suisse de la maréchale. Je vais avoir l'honneur de remplir toutes les cases de son bureau. Et cependant elle me traite exactement comme si je n'écrivais pas! Quelle peut être la fin de tout ceci ? Ma constance l'ennuierait-elle autant que moi ? Il faut convenir que ce Russe, ami de Korasoff, et amoureux de la belle quakeresse de Richemond, fut en son temps un homme terrible ; on n'est pas plus assommant.

Comme tous les êtres médiocres que le hasard met en présence des manœuvres d'un grand général, Julien ne comprenait rien à l'attaque exécutée par le jeune Russe sur le cœur de la belle Anglaise. Les quarantes premières lettres n'étaient destinées qu'à se faire pardonner la hardiesse d'écrire. Il fallait faire contracter à cette douce personne, qui peut-être s'ennuyait infiniment, l'habitude de recevoir des lettres peut-être un peu moins insipides que sa vie de tous les jours.

Un matin, on remit une lettre à Julien ; il reconnut les armes de Mme de Fervaques, et brisa le cachet avec un empressement qui lui eût semblé bien impossible quelques jours auparavant : ce n'était qu'une invitation à dîner.

Il courut aux instructions du prince Korasoff. Malheureusement, le jeune Russe avait voulu être léger comme Dorat, là où il eût fallu être simple et intelligible ; Julien ne put deviner la position morale qu'il devait occuper au dîner de la maréchale.

Le salon était de la plus haute magnificence, doré comme la galerie de Diane aux Tuileries, avec des tableaux à l'huile aux lambris. Il y avait des taches claires dans ces tableaux. Julien apprit plus tard que les sujets avaient semblé peu décents à la maîtresse du logis, qui avait fait corriger les tableaux. *Siècle moral!* pensa-t-il.

Dans ce salon il remarqua trois des personnages qui avaient assisté à la rédaction de la note secrète. L'un d'eux, monseigneur l'évêque de***, oncle de la maréchale, avait la feuille des bénéfices et, disait-on, ne savait rien refuser à sa nièce. Quel pas immense j'ai fait, se dit Julien en souriant avec mélancolie, et combien il m'est indifférent! Me voici dînant avec le fameux évêque de***.

Le dîner fut médiocre et la conversation impatientante. C'est la table d'un mauvais livre, pensait Julien. Tous les plus grands sujets des pensées des hommes y sont fièrement abordés. Écoute-t-on trois minutes, on se demande ce qui l'emporte de l'emphase du parleur ou de son abominable ignorance.

Le lecteur a sans doute oublié ce petit homme de lettres, nommé Tanbeau, neveu de l'académicien et futur professeur qui, par ses basses calomnies, semblait chargé d'empoisonner le salon de l'hôtel de La Mole.

Ce fut par ce petit homme que Julien eut la première idée qu'il se pourrait bien que Mme de Fervaques, tout en ne répondant pas à ses lettres, vît avec indulgence le sentiment qui les dictait. L'âme noire de M. Tanbeau était déchirée en pensant aux succès de Julien; mais comme d'un autre côté, un homme de mérite, pas plus qu'un sot ne peut être en deux endroits à la fois, si Sorel devient l'amant de la sublime maréchale, se disait le futur professeur, elle le placera dans l'Église de quelque manière avantageuse, et j'en serai délivré à l'hôtel de La Mole.

M. l'abbé Pirard adressa aussi à Julien de longs sermons sur ses succès à l'hôtel de Fervaques. Il y avait *jalousie de secte* entre l'austère janséniste et le salon jésuitique, régénérateur et monarchique de la vertueuse maréchale.

CHAPITRE XXVIII

MANON LESCAUT

> *Or, une fois qu'il fut bien convaincu de la*
> *sottise et ânerie du prieur, il réussissait assez*
> *ordinairement en appelant noir ce qui était blanc,*
> *et blanc ce qui était noir.*
>
> LICHTEMBERG.

Les instructions russes prescrivaient impérieusement de ne jamais contredire de vive voix la personne à qui on écrivait. On ne devait s'écarter, sous aucun prétexte du rôle de l'admiration la plus extatique ; les lettres partaient toujours de cette supposition.

Un soir, à l'Opéra, dans la loge de Mme de Fervaques, Julien portait aux nues le ballet de *Manon Lescaut* [1]. Sa seule raison pour parler ainsi, c'est qu'il le trouvait insignifiant.

La maréchale dit que ce ballet était bien inférieur au roman de l'abbé Prévost.

Comment! pensa Julien étonné et amusé, une personne d'une si haute vertu vanter un roman ! Mme de Fervaques faisait profession, deux ou trois fois la semaine, du mépris le plus complet pour les écrivains qui, au moyen de ces plats ouvrages, cherchent à corrompre une jeunesse qui n'est, hélas ! que trop disposée aux erreurs des sens.

Dans ce genre immoral et dangereux, *Manon Lescaut*, continua la maréchale, occupe, dit-on, un des premiers rangs. Les faiblesses et les angoisses méritées d'un cœur bien criminel y sont, dit-on, dépeintes avec une vérité qui a de la profondeur ; ce qui n'empêche pas votre

Bonaparte de prononcer à Sainte-Hélène que c'est un roman écrit pour les laquais.

Ce mot rendit toute son activité à l'âme de Julien. On a voulu me perdre auprès de la maréchale ; on lui a dit mon enthousiasme pour Napoléon. Ce fait l'a assez piquée pour qu'elle cède à la tentation de me le faire sentir. Cette découverte l'amusa toute la soirée et le rendit amusant. Comme il prenait congé de la maréchale sous le vestibule de l'Opéra : « — Souvenez-vous, monsieur, lui dit-elle, qu'il ne faut pas aimer Bonaparte quand on m'aime ; on peut tout au plus l'accepter comme une nécessité imposée par la Providence. Du reste, cet homme n'avait pas l'âme assez flexible pour sentir les chefs-d'œuvre des arts. »

Quand on m'aime ! se répétait Julien ; cela ne veut rien dire, ou veut tout dire. Voilà des secrets de langage qui manquent à nos pauvres provinciaux. Et il songea beaucoup à Mme de Rênal, en copiant une lettre immense destinée à la maréchale.

— Comment se fait-il, lui dit-elle le lendemain d'un air d'indifférence qu'il trouva mal joué, que vous me parliez de *Londres* et de *Richmond* dans une lettre que vous avez écrite hier soir, à ce qu'il semble, au sortir de l'Opéra ?

Julien fut très embarrassé ; il avait copié ligne par ligne, sans songer à ce qu'il écrivait, et apparemment avait oublié de substituer aux mots *Londres* et *Richmond*, qui se trouvaient dans l'original, ceux de *Paris* et *Saint-Cloud*. Il commença deux ou trois phrases, mais sans possibilité de les achever ; il se sentait sur le point de céder au rire fou. Enfin, en cherchant ses mots, il parvint à cette idée : Exalté par la discussion des plus sublimes, des plus grands intérêts de l'âme humaine, la mienne, en vous écrivant, a pu avoir une distraction.

Je produis une impression, se dit-il, dont je puis m'épargner l'ennui du reste de la soirée. Il sortit en courant de l'hôtel de Fervaques. Le soir, en revoyant l'original de la lettre par lui copiée la veille, il arriva bien

vite à l'endroit fatal où le jeune Russe parlait de Londres
et de Richmond. Julien fut bien étonné de trouver cette
lettre presque tendre.

C'était le contraste de l'apparente légèreté de ses propos, avec la profondeur sublime et presque apocalyp-
tique de ses lettres qui l'avait fait distinguer. La longueur des phrases plaisait surtout à la maréchale ; ce
n'est pas là ce style sautillant mis à la mode par Voltaire, cet homme si immoral! Quoique notre héros fît
tout au monde pour bannir toute espèce de bon sens de
la conversation, elle avait encore une couleur anti-
monarchique et impie qui n'échappait pas à Mme de
Fervaques. Environnée de personnages éminemment
moraux, mais qui souvent n'avaient pas une idée par
soirée, cette dame était profondément frappée de tout
ce qui ressemblait à une nouveauté ; mais en même
temps, elle croyait se devoir à elle-même d'en être
offensée. Elle appelait ce défaut, *garder l'empreinte de
le légèreté du siècle...*

Mais de tels salons ne sont bons à voir que quand on
sollicite. Tout l'ennui de cette vie sans intérêt que
menait Julien est sans doute partagé par le lecteur. Ce
sont là les landes de notre voyage.

Pendant tout le temps usurpé dans la vie de Julien
par l'épisode Fervaques, Mlle de La Mole avait besoin
de prendre sur elle pour ne pas songer à lui. Son âme
était en proie à de violents combats ; quelquefois elle se
flattait de mépriser ce jeune homme si triste ; mais,
malgré elle, sa conversation la captivait. Ce qui l'étonnait surtout, c'était sa fausseté parfaite ; il ne disait
pas un mot à la maréchale qui ne fût un mensonge, ou
du moins un déguisement abominable de sa façon de
penser, que Mathilde connaissait si parfaitement sur
presque tous les sujets. Ce machiavélisme la frappait.
Quelle profondeur ! se disait-elle ; quelle différence avec
les nigauds emphatiques ou les fripons communs, tels
que M. Tanbeau, qui tiennent le même langage !

Toutefois, Julien avait des journées affreuses. C'était

pour accomplir le plus pénible des devoirs qu'il paraissait chaque jour dans le salon de la maréchale. Ses efforts pour jouer un rôle achevaient d'ôter toute force à son âme. Souvent, la nuit, en traversant la cour immense de l'hôtel de Fervaques, ce n'était qu'à force de caractère et de raisonnement qu'il parvenait à se maintenir un peu au-dessus du désespoir.

J'ai vaincu le désespoir au séminaire, se disait-il : pourtant quelle affreuse perspective j'avais alors ! je faisais ou je manquais ma fortune, dans l'un comme dans l'autre cas, je me voyais obligé de passer toute ma vie en société intime avec ce qu'il y a sous le ciel de plus méprisable et de plus dégoûtant. Le printemps suivant, onze petits mois après seulement, j'étais le plus heureux peut-être des jeunes gens de mon âge.

Mais bien souvent tous ces beaux raisonnements étaient sans effet contre l'affreuse réalité. Chaque jour il voyait Mathilde au déjeuner et à dîner. D'après les lettres nombreuses que lui dictait M. de La Mole, il la savait à la veille d'épouser M. de Croisenois. Déjà cet aimable jeune homme paraissait deux fois par jour à l'hôtel de La Mole : l'œil jaloux d'un amant délaissé ne perdait pas une seule de ses démarches.

Quand il avait cru voir que Mlle de La Mole traitait bien son prétendu, en rentrant chez lui, Julien ne pouvait s'empêcher de regarder ses pistolets avec amour.

Ah ! que je serais plus sage, se disait-il, de démarquer mon linge, et d'aller dans quelque forêt solitaire, à vingt lieues de Paris, finir cette exécrable vie ! Inconnu dans le pays, ma mort serait cachée pendant quinze jours, et qui songerait à moi après quinze jours !

Ce raisonnement était fort sage. Mais le lendemain, le bras de Mathilde, entrevu entre la manche de sa robe et son gant, suffisait pour plonger notre jeune philosophe dans des souvenirs cruels, et qui cependant l'attachaient à la vie. Eh bien ! se disait-il alors, je suivrai jusqu'au bout cette politique russe. Comment cela finira-t-il ?

A l'égard de la maréchale, certes, après avoir transcrit ces cinquante-trois lettres, je n'en écrirai pas d'autres.

A l'égard de Mathilde, ces six semaines de comédie si pénible, ou ne changeront rien à sa colère, ou m'obtiendront un instant de réconciliation. Grand Dieu! j'en mourrais de bonheur! Et il ne pouvait achever sa pensée.

Quand, après une longue rêverie, il parvenait à reprendre son raisonnement : Donc, se disait-il, j'obtiendrais un jour de bonheur, après quoi recommenceraient ses rigueurs fondées, hélas ! sur le peu de pouvoir que j'ai de lui plaire, et il ne me resterait plus aucune ressource, je serais ruiné, perdu à jamais...

Quelle garantie peut-elle me donner avec son caractère ? Hélas ! mon peu de mérite répond à tout. Je manquerai d'élégance dans mes manières, ma façon de parler sera lourde et monotone. Grand Dieu ! Pourquoi suis-je moi ?

CHAPITRE XXIX

L'ENNUI

Se sacrifier à ses passions, passe; mais à des passions qu'on n'a pas ! O triste xixᵉ siècle !
GIRODET.

Après avoir lu sans plaisir d'abord les longues lettres de Julien, Mᵐᵉ de Fervaques commençait à en être occupée ; mais une chose la désolait : Quel dommage que M. Sorel ne soit pas décidément prêtre ? On pourrait l'admettre à une sorte d'intimité ; avec cette croix et cet habit presque bourgeois, on est exposé à des questions cruelles, et que répondre ? Elle n'achevait pas sa pensée : quelque amie maligne peut supposer et même répandre que c'est un petit cousin subalterne, parent de mon pere, quelque marchand décoré par la garde nationale.

Jusqu'au moment où elle avait vu Julien, le plus grand plaisir de Mme de Fervaques avait été d'écrire le mot *maréchale* à côté de son nom. Ensuite une vanité de parvenue, maladive et qui s'offensait de tout, combattit un commencement d'intérêt.

Il me serait si facile, se disait la maréchale, d'en faire un grand vicaire dans quelque diocèse voisin de Paris! Mais M. Sorel tout court, et encore petit secrétaire de M. de La Mole! c'est désolant.

Pour la première fois, cette âme *qui craignait tout*, était émue d'un intérêt étranger à ses prétentions de rang et de supériorité sociale. Son vieux portier remarqua que, lorsqu'il apportait une lettre de ce beau jeune homme, qui avait l'air si triste, il était sûr de voir disparaître l'air distrait et mécontent que la maréchale avait toujours soin de prendre à l'arrivée d'un de ses gens.

L'ennui d'une façon de vivre toute ambitieuse d'effet sur le public, sans qu'il y eût au fond du cœur jouissance réelle pour ce genre de succès, était devenu si intolérable depuis qu'on pensait à Julien, que pour que les femmes de chambre ne fussent pas maltraitées de toute une journée, il suffisait que pendant la soirée de la veille on eût passé une heure avec ce jeune homme singulier. Son crédit naissant résista à des lettres anonymes, fort bien faites. En vain le petit Tanbeau fournit à MM. de Luz, de Croisenois, de Caylus, deux ou trois calomnies fort adroites et que ces Messieurs prirent plaisir à répandre sans trop se rendre compte de la vérité des accusations. La maréchale, dont l'esprit n'était pas fait pour résister à ces moyens vulgaires, racontait ses doutes à Mathilde, et toujours était consolée.

Un jour, après avoir demandé trois fois s'il y avait des lettres, Mme de Fervaques se décida subitement à

répondre à Julien. Ce fut une victoire de l'ennui. A la
seconde lettre, la maréchale fut presque arrêtée par
l'inconvenance d'écrire de sa main une adresse aussi
vulgaire, *A M. Sorel, chez M. le marquis de La Mole.*

Il faut, dit-elle le soir à Julien d'un air fort sec, que
vous m'apportiez des enveloppes sur lesquelles il y
aura votre adresse.

Me voilà constitué amant valet de chambre, pensa
Julien, et il s'inclina en prenant plaisir à se grimer
comme Arsène, le vieux valet de chambre du marquis.

Le soir même il apporta des enveloppes, et le lendemain, de fort bonne heure, il eut une troisième lettre :
il en lut cinq ou six lignes au commencement, et deux
ou trois vers la fin. Elle avait quatre pages d'une petite
écriture fort serrée.

Peu à peu on prit la douce habitude d'écrire presque
tous les jours. Julien répondait par des copies fidèles
des lettres russes, et, tel est l'avantage du style emphatique : Mme de Fervaques n'était point étonnée du peu
de rapport des réponses avec ses lettres.

Quelle n'eût pas été l'irritation de son orgueil si le
petit Tanbeau, qui s'était constitué espion volontaire
des démarches de Julien, eût pu lui apprendre que toutes
ces lettres non décachetées étaient jetées au hasard dans
le tiroir de Julien.

Un matin, le portier lui apportait dans la bibliothèque
une lettre de la maréchale [1] ; Mathilde rencontra cet
homme, vit la lettre et l'adresse de l'écriture de Julien.
Elle entra dans la bibliothèque comme le portier en
sortait ; la lettre était encore sur le bord de la table ;
Julien, fort occupé à écrire, ne l'avait pas placée dans
son tiroir.

— Voilà ce que je ne puis souffrir, s'écria Mathilde
en s'emparant de la lettre ; vous m'oubliez tout à fait,
moi qui suis votre épouse. Votre conduite est affreuse,
Monsieur.

A ces mots, son orgueil, étonné de l'effroyable inconvenance de sa démarche, la suffoqua ; elle fondit en

larmes, et bientôt parut à Julien hors d'état de respirer.

Surpris, confondu, Julien ne distinguait pas bien tout ce que cette scène avait d'admirable et d'heureux pour lui. Il aida Mathilde à s'asseoir ; elle s'abandonnait presque dans ses bras.

Le premier instant où il s'aperçut de ce mouvement fut de joie extrême. Le second fut une pensée pour Korasoff : je puis tout perdre par un seul mot.

Ses bras se raidirent, tant l'effort imposé par la politique était pénible. Je ne dois pas même me permettre de presser contre mon cœur ce corps souple et charmant, ou elle me méprise et me maltraite. Quel affreux caractère !

Et en maudissant le caractère de Mathilde, il l'en aimait cent fois plus ; il lui semblait avoir dans ses bras une reine.

L'impassible froideur de Julien redoubla le malheur d'orgueil qui déchirait l'âme de Mlle de La Mole. Elle était loin d'avoir le sang-froid nécessaire pour chercher à deviner dans ses yeux ce qu'il sentait pour elle en cet instant. Elle ne put se résoudre à le regarder ; elle tremblait de rencontrer l'expression du mépris.

Assise sur le divan de la bibliothèque, immobile et la tête tournée du côté opposé à Julien, elle était en proie aux plus vives douleurs que l'orgueil et l'amour puissent faire éprouver à une âme humaine. Dans quelle atroce démarche elle venait de tomber !

Il m'était réservé, malheureuse que je suis ! de voir repousser les avances les plus indécentes ! et repoussées par qui ? ajoutait l'orgueil fou de douleur, repoussées par un domestique de mon père.

— C'est ce que je ne souffrirai pas, dit-elle à haute voix.

Et, se levant avec fureur, elle ouvrit le tiroir de la table de Julien placée à deux pas devant elle. Elle resta comme glacée d'horreur en y voyant huit ou dix lettres non ouvertes, semblables en tout à celle que le portier venait de monter. Sur toutes les adresses, elle

reconnaissait l'écriture de Julien, plus ou moins contre-
faite.

— Ainsi, s'écria-t-elle hors d'elle-même, non seulement vous êtes bien avec elle mais encore vous la mé-
prisez. Vous, un homme de rien, mépriser Mᵐᵉ la maréchale de Fervaques!

Ah! pardon, mon ami, ajouta-t-elle en se jetant à
ses genoux, méprise-moi si tu veux, mais aime-moi,
je ne puis plus vivre privée de ton amour. Et elle tomba
tout à fait évanouie.

La voilà donc, cette orgueilleuse, à mes pieds! se
dit Julien [1].

CHAPITRE XXX

UNE LOGE AUX BOUFFES

> *As the blackest sky*
> *Foretells the heaviest tempest.*
> DON JUAN, c. i, st. 73.

Au milieu de tous ces grands mouvements, Julien
était plus étonné qu'heureux. Les injures de Mathilde
lui montraient combien la politique russe était sage.
Peu parler, peu agir, voilà mon unique moyen de salut.

Il releva Mathilde, et sans mot dire la replaça sur le
divan. Peu à peu les larmes la gagnèrent.

Pour se donner une contenance, elle prit dans ses
mains les lettres de Mᵐᵉ de Fervaques ; elle les décache-
tait lentement. Elle eut un mouvement nerveux bien
marqué quand elle reconnut l'écriture de la maréchale.

Elle tournait sans les lire les feuilles de ces lettres ; la plupart avaient six pages.

— Répondez-moi, du moins, dit enfin Mathilde du ton de voix le plus suppliant, mais sans oser regarder Julien. Vous savez bien que j'ai de l'orgueil ; c'est le malheur de ma position et même de mon caractère, je l'avouerai ; Mme de Fervaques m'a donc enlevé votre cœur... A-t-elle fait pour vous tous les sacrifices où ce fatal amour m'a entraînée ?

Un morne silence fut toute la réponse de Julien. De quel droit, pensait-il, me demande-t-elle une indiscrétion indigne d'un honnête homme ?

Mathilde essaya de lire les lettres ; ses yeux remplis de larmes lui en ôtaient la possibilité.

Depuis un mois elle était malheureuse, mais cette âme hautaine était bien loin de s'avouer ses sentiments. Le hasard tout seul avait amené cette explosion. Un instant la jalousie et l'amour l'avaient emporté sur l'orgueil. Elle était placée sur le divan et fort près de lui. Il voyait ses cheveux et son cou d'albâtre ; un moment il oublia tout ce qu'il se devait ; il passa le bras autour de sa taille, et la serra presque contre sa poitrine.

Elle tourna la tête vers lui lentement : il fut étonné de l'extrême douleur qui était dans ses yeux, c'était à ne pas reconnaître leur physionomie habituelle.

Julien sentit ses forces l'abandonner, tant était mortellement pénible l'acte de courage qu'il s'imposait.

Ces yeux n'exprimeront bientôt que le plus froid dédain, se dit Julien, si je me laisse entraîner au bonheur de l'aimer. Cependant d'une voix éteinte et avec des paroles qu'elle avait à peine la force d'achever, elle lui répétait en ce moment l'assurance de tous ses regrets pour des démarches que trop d'orgueil avait pu conseiller.

— J'ai aussi de l'orgueil, lui dit Julien d'une voix à peine formée, et ses traits peignaient le point extrême de l'abattement physique.

Mathilde se retourna vivement vers lui. Entendre sa voix était un bonheur à l'espérance duquel elle avait

presque renoncé. En ce moment, elle ne se souvenait
de sa hauteur que pour la maudire, elle eût voulu trouver des démarches insolites, incroyables, pour lui prouver jusqu'à quel point elle l'adorait et se détestait elle-
même.

— C'est probablement à cause de cet orgueil, continua
Julien, que vous m'avez distingué un instant ; c'est
certainement à cause de cette fermeté courageuse et
qui convient à un homme que vous m'estimez en
ce moment. Je puis avoir de l'amour pour la maréchale...

Mathilde tressaillit ; ses yeux prirent une expression
étrange. Elle allait entendre prononcer son arrêt. Ce
mouvement n'échappa point à Julien ; il sentit faiblir
son courage.

Ah ! se disait-il en écoutant le son des vaines paroles
que prononçait sa bouche, comme il eût fait un bruit
étranger ; si je pouvais couvrir de baisers ces joues si
pâles, et que tu ne le sentisses pas !

— Je puis avoir de l'amour pour la maréchale, conti-
nuait-il... et sa voix s'affaiblissait toujours ; mais certainement, je n'ai de son intérêt pour moi aucune preuve
décisive...

Mathilde le regarda : il soutint ce regard, du moins il
espéra que sa physionomie ne l'avait pas trahi. Il se sentait pénétré d'amour jusque dans les replis les plus intimes de son cœur. Jamais il ne l'avait adorée à ce point ;
il était presque aussi fou que Mathilde. Si elle se fût
trouvée assez de sang-froid et de courage pour manœuvrer, il fût tombé à ses pieds, en abjurant toute vaine
comédie. Il eut assez de force pour pouvoir continuer
à parler. Ah ! Korasoff, s'écria-t-il intérieurement, que
n'êtes-vous ici ! quel besoin j'aurais d'un mot pour diriger ma conduite ! Pendant ce temps sa voix disait :

— A défaut de tout autre sentiment, la reconnaissance suffirait pour m'attacher à la maréchale ; elle m'a
montré de l'indulgence, elle m'a consolé quand on me
méprisait... Je puis ne pas avoir une foi illimitée en de

certaines apparences extrêmement flatteuses sans doute, mais peut-être aussi, bien peu durables.

— Ah! grand Dieu! s'écria Mathilde.

— Eh bien! quelle garantie me donnerez-vous? reprit Julien avec un accent vif et ferme, et qui semblait abandonner pour un instant les formes prudentes de la diplomatie. Quelle garantie, quel dieu me répondra que la position que vous semblez disposée à me rendre en cet instant vivra plus de deux jours?

— L'excès de mon amour et de mon malheur si vous ne m'aimez plus, lui dit-elle en lui prenant les mains et se tournant vers lui.

Le mouvement violent qu'elle venait de faire avait un peu déplacé sa pèlerine : Julien apercevait ses épaules charmantes. Ses cheveux un peu dérangés lui rappelèrent un souvenir délicieux...

Il allait céder. Un mot imprudent, se dit-il, et je fais recommencer cette longue suite de journées passées dans le désespoir. Mme de Rênal trouvait des raisons pour faire ce que son cœur lui dictait : cette jeune fille du grand monde ne laisse son cœur s'émouvoir que lorsqu'elle s'est prouvé par bonnes raisons qu'il doit être ému.

Il vit cette vérité en un clin d'œil, et, en un clin d'œil aussi retrouva du courage.

Il retira ses mains que Mathilde pressait dans les siennes et avec un respect marqué s'éloigna un peu d'elle. Un courage d'homme ne peut aller plus loin. Il s'occupa ensuite à réunir toutes les lettres de Mme de Fervaques qui étaient éparses sur le divan, et ce fut avec l'apparence d'une politesse extrême et si cruelle en ce moment qu'il ajouta :

— Mademoiselle de La Mole daignera me permettre de réfléchir sur tout ceci. Il s'éloigna rapidement et quitta la bibliothèque ; elle l'entendit refermer successivement toutes les portes.

Le monstre n'est point troublé, se dit-elle...

Mais que dis-je, monstre! il est sage, prudent, bon ;

c'est moi qui ai plus de torts qu'on n'en pourrait imaginer.

Cette manière de voir dura. Mathilde fut presque
heureuse ce jour-là, car elle fut tout à l'amour ; on eût
dit que jamais cette âme n'avait été agitée par l'orgueil, et quel orgueil !

Elle tressaillit d'horreur quand, le soir au salon, un
laquais annonça Mme de Fervaques ; la voix de cet
homme lui parut sinistre. Elle ne put soutenir la vue de
la maréchale et s'éloigna rapidement. Julien, peu enor-
gueilli de sa pénible victoire, avait craint ses propres
regards, et n'avait pas dîné à l'hôtel de La Mole.

Son amour et son bonheur augmentaient rapidement
à mesure qu'il s'éloignait du moment de la bataille ; il
en était déjà à se blâmer. Comment ai-je pu lui résister,
se disait-il ; si elle allait ne plus m'aimer ! un moment
peut changer cette âme altière, et il faut convenir que
je l'ai traitée d'une façon affreuse.

Le soir, il sentit bien qu'il fallait absolument paraître
aux Bouffes dans la loge de Mme de Fervaques. Elle
l'avait expressément invité : Mathilde ne manquerait pas
de savoir sa présence ou son absence impolie. Malgré
l'évidence de ce raisonnement, il n'eut pas la force, au
commencement de la soirée, de se plonger dans la société.
En parlant, il allait perdre la moitié de son bonheur.

Dix heures sonnèrent : il fallut absolument se montrer.

Par bonheur il trouva la loge de la maréchale remplie
de femmes, et fut relégué près de la porte, et tout à fait
caché par les chapeaux. Cette position lui sauva un
ridicule ; les accents divins du désespoir de Caroline dans
le *Matrimonio segreto* le firent fondre en larmes. Mme de
Fervaques vit ces larmes ; elles faisaient un tel contraste
avec la mâle fermeté de sa physionomie habituelle, que
cette âme de grande dame dès longtemps saturée de
tout ce que la fierté de *parvenue* a de plus corrodant en
fut touchée. Le peu qui restait chez elle d'un cœur de
femme la porta à parler. Elle voulut jouir du son de sa
voix en ce moment.

— Avez-vous vu les dames de La Mole, lui dit-elle, elles sont aux troisièmes. A l'instant Julien se pencha dans la salle en s'appuyant assez impoliment sur le devant de la loge : il vit Mathilde ; ses yeux étaient brillants de larmes.

Et cependant ce n'est pas leur jour d'Opéra, pensa Julien ; quel empressement!

Mathilde avait décidé sa mère à venir aux Bouffes, malgré l'inconvenance du rang de la loge qu'une complaisante de la maison s'était empressée de leur offrir. Elle voulait voir si Julien passerait cette soirée avec la maréchale.

CHAPITRE XXXI

LUI FAIRE PEUR

Voilà donc le beau miracle de votre civilisation !
De l'amour vous avez fait une affaire ordinaire.

BARNAVE.

Julien courut dans la loge de Mme de La Mole. Ses yeux rencontrèrent d'abord les yeux en larmes de Mathilde ; elle pleurait sans nulle retenue, il n'y avait là que des personnages subalternes, l'amie qui avait prêté la loge et des hommes de sa connaissance. Mathilde posa sa main sur celle de Julien ; elle avait comme oublié toute crainte de sa mère. Presque étouffée par ses larmes, elle ne lui dit que ce seul mot : *des garanties!*

Au moins, que je ne lui parle pas, se disait Julien fort ému lui-même, et se cachant tant bien que mal les yeux avec la main, sous prétexte du lustre qui éblouit le troi-

sième rang de loges. Si je parle, elle ne peut plus douter
de l'excès de mon émotion, le son de ma voix me trahira,
tout peut être perdu encore.

Ses combats étaient bien plus pénibles que le matin,
son âme avait eu le temps de s'émouvoir. Il craignait de
voir Mathilde se piquer de vanité. Ivre d'amour et de
volupté, il prit sur lui de ne pas lui parler.

C'est, selon moi, l'un des plus beaux traits de son
caractère ; un être capable d'un tel effort sur lui-même
peut aller loin, *si fata sinant.*

Mlle de La Mole insista pour ramener Julien à l'hôtel.
Heureusement il pleuvait beaucoup. Mais la marquise
le fit placer vis-à-vis d'elle, lui parla constamment et
empêcha qu'il ne pût dire un mot à sa fille. On eût pensé
que la marquise soignait le bonheur de Julien ; ne craignant plus de tout perdre par l'excès de son émotion,
il s'y livrait avec folie.

Oserai-je dire qu'en rentrant dans sa chambre, Julien
se jeta à genoux et couvrit de baisers les lettres d'amour
données par le prince Korasoff ?

O grand homme ! que ne te dois-je pas ! s'écria-il dans
sa folie.

Peu à peu quelque sang-froid lui revint. Il se compara
à un général qui vient de gagner à demi une grande bataille. L'avantage est certain, immense, se dit-il ; mais
que se passera-t-il demain ? un instant peut tout perdre.

Il ouvrit d'un mouvement passionné les *Mémoires dic-*
tés à Sainte-Hélène par Napoléon, et pendant deux longues heures se força à les lire ; ses yeux seuls lisaient,
n'importe, il s'y forçait. Pendant cette singulière lecture,
sa tête et son cœur montés au niveau de tout ce qu'il y
a de plus grand, travaillaient à son insu. Ce cœur est bien
différent de celui de Mme de Rênal, se disait-il, mais il
n'allai pas plus loin.

LUI FAIRE PEUR, s'écria-t-il tout à coup en jetant
le livre au loin. L'ennemi ne m'obéira qu'autant que je
lui ferai peur, alors il n'osera me mépriser.

Il se promenait dans sa petite chambre, ivre de joie.

A la vérité, ce bonheur était plus d'orgueil que d'amour.

Lui faire peur ! se répétait-il fièrement, et il avait raison d'être fier. Même dans ses moments les plus heureux, Mme de Rênal doutait toujours que mon amour fût égal au sien. Ici, c'est un démon que je subjugue, donc il faut *subjuguer*.

Il savait bien que le lendemain dès huit heures du matin, Mathilde serait à la bibliothèque, il n'y parut qu'à neuf heures, brûlant d'amour, mais sa tête dominait son cœur. Une seule minute peut-être ne se passa pas sans qu'il ne se répétât : La tenir toujours occupée de ce grand doute : M'aime-t-il ? Sa brillante position, les flatteries de tout ce qui lui parle la portent *un peu trop* à se rassurer.

Il la trouva pâle, calme, assise sur le divan, mais hors d'état apparemment de faire un seul mouvement. Elle lui tendit la main :

— Ami, je t'ai offensé, il est vrai ; tu peux être fâché contre moi ?...

Julien ne s'attendait pas à ce ton si simple. Il fut sur le point de se trahir.

— Vous voulez des garanties, mon ami, ajouta-t-elle après un silence qu'elle avait espéré voir rompre ; il est juste. Enlevez-moi, partons pour Londres [1]... Je serai perdue à jamais, déshonorée... Elle eut le courage de retirer sa main à Julien pour s'en couvrir les yeux. Tous les sentiments de retenue et de vertu féminine étaient rentrés dans cette âme... Eh bien ! déshonorez-moi, dit-elle enfin avec un soupir, c'est *une garantie*.

Hier j'ai été heureux, parce que j'ai eu le courage d'être sévère avec moi-même, pensa Julien. Après un petit moment de silence, il eut assez d'empire sur son cœur pour dire d'un ton glacial :

— Une fois en route pour Londres, une fois déshonorée, pour me servir de vos expressions, qui me répond que vous m'aimerez ? que ma présence dans la chaise de poste ne vous semblera point importune ? Je ne suis pas un monstre, vous avoir perdue dans l'opinion ne sera

pour moi qu'un malheur de plus. Ce n'est pas votre
position avec le monde qui fait obstacle, c'est par
malheur votre caractère. Pouvez-vous vous répondre
à vous-même que vous m'aimerez huit jours ?

(Ah ! qu'elle m'aime huit jours, huit jours seulement,
se disait tout bas Julien, et j'en mourrai de bonheur.
Que m'importe l'avenir, que m'importe la vie ? et ce
bonheur divin peut commencer en cet instant si je veux,
il ne dépend que de moi !)

Mathilde le vit pensif.

— Je suis donc tout à fait indigne de vous, dit-elle en
lui prenant la main.

Julien l'embrassa, mais à l'instant la main de fer du
devoir saisit son cœur. Si elle voit combien je l'adore,
je la perds. Et, avant de quitter ses bras, il avait repris
toute la dignité qui convient à un homme.

Ce jour-là et les suivants, il sut cacher l'excès de sa
félicité ; il y eut des moments où il se refusait jusqu'au
plaisir de la serrer dans ses bras.

Dans d'autres instants, le délire du bonheur l'emportait sur tous les conseils de la prudence.

C'était auprès d'un berceau de chèvrefeuilles disposé
pour cacher l'échelle, dans le jardin, qu'il avait coutume
d'aller se placer pour regarder de loin la persienne de
Mathilde et pleurer son inconstance. Un fort grand
chêne était tout près et le tronc de cet arbre l'empêchait
d'être vu des indiscrets.

Passant avec Mathilde dans ce même lieu qui lui
rappelait si vivement l'excès de son malheur, le contraste
du désespoir passé et de la félicité présente fut trop fort
pour son caractère ; des larmes inondèrent ses yeux, et,
portant à ses lèvres la main de son amie : — Ici, je vivais
en pensant à vous ; ici je regardais cette persienne, j'attendais des heures entières le moment fortuné où je
verrais cette main l'ouvrir...

Sa faiblesse fut complète. Il lui peignit avec ces couleurs vraies qu'on n'invente point, l'excès de son désespoir d'alors. De courtes interjections témoignaient de

son bonheur actuel qui avait fait cesser cette peine
atroce...

Que fais-je, grand Dieu! se dit Julien revenant à lui
tout à coup? Je me perds.

Dans l'excès de son alarme, il crut déjà voir moins
d'amour dans les yeux de Mlle de La Mole. C'était une
illusion; mais la figure de Julien changea rapidement
et se couvrit d'une pâleur mortelle. Ses yeux s'éteigni-
rent un instant, et l'expression d'une hauteur non exempte
de méchanceté succéda bientôt à celle de l'amour le plus
vrai et le plus abandonné.

— Qu'avez-vous donc, mon ami? lui dit Mathilde
avec tendresse et inquiétude.

— Je mens, dit Julien avec humeur, et je mens à vous.
Je me le reproche, et cependant Dieu sait que je vous
estime assez pour ne pas mentir. Vous m'aimez, vous
m'êtes dévouée, et je n'ai pas besoin de faire des phrases
pour vous plaire.

— Grand Dieu! ce sont des phrases que tout ce que
vous me dites de ravissant depuis deux minutes?

— Et je me les reproche vivement, chère amie. Je les
ai composées autrefois pour une femme qui m'aimait et
m'ennuyait... C'est le défaut de mon caractère, je me
dénonce moi-même à vous, pardonnez-moi.

Des larmes amères inondaient les joues de Mathilde.

— Dès que par quelque nuance qui m'a choqué, j'ai
un moment de rêverie forcée, continuait Julien, mon
exécrable mémoire, que je maudis en ce moment, m'offre
une ressource et j'en abuse.

— Je viens donc de tomber à mon insu dans quelque
action qui vous aura déplu? dit Mathilde avec une
naïveté charmante.

— Un jour, je m'en souviens, passant près de ces
chèvrefeuilles, vous avez cueilli une fleur, M. de Luz vous
l'a prise, et vous la lui avez laissée. J'étais à deux pas.

— M. de Luz? C'est impossible, reprit Mathilde,
avec la hauteur qui lui était si naturelle: je n'ai point ces
açons.

— J'en suis sûr, répliqua vivement Julien.

— Eh bien! il est vrai, mon ami, dit Mathilde en baissant les yeux tristement. Elle savait positivement que depuis bien des mois elle n'avait pas permis une telle action à M. de Luz.

Julien la regarda avec une tendresse inexprimable : Non, se dit-il, elle ne m'aime pas *moins*.

Elle lui reprocha le soir, en riant, son goût pour Mme de Fervaques : un bourgeois aimer une parvenue! Les cœurs de cette espèce sont peut-être les seuls que mon Julien ne puisse rendre fous. Elle avait fait de vous un vrai dandy, disait-elle en jouant avec ses cheveux.

Dans le temps qu'il se croyait méprisé de Mathilde, Julien était devenu l'un des hommes les mieux mis de Paris. Mais encore avait-il un avantage sur les gens de cette espèce ; une fois sa toilette arrangée, il n'y songeait plus.

Une chose piquait Mathilde, Julien continuait à copier les lettres russes, et à les envoyer à la maréchale.

CHAPITRE XXXII

LE TIGRE

Hélas ! pourquoi ces choses et non pas d'autres ?
BEAUMARCHAIS.

Un voyageur anglais raconte l'intimité où il vivait avec un tigre ; il l'avait élevé et le caressait, mais toujours sur sa table tenait un pistolet armé.

Julien ne s'abandonnait à l'excès de son bonheur que dans les instants où Mathilde ne pouvait en lire l'expression dans ses yeux. Il s'acquittait avec exactitude du devoir de lui dire de temps à autre quelque mot dur.

Quand la douceur de Mathilde, qu'il observait avec étonnement, et l'excès de son dévouement étaient sur le point de lui ôter tout empire sur lui-même, il avait le courage de la quitter brusquement.

Pour la première fois Mathilde aima.

La vie, qui toujours pour elle s'était traînée à pas de tortue, volait maintenant.

Comme il fallait cependant que l'orgueil se fît jour de quelque façon, elle voulait s'exposer avec témérité à tous les dangers que son amour pouvait lui faire courir. C'était Julien qui avait de la prudence ; et c'était seulement quand il était question de danger qu'elle ne cédait pas à sa volonté ; mais soumise et presque humble avec lui, elle n'en montrait que plus de hauteur envers tout ce qui dans la maison l'approchait, parents ou valets.

Le soir au salon, au milieu de soixante personnes, elle appelait Julien pour lui parler en particulier et longtemps.

Le petit Tanbeau s'établissant un jour à côté d'eux, elle le pria d'aller lui chercher dans la bibliothèque le volume de Smolett où se trouve la révolution de 1688 ; et comme il hésitait : — Que rien ne vous presse, ajouta-t-elle avec une expression d'insultante hauteur qui fut un baume pour l'âme de Julien.

— Avez-vous remarqué le regard de ce petit monstre ? lui dit-il.

— Son oncle a dix ou douze ans de service dans ce salon, sans quoi je le ferais chasser à l'instant.

Sa conduite envers MM. de Croisenois, de Luz, etc., parfaitement polie pour la forme, n'était guère moins provocante au fond. Mathilde se reprochait vivement toutes les confidences faites jadis à Julien, et d'autant plus qu'elle n'osait lui avouer qu'elle avait exagéré les marques d'intérêt presque tout à fait innocentes dont ces messieurs avaient été l'objet.

Malgré les plus belles résolutions, sa fierté de femme

l'empêchait tous les jours de dire à Julien : C'est parce
que je parlais à vous que je trouvais du plaisir à décrire
la faiblesse que j'avais de ne pas retirer ma main, lorsque M. de Croisenois posant la sienne sur une table de
marbre venait à l'effleurer un peu.

Aujourd'hui, à peine un de ces messieurs lui parlait-il
quelques instants, qu'elle se trouvait avoir une question
à faire à Julien, et c'était un prétexte pour le retenir
auprès d'elle.

Elle se trouva enceinte et l'apprit avec joie à Julien.

— Maintenant douterez-vous de moi ? N'est-ce pas
une garantie ? Je suis votre épouse à jamais.

Cette annonce frappa Julien d'un étonnement profond. Il fut sur le point d'oublier le principe de sa
conduite. Comment être volontairement froid et offensant envers cette pauvre jeune fille qui se perd pour moi ?
Avait-elle l'air un peu souffrant, même les jours où la
sagesse faisait entendre sa voix terrible, il ne se trouvait
plus le courage de lui adresser un de ces mots cruels si
indispensables, selon son expérience, à la durée de leur
amour.

— Je veux écrire à mon père, lui dit un jour Mathilde ;
c'est plus qu'un père pour moi ; c'est un ami : comme tel
je trouverais indigne de vous et de moi de chercher à le
tromper, ne fût-ce qu'un instant.

— Grand Dieu ! Qu'allez-vous faire ? dit Julien effrayé.

— Mon devoir, répondit-elle avec des yeux brillants
de joie.

Elle se trouvait plus magnanime que son amant.

— Mais il me chassera avec ignominie !

— C'est son droit, il faut le respecter. Je vous donnerai le bras et nous sortirons par la porte cochère, en
plein midi.

Julien étonné la pria de différer d'une semaine.

— Je ne puis, répondit-elle, l'honneur parle, j'ai vu
le devoir, il faut le suivre, et à l'instant.

— Eh bien ! je vous ordonne de différer, dit enfin Julien.
Votre honneur est à couvert, je suis votre époux. Notre

état à tous les deux va être changé par cette démarche capitale. Je suis aussi dans mon droit. C'est aujourd'hui mardi ; mardi prochain c'est le jour du duc de Retz ; le soir, quand M. de La Mole rentrera, le portier lui remettra la lettre fatale... Il ne pense qu'à vous faire duchesse, j'en suis certain, jugez de son malheur!

— Voulez-vous dire : jugez de sa vengeance?

— Je puis avoir pitié de mon bienfaiteur, être navré de lui nuire ; mais je ne crains et ne craindrai jamais personne.

Mathilde se soumit. Depuis qu'elle avait annoncé son nouvel état à Julien, c'était la première fois qu'il lui parlait avec autorité ; jamais il ne l'avait tant aimée. C'était avec bonheur que la partie tendre de son âme saisissait le prétexte de l'état où se trouvait Mathilde pour se dispenser de lui adresser des mots cruels. L'aveu à M. de La Mole l'agita profondément. Allait-il être séparé de Mathilde? Et avec quelque douleur qu'elle le vît partir, un mois après son départ, songerait-elle à lui?

Il avait une horreur presque égale des justes reproches que le marquis pouvait lui adresser.

Le soir, il avoua à Mathilde ce second sujet de chagrin, et ensuite égaré par son amour il fit aussi l'aveu du premier.

Elle changea de couleur.

Réellement, lui dit-elle, six mois passés loin de moi seraient un malheur pour vous!

— Immense, le seul au monde que je voie avec terreur.

Mathilde fut bien heureuse. Julien avait suivi son rôle avec tant d'application qu'il était parvenu à lui faire penser qu'elle était celle des deux qui avait le plus d'amour.

Le mardi fatal arriva. A minuit, en rentrant, le marquis trouva une lettre avec l'adresse qu'il fallait pour qu'il l'ouvrît lui-même, et seulement quand il serait sans témoins.

« MON PÈRE,

« Tous les liens sociaux sont rompus entre nous, il ne
reste plus que ceux de la nature. Après mon mari, vous
êtes et serez toujours l'être qui me sera le plus cher. Mes
yeux se remplissent de larmes, je songe à la peine que je
vous cause, mais pour que ma honte ne soit pas publique,
pour vous laisser le temps de délibérer et d'agir, je n'ai
pu différer plus longtemps l'aveu que je vous dois. Si
votre amitié, que je sais être extrême pour moi, veut
m'accorder une petite pension, j'irai m'établir où vous
voudrez, en Suisse, par exemple, avec mon mari. Son
nom est tellement obscur, que personne ne reconnaîtra
votre fille dans Mme Sorel, belle-fille d'un charpentier
de Verrières. Voilà ce nom qui m'a fait tant de peine à
écrire. Je redoute pour Julien votre colère, si juste en
apparence. Je ne serai pas duchesse, mon père ; mais je
le savais en l'aimant ; car c'est moi qui l'ai aimé la première, c'est moi qui l'ait séduit. Je tiens de vous une
âme trop élevée pour arrêter mon attention à ce qui est
ou me semble vulgaire. C'est en vain que dans le dessein
de vous plaire j'ai songé à M. de Croisenois. Pourquoi
aviez-vous placé le vrai mérite sous mes yeux ? Vous me
l'avez dit vous-même à mon retour d'Hyères : ce jeune
Sorel est le seul être qui m'amuse ; le pauvre garçon est
aussi affligé que moi, s'il est possible, de la peine que vous
fait cette lettre. Je ne puis empêcher que vous ne soyez
irrité comme père ; mais aimez-moi toujours comme
ami [1].

« Julien me respectait. S'il me parlait quelquefois,
c'était uniquement à cause de sa profonde reconnaissance pour vous : car la hauteur naturelle de son caractère le porte à ne jamais répondre qu'officiellement à
tout ce qui est tellement au-dessus de lui. Il a un sentiment vif et inné de la différence des positions sociales.
C'est moi, je l'avoue, en rougissant, à mon meilleur ami,
et jamais un tel aveu ne sera fait à un autre, c'est moi
qui un jour au jardin lui ai serré le bras.

« Après vingt-quatre heures, pourquoi seriez-vous irrité

contre lui ? Ma faute est irréparable. Si vous l'exigez,
c'est par moi que passeront les assurances de son profond
respect et de son désespoir de vous déplaire. Vous ne le
verrez point ; mais j'irai le rejoindre où il voudra. C'est
son droit, c'est mon devoir, il est le père de mon enfant.
Si votre bonté veut bien nous accorder six mille francs
pour vivre, je les recevrai avec reconnaissance : sinon
Julien compte s'établir à Besançon où il commencera le
métier de maître de latin et de littérature. De quelque
bas degré qu'il parte, j'ai la certitude qu'il s'élèvera.
Avec lui je ne crains pas l'obscurité. S'il y a révolution,
je suis sûre pour lui d'un premier rôle. Pourriez-vous en
dire autant d'aucun de ceux qui ont demandé ma main ?
Ils ont de belles terres ! Je ne puis trouver dans cette seule
circonstance une raison pour admirer. Mon Julien at-
teindrait une haute position même sous le régime actuel,
s'il avait un million et la protection de mon père... »

Mathilde, qui savait que le marquis était un homme
tout de premier mouvement, avait écrit huit pages.

— Que faire ? se disait Julien [1] pendant que M. de
La Mole lisait cette lettre ; où est 1° mon devoir, 2° mon
intérêt ? Ce que je lui dois est immense : j'eusse été sans lui
un coquin subalterne, et pas assez coquin pour n'être
pas haï et persécuté par les autres. Il m'a fait un homme
du monde. Mes coquineries *nécessaires* seront 1° plus
rares, 2° moins ignobles. Cela est plus que s'il m'eût
donné une million. Je lui dois cette croix et l'apparence
de services diplomatiques qui me tirent du pair.

S'il tenait la plume pour prescrire ma conduite, qu'est-
ce qu'il écrirait ?...

Julien fut brusquement interrompu par le vieux valet
de chambre de M. de La Mole.

— Le marquis vous demande à l'instant, vêtu ou non
vêtu.

Le valet ajouta à voix basse en marchant à côté de
Julien :

— Il est hors de lui, prenez garde à vous.

CHAPITRE XXXIII

L'ENFER DE LA FAIBLESSE

> *En taillant ce diamant, un lapidaire malhabile*
> *lui a ôté quelques-unes de ses plus vives étincelles.*
> *Au moyen âge, que dis-je ? encore sous Richelieu,*
> *le Français avait la* force de vouloir.
>
> MIRABEAU.

Julien trouva le marquis furieux : pour la première fois de sa vie, peut-être, ce seigneur fut de mauvais ton ; il accabla Julien de toutes les injures qui lui vinrent à la bouche. Notre héros fut étonné, impatienté, mais sa reconnaissance n'en fut point ébranlée. Que de beaux projets depuis longtemps chéris au fond de sa pensée le pauvre homme voit crouler en un instant! Mais je lui dois de lui répondre, mon silence augmenterait sa colère. La réponse fut fournie par le rôle de Tartuffe [1].

— *Je ne suis pas un ange...* Je vous ai bien servi, vous m'avez payé avec générosité... J'étais reconnaissant, mais j'ai vingt-deux ans... Dans cette maison, ma pensée n'était comprise que de vous, et de cette personne aimable...

— Monstre! s'écria le marquis. Aimable! aimable! Le jour où vous l'avez trouvée aimable, vous deviez fuir.

— Je l'ai tenté ; alors, je vous demandai de partir pour le Languedoc.

Las de se promener avec fureur, le marquis, dompté par la douleur, se jeta dans un fauteuil ; Julien l'entendit se dire à demi-voix : Ce n'est point là un méchant homme.

— Non, je ne le suis pas pour vous, s'écria Julien en tombant à ses genoux. Mais il eut une honte extrême de ce mouvement, et se releva bien vite.

Le marquis était réellement égaré. A la vue de ce mouvement il recommença à l'accabler d'injures atroces et dignes d'un cocher de fiacre. La nouveauté de ces jurons était peut-être une distraction.

— Quoi ! ma fille s'appellera Mme Sorel ! quoi ! ma fille ne sera pas duchesse ! Toutes les fois que ces deux idées se présentaient aussi nettement, M. de La Mole était torturé et les mouvements de son âme n'étaient plus volontaires. Julien craignit d'être battu.

Dans les intervalles lucides, et lorsque le marquis commençait à s'accoutumer à son malheur, il adressait à Julien des reproches assez raisonnables :

— Il fallait fuir, Monsieur, lui disait-il... Votre devoir était de fuir... Vous êtes le dernier des hommes...

Julien s'approcha de la table et écrivit :

« *Depuis longtemps la vie m'est insupportable, j'y mets un terme. Je prie Monsieur le Marquis d'agréer, avec l'expression d'une reconnaissance sans bornes, mes excuses de l'embarras que ma mort dans son hôtel peut causer.* »

— Que Monsieur le Marquis daigne parcourir ce papier... Tuez-moi, dit Julien, ou faites-moi tuer par votre valet de chambre. Il est une heure du matin, je vais me promener au jardin vers le mur du fond.

— Allez à tous les diables, lui cria le marquis comme il s'en allait.

— Je comprends, pensa Julien ; il ne serait pas fâché de me voir épargner la façon de ma mort à son valet de chambre... Qu'il me tue, à la bonne heure, c'est une satisfaction que je lui offre... Mais, parbleu, j'aime la vie... Je me dois à mon fils.

Cette idée, qui pour la première fois paraissait aussi nettement à son imagination, l'occupa tout entier après les premières minutes de promenade données au sentiment du danger.

Cet intérêt si nouveau en fit un être prudent. Il me faut des conseils pour me conduire avec cet homme fougueux... Il n'a aucune raison, il est capable de tout.

Fouqué est trop éloigné, d'ailleurs il ne comprendrait pas les sentiments d'un cœur tel que celui du marquis.

Le comte Altamira... Suis-je sûr d'un silence éternel ? Il ne faut pas que ma demande de conseils soit une action, et complique ma position. Hélas ! il ne me reste que le sombre abbé Pirard... Son esprit est rétréci par le jansénisme... Un coquin de jésuite connaîtrait le monde, et serait mieux mon fait... M. Pirard est capable de me battre, au seul énoncé du crime.

Le génie de Tartuffe vint au secours de Julien : Eh bien, j'irai me confesser à lui. Telle fut la dernière résolution qu'il prit au jardin après s'être promené deux grandes heures. Il ne pensait plus qu'il pouvait être surpris par un coup de fusil, le sommeil le gagnait.

Le lendemain de très grand matin, Julien était à plusieurs lieues de Paris, frappant à la porte du sévère janséniste. Il trouva, à son grand étonnement, qu'il n'était point trop surpris de sa confidence.

J'ai peut-être des reproches à me faire, se disait l'abbé plus soucieux qu'irrité. J'avais cru deviner cet amour. Mon amitié pour vous, petit malheureux, m'a empêché d'avertir le père...

— Que va-t-il faire ? lui dit vivement Julien.

(Il aimait l'abbé en ce moment, et une scène lui eût été fort pénible.)

Je vois trois partis, continua Julien : 1º M. de La Mole peut me faire donner la mort ; et il raconta la lettre de suicide qu'il avait laissée au marquis ; 2º me faire tirer au blanc par le comte Norbert, qui me demanderait un duel.

— Vous accepteriez ? dit l'abbé furieux, et se levant.

— Vous ne me laissez pas achever. Certainement je ne tirerais jamais sur le fils de mon bienfaiteur.

3º Il peut m'éloigner. S'il me dit : Allez à Édimbourg, à New York, j'obéirai. Alors on peut cacher la position de Mlle de La Mole ; mais je ne souffrirai point qu'on supprime mon fils.

— Ce sera là, n'en doutez point, la première idée de
cet homme corrompu...

A Paris, Mathilde était au désespoir. Elle avait vu
son père vers les sept heures. Il lui avait montré la lettre
de Julien, elle tremblait qu'il n'eût trouvé noble de
mettre fin à sa vie : Et sans ma permission ? se disait-elle
avec une douleur qui était de la colère.

— S'il est mort, je mourrai, dit-elle à son père. C'est
vous qui serez cause de sa mort... Vous vous en réjouirez
peut-être... Mais je le jure à ses mânes, d'abord je prendrai le deuil, et serai publiquement Mme *veuve Sorel*,
j'enverrai mes billets de faire part, comptez là-dessus...
Vous ne me trouverez pusillanime ni lâche.

Son amour allait jusqu'à la folie. A son tour, M. de La
Mole fut interdit.

Il commença à voir les événements avec quelque
raison. Au déjeuner, Mathilde ne parut point. Le marquis fut délivré d'un poids immense, et surtout flatté,
quand il s'aperçut qu'elle n'avait rien dit à sa mère.

Julien descendait de cheval [1]. Mathilde le fit appeler,
et se jeta dans ses bras presque à la vue de sa femme de
chambre. Julien ne fut pas très reconnaissant de ce
transport, il sortait fort diplomate et fort calculateur de
sa longue conférence avec l'abbé Pirard. Son imagination était éteinte par le calcul des possibles. Mathilde,
les larmes aux yeux, lui apprit qu'elle avait vu sa lettre
de suicide.

— Mon père peut se raviser ; faites-moi le plaisir de
partir à l'instant même pour Villequier. Remontez à
cheval, sortez de l'hôtel avant qu'on ne se lève de table.

Comme Julien ne quittait point l'air étonné et froid,
elle eut un accès de larmes.

— Laisse-moi conduire nos affaires, s'écria-t-elle
avec transport, et en le serrant dans ses bras. Tu sais
bien que ce n'est pas volontairement que je me sépare
de toi. Écris sous le couvert de ma femme de chambre,
que l'adresse soit d'une main étrangère, moi je t'écrirai
des volumes. Adieu ! fuis.

Ce dernier mot blessa Julien, il obéit cependant. Il est fatal, pensait-il, que, même dans leurs meilleurs moments, ces gens-là trouvent le secret de me choquer.

Mathilde résista avec fermeté à tous les projets *prudents* de son père. Elle ne voulut jamais établir la négociation sur d'autres bases que celles-ci : Elle serait Mme Sorel, et vivrait pauvrement avec son mari en Suisse, ou chez son père à Paris. Elle repoussait bien loin la proposition d'un accouchement clandestin.

— Alors commencerait pour moi la possibilité de la calomnie et du déshonneur. Deux mois après le mariage, j'irai voyager avec mon mari, et il nous sera facile de supposer que mon fils est né à une époque convenable.

D'abord accueillie par des transports de colère, cette fermeté finit par donner des doutes au marquis.

Dans un moment d'attendrissement :

— Tiens ! dit-il à sa fille, voilà une inscription de dix mille livres de rente, envoie-la à ton Julien, et qu'il me mette bien vite dans l'impossibilité de la reprendre.

Pour *obéir* à Mathilde, dont il connaissait l'amour pour le commandement, Julien avait fait quarante lieues inutiles : il était à Villequier, réglant les comptes des fermiers ; ce bienfait du marquis fut l'occasion de son retour. Il alla demander asile à l'abbé Pirard, qui, pendant son absence, était devenu l'allié le plus utile de Mathilde. Toutes les fois qu'il était interrogé par le marquis, il lui prouvait que tout autre parti que le mariage public serait un crime aux yeux de Dieu.

— Et par bonheur, ajoutait l'abbé, la sagesse du monde est ici d'accord avec la religion. Pourrait-on compter un instant, avec le caractère fougueux de Mlle de La Mole, sur le secret qu'elle ne se serait pas imposé à elle-même ? Si l'on n'admet pas la marche franche d'un mariage public, la société s'occupera beaucoup plus longtemps de cette mésalliance étrange. Il faut tout dire en une fois, sans apparence ni réalité du moindre mystère.

— Il est vrai, dit le marquis pensif. Dans ce système,

parler de ce mariage après trois jours, devient un rebâchage d'homme qui n'a pas d'idées. Il faudrait profiter de quelque grande mesure antijacobine du gouvernement pour se glisser incognito à la suite.

Deux ou trois amis de M. de La Mole pensaient comme l'abbé Pirard. Le grand obstacle, à leurs yeux, était le caractère décidé de Mathilde. Mais après tant de beaux raisonnements, l'âme du marquis ne pouvait s'accoutumer à renoncer à l'espoir du *tabouret* pour sa fille.

Sa mémoire et son imagination étaient remplis des roueries et des faussetés de tous genres qui étaient encore possibles dans sa jeunesse. Céder à la nécessité, avoir peur de la loi lui semblait chose absurde et déshonorante pour un homme de son rang. Il payait cher maintenant ces rêveries enchanteresses qu'il se permettait depuis dix ans sur l'avenir de cette fille chérie.

Qui l'eût pu prévoir ? se disait-il. Une fille d'un caractère si altier, d'un génie si élevé, plus fière que moi du nom qu'elle porte ! dont la main m'était demandée d'avance par tout ce qu'il y a de plus illustre en France !

Il faut renoncer à toute prudence. Ce siècle est fait pour tout confondre ! Nous marchons vers le chaos [1].

CHAPITRE XXXIV

UN HOMME D'ESPRIT

Le préfet cheminant sur son cheval se disait :
Pourquoi ne serais-je pas ministre, président
du conseil, duc ? Voici comment je ferai la guerre...
Par ce moyen je jetterais les novateurs dans les
fers...

LE GLOBE.

Aucun argument ne vaut pour détruire l'empire de
dix années de rêveries agréables. Le marquis ne trouvait
pas raisonnable de se fâcher, mais ne pouvait se résoudre
à pardonner. Si ce Julien pouvait mourir par accident,
se disait-il quelquefois... C'est ainsi que cette imagination attristée trouvait quelque soulagement à poursuivre les chimères les plus absurdes. Elles paralysaient
l'influence des sages raisonnements de l'abbé Pirard.
Un mois se passa ainsi sans que la négociation fît un pas.

Dans cette affaire de famille, comme dans celles de la
politique, le marquis avait des aperçus brillants dont il
s'enthousiasmait pendant trois jours. Alors un plan de
conduite ne lui plaisait pas, parce qu'il était étayé par
de bons raisonnements ; mais les raisonnements ne trouvaient grâce à ses yeux qu'autant qu'ils appuyaient
son plan favori. Pendant trois jours, il travaillait avec
toute l'ardeur et l'enthousiasme d'un poète, à amener
les choses à une certaine position ; le lendemain il n'y
songeait plus.

D'abord Julien fut déconcerté des lenteurs du marquis ;
mais, après quelques semaines, il commença à deviner
que M. de La Mole n'avait, dans cette affaire, aucun
plan arrêté.

Mme de La Mole et toute la maison croyaient que
Julien voyageait en province pour l'administration des
terres ; il était caché au presbytère de l'abbé Pirard, et
voyait Mathilde presque tous les jours ; elle, chaque
matin, allait passer une heure avec son père, mais quelquefois ils étaient des semaines entières sans parler de
l'affaire qui occupait toutes leurs pensées.

— Je ne veux pas savoir où est cet homme, lui dit un
jour le marquis ! envoyez-lui cette lettre. Mathilde
lut :

« Les terres de Languedoc rendent 20 600 francs. Je
donne 10 600 francs à ma fille, et 10 000 francs à
M. Julien Sorel. Je donne les terres mêmes, bien entendu.
Dites au notaire de dresser deux actes de donation séparés et de me les apporter demain ; après quoi, plus de
relations entre nous. Ah ! Monsieur, devais-je m'attendre à tout ceci ?

        « *Le marquis de* LA MOLE. »

— Je vous remercie beaucoup, dit Mathilde gaiement.
Nous allons nous fixer au château d'Aiguillon, entre
Agen et Marmande. On dit que c'est un pays aussi beau
que l'Italie.

Cette donation surprit extrêmement Julien. Il n'était
plus l'homme sévère et froid que nous avons connu. La
destinée de son fils absorbait d'avance toutes ses pensées [1]. Cette fortune imprévue et assez considérable
pour un homme si pauvre en fit un ambitieux. Il se
voyait, à sa femme ou à lui, 36 000 livres de rente. Pour
Mathilde, tous ses sentiments étaient absorbés dans son
adoration pour son mari, car c'est ainsi que son orgueil
appelait toujours Julien. Sa grande, son unique ambition
était de faire reconnaître son mariage. Elle passait sa
vie à s'exagérer la haute prudence qu'elle avait montrée
en liant son sort à celui d'un homme supérieur. Le mérite
personnel était à la mode dans sa tête.

L'absence presque continue, la multiplicité des affaires,
le peu de temps que l'on avait pour parler d'amour vin-

rent compléter le bon effet de la sage politique, autrefois
inventée par Julien.

Mathilde finit par s'impatienter de voir si peu l'homme
qu'elle était parvenue à aimer réellement.

Dans un moment d'humeur elle écrivit à son père, et
commença sa lettre comme Othello [1] :

« Que j'aie préféré Julien aux agréments que la
société offrait à la fille de M. le Marquis de La Mole, mon
choix le prouve assez. Ces plaisirs de considération et
de petite vanité sont nuls pour moi. Voici bientôt six
semaines que je vis séparée de mon mari. C'est assez
pour vous témoigner mon respect. Avant jeudi prochain,
je quitterai la maison paternelle. Vos bienfaits nous ont
enrichis. Personne ne connaît mon secret que le respectable abbé Pirard. J'irai chez lui ; il nous mariera, et
une heure après la cérémonie nous serons en route pour
le Languedoc, et ne reparaîtrons jamais à Paris que
d'après vos ordres. Mais ce qui me perce le cœur, c'est
que tout ceci va faire anecdote piquante contre moi,
contre vous. Les épigrammes d'un public sot ne peuvent-
elles pas obliger notre excellent Norbert à chercher
querelle à Julien ? Dans cette circonstance, je le connais,
je n'aurais aucun empire sur lui. Nous trouverions
dans cette âme du plébéien révolté. Je vous en conjure
à genoux, ô mon père ! Venez assister à mon mariage,
dans l'église de M. Pirard, jeudi prochain. Le piquant
de l'anecdote maligne sera adouci, et la vie de votre
fils unique, celle de mon mari seront assurées », etc.

L'âme du marquis fut jetée par cette lettre dans un
étrange embarras. Il fallait donc à la fin *prendre un
parti.* Toutes les petites habitudes, tous les amis vulgaires
avaient perdu leur influence.

Dans cette étrange circonstance, les grands traits du
caractère, imprimés par les événements de la jeunesse,
reprirent tout leur empire. Les malheurs de l'émigration en avaient fait un homme à imagination. Après
avoir joui pendant deux ans d'une fortune immense et
de toutes les distinctions de la cour, 1790 l'avait jeté

dans les affreuses misères de l'émigration. Cette dure
école avait changé une âme de vingt-deux ans. Au fond,
il était campé au milieu de ses richesses actuelles, plus
qu'il n'en était dominé. Mais cette même imagination
qui avait préservé son âme de la gangrène de l'or, l'avait
jeté en proie à une folle passion pour voir sa fille décorée
d'un beau titre.

Pendant les six semaines qui venaient de s'écouler,
tantôt poussé par un caprice, le marquis avait voulu
enrichir Julien ; la pauvreté lui semblait ignoble, déshonorante pour lui M. de La Mole, impossible chez l'époux
de sa fille ; il jetait l'argent. Le lendemain, son imagination prenant un autre cours, il lui semblait que Julien
allait entendre le langage muet de cette générosité
d'argent, changer de nom, s'exiler en Amérique, écrire
à Mathilde qu'il était mort pour elle. M. de La Mole
supposait cette lettre écrite, il suivait son effet sur le
caractère de sa fille...

Le jour où il fut tiré de ces songes si jeunes par la
lettre *réelle* de Mathilde, après avoir pensé longtemps
à tuer Julien ou à le faire disparaître, il rêvait à lui
bâtir une brillante fortune. Il lui faisait prendre le nom
d'une de ses terres ; et pourquoi ne lui ferait-il pas passer
sa pairie ? M. le duc de Chaulnes, son beau-père, lui
avait parlé plusieurs fois, depuis que son fils unique
avait été tué en Espagne, du désir de transmettre son
titre à Norbert...

L'on ne peut refuser à Julien une singulière aptitude
aux affaires, de la hardiesse, peut-être même du *brillant*,
se disait le marquis... Mais au fond de ce caractère je
trouve quelque chose d'effrayant. C'est l'impression
qu'il produit sur tout le monde, donc il y a là quelque
chose de réel (plus ce point réel était difficile à saisir,
plus il effrayait l'âme imaginative du vieux marquis).

Ma fille me le disait fort adroitement l'autre jour (dans
une lettre supprimée) [1] : « Julien ne s'est affilié à aucun
salon, à aucune coterie. » Il ne s'est ménagé aucun appui
contre moi, pas la plus petite ressource si je l'abandonne...

Mais est-ce là ignorance de l'état actuel de la société ?...
Deux ou trois fois je lui ai dit : Il n'y a de candidature
réelle et profitable que celle des salons...

Non, il n'a pas le génie adroit et cauteleux d'un procureur qui ne perd ni une minute ni une opportunité...
Ce n'est point un caractère à la Louis XI. D'un autre
côté, je lui vois les maximes les plus antigénéreuses...
Je m'y perds... Se répéterait-il ces maximes, pour
servir de *digue* à ses passions ?

Du reste, une chose surnage : il est impatient du
mépris, je le tiens par là.

Il n'a pas la religion de la haute naissance, il est vrai,
il ne nous respecte pas d'instinct... C'est un tort ; mais
enfin, l'âme d'un séminariste devrait n'être impatiente
que du manque de jouissance et d'argent. Lui, bien
différent, ne peut supporter le mépris à aucun prix.

Pressé par la lettre de sa fille, M. de La Mole vit la
nécessité de se décider : — Enfin, voici la grande question : l'audace de Julien est-elle allée jusqu'à entreprendre de faire la cour à ma fille, parce qu'il sait que
je l'aime avant tout, et que j'ai cent mille écus de
rente ?

Mathilde proteste du contraire... Non, mon Julien,
voilà un point sur lequel je ne veux pas me laisser faire
illusion.

Y a-t-il eu amour véritable, imprévu ? Ou bien désir
vulgaire de s'élever à une belle position ? Mathilde
est clairvoyante, elle a senti d'abord que ce soupçon
peut le perdre auprès de moi, de là cet aveu : c'est elle
qui s'est avisée de l'aimer la première...

Une fille d'un caractère si altier se serait oubliée
jusqu'à faire des avances matérielles !... Lui serrer le
bras au jardin, un soir, quelle horreur ! Comme si elle
n'avait pas eu cent moyens moins indécents de lui faire
connaître qu'elle le distinguait.

Qui *s'excuse s'accuse*; je me défie de Mathilde... Ce
jour-là, les raisonnements du marquis étaient plus
concluants qu'à l'ordinaire. Cependant l'habitude l'em-

porta, il résolut de gagner du temps et d'écrire à sa fille.
Car on s'écrivait d'un côté de l'hôtel à l'autre [1]. M. de
La Mole n'osait discuter avec Mathilde et lui tenir
tête. Il avait peur de tout finir par une concession subite.

LETTRE

« Gardez-vous de faire de nouvelles folies; voici un
brevet de lieutenant de hussards pour M. le chevalier
Julien Sorel de La Vernaye. Vous voyez ce que je fais
pour lui. Ne me contrariez pas, ne m'interrogez pas.
Qu'il parte dans vingt-quatre heures, pour se faire
recevoir à Strasbourg, où est son régiment. Voici un
mandat sur mon banquier; qu'on m'obéisse. »

L'amour et la joie de Mathilde n'eurent plus de
bornes; elle voulut profiter de la victoire, et répondit
à l'instant :

« M. de La Vernaye serait à vos pieds, éperdu de
reconnaissance, s'il savait tout ce que vous daignez
faire pour lui. Mais, au milieu de cette générosité, mon
père m'a oubliée; l'honneur de votre fille est en danger.
Une indiscrétion peut faire une tache éternelle, et que
vingt mille écus de rente ne répareraient pas. Je n'enverrai le brevet à M. de La Vernaye que si vous me donnez
votre parole que, dans le courant du mois prochain,
mon mariage sera célébré en public, à Villequier. Bientôt après cette époque, que je vous supplie de ne pas
outrepasser, votre fille ne pourra paraître en public
qu'avec le nom de Mme de La Vernaye. Que je vous
remercie, cher papa, de m'avoir sauvée de ce nom de
Sorel », etc., etc.

La réponse fut imprévue.

« Obéissez, ou je me rétracte de tout. Tremblez,
jeune imprudente. Je ne sais pas encore ce que c'est que
votre Julien, et vous-même vous le savez moins que moi.
Qu'il parte pour Strasbourg, et songe à marcher droit.
Je ferai connaître mes volontés d'ici à quinze jours. »

Cette réponse si ferme étonna Mathilde. *Je ne connais*

pas Julien ; ce mot la jeta dans une rêverie, qui bientôt finit par les suppositions les plus enchanteresses ; mais elle les croyait la vérité. L'esprit de mon Julien n'a pas revêtu le petit *uniforme* mesquin des salons, et mon père ne croit pas à sa supériorité, précisément à cause de ce qui la prouve...

Toutefois si je n'obéis pas à cette velléité de caractère, je vois la possibilité d'une scène publique ; un éclat abaisse ma position dans le monde, et peut me rendre moins aimable aux yeux de Julien. Après l'éclat... pauvreté pour dix ans ; et la folie de choisir un mari à cause de son mérite ne peut se sauver du ridicule que par la plus brillante opulence. Si je vis loin de mon père, à son âge, il peut m'oublier... Norbert épousera une femme aimable, adroite : le vieux Louis XIV fut séduit par la duchesse de Bourgogne...

Elle se décida à obéir, mais se garda de communiquer la lettre de son père à Julien ; ce caractère farouche eût pu être porté à quelque folie.

Le soir, lorsqu'elle apprit à Julien qu'il était lieutenant de hussards, sa joie fut sans bornes. On peut se la figurer par l'ambition de toute sa vie, et par la passion qu'il avait maintenant pour son fils. Le changement de nom le frappait d'étonnement [1].

Après tout, pensait-il, mon roman est fini, et à moi seul tout le mérite. J'ai su me faire aimer de ce monstre d'orgueil, ajoutait-il en regardant Mathilde ; son père ne peut vivre sans elle et elle sans moi.

CHAPITRE XXXV

UN ORAGE

Mon Dieu, donnez-moi la médiocrité !
MIRABEAU.

Son âme était absorbée ; il ne répondait qu'à demi à la vive tendresse qu'elle lui témoignait. Il restait silencieux et sombre. Jamais il n'avait paru si grand, si adorable aux yeux de Mathilde. Elle redoutait quelque subtilité de son orgueil qui viendrait déranger toute la position.

Presque tous les matins, elle voyait l'abbé Pirard arriver à l'hôtel. Par lui Julien ne pouvait-il pas avoir pénétré quelque chose des intentions de son père ? Le marquis lui-même, dans un moment de caprice, ne pouvait-il pas lui avoir écrit ? Après un aussi grand bonheur, comment expliquer l'air sévère de Julien ? Elle n'osa l'interroger.

Elle *n'osa* ! elle, Mathilde ! Il y eut dès ce moment dans son sentiment pour Julien, du vague, de l'imprévu, presque de la terreur. Cette âme sèche sentit de la passion tout ce qui en est possible dans un être élevé au milieu de cet excès de civilisation que Paris admire.

Le lendemain de grand matin, Julien était au presbytère de l'abbé Pirard. Des chevaux de poste arrivaient dans la cour avec une chaise délabrée, louée à la poste voisine.

— Un tel équipage n'est plus de saison, lui dit le sévère abbé, d'un air rechigné. Voici vingt mille francs dont M. de La Mole vous fait cadeau ; il vous engage à les dépenser dans l'année, mais en tâchant de vou, donner le moins de ridicules possibles. (Dans une somme aussi forte, jetée à un jeune homme, le prêtre ne voyait qu'une occasion de pécher.)

Le marquis ajoute : M. Julien de La Vernaye aura reçu cet argent de son père, qu'il est inutile de désigner autrement [1]. M. de La Vernaye jugera peut-être convenable de faire un cadeau à M. Sorel, charpentier à Verrières, qui soigna son enfance... Je pourrai me charger de cette partie de la commission, ajouta l'abbé ; j'ai enfin déterminé M. de La Mole à transiger avec cet abbé de Frilair, si jésuite. Son crédit est décidément trop fort pour le nôtre. La reconnaissance implicite de votre haute naissance par cet homme qui gouverne Besançon sera une des conditions tacites de l'arrangement.

Julien ne fut plus maître de son transport, il embrassa l'abbé, il se voyait reconnu.

— Fi donc ! dit M. Pirard en le repoussant ; que veut dire cette vanité mondaine ?... Quant à Sorel et à ses fils, je leur offrirai, en mon nom, une pension annuelle de cinq cents francs, qui leur sera payée à chacun, tant que je serai content d'eux.

Julien était déjà froid et hautain. Il remercia, mais en termes très vagues et n'engageant à rien. Serait-il bien possible, se disait-il, que je fusse le fils naturel de quelque grand seigneur exilé dans nos montagnes par le terrible Napoléon [2] ? A chaque instant cette idée lui semblait moins improbable... Ma haine pour mon père serait une preuve... Je ne serais plus un monstre !

Peu de jours après ce monologue, le quinzième régiment de hussards, l'un des plus brillants de l'armée, était en bataille sur la place d'armes de Strasbourg. M. le chevalier de La Vernaye montait le plus beau cheval de l'Alsace, qui lui avait coûté six mille francs. Il était reçu lieutenant, sans avoir jamais été sous-lieutenant que sur les contrôles d'un régiment dont jamais il n'avait ouï parler.

Son air impassible, ses yeux sévères et presque méchants, sa pâleur, son inaltérable sang-froid commen-

cèrent sa réputation dès le premier jour. Peu après, sa
politesse parfaite et pleine de mesure, son adresse au
pistolet et aux armes, qu'il fit connaître sans trop d'affectation, éloignèrent l'idée de plaisanter à haute voix
sur son compte. Après cinq ou six jours d'hésitation,
l'opinion publique du régiment se déclara en sa faveur.
Il y a tout dans ce jeune homme, disaient les vieux
officiers goguenards, excepté de la jeunesse.

De Strasbourg, Julien écrivit à M. Chélan, l'ancien
curé de Verrières, qui touchait maintenant aux bornes
de l'extrême vieillesse [1] :

« Vous aurez appris avec une joie, dont je ne doute
pas, les événements qui ont porté ma famille à m'enrichir. Voici cinq cents francs que je vous prie de distribuer sans bruit, ni mention aucune de mon nom, aux
malheureux pauvres maintenant comme je le fus autrefois, et que sans doute vous secourez comme autrefois
vous m'avez secouru. »

Julien était ivre d'ambition et non pas de vanité ;
toutefois il donnait une grande part de son attention à
l'apparence extérieure. Ses chevaux, ses uniformes, les
livrées de ses gens étaient tenus avec une correction
qui aurait fait honneur à la ponctualité d'un grand
seigneur anglais. A peine lieutenant, par faveur et
depuis deux jours, il calculait déjà que, pour commander en chef à trente ans, au plus tard, comme tous les
grands généraux, il fallait à vingt-trois être plus que
lieutenant. Il ne pensait qu'à la gloire et à son fils.

Ce fut au milieu des transports de l'ambition la plus
plus effrénée qu'il fut surpris par un jeune valet de pied
de l'hôtel de La Mole, qui arrivait en courrier.

« Tout est perdu, lui écrivait Mathilde ; accourez le
plus vite possible, sacrifiez tout, désertez s'il le faut.
A peine arrivé, attendez-moi dans un fiacre, près la
petite porte du jardin, au nº... de la rue... J'irai vous
parler ; peut-être pourrai-je vous introduire dans le

jardin. Tout est perdu, et je le crains, sans ressource ;
comptez sur moi, vous me trouverez dévouée et ferme
dans l'adversité. Je vous aime. »

En quelques minutes, Julien obtint une permission du
colonel et partit de Strasbourg à franc étrier ; mais l'affreuse inquiétude qui le dévorait ne lui permit pas de
continuer cette façon de voyager au-delà de Metz. Il
se jeta dans une chaise de poste ; et ce fut avec une
rapidité presque incroyable qu'il arriva au lieu indiqué,
près de la petite porte du jardin de l'hôtel de La Mole.
Cette porte s'ouvrit, et à l'instant Mathilde, oubliant
tout respect humain, se précipita dans ses bras. Heureusement il n'était que cinq heures du matin et la rue était
encore déserte.

— Tout est perdu ; mon père, craignant mes larmes,
est parti dans la nuit de jeudi. Pour où ? Personne ne le
sait. Voici sa lettre ; lisez. Et elle monta dans le fiacre
avec Julien.

« Je pouvais tout pardonner, excepté le projet de vous
séduire parce que vous êtes riche. Voilà, malheureuse
fille, l'affreuse vérité. Je vous donne ma parole d'honneur que je ne consentirai jamais à un mariage avec
cet homme. Je lui assure dix mille livres de rente s'il
veut vivre au loin, hors des frontières de France, ou
mieux encore en Amérique. Lisez la lettre que je reçois
en réponse aux renseignements que j'avais demandés.
L'impudent m'avait engagé lui-même à écrire à Mme de
Rênal. Jamais je ne lirai une ligne de vous relative à cet
homme. Je prends en horreur Paris et vous. Je vous
engage à recouvrir du plus grand secret ce qui doit arriver. Renoncez *franchement* à un homme vil, et vous
retrouverez un père. »

— Où est la lettre de Mme de Rênal ? dit froidement
Julien.

— La voici. Je n'ai voulu te la montrer qu'après que
tu aurais été préparé.

LETTRE

« Ce que je dois à la cause sacrée de la religion et de la morale m'oblige, monsieur, à la démarche pénible que je viens accomplir auprès de vous ; une règle, qui ne peut faillir, m'ordonne de nuire en ce moment à mon prochain, mais afin d'éviter un plus grand scandale. La douleur que j'éprouve doit être surmontée par le sentiment du devoir. Il n'est que trop vrai, monsieur, la conduite de la personne au sujet de laquelle vous me demandez toute la vérité a pu sembler inexplicable ou même honnête. On a pu croire convenable de cacher ou de déguiser une partie de la réalité, la prudence le voulait aussi bien que la religion. Mais cette conduite, que vous désirez connaître, a été dans le fait extrêmement condamnable, et plus que je ne puis le dire. Pauvre et avide, c'est à l'aide de l'hypocrisie la plus consommée, et par la séduction d'une femme faible et malheureuse, que cet homme a cherché à se faire un état et à devenir quelque chose. C'est une partie de mon pénible devoir d'ajouter que je suis obligée de croire que M. J... n'a aucun principe de religion. En conscience, je suis contrainte de penser qu'un de ses moyens pour réussir dans une maison, est de chercher à séduire la femme qui a le principal crédit. Couvert par une apparence de désintéressement et par des phrases de roman, son grand et unique objet est de parvenir à disposer du maître de la maison et de sa fortune. Il laisse après lui le malheur et des regrets éternels », etc., etc., etc.

Cette lettre extrêmement longue et à demi effacée par des larmes était bien de la main de Mme de Rênal ; elle était même écrite avec plus de soin qu'à l'ordinaire.

— Je ne puis blâmer M. de La Mole, dit Julien, après l'avoir finie ; il est juste et prudent. Quel père voudrait donner sa fille chérie à un tel homme ! Adieu !

Julien sauta à bas du fiacre, et courut à sa chaise de poste arrêtée au bout de la rue. Mathilde, qu'il semblait avoir oubliée, fit quelques pas pour le suivre ; mais les regards [1] des marchands qui s'avançaient sur la porte de leurs boutiques, et desquels elle était connue, la forcèrent à rentrer précipitamment au jardin.

Julien était parti pour Verrières [2]. Dans cette route rapide, il ne put écrire à Mathilde comme il en avait le projet, sa main ne formait sur le papier que des traits illisibles.

Il arriva à Verrières un dimanche matin. Il entra chez l'armurier du pays, qui l'accabla de compliments sur sa récente fortune. C'était la nouvelle du pays.

Julien eut beaucoup de peine à lui faire comprendre qu'il voulait une paire de pistolets. L'armurier sur sa demande chargea les pistolets.

Les *trois coups* sonnaient ; c'est un signal bien connu dans les villages de France et qui, après les diverses sonneries de la matinée, annonce le commencement immédiat de la messe.

Julien entra dans l'église neuve de Verrières. Toutes les fenêtres hautes de l'édifice étaient voilées avec des rideaux cramoisis. Julien se trouva à quelques pas derrière le banc de Mme de Rênal. Il lui sembla qu'elle priait avec ferveur. La vue de cette femme qui l'avait tant aimé fit trembler le bras de Julien d'une telle façon, qu'il ne put d'abord exécuter son dessein. Je ne le puis, se disait-il à lui-même ; physiquement, je ne le puis.

En ce moment, le jeune clerc qui servait la messe sonna pour l'*élévation*. Mme de Rênal baissa la tête qui un instant se trouva presque entièrement cachée par les plis de son châle. Julien ne la reconnaissait plus aussi bien ; il tira sur elle un coup de pistolet et la manqua ; il tira un second coup, elle tomba.

CHAPITRE XXXVI

DÉTAILS TRISTES

> *Ne vous attendez point de ma part à de la faiblesse. Je me suis vengé. J'ai mérité la mort, et me voici. Priez pour mon âme.*
>
> SCHILLER.

Julien resta immobile, il ne voyait plus. Quand il revint un peu à lui [1], il aperçut tous les fidèles qui s'enfuyaient de l'église ; le prêtre avait quitté l'autel. Julien se mit à suivre d'un pas assez lent quelques femmes qui s'en allaient en criant. Une femme qui voulait fuir plus vite que les autres, le poussa rudement, il tomba. Ses pieds s'étaient embarrassés dans une chaise renversée par la foule ; en se relevant, il se sentit le cou serré ; c'était un gendarme en grande tenue qui l'arrêtait. Machinalement Julien voulut avoir recours à ses petits pistolets, mais un second gendarme s'emparait de ses bras.

Il fut conduit à la prison. On entra dans une chambre, on lui mit les fers aux mains, on le laissa seul ; la porte se ferma sur lui à double tour ; tout cela fut exécuté très vite, et il y fut insensible.

— Ma foi, tout est fini, dit-il tout haut en revenant à lui... Oui, dans quinze jours la guillotine... ou se tuer d'ici là.

Son raisonnement n'allait pas plus loin ; il se sentait la tête comme si elle eût été serrée avec violence. Il regarda pour voir si quelqu'un le tenait. Après quelques instants, il s'endormit profondément.

Mme de Rênal n'était pas blessée mortellement. La première balle avait percé son chapeau ; comme elle se

retournait, le second coup était parti. La balle l'avait
frappée à l'épaule, et chose étonnante, avait été ren-
voyée par l'os de l'épaule, que pourtant elle cassa, contre
un pilier gothique dont elle détacha un énorme éclat de
pierre.

Quand, après un pansement long et douloureux, le
chirurgien, homme grave, dit à Mme de Rênal : Je réponds
de votre vie comme de la mienne, elle fut profondément
affligée.

Depuis longtemps, elle désirait sincèrement la mort.
La lettre qui lui avait été imposée par son confesseur
actuel, et qu'elle avait écrite à M. de La Mole, avait
donné le dernier coup à cet être affaibli par un malheur
trop constant. Ce malheur était l'absence de Julien ;
elle l'appelait, elle, *le remords*. Le directeur, jeune ecclésiastique vertueux et fervent, nouvellement arrivé de
Dijon, ne s'y trompait pas.

Mourir ainsi, mais non de ma main, ce n'est point un
péché, pensait Mme de Rênal. Dieu me pardonnera
peut-être de me réjouir de ma mort. Elle n'osait ajouter :
Et mourir de la main de Julien, c'est le comble des féli-
cités.

A peine fut-elle débarrassée de la présence du chirurgien et de tous ses amis accourus en foule, qu'elle fit
appeler Elisa, sa femme de chambre.

— Le geôlier, lui dit-elle en rougissant beaucoup,
est un homme cruel. Sans doute il va le maltraiter,
croyant en cela faire une chose agréable pour moi...
Cette idée m'est insupportable. Ne pourriez-vous pas
aller comme de vous-même remettre au geôlier ce petit
paquet qui contient quelques louis ? Vous lui direz que
la religion ne permet pas qu'il le maltraite... Il faut surtout qu'il n'aille pas parler de cet envoi d'argent.

C'est à la circonstance dont nous venons de parler
que Julien dut l'humanité du geôlier de Verrières ;
c'était toujours ce M. Noiroud, ministériel parfait,
auquel nous avons vu la présence de M. Appert faire une
si belle peur.

Un juge parut dans la prison [1].

— J'ai donné la mort avec préméditation, lui dit Julien ; j'ai acheté et fait charger les pistolets chez un tel, l'armurier. L'article 1342 du Code pénal [2] est clair, je mérite la mort, et je l'attends.

Le juge étonné de cette façon de répondre, voulut multiplier les questions [3] pour faire en sorte que l'accusé *se coupât* dans ses réponses.

— Mais ne voyez-vous pas, lui dit Julien en souriant, que je me fais aussi coupable que vous pouvez le désirer ? Allez, monsieur, vous ne manquerez pas la proie que vous poursuivez. Vous aurez le plaisir de condamner. Épargnez-moi votre présence.

Il me reste un ennuyeux devoir à remplir, pensa Julien, il faut écrire à Mˡˡᵉ de La Mole.

« Je me suis vengé, lui disait-il. Malheureusement, mon nom paraîtra dans les journaux, et je ne puis m'échapper de ce monde incognito. Je mourrai dans deux mois. La vengeance a été atroce, comme la douleur d'être séparé de vous. De ce moment, je m'interdis d'écrire et de prononcer votre nom. Ne parlez jamais de moi, même à mon fils : le silence est la seule façon de m'honorer. Pour le commun des hommes je serai un assassin vulgaire... Permettez-moi la vérité en ce moment suprême : vous m'oublierez. Cette grande catastrophe dont je vous conseille de ne jamais ouvrir la bouche à être vivant, aura épuisé pour plusieurs années tout ce que je voyais de romanesque et de trop aventureux dans votre caractère. Vous étiez faite pour vivre avec les héros du moyen âge ; montrez leur ferme caractère. Que ce qui doit se passer soit accompli en secret et sans vous compromettre. Vous prendrez un faux nom, et n'aurez pas de confident [4]. S'il vous faut absolument le secours d'un ami, je vous lègue l'abbé Pirard.

« Ne parlez à nul autre, surtout pas de gens de votre classe : les de Luz, les Caylus.

« Un an après ma mort, épousez M. de Croisenois ; je vous en prie, je vous l'ordonne comme votre époux.

Ne m'écrivez point, je ne répondrais pas. Bien moins méchant que Iago, à ce qu'il me semble, je vais dire comme lui : *From this time forth I never will speak word* [1].

« On ne me verra ni parler ni écrire ; vous aurez eu mes dernières paroles comme mes dernières adorations.

« J. S. »

Ce fut après avoir fait partir cette lettre que, pour la première fois, Julien, un peu revenu à lui, fut très malheureux. Chacune des espérances de l'ambition dut être arrachée successivement de son cœur par ce grand mot : Je mourrai. La mort, en elle-même, n'était pas *horrible* à ses yeux. Toute sa vie n'avait été qu'une longue préparation au malheur [2], et il n'avait eu garde d'oublier celui qui passe pour le plus grand de tous.

Quoi donc! se disait-il, si dans soixante jours je devais me battre en duel avec un homme très fort sur les armes, est-ce que j'aurais la faiblesse d'y penser sans cesse, et la terreur dans l'âme?

Il passa plus d'une heure à chercher à se bien connaître sous ce rapport.

Quand il eut vu clair dans son âme, et que la vérité parut devant ses yeux aussi nettement qu'un des piliers de sa prison, il pensa au remords!

Pourquoi en aurai-je? J'ai été offensé d'une manière atroce; j'ai tué, je mérite la mort, mais voilà tout. Je meurs après avoir soldé mon compte envers l'humanité. Je ne laisse aucune obligation non remplie, je ne dois rien à personne; ma mort n'a rien de honteux que l'instrument : cela seul, il est vrai, suffit richement pour ma honte aux yeux des bourgeois de Verrières; mais sous le rapport intellectuel quoi de plus méprisable! Il me reste un moyen d'être considérable à leurs yeux : c'est de jeter au peuple des pièces d'or en allant au supplice. Ma mémoire, liée à l'idée de l'*or*, sera resplendissante pour eux.

Après ce raisonnement, qui au bout d'une minute lui

sembla évident : Je n'ai plus rien à faire sur la terre, se dit Julien, et il s'endormit profondément.

Vers les neuf heures du soir, le geôlier le réveilla en lui apportant à souper.

— Que dit-on dans Verrières ?

— Monsieur Julien, le serment que j'ai prêté devant le crucifix, à la cour royale, le jour que je fus installé dans ma place, m'oblige au silence.

Il se taisait, mais restait. La vue de cette hypocrisie vulgaire amusa Julien. Il faut, pensa-t-il, que je lui fasse attendre longtemps les cinq francs qu'il désire pour me vendre sa conscience.

Quand le geôlier vit le repas finir sans tentative de séduction :

— L'amitié que j'ai pour vous, Monsieur Julien, dit-il d'un air faux et doux, m'oblige à parler ; quoiqu'on dise que c'est contre l'intérêt de la justice, parce que cela peut vous servir à arranger votre défense... Monsieur Julien, qui est bon garçon, sera bien content si je lui apprends que Mme de Rênal va mieux.

— Quoi ! elle n'est pas morte ! s'écria Julien hors de lui.

— Quoi ! vous ne saviez rien ! dit le geôlier d'un air stupide qui bientôt devint de la cupidité heureuse. Il sera bien juste que Monsieur donne quelque chose au chirurgien qui, d'après la loi et la justice, ne devait pas parler. Mais pour faire plaisir à Monsieur, je suis allé chez lui, et il m'a tout conté...

— Enfin, la blessure n'est pas mortelle, lui dit Julien impatienté, tu m'en réponds sur ta vie ?

Le geôlier, géant de six pieds de haut, eut peur et se retira vers la porte. Julien vit qu'il prenait une mauvaise route pour arriver à la vérité, il se rassit et jeta un napoléon à M. Noiroud.

A mesure que le récit de cet homme prouvait à Julien que la blessure de Mme de Rênal n'était pas mortelle, il se sentait gagné par les larmes.

— Sortez ! dit-il brusquement.

Le geôlier obéit. A peine la porte fut-elle fermée :
Grand Dieu! elle n'est pas morte! s'écria Julien ; et il
tomba à genoux, pleurant à chaudes larmes.

Dans ce moment suprême, il était croyant. Qu'importent les hypocrisies des prêtres ? peuvent-elles ôter quelque chose à la vérité et à la sublimité de l'idée de Dieu ?

Seulement alors, Julien commença à se repentir du
crime commis. Par une coïncidence qui lui évita le désespoir, en cet instant seulement, venait de cesser l'état
d'irritation physique et de demi-folie où il était plongé
depuis son départ de Paris pour Verrières.

Ses larmes avaient une source généreuse, il n'avait
aucun doute sur la condamnation qui l'attendait.

Ainsi elle vivra! se disait-il... Elle vivra pour me pardonner et pour m'aimer...

Le lendemain matin fort tard, quand le geôlier le
réveilla :

— Il faut que vous ayez un fameux cœur, Monsieur
Julien, lui dit cet homme. Deux fois je suis venu et n'ai
pas voulu vous réveiller. Voici deux bouteilles d'excellent vin que vous envoie M. Maslon, notre curé.

— Comment ? ce coquin est encore ici ? dit Julien.

— Oui, Monsieur, répondit le geôlier en baissant la
voix, mais ne parlez pas si haut, cela pourrait vous nuire.

Julien rit de bon cœur.

— Au point où j'en suis, mon ami, vous seul pourriez
me nuire si vous cessiez d'être doux et humain... Vous
serez bien payé, dit Julien en s'interrompant et reprenant
l'air impérieux. Cet air fut justifié à l'instant par le don
d'une pièce de monnaie.

M. Noiroud raconta de nouveau et dans les plus grands
détails tout ce qu'il avait appris sur Mme de Rênal, mais
il ne parla point de la visite de Mlle Élisa.

Cet homme était bas et soumis autant que possible.
Une idée traversa la tête de Julien : Cette espèce de géant
difforme peut gagner trois ou quatre cents francs, car sa
prison n'est guère fréquentée ; je puis lui assurer dix
mille francs, s'il veut se sauver en Suisse avec moi... La

difficulté sera de le persuader de ma bonne foi. L'idée
du long colloque à avoir avec un être aussi vil inspira du
dégoût à Julien, il pensa à autre chose.

Le soir, il n'était plus temps. Une chaise de poste vint
le prendre à minuit. Il fut très content des gendarmes,
ses compagnons de voyage. Le matin, lorsqu'il arriva à
la prison de Besançon, on eut la bonté de le loger dans
l'étage supérieur d'un donjon gothique. Il jugea l'architecture du commencement du xive siècle ; il en admira
la grâce et la légèreté piquante. Par un étroit intervalle
entre deux murs au-delà d'une cour profonde, il avait une
échappée de vue superbe.

Le lendemain, il y eut un interrogatoire, après quoi,
pendant plusieurs jours on le laissa tranquille. Son âme
était calme. Il ne trouvait rien que de simple dans son
affaire : j'ai voulu tuer, je dois être tué.

Sa pensée ne s'arrêta pas davantage à ce raisonnement.
Le jugement, l'ennui de paraître en public, la défense, il
considérait tout cela comme de légers embarras, des cérémonies ennuyeuses auxquelles il serait temps de songer
le jour même. Le moment de la mort ne l'arrêtait guère
plus : J'y songerai après le jugement. La vie n'était point
ennuyeuse pour lui, il considérait toutes choses sous un
nouvel aspect. Il n'avait plus d'ambition. Il pensait rarement à Mlle de La Mole. Ses remords l'occupaient
beaucoup et lui présentaient souvent l'image de Mme de
Rênal, surtout pendant le silence des nuits, troublé seulement, dans ce donjon élevé, par le chant de l'orfraie !

Il remerciait le ciel de ne l'avoir pas blessée à mort.
Chose étonnante ! se disait-il, je croyais que par sa lettre
à M. de La Mole elle avait détruit à jamais mon bonheur
à venir, et, moins de quinze jours après la date de cette
lettre, je ne songe plus à tout ce qui m'occupait alors...
Deux ou trois mille livres de rente pour vivre tranquille
dans un pays de montagnes comme Vergy... J'étais heureux alors... Je ne connaissais pas mon bonheur !

Dans d'autres instants, il se levait en sursaut de sa
chaise. Si j'avais blessé à mort Mme de Rênal, je me serais

tué... J'ai besoin de cette certitude pour ne pas me faire
horreur à moi-même.

Me tuer! voilà la grande question, se disait-il. Ces juges
si formalistes, si acharnés après le pauvre accusé, qui
feraient pendre le meilleur citoyen, pour accrocher la
croix... Je me soustrairais à leur empire, à leurs injures
en mauvais français, que le journal du département va
appeler de l'éloquence...

Je puis vivre encore cinq ou six semaines, plus ou
moins... Me tuer! ma foi non, se dit-il, après quelques
jours, Napoléon a vécu...

D'ailleurs, la vie m'est agréable; ce séjour est tranquille; je n'y ai point d'ennuyeux, ajouta-t-il en riant, et
il se mit à faire la note des livres qu'il voulait faire venir
de Paris.

CHAPITRE XXXVII

UN DONJON

Le tombeau d'un ami.
STERNE.

Il entendit un grand bruit dans le corridor; ce n'était
pas l'heure où l'on montait dans sa prison; l'orfraie
s'envola en criant, la porte s'ouvrit, et le vénérable
curé Chélan, tout tremblant et la canne à la main, se jeta
dans ses bras.

— Ah! grand Dieu! est-il possible, mon enfant...
Monstre! devrais-je dire.

Et le bon vieillard ne put ajouter une parole. Julien
craignit qu'il ne tombât. Il fut obligé de le conduire à

une chaise. La main du temps s'était appesantie sur cet homme autrefois si énergique. Il ne parut plus à Julien que l'ombre de lui-même.

Quand il eut repris haleine : — Avant-hier seulement, je reçois votre lettre de Strasbourg, avec vos cinq cents francs pour les pauvres de Verrières ; on me l'a apportée dans la montagne à Liveru où je suis retiré chez mon neveu Jean. Hier, j'apprends la catastrophe... O ciel! est-il possible! Et le vieillard ne pleurait plus, il avait l'air privé d'idée, et ajouta machinalement : Vous aurez besoin de vos cinq cents francs, je vous les rapporte.

— J'ai besoin de vous voir, mon père! s'écria Julien attendri. J'ai de l'argent de reste.

Mais il ne put plus obtenir de réponse sensée. De temps à autre, M. Chélan versait quelques larmes qui descendaient silencieusement le long de sa joue ; puis il regardait Julien, et était comme étourdi de le voir lui prendre les mains et les porter à ses lèvres. Cette physionomie si vive autrefois, et qui peignait avec tant d'énergie les plus nobles sentiments, ne sortait plus de l'air apathique. Une espèce de paysan vint bientôt chercher le vieillard. — Il ne faut pas le fatiguer, dit-il à Julien, qui comprit que c'était le neveu. Cette apparition laissa Julien plongé dans un malheur cruel et qui éloignait les larmes. Tout lui paraissait triste et sans consolation ; il sentait son cœur glacé dans sa poitrine.

Cet instant fut le plus cruel qu'il eût éprouvé depuis le crime. Il venait de voir la mort, et dans toute sa laideur. Toutes les illusions de grandeur d'âme et de générosité s'étaient dissipées comme un nuage devant la tempête.

Cette affreuse situation dura plusieurs heures. Après l'empoisonnement moral, il faut des remèdes physiques et du vin de Champagne. Julien se fût estimé un lâche d'y avoir recours. Vers la fin d'une journée horrible, passée tout entière à se promener dans son étroit donjon : Que je suis fou! s'écria-t-il. C'est dans le cas où je devrais mourir comme un autre, que la vue de ce pauvre vieillard aurait dû me jeter dans cette affreuse tristesse ; mais une

mort rapide et à la fleur des ans me met précisément à
l'abri de cette triste décrépitude.

Quelques raisonnements qu'il se fît, Julien se trouva
attendri, comme un être pusillanime, et par conséquent
malheureux de cette visite.

Il n'y avait plus rien de rude et de grandiose en lui,
plus de vertu romaine ; la mort lui apparaissait à une
plus grande hauteur, et comme chose moins facile.

Ce sera là mon thermomètre, se dit-il. Ce soir je suis
à dix degrés au-dessous du courage qui me conduit de
niveau à la guillotine. Ce matin, je l'avais ce courage. Au
reste, qu'importe ! pourvu qu'il me revienne au moment
nécessaire. Cette idée de thermomètre l'amusa, et enfin
parvint à le distraire.

Le lendemain à son réveil, il eut honte de la journée de
la veille. Mon bonheur, ma tranquillité sont en jeu. Il
résolut presque d'écrire à M. le procureur général pour
demander que personne ne fût admis auprès de lui. Et
Fouqué ? pensa-t-il. S'il peut prendre sur lui de venir à
Besançon, quelle ne serait pas sa douleur !

Il y avait deux mois peut-être qu'il n'avait songé à
Fouqué. J'étais un grand sot à Strasbourg, ma pensée
n'allait pas au-delà du collet de mon habit. Le souvenir
de Fouqué l'occupa beaucoup et le laissa plus attendri.
Il se promenait avec agitation. Me voici décidément de
vingt degrés au-dessous du niveau de la mort... Si cette
faiblesse augmente, il vaudra mieux me tuer. Quelle joie
pour les abbés Maslon et les Valenod si je meurs comme
un cuistre !

Fouqué arriva ; cet homme simple et bon était éperdu
de douleur. Son unique idée, s'il en avait, était de vendre
tout son bien pour séduire le geôlier et faire sauver Julien.
Il lui parla longuement de l'évasion de M. de Lavalette.

— Tu me fais peine, lui dit Julien ; M. de Lavalette
était innocent, moi je suis coupable[1]. Sans le vouloir, tu
me fais songer à la différence...

Mais, est-il vrai ! Quoi ? tu vendrais tout ton bien ?
dit Julien redevenant tout à coup observateur et méfiant.

Fouqué, ravi de voir enfin son ami répondre à son idée dominante, lui détailla longuement, et à cent francs près, ce qu'il tirerait de chacune de ses propriétés.

Quel effort sublime chez un propriétaire de campagne! pensa Julien. Que d'économies, que de petites demi-lésineries qui me faisaient tant rougir lorsque je les lui voyais faire, il sacrifie pour moi! Un de ces beaux jeunes gens que j'ai vus à l'hôtel de La Mole et qui lisent *René*, n'aurait aucun de ces ridicules ; mais excepté ceux qui sont fort jeunes et encore enrichis par héritage, et qui ignorent la valeur de l'argent, quel est celui de ces beaux Parisiens qui serait capable d'un tel sacrifice ?

Toutes les fautes de français, tous les gestes communs de Fouqué, disparurent, il se jeta dans ses bras. Jamais la province, comparée à Paris, n'a reçu un plus bel hommage. Fouqué, ravi du moment d'enthousiasme qu'il voyait dans les yeux de son ami, le prit pour un consentement à la fuite.

Cette vue du *sublime* rendit à Julien toute la force que l'apparition de M. Chélan lui avait fait perdre. Il était encore bien jeune ; mais, suivant moi, ce fut une belle plante. Au lieu de marcher du tendre au rusé, comme la plupart des hommes, l'âge lui eût donné la bonté facile à s'attendrir, il se fût guéri d'une méfiance folle... Mais à quoi bon ces vaines prédictions ?

Les interrogatoires devenaient plus fréquents, en dépit des efforts de Julien, dont toutes les réponses tendaient à abréger l'affaire : — J'ai tué ou du moins j'ai voulu donner la mort et avec préméditation, répétait-il chaque jour. Mais le juge était formaliste avant tout. Les déclarations de Julien n'abrégeaient nullement les interrogatoires ; l'amour-propre du juge fut piqué. Julien ne sut pas qu'on avait voulu le transférer dans un affreux cachot, et que c'était grâce aux démarches de Fouqué qu'on lui laissait sa jolie chambre à cent quatre-vingts marches d'élévation.

M. l'abbé Frilair était au nombre des hommes importants qui chargeaient Fouqué de leur provision de bois de chauffage. Le bon marchand parvint jusqu'au tout-puissant grand vi e. A son inexprimable ravissement, M. de Frilair lui a nnça que, touché des bonnes qualités de Julien et des services qu'il avait autrefois rendus au séminaire, il comptait le recommander aux juges. Fouqué entrevit l'espoir de sauver son ami, et en sortant, et se prosternant jusqu'à terre, pria M. le grand vicaire de distribuer en messes, pour implorer l'acquittement de l'accusé, une somme de dix louis.

Fouqué se méprenait étrangement. M. de Frilair n'était point un Valenod. Il refusa et chercha même à faire entendre au bon paysan qu'il ferait mieux de garder son argent. Voyant qu'il était impossible d'être clair sans imprudence, il lui conseilla de donner cette somme en aumônes, pour les pauvres prisonniers, qui, dans le fait, manquaient de tout.

Ce Julien est un être singulier, son action est inexplicable, pensait M. de Frilair, et rien ne doit l'être pour moi... Peut-être sera-t-il possible d'en faire un martyr... Dans tous les cas, je saurai la *fin* de cette affaire et trouverai peut-être une occasion de faire peur à cette Mme de Rênal, qui ne nous estime point, et au fond me déteste... Peut-être pourrai-je rencontrer dans tout ceci un moyen de réconciliation éclatante avec M. de La Mole, qui a un faible pour ce petit séminariste.

La transaction sur le procès avait été signée quelques semaines auparavant, et l'abbé Pirard était reparti de Besançon, non sans avoir parlé de la mystérieuse naissance de Julien, le jour même où le malheureux assassinait Mme de Rênal dans l'église de Verrières.

Julien ne voyait plus qu'un événement désagréable entre lui et la mort, c'était la visite de son père. Il consulta Fouqué sur l'idée d'écrire à M. le procureur général, pour être dispensé de toute visite. Cette horreur pour la vue d'un père, et dans un tel moment, choqua profondément le cœur honnête et bourgeois du marchand de bois.

Il crut comprendre pourquoi tant de gens haïssaient

passionnément son ami. Par respect pour le malheur, il
cacha sa manière de sentir.

— Dans tous les cas, lui répondit-il froidement, cet
ordre de secret ne serait pas appliqué à ton père.

CHAPITRE XXXVIII

UN HOMME PUISSANT

> *Mais il y a tant de mystères dans ses démar-*
> *ches et d'élégance dans sa taille! Qui peut-elle*
> *être ?*
>
> SCHILLER.

Les portes du donjon s'ouvrirent de fort bonne heure
le lendemain. Julien fut réveillé en sursaut.

— Ah ! bon Dieu, pensa-t-il, voilà mon père. Quelle
scène désagréable !

Au même instant, une femme vêtue en paysanne se
précipita dans ses bras, il eut peine à la reconnaître.
C'était Mlle de La Mole.

— Méchant, je n'ai su que par ta lettre où tu étais.
Ce que tu appelles ton crime, et qui n'est qu'une noble
vengeance qui me montre toute la hauteur du cœur
qui bat dans cette poitrine, je ne l'ai su qu'à Verrières...

Malgré ses préventions contre Mlle de La Mole, que
d'ailleurs il ne s'avouait pas bien nettement, Julien la
trouva fort jolie. Comment ne pas voir dans toute cette
façon d'agir et de parler un sentiment noble, désintéressé,
bien au-dessus de tout ce qu'aurait osé une âme petite
et vulgaire ? Il crut encore aimer une reine, et après

quelques instants, ce fut avec une rare noblesse d'élo-
cution et de pensée qu'il lui dit :

— L'avenir se dessinait à mes yeux fort clairement.
Après ma mort, je vous remariais à M. de Croisenois, qui
aurait épousé une veuve. L'âme noble mais un peu romanesque de cette veuve charmante, étonnée et convertie
au culte de la prudence vulgaire, par un événement
singulier, tragique et grand pour elle, eût daigné comprendre le mérite fort réel du jeune marquis. Vous vous
seriez résignée à être heureuse du bonheur de tout le
monde : la considération, les richesses, le haut rang...
Mais, chère Mathilde, votre arrivée à Besançon, si elle
est soupçonnée, va être un coup mortel pour M. de La
Mole, et voilà ce que jamais je ne me pardonnerai. Je
lui ai déjà causé tant de chagrin ! L'académicien va dire
qu'il a réchauffé un serpent dans son sein.

— J'avoue que je m'attendais peu à tant de froide
raison, à tant de souci pour l'avenir, dit Mlle de La Mole
à demi fâchée. Ma femme de chambre, presque aussi
prudente que vous, a pris un passeport pour elle, et c'est
sous le nom de Mme Michelet que j'ai couru la poste.

— Et Mme Michelet a pu arriver aussi facilement
jusqu'à moi ?

— Ah ! tu es toujours l'homme supérieur, celui que
j'ai distingué ! D'abord, j'ai offert cent francs à un
secrétaire de juge, qui prétendait que mon entrée dans
ce donjon était impossible. Mais l'argent reçu, cet honnête homme m'a fait attendre, a élevé des objections,
j'ai pensé qu'il songeait à me voler... Elle s'arrêta.

— Eh bien ? dit Julien.

— Ne te fâche pas, mon petit Julien, lui dit-elle en
l'embrassant, j'ai été obligée de dire mon nom à ce
secrétaire, qui me prenait pour une jeune ouvrière de
Paris, amoureuse du beau Julien... En vérité ce sont ses
termes. Je lui ai juré que j'étais ta femme, et j'aurai
une permission pour te voir chaque jour.

La folie est complète, pensa Julien, je n'ai pu l'empêcher. Après tout, M. de La Mole est un si grand seigneur,

que l'opinion saura bien trouver une excuse au jeune
colonel qui épousera cette charmante veuve. Ma mort
prochaine couvrira tout; et il se livra avec délices à
l'amour de Mathilde; c'était de la folie, de la grandeur
d'âme, tout ce qu'il y a de plus singulier. Elle lui proposa
sérieusement de se tuer avec lui.

Après ces premiers transports, et lorsqu'elle se fut
rassasiée du bonheur de voir Julien, une curiosité vive
s'empara tout à coup de son âme. Elle examinait son
amant, qu'elle trouva bien au-dessus de ce qu'elle s'était
imaginé. Boniface de La Mole lui semblait ressuscité,
mais plus héroïque.

Mathilde vit les premiers avocats du pays, qu'elle
offensa en leur offrant de l'or trop crûment; mais ils finirent par accepter.

Elle arriva rapidement à cette idée, qu'en fait de
choses douteuses et d'une haute portée, tout dépendait
à Besançon de M. l'abbé de Frilair.

Sous le nom obscur de Mᵐᵉ Michelet, elle trouva
d'abord d'insurmontables difficultés pour parvenir
jusqu'au tout-puissant congréganiste. Mais le bruit de
la beauté d'une jeune marchande de modes, folle d'amour
et venue de Paris à Besançon pour consoler le jeune
abbé Julien Sorel, se répandit dans la ville.

Mathilde courait seule à pied, dans les rues de Besançon; elle espérait n'être pas reconnue. Dans tous les
cas, elle ne croyait pas inutile à sa cause de produire
une grande impression sur le peuple. Sa folie songeait
à le faire révolter pour sauver Julien marchant à la mort.
Mˡˡᵉ de La Mole croyait être vêtue simplement et comme
il convient à une femme dans la douleur; elle l'était de
façon à attirer tous les regards.

Elle était à Besançon l'objet de l'attention de tous,
lorsque après huit jours de sollicitations, elle obtint
une audience de M. de Frilair.

Quel que fût son courage, les idées de congréganiste
influent et de profonde et prudente scélératesse étaient
tellement liées dans son esprit qu'elle trembla en sonnant

à la porte de l'évêché. Elle pouvait à peine marcher
lorsqu'il lui fallut monter l'escalier qui conduisait à
l'appartement du premier grand vicaire. La solitude
du palais épiscopal lui donnait froid. Je puis m'asseoir
sur un fauteuil, et ce fauteuil me saisir les bras, j'aurai
disparu. A qui ma femme de chambre pourra-t-elle me
demander ? Le capitaine de gendarmerie se gardera
bien d'agir... Je suis isolée dans cette grande
ville !

A son premier regard dans l'appartement, Mlle de La
Mole fut rassurée. D'abord c'était un laquais en livrée
fort élégante qui lui avait ouvert. Le salon où on la fit
attendre étalait ce luxe fin et délicat, si différent de la
magnificence grossière, et que l'on ne trouve à Paris que
dans les meilleures maisons. Dès qu'elle aperçut M. de
Frilair qui venait à elle d'un air paterne, toutes les
idées de crime atroce disparurent. Elle ne trouva pas
même sur cette belle figure l'empreinte de cette vertu
énergique et quelque peu sauvage, si antipathique à la
société de Paris. Le demi-sourire qui animait les traits
du prêtre, qui disposait de tout Besançon, annonçait
l'homme de bonne compagnie, le prélat instruit, l'administrateur habile. Mathilde se crut à Paris.

Il ne fallut que quelques instants à M. de Frilair pour
amener Mathilde à lui avouer qu'elle était la fille de son
puissant adversaire le marquis de La Mole.

— Je ne suis point en effet Mme Michelet, dit-elle en
reprenant toute la hauteur de son maintien, et cet aveu
me coûte peu, car je viens vous consulter, monsieur,
sur la possibilité de procurer l'évasion de M. de La
Vernaye. D'abord il n'est coupable que d'une étourderie;
la femme sur laquelle il a tiré se porte bien. En second
lieu, pour séduire les subalternes, je puis remettre sur-
le-champ cinquante mille francs et m'engager pour le
double. Enfin, ma reconnaissance et celle de ma famille
ne trouvera rien d'impossible pour qui aura sauvé M. de
La Vernaye.

M. de Frilair paraissait étonné de ce nom. Mathilde

lui montra plusieurs lettres du ministre de la guerre, adressées à M. Julien Sorel de La Vernaye.

— Vous voyez, monsieur, que mon père se chargeait de sa fortune. Je l'ai épousé en secret, mon père désirait qu'il fût officier supérieur avant de déclarer ce mariage un peu singulier pour une La Mole.

Mathilde remarqua que l'expression de la bonté et d'une gaîté douce s'évanouissait rapidement à mesure que M. de Frilair arrivait à des découvertes importantes. Une finesse mêlée de fausseté profonde se peignit sur sa figure.

L'abbé avait des doutes, il relisait lentement les documents officiels.

Quel parti puis-je tirer de ces étranges confidences ? se disait-il. Me voici tout d'un coup en relation intime avec une amie de la célèbre maréchale de Fervaques, nièce toute-puissante de monseigneur l'évêque de ***, par qui l'on est évêque en France.

Ce que je regardais comme reculé dans l'avenir se présente à l'improviste. Ceci peut me conduire au but de tous mes vœux.

D'abord Mathilde fut effrayée du changement rapide de la physionomie de cet homme si puissant, avec lequel elle se trouvait seule dans un appartement reculé. Mais quoi ! se dit-elle bientôt, la pire chance n'eût-elle pas été de ne faire aucune impression sur le froid égoïsme d'un prêtre rassasié de pouvoir et de jouissances ?

Ébloui de cette voie rapide et imprévue qui s'ouvrait à ses yeux pour arriver à l'épiscopat, étonné du génie de Mathilde, un instant M. de Frilair ne fut plus sur ses gardes. Mlle de La Mole le vit presque à ses pieds, ambitieux et vif jusqu'au tremblement nerveux.

Tout s'éclaircit, pensa-t-elle, rien ne sera impossible ici à l'amie de Mme de Fervaques. Malgré un sentiment de jalousie encore bien douloureux, elle eut le courage d'expliquer que Julien était l'ami intime de la maréchale, et rencontrait presque tous les jours chez elle monseigneur l'évêque de ***.

— Quand l'on tirerait au sort quatre ou cinq fois de suite une liste de trente-six jurés parmi les notables habitants de ce département, dit le grand vicaire avec l'âpre regard de l'ambition et en appuyant sur les mots, je me considérerais comme bien chanceux [1] si dans chaque liste je ne comptais pas huit ou dix amis et les plus intelligents de la troupe. Presque toujours j'aurai la majorité, plus qu'elle même pour condamner ; voyez, mademoiselle, avec grande facilité je puis faire absoudre...

L'abbé s'arrêta tout à coup, comme étonné du son de ses paroles ; il avouait des choses que l'on ne dit jamais aux profanes.

Mais à son tour il frappa Mathilde de stupeur quand il lui apprit que ce qui étonnait et intéressait surtout la société de Besançon dans l'étrange aventure de Julien, c'est qu'il avait inspiré autrefois une grande passion à Mme de Rênal, et l'avait longtemps partagée. M. de Frilair s'aperçut facilement du trouble extrême que produisait son récit.

J'ai ma revanche ! pensa-t-il. Enfin, voici un moyen de conduire cette petite personne si décidée ; je tremblais de n'y pas réussir. L'air distingué et peu facile à mener redoublait à ses yeux le charme de la rare beauté qu'il voyait presque suppliante devant lui. Il reprit tout son sang-froid, et n'hésita point à retourner le poignard dans son cœur.

— Je ne serais pas surpris après tout, lui dit-il d'un air léger, quand nous apprendrions que c'est par jalousie que M. Sorel a tiré deux coups de pistolet à cette femme autrefois tant aimée. Il s'en faut bien qu'elle soit sans agréments, et depuis peu elle voyait fort souvent un certain abbé Marquinot de Dijon, espèce de janséniste sans mœurs, comme ils sont tous.

M. de Frilair tortura voluptueusement et à loisir le cœur de cette jolie fille, dont il avait surpris le côté faible.

Pourquoi, disait-il en arrêtant des yeux ardents sur Mathilde, M. Sorel aurait-il choisi l'église, si ce n'est

parce que, précisément en cet instant, son rival y célé-
brait la messe ? Tout le monde accorde infiniment d'esprit, et encore plus de prudence à l'homme heureux que
vous protégez. Quoi de plus simple que de se cacher dans
les jardins de M. de Rênal qu'il connaît si bien ? là, avec
la presque certitude de n'être ni vu, ni pris, ni soupçonné,
il pouvait donner la mort à la femme dont il était jaloux.

Ce raisonnement, si juste en apparence, acheva de jeter
Mathilde hors d'elle-même. Cette âme altière, mais
saturée de toute cette prudence sèche, qui passe dans
le grand monde pour peindre fidèlement le cœur humain,
n'était pas faite pour comprendre vite le bonheur de se
moquer de toute prudence, qui peut être si vif pour une
âme ardente. Dans les hautes classes de la société de
Paris, où Mathilde avait vécu, la passion ne peut que
bien rarement se dépouiller de prudence, et c'est du
cinquième étage qu'on se jette par la fenêtre.

Enfin, l'abbé de Frilair fut sûr de son empire. Il fit
entendre à Mathilde (sans doute il mentait), qu'il pouvait disposer à son gré du ministère public, chargé de
soutenir l'accusation contre Julien.

Après que le sort aurait désigné les trente-six jurés
de la session, il ferait une démarche directe et personnelle
envers trente jurés au moins.

Si Mathilde n'avait pas semblé si jolie à M. de Frilair,
il ne lui eût parlé aussi clairement qu'à la cinq ou sixième
entrevue.

CPAPITRE XXXIX

L'INTRIGUE

> *Castres, 1676. — Un frère vient d'assassiner*
> *sa sœur dans la maison voisine de la mienne;*
> *ce gentilhomme était déjà coupable d'un meurtre.*
> *Son père, en faisant distribuer secrètement cinq*
> *cents écus aux conseillers, lui a sauvé la vie.*
>
> LOCKE, Voyage en France.

En sortant de l'évêché, Mathilde n'hésita pas à envoyer un courrier à Mme de Fervaques; la crainte de se compromettre ne l'arrêta pas une seconde. Elle conjurait sa rivale d'obtenir une lettre pour M. de Frilair, écrite en entier de la main de monseigneur l'évêque de ***. Elle allait jusqu'à la supplier d'accourir elle-même à Besançon. Ce trait fut héroïque de la part d'une âme jalouse et fière.

D'après le conseil de Fouqué, elle avait eu la prudence de ne point parler de ses démarches à Julien. Sa présence le troublait assez sans cela. Plus honnête homme à l'approche de la mort qu'il ne l'avait été durant sa vie, il avait des remords non seulement envers M. de La Mole, mais aussi pour Mathilde.

Quoi donc ! se disait-il, je trouve auprès d'elle des moments de distraction et même de l'ennui. Elle se perd pour moi, et c'est ainsi que je l'en récompense ! Serais-je donc un méchant ? Cette question l'eût bien peu occupé quand il était ambitieux; alors ne pas réussir était la seule honte à ses yeux.

Son malaise moral, auprès de Mathilde, était d'autant plus décidé, qu'il lui inspirait en ce moment la passion la plus extraordinaire et la plus folle. Elle ne parlait que des sacrifices étranges qu'elle voulait faire pour le sauver.

Exaltée par un sentiment dont elle était fière et qui l'emportait sur tout son orgueil, elle eût voulu ne pas laisser passer un instant de sa vie sans le remplir par quelque démarche extraordinaire. Les projets les plus étranges, les plus périlleux pour elle remplissaient ses longs entretiens avec Julien. Les geôliers, bien payés, la laissaient régner dans la prison. Les idées de Mathilde ne se bornaient pas au sacrifice de sa réputation; peu lui importait de faire connaître son état à toute la société. Se jeter à genoux pour demander la grâce de Julien, devant la voiture du roi allant au galop, attirer l'attention du prince, au risque de se faire mille fois écraser, était une des moindres chimères que rêvait cette imagination exaltée et courageuse. Par ses amis employés auprès du roi, elle était sûre d'être admise dans les parties réservées du parc de Saint-Cloud.

Julien se trouvait peu digne de tant de dévouement, à vrai dire il était fatigué d'héroïsme. C'eût été à une tendresse simple, naïve et presque timide, qu'il se fût trouvé sensible, tandis qu'au contraire, il fallait toujours l'idée d'un public et *des autres* à l'âme hautaine de Mathilde.

Au milieu de toutes ses angoisses, de toutes ses craintes pour la vie de cet amant, auquel elle ne voulait pas survivre, elle avait un besoin secret d'étonner le public par l'excès de son amour et la sublimité de ses entreprises.

Julien prenait de l'humeur de ne point se trouver touché de tout cet héroïsme. Qu'eût-ce été, s'il eût connu toutes les folies, dont Mathilde accablait l'esprit dévoué mais éminemment raisonnable et borné du bon Fouqué ?

Il ne savait trop que blâmer dans le dévouement de Mathilde; car lui aussi eût sacrifié toute sa fortune et exposé sa vie aux plus grands hasards pour sauver Julien. Il était stupéfait de la quantité d'or jetée par Mathilde. Les premiers jours, les sommes ainsi dépensées

en imposèrent à Fouqué, qui avait pour l'argent toute
la vénération d'un provincial.

Enfin, il découvrit que les projets de Mlle de La Mole
variaient souvent, et, à son grand soulagement, trouva
un mot pour blâmer ce caractère si fatiguant pour lui :
elle était *changeante*. De cette épithète à celle de *mau-*
vaise tête, le plus grand anathème en province, il n'y a
qu'un pas.

Il est singulier, se disait Julien, un jour que Mathilde
sortait de sa prison, qu'une passion si vive et dont je
suis l'objet me laisse tellement insensible ! et je l'adorais
il y a deux mois ! J'avais bien lu que l'approche de la
mort désintéresse de tout ; mais il est affreux de se sentir
ingrat et de ne pouvoir se changer. Je suis donc un
égoïste ? Il se faisait à ce sujet les reproches les plus
humiliants.

L'ambition était morte en son cœur, une autre passion
y était sortie de ses cendres ; il l'appelait le remords
d'avoir assassiné Mme de Rênal.

Dans le fait, il en était éperdument amoureux. Il
trouvait un bonheur singulier quand, laissé absolument
seul et sans crainte d'être interrompu, il pouvait se livrer
tout entier au souvenir des journées heureuses qu'il
avait passées jadis à Verrières ou à Vergy. Les moindres
incidents de ces temps trop rapidement envolés avaient
pour lui une fraîcheur et un charme irrésistibles. Jamais
il ne pensait à ses succès de Paris ; il en était ennuyé.

Ces dispositions qui s'accroissaient rapidement furent
en partie devinées par la jalousie de Mathilde. Elle
s'apercevait fort clairement qu'elle avait à lutter contre
l'amour de la solitude. Quelquefois, elle prononçait avec
terreur le nom de Mme de Rênal. Elle voyait frémir
Julien. Sa passion n'eut désormais ni bornes, ni mesure.

S'il meurt, je meurs après lui, se disait-elle avec toute
la bonne foi possible. Que diraient les salons de Paris en
voyant une fille de mon rang adorer à ce point un amant
destiné à la mort ? Pour trouver de tels sentiments, il
faut remonter au temps des héros ; c'étaient des amours

de ce genre qui faisaient palpiter les cœurs du siècle de Charles IX et de Henri III.

Au milieu des transports les plus vifs, quand elle serrait contre son cœur la tête de Julien : Quoi ! se disait-elle avec horreur, cette tête charmante serait destinée à tomber ! Eh bien ! ajoutait-elle enflammée d'un héroïsme qui n'était pas sans bonheur, mes lèvres, qui se pressent contre ces jolis cheveux, seront glacées moins de vingt-quatre heures après.

Les souvenirs de ces moments d'héroïsme et d'affreuse volupté l'attachaient d'une étreinte invincible. L'idée de suicide, si occupante par elle-même, et jusqu'ici si éloignée de cette âme altière, y pénétra, et bientôt y régna avec un empire absolu. Non, le sang de mes ancêtres ne s'est point attiédi en descendant jusqu'à moi, se disait Mathilde avec orgueil.

— J'ai une grâce à vous demander, lui dit un jour son amant : mettez votre enfant en nourrice à Verrières, Mme de Rênal surveillera la nourrice.

— Ce que vous me dites là est bien dur... Et Mathilde pâlit.

— Il est vrai, et je t'en demande mille fois pardon, s'écria Julien sortant de sa rêverie, et la serrant dans ses bras.

Après avoir séché ses larmes, il revint à sa pensée, mais avec plus d'adresse. Il avait donné à la conversation un tour de philosophie mélancolique. Il parlait de cet avenir qui allait sitôt se fermer pour lui.

— Il faut convenir, chère amie, que les passions sont un accident dans la vie, mais cet accident ne se rencontre que chez les âmes supérieures... La mort de mon fils serait au fond un bonheur pour l'orgueil de votre famille, c'est ce que devineront les subalternes. La négligence sera le lot de cet enfant du malheur et de la honte... J'espère qu'à une époque que je ne veux point fixer, mais que pourtant mon courage entrevoit, vous obéirez à mes dernières recommandations : Vous épouserez M. le Marquis de Croisenois.

— Quoi, déshonorée !

— Le déshonneur ne pourra prendre sur un nom tel
que le vôtre. Vous serez une veuve et la veuve d'un
fou, voilà tout. J'irai plus loin : mon crime n'ayant
point l'argent pour moteur ne sera point déshonorant.
Peut-être à cette époque, quelque législateur philosophe
aura obtenu, des préjugés de ses contemporains, la
suppression de la peine de mort. Alors, quelque voix
amie dira comme un exemple : Tenez, le premier époux
de Mlle de La Mole était un fou, mais non pas un méchant
homme, un scélérat. Il fut absurde de faire tomber cette
tête... Alors ma mémoire ne sera point infâme ; du moins
après un certain temps... Votre position dans le monde,
votre fortune, et, permettez-moi de le dire, votre génie,
feront jouer à M. de Croisenois, devenu votre époux,
un rôle auquel tout seul il ne saurait atteindre. Il n'a
que de la naissance et de la bravoure, et ces qualités
toutes seules, qui faisaient un homme accompli en 1729,
sont un anachronisme un siècle plus tard, et ne donnent
que des prétentions. Il faut encore d'autres choses pour
se placer à la tête de la jeunesse française.

Vous porterez le secours d'un caractère ferme et entre-
prenant au parti politique où vous jetterez votre époux.
Vous pourrez succéder aux Chevreuse et aux Longueville
de la Fronde... Mais alors, chère amie, le feu céleste qui
vous anime en ce moment sera un peu attiédi.

Permettez-moi de vous le dire, ajouta-t-il après beaucoup d'autres phrases préparatoires, dans quinze ans
vous regarderez comme une folie excusable, mais
pourtant comme une folie, l'amour que vous avez eu
pour moi...

Il s'arrêta tout à coup et devint rêveur. Il se trouvait
de nouveau vis-à-vis de cette idée si choquante pour
Mathilde : dans quinze ans Mme de Rênal adorera mon
fils, et vous l'aurez oublié.

CHAPITRE XL

LA TRANQUILLITÉ

> *C'est parce qu'alors j'étais fou qu'aujour-*
> *d'hui je suis sage. O philosophe qui ne vois rien*
> *que d'instantané, que tes vues sont courtes ! Ton*
> *œil n'est pas fait pour suivre le travail sou-*
> *terrain des passions.*
>
> W. GOETHE.

Cet entretien fut coupé par un interrogatoire, suivi d'une conférence avec l'avocat chargé de la défense. Ces moments étaient les seuls absolument désagréables d'une vie pleine d'incurie et de rêveries tendres.

Il y a meurtre, et meurtre avec préméditation, dit Julien au juge comme à l'avocat. J'en suis fâché, Messieurs, ajouta-t-il en souriant ; mais ceci réduit votre besogne à bien peu de chose.

Après tout, se disait Julien, quand il fut parvenu à se délivrer de ces deux êtres, il faut que je sois brave, et apparemment plus brave que ces deux hommes. Ils regardent comme le comble des maux, comme le *roi des épouvantements*, ce duel à issue malheureuse, dont je ne m'occuperai sérieusement que le jour même.

C'est que j'ai connu un plus grand malheur, continua Julien en philosophant avec lui-même. Je souffrais bien autrement durant mon premier voyage à Strasbourg, quand je me croyais abandonné par Mathilde... Et pouvoir dire que j'ai désiré avec tant de passion cette intimité parfaite qui aujourd'hui me laisse si froid !... Dans le fait, je suis plus heureux seul que quand cette fille si belle partage ma solitude...

L'avocat, homme de règle et de formalités, le croyait

fou et pensait avec le public que c'était la jalousie qui lui avait mis le pistolet à la main. Un jour, il hasarda de faire entendre à Julien que cette allégation, vraie ou fausse, serait un excellent moyen de plaidoirie. Mais l'accusé redevint en un clin d'œil un être passionné et incisif.

— Sur votre vie, Monsieur, s'écria Julien hors de lui, souvenez-vous de ne plus proférer cet abominable mensonge. Le prudent avocat eut peur un instant d'être assassiné.

Il préparait sa plaidoirie parce que l'instant décisif approchait rapidement Besançon et tout le département ne parlaient que de cette cause célèbre. Julien ignorait ce détail, il avait prié qu'on ne lui parlât jamais de ces sortes de choses.

Ce jour-là, Fouqué et Mathilde ayant voulu lui apprendre certains bruits publics, fort propres, selon eux, à donner des espérances, Julien les avait arrêtés dès le premier mot.

— Laissez-moi ma vie idéale. Vos petites tracasseries, vos détails de la vie réelle, plus ou moins froissants pour moi, me tireraient du ciel. On meurt comme on peut ; moi je ne veux penser à la mort qu'à ma manière. Que m'importent *les autres* ? Mes relations avec *les autres* vont être tranchées brusquement. De grâce, ne me parlez plus de ces gens là : c'est bien assez de voir le juge et l'avocat.

Au fait, se disait-il en lui-même, il paraît que mon destin est de mourir en rêvant. Un être obscur tel que moi, sûr d'être oublié avant quinze jours, serait bien dupe, il faut l'avouer, de jouer la comédie...

Il est singulier pourtant que je n'aie connu l'art de jouir de la vie que depuis que j'en vois le terme si près de moi.

Il passait ces dernières journées à se promener sur l'étroite terrasse au haut du donjon, fumant d'excellents cigares que Mathilde avait envoyé chercher en Hollande par un courrier, et sans se douter que son apparition était attendue chaque jour par tous les télescopes de la ville. Sa pensée était à Vergy. Jamais il ne parlait de Mᵐᵉ de Rênal à Fouqué, mais deux ou trois fois cet ami lui dit qu'elle se rétablissait rapidement, et ce mot retentit dans son cœur.

Pendant que l'âme de Julien était presque toujours tout entière dans le pays des idées, Mathilde, occupée des choses réelles, comme il convient à un cœur aristocrate, avait su avancer à un tel point l'intimité de la correspondance directe entre Mᵐᵉ de Fervaques et M. de Frilair, que déjà le grand mot *évêché* avait été prononcé.

Le vénérable prélat, chargé de la feuille des bénéfices, ajouta en apostille à une lettre de sa nièce : *Ce pauvre Sorel n'est qu'un étourdi, j'espère qu'on nous le rendra.*

A la vue de ces lignes, M. de Frilair fut comme hors de lui. Il ne doutait pas de sauver Julien.

— Sans cette loi jacobine qui a prescrit la formation d'une liste innombrable de jurés, et qui n'a d'autre but réel que d'enlever toute influence aux gens bien nés, disait-il à Mathilde la veille du tirage au sort des trente-six jurés de la session, j'aurais répondu du *verdict*. J'ai bien fait acquitter le curé N...

Ce fut avec plaisir que le lendemain, parmi les noms sortis de l'urne, M. de Frilair trouva cinq congréganistes de Besançon, et parmi les étrangers à la ville, les noms de MM. Valenod, de Moirod, de Cholin. — Je réponds d'abord de ces huit jurés-ci, dit-il à Mathilde. Les cinq premiers sont des *machines*. Valenod est mon agent, Moirod me doit tout, de Cholin est un imbécile qui a peur de tout.

Le journal répandit dans le département les noms des jurés et Mᵐᵉ de Rênal, à l'inexprimable terreur de son mari, voulut venir à Besançon. Tout ce que M. de Rênal put obtenir fut qu'elle ne quitterait point son lit, afin de ne pas avoir le désagrément d'être appelée en témoignage.

— Vous ne comprenez pas ma position, disait l'ancien maire de Verrières, je suis maintenant libéral de la *défection* [1], comme ils disent ; nul doute que ce polisson de

Valenod et M. de Frilair n'obtiennent facilement du
procureur général et des juges tout ce qui pourra m'être
désagréable.

Mme de Rênal céda sans peine aux ordres de son mari.
Si je paraissais à la cour d'assises, se disait-elle, j'aurais
l'air de demander vengeance.

Malgré toutes les promesses de prudence faites au
directeur de sa conscience et à son mari, à peine arrivée
à Besançon elle écrivit de sa main à chacun des trente-
six jurés :

« Je ne paraîtrai point le jour du jugement, Monsieur,
parce que ma présence pourrait jeter de la défaveur sur
la cause de M. Sorel. Je ne désire qu'une chose au monde
et avec passion, c'est qu'il soit sauvé. N'en doutez point,
l'affreuse idée qu'à cause de moi un innocent a été
conduit à la mort empoisonnerait le reste de ma vie et
sans doute l'abrègerait. Comment pourriez-vous le
condamner à mort, tandis que moi, je vis ? Non, sans
doute, la société n'a point de droit d'arracher la vie, et
surtout à un être tel que Julien Sorel. Tout le monde, à
Verrières, lui a connu des moments d'égarement. Ce
pauvre jeune homme a des ennemis puissants ; mais,
même parmi ses ennemis (et combien n'en a-t-il pas !)
quel est celui qui met en doute ses admirables talents et
sa science profonde ? Ce n'est pas un sujet ordinaire que
vous allez juger, monsieur. Durant près de dix-huit
mois nous l'avons tous connu pieux, sage, appliqué ;
mais, deux ou trois fois par an, il était saisi par des accès
de mélancolie qui allaient jusqu'à l'égarement. Toute
la ville de Verrières, tous nos voisins de Vergy où nous
passons la belle saison, ma famille entière, monsieur
le sous-préfet, lui-même, rendront justice à sa piété
exemplaire ; il sait par cœur toute la sainte Bible.
Un impie se fût-il appliqué pendant des années à apprendre le livre saint ? Mes fils auront l'honneur de vous
présenter cette lettre : ce sont des enfants. Daignez les
interroger, monsieur, ils vous donneront sur ce pauvre
jeune homme tous les détails qui seraient encore néces-

saires pour vous convaincre de la barbarie qu'il y aurait
à le condamner. Bien loin de me venger, vous me donne-
riez la mort.

« Qu'est-ce que ses ennemis pourront opposer à ce
fait ? La blessure qui a été le résultat d'un de ces moments de folie que mes enfants eux-mêmes remarquaient
chez leur précepteur, est tellement peu dangereuse,
qu'après moins de deux mois elle m'a permis de venir en
poste de Verrières à Besançon. Si j'apprends, monsieur,
que vous hésitiez le moins du monde à soustraire à la
barbarie des lois un être si peu coupable, je sortirai de
mon lit, où me retiennent uniquement les ordres de
mon mari, et j'irai me jeter à vos pieds.

« Déclarez, monsieur, que la préméditation n'est pas
constante, et vous n'aurez pas à vous reprocher le sang
d'un innocent », etc.

CHAPITRE XLI

LE JUGEMENT

> *Le pays se souviendra longtemps de ce procès*
> *célèbre. L'intérêt pour l'accusé était porté jusqu'à*
> *l'agitation : c'est que son crime était étonnant*
> *et pourtant pas atroce. L'eût-il été, ce jeune*
> *homme était si beau ! Sa haute fortune, sitôt*
> *finie, augmentait l'attendrissement. Le condam-*
> *neront-ils ? demandaient les femmes aux hommes*
> *de leur connaissance, et on les voyait pâlissantes*
> *attendre la réponse.*
>
> SAINTE-BEUVE.

Enfin parut ce jour, tellement redouté de Mme de
Rênal et de Mathilde.

L'aspect étrange de la ville redoublait leur terreur,

et ne laissait pas sans émotion même l'âme ferme de
Fouqué. Toute la province était accourue à Besançon
pour voir juger cette cause romanesque.

Depuis plusieurs jours, il n'y avait plus de place dans
les auberges. M. le président des assises était assailli par
des demandes de billets ; toutes les dames de la ville
voulaient assister au jugement ; on criait dans les rues
le portrait de Julien, etc.

Mathilde tenait en réserve pour ce moment suprême
une lettre écrite en entier de la main de monseigneur
l'évêque de ***. Ce prélat, qui dirigeait l'Église de France
et faisait des évêques, daignait demander l'acquittement
de Julien. La veille du jugement, Mathilde porta cette
lettre au tout-puissant grand vicaire.

A la fin de l'entrevue, comme elle s'en allait fondant
en larmes : — Je réponds de la déclaration du jury, lui dit
M. de Frilair, sortant enfin de sa réserve diplomatique,
et presque ému lui-même. Parmi les douze personnes
chargées d'examiner si le crime de votre protégé est
constant, et surtout s'il y a eu préméditation, je compte
six amis dévoués à ma fortune, et je leur ai fait entendre
qu'il dépendait d'eux de me porter à l'épiscopat. Le
baron Valenod, que j'ai fait maire de Verrières, dispose
entièrement de deux de ses administrés, MM. de Moirod
et de Cholin. A la vérité, le sort nous a donné pour cette
affaire deux jurés fort mal pensants ; mais, quoique
ultra-libéraux, ils sont fidèles à mes ordres dans les
grandes occasions, et je les ai fait prier de voter comme
Valenod. J'ai appris qu'un sixième juré, industriel immensément riche et bavard libéral, aspire en secret à une
fourniture au ministère de la guerre, et sans doute il ne
voudrait pas me déplaire. Je lui ai fait dire que M. de
Valenod a mon dernier mot.

— Et quel est ce M. Valenod ? dit Mathilde inquiète.

— Si vous le connaissiez, vous ne pourriez douter du
succès. C'est un parleur audacieux, impudent, grossier,
fait pour mener des sots. 1814 l'a pris à la misère,
et je vais en faire un préfet. Il est capable de battre

les autres jurés s'ils ne veulent pas voter à sa guise.
Mathilde fut un peu rassurée.

Une autre discussion l'attendait dans la soirée. Pour
ne pas prolonger une scène désagréable et dont à ses
yeux le résultat était certain, Julien était résolu à ne
pas prendre la parole.

— Mon avocat parlera, c'est bien assez, dit-il à Mathilde.
Je ne serai que trop longtemps exposé en spectacle à
tous mes ennemis. Ces provinciaux ont été choqués de
la fortune rapide que je vous dois, et, croyez-m'en, il
n'en est pas un qui ne désire ma condamnation, sauf à
pleurer comme un sot quand on me mènera à la mort.

— Ils désirent vous voir humilié, il n'est que trop
vrai, répondit Mathilde, mais je ne les crois point cruels.
Ma présence à Besançon et le spectacle de ma douleur ont
intéressé toutes les femmes ; votre jolie figure fera le
reste. Si vous dites un mot devant vos juges, tout l'auditoire est pour vous, etc., etc.

Le lendemain à neuf heures, quand Julien descendit
de sa prison pour aller dans la grande salle du Palais de
Justice, ce fut avec beaucoup de peine que les gendarmes
parvinrent à écarter la foule immense entassée dans la
cour. Julien avait bien dormi, il était fort calme, et
n'éprouvait d'autre sentiment qu'une pitié philosophique
pour cette foule d'envieux qui, sans cruauté, allaient
applaudir à son arrêt de mort. Il fut bien surpris lorsque,
retenu plus d'un quart d'heure au milieu de la foule, il fut
obligé de reconnaître que sa présence inspirait au public
une pitié tendre. Il n'entendit pas un seul propos désagréable. Ces provinciaux sont moins méchants que je
ne le croyais, se dit-il.

En entrant dans la salle de jugement, il fut frappé de
l'élégance de l'architecture. C'était un gothique propre,
et une foule de jolies petites colonnes taillées dans la
pierre avec le plus grand soin. Il se crut en Angleterre.

Mais bientôt toute son attention fut absorbée par
douze ou quinze jolies femmes qui, placées vis-à-vis la
sellette de l'accusé, remplissaient les trois balcons au-

dessus des juges et des jurés. En se retournant vers le
public, il vit que la tribune circulaire qui règne au-dessus
de l'amphithéâtre était remplie de femmes : la plupart
étaient jeunes et lui semblèrent fort jolies ; leurs yeux
étaient brillants et remplis d'intérêt. Dans le reste de
la salle, la foule était énorme ; on se battait aux portes,
et les sentinelles ne pouvaient obtenir le silence.

Quand tous les yeux qui cherchaient Julien s'aperçurent de sa présence, en le voyant occuper la place un
peu élevée réservée à l'accusé, il fut accueilli par un
murmure d'étonnement et de tendre intérêt.

On eût dit ce jour-là qu'il n'avait pas vingt ans ; il
était mis fort simplement, mais avec une grâce parfaite ;
ses cheveux et son front étaient charmants ; Mathilde
avait voulu présider elle-même à sa toilette. La pâleur
de Julien était extrême. A peine assis sur la sellette, il
entendit dire de tous côtés : Dieu ! comme il est jeune !...
Mais c'est un enfant... Il est bien mieux que son portrait.

— Mon accusé, lui dit le gendarme assis à sa droite,
voyez-vous ces six dames qui occupent ce balcon ? Le
gendarme lui indiquait une petite tribune en saillie
au-dessus de l'amphithéâtre où sont placés les jurés.
C'est Mme la préfète, continua le gendarme, à côté,
Mme la marquise de M***, celle-là vous aime bien ; je
l'ai entendue parler au juge d'instruction. Après c'est
Mme Derville...

— Mme Derville ! s'écria Julien, et une vive rougeur
couvrit son front. Au sortir d'ici, pensa-t-il, elle va écrire
à Mme de Rênal. Il ignorait l'arrivée de Mme de Rênal à
Besançon.

Les témoins furent bien vite entendus [1]. Dès les
premiers mots de l'accusation soutenue par l'avocat
général, deux de ces dames placées dans le petit balcon,
tout à fait en face de Julien, fondirent en larmes.
Mme Derville ne s'attendrit point ainsi, pensa Julien.
Cependant il remarqua qu'elle était fort rouge.

L'avocat général faisait du pathos en mauvais français sur la barbarie du crime commis ; Julien observa que

les voisines de Mme Derville avaient l'air de le désap-
prouver vivement. Plusieurs jurés, apparemment de la
connaissance de ces dames, leur parlaient et semblaient
les rassurer. Voilà qui ne laisse pas d'être de bon augure,
pensa Julien.

Jusque-là il s'était senti pénétré d'un mépris sans
mélange pour tous les hommes qui assistaient au jugement. L'éloquence plate de l'avocat général augmenta ce
sentiment de dégoût. Mais peu à peu la sécheresse d'âme
de Julien disparut devant les marques d'intérêt dont il
était évidemment l'objet.

Il fut content de la mine ferme de son avocat. Pas de
phrases, lui dit-il tout bas comme il allait prendre la
parole.

— Toute l'emphase pillée à Bossuet, qu'on a étalée
contre vous, vous a servi, dit l'avocat. En effet, à peine
avait-il parlé pendant cinq minutes, que presque toutes
les femmes avaient leur mouchoir à la main. L'avocat,
encouragé, adressa aux jurés des choses extrêmement
fortes. Julien frémit, il se sentait sur le point de verser
des larmes. Grand Dieu! que diront mes ennemis?

Il allait céder à l'attendrissement qui le gagnait,
lorsque heureusement pour lui, il surprit un regard
insolent de M. le baron de Valenod.

Les yeux de ce cuistre sont flamboyants, se dit-il;
quel triomphe pour cette âme basse! Quand mon crime
n'aurait amené que cette seule circonstance, je devrais
le maudire. Dieu sait ce qu'il dira de moi à Mme de Rênal!

Cette idée effaça toutes les autres. Bientôt après,
Julien fut rappelé à lui-même par les marques d'assenti-
ment du public. L'avocat venait de terminer sa plaidoirie. Julien se souvint qu'il était convenable de lui
serrer la main. Le temps avait passé rapidement.

On apporta des rafraîchissements à l'avocat et à
l'accusé. Ce fut alors seulement que Julien fut frappé
d'une circonstance : aucune femme n'avait quitté l'audience pour aller dîner.

— Ma foi, je meurs de faim, dit l'avocat, et vous?

— Moi de même, répondit Julien.

— Voyez, voilà Mme la préfète qui reçoit aussi son dîner, lui dit l'avocat en lui indiquant le petit balcon. Bon courage, tout va bien. La séance recommença.

Comme le président faisait son résumé, minuit sonna. Le président fut obligé de s'interrompre ; au milieu du silence de l'anxiété universelle, le retentissement de la cloche de l'horloge remplissait la salle.

Voilà le dernier de mes jours qui commence, pensa Julien. Bientôt il se sentit enflammé par l'idée du devoir. Il avait dominé jusque-là son attendrissement, et gardé sa résolution de ne point parler ; mais quand le président des assises lui demanda s'il avait quelque chose à ajouter, il se leva. Il voyait devant lui les yeux de Mme Derville qui, aux lumières, lui semblèrent bien brillants. Pleure-rait-elle, par hasard ? pensa-t-il.

« Messieurs les jurés,

« L'horreur du mépris, que je croyais pouvoir braver au moment de la mort, me fait prendre la parole. Messieurs, je n'ai point l'honneur d'appartenir à votre classe, vous voyez en moi un paysan qui s'est révolté contre la bassesse de sa fortune.

« Je ne vous demande aucune grâce, continua Julien en affermissant sa voix. Je ne me fais point illusion, la mort m'attend : elle sera juste. J'ai pu attenter aux jours de la femme la plus digne de tous les respects, de tous les hommages. Mme de Rênal avait été pour moi comme une mère. Mon crime est atroce, et il fut *prémédité*. J'ai donc mérité la mort, messieurs les jurés. Mais quand je serais moins coupable, je vois des hommes qui, sans s'arrêter à ce que ma jeunesse peut mériter de pitié, voudront punir en moi et décourager à jamais cette classe de jeunes gens qui, nés dans une classe inférieure et en quelque sorte opprimés par la pauvreté, ont le bonheur de se procurer une bonne éducation, et l'au-dace de se mêler à ce que l'orgueil des gens riches appelle la société.

« Voilà mon crime, messieurs, et il sera puni avec d'autant plus de sévérité, que, dans le fait, je ne suis point jugé par mes pairs. Je ne vois point sur les bancs des jurés quelque paysan enrichi, mais uniquement des bourgeois indignés... [1] »

Pendant vingt minutes, Julien parla sur ce ton ; il dit tout ce qu'il avait sur le cœur ; l'avocat général, qui aspirait aux faveurs de l'aristocratie, bondissait sur son siège ; mais malgré le tour un peu abstrait que Julien avait donné à la discussion, toutes les femmes fondaient en larmes. M\ :sup:`me` Derville elle-même avait son mouchoir sur ses yeux. Avant de finir, Julien revint à la préméditation, à son repentir, au respect, à l'adoration filiale et sans bornes que, dans les temps plus heureux, il avait pour M\ :sup:`me` de Rênal... M\ :sup:`me` Derville jeta un cri et s'évanouit.

Une heure sonnait comme les jurés se retiraient dans leur chambre. Aucune femme n'avait abandonné sa place ; plusieurs hommes avaient les larmes aux yeux. Les conversations furent d'abord très vives ; mais peu à peu, la décision du jury se faisant attendre, la fatigue générale commença à jeter du calme dans l'assemblée. Ce moment était solennel ; les lumières jetaient moins d'éclat. Julien, très fatigué, entendait discuter auprès de lui la question de savoir si ce retard était de bon ou de mauvais augure. Il vit avec plaisir que tous les vœux étaient pour lui ; je jury ne revenait point, et cependant aucune femme ne quittait la salle.

Comme deux heures venaient de sonner, un grand mouvement se fit entendre. La petite porte de la chambre des jurés s'ouvrit. M. le baron de Valenod s'avança d'un pas grave et théâtral, il était suivi de tous les jurés [2]. Il toussa, puis déclara qu'en son âme et conscience la déclaration unanime du jury était que Julien Sorel était coupable de meurtre, et de meurtre avec préméditation : cette déclaration entraînait la peine de mort ; elle fut prononcée un instant après. Julien regarda sa montre, et se souvint de M. de Lavalette, il était deux heures et un quart. C'est aujourd'hui vendredi, pensa-t-il.

Oui, mais ce jour est heureux pour le Valenod, qui me condamne... Je suis trop surveillé pour que Mathilde puisse me sauver comme fit Mme de Lavalette... Ainsi, dans trois jours, à cette même heure, je saurai à quoi m'en tenir sur le *grand peut-être.*

En ce moment, il entendit un cri et fut rappelé aux choses de ce monde. Les femmes autour de lui sanglotaient ; il vit que toutes les figures étaient tournées vers une petite tribune pratiquée dans le couronnement d'un pilastre gothique. Il sut plus tard que Mathilde s'y était cachée. Comme le cri ne se renouvela pas, tout le monde se remit à regarder Julien, auquel les gendarmes cherchaient à faire traverser la foule.

Tâchons de ne pas apprêter à rire à ce fripon de Valenod, pensa Julien. Avec quel air contrit et patelin il a prononcé la déclaration qui entraîne la peine de mort ! tandis que ce pauvre président des assises, tout juge qu'il est depuis nombre d'années, avait la larme à l'œil en me condamnant. Quelle joie pour le Valenod de se venger de notre ancienne rivalité auprès de Mme de Rênal !... Je ne la verrai donc plus ! C'en est fait... Un dernier adieu est impossible entre nous, je le sens... Que j'aurais été heureux de lui dire toute l'horreur que j'ai de mon crime !

Seulement ces paroles : Je me trouve justement condamné.

CHAPITRE XLII

En ramenant Julien en prison, on l'avait introduit dans une chambre destinée aux condamnés à mort. Lui qui, d'ordinaire, remarquait jusqu'aux plus petites circonstances, ne s'était point aperçu qu'on né le faisait pas remonter à son donjon. Il songeait à ce qu'il dirait à Mme de Rênal, si, avant le dernier moment, il avait le bonheur de la voir. Il pensait qu'elle l'interromprait, et voulait du premier mot pouvoir lui peindre tout son repentir. Après une telle action, comment lui persuader que je l'aime uniquement ? Car enfin, j'ai voulu la tuer par ambition ou par amour pour Mathilde.

En se mettant au lit il trouva des draps d'une toile grossières. Ses yeux se dessillèrent. Ah ! je suis au cachot, se dit-il, comme condamné à mort. C'est juste.

Le comte Altamira me racontait que, la veille de sa mort, Danton disait avec sa grosse voix : C'est singulier, le verbe guillotiner ne peut pas se conjuguer dans tous ses temps ; on peut bien dire : Je serai guillotiné, tu seras guillotiné, mais on ne dit pas : J'ai été guillotiné.

Pourquoi pas, reprit Julien, s'il y a une autre vie ?... Ma foi, si je trouve le Dieu des chrétiens, je suis perdu : c'est un despote, et, comme tel, il est rempli d'idées de vengeance ; sa Bible ne parle que de punitions atroces. Je ne l'ai jamais aimé ; je n'ai même jamais voulu croire qu'on l'aimât sincèrement. Il est sans pitié (et il se rappela plusieurs passages de la Bible). Il me punira d'une manière abominable...

Mais si je trouve le Dieu de Fénelon ! Il me dira peut-être : il te sera beaucoup pardonné, parce que tu as beaucoup aimé...

Ai-je beaucoup aimé ? Ah ! j'ai aimé Mme de Rênal, mais ma conduite a été atroce. Là, comme ailleurs, le mérite simple et modeste a été abandonné pour ce qui est brillant...

Mais aussi, quelle perspective !... Colonel de hussards, si nous avions la guerre ; secrétaire de légation pendant la paix ; ensuite ambassadeur... car bientôt j'aurais su les affaires..., et quand je n'aurais été qu'un sot, le gendre du marquis de La Mole a-t-il quelque rivalité à craindre ? Toutes mes sottises eussent été pardonnées, ou plutôt comptées pour des mérites. Homme de mérite,

et jouissant de la plus grande existence à Vienne ou à
Londres...

— Pas précisément, Monsieur, guillotiné dans trois
jours.

Julien rit de bon cœur de cette saillie de son esprit.
En vérité, l'homme a deux têtes en lui, pensa-t-il. Qui
diable songeait à cette réflexion maligne ?

Eh bien ! oui, mon ami, guillotiné dans trois jours,
répondit-il à l'interrupteur. M. de Cholin louera une
fenêtre, de compte à demi avec l'abbé Maslon. Eh bien,
pour le prix de location de cette fenêtre, lequel de ces
deux dignes personnages volera l'autre ?

Ce passage du *Venceslas* de Rotrou lui revint tout à
coup.

LADISLAS.

... Mon âme est toute prête.

LE ROI, *père de Ladislas.*

L'échafaud l'est aussi ; portez-y votre tête.

Belle réponse ! pensa-t-il, et il s'endormit. Quelqu'un
le réveilla le matin en le serrant fortement.

— Quoi, déjà ! dit Julien en ouvrant un œil hagard.
Il se croyait entre les mains du bourreau.

C'était Mathilde. Heureusement, elle ne m'a pas
compris. Cette réflexion lui rendit tout son sang-froid.
Il trouva Mathilde changée comme par six mois de
maladie : réellement elle n'était pas reconnaissable.

— Cet infâme Frilair m'a trahie, lui disait-elle en se
tordant les mains ; la fureur l'empêchait de pleurer.

— N'étais-je pas beau hier quand j'ai pris la parole ?
répondit Julien. J'improvisais, et pour la première fois
de ma vie ! Il est vrai qu'il est à craindre que ce ne soit
aussi la dernière.

Dans ce moment, Julien jouait sur le caractère de
Mathilde avec tout le sang-froid d'un pianiste habile

qui touche un piano... L'avantage d'une naissance illustre me manque, il est vrai, ajouta-t-il, mais la grande âme de Mathilde a élevé son amant jusqu'à elle. Croyez-vous que Boniface de La Mole ait été mieux devant ses juges ?

Mathilde, ce jour-là, était tendre sans affectation, comme une pauvre fille habitant un cinquième étage ; mais elle ne put obtenir de lui des paroles plus simples. Il lui rendait, sans le savoir, le tourment qu'elle lui avait souvent infligé.

On ne connaît point les sources du Nil, se disait Julien ; il n'a point été donné à l'œil de l'homme de voir le roi des fleuves dans l'état de simple ruisseau : ainsi aucun œil humain ne verra Julien faible, d'abord parce qu'il ne l'est pas. Mais j'ai le cœur facile à toucher ; la parole la plus commune, si elle est dite avec un accent vrai, peut attendrir ma voix et même faire couler mes larmes. Que de fois les cœurs secs ne m'ont-ils pas méprisé pour ce défaut ! Ils croyaient que je demandais grâce : voilà ce qu'il ne faut pas souffrir.

On dit que le souvenir de sa femme émut Danton [1] au pied de l'échafaud ; mais Danton avait donné de la force à une nation de freluquets, et empêchait l'ennemi d'arriver à Paris... Moi seul, je sais ce que j'aurais pu faire... Pour les autres, je ne suis tout au plus qu'un PEUT-ÊTRE.

Si Mᵐᵉ de Rênal était ici, dans mon cachot, au lieu de Mathilde, aurais-je pu répondre de moi ? L'excès de mon désespoir et de mon repentir eût passé aux yeux des Valenod et de tous les patriciens du pays pour l'ignoble peur de la mort ; ils sont si fiers ces cœurs faibles, que leur position pécuniaire met au-dessus des tentations ! Voyez ce que c'est, auraient dit MM. de Moirod et de Cholin, qui viennent de me condamner à mort, que de naître fils d'un charpentier ! On peut devenir savant, adroit, mais le cœur !... le cœur ne s'apprend pas. Même avec cette pauvre Mathilde, qui pleure maintenant, ou plutôt qui ne peut plus pleurer, dit-il en regar-

dant ses yeux rouges... et il la serra dans ses bras :
l'aspect d'une douleur vraie lui fit oublier son syllogisme...
Elle a pleuré toute la nuit peut-être, se dit-il ; mais
un jour, quelle honte ne lui fera pas ce souvenir ! Elle
se regardera comme ayant été égarée, dans sa première
jeunesse, par les façons de penser basses d'un plébéien...
Le Croisenois est assez faible pour l'épouser, et, ma foi,
il fera bien. Elle lui fera jouer un rôle,

> *Du droit qu'un esprit ferme et vaste en ses desseins*
> *A sur l'esprit grossier des vulgaires humains* [1].

Ah çà ! voici qui est plaisant : depuis que je dois mourir tous les vers que j'ai jamais sus en ma vie me revien-
nent à la mémoire. Ce sera un signe de décadence...

Mathilde lui répétait d'une voix éteinte : Il est là dans
la pièce voisine. Enfin il fit attention à ces paroles. Sa
voix est faible, pensa-t-il, mais tout ce caractère impérieux est encore dans son accent. Elle baisse la voix pour
ne pas se fâcher.

— Et qui est là ? lui dit-il d'un air doux.

— L'avocat, pour vous faire signer votre appel.

— Je n'appellerai pas.

— Comment ! vous n'appellerez pas, dit-elle en se
levant et les yeux étincelants de colère, et pourquoi,
s'il vous plaît ?

— Parce que, en ce moment, je me sens le courage de
mourir sans trop faire rire à mes dépens. Et qui me dit
que dans deux mois, après un long séjour dans ce cachot
humide, je serai aussi bien disposé ? Je prévois des entrevues avec des prêtres, avec mon père... Rien au monde
ne peut m'être aussi désagréable. Mourons.

Cette contrariété imprévue réveilla toute la partie
altière du caractère de Mathilde. Elle n'avait pu voir
l'abbé de Frilair avant l'heure où l'on ouvre les cachots
de la prison de Besançon ; sa fureur retomba sur Julien.
Elle l'adorait, et, pendant un grand quart d'heure, il
retrouva dans ses imprécations contre son caractère,
de lui Julien, dans ses regrets de l'avoir aimé, toute cette

âme hautaine qui jadis l'avait accablé d'injures si poi-
gnantes, dans la biblicthèque dc l'hôtel de La Mole.

— Le ciel devait à la gloire de ta race de te faire naître homme, lui dit-il.

Mais quant à moi, pensait-il, je serais bien dupe de
vivre encore deux mois dans ce séjour dégoûtant, en
butte à tout ce que la faction patricienne peut inventer
d'infâme et d'humiliant *, et ayant pour unique consolation les imprécations de cette folle... Eh bien, après-
demain matin, je me bats en duel avec un homme connu
par son sang-froid et par une adresse remarquable...
Fort remarquable, dit le parti méphistophélès ; il ne
manque jamais son coup.

Eh bien, soit, à la bonne heure (Mathilde continuait à
être éloquente). Parbleu non, se dit-il, je n'appellerai
pas.

Cette résolution prise, il tomba dans la rêverie... Le
courrier en passant apportera le journal à six heures
comme à l'ordinaire ; à huit heures, après que M. de
Rênal l'aura lu, Elisa, marchant sur la pointe du pied,
viendra le déposer sur son lit. Plus tard elle s'éveillera :
tout à coup, en lisant, elle sera troublée ; sa jolie main
tremblera ; elle lira jusqu'à ces mots... *A dix heures et
cinq minutes il avait cessé d'exister.*

Elle pleurera à chaudes larmes, je la connais ; en vain
j'ai voulu l'assassiner, tout sera oublié. Et la personne
à qui j'ai voulu ôter la vie sera la seule qui sincèrement
pleurera ma mort.

Ah ! ceci est une antithèse ! pensa-t-il, et, pendant un
grand quart d'heure que dura encore la scène que lui
faisait Mathilde, il ne songea qu'à Mme de Rênal. Malgré
lui, et quoique répondant souvent à ce que Mathilde
lui disait, il ne pouvait détacher son âme du souvenir de
la chambre à coucher de Verrières. Il voyait la gazette
de Besançon sur la courte-pointe de taffetas orange.
Il voyait cette main si blanche qui la serrait d'un mou-

* C'est un jacobin qui parle.

vement convulsif ; il voyait Mme de Rênal pleurer...
Il suivait la route de chaque larme sur cette figure charmante.

Mlle de La Mole ne pouvant rien obtenir de Julien, fit
entrer l'avocat. C'était heureusement un ancien capitaine de l'armée d'Italie, de 1796, où il avait été camarade de Manuel [1].

Pour la forme, il combattit la résolution du condamné.
Julien, voulant le traiter avec estime, lui déduisit toutes
ses raisons.

Ma foi, on peut penser comme vous, finit par lui dire
M. Félix Vaneau ; c'était le nom de l'avocat. Mais vous
avez trois jours pleins pour appeler, et il est de mon
devoir de revenir tous les jours. Si un volcan s'ouvrait
sous la prison, d'ici à deux mois, vous seriez sauvé.
Vous pouvez mourir de maladie, dit-il en regardant
Julien.

Julien lui serra la main. — Je vous remercie, vous êtes
un brave homme. A ceci je songerai.

Et lorsque Mathilde sortit enfin avec l'avocat, il se
sentait beaucoup plus d'amitié pour l'avocat que pour
elle.

CHAPITRE XLIII

Une heure après, comme il dormait profondément,
il fut éveillé par des larmes qu'il sentait couler sur sa
main. Ah! c'est encore Mathilde, pensa-t-il à demi
éveillé. Elle vient, fidèle à la théorie, attaquer ma résolution par les sentiments tendres. Ennuyé de la perspective de cette nouvelle scène dans le genre pathétique,
il n'ouvrit pas les yeux. Les vers de Belphégor fuyant
sa femme lui revinrent à la pensée [2].

Il entendit un soupir singulier ; il ouvrit les yeux, c'était Mme de Rênal.

— Ah ! je te revois avant que de mourir, est-ce une illusion ? s'écria-t-il en se jetant à ses pieds.

Mais pardon, Madame, je ne suis qu'un assassin à vos yeux, dit-il à l'instant, en revenant à lui.

— Monsieur... je viens vous conjurer d'appeler, je sais que vous ne le voulez pas... Ses sanglots l'étouffaient ; elle ne pouvait parler.

— Daignez me pardonner.

— Si tu veux que je te pardonne, lui dit-elle en se levant et se jetant dans ses bras, appelle tout de suite de ta sentence de mort.

Julien la couvrait de baisers.

— Viendras-tu me voir tous les jours pendant ces deux mois ?

— Je te le jure. Tous les jours, à moins que mon mari ne me le défende.

— Je signe ! s'écria Julien. Quoi ! tu me pardonnes ! Est-il possible !

Il la serrait dans ses bras ; il était fou. Elle jeta un petit cri.

— Ce n'est rien, lui dit-elle, tu m'as fait mal.

— A ton épaule, s'écria Julien fondant en larmes. Il s'éloigna un peu, et couvrit sa main de baisers de flamme. Qui me l'eût dit la dernière fois que je te vis, dans ta chambre, à Verrières ?

— Qui m'eût dit alors que j'écrirais à M. de La Mole cette lettre infâme ?

— Sache que je t'ai toujours aimée, que je n'ai aimé que toi.

— Est-il bien possible ! s'écria Mme de Rênal, ravie à son tour. Elle s'appuya sur Julien, qui était à ses genoux, et longtemps il pleurèrent en silence.

A aucune époque de sa vie, Julien n'avait trouvé un moment pareil.

Bien longtemps après, quand on put parler :

— Et cette jeune Mme Michelet, dit Mme de Rênal,

ou plutôt cette Mlle de La Mole ; car je commence en
vérité à croire cet étrange roman !

— Il n'est vrai qu'en apparence, répondit Julien.
C'est ma femme, mais ce n'est pas ma maîtresse.

En s'interrompant cent fois l'un l'autre, ils parvinrent
à grand-peine à se raconter ce qu'ils ignoraient. La
lettre écrite à M. de La Mole avait été faite par le jeune
prêtre qui dirigeait la conscience de Mme de Rênal, et
ensuite copiée par elle.

— Quelle horreur m'a fait commettre la religion ! lui
disait-elle ; et encore j'ai adouci les passages les plus
affreux de cette lettre...

Les transports et le bonheur de Julien lui prouvaient
combien il lui pardonnait. Jamais il n'avait été aussi
fou d'amour.

— Je me crois pourtant pieuse, lui disait Mme de
Rênal dans la suite de la conversation. Je crois sincèrement en Dieu ; je crois également, et même cela m'est
prouvé, que le crime que je commets est affreux, et dès
que je te vois, même après que tu m'as tiré deux coups
de pistolet... Et ici, malgré elle, Julien la couvrit de baisers.

— Laisse-moi, continua-t-elle, je veux raisonner avec
toi, de peur de l'oublier... Dès que je te vois, tous les
devoirs disparaissent, je ne suis plus qu'amour pour toi,
ou plutôt le mot amour est trop faible. Je sens pour toi
ce que je devrais sentir uniquement pour Dieu : un
mélange de respect, d'amour, d'obéissance... En vérité,
je ne sais pas ce que tu m'inspires. Tu me dirais de
donner un coup de couteau au geôlier, que le crime serait
commis avant que j'y eusse songé. Explique-moi cela
bien nettement avant que je te quitte, je veux voir
clair dans mon cœur ; car dans deux mois nous nous
quittons... A propos, nous quitterons-nous ? lui dit-elle
en souriant.

— Je retire ma parole, s'écria Julien en se levant ;
je n'appelle pas de la sentence de mort, si par poison,
couteau, pistolet, charbon ou de toute autre manière

quelconque, tu cherches à mettre fin ou obstacle à ta vie.

La physionomie de Mme de Rênal changea tout à coup; la plus vive tendresse fit place à une rêverie profonde.

— Si nous mourions tout de suite? lui dit-elle enfin.

— Qui sait ce que l'on trouve dans l'autre vie? répondit Julien; peut-être des tourments, peut-être rien du tout. Ne pouvons-nous pas passer deux mois ensemble d'une manière délicieuse? Deux mois, c'est bien des jours. Jamais je n'aurai été aussi heureux?

— Jamais, tu n'auras été aussi heureux!

— Jamais, répéta Julien ravi, et je te parle comme je me parle à moi-même. Dieu me préserve d'exagérer.

— C'est me commander que de parler ainsi, dit-elle avec un sourire timide et mélancolique.

— Eh bien! tu jures, sur l'amour que tu as pour moi, de n'attenter à ta vie par aucun moyen direct, ni indirect... songe, ajouta-t-il, qu'il faut que tu vives pour mon fils, que Mathilde abandonnera à des laquais dès qu'elle sera marquise de Croisenois.

— Je jure, reprit-elle froidement, mais je veux emporter ton appel écrit et signé de ta main. J'irai moi-même chez M. le Procureur général.

— Prends garde, tu te compromets.

— Après la démarche d'être venue te voir dans ta prison, je suis à jamais, pour Besançon et toute la Franche-Comté, une héroïne d'anecdotes, dit-elle d'un air profondément affligé. Les bornes de l'austère pudeur sont franchies... Je suis une femme perdue d'honneur; il est vrai que c'est pour toi...

Son accent était si triste, que Julien l'embrassa avec un bonheur tout nouveau pour lui. Ce n'était plus l'ivresse de l'amour, c'était reconnaissance extrême. Il venait d'apercevoir, pour la première fois, toute l'étendue du sacrifice qu'elle lui avait fait.

Quelque âme charitable informa, sans doute, M. de Rênal des longues visites que sa femme faisait à la prison de Julien; car, au bout de trois jours il lui envoya sa

voiture, avec l'ordre exprès de revenir sur-le-champ à
Verrières.

Cette séparation cruelle avait mal commencé la
journée pour Julien. On l'avertit, deux ou trois heures
après, qu'un certain prêtre intrigant et qui pourtant
n'avait pu se pousser parmi les Jésuites de Besançon,
s'était établi depuis le matin en dehors de la porte de
la prison, dans la rue. Il pleuvait beaucoup, et là cet
homme prétendait jouer le martyr. Julien était mal
disposé, cette sottise le toucha profondément.

Le matin il avait déjà refusé la visite de ce prêtre,
mais cet homme s'était mis en tête de confesser Julien
et de se faire un nom parmi les jeunes femmes de Besançon, par toutes les confidences qu'il prétendrait en avoir
reçues.

Il déclarait à haute voix qu'il allait passer la journée
et la nuit à la porte de la prison ; — Dieu m'envoie pour
toucher le cœur de cet autre apostat... Et le bas peuple,
toujours curieux d'une scène, commençait à s'attrouper.

— Oui, mes frères, leur disait-il, je passerai ici la
journée, la nuit, ainsi que toutes les journées, et toutes
les nuits qui suivront. Le Saint-Esprit m'a parlé, j'ai
une mission d'en haut ; c'est moi qui dois sauver l'âme du
jeune Sorel. Unissez-vous à mes prières, etc.

Julien avait horreur du scandale et de tout ce qui
pouvait attirer l'attention sur lui. Il songea à saisir le
moment pour s'échapper du monde incognito ; mais il
avait quelque espoir de revoir Mme de Rênal, et il était
éperdument amoureux.

La porte de la prison était située dans l'une des rues
les plus fréquentées. L'idée de ce prêtre crotté, faisant
foule et scandale, torturait son âme. — Et, sans nul
doute, à chaque instant, il répète mon nom! Ce moment
fut plus pénible que la mort.

Il appela deux ou trois fois, à une heure d'intervalle,
un porte-clefs qui lui était dévoué, pour l'envoyer voir
si le prêtre était encore à la porte de la prison.

— Monsieur, il est à deux genoux dans la boue, lui

disait toujours le porte-clefs ; il prie à haute voix et dit les litanies pour votre âme... L'impertinent ! pensa Julien. En ce moment, en effet, il entendit un bourdonnement sourd, c'était le peuple répondant aux litanies. Pour comble d'impatience, il vit le porte-clefs lui-même agiter ses lèvres en répétant les mots latins. — On commence à dire, ajouta le porte-clefs, qu'il faut que vous ayez le cœur bien endurci pour refuser le secours de ce saint homme.

O ma patrie ! que tu es encore barbare ! s'écria Julien ivre de colère. Et il continua son raisonnement tout haut et sans songer à la présence du porte-clefs.

— Cet homme veut un article dans le journal, et le voilà sûr de l'obtenir.

Ah maudits provinciaux ! à Paris, je ne serais pas soumis à toutes ces vexations. On y est plus savant en charlatanisme.

— Faites entrer ce saint prêtre, dit-il enfin au porte-clefs, et la sueur coulait à grands flots sur son front. Le porte-clefs fit le signe de la croix et sortit tout joyeux.

Ce saint prêtre se trouva horriblement laid, il était encore plus crotté. La pluie froide qu'il faisait augmentait l'obscurité et l'humidité du cachot. Le prêtre voulut embrasser Julien, et se mit à s'attendrir en lui parlant. La plus basse hypocrisie était trop évidente ; de sa vie Julien n'avait été aussi en colère.

Un quart d'heure après l'entrée du prêtre, Julien se trouva tout à fait un lâche. Pour la première fois la mort lui parut horrible. Il pensait à l'état de putréfaction où serait son corps deux jours après l'exécution, etc.

Il allait se trahir par quelque signe de faiblesse ou se jeter sur le prêtre et l'étrangler avec sa chaîne, lorsqu'il eut l'idée de prier le saint homme d'aller dire pour lui une bonne messe de quarante francs, ce jour-là même.

Or, il était près de midi, le prêtre décampa.

CHAPITRE XLIV

Dès qu'il fut sorti, Julien pleura beaucoup, et pleura de mourir. Peu à peu il se dit que, si Mme de Rênal eût été à Besançon, il lui eût avoué sa faiblesse...

Au moment où il regrettait le plus l'absence de cette femme adorée, il entendit le pas de Mathilde.

Le pire des malheurs en prison, pensa-t-il, c'est de ne pouvoir fermer sa porte. Tout ce que Mathilde lui dit ne fit que l'irriter.

Elle lui raconta que, le jour du jugement, M. de Valenod ayant en poche sa nomination de préfet, il avait osé se moquer de M. de Frilair et se donner le plaisir de le condamner à mort.

« Quelle idée a eue votre ami, vient de me dire M. de Frilair, d'aller réveiller et attaquer la petite vanité de cette *aristocratie bourgeoise*! Pourquoi parler de *caste*? Il leur a indiqué ce qu'ils devaient faire dans leur intérêt politique : ces nigauds n'y songeaient pas et étaient prêts à pleurer. Cet intérêt de caste est venu masquer à leurs yeux l'horreur de condamner à mort. Il faut avouer que M. Sorel est bien neuf aux affaires. Si nous ne parvenons à le sauver par le recours en grâce, sa mort sera une sorte de *suicide*... [1] »

Mathilde n'eut garde de dire à Julien ce dont elle ne se doutait pas encore : c'est que l'abbé de Frilair, voyant Julien perdu, croyait utile à son ambition d'aspirer à devenir son successeur.

Presque hors de lui, à force de colère impuissante et de contrariété : — Allez écouter une messe pour moi, dit-il à Mathilde, et laissez-moi un instant de paix. Mathilde, déjà fort jalouse des visites de Mme de Rênal, et qui venait d'apprendre son départ, comprit la cause de l'humeur de Julien et fondit en larmes.

Sa douleur était réelle, Julien le voyait et n'en était que plus irrité. Il avait un besoin impérieux de solitude, et comment se la procurer ?

Enfin, Mathilde, après avoir essayé de tous les raisonnements pour l'attendrir, le laissa seul, mais presque au même instant Fouqué parut.

— J'ai besoin d'être seul, dit-il à cet ami fidèle... Et comme il le vit hésiter : Je compose un mémoire pour mon recours en grâce... du reste... fais-moi un plaisir, ne me parle jamais de la mort. Si j'ai besoin de quelques services particuliers ce jour-là, laisse-moi t'en parler le premier.

Quand Julien se fut enfin procuré la solitude, il se trouva plus accablé et plus lâche qu'auparavant. Le peu de forces qui restait à cette âme affaiblie, avait été épuisé à déguiser son état à Mlle de La Mole et à Fouqué.

Vers le soir, une idée le consola :

Si ce matin, dans le moment où la mort me paraissait si laide, on m'eût averti pour l'exécution, *l'œil du public eût été aiguillon de gloire*; peut-être ma démarche eût-elle eu quelque chose d'empesé, comme celle d'un fat timide qui entre dans un salon. Quelques gens clairvoyants, s'il en est parmi ces provinciaux, eussent pu deviner ma faiblesse... mais personne *ne l'eût vue*.

Et il se sentit délivré d'une partie de son malheur. Je suis un lâche en ce moment, se répétait-il en chantant, mais personne ne le saura.

Un événement presque plus désagréable encore l'attendait pour le lendemain. Depuis longtemps, son père annonçait sa visite ; ce jour-là, avant le réveil de Julien, le vieux charpentier en cheveux blancs parut dans son cachot.

Julien se sentit faible, il s'attendait aux reproches les plus désagréables. Pour achever de compléter sa pénible sensation, ce matin-là il éprouvait vivement le remords de ne pas aimer son père.

Le hasard nous a placé l'un près de l'autre sur la terre, se disait-il pendant que le porte-clefs arrangeait un peu le cachot, et nous nous sommes fait à peu près tout le mal possible. Il vient au moment de ma mort me donner le dernier coup [1].

Les reproches sévères du vieillard commencèrent dès qu'ils furent sans témoin.

Julien ne put retenir ses larmes. Quelle indigne faiblesse! se dit-il avec rage. Il ira partout exagérer mon manque de courage ; quel triomphe pour les Valenod et pour tous les plats hypocrites qui règnent à Verrières! Ils sont bien grands en France, ils réunissent tous les avantages sociaux. Jusqu'ici je pouvais au moins me dire : Ils reçoivent de l'argent, il est vrai, tous les honneurs s'accumulent sur eux, mais moi j'ai la noblesse du cœur.

Et voilà un témoin que tous croiront, et qui certifiera à tout Verrières, et en l'exagérant, que j'ai été faible devant la mort! J'aurai été un lâche dans cette épreuve que tous comprennent!

Julien était près du désespoir. Il ne savait comment renvoyer son père. Et feindre de manière à tromper ce vieillard si clairvoyant se trouvait en ce moment tout à fait au-dessus de ses forces.

Son esprit parcourait rapidement tous les possibles.

— *J'ai fait des économies!* s'écria-t-il tout à coup.

Ce mot de génie changea la physionomie du vieillard et la position de Julien.

— Comment dois-je en disposer? continua Julien plus tranquille : l'effet produit lui avait ôté tout sentiment d'infériorité.

Le vieux charpentier brûlait du désir de ne pas laisser échapper cet argent, dont il semblait que Julien voulait laisser une partie à ses frères. Il parla longtemps et avec feu. Julien put être goguenard.

— Eh bien! le Seigneur m'a inspiré pour mon testament. Je donnerai mille francs à chacun de mes frères et le reste à vous.

— Fort bien, dit le vieillard, ce reste m'est dû ; mais puisque Dieu vous a fait la grâce de toucher votre cœur, si vous voulez mourir en bon chrétien, il convient de payer vos dettes. Il y a encore les frais de votre nourriture et de votre éducation que j'ai avancés, et auxquels vous ne songez pas...

Voilà donc l'amour de père! se répétait Julien l'âme navrée, lorsque enfin il fut seul. Bientôt parut le geôlier.

— Monsieur, après la visite des grands parents, j'apporte toujours à mes hôtes une bouteille de bon vin de Champagne. Cela est un peu cher, six francs la bouteille, mais cela réjouit le cœur.

— Apportez trois verres, lui dit Julien avec un empressement d'enfant, et faites entrer deux des prisonniers que j'entends se promener dans le corridor.

Le geôlier lui amena deux galériens tombés en récidive et qui se préparaient à retourner au bagne. C'étaient des scélérats fort gais et réellement très remarquables par la finesse, le courage et le sang-froid.

— Si vous me donnez vingt francs, dit l'un d'eux à Julien, je vous conterai ma vie en détail. C'est du *chenu*.

— Mais vous allez me mentir? dit Julien.

— Non pas, répondit-il; mon ami que voilà, et qui est jaloux de mes vingt francs, me dénoncera si je dis faux.

Son histoire était abominable. Elle montrait un cœur courageux, où il n'y avait plus qu'une passion, celle de l'argent.

Après leur départ, Julien n'était plus le même homme. Toute sa colère contre lui-même avait disparu. La douleur atroce, envenimée par la pusillanimité, à laquelle il était en proie depuis le départ de Mme de Rênal, s'était tournée en mélancolie.

A mesure que j'aurais été moins dupe des apparences, se disait-il, j'aurais vu que les salons de Paris sont peuplés d'honnêtes gens tels que mon père, ou de coquins habiles tels que ces galériens. Ils ont raison, jamais les hommes de salons ne se lèvent le matin avec cette pensée poignante : Comment dînerai-je? Et ils vantent leur probité! et, appelés au jury, ils condamnent fièrement l'homme qui a volé un couvert d'argent parce qu'il se sentait défaillir de faim.

Mais y a-t-il une cour, s'agit-il de perdre ou de gagner un portefeuille, mes honnêtes gens de salon tombent dans des crimes exactement pareils à ceux que la nécessité de dîner a inspirés à ces deux galériens...

Il n'y a point de *droit naturel* [1] : ce mot n'est qu'une antique niaiserie bien digne de l'avocat général qui m'a donné chasse l'autre jour, et dont l'aïeul fut enrichi par une confiscation de Louis XIV. Il n'y a de *droit* que lorsqu'il y a une loi pour défendre de faire telle chose, sous peine de punition. Avant la loi, il n'y a de *naturel* que la force du lion, ou le besoin de l'être qui a faim, qui a froid, le *besoin* en un mot... non, les gens qu'on honore ne sont que des fripons qui ont eu le bonheur de n'être pas pris en flagrant délit. L'accusateur que la société lance après moi a été enrichi par une infamie... J'ai commis un assassinat, et je suis justement condamné, mais, à cette seule action près, le Valenod qui m'a condamné est cent fois plus nuisible à la société.

Eh bien! ajouta Julien tristement, mais sans colère, malgré son avarice, mon père vaut mieux que tous ces hommes-là. Il ne m'a jamais aimé. Je viens combler la mesure en le déshonorant par une mort infâme. Cette crainte de manquer d'argent, cette vue exagérée de la méchanceté des hommes qu'on appelle *avarice*, lui fait voir un prodigieux motif de consolation et de sécurité dans une somme de trois ou quatre cents louis que je puis lui laisser. Un dimanche après dîner, il montrera son or à tous ses envieux de Verrières. A ce prix, leur dira son regard, lequel d'entre vous ne serait pas charmé d'avoir un fils guillotiné?

Cette philosophie pouvait être vraie, mais elle était de nature à faire désirer la mort. Ainsi se passèrent cinq longues journées. Il était poli et doux envers Mathilde, qu'il voyait exaspérée par la plus vive jalousie. Un soir Julien songeait sérieusement à se donner la mort. Son âme était énervée par le malheur profond où l'avait jeté le départ de Mme de Rênal. Rien ne lui plaisait plus, ni dans la vie réelle, ni dans l'imagination. Le défaut d'exercice commençait à altérer sa santé et à lui donner le caractère exalté et faible d'un jeune étudiant allemand. Il perdait cette mâle hauteur qui repousse par un énergique jurement certaines idées peu convenables, dont l'âme des malheureux est assaillie.

J'ai aimé la vérité... Où est-elle?... Partout hypocrisie, ou du moins charlatanisme, même chez les plus vertueux, même chez les plus grands ; et ses lèvres prirent l'expression du dégoût... Non, l'homme ne peut pas se fier à l'homme.

Mme de *** faisant une quête pour ses pauvres orphelins, me disait que tel prince venait de donner dix louis ; mensonge. Mais que dis-je ? Napoléon à Sainte-Hélène !... Pur charlatanisme, proclamation en faveur du roi de Rome.

Grand Dieu ! si un tel homme, et encore quand le malheur doit le rappeler sévèrement au devoir, s'abaisse jusqu'au charlatanisme, à quoi s'attendre du reste de l'espèce ?...

Où est la vérité ? Dans la religion... Oui, ajouta-t-il avec le sourire amer du plus extrême mépris, dans la bouche des Maslon, des Frilair, des Castanède... Peut-être dans le vrai christianisme, dont les prêtres ne seraient pas plus payés que les apôtres ne l'ont été ?... Mais saint Paul fut payé par le plaisir de commander, de parler, de faire parler de soi...

Ah ! s'il y avait une vraie religion... Sot que je suis ! je vois une cathédrale gothique, des vitraux vénérables ; mon cœur faible se figure le prêtre de ces vitraux... [1] Mon âme le comprendrait, mon âme en a besoin... Je ne trouve qu'un fat avec des cheveux sales... aux agréments près, un chevalier de Beauvoisis.

Mais un vrai prêtre, un Massillon, un Fénelon... Massillon a sacré Dubois. Les *Mémoires de Saint-Simon* m'ont gâté Fénelon ; mais enfin un vrai prêtre... Alors les âmes tendres auraient un point de réunion dans le monde... Nous ne serions pas isolés... Ce bon prêtre

nous parlerait de Dieu. Mais quel Dieu? Non celui de
la Bible, petit despote cruel et plein de la soif de se
venger... mais le Dieu de Voltaire, juste, bon, infini...

Il fut agité par tous les souvenirs de cette Bible qu'il
savait par cœur... Mais comment, dès qu'on sera *trois
ensemble*, croire à ce grand nom de DIEU, après l'abus
effroyable qu'en font nos prêtres?

Vivre isolé!... Quel tourment!...

Je deviens fou et injuste, se dit Julien en se frappant
le front. Je suis isolé ici dans ce cachot; mais je n'ai
pas *vécu isolé* sur la terre; j'avais la puissante idée
du *devoir*. Le devoir que je m'étais prescrit, à tort ou
à raison... a été comme le tronc d'un arbre solide auquel
je m'appuyais pendant l'orage; je vacillais, j'étais
agité. Après tout je n'étais qu'un homme... Mais je
n'étais pas emporté.

C'est l'air humide de ce cachot qui me fait penser
à l'isolement...

Et pourquoi être encore hypocrite en maudissant
l'hypocrisie? Ce n'est ni la mort, ni le cachot, ni l'air
humide, c'est l'absence de Mme de Rênal qui m'accable.
Si, à Verrières, pour la voir, j'étais obligé de vivre des
semaines entières, caché dans les caves de sa maison,
est-ce que je me plaindrais?

L'influence de mes contemporains l'emporte, dit-il
tout haut et avec un rire amer. Parlant seul avec moi-
même, à deux pas de la mort, je suis encore hypocrite...
O dix-neuvième siècle!

... Un chasseur tire un coup de fusil dans une forêt,
sa proie tombe, il s'élance pour la saisir. Sa chaussure
heurte une fourmilière haute de deux pieds, détruit
l'habitation des fourmis, sème au loin les fourmis, leurs
œufs... Les plus philosophes parmi les fourmis ne pourront jamais comprendre ce corps noir, immense, effroyable: la botte du chasseur, qui tout à coup a pénétré
dans leur demeure avec une incroyable rapidité, et
précédée d'un bruit épouvantable, accompagné de
gerbes d'un feu rougeâtre...

... Ainsi la mort, l'éternité, choses fort simples pour qui aurait les organes assez vastes pour les concevoir...

Une mouche éphémère naît à neuf heures du matin dans les grands jours d'été, pour mourir à cinq heures du soir ; comment comprendrait-elle le mot *nuit*?

Donnez-lui cinq heures d'existence de plus, elle voit et comprend ce que c'est que la nuit [1].

Ainsi moi, je mourrai à 23 ans. Donnez-moi cinq années de vie de plus, pour vivre avec Mme de Rênal.

Et il se mit à rire comme Méphistophélès. Quelle folie de discuter ces grands problèmes!

1º Je suis hypocrite comme s'il y avait là quelqu'un pour m'écouter.

2º J'oublie de vivre et d'aimer, quand il me reste si peu de jours à vivre... Hélas! Mme de Rênal est absente ; peut-être son mari ne la laissera plus revenir à Besançon, et continuer à se déshonorer.

Voilà ce qui m'isole, et non l'absence d'un Dieu juste, bon, tout-puissant, point méchant, point avide de vengeance.

Ah! s'il existait... Hélas! je tomberais à ses pieds. J'ai mérité la mort, lui dirais-je ; mais, grand Dieu, Dieu bon, Dieu indulgent, rends-moi celle que j'aime!

La nuit était alors fort avancée. Après une heure ou deux d'un sommeil paisible, arriva Fouqué.

Julien se sentait fort et résolu comme l'homme qui voit clair dans son âme.

CHAPITRE XLV

Je ne veux pas jouer à ce pauvre abbé Chas-Bernard le mauvais tour de le faire appeler, dit-il à Fouqué ; il n'en dînerait pas de trois jours. Mais tâche de me

trouver un janséniste, ami de M. Pirard et inaccessible
à l'intrigue.

Fouqué attendait cette ouverture avec impatience.
Julien s'acquitta avec décence de tout ce qu'on doit
à l'opinion, en province. Grâce à M. l'abbé de Frilair,
et malgré le mauvais choix de son confesseur, Julien
était dans son cachot le protégé de la congrégation ;
avec plus d'esprit de conduite, il eût pu s'échapper.
Mais le mauvais air du cachot produisant son effet,
sa raison diminuait. Il n'en fut que plus heureux au
retour de Mme de Rênal.

— Mon premier devoir est envers toi, lui dit-elle en
l'embrassant ; je me suis sauvée de Verrières...

Julien n'avait point de petit amour-propre à son
égard, il lui raconta toutes ses faiblesses. Elle fut bonne
et charmante pour lui.

Le soir, à peine sortie de sa prison, elle fit venir chez
sa tante le prêtre qui s'était attaché à Julien comme
à une proie ; comme il ne voulait que se mettre en
crédit auprès des jeunes femmes appartenant à la
haute société de Besançon, Mme de Rênal l'engagea
facilement à aller faire une neuvaine à l'abbaye de
Bray-le-Haut [1].

Aucune parole ne put rendre l'excès et la folie de
l'amour de Julien.

A force d'or, et en usant et abusant du crédit de
sa tante, dévote célèbre et riche, Mme de Rênal obtint
de le voir deux fois par jour.

A cette nouvelle, la jalousie de Mathilde s'exalta
jusqu'à l'égarement. M. de Frilair lui avait avoué
que tout son crédit n'allait pas jusqu'à braver toutes
les convenances au point de lui faire permettre de
voir son ami plus d'une fois chaque jour. Mathilde
fit suivre Mme de Rênal afin de connaître ses moindres
démarches. M. de Frilair épuisait toutes les ressources
d'un esprit fort adroit pour lui prouver que Julien était
indigne d'elle.

Au milieu de tous ces tourments elle ne l'en aimait

que plus, et presque chaque jour, lui faisait une scène horrible.

Julien voulait à toute force être honnête homme jusqu'à la fin envers cette pauvre jeune fille qu'il avait si étrangement compromise ; mais, à chaque instant, l'amour effréné qu'il avait pour Mme de Rênal l'emportait. Quand par de mauvaises raisons, il ne pouvait venir à bout de persuader Mathilde de l'innocence des visites de sa rivale : désormais, la fin du drame doit être bien proche, se disait-il ; c'est une excuse pour moi si je ne sais pas mieux dissimuler.

Mlle de La Mole apprit la mort du marquis de Croisenois. M. de Thaler, cet homme si riche, s'était permis des propos désagréables sur la disparition de Mathilde ; M. de Croisenois alla le prier de les démentir : M. de Thaler lui montra des lettres anonymes à lui adressées, et remplies de détails rapprochés avec tant d'art qu'il fut impossible au pauvre marquis de ne pas entrevoir la vérité.

M. de Thaler se permit des plaisanteries dénuées de finesse. Ivre de colère et de malheur, M. de Croisenois exigea des réparations tellement fortes, que le millionnaire préféra un duel. La sottise triompha ; et l'un des hommes de Paris les plus dignes d'être aimés, trouva la mort à moins de 24 ans.

Cette mort fit une impression étrange et maladive sur l'âme affaiblie de Julien.

— Le pauvre Croisenois, disait-il à Mathilde, a été réellement bien raisonnable et bien honnête homme envers nous ; il eût dû me haïr lors de vos imprudences dans le salon de Mme votre mère, et me chercher querelle ; car la haine qui succède au mépris est ordinairement furieuse...

La mort de M. de Croisenois changea toutes les idées de Julien sur l'avenir de Mathilde ; il employa plusieurs journées à lui prouver qu'elle devait accepter la main de M. de Luz. C'est un homme timide, point trop jésuite, lui disait-il, et qui, sans doute, va se mettre sur les rangs.

D'une ambition plus sombre et plus suivie que le pauvre Croisenois, et sans duché dans sa famille, il ne fera aucune difficulté d'épouser la veuve de Julien Sorel.

— Et une veuve qui méprise les grandes passions, répliqua froidement Mathilde ; car elle a assez vécu pour voir, après six mois, son amant lui préférer une autre femme, et une femme origine de tous leurs malheurs.

— Vous êtes injuste ; les visites de Mme de Rênal fourniront des phrases singulières à l'avocat de Paris chargé de mon recours en grâce ; il peindra le meurtrier honoré des soins de sa victime. Cela peut faire effet, et peut-être un jour vous me verrez le sujet de quelque mélodrame, etc., etc.

Une jalousie furieuse et impossible à venger, la continuité d'un malheur sans espoir (car, même en supposant Julien sauvé, comment regagner son cœur ?), la honte et la douleur d'aimer plus que jamais cet amant infidèle, avaient jeté Mlle de La Mole dans un silence morne, et dont les soins empressés de M. de Frilair, pas plus que la rude franchise de Fouqué, ne pouvaient la faire sortir.

Pour Julien, excepté dans les moments usurpés par la présence de Mathilde, il vivait d'amour et sans presque songer à l'avenir. Par un étrange effet de cette passion, quand elle est extrême et sans feinte aucune, Mme de Rênal partageait presque son insouciance et sa douce gaieté.

— Autrefois, lui disait Julien, quand j'aurais pu être si heureux pendant nos promenades dans les bois de Vergy, une ambition fougueuse entraînait mon âme dans les pays imaginaires. Au lieu de serrer contre mon cœur ce bras charmant qui était si près de mes lèvres, l'avenir m'enlevait à toi ; j'étais aux innombrables combats que j'aurais à soutenir pour bâtir une fortune colossale... Non, je serais mort sans connaître le bonheur, si vous n'étiez venue me voir dans cette prison.

Deux événements vinrent troubler cette vie tranquille. Le confesseur de Julien, tout janséniste qu'il était, ne fut point à l'abri d'une intrigue de jésuites, et, à son insu, devint leur instrument.

Il vint lui dire un jour, qu'à moins de tomber dans l'affreux péché du suicide, il devait faire toutes les démarches possibles pour obtenir sa grâce. Or, le clergé ayant beaucoup d'influence au ministère de la justice à Paris, un moyen facile se présentait : il fallait se convertir avec éclat...

— Avec éclat ! répéta Julien. Ah! je vous y prends vous aussi, mon père, jouant la comédie comme un missionnaire...

— Votre âge, reprit gravement le janséniste, la figure intéressante que vous tenez de la Providence, le motif même de votre crime, qui reste inexplicable, les démarches héroïques que Mlle de La Mole prodigue en votre faveur, tout enfin, jusqu'à l'étonnante amitié que montre pour vous votre victime, tout a contribué à vous faire le héros des jeunes femmes de Besançon. Elles ont tout oublié pour vous, même la politique...

Votre conversion retentirait dans leurs cœurs et y laisserait une impression profonde. Vous pouvez être d'une utilité majeure à la religion, et moi j'hésiterais par la frivole raison que les jésuites suivraient la même marche en pareille occasion ! Ainsi, même dans ce cas particulier qui échappe à leur rapacité, ils nuiraient encore ! Qu'il n'en soit pas ainsi... Les larmes que votre conversion fera répandre annuleront l'effet corrosif de dix éditions des œuvres impies de Voltaire.

— Et que me restera-t-il, répondit froidement Julien, si je me méprise moi-même ? J'ai été ambitieux, je ne veux point me blâmer ; alors, j'ai agi suivant les convenances du temps. Maintenant, je vis au jour le jour. Mais à vue de pays, je me ferais fort malheureux, si je me livrais à quelque lâcheté...

L'autre incident qui fut bien autrement sensible à Julien vint de Mme de Rênal. Je ne sais quelle amie intrigante était parvenue à persuader à cette âme naïve et si timide qu'il était de son devoir de partir pour Saint-Cloud, et d'aller se jeter aux genoux du roi Charles X.

Elle avait fait le sacrifice de se séparer de Julien et

après un tel effort, le désagrément de se donner en spectacle, qui en d'autres temps lui eût semblé pire que la
mort, n'était plus rien à ses yeux.

— J'irai au roi, j'avouerai hautement que tu es mon
amant : le vie d'un homme et d'un homme tel que Julien
doit l'emporter sur toutes les considérations. Je dirai
que c'est par jalousie que tu as attenté à ma vie. Il y a
de nombreux exemples de pauvres jeunes gens sauvés
dans ce cas par l'humanité du jury, ou celle du roi...

— Je cesse de te voir, je te fais fermer ma prison,
s'écria Julien, et bien certainement le lendemain je me
tue de désespoir, si tu ne me jures de ne faire aucune
démarche qui nous donne tous les deux en spectacle au
public. Cette idée d'aller à Paris n'est pas de toi. Dis-
moi le nom de l'intrigante qui te l'a suggérée...

Soyons heureux pendant le petit nombre de jours
de cette courte vie. Cachons notre existence ; mon
crime n'est que trop évident. Mlle de La Mole a tout
crédit à Paris, crois bien qu'elle fait ce qui est humaine-
ment possible. Ici en province, j'ai contre moi tous les
gens riches et considérés. Ta démarche aigrirait encore
ces gens riches et surtout modérés, pour qui la vie est
chose si facile... N'apprêtons point à rire aux Maslon,
aux Valenod et à mille gens qui valent mieux.

Le mauvais air du cachot devenait insupportable à
Julien. Par bonheur, le jour où on lui annonça qu'il
fallait mourir, un beau soleil réjouissait la nature, et
Julien était en veine de courage. Marcher au grand air
fut pour lui une sensation délicieuse, comme la promenade à terre pour le navigateur qui longtemps a été à la
mer. Allons, tout va bien, se dit-il, je ne manque point
de courage.

Jamais cette tête n'avait été aussi poétique qu'au
moment où elle allait tomber. Les plus doux moments
qu'il avait trouvés jadis dans les bois de Vergy revenaient
en foule à sa pensée et avec une extrême énergie.

Tout se passa simplement, convenablement, et de sa
part sans aucune affectation[1].

L'avant-veille, il avait dit à Fouqué :

— Pour de l'émotion, je ne puis en répondre ; ce cachot si laid, si humide, me donne des moments de fièvre où je ne me reconnais pas ; mais de la peur non, on ne me verra point pâlir.

Il avait pris ses arrangements d'avance pour que le matin du dernier jour, Fouqué enlevât Mathilde et Mme de Rênal.

— Emmène-les dans la même voiture, lui avait-il dit. Arrange-toi pour que les chevaux de poste ne quittent pas le galop. Elles tomberont dans les bras l'une de l'autre, ou se témoigneront une haine mortelle. Dans les deux cas, les pauvres femmes seront un peu distraites de leur affreuse douleur.

Julien avait exigé de Mme de Rênal le serment qu'elle vivrait pour donner des soins au fils de Mathilde.

— Qui sait ? peut-être avons-nous encore des sensations après notre mort, disait-il un jour à Fouqué. J'aimerais assez à reposer, puisque reposer est le mot, dans cette petite grotte de la montagne qui domine Verrières. Plusieurs fois, je te l'ai conté, retiré la nuit dans cette grotte, et ma vue plongeant au loin sur les plus riches provinces de France, l'ambition a enflammé mon cœur : alors c'était ma passion... Enfin, cette grotte m'est chère et l'on ne peut disconvenir qu'elle ne soit située d'une façon à faire envie à l'âme d'un philosophe... Eh bien ! ces bons congréganistes de Besançon font argent de tout ; si tu sais t'y prendre, ils te vendront ma dépouille mortelle...

Fouqué réussit dans cette triste négociation. Il passait la nuit seul dans sa chambre, auprès du corps de son ami, lorsqu'à sa grande surprise, il vit entrer Mathilde. Peu d'heures auparavant il l'avait laissée à dix lieues de Besançon. Elle avait le regard et les yeux égarés.

— Je veux le voir, lui dit-elle.

Fouqué n'eut pas le courage de parler ni de se lever. Il lui montra du doigt un grand manteau bleu sur le plancher ; là était enveloppé ce qui restait de Julien.

Elle se jeta à genoux. Le souvenir de Boniface de La Mole et de Marguerite de Navarre lui donna sans doute un courage surhumain. Ses mains tremblantes ouvrirent le manteau. Fouqué détourna les yeux.

Il entendit Mathilde marcher avec précipitation dans la chambre. Elle allumait plusieurs bougies. Lorsque Fouqué eut la force de la regarder, elle avait placé sur une petite table de marbre, devant elle, la tête de Julien, et la baisait au front...

Mathilde suivit son amant jusqu'au tombeau qu'il s'était choisi. Un grand nombre de prêtres escortaient la bière et, à l'insu de tous, seule dans sa voiture drapée, elle porta sur ses genoux la tête de l'homme qu'elle avait tant aimé.

Arrivés ainsi vers le point le plus élevé d'une des hautes montagnes du Jura, au milieu de la nuit, dans cette petite grotte magnifiquement illuminée d'un nombre infini de cierges, vingt prêtres célébrèrent le service des morts. Tous les habitants des petits villages de montagne, traversés par le convoi, l'avaient suivi, attirés par la singularité de cette étrange cérémonie.

Mathilde parut au milieu d'eux en longs vêtements de deuil, et, à la fin du service, leur fit jeter plusieurs milliers de pièces de cinq francs.

Restée seule avec Fouqué, elle voulut ensevelir de ses propres mains la tête de son amant. Fouqué faillit en devenir fou de douleur.

Par les soins de Mathilde, cette grotte sauvage fut ornée de marbres sculptés à grands frais en Italie.

Mme de Rênal fut fidèle à sa promesse. Elle ne chercha en aucune manière à attenter à sa vie ; mais trois jours après Julien, elle mourut en embrassant ses enfants [1].

L'inconvénient du règne de l'opinion, qui d'ailleurs procure *la liberté*, c'est qu'elle se mêle de ce dont elle n'a que faire ; par exemple : la vie privée. De là, la tristesse de l'Amérique et de l'Angleterre. Pour éviter de toucher à la vie privée l'auteur a inventé une petite ville, *Verrières*, et quand il a eu besoin d'un évêque, d'un jury, d'une Cour d'assises, il a placé tout cela à Besançon, où il n'est jamais allé.

POSTFACE

HISTOIRES

Pour les œuvres de Stendhal, plus que pour d'autres encore, on répugne à écrire un historique. Même si les faits sont faciles à réunir, qui ont pu servir de sources — surtout s'ils sont faciles à réunir, car l'on sent trop le piège — la véritable histoire du roman semble toujours s'inscrire ailleurs. Il faudrait écrire plusieurs histoires, et l'essentielle échapperait en définitive. Si tous les textes de Stendhal n'ont pas ce miraculeux jaillissement, comme hors du temps, par sa rapidité, qui est le propre de *La Chartreuse de Parme*, ils ont ce caractère d'aérolithe, tombé d'une planète inconnue; et les ressemblances qu'on peut leur trouver avec notre propre planète ne sont que des coïncidences. La coïncidence fût-elle aussi troublante que celle qui existe entre *Le Rouge* et la relation du procès Berthet.

On possède, pour reconstituer la période de gestation de ce roman, quelques dates. D'abord, le témoignage de l'auteur qui note, sous forme d'avertissement : « Cet ouvrage était prêt à paraître lorsque les grands événements de juillet sont venus donner à tous les esprits une direction peu favorable aux jeux de l'imagination. Nous avons lieu de croire que les feuilles suivantes furent écrites en 1827. » Mais les commentateurs ne s'y sont pas laissé prendre : ils dénoncent là un signe de

prudence politique. Ne lit-on pas à la page suivante :
« Chronique de 1830 », comme sous-titre ? On retiendra
ces deux points de repère : 1827, 1830 ; ils sont précieux.

La *Gazette des Tribunaux* des 28, 29, 30 et 31 décembre 1827 donna la relation de l'affaire Berthet : un ancien
séminariste, Antoine Berthet, avait tiré sur Mme Michoud,
dans l'église de Brangues (Isère). Ce fait divers va amener
le tribunal à dévoiler toute l'existence d'Antoine Berthet. Fils d'artisan modeste, il a été remarqué par son
curé pour ses qualités d'intelligence. Il va au petit séminaire : c'est le seul moyen pour un garçon pauvre de
faire des études. Il en sort pour des raisons de santé. Il
devient précepteur des enfants de M. Michoud et, sem-
ble-t-il, l'amant de Mme Michoud. Ensuite il va au
grand séminaire de Grenoble, mais n'y reste pas. Il est
de nouveau précepteur, en particulier chez M. de
Cordon ; il noue une intrigue avec Mlle de Cordon et se
fait renvoyer. Se croyant victime de diffamations,
jaloux et décidé à se venger de toutes les humiliations
qu'il a subies, il tire sur Mme Michoud, puis sur lui-
même durant la messe, dans l'église de Brangues. La
relation du procès qu'on lira en détail, dans les *Documents*, constitue le canevas du *Rouge*. Ce procès, c'est
déjà tout le roman de Stendhal, et pourtant ce n'est
rien. Certes l'essentiel de l'intrigue s'y trouve inscrit,
et les deux temps du roman : les liaisons avec Mme de
Rênal et avec Mathilde de La Mole. Tout un contexte
ecclésiastique (curé, directeur de séminaire) est évoqué
dans cette affaire et Stendhal n'a garde de l'oublier.
Mme Michoud a une amie d'enfance, Mme Marigny, qui
est à l'église lors du meurtre et s'évanouit ; elle a pu
devenir Mme Derville, dont Stendhal néglige d'ailleurs
d'indiquer la présence dans l'épisode fatal. Mais qu'est-
ce tout cela, sinon un schéma ?

Quand Stendhal eut-il connaissance de la *Gazette* ?
Voilà un point que l'on ne peut guère éclaircir. On possède cependant deux témoignages précieux de Stendhal
lui-même. En marge de son exemplaire des *Promenades*

dans Rome, il a noté que l'idée du roman lui serait venue à Marseille, dans la nuit du 25 au 26 octobre 1828 ; et sur un exemplaire de *Lucien Leuwen* : « A Marseille, en 1828, je crois, je fis trop court le manuscrit du *Rouge.* » Dans ce grand périple qui devait conduire Stendhal à Bordeaux, Toulouse, Carcassonne, il aurait donc fait étape d'abord, ou au retour, à Marseille. Bienheureuse illumination marseillaise. Romain Colomb, le cousin de Stendhal, remarqua un dossier intitulé *Julien* et qui demeura longtemps sur la table du romancier. Il est vraisemblable, cependant, qu'après un premier temps de composition, Stendhal interrompit son travail pour terminer les *Promenades dans Rome* qui parurent en 1829. Le deuxième temps se situerait donc au début de l'année 1830 ; ainsi s'expliquent les allusions que contient la deuxième partie, en particulier à *Hernani.*

Le 8 avril 1830, Stendhal cède à l'éditeur Levavasseur pour 1 500 francs, le droit de tirer de son roman deux éditions de 750 exemplaires chacune : la première, in-8°, en deux volumes, et la seconde in-12 en 6 volumes. Il ne remit pas son manuscrit en bloc ; mais au fur et à mesure qu'il corrigeait les épreuves du début, il ajoutait quelques détails aux derniers chapitres. Tout ce travail dura jusqu'en novembre. Il est alors nommé consul à Trieste, ce qui l'oblige à accélérer ces « finitions », si l'on peut employer ce langage de couturière : « En vérité, Monsieur, écrit-il à son éditeur, je n'ai plus la tête à corriger des épreuves. Ayez la bonté de bien faire relire les cartons... Puisse ce roman être vendu et vous dédommager des retards de l'auteur. »

Le 6 novembre, il quitte la France, pour aller prendre possession de son nouveau poste.

On n'a pas manqué de souligner la lenteur de Stendhal dans la correction de ses épreuves : c'est qu'en fait il s'agissait plus que d'une correction, d'une recomposition ; en particulier pour l'épisode de Mathilde, qui bénéficia ainsi d'une autre source que le procès Berthet :

l'aventure de Marie de Neuville, scandale parisien de 1830.
Marie-Henriette de Neuville, nièce d'un ministre de
Charles X, fit une fugue à Londres avec Édouard Grasset *. Elle refusa ensuite d'épouser son ravisseur, comme
l'y eût encouragée l'opinion publique. Stendhal lui-
même a indiqué cette source : pourquoi mettre en doute
son dire, quand par ailleurs la critique traditionnelle est
si avide de trouver des sources dont les auteurs n'ont
jamais eu le moindre soupçon ? Le 17 janvier 1831,
Stendhal écrit à Mareste : « Cette fin me semblait bonne
en l'écrivant, j'avais devant les yeux le caractère de
Méry **, jolie fille que j'adore. Demandez à Clara si
Méry n'eût pas agi ainsi. Les jeunes Montmorency et
leur famille ont si peu de *force de volonté* qu'il est impossible de faire un dénouement non plat, avec ces êtres
élégants et effacés (...) Je ne saurais que faire dans un
roman d'une jeune Rohan-Chabot réellement de bon ton. »
    Mais l'histoire de Berthet ou de Marie de Neuville se
mêle à beaucoup d'autres. Verrières, c'est Brangues ;
mais c'est aussi Grenoble, le Dauphiné, toute la vie
provinciale que Stendhal a pu connaître — et mépriser :
le goût de paraître, et en particulier grâce à ces signes
extérieurs de richesse que sont les bâtiments et le train
de domestiques (c'est pour cette raison que Julien est
engagé par M. de Rênal) ; mais aussi le goût d'espionner
le secret des autres, le goût des racontars de domestiques
et des lettres anonymes. Voilà pour l'ensemble du tableau.
Dans le détail, on peut, si l'on se plaît au jeu, établir
des équivalences qui sont d'autant plus frappantes que
le personnage a moins d'importance. Certains habitants
de Grenoble ont conservé jusqu'à leur nom à peine modifié. Ainsi l'abbé Chélan, le géomètre Gros, Chazel, son
élève, le libraire Falcon et le bibliothécaire Ducros.
Une amie de Pauline Beyle s'appelait Mme Derville,

    * Maurice Parturier a été le premier à publier ces lettres de Mérimée
aux Grasset qui révèlent cette source du *Rouge*.
    ** Stendhal orthographie ainsi le nom de Marie, anglicisé et pour
cause.

comme l'amie de Mme de Rênal. L'original de M. Valenod, ce serait Michel Faure, directeur du dépôt de
mendicité à Saint-Robert, près de Grenoble. Peut-être
l'abbé de Frilair a-t-il eu pour modèle un des grands
vicaires de la ville stendhalienne. Il entre quelque chose
de Bigillion dans Fouqué et de l'abbé Raillanne dans
le Père Pirard : mais un abbé Raillanne qui aurait des
accès de bonté refoulés et qui n'aurait gardé du précepteur terrible qui gâcha l'enfance de Stendhal, que le
meilleur côté : l'abbé Raillanne, tel que Stendhal l'eût
rêvé, recomposé après coup. Pour l'autre pôle du roman,
la vie parisienne, Stendhal ne manque pas non plus de
sources. On a même remarqué qu'il avait conservé le
nom de Mme de Rubempré, cousine de Delacroix qu'il
aima. Altamira pourrait bien être — si tant est, ce que je
ne crois pas, qu'un homme réel puisse *être* un personnage
de roman — Domenico di Fiore, proscrit et ami de
Stendhal.

Mais il est une autre histoire, et plus secrète, qui vient
se mêler à toutes celles que nous avons énumérées :
celle de Stendhal lui-même qui a sublimé dans son personnage ses timidités, sa volonté de puissance, ses rêves
amoureux. En 1830, il a quarante-sept ans. Il a déjà
publié la *Vie de Haydn* (1814), l'*Histoire de la peinture
en Italie* (1817), *Rome, Naples et Florence* (1817), la
Vie de Rossini (1824). Il est surtout l'auteur de *Racine
et Shakespeare*, des *Mémoires d'un touriste*, de *De l'Amour*,
mais son ambition de romancier n'a pas été satisfaite de
l'insuccès d'*Armance* ; il lui reste à écrire ses plus grandes
œuvres. Peut-être inconsciemment projette-t-il sur Julien
cette ambition qui est la sienne au moment même où il
écrit. En tout cas, Julien est aussi le reflet de ses
années de jeunesse. L'embarras, les difficultés de Julien
arrivant à Paris, ce sont celles du jeune Grenoblois
fraîchement débarqué dans la capitale et qui, comme
beaucoup de jeunes provinciaux de son temps — et de
tous les temps — a défié Paris : « A nous deux maintenant. »

Mais Julien tient à Stendhal par d'autres fibres encore que par celles de l'ambition : ainsi ses relations avec son père — relations plutôt pénibles, oppressives — ne sont-elles pas de la même nature que celles de Beyle, tandis que le personnage, comme l'auteur, se trouvent privés de mère. On n'a pas manqué non plus de souligner les analogies qui existent entre les relations amoureuses de Julien et celles de Stendhal : le jeune héros a les timidités, les inhibitions qui ont été celles de Stendhal au sortir de l'adolescence ; comme Stendhal, il en triomphe, plus encore par amour-propre, par une sorte de sentiment du devoir que par une impulsion sentimentale irrésistible. Dans leurs recherches, les érudits n'ont pas eu de peine à découvrir les modèles féminins des deux héroïnes, et plus généralement des réminiscences des aventures amoureuses de Stendhal. Au moment même où Stendhal écrit, il connaît le bonheur grâce à Giulia Rinieri, non sans avoir dû renoncer à Alberthe de Rubempré. Il est un homme heureux ou presque et ce bonheur se reflète sur Julien ; il note dans la *Vie de Henry Brulard* : « J'étais devenu parfaitement heureux, c'est trop dire, mais enfin fort passablement heureux en 1830 quand j'écrivais *Le Rouge et le Noir*. » Il n'oublie pas Alberthe de Rubempré, il la sublime dans le personnage de Mathilde de La Mole ; il a fait don à Mathilde de cette originalité, de cette hauteur qui étaient celles d'Alberthe. Mais telle est l'alchimie de l'œuvre d'art qu'il serait bien arbitraire de ne mettre qu'un nom de femme réelle derrière celui de Mathilde : elle est née aussi du souvenir de Mathilde Viscontini, de Clémentine Curial, d'Alexandrine Daru. Tous ces fantômes féminins venaient donner chair et sang à la trame offerte par l'histoire de Berthet et de Mlle de Cordon — dont Stendhal ne savait rien d'autre que ce qu'en dit la relation du procès — ou par les aventures de Marie de Neuville que Stendhal admirait. Quant à l'image de Mme de Rênal, elle est probablement nourrie de souvenirs plus confus et plus anciens. Le caractère de Mme Michoud apparaissait davantage que celui de Mlle de Cordon, lors du procès ; mais surtout Stendhal a projeté sur Mme de Rênal, le souvenir lointain et attendri de ses premières amours, et plus secrètement peut-être, ce rêve d'enfant privé de mère, pour une femme plus âgée, substitut de celle qu'il n'avait pas connue.

*

A toutes ces histoires, il faudrait en joindre une autre : celle du livre après sa parution, à la mi-novembre 1830. La critique ne put pas ne pas reconnaître un chef-d'œuvre, mais les moralistes s'indignèrent de la peinture des mœurs faite par Stendhal ; ils furent choqués par l'arrivisme de Julien. Et, bien sûr, les amies de Stendhal crurent se reconnaître dans les personnages féminins et en furent outrées. Il est plus intéressant de voir ce que Stendhal pensait de son œuvre. Or nous possédons un texte fort éclairant. Il s'agit d'un article destiné à l'*Antologia* de Vieusseux, pour laquelle Salvagnoli n'avait qu'à traduire les textes que Stendhal lui fournissait. Cet article ne parut d'ailleurs pas ; mais il a été conservé et nous le reproduisons dans notre édition *. L'auteur a pris un certain recul. Dans les lettres qui ont suivi immédiatement la publication du *Rouge*, il se doit de défendre son œuvre, contre ses amies, contre Mérimée : il a alors tendance à souligner la grande sensibilité de Julien que Mérimée avait trouvé « atroce ». Il est notable que dans l'article destiné à l'*Antologia*, Stendhal s'écarte de ce genre de discussions sur la nature de la psychologie du héros, pour s'attacher bien davantage à une analyse d'ordre économique et sociologique. *Le Rouge* apparaît alors essentiellement comme la peinture des mœurs provinciales, puis parisiennes. En province une femme qui a « fait parler d'elle » est au ban de la société. Or cela est nouveau ; le XVIIIe siè-

---

* Cf. Documents p. 692-693.

cle avait connu des mœurs beaucoup plus libérales. Les responsables de l'étroitesse des provinces, ce sont surtout, pense à juste titre Stendhal, Louis XVIII et Charles X. Déjà Napoléon, « dans les intérêts de son despotisme », avait instauré cette « ennuyeuse pruderie ». L'épisode provincial s'explique essentiellement par les rapports d'argent qui existent entre les différents personnages de Verrières, tandis que pour la période parisienne Stendhal n'hésite pas à donner une analyse où la question de la lutte des classes est déterminante : « Mlle de La Mole a peur comme toute sa classe et chose étrange, elle estime Julien parce qu'elle se figure qu'il sera un nouveau Danton. » On retrouve aussi dans cet article les idées de *De l'Amour* et l'analyse comparée de l'amour en province et de l'amour à Paris : autre milieu social, autres sentiments. Dans toute cette étude, Stendhal se situe à mi-chemin entre Montesquieu et Marx : finalement plus près de Marx. Il est assez remarquable qu'ayant à opérer cette schématisation inévitable qu'entraîne la réduction d'un roman dans l'espace d'un article, Stendhal ait choisi délibérément cet angle de vue, aux dépens d'une approche plus spécifiquement psychologique ou esthétique. Il ne faudra pas l'oublier en lisant *Le Rouge et le Noir*.

Quand il quitte l'optique de la critique littéraire, pour prendre celle de l'artiste, presque de l'artisan, c'est-à-dire quand il songe à corriger son œuvre, il est évidemment beaucoup plus soucieux de technique romanesque. Il juge son style trop sec. Ainsi cette note en marge d'*Armance* : « L'horreur pour le bavardage moderne m'avait jeté dans le défaut contraire : sécheresse de plusieurs parties du *Rouge*. De temps à autre une ligne de description du mouvement physique faciliterait beaucoup l'intelligence. » Les notes qu'il consigne au début de la rédaction de *Lucien Leuwen* sont tout aussi caractéristiques : « Faire le portrait physique de tous les personnages ennuyeux et secondaires. J'ai manqué à cela dans *Julien* pour les Croisenois, de Luz, de Caylus, etc. »

Stendhal, pour *Le Rouge,* comme pour d'autres de ses ouvrages a laissé des annotations en marge de son exemplaire personnel : en vue d'une réédition ? par goût d'exercer à son égard son esprit critique ? Ces autographes permettent de compléter l'histoire du *Rouge* après sa publication. Il se félicite de l'épisode du séminaire : « *Very well,* le séminaire. » Mais pour l'ensemble du style, se reproche toujours la sécheresse : « Style trop abrupt, trop heurté. L'auteur ne songe en discourant qu'à l'idée. Il manque de ce développement doux que J[ean]-J[acques] a dans les *Confessions...* L'horreur de Dominique (c'est ainsi que Stendhal se désigne) pour les longues phrases emphatiques des gens d'esprit de 1830 le jette dans l'abrupt, dans le heurté, le saccadé, le dur. » Toutes les notes que l'on pourrait citer vont un peu dans le même sens. Ainsi, en marge de la *Valentine* de G. Sand : « Cela peint admirablement bien la bonne compagnie de 1830-1835, voilà ce que devrait être le 2ᵉ volume de *Julien,* mais cela est terriblement sec comme la bonne compagnie de 1830-35. Voilà l'inconvénient. » Ou encore sur l'exemplaire du *Rouge,* à la fin du livre premier : « 16 décembre 1838. Je relis ou parcours, relire m'ennuie, les 40 premières pages pour les comparer *to the first forthy of* la Chartreuse. Corriger ce soir ; je trouve ceci étroit pour le genre d'idées ; c'est l'intérieur d'une cuisine hollandaise. » Mais quand elle est peinte par Vermeer...

On est en droit, au bout du compte, de penser que les corrections que prévoyait Stendhal n'étaient guère heureuses. Il n'y a pas de doute à avoir, en tout cas, sur le texte que se doit de reproduire une édition moderne : il faut s'en tenir à celui de 1830, le seul qui ait paru du vivant de l'auteur et qui est encore tout fumant de génie, comme une belle lave sortie du volcan. L'édition Michel Lévy de 1854 n'a été que trop reproduite : or, il est difficile d'affirmer que ces corrections soient toutes de Stendhal ; elles peuvent aussi être dues aux scrupules de Romain Colomb. Mais il faut bien convenir avec

Martineau, que R. Colomb a fort bien pu s'inspirer de notes de Stendhal : c'est suffisant peut-être pour excuser R. Colomb ; ce n'est pas une raison pour suivre ce texte de 1854. Stendhal, comme beaucoup d'écrivains, n'avait pas toujours la main heureuse dans ses corrections. Comme l'a fait Henri Martineau * nous reproduisons donc le texte de 1830 ; et nous nous limitons à un nombre très restreint de variantes en notes, car elles ne nous semblent pas toutes d'un intérêt capital.

---

* *Romans et nouvelles* de Stendhal, tome I. Bibliothèque de la Pléiade, édition établie et annotée par Henri Martineau.

II. THÈMES ET FORMES

Dans tout ce roman, les lieux ont une présence fasci-
nante, presque autant que les êtres ; et les êtres, même
s'ils sont plus qu'une émanation des lieux, sont d'abord
nés d'eux : Mme de Rênal, de Verrières ; Mathilde de La
Mole, de son hôtel parisien. Or, les lieux ne sont pas
décrits pour le seul pittoresque ; immédiatement ils
sont révélateurs de rapports de force entre les hommes,
qui s'y inscrivent. Et, puisque ces rapports se traduisent
essentiellement par l'argent — l'argent qui écrase, l'argent qui humilie Julien — les lieux sont donc la traduction d'une situation économique ; c'est pourquoi la description des constructions, des ensembles immobiliers
l'emportent, et de beaucoup, dans *Le Rouge*, sur les
panoramas champêtres.

Le roman s'ouvre sur un tableau de Verrières. Avec
deux couleurs : le blanc et déjà le rouge. Presque immédiatement l'histoire de Verrières se trouve évoquée par
les fortifications des Espagnols. Puis le torrent : sa
valeur romantique ne retient pas Stendhal pour le
moment, mais bien l'essor économique dont il a été le
point de départ. Le torrent fait fonctionner les scieries.
« C'est une industrie fort simple et qui procure un certain bien-être à la majeure partie des habitants plus
paysans que bourgeois. »

Vient alors le tableau de la fabrique de clous, origine
de la fortune de M. de Rênal, et où s'associent l'énergie
du torrent et le travail humain : en fait, la main-
d'œuvre est fournie par des jeunes filles, et Stendhal ne
manque pas de souligner le contraste choquant qui existe
entre leur faiblesse, leur fraîcheur, et ce travail « si rude
en apparence ». C'est sur ce fond d'industrialisation,
que se détache la silhouette de M. de Rênal. Mais, là
encore, le romancier ne le fait pas apparaître, sans
immédiatement suggérer le rapport de force qui existe
entre lui et les habitants. Grâce à l'usine, il est riche ;
grâce à sa richesse, il est maire ; grâce à quoi : « A
son aspect tous les chapeaux se lèvent rapidement. »
Tant la physionomie est marquée par ce rapport d'argent, que le portrait du maire de Verrières — on notera
que Stendhal l'a désigné par sa fonction avant de le
désigner par son nom — se termine par cette phrase :
« On sent... que le talent de cet homme-là se borne
à se faire payer bien exactement ce qu'on lui doit,
et à payer lui-même le plus tard possible quand il
doit. »

Avec une technique qui n'est pas très différente de
celle du cinéma, Stendhal fait d'abord se promener son
lecteur comme s'il était un éventuel visiteur de Verrières,
dans les rues de la ville provinciale. Prend place alors
la description de la maison du maire qui, comme celle
de son visage, se déroule sous le signe de l'argent : « C'est
aux bénéfices qu'il a faits sur sa grande fabrique de
clous que le maire de Verrières doit cette belle habitation
en pierre de taille qu'il achève en ce moment. »

Dans cet univers bourgeois de la propriété foncière,
les constructions ont une importance capitale ; c'est
une question de prestige, tant sur le plan de la vie
privée que sur celui de l'administration publique : « Heureusement pour la réputation de M. de Rênal comme
administrateur, un immense *mur de soutènement* était
nécessaire à la promenade publique. »

Julien, lui aussi, va apparaître dans un certain cadre,

le hangar ; mais le lecteur, à la suite de son père qui le
cherche, ne le voit pas immédiatement : « Il chercha vainement Julien à la place qu'il aurait dû occuper, à côté
de la scie. » Toute la scène qui suit, et en un sens, tout
le roman découlent de cette première notation : alors que
les autres personnages sont dans le lieu où ils doivent
être, Julien, lui, s'y refuse. D'où son rêve d'ascension
sociale et finalement son drame.

Les moments essentiels du roman sont inscrits, très
solidement dans des lieux ; et les lieux, en eux-mêmes
permettent des préfigurations, des leitmotive. Ainsi de
l'église de Verrières. Elle apparaît très tôt dans le roman,
puisqu'elle va être le lieu essentiel, celui du dénouement
et du crime. Quand Julien y pénètre, il éprouve un
tressaillement. Le banc sur lequel s'assied le héros porte
les armes de Rênal. Et les rideaux cramoisis projettent
une lueur de sang sur le sol.

On retrouve dans *Le Rouge* les lieux d'élection de la
thématique stendhalienne ; les lieux élevés et la prison.
Comme dans la plupart des œuvres de Stendhal, le lieu
élevé est le symbole d'une joie, d'une victoire. Ainsi
lorsque Mme de Rênal a triomphé de la colère de son
mari, elle s'empresse d'annoncer son succès à Julien,
et monte « en courant les cent vingt marches du colombier ». Elle est alors « la plus heureuse des femmes ».
Julien est un héros de l'ascension : l'ascension sociale,
évidemment ; mais aussi l'ascension des échelles. Son
premier succès dans le monde ecclésiastique, n'est-il
pas dû au fait qu'il a su grimper pour suspendre « cinq
énormes bouquets de plumes » au-dessus du maître-
autel, et au risque de se rompre le cou ? Amoureux, il
lui faut toujours une échelle pour retrouver Mathilde,
aussi bien que Mme de Rênal. Rien en cela qui étonne
le lecteur de Stendhal, habitué aux joies que connaissent Clélia sur sa terrasse ou l'abbesse de Castro sur son
belvédère. Le lieu élevé est par excellence le lieu du mes-
sage amoureux, de la communication retrouvée par-delà
les obstacles que la société a dressés.

La prison tient une place plus importante que dans toute autre œuvre et sa signification est ambiguë. Elle n'est pas uniquement le bienheureux refuge de la passion amoureuse, le lieu de délices, comme dans *La Chartreuse* ; certes c'est lorsqu'il est en prison que Julien est le plus aimé ; c'est grâce à la prison qu'il retrouve sa vérité dans l'amour pour Mme de Rênal ; c'est lorsqu'il est en prison aussi que Mathilde oublie tout souci de respectabilité mondaine ; il y reçoit chaque jour, deux fois, la visite de Mme de Rênal, et une fois, celle de Mathilde — ce qui ne manque pas d'être ressenti par la jeune fille comme une injustice et une humiliation. La prison se trouve donc le point de convergence des deux victoires amoureuses qui ont constitué les deux époques du roman et de l'aventure de Julien. Conformément aussi à la thématique stendhalienne, le bonheur est si total que le temps disparaît. La prison est le lieu de l'éternité. La joie de Julien se communique à Mme de Rênal. « Mme de Rênal partageait presque son insouciance et sa douce gaieté. » Et Julien de comparer son bonheur dans les bois de Vergy et son bonheur en prison, pour préférer ce dernier ; car dans les bois de Vergy, il était encore tourmenté par son ambition, tandis que dans ce rétrécissement spatial du cachot, il vit son amour totalement. De même, dans *Vanina Vanini*, que Stendhal a écrit au même moment, les amants ne connaissent le vrai bonheur que lorsque le carbonaro est comme prisonnier de sa cachette dans le grenier de Vanina. Julien n'a aucune envie de sortir de sa réclusion, guère plus que Fabrice. A quoi on peut voir plusieurs causes que nous examinerons plus tard. Mais ce bonheur parfait, il sait bien qu'il ne le retrouverait pas ailleurs. Cet amour un peu filial pour Mme de Rênal se devait d'aboutir à ce retour dans une prison quasi utérine.

Pourtant la prison de Julien a un tragique que n'ont pas en général les prisons de Stendhal, puisque l'issue ce sera la mort. « Le mauvais air du cachot devenait insupportable à Julien », si bien que la marche au supplice lui apparaît comme une promenade au grand air, une libération. La mort va permettre d'échanger cette cellule antinaturelle qu'est le cachot, contre une grotte creusée dans la montagne et qui lui servira de tombeau ; parce qu'elle sera logée dans la montagne, et en même temps dominant la plaine, la tombe de Julien devient le symbole parfait de la prison bienheureuse.

Les lieux sont donc des signes, essentiellement : signes de richesse, d'oppression sociale, de la communication amoureuse, de la claustration. Et le roman est plein de signes. Roman de formation, il est essentiellement l'histoire de l'apprentissage des signes par Julien, tandis que le lecteur lui-même acquiert la connaissance des signes qui constituent la trame même du roman. Julien, successivement, va apprendre plusieurs langages : celui de la bourgeoisie provinciale, celui du séminaire, celui enfin de la noblesse, sans oublier le langage de l'amour. Tous ces codes, si différents qu'ils soient, ont cette qualité en commun : de signifier un au-delà du signifié apparent, que seuls les initiés peuvent percevoir.

La première difficulté qu'éprouve Julien, c'est de quitter le langage du précepteur qui relève directement de ses fonctions — il a été payé pour cela, véritablement acheté à la suite d'un marchandage entre son père et M. de Rênal : c'est l'argent qui lui impose une certaine place sociale, donc un certain parler. Or, Mme de Rênal et Julien ne désirent que sortir de cette relation tout extérieure et humiliante pour Julien, de précepteur à mère des élèves. Et c'est à ce moment qu'ils s'aperçoivent qu'ils ne disposent pas du langage qui leur serait nécessaire pour instaurer d'autres relations. « La première fois que Mme de Rênal essaya avec lui une conversation étrangère à l'éducation des enfants, il se mit à parler d'opérations chirurgicales ; elle pâlit et le pria de cesser. » C'est que jusque-là Julien n'a guère eu d'entretiens qu'avec le vieux chirurgien-major. Sa parfaite étrangeté par rapport au monde où il pénètre, est telle que « souvent il ne comprenait absolument rien à ce dont on parlait ». D'où toute une période où le lien qui existe entre Mme de Rênal et son futur amant se résume essentiellement par cette zone de silence. Or ce silence est aggravé des idées romanesques et toutes faites sur ce que devrait être la conversation d'un homme et d'une femme. « Son imagination remplie des notions les plus exagérées, les plus espagnoles, sur ce qu'un homme doit dire, quand il est seul avec une femme, ne lui offrait dans son trouble que des idées inadmissibles. »

Quand il s'agit de parler d'amour, à Mme de Rênal, comme à Mathilde, Julien se trouve bien perplexe. Il n'a guère dans l'esprit que des phrases de roman qu'il essaie d'agencer comme il peut ; ou bien encore, devant leur inadéquation, il préfère rester muet. La première nuit passée avec Mathilde de La Mole, est d'abord marquée par un grand embarras : Que dire ? Julien et Mathilde cherchent désespérément un sujet de conversation ! Mathilde essaie « en vain de prendre le ton de la conversation ordinaire ». Julien recourt enfin à un langage tout fait, à des phrases de roman encore, dans son incapacité à parler pour son propre compte le langage de l'amour : « Il eut recours à sa mémoire, comme jadis à Besançon auprès d'Amanda Binet, et récita plusieurs des plus belles phrases de *la Nouvelle Héloïse*. » Il est vrai que les partenaires de Julien sont tout aussi inexpertes en matière de langage amoureux. Ni Mme de Rênal ni Mathilde ne savent se servir des mots de l'amour. Inversement, elles semblent paralysées par des mots que la société pourrait leur lancer au visage et dont le contenu est à la fois vague et terrifiant. Pour Mme de Rênal, c'est le mot « adultère » ; pour Mathilde, c'est celui de « déshonneur ». Quant à parler de ses propres sentiments pour Julien, Mathilde en est bien incapable. « Le sujet de conversation, auquel ils semblaient tous deux revenir avec une sorte de volupté cruelle, c'était le récit des sentiments qu'elle avait éprouvés pour d'autres. » Qu'une relation sado-masochiste soit à l'origine de ces conversations, c'est trop évident ; mais elles trahissent aussi un malaise essentiel à l'égard du langage. Pour pouvoir parler d'amour, il faut que ce vocabulaire acquière une sorte de distance, en s'appliquant à d'autres êtres que les intéressés.

Mais si le langage de l'amour est étranger à Julien, celui du séminaire ou des salons ne l'est pas moins : là encore, il s'agit d'un langage hermétique que Julien doit apprendre, mais qui est d'abord de l'hébreu. « Il faut, se disait Julien que je me fasse à ces conversations » : conversations de séminaire qui vont des « saucisses » à « la partie mondaine des doctrines ecclésiastiques ». L'apprentissage se déroule en plusieurs temps ; exactement comme celui d'une langue étrangère. Ainsi de la langue des salons. Il est toute une époque où Julien commence à comprendre, mais ne peut pas encore s'exprimer lui-même. « Souvent il riait de grand cœur de ce qu'on disait dans ce petit groupe ; mais il se sentait incapable de rien inventer de semblable. »

Le réflexe naturel de qui ne comprend pas une langue, s'il s'imagine être dans un milieu hostile et où on cherche à l'humilier, c'est de se méfier : tel est le plus souvent le cas de Julien, devant le langage du séminaire comme devant celui des salons ; il prend l'habitude de toujours rechercher derrière la conversation apparente, une sous-conversation qui est la vraie, le seule véritablement importante, mais qui échappe au non-initié. Ainsi lorsque l'abbé Chas témoigne de l'amitié à Julien : « Où veut-il en venir, se disait Julien ? Il voyait avec étonnement que, pendant des heures entières, l'abbé Chas lui parlait des ornements possédés par la cathédrale.»

Il est cependant d'autres langages que celui des mots : ainsi celui du vêtement, si important et si lié dans *Le*

Rouge à la condition des personnages, à leur place dans
la société, et au rapport à l'argent. Chaque étape de la
vie de Julien est marquée par un changement de vêtement. Le premier souci de M. de Rênal, c'est de faire
quitter à Julien sa « veste » de paysan ; et il est fort inquiet
à l'idée que les domestiques auraient pu le voir, fût-ce
un instant, dans cette tenue, et bien rassuré quand
Mme de Rênal lui affirme que personne ne l'a vu. Pour
que tout le monde puisse appeler Julien « Monsieur »,
il est indispensable qu'il soit vêtu de noir. Ces nouveaux
vêtements lui confèrent une joie proche de la folie ;
il a le sentiment d'avoir tout d'un coup vécu des
années d'expérience. Il éprouve aussi une gêne et le
besoin de se retirer dans sa chambre, comme pour se
ressaisir, se retrouver lui-même, quand il se sent menacé
de devenir autre, de ne plus savoir qui il est, parce qu'il
n'a plus le même costume. Un des grands bonheurs de
Mme de Rênal, ce sera de faire troquer par Julien, le
temps de la visite du roi, cet habit noir, insigne de ses
fonctions, contre un bel habit « bleu de ciel avec épaulettes ». Julien en butte à l'envie, est alors « le plus
heureux des hommes ».

Car à chaque étape de sa vie, Julien possède en quelque sorte deux costumes : celui qui le classe socialement,
qui est le symbole de ses obligations, et celui de la fête,
de la folie, du « déclassement », de l'évasion loin des
dures classifications instaurées par la société. Avant
d'entrer au séminaire, Julien cherche une auberge où
déposer ses « habits bourgeois ». Ces habits permettront
l'émancipation temporaire et l'aventure amoureuse :
« Si jamais je parviens à sortir du séminaire pour quelques heures, je pourrai fort bien avec mes habits bourgeois, revoir Mlle Amanda. » Mais le cas le plus étrange
de ces changements de vêtement, c'est chez M. de La
Mole que nous le trouverons. Pour que le chevalier de
Beauvoisis n'ait pas à encourir la honte et le déshonneur
de s'être battu avec un simple roturier, on se rappelle
qu'il fait courir le bruit d'une naissance mystérieuse

de Julien. Le comte de La Mole profite de cette occasion pour lui faire cadeau alors d'un habit bleu. Quand il met ce vêtement, Julien *devient* le « frère cadet du comte de Chaulnes ». Cette noble bâtardise est donc liée à un changement de costume. Lorsqu'il est habillé en bleu, M. de La Mole le traite en « égal », tant est grand le prestige du déguisement. Julien entend bien d'ailleurs qu'aucune confusion ne s'établisse entre ces deux personnages parfaitement distincts : « l'homme en habit noir » et « l'homme en habit bleu » : on le voit à propos de l'affaire des billets de banque.

Les vêtements de métamorphose et de fête de Julien sont bleus, soit chez M. de Rênal, soit chez M. de La Mole : on n'aura pas manqué de le noter. On peut chercher une explication simple dans une tradition vestimentaire. Pourtant on notera que reparaît le bleu, et de façon bien troublante et tragique à la fin du roman : Fouqué montre à Mathilde, après l'exécution, « un grand manteau bleu sur le plancher ; là était enveloppé ce qui restait de Julien ». Ultime déguisement, ultime évasion vers un ailleurs, ce dernier costume bleu que revêtent les restes de Julien.

Les vêtements des héroïnes ont tout autant d'importance dans le roman. Les toilettes des femmes fascinent Julien, par ce qu'elles sont le signe d'un rang social. De Mathilde, d'abord, il n'apprécie guère que l'élégance. Mais il est un vêtement dont l'importance est capitale, parce que prémonitoire, c'est le vêtement de deuil de Mathilde. Quand elle le porte, la première fois, c'est pour commémorer la mort de Boniface de La Mole, le 30 avril 1574. Le caractère insolite de ce deuil va attirer Julien et jouer un rôle déterminant dans la naissance de son amour pour Mathilde. Or ce vêtement de deuil, Mathilde le mettra à nouveau, à la fin du roman, après l'exécution de Julien ; et, comme Marguerite de Navarre l'avait fait avec Boniface, Mathilde ensevelit la tête tranchée de son amant. Ce costume de deuil a donc une valeur symbolique et prophétique

qui infléchit toute l'économie du roman de sa sombre
couleur.

Est-ce le noir du deuil, ou celui de la soutane, ou
encore celui de l'habit du précepteur ? quoi qu'il en
soit le noir est inscrit dans le titre même, et lié au rouge.
On a, comme on peut s'y attendre, beaucoup épilogué
sur ces deux couleurs. On sait que Stendhal ne trouva
ce titre qu'assez tard. Romain Colomb raconte que
l'auteur l'inventa brusquement, en mai 1830, lorsque
l'impression du texte avait déjà commencé. On a fait
remarquer que ce genre de titres où s'opposaient
deux couleurs était à la mode alors. Stendhal semble
avoir été attiré par ces oppositions, lui qui écrivit
Le Rose et le Vert, et qui pensa pour *Lucien Leuwen*
successivement à *L'Amarante et le Noir*, puis à *Le Rouge
et le Blanc*. Mais pour en revenir à notre roman, la
symbolique des couleurs est peut-être plus riche qu'on
ne l'a dit. L'hypothèse de Faguet est embrouillée : le
rouge signifierait qu'à une autre époque Julien aurait
été soldat, tandis que le noir symboliserait sa condition
ecclésiastique. On a vu aussi une signification politique à cette opposition de couleurs traduisant la rivalité de la gauche libérale et de la Congrégation. Je
crois que l'explication est plus simple, sans pour autant
exclure des superpositions de sens — et en particulier
une référence au jeu de la roulette où l'on joue rouge
ou noir : la vie et la mort de Julien appartiennent au
hasard. Le noir signifierait, bien sûr, le costume de
Julien, mais aussi le deuil de Mathilde, tandis que le
rouge, représenterait le sang du crime final, le sang
de l'exécution, et toutes ces annonces sanglantes qui
jonchent le roman : dès l'entrée de Julien dans l'église
de Verrières : « En sortant, Julien crut voir du sang
près du bénitier, c'était de l'eau bénite qu'on avait
répandue : le reflet des rideaux rouges qui couvraient
les fenêtres la faisait paraître du sang. » Et, dans la

scène du meurtre, quand Julien entre dans l'église, la première notation de Stendhal, c'est : « Toutes les fenêtres hautes de l'édifice étaient voilées avec des rideaux cramoisis. » Très habile transfert, car le sang même de Mme de Rênal, Stendhal laisse au lecteur le soin de le deviner, de l'imaginer ; il n'en parle pas, ne le nomme pas directement : pas plus qu'il ne nomme le sang à propos de la tête décapitée de Julien. « Ses mains tremblantes ouvrirent le manteau. Fouqué détourna les yeux. » Mais ce sang est partout préfiguré, par la couleur des rideaux et aussi par les menues blessures que peut se faire Julien en particulier lors de l'escalade de la chambre de Mathilde, par les rougeurs des héroïnes, par les noms mêmes de Boniface de La Mole, ou surtout de Danton : figure si déterminante dans l'œuvre. Julien entre et sort dans le roman, sous le signe du sang. Lui qui doit être décapité, est apparu pour la première fois, dans la scierie « étourdi par la force du coup et tout sanglant ».

Les étapes essentielles du roman sont donc marquées par certains rites : le changement de langage, les métamorphoses du vêtement, l'effusion de sang, et aussi l'évanouissement. Ce thème romanesque n'était pas sans danger. On s'est toujours beaucoup trop évanoui dans les romans. Si donc Stendhal n'a pas hésité à faire tomber ses héros, en faiblesse, c'est qu'il attribuait à cet événement une signification. L'évanouissement, comme le changement de vêtement est le signe d'une nouvelle naissance, de l'accession à un autre état. Bien caractéristique le malaise de Julien quand il entre au séminaire. Il s'avance « d'un pas mal assuré », « prêt à tomber et pâle ». Le regard de l'abbé Pirard est si terrible que Julien ne peut le supporter, « étendant la main comme pour se soutenir, il tomba tout de son long sur le plancher ». Syncope si étrange que l'abbé Pirard croit sa nouvelle recrue atteinte d'épilepsie. A l'autre bout du roman, l'évanouissement de Mathilde signifie l'abandon par l'héroïne

de son orgueil, et le triomphe de Julien : « La voilà donc,
cette orgueilleuse, à mes pieds! »

Le Rouge traduit les diverses étapes de la croissance du héros, ses naissances successives. Roman de
formation, comme *L'Éducation sentimentale*, *Volupté*,
Le Lys dans la vallée, il est un roman du devenir, tout
entier construit sur le progrès de Julien. Son architecture est remarquablement linéaire. Pas de retour en
arrière, ou presque. Un temps qui se déroule sans
faille, chaque moment étant rythmé par un certain
nombre d'actes, comme nous l'avons vu, et par un
changement de lieu. Chaque partie est liée à une
demeure : la maison des Rênal, l'hôtel de La Mole.
Le moteur de cette progression, on l'a dit cent fois,
c'est l'ambition de Julien, son culte pour l'énergie,
pour Napoléon, figure de l'énergie. Ainsi *Le Rouge*
se rattache bien à ce mythe romantique. Et nous
n'y reviendrons pas. Ce qui a peut-être été moins
sensible aux commentateurs, c'est l'autre revers,
l'envers du personnage, et sa fascination pour l'échec,
tout aussi grande que sa fascination pour la réussite —
et qui finalement l'emporte. Je sais bien que le dénouement du *Rouge* était donné à Stendhal par les événements du procès Berthet, et que la grâce ou l'évasion
de Julien eussent été désastreuses pour l'esthétique
du roman. Cela dit, s'il y a un sadisme chez Julien,
qui consiste en cette joie d'humilier des femmes qui
lui sont socialement supérieures, qui sont jusque-là
irréprochables et que leur faute doit perdre à jamais,
on remarquera aussi que Julien est marqué par l'idée,
bien chrétienne, d'une faute à expier. Ainsi, lors de la
maladie du fils de Mme de Rênal : « Laisse-moi me
punir. Moi aussi, je suis coupable. » « Ce jeune homme
qui a tant d'énergie », selon les termes du frère de
Mathilde, est aussi fasciné par la dégradation et la
chute. On a dit qu'il tuait Mme de Rênal par fureur de

voir son ascension sociale menacée. Tout cela est moins clair. En fait, s'il voulait agir en parfait arriviste, il y a un acte dont il se garderait bien, c'est ce crime public. D'ailleurs toute son ambition est ambiguë, depuis les origines ; s'il s'attaque toujours, et comme par système, à des femmes qui lui sont supérieures socialement, est-ce par ambition ? certes ; mais aussi par un certain besoin d'encourir cette humiliation qu'il redoute cependant. Son attitude à l'égard de ses rivaux auprès de Mathilde, est très caractéristique d'une démarche masochiste. « L'âme frénétique de Julien, en louant un rival qu'il croyait aimé, sympathisait avec son bonheur. » Jusqu'au dernier moment le héros trouve un sombre plaisir à se délecter d'humiliations, projetant même ces humiliations dans un futur où il ne sera plus. Dans son cachot, il imagine Mathilde, plus tard : « Elle se regardera comme ayant été égarée, dans sa première jeunesse, par les façons de penser basses d'un plébéien. »

Je rattacherai à ce même vertige de l'échec, le refus de Julien de faire quoi que ce soit, qui puisse lui permettre d'échapper à l'échafaud. Son avocat et Mme de Rênal tentent en vain de le persuader de faire appel contre la peine de mort qui l'a frappé. Si Julien repousse aussi bien le moyen de se sauver que lui propose son confesseur : se convertir, parce qu'il lui semble une infâme palinodie, c'est tout autant parce qu'au fond de lui-même il n'éprouve pas le désir réel d'échapper à ce qui lui semble une fatalité. Il refuse tout aussi bien que Mme de Rênal aille faire une démarche auprès du roi. Horreur de l'éclat ? oui ; mais aussi sombre volonté de mort qui l'habite définitivement.

Il est un autre échec qui hante Julien, et qui est peut-être à l'origine de cette attirance vers la mort, c'est l'échec de sa relation à ses parents. Certes on ne peut prêter à Stendhal les intentions qu'aurait pu

avoir un romancier de nos jours, nourri de psychana-
lyse ; néanmoins, il est naturel que Stendhal ait projeté
sur son héros un certain nombre des aspirations qui
cohabitaient en lui : ambition et obsession de l'échec
amoureux ou littéraire — d'où une éclosion relativement
tardive de ses chefs-d'œuvre — le tout noué au souvenir d'une enfance à la fois privée de mère et où la figure
du père est plutôt froide et décevante. Or, Julien recherche des figures de la mère d'abord en aimant une femme
plus âgée, ce qui est le fait de beaucoup d'adolescents
d'ailleurs ; ensuite en cherchant en la personne de
Mathilde une femme qui lui est supérieure. Mais la
quête d'un père est plus curieuse. Julien n'a jamais
aimé son père, qui le lui a bien rendu : et il en souffre.
Pis encore, il ressent ce manque d'affection comme
une faute. Très caractéristique, la visite du père dans
la prison de Julien. Le héros « se sentit faible, il s'attendait aux reproches les plus désagréables. Pour achever de compléter sa pénible sensation, ce matin-là, il
éprouvait vivement le remords de ne pas aimer son
père » — remords qui est aussi celui de Stendhal. Julien
en revanche suscite des pères : le vieux chirurgien-
major tout d'abord, puis l'abbé Pirard, enfin le marquis de La Mole : « personne depuis la mort du vieux
chirurgien-major ne lui avait parlé avec tant de bonté. »
Dans la scène où Julien affronte le marquis furieux, on
décèle facilement un certain bonheur de l'enfant recevant la correction paternelle : « Notre héros fut étonné,
impatienté, mais sa reconnaissance n'en fut point
ébranlée. » Quand, dès le lendemain Julien va se confesser à l'abbé Pirard, il a le sentiment d'être habile et
Stendhal évoque le « génie de Tartuffe ». Pourtant le
héros est trop heureux aussi de renouveler la scène
d'un aveu au père. « Il aimait l'abbé en ce moment. »
Peut-être parce qu'il a souffert de ne pas avoir un
véritable père, Julien reporte sur son fils futur une
affection qui ne manque pas d'être assez étonnante,
surtout dans cet univers romanesque où l'enfant à

naître pourrait être considéré exclusivement comme un
élément de l'intrigue, comme une catastrophe ou une
habileté. En fait cet enfant, que le romancier ne nous
montrera pas autrement que virtuel, est bien vivant.
Julien quand il songe à la suite des événements, cherche
à lui assurer une existence : il ne veut plus se tuer :
« j'aime la vie... Je me dois à mon fils » ; et, dans la
prison, il supplie Mme de Rênal de se conserver vivante
pour élever cet enfant.

La forme romanesque que Stendhal a choisie est
celle de la « Chronique ». Il inscrit comme sous-titre :
« Chronique de 1830. » Certes l'expression souligne à la
fois la valeur sociologique du témoignage porté sur
une certaine époque ; il rappelle aussi que *Julien* a
pour origine une chronique judiciaire. Mais il répond
très profondément à un aspect fondamental du génie
de Stendhal, auteur des *Chroniques italiennes*, et pour
qui *La Chartreuse de Parme* est l'aboutissement, le
couronnement d'une de ces chroniques sur la famille
Farnèse. Cette constante ne s'explique pas, je crois,
par une prétendue incapacité à inventer une histoire,
que les ennemis de Stendhal n'ont pas manqué de lui
reprocher. J'y verrai essentiellement le goût du fait
vrai, un sens de l'expérimentation, qui se rattache à
l'admiration de Stendhal pour les sciences, ou encore
à son culte pour le xviiie siècle et les sensualistes :
expérimenter une époque en reconstituant un fait dont
l'existence est prouvée par des documents. J'y verrai
aussi un sens de l'exercice parfait ; la chronique est
un peu ce qu'est pour les musiciens le jeu qui
consiste à faire des variations sur un thème imposé
de l'extérieur, donné par le prince ou par le public.
L'objectivité de la chronique entraîne, presque iné-
vitablement l'emploi du « il ». Du même coup, l'auteur
affecte de donner à tous les personnages des chances
égales. Il n'y a pas d'angle de vue privilégié. En appa-

rence, personne n'a droit à plus d'intériorité ; les événements ne sont filtrés par aucun regard. Un Croisenois a droit au « il » tout comme Julien. En fait, le
lecteur s'aperçoit très vite qu'il n'y a aucune égalité
entre ces divers emplois de la troisième personne.
Si les événements sont décrits de l'extérieur par le
romancier, ils reprennent une intériorité, une colo-
ration spéciale, grâce à l'usage du monologue intérieur.
Or, comme l'a bien remarqué Jean Prévost*, tous les
personnages n'ont pas le même titre au monologue
intérieur. Certains en sont même purement et simplement privés. Ce qu'ils pensent, dans leur for intérieur,
n'intéresse pas Stendhal, ni Julien, ni, par ricochet,
le lecteur. Valenod ou Croisenois n'ont pas le droit
à cette épaisseur que leur donnerait le monologue
intérieur ; à la limite, ils ont le droit de parler, non de
penser.

Julien entre dans le roman par un premier silence :
il n'entend pas son père qui l'appelle en vain. Mais
bientôt la différence de traitement des personnages apparaît : Que pense le vieux Sorel en jetant son fils à
terre ? Peu nous importe. Immédiatement le lecteur
entre dans le cœur de Julien, en étant mis au
courant de ses angoisses : « Dieu sait ce qu'il va me
faire ! se disait le jeune homme. » Dans son mutisme,
Julien parle beaucoup plus que son père qui a l'injure
à la bouche.

Le lecteur, par un hasard incroyable, n'aurait-il
jamais entendu parler de Mᵐᵉ de Rênal, il comprendrait immédiatement l'importance de la rencontre
du chapitre VI, par le seul fait que Mᵐᵉ de Rênal,
comme Julien, se trouve douée de cette seconde dimension qui consiste à pratiquer le monologue intérieur.
Ainsi cette première conversation est-elle très caractéristique : pour tous les moments capitaux du
Rouge, le dialogue au style direct est doublé d'une

* Jean Prévost : *La Création chez Stendhal* (Mercure de France).

autre conversation : ce que chaque personnage se dit à lui-même. Mme de Rênal : « Ainsi ces jolis enfants, si soignés par elle, ne tomberaient pas dans les mains d'un prêtre sale et grognon. » « Quelle différence avec moi, pensa Julien. Hier encore, mon père m'a battu. » A ces deux niveaux du discours, viennent encore s'ajouter, évidemment, les commentaires de l'auteur : « Ces mots choquèrent l'orgueil de Julien », etc.

Mais pour la parole du romancier, comme pour celle des personnages, il existe aussi divers plans. Il faut distinguer de ce type de phrases que je viens de citer, et qui est le propre de tout romancier, d'autres « intrusions », pour reprendre l'expression de Georges Blin, plus intéressantes parce que l'auteur y dit « je » et du même coup suppose l'existence de cet interlocuteur que représente le lecteur. L'intrusion d'auteur peut servir à abréger, à brusquer une transition : « Mais laissons ce petit homme à ses petites craintes ; pourquoi a-t-il pris dans sa maison un homme de cœur, tandis qu'il lui fallait l'âme d'un valet ? » Suivent des réflexions sur le xixe siècle et cette phrase très curieuse : « Par hasard ici, ce n'est pas encore l'homme de cœur qui souffre. » Le « encore » suggère tout un futur du roman dont le romancier est seul à posséder le secret. Parfois le romancier donne son opinion sur les événements, quitte à s'opposer à tout un groupe social suggéré dans l'œuvre : « La réflexion du philosophe me fait excuser Mme de Rênal, mais on ne l'excusait pas à Verrières. » Enfin Stendhal peut faire allusion à une portion de vie qu'il ne veut pas transcrire, à un monde dont il nous fera grâce, mais dont son intervention souligne la réalité, tout en marquant le droit du romancier de choisir : « Le lecteur voudra bien nous permettre de donner très peu de faits clairs et précis sur cette époque de la vie de Julien. Ce n'est pas qu'ils nous manquent, bien au contraire ; mais, peut-être ce qu'il vit au séminaire est-il trop noir pour le coloris modéré que l'on a cherché à conserver dans ces feuilles. »

Ainsi la rigoureuse linéarité du récit s'accompagne-t-elle dans *Le Rouge* d'une grande complexité de l'orchestration des voix. Tandis que Julien fait l'apprentissage de plusieurs langages, le lecteur, lui, apprend à entendre les conversations et les sous-conversations des personnages, les murmures des villes et des salons, les réflexions de l'auteur, tantôt sur le ton du moraliste, tantôt sur celui du technicien du roman ; il finit, par s'entendre lui-même conversant avec le romancier sur l'utilité d'une coupure ou sur la présence d'un personnage. Jamais pourtant Stendhal ne lui laisse cette pleine licence que Diderot lui octroie dans *Jacques*. Le lecteur n'est pas libre de choisir le dénouement d'une chronique. L'histoire le lui impose, comme elle l'a imposé au romancier. Son imagination doit se soumettre au « tempo » de l'œuvre, tempo de l'itinéraire linéaire et inexorable qui mène Julien du sang qui jaillit de la correction paternelle dans la scierie, au sang garant de l'ordre social, le sang de l'échafaud.

Béatrice DIDIER.

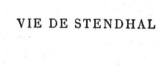

VIE DE STENDHAL

1783. *23 janvier.* Stendhal, de son vrai nom Henri Beyle, naît à Grenoble.

1790. Mort en couches de Henriette Gagnon, mère de H. B.

1796. *21 novembre.* Ouverture à Grenoble des cours de l'École centrale, où H. B. entre le même jour comme élève.

1798. *16 septembre.* H. B. remporte à l'École Centrale le premier prix de Belles-Lettres.

1799. *15 septembre.* H. B. à l'issue de sa troisième année d'études obtient brillamment un premier prix de mathématiques.
30 octobre. H. B. part de Grenoble pour Paris où il arrive le *10 novembre.* A la fin de l'année, il va habiter chez son cousin Noël Daru, rue de Lille.

1800. *Fin janvier ou début février.* H. B. va travailler sous les ordres de Pierre Daru au ministère de la Guerre.
7 mai. H. B. quitte Paris pour l'Italie.
Début juin. A Novare il entend le *Matrimonio segreto* de Cimarosa et a la rélévation de la musique.
10 juin. Date approchée de l'entrée de H. B. à Milan.
23 septembre. H. B. est nommé sous-lieutenant de cavalerie à titre provisoire.

1801. H. B. demeure toute l'année en Italie, d'abord

en Lombardie, puis en Piémont. On le voit fréquemment à Milan.

Fin décembre. Il obtient un congé de convalescence
et quitte l'Italie pour Grenoble.

1802. *5 avril.* H. B. part pour Paris, son père lui ayant
accordé une pension. Après une période de « dissi-
pation », il se met au travail pour conquérir la gloire.

1803. Toute la première partie de l'année à Paris, H. B.
accumule les lectures et essaie d'écrire des tragédies et
des comédies.

24 juin. Arrivée de H. B. à Grenoble. Il va y demeurer
neuf mois.

1804. *8 avril.* H. B. revient à Paris, où il tente toujours
d'écrire pour le théâtre, et rêve de faire fortune dans
le commerce et la banque.

31 décembre. De ce jour on peut dater l'entrée dans la
vie de H. B. de la philosophie de Destutt de Tracy
et de Mélanie Guilbert, dite Louason ou Mélanie
Saint-Albe au théâtre, qu'il rencontre chez Dugazon
et qui devient bientôt l'objet de son amour.

1805. Comme celle-ci, à qui il fait une cour de plus en
plus pressante, vient d'obtenir un engagement au
théâtre de Marseille, il se résout à l'accompagner
dans cette ville. Lune de miel. H. B. travaille chez un
compatriote qui avait fondé une maison d'importa-
tion de produits coloniaux.

1806. *1ᵉʳ mars.* Mélanie Guilbert quitte Marseille. Ses
amours avec H. B. étaient déjà condamnées. Celui-
ci a déjà écrit aux Daru pour se rapprocher d'eux.
En juillet il rentre à Paris.

16 octobre. Il part pour la Prusse en compagnie de
Martial Daru.

29 octobre. Il est nommé adjoint provisoire aux commissaires des Guerres et envoyé à Brunswick.

1807. *11 juillet.* H. B. est titularisé comme adjoint aux
commissaires des Guerres.

13 septembre. A Halberstadt H. B. reçoit Mme Daru qui se rend à Berlin auprès de son mari. Elle lui montre beaucoup d'amitié. De là date l'attention qu'il va lui accorder dans les années suivantes.

1808. *11 novembre.* H. B. est rappelé à Paris. Il part à la fin du mois.

1809. *28 mars.* Il reçoit l'ordre de se rendre à Strasbourg avec les commissaires des Guerres de tous grades qui doivent s'y tenir à la disposition du comte Daru.
12 avril-13 mai. H. B. fait le trajet de Strasbourg à Vienne sous les ordres du comte Pierre Daru qui suit de très près l'itinéraire de Napoléon.
6 juillet. Bataille de Wagram. H. B., malade à Vienne, n'y assiste pas.
21 octobre. Arrivée de la comtesse Daru. Depuis qu'il l'a revue à Brunswick, qu'il l'a retrouvée à Paris, leur familiarité a fait de constants progrès. Elle va encore augmenter au cours de leurs promenades et excursions.

1810. Paris. Durant cette période qui sera la plus brillante de son existence, on voit H. B. vivre en vrai dandy. Au théâtre, à la ville, dans le monde, partout il sera sensible à la grâce des femmes. Il songe à être baron et il est toujours possédé de l'ambition d'écrire une pièce qui lui apporterait la gloire.
Août. Il est nommé auditeur au Conseil d'État, puis inspecteur du mobilier et des bâtiments de la Couronne.

1811. Paris. Angéline Bereyter devient sa maîtresse et le demeurera jusqu'à la chute de l'Empire.
H. B. est au faîte de ses aspirations, mais il n'est pas heureux. Il essaie d'être envoyé en mission à Rome.
29 août. Départ de Paris pour l'Italie.
21 septembre. Angela Pietragrua à Milan se donne à lui.
22 septembre. Départ de Milan. H. B. va visiter Bologne, Florence, Rome, Naples.
27 octobre-13 novembre. Séjour à Milan où H. B. est

tout pris par l'amour d'Angela et les premières idées
de l'*Histoire de la peinture en Italie*.
Novembre. Grenoble puis Paris.

1812. Paris. H. B. travaille avec entrain à la rédaction
de l'*Histoire de la peinture en Italie*.
23 juillet. Après une audience de l'Impératrice, il part
pour la Russie.
14 août. Il rejoint le quartier général de l'Empereur.
14 septembre-16 octobre. Séjour à Moscou. H. B.
participe à la retraite de Russie.

1813. *31 janvier.* Arrivée de H. B. à Paris. Il se sent
gelé au moral comme au physique. En vain s'est-il
distingué en Russie, il n'obtient aucune récompense.
19 avril. Il doit de nouveau quitter Paris à la suite de
Pierre Daru.
6 juin. Il est nommé intendant de la province de
Sagan en Silésie.
14 août. Après une fièvre nerveuse grave et une convalescence à Dresde et à Paris, H. B. obtient un congé et
repart pour l'Italie.
7 septembre. Arrivée à Milan. Il y retrouve Angela
Pietragrua, il travaille à son *Histoire de la peinture
en Italie*, il fait une excursion à Venise.
14 novembre. Il repart pour Paris et repasse par Grenoble où son grand-père Gagnon est mort le 20 septembre précédent. Il va y revenir, en mission cette
fois, comme adjoint du sénateur comte de Saint-
Vallier, pour activer la défense du territoire dans la
7e division militaire.

1814. *Janvier-mars.* Grenoble puis Chambéry.
27 mars. Arrivée à Paris.
7 avril. H. B. adhère aux actes passés par le Sénat
depuis le 1er avril. Il accepterait volontiers une place
que son protecteur le comte Beugnot lui laisse espérer.
Pour oublier les malheurs de la France et les siens
propres, il travaille aux *Vies de Haydn, de Mozart et
de Métastase*.

10 août. Arrivée à Milan. Il va désormais y vivre durant sept ans. Il y retrouve Angela qui essaie de se débarrasser de lui.

13 octobre-31 décembre. A Milan, toute la fin de l'année, il travaille à l'*Histoire de la peinture en Italie.* La tristesse et la solitude accablent H. B. qui songe au suicide.

1815. *13-25 janvier.* Séjour à Turin pour complaire à Angela qui prétend l'éloigner de Milan.

28 janvier. La *Bibliographie de la France* annonce les *Lettres écrites de Vienne en Autriche sur le célèbre compositeur Haydn, suivies d'une vie de Mozart,* etc. Paris, 1814.

5 mars. H. B. apprend le retour de Napoléon, mais il prend le parti de rester en Italie.

22 décembre. Rupture définitive avec Angela.

1816. *5 avril-19 juin.* Voyage à Grenoble où H. B. est témoin de la conspiration Didier.

Juin-décembre. Sortant de la solitude où il était plongé, H. B. est reçu dans la loge de Ludovico di Breme à la Scala où se réunissait une société cosmopolite. Il est présenté à Byron.

8 décembre. Départ de Milan pour Rome.

1817. A Rome H. B., en vue des derniers chapitres à écrire de son *Histoire de la peinture en Italie,* se documente sur les peintures de Michel-Ange à la chapelle Sixtine.

4 mars-9 avril. Milan.

13 avril-1er mai. H. B. se rend à Grenoble pour régler les affaires de sa sœur Pauline.

Mai-août. Paris.

2 août. La *Bibliographie de la France* annonce l'*Histoire de la peinture en Italie,* 2 vol.

3-14 août. Premier voyage à Londres.

16 août-fin septembre. Paris.

13 septembre. La *Bibliographie de la France* annonce *Rome, Naples et Florence* en 1817.

21 novembre. Venant de Grenoble, H. B. et sa sœur Pauline, veuve depuis le mois de décembre précédent, arrivent à Milan. H. B. entreprend une *Vie de Napoléon.*

1818. *4 mars.* Commencement de son grand et douloureux amour pour Matilde Dembowski. Nouveau séjour à Grenoble, du 9 avril au 5 mai, pour les intérêts de sa sœur qu'il laissera en France.

1819. *25 mai-5 août.* H. B. suit Matilde à Volterra. Mal reçu, il se réfugie à Florence.
10 août-14 septembre. Grenoble, où H. B. est rentré à la nouvelle de la mort de son père. Il doit constater que celui-ci était ruiné. Il part pour Paris.
18 septembre-14 octobre. Paris.
29 décembre. « Day of genius. » Une nouvelle idée s'est emparée de lui : il va écrire un ouvrage où il exprimera tout ce que lui fait éprouver Matilde. Ce sera *De l'Amour.*

1820. Milan. H. B. achève *De l'Amour* et expédie le manuscrit à Paris. Sa situation devient de plus en plus délicate, des bruits peu flatteurs circulant sur son compte.

1821. *Janvier-13 juin.* Milan. La révolution éclate dans le Piémont ; le gouvernement autrichien poursuit les libéraux. H. B. juge que le moment est venu de rentrer en France.
13 juin. Départ de Milan.
21 juin. Arrivée à Paris.
19 octobre-21 novembre. Deuxième voyage en Angleterre.
24 novembre-31 décembre. Paris. H. B. récupère le manuscrit de *De l'Amour* qui était égaré à la poste de Strasbourg depuis plus d'un an.

1822. A Paris toute l'année. H. B. reprend sa vie d'habitué des salons et inaugure sa collaboration aux revues anglaises. Il monte pour la première fois au grenier de Delécluze, et vient habiter au même hôtel que la Pasta. Il refond *De l'Amour.*

17 août. La *Bibliographie de la France* annonce la publication de *De l'Amour*, 2 vol.

1823. *1er janvier-18 octobre*. Paris.

8 mars. La *Bibliographie de la France* annonce *Racine et Shakespeare*.

18 octobre. Départ de Paris pour l'Italie.

7 novembre. Arrivée à Florence.

15 novembre. La *Bibliographie de la France* annonce la *Vie de Rossini*, 2 vol.

5 décembre, H. B. est à Rome depuis quelques jours déjà probablement.

1824. *1er janvier-4 février*. H. B. demeure à Rome. Il y retrouve J.-J. Ampère, Delécluze, Duvergier de Hauranne, Schnetz, etc.

Mars-31 décembre. Paris.

22 mai. H. B., qui depuis quelque temps pense à la comtesse Curial, devient son amant.

29 août-24 décembre. Le *Journal de Paris* publie les dix-sept articles de H. B. sur le Salon de peinture.

9 septembre. Premier des articles sur les représentations de l'opéra italien que H. B. donnera durant environ trois ans au *Journal de Paris*.

1825. Toute l'année à Paris, H. B. conquiert de plus en plus la réputation d'un brillant causeur. Son amour pour la comtesse Curial est toujours ardent sinon sans nuages.

19 mars. La *Bibliographie de la France* annonce *Racine et Shakespeare II*.

1er mai. Mort à Milan de Matilde Dembowski.

3 décembre. La *Bibliographie de la France* annonce *D'un nouveau complot contre les industriels*.

1826. *1er janvier-Juin*. Paris.

26 mars. Jour de Pâques. H. B. prouve encore sa flamme persistante à Clémentine Curial. Néanmoins leur amour est menacé : deux mois plus tard il était mort dans le cœur de « Menti ».

28 juin-17 septembre. Troisième séjour de H. B. à

Londres et voyage dans le nord de l'Angleterre.
18 septembre-31 décembre. Paris. H. B., pour se consoler de sa rupture avec Clémentine Curial, reprend un
roman ébauché au début de février ; ce sera *Armance*.

1827. *24 février*. La *Bibliographie de la France* annonce
l'édition nouvelle, en 2 vol., de *Rome, Naples et Florence*.
20 juillet. Départ de H. B. pour l'Italie.
18 août. La *Bibliographie de la France* annonce *Armance*, 3 vol.
Août-23 septembre. Naples et l'île d'Ischia.
25 septembre-15 octobre. Rome.
17 octobre-23 décembre. Florence. H. B. se fait des
relations au cabinet littéraire de Vieusseux, et il rend
à Lamartine plusieurs visites.
31 décembre. Dans la nuit du 1er janvier il commet
l'imprudence d'arriver à Milan.

1828. *1-2 janvier*. Milan. La police interdit à H. B. tout
séjour dans les États autrichiens et le refoule sur la
France.
29 janvier-31 décembre. Paris. H. B., dont les ressources ont beaucoup baissé depuis que ses collaborations
dans les journaux d'outre-Manche sont devenues
rares et mal payées, songe à quelque emploi.

1829. *1er janvier-8 septembre*. Paris.
21 juin. Vers ce jour-là, H. B. a obtenu l'amour d'Alberthe de Rubempré qu'il courtisait depuis le 6 février
et auprès de laquelle l'assiduité de son cousin Eugène
Delacroix l'enrageait de jalousie. Amour violent,
mais bref, trois mois en auront raison.
5 septembre. La *Bibliographie de la France* annonce les
Promenades dans Rome, 2 vol.
8 septembre. H. B. quitte Paris pour le Midi de la
France. Il passe par Bordeaux, Toulouse, pousse
jusqu'à Barcelone, revient par Montpellier, Grenoble,
et arrive à Marseille où il séjourne environ un mois.
Fin novembre-31 décembre. Paris.

13 décembre. Vanina paraît dans la *Revue de Paris.*

1830. *1er janvier-6 novembre.* Paris.

27 janvier. Giulia Rinieri fait une déclaration d'amour à H. B., et se donne à lui le 22 mars.

9 mai. Le Coffre et le Revenant paraît dans la *Revue de Paris. Le Philtre* y paraîtra en juin.

Fin juillet-début août. L'impression de *Rouge et Noir* est suspendue pendant que les ouvriers typographes participent à l'insurrection.

25 septembre. H. B. est nommé consul à Trieste.

6 novembre. Départ de Paris. Ce jour-là, H. B. demande par lettre la main de Giulia à son tuteur, Daniello Berlinghieri. Il en recevra un refus déguisé.

13 novembre. Le *Journal de la Librairie* annonce *Le Rouge et le Noir,* 2 vol.

24 décembre. H. B. apprend que le gouvernement autrichien lui refuse l'exequatur.

1831. *31 mars.* Il quitte Trieste pour Civitavecchia où il a été nommé par Louis-Philippe.

17 avril. Il arrive à Civitavecchia et huit jours plus tard l'exequatur lui est accordé par le Saint-Siège. Il fait fréquemment la navette entre son poste et Rome.

1832. Une année où H. B. sera peu à son poste, mais beaucoup sur les grand-routes et à Naples. Il écrit les *Souvenirs d'égotisme.*

1833. A Rome, H. B. découvre et fait copier d'anciens manuscrits qui plus tard lui fourniront les thèmes de plusieurs *Chroniques italiennes.* Son cœur est tourmenté par Giulia de qui l'amour l'a repris tout entier.

20 avril. H. B. reçoit une « fatale lettre » de Giulia. Elle y dit son cœur en péril et implore son amant de lui conserver son amitié. Elle se marie le 24 juin avec un cousin à elle, Giulio Martini.

11 septembre-4 décembre. Congé à Paris.

15 décembre. Ce jour-là, à Lyon, sur le chemin du retour, H. B. rencontre Alfred de Musset et George Sand qui se rendent eux-mêmes en Italie. Ils des-

618 Le Rouge et le Noir

cendent le Rhône de compagnie. Ils se séparent à Marseille.

1834. 8 janvier. H. B. arrive à son poste ou du moins à Rome. Il ne s'en éloignera guère cette année-là, où il va entreprendre un nouveau roman : *Lucien Leuwen.*

1835. Une année encore où H. B. ne quittera guère Civitavecchia et Rome. Il a l'idée de se marier, projet qui n'a pas de suite. Il continue son roman. Sa santé n'est pas bonne. Il s'ennuie.

15 janvier. Il reçoit la croix de la Légion d'honneur à titre d'homme de lettres.

23 novembre. H. B. qui a interrompu *Lucien Leuwen* deux mois auparavant, commence à écrire sa *Vie de Henry Brulard.*

1836. 1er janvier-11 mai. Civitavecchia et Rome. H. B. continue la rédaction de son autobiographie. Celle-ci est interrompue à la nouvelle qu'un nouveau congé vient de lui être accordé.

24 mai. Arrivée à Paris. Venu pour trois mois, H. B. va y demeurer trois ans.

1837-1838. A Paris H. B. jouit de son congé. Autant que cela se peut (tant de salons de naguère sont fermés), il reprend sa vie mondaine et son assiduité au théâtre. On le voit surtout occupé de travaux littéraires. Il entreprend des *Mémoires sur Napoléon,* et un roman : *Le Rose et le Vert.* Il rédige et publie quelques-unes de ses *Chroniques italiennes.*

1er mars 1837. Vittoria Accoramboni paraît dans *La Revue des Deux Mondes.*

1er juillet 1837. Les Cenci paraissent dans *La Revue des Deux Mondes.* H. B. a encore résolu d'écrire la relation d'un voyage en France. Il parcourt assidûment la province, descend la Loire, gagne la Bretagne et revient par la Normandie. En 1838 un grand tour l'emmène à Bordeaux, aux Pyrénées, à Marseille et sur le littoral méditerranéen jusqu'à Cannes. Il remonte par

Grenoble, gagne la Suisse, Strasbourg, la Rhénanie, la Hollande et revient par Anvers et Bruxelles.

30 juin 1838. La *Bibliographie de la France* annonce les *Mémoires d'un touriste*, 2 vol.

3 août 1838. Il renoue les tendres liens d'autrefois avec Giulia qu'il reverra encore en 1839 et 1840.

15 août 1838. La *Duchesse de Palliano* paraît dans *La Revue des Deux Mondes.* H. B. songe alors à tirer une autre nouvelle de la jeunesse d'Alexandre Farnèse. Mais il a presque aussitôt l'idée de la transposer en une chronique contemporaine et de lui donner d'importants développements. Là-dessus il repart pour la Bretagne et la Normandie. Deux mois lui suffiront ensuite pour écrire son roman à la fin de cette année : c'est *La Chartreuse de Parme.*

1839. *1er février et 1er mars. L'Abbesse de Castro* paraît en deux parties dans *La Revue des Deux Mondes.*

6 avril. La *Bibliographie de la France* annonce *La Chartreuse de Parme*, 2 vol. H. B. ébauche encore d'autres nouvelles et a l'idée d'un roman qui s'appellera *Lamiel.* Mais il doit regagner son poste.

24 juin. Départ de Paris.

10 août. Il n'arrive à Civitavecchia qu'à cette date, tant il s'est attardé en route.

10 octobre-10 novembre. A Civitavecchia, à Rome puis à Naples H. B. passe un mois en compagnie de Mérimée. Toute la fin de l'année il travaille à *Lamiel.*

28 décembre. La *Bibliographie de la France* annonce *L'Abbesse de Castro*, 1 vol.

1840. Son consulat lui est de nouveau un exil. H. B. cherche des distractions. Toute l'année on le voit s'occuper de fouilles dans la campagne romaine. A l'automne il va à la chasse aux alouettes. Reste aussi le travail littéraire acharné. Mais *Lamiel* n'arrive pas à sortir des limbes, d'autres essais demeurent infructueux. Un nouvel amour pour une femme qu'il nomme « Earline » s'empare de lui.

16 février. A Rome, commencement réel et non imaginaire de cet amour : *the last romance.*

23 mars. A Civitavecchia, cette grande crise ne fera
plus que décroître.

15 octobre. H. B. reçoit à Rome la *Revue parisienne*
et prend connaissance de l'article que Balzac y consa-
cre à *La Chartreuse de Parme.* Pour obéir aux conseils
du grand romancier il travaille toute la fin de l'année
à corriger son ouvrage.

1841. *15 mars.* Il a une attaque d'apoplexie. « Je me suis
colleté avec le néant. » Il se remet lentement mais
assez complètement pour qu'au début d'août une
aventure galante éloigne un moment la crainte de la
mort qui l'obsède. Il a demandé un congé.

8 novembre. Il arrive à Paris, très fatigué. Mais sa
santé se raffermit dans les semaines qui suivent.

1842. A Paris. H. B. ne manifeste d'abord qu'une activité réduite. Mais au début de mars, son congé ayant
été prolongé, sentant ses forces revenues, il éprouve
le désir de reprendre son activité littéraire. Il travaille avec application chaque jour pendant une
quinzaine.

22 mars. H. B. est frappé d'apoplexie dans la rue
Neuve-les-Capucines, sur les sept heures du soir. On
le transporte à son hôtel.

23 mars. Il meurt à deux heures du matin sans avoir
repris connaissance.

24 mars. Après un service en l'église de l'Assomption,
il est inhumé au cimetière Montmartre.

DOCUMENTS

PROCÈS D'ANTOINE BERTHET [1]

COMPTE RENDU
PUBLIÉ DANS LA
GAZETTE DES TRIBUNAUX
(Décembre 1827).

JUSTICE CRIMINELLE

COUR D'ASSISES DE L'ISÈRE. (Grenoble.)
(Correspondance particulière.)

Accusation d'assassinat, commis par un séminariste dans une église.

C'est le 15 décembre qu'ont commencé les débats de cette cause extraordinaire. Le long travail qu'a dû exiger la relation complète de ces débats, telle qu'elle va paraître dans la *Gazette des Tribunaux*, expliquera et justifiera suffisamment un retard de quelques jours. Les dépositions des témoins, les réponses de l'accusé, ses explications sur les motifs de son crime, sur les passions dont son âme était dévorée, offrirent aux méditations du moraliste une foule de détails pleins d'intérêt, encore inconnus, et que nous ne devons pas sacrifier à une précipitation inutile.

Jamais les avenues de la Cour d'assises n'avaient été assiégées par une foule plus nombreuse. On s'écrasait aux portes de la salle, dont l'accès n'était permis

qu'aux personnes pourvues de billets. On devait parler
d'amour, de jalousie et les dames les plus brillantes
étaient accourues.

L'accusé est introduit, et aussitôt tous les regards se
lancent sur lui avec une avide curiosité.

On voit un jeune homme d'une taille au-dessous de
la moyenne, mince et d'une complexion délicate ; un
mouchoir blanc, passé en bandeau sous le menton et
noué au-dessus de la tête, rappelle le coup destiné à lui
ôter la vie, et qui n'eut que le cruel résultat de lui
laisser entre la mâchoire inférieure et le cou deux balles
dont une seule a pu être extraite. Du reste, sa mise et
ses cheveux sont soignés ; sa physionomie est expres-
sive ; sa pâleur contraste avec de grands yeux noirs qui
portent l'empreinte de la fatigue et de la maladie. Il les
promène sur l'appareil qui l'entoure, quelque égarement
s'y fait remarquer.

Pendant la lecture de l'acte d'accusation et l'exposé
de la cause présenté par M. le procureur général de
Guernon-Ranville, Berthet conserve une attitude
immobile. On apprend les faits suivans :

Antoine Berthet, âgé aujourd'hui de 25 ans, est né
d'artisans pauvres mais honnêtes ; son père est maréchal
ferrant dans le village de Brangues. Une frêle constitution peu propre aux fatigues du corps, une intelligence
supérieure à sa position, un goût manifesté de bonne
heure pour les études élevées, inspirèrent en sa faveur
de l'intérêt à quelques personnes ; leur charité plus
vive qu'éclairée songea à tirer le jeune Berthet du rang
modeste, où le hasard de la naissance l'avait placé, et
à lui faire embrasser l'état d'ecclésiastique. Le curé de
Brangues l'adopta comme un enfant chéri, lui enseigna
les premiers éléments des sciences, et, grâce à ses bienfaits, Berthet entra en 1818 au petit séminaire à Grenoble.
En 1822, une maladie grave l'obligea de discontinuer ses
études. Il fut recueilli par le curé, dont les soins sup-
pléèrent avec succès à l'indigence de ses parens. A la
pressante sollicitation de ce protecteur, il fut reçu chez

M. M... qui lui confia l'éducation de ses enfans ; sa funeste destinée le préparait à devenir le fléau de cette famille. Mme M..., femme aimable et spirituelle, alors âgée de 36 ans, et d'une réputation intacte, pensa-t-elle qu'elle pouvait sans danger prodiguer des témoignages de bonté à un jeune homme de 20 ans dont la santé délicate exigeait des soins particuliers ? Une immoralité précoce dans Berthet la fit-elle se méprendre sur la nature de ces soins ? Quoi qu'il en soit, avant l'expiration d'une année, M. M... dut songer à mettre un terme au séjour du jeune séminariste dans sa maison.

Berthet entra au petit séminaire de Belley pour y continuer ses études. Il y resta deux ans, et revint passer à Brangues les vacances de 1825.

Il ne put rentrer dans cet établissement. Il obtint alors d'être admis au grand séminaire de Grenoble ; mais, après y être demeuré un mois, jugé par ses supérieurs indigne des fonctions qu'il ambitionnait, il fut congédié sans espoir de retour. Son père, irrité, le bannit de sa présence. Enfin il ne put trouver d'asile que chez sa sœur mariée à Brangues.

Ces rebuts furent-ils la suite de mauvais principes reconnus et de faits de conduite graves ? Berthet se crut-il en butte à une persécution secrète de la part de M. M... qu'il avait offensé ? Des lettres qu'il écrivit alors à Mme M... contenaient des reproches virulens et des diffamations. Malgré cela, M. M... faisait des démarches en faveur de l'ancien instituteur de ses enfans.

Berthet parvint encore à se placer chez M. de C... en qualité de précepteur. Il avait alors renoncé à l'Église ; mais après un an, M. de C... le congédia pour des raisons imparfaitement connues et qui paraissent se rattacher à une nouvelle intrigue.

Il songea de nouveau à la carrière qui avait été le but de tous ses efforts, l'état ecclésiastique. Mais il fit et fit faire de vaines sollicitations auprès des supérieurs des séminaires de Belley, de Lyon et de Grenoble. Il ne fut reçu nulle part. Alors le désespoir s'empara de lui.

Pendant le cours de ces démarches, il rendait les époux M... responsables de leur inutilité. Les prières et les reproches qui remplissaient les lettres qu'il continua d'adresser à Mme M... devinrent des menaces terribles. On recueillit des propos sinistres : *Je veux la tuer*, disait-il dans un accès de mélancolie farouche. Il écrivait au curé de Brangues, le successeur de son premier bienfaiteur : *Quand je paraîtrai sous le clocher de la paroisse, on saura pourquoi.* Ces étranges moyens produisaient une partie de leur effet. M. M... s'occupait activement à lui rouvrir l'entrée de quelque séminaire ; mais il échoua à Grenoble ; il échoua de même à Belley où il fit exprès un voyage avec le curé de Brangues. Tout ce qu'il put obtenir fut de placer Berthet chez M. Trolliet, notaire à Morestel, allié de la famille M..., en lui dissimulant ses sujets de mécontentement. Mais Berthet, dans son ambition déçue, était las, selon sa dédaigneuse expression, de n'être toujours qu'*un magister à 200 fr. de gages.* Il n'interrompit point le cours de ses lettres menaçantes ; il annonça à plusieurs personnes qu'il était déterminé à tuer Mme M... en s'ôtant la vie à lui-même. Malheureusement un projet aussi atroce sembla improbable par son atrocité même ; il était pourtant sur le point de l'accomplir !

C'est au mois de juin dernier que Berthet était entré dans la maison Trolliet. Vers le 15 juillet il se rend à Lyon pour acheter des pistolets ; il écrit de là à Mme M... une lettre pleine de nouvelles menaces ; elle finissait par ces mots : *Votre triomphe sera comme celui d'Aman, de peu de durée.* De retour à Morestel, on le vit s'exercer au tir ; l'une de ses deux armes manquait de feu ; après avoir songé à la faire réparer, il la remplaça par un autre pistolet, qu'il prit dans la chambre de M. Trolliet alors absent.

Le dimanche, 22 juillet, de grand matin, Berthet charge ses deux pistolets à doubles balles, les place sous son habit et part pour Brangues. Il arrive chez sa sœur qui lui fait manger une soupe légère. A l'heure

de la messe de paroisse, il se rend à l'église et se place à trois pas du banc de Mme M... Il la voit bientôt venir accompagnée de ses enfants dont l'un avait été son élève. Là, il attend, immobile... jusqu'au moment où le prêtre distribue la communion... « Ni l'aspect de sa
» bienfaitrice, dit M. le procureur général, ni la sainteté
» du lieu, ni la solennité du plus sublime des mystères
» d'une religion, au service de laquelle Berthet devait
» se consacrer, rien ne peut émouvoir cette âme dévouée
» au génie de la destruction. L'œil attaché sur sa
» victime, étranger aux sentiments religieux qui se
» manifestent autour de lui, il attend avec une infernale
» patience l'instant où le recueillement de tous les fidèles
» va lui donner les moyens de porter des coups assurés.
» Ce moment arrive, et lorsque tous les cœurs s'élèvent
» vers le Dieu présent sur l'autel, lorsque Mme M...
» prosternée mêlait peut-être à ses ferventes prières le
» nom de l'ingrat qui s'est fait son ennemi le plus cruel,
» deux coups de feu successifs et à peu d'intervalle se
» font entendre. Les assistans épouvantés voient tomber
» presqu'en même temps et Berthet et Mme M..., dont
» le premier mouvement, dans la prévoyance d'un
» nouveau crime, est de couvrir de son corps ses jeunes
» enfans effrayés. Le sang de l'assassin et celui de la
» victime jaillissent confondus jusque sur les marches
» du sanctuaire...

» Tel est, continue M. le procureur général, le forfait
» qui amène Berthet dans cette enceinte. Nous aurions
» pu, messieurs les jurés, nous dispenser d'appeler
» des témoins, pour constater des faits qui sont reconnus
» par l'accusé lui-même ; mais nous l'avons fait par
» respect pour cette philantropique maxime, qu'un
» homme ne peut être condamné sur ses seuls aveux.
» Votre tâche, comme la nôtre, se bornera sur le fait
» principal à faire confirmer par ces témoins les aveux
» de l'accusé.

» Mais un autre objet d'une haute gravité excitera
» toute notre sollicitude, appellera vos méditations.

» Un crime aussi atroce ne serait que le résultat d'une
» épouvantable démence, s'il n'était expliqué par une
» de ces passions impétueuses dont vous avez chaque
» jour l'occasion d'étudier la funeste puissance. Nous
» devrons donc rechercher dans quelle disposition
» morale il a été conçu et accompli ; si dans les actes qui
» l'ont précédé et préparé, si dans l'exécution même,
» l'accusé n'a pas cessé de jouir de la plénitude de sa
» raison, autant, du moins, qu'il en peut exister dans
» un homme agité d'une passion violente.

» Un amour adultère, méprisé, la conviction que
» Mᵐᵉ M... n'était point étrangère à ses humiliations
» et aux obstacles qui lui fermaient la carrière à laquelle
» il avait osé aspirer, la soif de la vengeance, telles
» furent, dans le système de l'accusation, les causes
» de cette haine furieuse, de ce désespoir forcené,
» manifestés par l'assassinat, le sacrilège, le suicide.

» L'horreur tout extraordinaire du crime suffirait
» pour captiver votre attention ; mais votre sollicitude,
» MM. les jurés, sera plus puissamment excitée par le
» besoin de ne prononcer une sentence de mort qu'autant
» que vous auriez acquis la conviction irrésistible que
» le crime fut volontaire, et le résultat d'une longue
» préméditation. »

On passe à l'audition des témoins.

Quatre personnes ont été assignées pour constater
les circonstances pour ainsi dire matérielles de l'événement du 22 juillet ; trois d'entre elles racontent que
Berthet resta debout, sans s'agenouiller, pendant toute
la durée de la messe, jusqu'à la communion ; sa contenance, et l'air de son visage étaient calmes ; on le vit
tout-à-coup sortir un pistolet de dessous ses vêtements,
et le décharger sur Mᵐᵉ M...

M. Morin, chirurgien et adjoint du maire de Brangues,
au bruit de la détonation, descendit précipitamment de
la tribune, et aussitôt une seconde détonation se fit
entendre. Au milieu de l'affreuse confusion qui régnait
dans l'église, il ne vit que Berthet, la figure horriblement

souillée par le sang qui jaillissait de sa blessure, et par celui qu'il rendait par la bouche. Il s'empressa de l'emmener et de lui apposer un premier appareil ; mais bientôt on vint le prier d'accourir auprès d'une seconde victime ; c'était Mme M..., blessée mortellement ; on l'avait transportée chez elle profondément évanouie et entièrement glacée. Ranimée avec la plus grande peine, elle hésita beaucoup à consentir à l'extraction de la balle ; mais après cette douloureuse opération, le chirurgien s'aperçut qu'il restait une seconde balle qui avait pénétré jusque dans l'épigastre, et qu'il fallut également extraire.

Berthet reconnaît les pistolets qu'on lui présente. C'est sans aucune marque d'émotion qu'il désigne le plus gros pour celui dont il s'est servi contre Mme M...

M. le président : Quel motif a pu vous porter à ce crime ?

Berthet : Deux passions, qui m'ont tourmenté pendant quatre ans, l'amour et la jalousie.

M. le procureur général s'attache, pour la circonstance de préméditation, à fixer l'époque de la conception du crime : « Accusé, dit-il, je vous avertis que vos ré-
» ponses aux interrogatoires que vous avez subis jusqu'à
» présent, sont comme non avenues ; vous avez pu vous
» tromper, ou vouloir tromper ; il n'importe : votre
» défense est restée libre ; je vous demande donc à quelle
» époque vous avez formé le projet de tuer Mme M... ? »

Berthet, après avoir hésité, fait remonter sa résolution au voyage qu'il fit à Lyon pour acheter les pistolets. « Mais, ajoute-t-il, jusqu'au dernier instant j'ai été
» incertain si je l'exécuterais ; j'ai constamment flotté
» entre l'idée de me tuer seul et celle d'associer Mme M...
» à ma destruction. » Il convint qu'il avait chargé les pistolets à Morestel au moment de partir pour Brangues.

M. le procureur général : Quelles pensées, quelles sensations morales se sont passées dans votre esprit, pendant le trajet de Morestel à Brangues ; et jusqu'au moment où vous avez frappé Mme M... ? Accusé, nous

ne voulons pas vous surprendre ; je vais vous dire le
but de la question que je vous fais ; votre esprit ne se
serait-il point aliéné pendant l'espace de temps dont je
vous parle ?

Berthet : J'étais tellement hors de moi-même, que je
pus à peine reconnaître un chemin que j'avais parcouru
tant de fois ; je faillis ne pas pouvoir traverser un pont
jeté sur ce chemin, tant ma vue était troublée! Placé
derrière le banc de Mme M..., si près d'elle, mes idées
étaient tumultueuses et pleines d'incohérences ; je ne
savais où j'étais ; le présent et le passé se confondaient
pour moi ; mon existence même me semblait un songe ;
dans certains momens, toutes mes pensées se réduisaient
à celle du suicide ; mais à la fin, mon imagination me
figura Mme M... se livrant à un autre ; alors la fureur de
la jalousie s'empara de moi, je ne m'appartins plus et
je dirigeai mon pistolet sur Mme M... ; mais jusque-là
j'avais été si peu décidé à exécuter ma funeste résolution que, lorsque je vis Mme M... entrer dans l'église
avec une autre dame, et lui parler bas après m'avoir
aperçu, comme si elle délibérait de se retirer, je sentis
bien distinctement que si elle eût pris ce parti, j'aurais
tourné contre moi seul les deux pistolets s'il l'avait
fallu ; mais son mauvais sort et le mien voulurent qu'elle
restât...

M. le procureur général : Sentîtes-vous des remords de
ce que vous aviez fait ?

Berthet : Ma première pensée fut de demander avec
empressement des nouvelles de l'état de Mme M...
J'aurais volontiers donné ce qui me restait de vie, pour
être assuré qu'elle n'était pas mortellement blessée.

M. Morin dépose qu'effectivement Berthet témoigna
quelques regrets de son action ; du reste, il jouissait de
toute sa raison et de tout son sang-froid...

28 décembre 1827.

Cour d'assises de l'Isère. (Grenoble.)

(Correspondance particulière.)

Accusation d'assassinat, commis par un séminariste dans une église.

(Suite.)

Le cinquième témoin est M. M..., âgé de 52 ans, époux de la victime. (Mouvement d'attention.)

Le témoin : Berthet entra chez moi convalescent et fut l'objet de soins et d'attentions suivis ; son caractère était triste et inquiet ; on le voyait souvent rêveur ; mais on en attribuait la cause à la faiblesse de sa santé ; il n'annonçait ni des penchans désordonnés, ni des inclinations perverses. Je voulus par des bontés l'attacher à mes enfans ; mais Berthet songeait à reprendre le cours de ses études au petit séminaire de Belley. Un an ne s'était pas encore écoulé, que Mme M... me fit part que ce jeune homme n'avait pas craint de lui adresser des propositions offensantes. Je ne jugeai pas à propos, pour éviter un éclat fâcheux, de parler à Berthet de cette confidence ; je préférai attendre le terme de son départ qui était prochain, et qui eut lieu en effet au commencement du mois de novembre 1823. Au mois d'août 1825 et de retour de Belley, Berthet venait quelquefois chez moi et jouait aux boules avec M. Jacquin, qui était l'instituteur de mes enfans ; ce fut alors qu'il écrivit à ma femme des lettres injurieuses et qui devinrent bientôt menaçantes ; elle me les montra ; je pris le parti de prier M. le curé de Brangues d'intimer à Berthet l'ordre de cesser ses menaces et les relations qu'il avait avec ma maison. Il ne se conforma point à cette invitation ; il continua d'écrire ; il disait dans une lettre du mois d'octobre : *Ma position est telle que si elle ne change pas, il arrivera une catastrophe.* Je lui fis renouveler par M. Jac-

quin l'interdiction absolue de ma maison ; il cessa alors
entièrement de venir.

« Au commencement de novembre, Berthet entra
au grand séminaire de Grenoble et en sortit bientôt
pour des motifs inconnus. J'écrivis en sa faveur au
supérieur, M. Bossard, qui me répondit par un refus
de le recevoir, accompagné de ces expressions : *Il doit
se souvenir de l'explication que nous avons eue ensemble.*
Son retour dans la paroisse de Brangues fut marqué
par le renouvellement des lettres les plus outrageantes
à Mme M... Il l'accusait d'avoir donné des renseignements défavorables sur son compte et la priait en même
temps de s'intéresser à lui.

« Après une année qu'il passa chez M. de C..., il
écrivit à ma femme qu'il était sorti de cette maison
pour des raisons particulières, il reprit le cours de
ses menaces. Je fis une nouvelle démarche auprès du
supérieur du séminaire de Grenoble ; M. Bossard répondit qu'il lui était impossible d'admettre au sacerdoce
la personne dont je parlais ; que cette personne devait
aller s'enfermer dans la plus profonde retraite. J'écrivis
alors à Belley ; j'y fus même au mois de juillet dernier
et peu de jours avant l'événement, avec le curé de
Brangues ; mais le refus des supérieurs fut absolu.
La dernière lettre que Berthet ait écrite était datée
de Lyon et contenait de criminelles menaces que je
ne le croyais pas capable de réaliser ; il terminait par
ces mots remarquables : *Il est bien fâcheux que j'aie
manqué la carrière à laquelle je me destinais ; j'aurais
fait un bon prêtre ; je sens aussi que j'aurais habilement
remué le ressort des passions humaines !*

Berthet : Rien n'est plus faux que la déposition de
M. M... Comment, si sa femme lui eût fait la révélation
dont il parle, aurait-il fait des instances par l'entremise
de M. Sambin pour me faire rester encore un an chez
lui ? Comment lui et son épouse auraient-ils pleuré
tous les deux à mon départ, et auraient-ils eu l'attention
de me faire le don d'une caisse de fruits ? Comment,

si Mme M... avait eu à se plaindre de moi, m'écrivait-elle à Belley qu'elle avait pris un jeune homme pour l'éducation de ses enfants, mais qu'il ne me ferait jamais oublier d'elle ?

Le témoin (avec dédain) : J'aurais été bien bon de verser des larmes !

M. le président, à l'accusé : Quel était le sujet des lettres que vous écriviez de Belley ?

Berthet : Pendant mon séjour à Brangues, je n'avais jamais cessé d'avoir avec Mme M... des relations épistolaires et d'autres... (baissant la voix) que je n'ose nommer. Je la priais de ne pas me donner un successeur à Belley ; je lui faisais un crime d'oublier les sermens qu'elle m'avait faits, Mme M... me répondait de m'observer dans mes lettres parce qu'une servante qu'elle avait congédiée avait tout appris à son mari. Pendant les vacances de 1825, à mon retour de Belley, j'écrivais tous les jours à Mme M... Il est faux que M. M... m'ait fait défendre l'accès de sa maison. M. Jacquin ne m'a point fait de commission de ce genre ; M. M... m'engageait lui-même à rester chez lui. (M. M... fait un signe de dénégation.)

« Lorsque j'entrai au séminaire de Grenoble, j'étais plein du désir d'être un homme de bien, et de devenir un prêtre vertueux. J'écrivis à M. M... une lettre remplie des marques du plus sincère repentir ; je lui demandais pardon d'avoir écouté Mme M... Déterminé à m'humilier de toutes mes fautes, je lui racontais dans le plus grand détail toutes mes relations avec sa femme ; j'allais jusqu'à lui désigner tous les endroits où j'avais pu la voir... * (Mouvement de l'auditoire.)

« Je voulus ensuite faire une confession générale à M. le Supérieur du séminaire ; il m'écouta avec la plus grande attention ; puis il me dit que ma conduite avec Mme M... avait été trop *diabolique* pour que je ne

---

* Depuis sa condamnation, Berthet, comme on le verra par la suite, a rétracté ses infâmes calomnies.

dusse pas renoncer à jamais à la pensée de me faire
prêtre, que le seul parti que j'eusse à prendre était
d'aller au plus tôt m'ensevelir dans une solitude, pour
y recommencer une vie nouvelle. Cette sévérité, suivie
de mon expulsion d'un établissement où je me plaisais,
me jeta dans le désespoir ; un jeune curé, qui connaissait mon caractère, m'encouragea à persister dans
mes projets, en me disant que mes égarements passés,
effacés par le repentir, n'étaient pas une raison de me
rebuter. Il me donna une lettre pour le supérieur du
séminaire de Lyon. Je fis ce voyage, et je n'en recueillis
qu'un nouveau refus ; on me répondit que le séminaire était entièrement plein ; que d'ailleurs on recevait très difficilement les étrangers. Alors je revins,
à Brangues, j'étais malade, j'allai demander l'hospitalité à ma famille ; mais mon père furieux me frappa
à coups de bâton et me chassa de sa présence, je fus
obligé de souffrir en silence, je ne voulais pas compromettre la réputation de Mme M...

« Je me trouvai sans asile... M. Philibert, curé de
St-Bernard (département de l'Ain), me proposa alors,
de la part de l'évêque de Belley, d'entrer dans son
séminaire ; mais il me demanda les motifs de ma sortie
du séminaire de Grenoble ; j'eus la franchise de tout
lui dire ; M. Philibert me répondit que ces faits lui
paraissaient trop graves pour qu'il ne crût pas devoir
revenir sur la proposition qu'il venait de me faire. Je
pus me placer chez M. de C... où je passai un an pendant lequel j'écrivis continuellement à Mme M... et
je m'entretenais de l'amour que je ne cessais de sentir
pour elle...

M. le président: Pourquoi quittâtes-vous la place
que vous aviez chez M. de C...?

Berthet: J'étais en proie au dégoût, je n'aimais pas
mon état ; toujours absorbé par le même sentiment,
je n'étais pas même propre à donner des leçons aux
enfans qui m'étaient confiés ; un bois épais était tout
près du vieux château que j'habitais ; c'était l'asile

où j'allais seul, sans témoins, rêver à Mme M... Mlle de C... m'y suivit un jour : « Qu'avez-vous donc, M. Berthet, me dit-elle, depuis longtemps vous êtes triste... triste jusqu'à la mort ; s'il était possible de faire quelque chose pour vous... Et croyez-vous que d'autres n'aient pas leurs peines ; moi qui vous parle, je suis triste aussi ! » Alors Mlle de C... parut vouloir me... (Ici un mouvement se fait entendre dans l'auditoire, l'accusé balbutie, et un léger sourire, mais aussitôt réprimé, se fait remarquer sur ses lèvres.) Mlle de C... aimait à causer avec moi, continue-t-il avec embarras ; nous nous... ; mais je dois dire, reprend Berthet avec moins d'hésitation, que jamais je n'ai eu avec Mlle de C... que des rapports parfaitement honorables. Moi, sans fortune, malade, simple instituteur, aurais-je osé aspirer à une demoiselle digne, par son nom et ses richesses, des plus brillants partis ? D'ailleurs la passion qui m'occupait tout entier ne m'aurait pas permis de songer à un autre objet. M. de C... vint un jour me trouver et me déclara que les aveux qu'il avait arrachés à sa fille et le soin de son honneur exigeaient que je ne restasse pas plus longtemps chez lui. Je reçus cette annonce avec plaisir ; je ne partis qu'avec un certificat du curé de C..., rempli de témoignages élogieux. (Berthet a dit ailleurs que M. de C... se refusa à lui laisser emporter sa malle, qui contenait les lettres de Mme M... Cette malle est restée au château de C...)

« Je revins à Brangues, continue l'accusé, je m'aperçus bientôt que les sentiments de Mme M... étaient changés à mon égard ; avant que j'eusse quitté sa maison, elle m'avait fait des protestations multipliées d'une éternelle constance ; il y avait dans sa chambre à coucher une image du Christ ; souvent, en la contemplant, elle m'avait dit avec passion : « *En présence* » *de cette image sacrée, je jure d'être toujours à vous, de n'en* » *pas aimer d'autre ; je vous promets de ne jamais vous* » *oublier, de vous rendre heureux, de m'occuper toujours* » *de votre sort...* » Ces sermens m'avaient fait croire à

une longue constance ; mais il ne me fut plus possible
de douter, à ma sortie du château de C..., de la froideur
de Mme M... Jacquin était devenu l'instituteur de ses
enfants et je m'apercevais que j'avais été remplacé de
deux manières. Alors mes lettres furent chagrines, pleines
de mécontentement et de reproches ; je demandais
compte à Mme M... de ses infidélités, je lui demandais
comment le souvenir de mes malheurs ne venait pas
troubler les jouissances qu'elle se permettait avec un
autre ; je lui rappelais ces expressions de l'une des
lettres qu'elle m'avait écrites à Belley : *Avec quel orgueil,
mon cher ami, j'apprends vos succès !* « Maintenant,
lui écrivais-je, que je suis le rebut de tout le monde,
» vous pourriez dire : *avec quelle joie j'apprends vos
humiliations !* Mais votre triomphe sera de courte durée,
» il sera comme celui d'Aman... » Je lui disais dans une
autre lettre : « Si je parviens à entrer au grand sémi-
» naire, tout s'arrangera ; sinon, je ne puis répondre
» de ne pas me livrer à quelque chose d'extraordinaire. »
Enfin, je fis des démarches pour avoir une place chez
M. G..., parent de Mme M... Le refus que j'éprouvai
me fit apercevoir qu'on me desservait ; alors mes
sinistres pensées me préoccupèrent tout entier. »

29 décembre 1827.

COUR D'ASSISES DE L'ISÈRE. (Grenoble.)

(Correspondance particulière.)

*Accusation d'assassinat, commis par un séminariste
dans une église.*

(Suite.)

M. le procureur général croit devoir ramener l'attention
sur les interdictions que M. M... fit à Berthet de reparaître chez lui.

MM. Sambin et Jacquin, présens dans l'enceinte,

sont entendus en vertu du pouvoir discrétionnaire.

M. *Sambin* ne se rappelle pas, malgré les détails que lui donne Berthet, l'avoir engagé à rester un an de plus chez M. M... Il nie positivement avoir été chargé d'aucune mission à cet égard.

M. *Jacquin*, aujourd'hui étudiant en médecine à Lyon, déclare que M. M... le pria de défendre irrévocablement à Berthet l'entrée de sa maison, et en même temps, dit Jacquin, je lui fis des reproches sur des diffamations qu'il se permettait à mon égard, dans ses lettres à Mme M... Alors il s'emporta, nous eûmes une querelle qui se termina par un cartel ; j'assignai l'heure, et lui désignai le lieu, derrière le mur du cimetière de la paroisse. A mon retour, M. M... à qui j'appris ce qui s'était passé, blâma mon imprudence, et voulut néanmoins absolument, et malgré mes refus, me servir de second ; nous nous rendîmes ensemble au lieu indiqué ; mais nous y attendîmes vainement M. Berthet qui n'y parut pas.

Berthet : Je soutiens que M. Jacquin ne me transmit aucune défense ; il ne fut question que des griefs qu'il prétendait avoir contre moi, à raison d'une lettre où ma jalousie reprochait à Mme M... ses relations intimes avec lui, lettre que celle-ci lui avait communiquée. Quant au duel, je répondis : *Ma vie tient à celle de Mme M...,* *elle saura quand je voudrai mourir !* Mais il n'y eut point de lieu assigné, sans quoi je n'aurais pas manqué au rendez-vous.

M. le procureur général : Berthet, à qui persuaderez-vous, si vous aimiez Mme M..., et si, comme vous le dites, vous en étiez aimé, que vous n'eussiez pas accepté la proposition, que vous prétendez vous avoir été faite, de passer encore un an auprès d'elle ?

Berthet : Je fus déterminé par le besoin de terminer mes études ; mon père était vieux et malade, et je considérais une place d'instituteur comme ne pouvant me mener à rien.

M. le procureur général : Ce propos : *ma vie tient à*

celle de Mme *M...*, ne serait-ce point le germe de la
pensée du suicide et de l'assassinat, qui s'unissaient
déjà dans votre âme, et que vous avez exécutés ensuite ?

Berthet : Je pensais aux sermens que Mme M... m'avait
faits si souvent ; je me figurais Jacquin dans ses bras :
il faut, me disais-je, que Mme M... paraisse avec moi
devant le souverain juge, pour me rendre compte de
ses outrages et de ses infidélités.

M. le procureur général avec force : Peu importe
l'étrange profanation de ce mélange de l'idée du souverain juge avec les pensées de l'adultère et de l'assassinat ;
il devient constant que vous préméditiez le crime longtemps à l'avance.

M. Romain Vial, curé de Brangues : Ce témoin, dans
la force de l'âge et d'une complexion robuste, paraît
manquer absolument ou de mémoire ou de bonne volonté.
Sa déposition a fréquemment excité l'hilarité de l'auditoire. M. le curé a eu connaissance de toutes les lettres
écrites par Berthet à Mme M... Tout ce qu'il en a retenu,
c'est qu'elles étaient injurieuses et *disgracieuses*. Il a fait
un grand nombre de démarches pour Berthet, notamment pour le faire entrer dans les respectables maisons
de Quinsonnas et de C..., ce qui ne l'a pas empêché d'être
personnellement l'objet de lettres *disgracieuses* de son
ingrat protégé. C'était toujours dans l'église ou à la
porte de l'église que Berthet fixait le théâtre de l'exécution de ses sinistres projets ; il écrivait à M. le curé :
*Quand je paraîtrai sous le clocher de la paroisse on saura
pourquoi.* Une autre fois, il comparait M. le curé lui-
même, on ne sait pourquoi, *à Valverde, prêtre espagnol,
qui avait conçu le projet de rassembler les Indiens dans
une église pour les massacrer à-la-fois.*

M. le procureur général : Vous avez lu les lettres de
Berthet à Mme M..., quel sens leur avez-vous trouvé ?

M. le curé : Monsieur... (cherchant), ces lettres étaient
disgracieuses, ça me fatiguait beaucoup ; je n'y pensais
pas ; je m'efforçais de les oublier.

M. le procureur général : Quelle espèce d'impression

en avez-vous conservée ? Car elles ont dû vous en faire
une profonde.

M. le curé : Oui, mais je ne me souviens de
rien.

M. le procureur général : Vous avez demandé sans
doute à Berthet les motifs de sa sortie de la maison M..·
et les causes de son ressentiment contre Mme M...

M. le curé : Oh! non, Monsieur.

M. le procureur général : Voilà à-coup-sûr une discrétion bien singulière. Je ne puis la concevoir. Vous avez
dit tout à l'heure que vous aviez fini par faire des démarches avec peine. Pourquoi *avec peine* ? — R. A cause des
lettres.

D. Vous vous en souveniez donc ; elles vous avaient
laissé une impression..... ? — R. Oui, une impression
défavorable.

D. Mais enfin, pourquoi défavorable ? — R. Parce
qu'elles étaient *disgracieuses.* (Rire général.)

M. le procureur général : Vous resta-t-il de la lecture
de ces lettres l'idée que Mme M... eût manqué à ses
devoirs ? — R. Oh ! non, non, monsieur.

M. le procureur général : Bien ! il est donc vrai que
rien dans les lettres n'a pu vous faire penser que Mme M...
se fût écartée de ses devoirs ?

M. le curé : Monsieur, je n'ai pas pu en juger. (Éclats
de rire.)

M. le procureur général insiste sur la question qu'il
pose pour la troisième fois. M. le curé revient à une
négation positive. On s'en tient là.

M. le curé d'Arandon, confesseur de Berthet, qui paraît
doué d'une plus forte tête que son confrère de Brangues,
raconte avec énergie les reproches qu'il adressa à l'accusé,
sur son indigne conduite, qu'il connaissait par les lettres
que lui avaient communiquées M. et Mme M... Il est
abominable, lui disait-il, de diffamer une femme que
vous dites avoir eu des bontés pour vous ; je ne crois
pas à ces prétendues bontés ; mais Mme M... eût-elle
cette faiblesse, vous deviez garder le silence, au lieu

d'avoir l'odieuse méchanceté d'aller révéler à M. M...
des détails infâmes, propres à troubler à jamais son
repos. Cessez de prier de m'intéresser à vous, vous ne le
méritez pas, allez plutôt hors du département, dans
quelque lieu où vous ne serez pas connu.

M. le curé rapporte que les lettres qu'il a vues étaient,
dans le principe, tendres et passionnées ; qu'ensuite
elles eurent le ton de l'injure, devinrent outrageantes
et pleines de menaces. « Quant à Mme M..., dit-il, je l'ai
toujours regardée comme une femme honnête ; elle est
maintenant signalée peut-être à la France, et à l'Europe
entière, sous d'autres rapports ; mais tous ceux qui la
connaissent pensent comme moi. »

M. le procureur général : Quelle opinion aviez-vous de
la moralité de Berthet ?

M. le curé : Pas possible de l'avoir plus mauvaise.

M. le procureur général : Monsieur le curé, vous avez
trop d'expérience du cœur humain pour ignorer que des
sentiments d'une immoralité profonde sont quelquefois
conciliables avec des idées religieuses mal conçues.
Berthet avait-il véritablement des sentiments de
religion ?

M. le curé : Il en avait de sincères, mais avant l'époque
où sa conduite s'est dérangée.

30 décembre 1827.

Cour d'assises de l'Isère. (Grenoble.)

(Correspondance particulière.)

*Accusation d'assassinat, commis par un séminariste
dans une église.*

(Fin.)

Mme Marigny, amie d'enfance de Mme M..., était
venue avec elle à l'église le jour fatal. Elle s'évanouit
au moment de l'explosion ; revenue à elle, son premier

mouvement fut de courir donner ses soins à Mme M... ;
elle la trouva entièrement glacée ; au moment où elle
la déshabilla, le sang jaillit avec tant de force de la
blessure qu'elle en fut toute couverte.

« Un mois auparavant, dit Mme Marigny, je reçus
une lettre de M. Berthet; sachant que je m'intéressais
à lui comme bien d'autres, il me priait de faire des démarches en sa faveur. Il se plaignait de *la fatalité qui s'achar-
nait à le poursuivre*, et terminait par des expressions
obscures par lesquelles il semblait annoncer un homicide et un suicide. J'eus occasion de communiquer cette
lettre à Mme M..., qui me dit qu'elle était trop sûre que
c'était elle que M. Berthet voulait désigner. Mme M...
me parla des menaces dont elle était depuis assez longtemps l'objet de la part de ce jeune homme.

« Quatre ou cinq jours après, M. Berthet vint chez
moi et me dit qu'il allait à Lyon; je lui demandai s'il
avait l'espoir de trouver une place dans cette ville. « Non,
répondit-il, j'y vais acheter des pistolets pour tuer Mme
» M..... et me tuer moi-même après elle. J'avais eu déjà
» l'intention de la tuer dimanche dernier, jour de la Fête-
» Dieu, avec un fer que j'avais aiguisé; mais maintenant
» je suis résolu. » Cette affreuse confidence me fit une
impression terrible. — Comment, l'assassiner, m'écriai-
je ! — Oui, dit-il, elle ne m'a fait que du mal. — Mais,
M. Berthet, au lieu de faire deux malheurs, comme vous
y paraissez décidé, vous devriez au moins n'en faire
qu'un et vous tuer seul. »

M. le procureur général: Le conseil était mauvais.

Mme Marigny: J'étais, Monsieur, dans un tel état de
trouble que j'en fus visiblement fatiguée; car M. Berthet,
en me quittant, me fit des excuses d'être venu me faire
une pareille confidence; il me demanda de n'en pas parler à Mme M...; mais je me hâtai de l'en instruire.

Berthet convient de tous ces faits et ajoute que s'il
n'exécuta pas le dessein qu'il avait formé le jour de la
Fête-Dieu, c'est que dans l'intervalle il apprit qu'on
s'était occupé de lui.

M. le procureur général, d'un accent énergique : Cette explication devient contre vous une charge accablante. Ainsi donc, c'est une place qui était l'objet de toutes vos menaces ; c'est une place que vous demandiez avec le pistolet et le poignard ! Vous n'avez consenti à laisser vivre Mme M... après la Fête-Dieu, que parce qu'on vous donna des espérances de vous en procurer une ! Cette conduite est d'une lâche atrocité.

L'audition des témoins terminée, la séance est suspendue pour être reprise avec les plaidoiries.

M. le procureur général prend la parole pour soutenir l'accusation. Le fait matériel est avoué ; quant à la volonté libre et réfléchie qui a présidé au crime, l'orateur l'établit sur le calme et la tranquille patience de Berthet dans l'église de Brangues. La préméditation lui paraît démontrée par les menaces faites d'avance, les confidences de l'accusé à Mme Marigny, les préparatifs de l'assassinat. Quant aux excuses proposées par Berthet, il les réfute successivement. « Devant des juges ordinaires, dit ce magistrat, nous soutiendrions avec avantage que l'on ne peut admettre comme excuses que les faits reconnus tels par la loi ; devant vous, MM. les jurés, nous devons tenir un autre langage. Vous ne devez compte qu'à Dieu des motifs de votre conviction ; vous aurez à décider si l'accusé est coupable, et ce mot s'applique à la moralité comme au fait matériel ; nous avons donc dû combattre tout ce qui était de nature à modifier à vos yeux la moralité de l'action. »

Le tour de la défense arrivé, Berthet se lève et lit un long récit écrit d'un style élégant et naturel, où, entrant dans de minutieux détails, et s'excusant, sur le péril de sa position, de peindre Mme M... comme la corruptrice de sa jeunesse, il raconte par quelle suite de caresses et d'insinuations elle aurait perdu son innocence et trop instruit son ignorante simplicité, longtemps aveugle, au but qu'on voulait lui faire entrevoir. De ce récit pénible pour ceux qui s'intéressaient à Berthet, et lu avec froideur, est résulté la preuve que s'il fallait admettre la jalousie de l'amour comme l'une des causes impulsives du crime, il existait dans l'âme de l'accusé un second mobile non moins puissant, l'orgueil ambitieux et égoïste déçu. Ce jeune homme, doué par la nature d'avantages physiques et d'un esprit distingué, trop flatté par tout ce qui l'entourait, égaré par ses succès mêmes, s'était, en imagination, créé un avenir brillant d'autant plus glorieux qu'il ne l'aurait dû qu'à ses talens. Le fils du maréchal ferrant de Brangues s'était fait en perspective un horizon peut-être sans bornes. Voilà que tout-à-coup une seule et même cause trompe et anéantit ses espérances ; tout lui manque à la fois ; les rebuts humilians remplacent de toutes parts la bienveillance et les services. Alors las de la vie, le désespoir le décide à se l'arracher et le pousse en même temps à envelopper dans sa destruction la femme qui la première l'avait lancé dans cette funeste carrière. Une pareille destinée inspirait un intérêt involontaire.

« Quel tableau s'offre à nos regards ! a dit Me Massonnet, son défenseur ; l'innocence était dans le cœur de Berthet ; il surpassait ses rivaux par ses talents ; du sein de l'école s'élevait peut-être un grand citoyen ; et maintenant vous le voyez comme anéanti devant vous. Il semble n'être plus pour la société.

« Peut-être si je pouvais céder à ses vœux, je ne viendrais point le défendre. La vie n'est point ce qu'il désire ; que lui importe la vie sans l'honneur ? La vie... il en a perdu la moitié ; un plomb mortel est là, qui attend son dernier soupir. Berthet s'est condamné lui-même à la mort... Vous ne feriez, par une condamnation, que seconder ses vains efforts pour s'arracher une existence insupportable. Mais non, Berthet, je dois vous défendre ; vos souhaits de mort attestent aux yeux des hommes que vous êtes digne encore de vivre ; aux yeux du ciel, que vous n'êtes pas prêt à mourir.

« Cette cause, MM. les jurés, est d'une espèce rare dans les annales des Cours criminelles ; ce n'est pas avec le texte froid de la loi, *qu'un coupable d'assassinat sera puni de mort*, que doit être appréciée une action qui ne peut avoir de juges que la conscience, l'humanité, la sensibilité du cœur. Je m'engage à prouver que l'amour a donné la mort ; que l'amour est souvent un délire, que la volonté de l'accusé n'était pas en sa puissance, lorsqu'il devint à-la-fois suicide et homicide.

« Sans doute, il nous faudra dévoiler des détails pénibles pour mon ministère, pénibles pour le vôtre, MM. les jurés ; mais il faut bien vous faire connaître comment s'est formé l'orage, le torrent qui entraîna ce jeune infortuné dans le précipice. Pourquoi ne représenterions-nous pas à des juges, et pour la nécessité de la défense, des tableaux d'amour, alors que sans nécessité et pour le stérile plaisir des spectateurs, tous les jours des amours même incestueux remplissent d'horreur nos scènes tragiques ? Ce qu'il est permis de faire pour inciter la frivole curiosité des hommes, sera-t-il défendu pour les sauver de l'échafaud ? »

L'habile défenseur montre Berthet dominé par sa fatale passion, il en parcourt toutes les périodes jusqu'au moment où, en proie au délire de la jalousie, il va chercher et immoler sa victime jusque dans le temple de ce Dieu, qu'elle-même choisit pour juge et pour témoin lorsqu'elle jura devant son image de n'être jamais parjure.

Me Massonnet soutient ensuite la proposition que le meurtre a été commis sans une véritable volonté : « Il est deux espèces de folies, dit-il ; la folie de ceux dont les organes sont à jamais brisés, la folie de ceux dont les organes ne sont qu'instantanément bouleversés par une grande passion. Ces deux folies ne diffèrent que par la durée. Le législateur ne pouvait soumettre à aucune responsabilité pénale des hommes qui sont atteints de l'une ou de l'autre ; semblables à des aveugles perdus sans conducteurs sur une route inconnue, les malheurs qu'ils causent sont des *accidens* et jamais des *crimes*... L'infortuné Berthet est un funeste exemple des égarements irrésistibles de l'amour. Ah ! MM. les jurés, si j'interrogeais dans ce moment cet être sensible qui est venu dans cette enceinte gémir sur les malheurs de la passion qu'il sait si bien inspirer ; si je faisais un appel à ses émotions, sans doute il unirait sa voix à la nôtre, pour vous recommander des doctrines que l'amour justifie, que la loi humaine ne saurait condamner. »

M. le procureur général improvise avec une énergique chaleur une réplique très-remarquable. Il parcourt de nouveau toutes les parties de la cause. « Berthet, dit-il, vient de nous dévoiler toute la turpitude de son âme ; non, il n'éprouvait pas d'amour quand il frappa Mme M... d'un coup meurtrier. Ne profanons pas le sens d'une passion qui peut être honnête. Sent-il l'amour celui qui supprime l'objet qu'il prétend aimer ? Celui qui bassement méchant, a voulu porter la discorde dans un ménage bien uni, exciter le désespoir dans l'âme de l'époux qu'il a indignement outragé, et goûter un infernal plaisir à retourner le poignard dans sa plaie ; celui qui, dans son maladroit système de défense, ose dérouler publiquement le tissu des plus odieuses infamies contre sa bienfaitrice ?

« Berthet, au moment suprême, lorsqu'il se trouve exposé à être traduit devant le souverain juge, qu'il osait invoquer naguère, Berthet se défend par les plus noires calomnies, par des imputations que tout dément. Votre raison, MM. les jurés, vous a dit que Mme M... est demeurée pure ; elle s'est refusée surtout à croire qu'il fût possible que le délire d'une passion adultère aveuglât au point de prendre Dieu à témoin de serments criminels, d'attester l'image de Dieu qui consacra la sainteté du mariage. Mais Berthet voudrait entraîner dans sa ruine l'honneur d'une femme qui le combla d'innocentes bontés, d'une femme qu'il aimait, dont il dit avoir été aimé. Il voudrait léguer la honte et le désespoir à deux époux, dont la seule faute fut de mal placer leurs bienfaits ; mais l'infamie, dont il cherche à couvrir une famille respectable, retombe tout entière sur sa tête pour l'accabler.

« Allons plus avant, Messieurs les jurés, sondons les

derniers replis de cette âme perverse, qu'y découvrons-
nous ? L'ambition déçue, l'amour-propre blessé d'un
homme envieux qui s'irritait de voir Mme M... favoriser
Jacquin plus que lui. Pourquoi donc, s'il était tourmenté
par la jalousie de l'amour, pourquoi ne choisissait-il
pas son rival pour lui faire porter le poids de sa vengeance ?
Mais non, c'est à Mme M... seule qu'il s'adresse ; il lui
demande la vie ou une place ! C'est le couteau sur la
poitrine qu'il exige des services ! Berthet, détrompé de
ses rêves ambitieux, convaincu trop tard qu'il ne peut
atteindre le but que son orgueil s'était proposé, Berthet
désespéré veut périr ; mais en mourant sa rage veut
entraîner une victime dans la tombe qu'il creuse pour
lui-même !... »

Après la réplique de Me Massonnet et le résumé de
M. le président, les jurés entrent en délibération.
Quelque temps après, ils apparaissent, et à la sombre
empreinte qui se fait remarquer sur leurs figures, on
présage la terrible sentence de mort. Berthet est déclaré
coupable du meurtre volontaire avec préméditation.
L'accusé est introduit, et la Cour prononce le fatal arrêt,
qu'il entend sans la plus légère apparence d'émotion.

Le surlendemain, Berthet a fait appeler dans son
cachot M. le président des assises pour lui faire des révé-
lations importantes. Là, il lui a remis une déclaration
écrite de sa main, dans laquelle il déplore le système de
diffamation, où le soin de sa défense l'a entraîné aux
débats. Il déclare que la jalousie qui le dévorait l'a porté
à supposer que Mme M... avait été coupable ; il finit en
la priant de *pardonner à un jeune homme qu'ont égaré une
passion et des sentiments qu'elle n'a jamais partagés. C'est*,
ajoute-t-il, *sans espoir d'adoucissement que je parle.*

Effectivement il n'avait encore formé aucun recours
contre son arrêt ; mais, depuis lors, il s'est pourvu en cassa-
tion, et a adressé au roi une demande en grâce. « Il ne demande à vivre, dit-il que pour ne pas déshonorer, en mourant sur l'échafaud, une famille obscure, mais honnête. »

                                   31 décembre 1827.

II

SUR LE ROUGE ET NOIR [1]

18 octobre-3 novembre 1832.

Puisque vous le désirez, je mets par écrit ce que j'ai
eu l'honneur de vous dire hier soir.

La grande occupation des femmes de province en
France, c'est de lire des romans. Les mœurs sont fort
pures en France dans les petites villes; chaque femme
surveille sa voisine et Dieu sait qu'il n'y eut jamais de
police mieux faite. Un homme ne peut pas aller six fois
dans une maison où se trouve une femme un peu passable sans que tout le voisinage ne soit en émoi; et les
punitions infligées par cette police si vigilante sont
terribles. Une malheureuse femme habitant une ville
de France au-dessous de vingt mille âmes, et *qui a fait
parler d'elle* (*ce sont* les termes sacramentels inventés
par la pruderie provinciale), n'est plus engagée à aucun
des bals qui se donnent dans sa petite ville. Cette punition officielle entraîne le mépris universel. Si la coupable
trouve le moyen de pénétrer dans la salle de bal les
femmes affectent de ne pas lui adresser la parole : la
honte, le mépris, la douleur soufferte sont excessifs. Or
le caractère français peut tout supporter excepté le
mépris exprimé en public, et l'on voit chaque année
quelqu'une de ces malheureuses femmes de province

que l'amour a un peu compromises aux yeux de leurs
voisines, mettre fin par le *suicide* à une existence désormais insupportable.

Celles qui ont moins de fermeté se contentent d'aller
s'enterrer à la campagne et de leur vie ne reparaissent
plus aux bals du carnaval ni dans les sociétés de leur
petite ville. A la campagne, les paysans les plus pauvres
les plaignent et les méprisent un peu. On a vu des maris
plus indulgents que le public de leur petite ville combler
de marques de considérations et d'affection leurs femmes
que les bavardes et les bigotes de la petite ville avaient
un jour déclarées coupables. Ces bons maris ont essayé
de retirer leurs femmes de la campagne; ils ont voulu
les produire dans les promenades publiques de leur
petite ville ; à l'instant, toutes les femmes ont déserté le
côté de la promenade où la malheureuse proscrite prenait l'air avec son mari. Les jeunes enfants de la
malheureuse femme qui l'accompagnaient à la promenade, se sont eux-mêmes aperçus de ce mouvement
général et lui en ont demandé la cause.

Telles sont les mœurs que le gouvernement de Louis
XVIII et de Charles X a données à la province en
France. Ces princes, surtout le premier, quoique fort
peu disposé pour la galanterie (il passait pour y être
peu propre *), avaient beaucoup de grâce, aimaient les
femmes, savaient leur parler et étaient bien éloignés de
la sotte pruderie qui sous leur règne est venue attrister
la France, et lui faire perdre des droits au titre de *gaie*
qu'elle méritait si bien avant la Révolution. On peut
dire que, dans les intérêts de son despotisme, Napoléon
a fondé cette ennuyeuse pruderie, et que la *congrégation*
l'a fixée dans les mœurs de la province. Elle a mis
partout la délation et l'espionnage. Ses chefs ont voulu
connaître le nom du journal qui était lu dans chaque
maison de chaque petite ville de France et ils y sont
parvenus. Ils ont voulu savoir.les visites qu'on y rece-

* Impuissant.

vait pendant chaque journée et ils l'ont su, et tout cela sans frais, sans dépenses, uniquement par l'espionnage volontaire des personnes bien pensantes.

Voilà les mœurs nouvelles pour la France qu'a voulu peindre M. de St[endhal] l'auteur du *Rouge*. Mais avant d'arriver à l'analyse de cet ouvrage, nous devons faire remarquer une autre conséquence des habitudes morales de la France, de ses *mœurs*, telles qu'elles se sont établies de 1806 à 1832 ; on peut dire qu'elles sont entièrement inconnues à l'étranger qui cherche encore des images de la société française dans les contes de Marmontel ou dans les romans de Mme de Genlis.

Tout est changé du tout au tout en France. On trouvera une image fidèle des mœurs des villes de province avant la Révolution, non pas dans les contes *musqués* de Marmontel, mais dans un charmant petit roman du Baron de Bezenval, intitulé *le Spleen*. On y verra combien avant 1789 on s'amusait en France. Autre preuve : toutes les histoires de la vie de Napoléon commencent par la description de la vie agréable qu'il menait à Valence (en Dauphiné) quand il était lieutenant d'artillerie dans le régiment en garnison dans cette petite ville. On y trouvait trois ou quatre maisons ouvertes tous les soirs. Rien de semblable aujourd'hui, tout est triste et guindé dans les villes de six à huit mille âmes. L'étranger y est aussi embarrassé de sa soirée qu'en Angleterre. Les hommes ont pris le goût de la chasse et de l'agriculture, et leurs pauvres moitiés ne pouvant faire des romans se consolent en en lisant.

De là l'immense consommation de romans qui a lieu en France. Il n'est guère de femme de province qui ne lise cinq ou six volumes par mois, beaucoup en lisent quinze ou vingt, aussi l'on ne trouve pas de petite ville qui n'ait deux ou trois cabinets de lecture. Là, on loue des romans à un sou par volume et par jour. Quand le roman est de quelque auteur en renom, il rapporte deux et quelquefois jusqu'à trois sous par jour au cabinet littéraire. S'il y a des gravures de Tony Johannot, le dessinateur à la mode, et qui a dans le fait un talent bien original, et si le roman a été bien *prôné* dans les journaux, le maître du cabinet littéraire coupe en deux chaque volume du roman et chaque moitié se loue trois sous par jour. Mais pour obtenir cette marque de succès, il est indispensable que le livre soit imprimé sous format in-octavo.

L'ouvrage dont nous allons rendre compte a obtenu l'honneur des trois sous, et qui plus est, d'être ainsi écartelé.

Toutes les femmes de France lisent des romans, mais toutes n'ont pas le même degré d'éducation, de là, la distinction qui s'est établie entre les romans pour les *femmes de chambre* (je demande pardon de la crudité de ce mot inventé, je crois, par les libraires) et le roman des *salons*.

Le roman pour les femmes de chambre est en général imprimé sous format in-12 et chez M. Pigoreau. C'est un libraire de Paris qui, avant la crise commerciale de 1831, avait gagné un demi-million à faire pleurer les beaux yeux de province. Car malgré cette appellation méprisante de roman *pour les femmes de chambre*, le roman de Pigoreau in-12, où le héros est toujours parfait et d'une beauté ravissante, fait *au tour* et avec de grands yeux *à fleur de tête*, est beaucoup plus lu en province que le roman in-8º imprimé chez Levavasseur ou Gosselin, et dont l'auteur cherche le mérite littéraire.

Il y a tel auteur qui a fait quatre-vingts volumes de romans imprimés à Paris, dont le nom est dans toutes les bouches, à Toulouse, Marseille, Bayonne, Agen, et que personne absolument ne connaît à Paris. Tel est par exemple M. le Baron de La Mothe-Langon, auteur du roman intitulé *Monsieur le Préfet* et de vingt autres. MM. Paul de Kock, Victor Ducange, etc., seraient aussi inconnus à Paris que M. le Baron de La Mothe-Langon, s'ils ne prenaient le parti de faire des drames et mélodrames avec leurs romans.

A Paris, à Rouen et dans quelques villes du nord de

la France, plus civilisées que le midi, le roman de *femme de chambre* ne passe jamais au salon. Rien ne semble plus fade, à Paris, que ce héros toujours parfait, que ces femmes malheureuses, innocentes et persécutées, des romans de femme de chambre.

La province lit bien quelquefois le roman de bonne compagnie, le roman in-8º imprimé chez Levavasseur, mais en général, elle ne le comprend pas tout entier. Elle le lit plutôt pour accomplir un devoir que pour se donner un plaisir.

Walter Scott et M. Manzoni ont seuls fait exception, et les ouvrages de ces grands poètes ont été lus également en Province et à Paris. Avec cette différence pourtant, que Paris s'ennuie des premiers volumes de Walter Scott, remplis de détails trop circonstanciés et trop peu animés ; ces détails au contraire font le charme de la province. Paris s'est un peu ennuyé des détails que donne M. Manzoni sur la peste de 1628 à Milan et les *Untori*, la province, au contraire, en a frémi.

Sir Walter Scott a eu environ deux cents imitateurs en France ; tous les ouvrages de ces auteurs ont été lus, quelques-uns même ont eu plusieurs éditions et sont parvenus à se faire lire à Paris ; mais après un an ou deux, ils sont tombés dans un profond oubli.

Dans les romans de *femmes de chambre*, peu importe que les événements soient absurdes, calculés à point nommé pour faire briller le héros, en un mot ce qu'on appelle par dérision *romanesques*.

Les petites bourgeoises de province ne demandent à l'auteur que des scènes extraordinaires qui les mettent toutes en larmes ; *peu importent les moyens* qui les amènent. Les dames de Paris au contraire, qui consomment les romans in-8º, sont sévères en diable pour les événements *extraordinaires*. Dès qu'un événement a l'air d'être amené à point nommé pour faire briller le héros, elles jettent le livre et l'auteur est ridicule à leurs yeux.

C'est à cause de ces deux *exigences opposées* qu'il est si difficile de faire un roman qui soit lu à la fois dans la chambre des bourgeoises de province et dans les salons de Paris.

Tel était en 1830 l'état du public français par rapport au roman. Le gènie de Walter Scott avait mis le moyen âge à la mode ; on était sûr du succès en employant deux pages à décrire la vue que l'on avait de la fenêtre de la chambre où était le héros ; deux autres pages à décrire son habillement, et encore deux pages à représenter la forme du fauteuil sur lequel il était posé. M. de S[tendhal], ennuyé de tout ce moyen âge, de l'*ogive* et de l'habillement du xve siècle, osa raconter une aventure qui eut lieu en 1830 et laisser le lecteur dans une ignorance complète sur la forme de la robe que portent Mme de Rênal et Mlle de La Mole ; ses deux héroïnes, car ce roman en a deux, contre toutes les règles suivies jusqu'ici.

L'auteur a osé bien plus, il a osé peindre le caractère de la femme de Paris qui n'aime son amant qu'autant *qu'elle se croit tous les matins sur le point de le perdre.*

Tel est l'effet produit par l'immence vanité qui est devenue à peu près la seule passion de cette ville où l'on a tant d'esprit. Ailleurs, un amant peut se faire aimer en protestant de l'ardeur de sa passion, de sa fidélité, etc., etc., et en prouvant à sa belle ces louables qualités. A Paris, plus il persuade qu'il est fixé à jamais, qu'il *adore*, plus il se ruine dans l'esprit de sa maîtresse. Voilà une chose que les Allemands ne croiront jamais, mais j'ai bien peur cependant que M. de S[tendhal] n'ait été peintre fidèle.

La vie des Allemands est *contemplative* et *imaginative*, celle des Français est toute de vanité et d'activité.

La morale, exécrable aux yeux des belles, qui résulte du livre de M. de S[tendhal] est celle-ci :

Jeunes hommes qui voulez être aimés dans une civilisation où la vanité est devenue sinon la passion, du moins le sentiment de tous les instants, chaque matin persuadez avec politesse à la femme qui la veille

était votre maîtresse adorée, que vous êtes sur le point
de la quitter.

Ce nouveau système, s'il prend jamais, va renouveler
tout le dialogue de l'amour. En général, jusqu'au moment
de la prétendue découverte de M. de S[tendhal], quand
un amant ne savait que dire à sa belle, quand il était
sur le point de s'ennuyer, il se rejetait vivement dans
la protestation des sentiments les plus vifs, dans l'*extase*, dans les transports du bonheur, etc., M. de S[ten-
dhal] arrive avec ses deux volumes amusants pour
démontrer aux pauvres amants que ces propos qu'ils
croyaient sans conséquence, *sont leur ruine*. Suivant
cet auteur, quand un amant s'ennuie auprès de sa
maîtresse, ce qui, à toute force, peut arriver quelquefois
dans ce siècle si moral, si hypocrite, et par conséquent
si ennuyeux, ce qu'il y a de mieux à faire, c'est tout
simplement de ne pas nier son ennui. C'est un accident,
c'est un malheur tout comme un autre. Ceci paraîtra
tout simple à notre Italie, le *naturel* dans les façons,
dans les discours, y étant le *beau idéal*; mais en France,
pays plus affecté, ce sera une grande innovation.

Le naturel dans les façons, dans les discours est le
beau idéal auquel M. de S[tendhal] revient dans toutes
les scènes importantes de son roman et il y en a de terribles à en juger seulement par la vignette que le libraire
Levavasseur fidèle à la mode a placée sur la couverture
enjolivée de son livre, on y voit l'héroïne, Mlle de La
Mole, qui tient entre ses bras la tête de son amant que
l'on vient de couper. Mais avant d'arriver à cet état-
là, cette tête a fait bien des folies, et ces folies étonnent
sans cesser d'être naturelles. Voilà le mérite de M. de
S[tendhal].

Dans les folies des héros de roman vulgaire, il n'y
a de bonne que la première parce qu'elle étonne. Toutes
les autres sont comme les originalités des sots dans la
vie réelle, on s'y attend, pourtant elles ne valent rien,
elles sont plates. Le genre plat est le grand écueil du

roman in-12, écrit pour les femmes de chambre. Mais
le grand bonheur des écrivains de ce genre de roman,
c'est que ce qui semble *plat* dans les salons de Paris
est *intéressant* pour la petite ville de huit mille habitants
au pied des Alpes ou des Pyrénées et encore plus pour
l'Amérique et l'étranger où vont finir des milliers de
volumes de romans français.

La France *morale* est ignorée à l'étranger, voilà pourquoi avant d'en venir au roman de M. de S[tendhal]
il a fallu dire que rien ne ressemble moins à la France
gaie, amusante, un peu libertine, qui de 1715 à 1789
fait le modèle de l'Europe, que la France grave, morale,
morose que nous ont léguée les jésuites, les congréga-
tions et le gouvernement des Bourbons de 1814 à 1830.
Comme rien n'est plus difficile en fait de romans que
de peindre d'après nature, de ne pas *copier des livres*,
personne encore avant M. de S[tendhal] ne s'était ha-
sardé à faire le portrait de ces mœurs si peu aimables,
mais qui malgré cela, vu l'esprit mouton de l'Europe,
finiront par régner de Naples à Saint-Pétersbourg.

Remarquez une difficulté dont nous ne nous doutons
pas à l'étranger. En faisant le portrait de la société
de 1829 (époque où ce roman a été écrit), l'auteur s'exposait à déplaire aux laids visages dont il traçait les
ressemblances, et ces laids visages alors tout-puissants
pouvaient fort bien le traduire devant les tribunaux
et l'envoyer pour treize mois aux *galères* de Poissy
comme MM. Magallon et Fontan.

Voici enfin l'histoire de ce roman qui est fort intéressante.

Verrières est une des plus jolies villes de la Franche-
Comté, bâtie sur le penchant d'une colline au milieu
de bouquets de grands châtaigniers. Le *Doubs*, une des
rivières les plus pittoresques de la France, coule au
midi, au bas de la colline sur le penchant de laquelle
se déploie Verrières. Du côté du nord, Verrières est
abritée par une montagne du Jura. C'est un riant assem-
blage de maisons blanches à toits rouges, de scies à

bois et de jolies filles qui fabriquent des clous. La ville est propre, car elle a été construite en grande partie depuis 1814, époque de la chute de Napoléon et de la renaissance du commerce en France, mais elle est dévote, elle est entièrement menée par le curé, prêtre vertueux, par le maire M. de Rênal, nommé par la congrégation de 1815, et par le vicaire Maslon, envoyé en 1824 pour surveiller le curé et le maire que la congrégation devenue toute-puissante ne trouve pas assez aveuglément dévoués à ses intérêts.

Verrières, dans ce livre, est un lieu imaginaire que l'auteur a choisi comme le type des villes de province.

Le maire, M. de Rênal, est un homme de haute taille. Il a de grands traits qui n'expriment rien que l'amour de l'argent. Il a 48 à 50 ans, il est chevalier de plusieurs ordres, très entiché de sa noblesse, il a épousé une femme fort riche. Il passe dans la grande rue de Verrières, l'auteur nous montre les paysans qui le saluent avec respect.

Rien de plus naturel, depuis huit ou dix ans, M. de Rênal peut tout à Verrières.

Après le curé fort honnête homme, et le maire, il y a encore un autre homme à voir, c'est M. Valenod, directeur du dépôt de mendicité. Cette place lui vaut 10 ou 12 000 francs et il ne la conserve qu'en se montrant l'âme damnée de la congrégation, dont il est le favori. Dans les hauts desseins de cette secte toute-puissante, quelques royalistes que soient M. de Rênal le maire et M. Chélan le curé, ils doivent à la première occasion être remplacés par M. Valenod qui ne rougit de rien et par M. le vicaire Maslon, tête tout à fait fanatisée.

Au moment où commence notre roman, M. Valenod protégé pendant longtemps par M. de Rênal commence a exciter la jalousie du maire.

Je vous prie de ne pas perdre de vue un instant ces deux personnages : M. de Rênal et M. Valenod. Ces deux hommes sont les portraits de la moitié des gens aisés en France vers l'an 1825. M. de Rênal est l'homme ministériel, l'homme important des petites villes. M. Valenod est le jésuite de robe courte, tel qu'il était en province, hardi, remuant, fourbe, ne se trouvant humilié de rien, se prêtant à tous les rôles pour plaire à son Général. En revanche ce Général se charge de son avenir ; nous verrons dans le cours de cette histoire, M. Valenod devenir successivement baron, membre de la chambre des députés, en un mot faire une grande fortune, lui, petit bourgeois d'une petite ville auquel son père a laissé un seul habit vert et 600 livres de rente. Au commencement de la présente histoire, la congrégation a déjà fait de M. Valenod un directeur du dépôt de mendicité de Verrières, il a déjà une calèche, des chevaux, il donne des dîners aux gens bien pensants et les ambitieux de Verrières qui veulent faire fortune préfèrent ses dîners à ceux du très noble M. de Rênal, lequel a beaucoup d'humeur.

Dernièrement M. Valenod a acheté deux beaux chevaux normands et sa calèche, récemment arrivée de Paris, éclipse le carrosse de M. de Rênal. Pour ressaisir sa supériorité de position, M. de Rênal imagine de donner un précepteur à ses trois jeunes enfants. Il choisit pour cet emploi le fils d'un charpentier de la petite ville, nommé Julien Sorel. Julien est le héros du drame, j'ai besoin de dire qui il est.

Julien est un petit jeune homme faible et joli, aux yeux noirs, aux impressions passionnées. Comme il est inférieur à ses frères et à son père dans l'art de manier la hache (le père Sorel a une *scie à bois*), il en est méprisé ; Julien est battu par ses frères et par son père, il les hait. Il sait lire, avantage que personne ne partage dans sa famille. Un oncle en mourant lui a laissé les *Confessions* de J.-J. Rousseau et le *Mémorial de Sainte-Hélène*, Julien dévore ces ouvrages qui développent son âme. Comme dans sa famille il est l'objet, le but constant des coups de poing et des plaisanteries, cette âme profondément sensible et sans cesse outragée, devient méfiante, colère, envieuse même pour tous les bonheurs dont elle se voit barbarement privée, fière surtout, plus fière que M. de Rênal avec sa belle maison, ses richesses, son carrosse, sa noblesse et toutes les croix qui pendent à sa boutonnière.

Le vieux et honnête curé Chélan a enseigné le latin par charité à ce pauvre petit Julien qu'il voit trop faible pour suivre l'état de charpentier. M. Chélan, qui lui trouve de l'élan, une profonde sensibilité et la passion de la lecture, a le projet de l'envoyer au séminaire et d'en faire un prêtre. M. Chélan dit à M. de Rênal : Ce jeune homme sait parfaitement le latin. Sur cette recommandation, M. le maire de Verrières se met en négociation avec le père de Julien pour que celui-ci vienne chez lui. Après avoir marchandé longtemps et avoir saisi l'occasion de représenter les habitudes de la province en France dès qu'il s'agit d'argent, M. de S[tendhal] vous montre Julien installé dans la belle maison de M. de Rênal, il est le précepteur de ses trois jeunes fils.

Julien ne sait rien sur les hommes et sur le monde que ce qu'il a appris en lisant en cachette et à l'insu du curé Chélan, les *Confessions* de Rousseau. La position de Rousseau dans sa jeunesse a plus d'un rapport avec la sienne, de là l'immense influence de ce livre sur son caractère. Mais Julien se garde bien de parler de Rousseau et du *Mémorial de Sainte-Hélène*. Comme le curé Chélan et le maire de Rênal sont royalistes ardents, Julien ne nomme jamais Napoléon sans accoler une épithète injurieuse à ce nom qu'il adore en secret.

Aux yeux du monde, Julien sait, pour toute science, l'ancien testament en latin, il l'a appris par cœur et le récite, à tout venant, en commençant si l'on veut, par le dernier verset et finissant par le premier.

Ce genre de mérite est facile à apprécier, on ne peut le nier. La mémoire est comme le courage militaire, elle n'admet pas d'hypocrisie. Aussi, dès le premier moment Julien réussit chez M. de Rênal. M. de Rênal l'admire, les amis et les domestiques de la maison l'ad-

mirent. Quel bonheur pour la vanité du maire de Verrières, toute la petite ville ne parle que du bonheur
qu'il a eu de déterrer un tel précepteur pour ses enfants.
Pour comble de jouissance, M. Valenod lui envie ce
jeune précepteur et fait tout au monde pour le lui
enlever.

Au milieu de cette grandeur sordide, de cette richesse
si laide, d'un enrichi de petite ville, le caractère du jeune
Julien qui, obscurément au fond de son cœur si jeune
encore, sent profondément toute la *laideur* du luxe de
M. le maire, est peint avec une vérité naïve et pleine de
grâce. L'auteur ne traite nullement Julien comme
un héros de roman de *femmes de chambre*, il montre
tous ses défauts, tous les mauvais mouvements de son
âme, d'abord bien égoïste parce qu'il est *bien faible*
et que la première loi de tous les êtres depuis l'insecte
jusqu'au héros, *est de se conserver.* Julien est bien le
petit paysan humilié, isolé, ignorant, curieux, plein de
fierté, car son âme est généreuse et il s'étonne de mépriser les bassesses du riche M. de Rênal qui ferait tout
pour de l'argent. Julien se voit environné d'ennemis.
On maudit chaque jour, devant lui, ce Napoléon qu'il
adore, parce qu'il faisait un capitaine et bientôt un
général d'un jeune paysan qui avait du courage. Julien
est obligé pour jouer son rôle de jeune prêtre dévot, de
maudire hautement Napoléon. L'âme de Julien est dans
une situation violente, il n'aime personne et chaque
jour il est étonné de devoir mépriser davantage
M. de Rênal, M. Valenod, tous les notables bons royalistes de la petite ville qui viennent manger le chapon
gras chez M. le maire.

Jusqu'ici nous avons parlé de personnages peints avec
vérité, mais peu aimables. Cette nouvelle vie de province
si ennuyeuse, si pleine de soupçons qui a envahi la
France depuis 1800 a produit un caractère de femme
charmant, et qui était impossible au milieu des mœurs
gaies qui ont régné de 1715 à 1790. Je n'ai pas encore
parlé de Mme de Rênal. Mme de Rênal est une char-

mante femme comme il y en a beaucoup en Province.

Grâce à la solitude, à l'isolement où l'on vit en Province par peur d'être dénoncé par le voisin, même quand on est maire, même quand on est employé par la soupçonneuse congrégation, Mme de Rênal est une de ces femmes, qui ne savent pas si elles sont belles, qui l'ignorent, qui regardent leur mari comme le premier homme du monde, tremblantes devant ce mari et croyant l'aimer de tout leur cœur, douces, modestes, tout entières à leur ménage, chastes et retirées, aimant Dieu et priant. Sans compter que leur négligé est élégant, qu'elles sont le plus souvent en robes blanches, qu'elles aiment les fleurs, les bois, l'eau qui coule, l'oiseau qui chante, la poule qui court entourée de ses poussins, femmes charmantes, sans faste, sans tristesse, sans gaîté, et qui meurent souvent sans avoir connu l'amour.

Telle était Mme de Rênal, cette femme impossible dans les mœurs égrillardes qui envahirent la France à la mort du superbe Louis XIV en 1715 et qui ont régné jusqu'à la mort funeste de son arrière-petit-fils Louis XVI en 1793.

L'âme noble de Mme de Rênal était choquée de la grossièreté des sentiments de M. de Rênal, mais elle ne s'avouait pas précisément son mépris intérieur pour ces âmes aux yeux desquelles l'argent est tout. Les amis que M. de Rênal réunissait à sa table, n'estimaient comme lui que l'argent, les bonnes places bien rétribuées par le gouvernement, les croix, qui permettent de tendre le jarret et de porter la tête haute en passant devant le voisin qui n'a pas de rubans. Mme de Rênal croyait que tous les hommes étaient comme son mari, lorsque au bout de six mois elle commence à voir que ce petit abbé à figure pâle, assis au bas bout de la table, à côté des enfants, n'adore pas l'argent avant tout. Et cependant il est si pauvre! Peu à peu, elle le compare à M. Valenod, à son mari. Julien, pauvre précepteur à 400 francs de gages, tient moins à gagner de l'argent que M. de Rênal qui a 30 000 livres de rente. Peu à peu, l'âme simple de Mme de Rênal sympathise avec l'âme généreuse, fière, orgueilleuse de Julien. Elle se plaît à travailler assise à côté de lui, Mme de Rênal croit qu'elle agit ainsi par amour pour ses enfants. Quoiqu'elle ait près de trente ans, elle ne sait pas ce que c'est que l'amour. Elle ne l'a jamais éprouvé. Elle lit peu de romans, car les romans modernes sont libéraux et elle est ultra.ʻ M. Valenod à l'âme plus grossière encore que son mari a bien voulu lui faire la cour, mais il lui a fait horreur.

L'âme de Julien sans cesse heurtée, par ce qu'il entend dire dans cette maison royaliste est irritée, et colère. Il n'aime point Mme de Rênal.

Un soir d'été on passait la soirée, sous un grand marronnier dans le jardin, tout près de la maison. Mme de Rênal touche par hasard la main de Julien et retire la sienne aussitôt. L'âme irritée et colère, Julien voit presque dans ce mouvement une marque de mépris. Il faut que je prenne cette main, se dit-il. Je dois obtenir qu'on me la laisse. Cela dit, Julien tremble, car enfin il n'a que dix-neuf ans, car enfin jamais encore il n'a serré la main d'une femme jeune. Cependant Julien a l'âme forte, le sentiment du *devoir* est tout-puissant sur lui. Il a puisé cette religion dans le *Mémorial de Sainte-Hélène*. Il se dit : « Si à minuit, je n'ai pas pu prendre sur moi de prendre la main de cette jeune femme qui est là à côté de moi, il est clair que je ne suis qu'un lâche, je monte à ma chambre et je me brûle la cervelle. »

Minuit sonne. Par un dernier effort de courage et non d'amour, remarquez bien ceci, Julien s'empare de cette main blanche et potelée, de cette main qu'on ne lui retire qu'avec une peine extrême et qu'enfin on lui laisse.

Pendant la nuit qui suit cette grande aventure Mme de Rênal découvre qu'elle a de l'amour pour Julien, elle se fait horreur à elle-même. Le lendemain elle traite mal Julien en le trouvant au salon. Julien se dit : elle me méprise parce que je suis le fils d'un charpentier. Mon *devoir* est de forcer cette grande dame à m'aimer. L'orgueil de Julien, sa fierté justement blessée l'empêchent d'abord de prendre de l'amour. S'il en eût pris, la timidité, compagne inséparable d'une première passion, l'eût empêché à jamais de triompher de la vertu très sincère et très réelle de Mme de Rênal. Comme au contraire il n'a encore point d'amour, il se dit au bout d'un mois ou deux, il faut que cette nuit à deux heures, je me présente dans la chambre de Mme de Rênal. Il le lui dit ; malgré son amour qu'elle s'avoue maintenant et qui fait son tourment, la pauvre Mme de Rênal a horreur de cette idée.

Julien seulement a peur. Cependant lorsque deux heures sonnent, il monte à la chambre de Mme de Rênal. Là le courage d'un côté, et de l'autre l'amour amènent un résultat qui eût été impossible si Julien eût été réellement amoureux. Mais Mme de Rênal est si jolie que bientôt Julien en est tout à fait épris. Cette pauvre femme très dévote a des remords affreux. Un de ses fils tombe malade, elle croit que c'est Dieu qui punit son *adultère,* car elle ne cherche point à se voiler sa faute. Une fois elle va même jusqu'à exiler Julien de la maison, mais au bout de trois jours elle n'y peut plus tenir, elle le rappelle.

Cependant toute la petite ville de Verrières est scandalisée. M. Valenod écrit une lettre anonyme à M. de Rênal. Jalousie de ce mari. La passion donne de l'esprit à Mme de Rênal, cette femme si simple trouve le moyen de neutraliser l'effet produit par la lettre anonyme. Julien l'admire, sa passion redouble. Enfin un ami officieux vient avertir M. de Rênal des propos de sa petite ville. Julien est envoyé au séminaire de Besançon.

La partie remarquable de ce roman comme peinture de mœurs, c'est le séjour de Julien au Séminaire. Le directeur, M. l'abbé Pirard, est un parfait honnête homme, mais il est Janséniste. M. de Frilair, grand vicaire de Besançon et chef de la congrégation, finit par forcer l'abbé Pirard à donner sa démission.

M. Pirard se réfugie à Paris auprès de M. le marquis de La Mole, pair de France et cordon bleu. C'est un homme d'esprit aimant les plaisirs, grand seigneur de l'ancien régime. La révolution qui ne date que de 1794 (fin de la terreur) n'a pas encore eu le temps de créer son caractère de grand seigneur. Cet homme aimable, M. de La Mole, a besoin d'un secrétaire qui ne se laisse pas *graisser la patte* par la police. L'abbé Pirard lui propose Julien. On le fait venir à Paris. Le voilà installé dans l'hôtel de M. le marquis de La Mole. D'abord tout le monde se moque de sa gaucherie. M. de La Mole et son fils Norbert le protègent.

Au bout d'une année Julien est devenu moins gauche dans le salon. M. de La Mole est paresseux ; Julien est son *factotum*. Julien va quelquefois parler dans le salon, il trouve le moyen, car il est plein d'orgueil ou du moins ne veut pas être méprisé, il trouve le moyen de briller quelquefois dans ce salon doré rempli de Ducs et Pairs et d'espions. Ici encore on rencontre une peinture bien vraie de salons du faubourg Saint-Germain. Les grands seigneurs, paresseux avant tout, et regardant le travail comme *le pire des maux*, et d'un autre côté ayant peur des Jacobins et du retour de la République de 93, s'entourent de libéraux renégats et devenus espions. Ainsi ce qu'il y a de plus noble et de plus riche serre la main à ce qu'il y a de plus infâme et de plus pauvre. Voilà qui eût été impossible avant 1789. Ici M. de S[tendhal[rentre dans la peinture de son époque.

Au milieu de ce salon si étrangement composé, brille Mlle de La Mole, jeune parisienne de dix-neuf ans, fille du marquis. Elle est destinée au marquis de Croisenois, jeune chef d'escadron de la garde royale de Charles X, qui a soixante mille francs de rente et sera Duc un jour. M. de Croisenois est parfaitement poli, il trouve sur tous les sujets et toujours une chose aimable à dire à la personne avec laquelle il cause. En un mot, il est parfait suivant les idées du faubourg Saint-Germain, mais

Mlle de La Mole le trouve insipide. « Quand je serai sa femme, se dit-elle, il m'ennuiera. »

Cinq ou six jeunes gens du noble faubourg papillotent autour d'elle. Tous ont des manières charmantes, mais chez tous il y a disette d'idées et encore plus de sentiments. Ces jeunes gens parfaitement généreux se croiraient perdus s'ils n'étaient pas tous la *copie exacte* les uns des autres.

Les plébéiens ont plus d'idées et moins d'élégance dans les manières. Julien avec son simple habit noir scandalise un peu ces brillants jeunes hommes qui paraissent quelquefois dans le salon au retour des Tuileries couverts des plus brillants uniformes. Malgré tant d'avantages ils ennuient Mlle de La Mole à laquelle Julien ne parle jamais.

En vraie parisienne, elle l'agace. La retenue du secrétaire favori de son père lui semble presque du mépris. Elle ne voit pas que ce n'est que de l'orgueil, que de la *peur d'être méprisé*. La vanité excessive de Mlle de La Mole s'attache à troubler la tranquillité du cœur de Julien.

L'orgueil de Julien se conduit si bien que Mlle de La Mole se pique tout de bon et ici il faut lire les détails dans le livre même, il faut y chercher des nuances imperceptibles, en apparence, mais décisives pour la vanité d'une jeune fille de Paris.

Enfin, Mlle de La Mole qui aura une dot d'un million et ce qui vaut mieux : la faveur de la Cour pour son mari, Mlle de La Mole, cette jeune personne si éclatante, si répandue, faite pour des princes, mille fois plus instruite du monde que Mme de Rênal, mariée, le croiriez-vous ? La fière Mlle de La Mole va aimer le secrétaire, le domestique de son père !

Pourquoi ? C'est que par hasard, à force d'orgueil, Julien a eu la conduite qu'il fallait pour piquer la vanité de Mlle de La Mole. Deux ou trois fois, sérieusement et non par jeu, il a été sur le point de la *planter là*. Voilà tout le secret de l'amour dans les Parisiennes d'aujourd'hui.

Par sa froideur, Julien amène Mlle de La Mole à lui déclarer son amour par une lettre.

Mlle de La Mole est séduite parce qu'elle se figure que Julien est un homme de génie, un nouveau Danton. Le faubourg Saint-Germain en 1829 avait une peur effroyable d'une révolution qu'il se figurait devoir être sanglante comme celle de 1793. Il ne savait pas, le noble faubourg, qu'une révolution n'est sanglante qu'en *proportion exacte* de l'atrocité des abus qu'elle est appelée à déraciner.

Or les abus de 1829 n'étaient pas atroces. Le nombre des généraux fusillés par les Bourbons à la suite de Ney, de Mouton-Duvernet, de Labédoyère, des frères Faucher, ne s'élève pas à cent cinquante.

Quoi qu'il en soit Mlle de La Mole a peur comme toute sa classe et chose étrange, elle estime Julien parce qu'elle se figure qu'il sera un nouveau Danton. Voilà encore une des circonstances de notre roman qui eût été impossible avant 1789. Un jeune plébéien ne pouvait séduire une grande dame que par... le tempérament.

Revenons à la lettre de Mlle de La Mole. Quand Julien la reçoit, il se figure que c'est un piège. Il prend ses sûretés : « On me tuera peut-être à ce rendez-vous qu'on m'offre, » se dit-il, car Mlle de La Mole dans son égarement est allée jusque-là. « Si l'on me tue, continue Julien, il est trop clair qu'on m'enlèvera l'original de cette lettre. Je passerai pour un monstre et pour un sot qui de nuit a voulu pénétrer dans l'appartement de Mlle de La Mole. Doucement, messieurs les grands seigneurs ! »

Julien envoie la lettre de Mlle de La Mole à un de ses amis de Verrières, avec l'ordre de la publier, s'il entend dire que lui, Julien, est mort assassiné. Julien a des remords à séduire ainsi la fille de son bienfaiteur ! Mais il a vu ce bienfaiteur revenant des Tuileries avec le secret de l'État jouer à la *rente à coup sûr*, ce qui à Julien semble une friponnerie.

Il s'autorise mal à propos de cette faute pour en

commettre une plus grande. Ébloui par la gloire de braver les poignards des jeunes gentilshommes qui font la cour à Mlle de La Mole et qu'il croit trouver réunis pour le berner ou pour le tuer dans la chambre de Mlle de La Mole, où elle lui a donné rendez-vous, il descend au jardin, il prend une échelle, il l'applique contre la muraille de l'hôtel et le voilà qui entre par la fenêtre chez cette noble et belle demoiselle.

Le lendemain de cette nuit, Mlle de La Mole a honte de l'homme auquel elle s'est livrée. Julien est au désespoir, il est vraiment amoureux. En province, la perspective de ce Paris, auquel il songeait sans cesse, l'empêchait d'apprécier la bonne et simple Mme de Rênal. Mlle de La Mole est forte contre lui de toutes les rêveries que pendant dix ans Julien a consacrées à se figurer les aventures et les charmes de Paris.

Le marquis de La Mole envoie Julien porter une lettre à un ambassadeur à Mayence. Julien, fou d'amour, est au désespoir. Il trouve un fat de ses amis, qui non seulement lui donne le conseil banal de faire la cour à une femme de la société de celle qui le méprise, mais encore, ce qui vaut mieux, lui donne le *courage* de suivre ce conseil. La paresse du fat a fait provision de lettres adressées à des femmes par des hommes qui voulaient les séduire. Le fat donne une série de ces lettres à Julien : « Copiez-les, lui dit-il, adressez-les à la femme que vous aurez choisie dans la société de la femme qui vous méprise et ne vous découragez que quand vous aurez envoyé la copie de la dernière de ces lettres. »

Julien joue la froideur avec une telle force de caractère que Mlle de La Mole est piquée d'avoir laissé si peu de désespoir chez un homme dont un jour elle a daigné faire son amant. D'ailleurs elle a beaucoup de vanité, mais elle n'est pas corrompue, elle est jeune et n'a pas de... tempérament — *in francese io metterai una allusion, onestate la cosa* — Julien était son premier amour. Elle se met à le réaimer.

Julien a le bonheur de pouvoir jouer la froideur. Ceci prouve qu'il avait réellement un grand caractère. Cette épreuve est sans doute une des plus difficiles auxquelles le cœur humain puisse être soumis. Cet héroïsme est couronné du plus grand succès. Au bout de deux mois de froideur et de mépris joué, Mlle de La Mole donne un second rendez-vous à Julien. Mais Julien lui dit : « C'est la vanité qui est piquée et me rappelle, ce n'est pas là de l'amour. » Mlle de La Mole coupe pour Julien tout un côté de ses beaux cheveux blonds, elle les lui jette dans le jardin. *Asinus fricat se ipsum.*

Cette peinture de l'amour parisien est absolument neuve. Il nous semble qu'on ne la trouve dans aucun livre. Elle fait un beau contraste avec l'amour vrai, simple, *ne se regardant pas soi-même* de Mme de Rênal. C'est *l'amour de tête* comparé à l'amour du cœur. Du reste ce contraste piquant en France perd beaucoup de son mérite aux yeux des gens qui, comme nous, vivent à trois cents lieues de ces nuances si difficiles à peindre.

Cet article est déjà si long que nous nous dispensons de suivre les divers incidents des amours de Julien et de Mlle de La Mole. Le lecteur qui connaît le grand monde se les figurera facilement, c'est l'amour de tête.

Les progrès de l'esprit font que nous nous figurons les plus grands événements, les plus grandes actions sans pour cela avoir besoin de génie. Par exemple, M. de Polignac, qui n'est ni un Machiavel ni un Mazarin, se réveille un beau jour avec cette idée : *renverser la charte*, et il se jette hardiment dans cette action sans avoir réuni des troupes, sans avoir acheté des juges, etc., sans avoir fait aucune des choses nécessaires au succès et auxquelles le cardinal Mazarin n'aurait pas manqué.

Tel est *l'amour de tête* tel qu'il existe à Paris chez quelques jeunes femmes. Que peut faire de plus décisif une jeune fille ? Hé bien, cette jeune fille de Paris se fera enlever sans amour, uniquement pour se donner le plaisir de croire avoir une grande passion.

Les amours de Julien dont nous n'avons pas la place de donner l'histoire au lecteur, vont finir par un mariage avec une fille qui le fera grand seigneur. Nous allons revoir Mme de Rênal.

M. le marquis de La Mole qui sait que son favori Julien a été précepteur des enfants de Mme de Rênal a l'idée fort simple de demander à cette dame des renseignements sur son compte. Or, Mme de Rênal éloignée de son amant n'en a pas pris un autre comme c'est l'usage. Elle a l'âme vraiment tendre, la pauvre femme. Elle essaye d'aimer Dieu ; elle est repentante de ses amours terrestres. Mme de Rênal repentante est dirigée par le jeune jésuite de Verrières. Le jésuite croit être sûr de sa fortune et plaire à M. de La Mole s'il parvient à détacher sa noble fille de son fol amour pour le fils d'un charpentier. Il dicte à sa pénitente Mme de Rênal une lettre où Julien est peint comme un jeune homme qui n'a d'autre passion que celle de l'argent et qui cherche à faire sa fortune par les femmes. M. de La Mole indigné remet cette lettre à sa fille Mathilde. Mathilde la montre à Julien. Julien est furieux, il part, arrive à Verrières pendant la messe, entre, il voit Mme de Rênal et lui tire deux coups de pistolet à bout portant.

Julien est en prison, Mme de Rênal guérit de sa blessure, espère faire obtenir la grâce à l'homme qu'elle aime toujours, en le voyant dans sa prison et se réconciliant publiquement avec lui. La description de ces moments qui précèdent la mort de Julien est *Asinus asinum fricat*.

Une chose étonnera le lecteur. Ce roman n'en est pas un. Tout ce qu'il raconte est réellement arrivé en 1826 dans les environs de Rennes. C'est dans cette ville que le héros a péri après avoir tiré deux coups de pistolet à sa première maîtresse, des enfants de laquelle il avait été précepteur, et qui par une lettre l'a empêché d'épouser sa seconde maîtresse, fille fort riche, M. de S[tendhal] n'a rien inventé.

Son livre est vif, coloré, plein d'intérêt et d'émotion.

L'auteur a su peindre avec simplicité l'amour tendre et naïf.

Il a osé peindre l'amour de Paris. Personne ne l'avait tenté avant lui. Personne non plus n'avait peint avec quelques soins les mœurs données aux Français par les divers gouvernements qui ont pesé sur eux pendant le premier tiers du xixᵉ siècle. Un jour, ce roman peindra les temps antiques comme ceux de Walter Scott.

D. GRUFFOT PAPERA.

Questa non è altro che la rozza materia che vi da il Procuratore. Adesso che conoscete i fatti della lite, toca alla vostra eloquenza gentile di arringare i legitori dell' A[ntologia] e persuaderli che quest'opera è la più bella del mondo, e vola a prender posto nelle biblioteche accanto all'immortale Tom Jones. L'essentiale è che la chiacchera sia lunga. Soltanto modificate particolarmente certi passi arditelli anzicheno [1].

NOTES

AVERTISSEMENT

Page 19.

1. Sur cette date, voir la postface.

LIVRE PREMIER

Page 27.

1. Stendhal se méfie de l'Amérique. Cf. *Mémoires d'un touriste* : « L'habitude des élections va nous obliger à faire la cour à la dernière classe du peuple, comme en Amérique. »

Page 28.

1. Parmi les modèles qui ont servi à Stendhal pour créer M. Valenod, on retiendra Michel Faure (cf. p. 583) et le romancier Victor Michel, capitaine de la garde impériale que Stendhal avait beaucoup vu, lors de son séjour à Vienne en 1809.

Page 29.

1. Cf. *Vie de Henry Brulard* : « L'aimable abbé Chélan, curé de Risset près Claix, petit homme maigre, tout nerfs, tout feu, pétillant d'esprit. »

Page 30.

1. M. Appert était rédacteur du *Journal des prisons* et membre de la Société des prisons.

Page 32.

1. A tous les degrés de la hiérarchie sociale, et qu'il s'agisse de personnages importants ou secondaires dans le roman, l'argent est un facteur déterminant.

Page 33.

1. L'exemplaire Bucci contient plusieurs corrections dont Stendhal lui-même nous donne la clef : « Allonger ainsi par des mots. Le style sera moins abrupt et plus facile à comprendre. L'imagination doit être guidée par ces mots à ajouter. » (On désigne par « exemplaire Bucci », un exemplaire du *Rouge et le Noir* qui se trouvait à Civitavecchia, dans la bibliothèque de M. Clodoveo Bucci, descendant de l'ami de Stendhal ; cet exemplaire est criblé d'annotations de la main de Stendhal.)

2. La correction de l'exemplaire Bucci va bien dans le sens indiqué par l'article donné par Stendhal à *Antologia* : insister sur les déterminismes économiques. Voici l'addition de l'exemplaire Bucci : « Sa femme qui avait une tante fort riche... » ou : « sa femme qui attendait un grand héritage... »

Page 37.

1. On voit que Verrières, dans la géographie stendhalienne, se situe en réalité en Dauphiné où les paysans étaient particulièrement méfiants et sombres.

Page 43.

1. En quoi Julien est bien de sa génération, passionnée de Rousseau et fascinée par Napoléon.

Page 45.

1. Henri Beyle a été sous-lieutenant au 6e dragons, en Italie (1800-1802).

Page 48.

1. Ce passage constitue l'un des très exceptionnels retours en arrière, dans ce roman particulièrement dénué d'effets de *flash-back*.

Page 57.

1. Ce passage n'est pas sans analogie avec celui des *Confessions* où Rousseau, chez les Gouvon, ébahit l'assemblée par son explication de la devise « Tel fiert qui ne tue pas ». Il s'agit d'une de ces revanches de l'esprit de la part d'un être socialement humilié et qui entend l'emporter, avec d'autant plus de brio qu'il veut assurer son prestige auprès d'une femme aimée.

Page 65.

1. On a vu ici, non sans raison, un souvenir du libraire dauphinois Falcon. Cf. *Vie de Henry Brulard* : « C'était un chaud

patriote profondément méprisé par mon grand-père et parfaitement haï par Séraphie et mon père. Je me mis par conséquent à l'aimer. C'est peut-être le Grenoblois que j'ai le plus
estimé. »

Page 71.

1. On pourrait rattacher ce texte à l'étude du masochisme
de Julien que nous avons tentée dans la postface.

Page 74.

1. Une adaptation de *La Châtelaine de Vergy* (roman du
XIIIe siècle) venait de paraître (1829). Stendhal connaissait
aussi son histoire par Marguerite de Navarre, Bandello,
la tragédie de Du Belloy et l'opéra de Carafa.

Page 78.

1. Le baron de Strombeck était un ami de Stendhal.

Page 90.

1. Cette réflexion sur l'oiseau de proie et son isolement
est bien romantique. Obermann l'avait faite aussi, mais
sans en tirer les conclusions qu'impose à Julien son ambition.

Page 91.

1. Ces références assez nombreuses à *Don Juan* soulignent
bien l'importance de la volonté de puissance dans le personnage de Julien Sorel — et son don de séduction. Mais il lui
manque l'aisance du grand seigneur méchant homme

Page 100.

1. Note de Stendhal, sur l'exemplaire Bucci : « Trivial ».

Page 103.

1. On s'est efforcé, en vain jusqu'ici, de retrouver cette
formule — devenue célèbre — chez Saint-Réal.

Page 107.

1. Exemplaire Bucci : « Dans quel style néologique et admiré
G. Sand eût traduit tout ceci ! Le roman est-il une composition essentiellement éphémère ? Si vous voulez plaire infiniment aujourd'hui, il faut vous résoudre à être ridicule dans
vingt ans. Depuis que la démocratie a peuplé les théâtres
de gens grossiers, incapables de comprendre les choses fines,
je regarde le roman comme la comédie au XIXe siècle. 1834. »
2. Exemplaire Bucci : « Cette femme, que les bourgeois
du pays disaient si hautaine, songeait rarement au rang et
la moindre certitude l'emportait de beaucoup dans son

esprit sur la promesse de caractère faite par le rang d'un homme. Un charretier qui eût montré de la bravoure eût été plus brave dans son esprit qu'un terrible capitaine de hussards garni de sa moustache et de sa pipe. Elle croyait l'âme de Julien plus noble que celle de tous ses cousins, tous gentilshommes de race et plusieurs d'entre eux titrés. »

Page 109.

1. Stendhal rencontra lord Byron et son secrétaire Polidori à Milan, en octobre 1816.

Page 111.

1. Stendhal cite ce vers de Rotrou (*Venceslas*, II, 2) dans ses *Promenades dans Rome*. (Cf Stendhal, *Œuvres*, *l'Intégrale*, éd. S. de Sacy, t. I. p. 130).

Page 118.

Mêmes inquiétudes, mêmes sentiments, plus tard chez Mathilde de La Mole.

Page 121.

1. Exemplaire Bucci : « sous un berceau de jasmin où les derniers rayons du soleil rongés par les nuages de... allaient le chercher, il rêvait profondément... » Ce projet de correction est bien caractéristique : dans son désir de faire perdre à son style sa « sécheresse », Stendhal le détruit.

Page 123.

1. Exemplaire Bucci : « Pas assez développé. Qu'est-ce que cette bataille ? diront les gens sans esprit. Févr[ier] 1835. »

Page 127.

1. En quelques phrases, Stendhal parvient admirablement à donner le sentiment de ce bruit, de ce remue-ménage d'une petite ville de province. Cf. *Histoire de la peinture en Italie* : « On n'a qu'à voir les mouvements d'une petite ville de France lorsqu'un prince de sang doit y passer, l'anxiété avec laquelle intrigue un malheureux jeune homme pour être de la garde d'honneur à cheval. »

Page 131.

1. On verra aussi dans la seconde partie (deuxième promenade avec le frère de Mathilde) comment le fait de se tenir à cheval est lié, dans la thématique de Julien, à une ascension sociale, à un triomphe de l'orgueil. Tout un jeu d'échos et de correspondances existe entre la première et la seconde partie.

Page 154.

1. Les héros stendhaliens ont de ces joies d'enfant qui sont bien charmantes : ainsi Hélène et son amant lorsqu'ils parlent par signes (*L'Abbesse de Castro*).

Page 156.

1. Allusion à deux Grenoblois : Falcon et Ducros, respectivement libraire et bibliothécaire.

Page 159.

1. Comme l'a fait remarquer M. Dumolard (*Pages stendhaliennes*) il existait à Grenoble un cercle ultra-royaliste de ce nom.

Page 166.

1. Allusion à un épisode de la conspiration Didier, conspiration bonapartiste et libérale qui se forma à Grenoble en 1816.

2. Longue annotation de l'exemplaire Bucci où Stendhal reprend ces méditations sur la comédie et le roman de nos jours : « Relisant par hasard et faute d'autre livre le 25 février 1835.
— Voici une scène de comédie (bonne ou mauvaise). — La grandeur de l'attention (l'attention peut arriver jusqu'à absorber toutes les facultés de l'homme), la grandeur de l'attention s'augmente par le spectacle de l'attention des voisins. Dans la lecture solitaire, l'attention est facilement complète, mais elle est moins intense. — Cette scène produirait donc un plaisir (si plaisir il y a dans [cette] lecture malévole) plus intense, si elle était récitée par Mlle Mars et Frédérick Lemaître, mais :
1º La révolution de 1789 à 1835, en donnant l'idée d'aller au spectacle et l'argent pour payer à la porte à un grand nombre de Français incapables de sentir les choses fines, a créé le genre grossier et exagéré de M. V. Hugo, Alex. Dumas etc.
L'auteur comique est comme le citoyen de New York, il doit compter les suffrages et non les peser. — La majorité qui juge les pièces a donc changé, et changé en mal par la Révolution qui a donné le bon sens à la France.
C'est peut-être le seul mauvais effet produit par la Révolution. La société de Mme de Sévigné approuvait les sottises que La Bruyère dit sur la religion et le gouvernement, mais quel juge admirable pour une scène dans le genre de celle de Mme de Rênal avec son mari.
La société de Mme du Deffand était plus étiolée que celle de Mme de Sévigné, moins accoutumée aux grandes choses,

plus esclave de la mode. Mais enfin, quel juge, si on la compare à la grossièreté actuelle, aux spectateurs qui donnent 200 000 francs à M...

Donc la comédie impossible depuis la Révolution, car il y a contradiction dans les conditions ; il faut plaire à la fois :

1º Aux artistes qui ont l'intelligence des *scènes fines*, telles que les peint M. de Custine dans le *Monde tel qu'il est* (que je n'ai pas lu).

2º Aux bourgeois qui font les succès de MM. V. Hugo, Ancelot et Alex. Dumas.

Une jeune femme ne peut être à la fois blonde et brune, il faut choisir. Ainsi deux obstacles :

1º Impossibilité de la comédie ;

2º Tout personnel : fierté ou plutôt impatience de l'impertinence chez Stendhal. Jamais il ne pourrait faire la 4ᵉ visite à un comédien. »

3. C'est encore une fois cette toute-puissance de l'argent qui se trouve dénoncée ici.

Page 167.

1. Stendhal évite la description pure et simple : la chambre en désordre apparaît d'abord au lecteur telle que la voit Mᵐᵉ de Rênal.

Page 169.

1. Le père Malagrida est un jésuite portugais (1689-1761), qui fut brûlé à Lisbonne par l'Inquisition.

Page 177.

1. Gros était un géomètre grenoblois qui donna des leçons à Henri Beyle.

Page 182.

1. C'était une œuvre pour les ouvriers, extrêmement paternaliste et réactionnaire. Aussi était-elle combattue par les libéraux.

2. Conteur italien qu'appréciait Stendhal.

Page 186.

1. Martineau a bien décelé ici une allusion à M. de Mérindol, que les libéraux appelaient du sobriquet « Nonante-cinq » à la suite d'un procès où il avait employé ce mot.

2. Ce personnage est relativement important et on le rencontrera plus loin dans le roman. H. Martineau suppose

que dans l'alchimie de sa création, Stendhal aurait désigné ainsi le chanteur Lablache qui devait jouer Don Geronimo du *Matrimonio segreto* de Cimarosa. Stendhal s'amuse dans tout ce passage à reproduire un parler mi-italien, mi-français.

Page 189.

1. Nous rétablissons « près » au lieu de « prêt » de nombreuses éditions qui est, de tout évidence, une faute d'impression.

Page 190.

1. On n'a pas manqué de faire remarquer les concordances entre cette critique du mariage et les pages de *De l'Amour*. Il est plus curieux de noter leur ressemblance avec le *De l'Amour* de Senancour : les deux écrivains ont, en dehors d'expériences et de réflexions personnelles, une source commune : Destutt de Tracy.

Page 197.

1. Ce rappel du clocher de Verrières, très vraisemblable au point de vue topographique, a une valeur esthétique : il constitue un de ces nombreux signes qui aimantent le lecteur vers le dénouement.

2. On notera l'abondance des citations empruntées à Barnave, compatriote de Stendhal.

3. Comme le fait très justement remarquer H. Martineau, c'est tout aussi bien l'évocation de la citadelle de la Bastille qui domine Grenoble.

Page 203.

1. Cette figure est assez comparable à celle de la cantinière dans *La Chartreuse*, image maternelle, mais à l'opposé de Mᵐᵉ de Rênal douée d'une solide saveur populaire, de « mamma ». Bonne ogresse, elle est chargée de conserver les bottes de sept lieues de l'évasion amoureuse.

Page 204.

1. Annonce de l'évanouissement qui va suivre.

Page 205.

1. Cette chambre est la figure évidente du tombeau et de la mort.

Page 208.

1. Comme précédemment dans la conversation de Géro-

nimo, Stendhal entremêlait italien et français, ici il insère des phrases latines, admirablement choisies pour évoquer cette atmosphère de séminaire. Le séminaire, c'est aussi cela : un certain langage.

Page 215.

1. On verra ici une allusion transparente aux polémiques qu'entraîna la loi sur la presse de 1827.

Page 218.

1. Nous reproduisons la correction de l'exemplaire Bucci parce qu'elle est révélatrice : « qu'à me donner de mauvaises notes pour les véritables places que l'on obtient à la sortie du séminaire et où l'on gagne de l'argent ». L'importance de l'argent, Stendhal entendait la souligner encore davantage dans les versions futures du *Rouge*.

Page 220.

1. Exemplaire Bucci : « Il aurait dû s'abstenir par pénitence d'en manger une partie, en faire un sacrifice, et dire à quelque ami, en montrant la choucroute : Qu'est-ce que l'homme peut offrir à un être tout-puissant, si ce n'est la *douleur volontaire*?

« Julien n'avait pas l'expérience qui fait voir si facilement les choses de ce genre. »

Page 232.

1. Toujours cette antithèse entre le rêve et la réalité, c'est-à-dire l'argent. Stendhal a communiqué à son héros une vive sensibilité pour le son des cloches : on se rappelle qu'enfant, Beyle était ému par le son des cloches de Saint-André.

Page 233.

1. Le thème essentiel du costume apparaît ici : Julien est fasciné par l'élégance féminine.

2. L'évanouissement est un élément important de la thématique du *Rouge*, comme nous avons essayé de le montrer.

Page 235.

1. Journal lyonnais.

Page 239.

1. Henry Dumolard, dans *Autour de Stendhal* a tenté d'établir quels modèles vivants ont servi à Stendhal pour créer ce personnage : il s'agirait du grand vicaire de l'évêque de Grenoble, qui s'appelait Bouchard.

Page 246.

1. Poème de Delphine Gay.

Page 254.

1. L'univers du *Rouge*, comme celui des *Chroniques* est plein de signes, amoureux ou policiers.

Page 257.

1. Exemplaire Bucci : « Le silence était universel et imposant. Une chouette se faisait entendre seule à un quart de lieue de là : la beauté de ce soir émut Julien et lui fit perdre un peu de sa bravoure. Quel bonheur de la serrer dans ses bras ! » Et Stendhal, se moquant de sa propre correction : « Qui ? la chouette ? » Rien ne prouve que, s'il avait fait une réédition, Stendhal aurait utilisé ses marginalia : elles constituent bien plutôt une rêverie autour de son propre texte qu'une réelle amélioration.

Page 262.

1. Exemplaire Bucci : « Mme de Rênal s'élança vers lui. Il sentit sa tête sur son épaule et qu'elle le serrait dans ses bras en collant sa joue contre la sienne. »

Page 263.

1. Exemplaire Bucci : « Quelle honte ! se disait Mme de Rênal, mais elle n'avait rien à refuser à cette idée de séparation pour toujours qui la faisait fondre en larmes. L'aube... »

2. H. Martineau, à la suite d'autres commentateurs, montre la ressemblance de situation entre Julien chez Mme de Rênal et Stendhal qui resta trois jours caché chez la comtesse Curial à Monchy.

Page 269.

1. Exemplaire Bucci : « 16 décembre 1838. Je relis ou parcours, relire m'ennuie, les 40 premières pages pour les comparer *to the first forthy of* la Chartreuse. Corriger ce soir ; je trouve ceci étroit pour le genre d'idées ; c'est l'intérieur d'une cuisine hollandaise. » Pourtant on est en droit d'aimer cette fin de la première partie, ouverte sur un avenir, sur le départ, et l'aventure.

LIVRE SECOND

Page 276.

1. Montfleury est le nom d'une colline près de Grenoble. Stendhal aimait ce paysage très charmant en effet. Cf. lettre à Pauline, 9 mai 1801 : « Tu es allée quelquefois à Mont-

fleury... tu as admiré le spectacle enchanteur que présente
la vallée arrosée par la tortueuse Isère. »

Page 278.

1. Ce type de réflexion est à mi-chemin entre le récit
romanesque et l'intrusion d'auteur.

Page 279.

Étrange formule qui résume les diverses significations que
prend le vêtement noir de Julien.

Page 280.

1. H. Martineau qui a tenté d'établir une chronologie du
Rouge fait remarquer que le frère de Mathilde a dû faire cette
guerre (1823), alors qu'il était très jeune.

2. Stendhal donne plus loin la date du 30 avril 1574.
L'erreur de l'abbé Pirard est bien normale.

Page 281.

1. Exemplaire Bucci : « C'est... que tous les rois sont
responsables au passé et à l'avenir quels qu'ils aient été.
L'abbé Barthélemy, auteur du *Voyage d'Anacharsis*, se jette
aux genoux de la duchesse de Choiseul, *son amie*, afin d'obtenir une petite place pour un neveu. 14 septembre 1831. »
L'abbé Barthélemy a été très lu par les écrivains romantiques. Nerval le cite souvent.

Page 286.

1. Dans ce paragraphe se mêlent, de façon admirable la
description d'un espace et d'un itinéraire, le monologue
intérieur de Julien, l'intrusion d'auteur et l'adresse au lecteur.

Page 287.

1. Stendhal excelle à reproduire ce langage ecclésiastique
truffé d'allusions aux psaumes et à la Bible en général.

Page 289.

1. H. Martineau et tous les stendhaliens ont reconnu là
le souvenir des expériences de Beyle chez Daru.

Page 294.

1. On remarquera que Mlle de La Mole est ici appelée
« Mlle Mathilde », tandis que plus loin elle sera nommée
simplement « Mathilde » : le lecteur se trouve donc d'emblée
prendre l'optique de Julien pour qui elle apparaît d'abord
éloignée, inaccessible ; puis plus proche, moins hautaine.

Page 297.

1. Stendhal aime à rappeler cette constante vestimentaire.

Page 301.

1. Peut-être ne faut-il pas trop chercher de symbolisme dans ce bleu du canapé ; et le plus simple n'est-il pas, comme le fait Martineau de renvoyer aux *Souvenirs d'égotisme* : dans le salon de Mme de Tracy, on voit « un beau divan bleu sur lequel sont assises quinze jeunes filles de douze à dix-huit ans et leurs prétendants ».

Page 303.

1. Il est bien possible, comme le suggère H. Martineau, que Sainclair soit un portrait de Mérimée.

Page 307.

1. Ce serait Polignac.

Page 308.

1. Lord Holland (1772-1840) est souvent cité par Stendhal et toujours avec admiration.

Page 309.

1. Exemplaire Bucci : « Le rapide se produit par des remarques. Il y a justesse mais lourdeur dans cette fin de chapitre et surtout dans la page 59. Mettre en dialogue : « Sa physionomie suffisait à elle seule pour m'inspirer..., dit Mlle de la Mole. — C'est un mélange..., dit M. de Croisenois. — ... dit M. de ... »

Page 311.

1. Exemplaire Bucci : « Saccadé. Tout cela est diablement saccadé. Essayer de dix lignes de transition : Le matin il allait à..., le soir il allait dans les maisons jansénistes. — Mais tandis qu'il se faisait connaître dans plusieurs salons assez recommandables, sa position devenait moins brillante à l'hôtel de La Mole. Julien était en froid avec le jeune comte. »

2. Ce serait l'ami de Stendhal, di Fiore.

Page 312.

1. Exemplaire Bucci : « Récit pittoresque. — Le remords d'un mauvais mot l'emportait de bien loin sur le plaisir d'avoir été aimable toute une soirée. — Voilà ce qui fait une partie inégale, se dit Julien, et, sans peine, il se réduisit au silence. »

Page 313.

1. Stendhal se serait-il amusé à se faire figurer lui-même

parmi les habitués du salon de La Mole, comme il avait
évoqué Mérimée ou di Fiore? Stendhal avait songé à un
moment à se faire appeler « de la Jomate » — nom d'une
terre qui avait appartenu à son père.

Page 320.

1. Opéra de Scribe et Rossini.

Page 324.

1. Il s'agirait d'une allusion à *l'École des Bourgeois* d'Al-
lainval, pense Martineau.

Page 325.

1. Exemplaire Bucci : « 18 février 1840. — Amor [Roma]
nº 48. Condotti. Faute d'autre livre je relis ces 84 pages. Il
manque la description physique des personnages à la scène
du salon. Il fallait dire que le canapé avait cinq pieds dix
pouces. D[ominiqu]e. — Faute de trois ou quatre mots
descriptifs par page et de deux ou trois mots aussi par page
pour empêcher le style de ressembler à Tacite plusieurs pages
qui précèdent ont l'air d'un traité moral. Le lecteur est
toujours vis-à-vis de quelque chose de trop profond... 18 février. Les figures ridicules des personnages. Ajouter la
partie pittoresque, s'il y a une seconde édition. »

Page 327.

1. Exemplaire Bucci : « Le lendemain matin » et en note :
« Ce sont des mots comme *matin*, destinés à faciliter l'intelligence du texte ou à compléter l'image, qui manquent à ce
roman. »

Page 335.

1. Stendhal fait allusion à un passage des *Confessions* de
J.-J. Rousseau (22e partie, livre X).

2. H. Martineau éclaire cette phrase en la rapprochant
d'un passage des *Promenades dans Rome* où Stendhal
s'amuse de l'erreur d'un savant qui avait traduit *Jupiter
Feretrius* par *Jupiter et le roi Feretrius.*

Page 350.

1. Pendant toute une période de préambule amoureux,
la bibliothèque est le lieu de rencontre de Mathilde
et de Julien, figure platonique et intellectuelle de la
chambre.

Page 351.

1. *Hernani* a été représenté le 25 février 1830, ce qui

permet de dater la composition — ou au moins la recomposition de ce passage.

Page 352.

1. Tous ces événements sont historiques. Marguerite a-t-elle enseveli la tête de son amant ? Il n'y a pas de certitude, mais une tradition qui remonte au XVIᵉ siècle.

Page 356.

1. Exemplaire Bucci : « Il y avait de l'intimité dans cette question, et elle revenait en courant et essoufflée pour être avec lui. »

2. Exemplaire Bucci : « *For me* : vingt lignes de description des progrès de Julien. Ce qui ménagera la vertu de Mathilde. »

Page 357.

1. Exemplaire Bucci : « Dans les premières phrases échangées, le fond des choses n'était plus rien. On n'était attentif des deux côtés qu'à la forme. »

Page 359.

1. Exemplaire Bucci : « Trop est trop. Style trop hésit[ant] dans ce chapitre. »

2. Exemplaire Bucci : « Ah ! si je pouvais l'aimer, se disait Julien ! Ah ! si je pouvais quitter la forme d'un pauvre secrétaire habillé de noir. » C'est encore et toujours ce vêtement noir qui est ressenti comme une humiliation.

3. Stendhal a ajouté sur l'exemplaire Bucci : « L'insignifiance complète, les propos *communs* surtout qui vont au-devant même de l'hypocrisie finissent par impatienter à force de douceur nauséabonde. »

Page 360.

1. Notons cette « intrusion d'auteur » qui ne manque pas d'être un peu « boime », pour reprendre ce terme dauphinois que Stendhal aimait bien (= hypocrite). Stendhal, en effet, est ravi de ce « manque de prudence » de Mathilde, justement parce qu'il la distingue du commun des élèves du Sacré-Cœur.

Page 362.

1. Exemplaire Bucci : « Cet amour-là ne faisait point le plongeur bassement devant les obstacles, il n'était point l'amusement de la vie, il la changeait... »

Page 364.

1. L'allusion à la Grèce n'échappe à personne ; il est intéressant de noter qu'Édouard Grasset revenait de Grèce lorsqu'il enleva Marie de Neuville (cf. *Postface*). Quant à l'Afrique, la prise d'Alger date du 4 juillet 1830. Là encore, cette date tardive permet de repousser assez loin dans l'année 1830 la composition du *Rouge*.

Page 365.

1. Julien est un héros de l'énergie, en quoi il est bien un personnage romantique.

2. La Fontaine, *Le Berger et son troupeau.*

Page 368.

1. Stendhal note sur l'exemplaire Bucci son contentement — ce qui est rare, car, comme on a pu le voir jusqu'ici, ces remarques ne témoignent guère, en général, de bienveillance envers lui-même. Ici : « Le 15 janvier 1835, lu par hasard une quarantaine de pages précédentes. *Found very well.* — Style trop haché, pas assez féminin chez Mathilde. Quelques élégances à la Villemain en plusieurs pages. Omar. 15 janvier 35. »

Page 374.

1. Léontine Fay était une actrice qui jouait au Gymnase.

Page 377.

1. Antoine Perrenot de Granvelle, évêque d'Arras, puis ministre de Charles Quint.

Page 378.

1. H. Martineau a bien identifié ici les deux directeurs du journal satirique : *l'Album*. Ils furent condamnés par la Restauration et envoyés aux galères de Poissy.

2. Fusillé comme conspirateur en 1822.

Page 379.

1. Maurice Parturier (*L'aventure Mary Grasset et le Rouge et le Noir*, Bulletin du Bibliophile, 20 mai 1932) a traduit ainsi cette note : « Esprit perd préfecture. Guizot. 11 août 1830. » Stendhal avait demandé un poste de préfet que Guizot lui avait refusé.

Page 381.

1. Cf. *supra* note 1 de la page 364.

Page 383.

1. Exemplaire Bucci : « confus. Sa réponse pouvait n'être point renfermée dans le cercle des convenances ».

Page 393.

1. L'importance des échelles dans *Le Rouge* est à rattacher à cette thématique du lieu élevé que nous avons signalée.

Page 394.

1. Café célèbre à l'angle du boulevard des Italiens et de la rue Taitbout ; très prisé des dandys romantiques.

2. On notera ici que le recours à un langage emprunté, quasi étranger et burlesque entraîne immédiatement une détente et un moment de bonheur.

Page 399.

1. Correction de l'exemplaire Bucci : « Mais, pensa-t-il, je dois me l'avouer, je ne connais les usages de la bonne compagnie que par les actions de la vie de tous les jours que j'ai vu faire cent fois. »

Page 400.

1. Stendhal a noté sur l'exemplaire Bucci : « Ceci, à mon avis, compense bien des jouissances de vanité. Combien je préfère la pauvre petite provinciale qui est ivre de bonheur et sotte pendant le premier mois qu'elle s'est donnée à son amant! Mais elle porterait précisément les mêmes robes que Mlle de La Mole, que l'on ne dirait pas à trente pas de distance : « Voici la fille d'un duc. »

Page 407.

1. Exemplaire Bucci : « Mathilde ne quitta le jardin et Julien qu'à plus de neuf heures et demie, après avoir été trois fois appelée par sa mère... — Combien ce que j'aime aujourd'hui ne vaut-il pas mieux que ce que j'étais alors sur le point d'aimer! pensait-elle sans s'en rendre compte bien exactement. »

Page 410.

1. Stendhal a ajouté sur l'exemplaire Bucci : « Je lui donne tout cela. Mais sa pensée traitait un peu Julien en être inférieur dont on fait la fortune quand et comment on veut et de l'amour duquel on ne se permet pas même de douter. »

Page 411.

1. Mathilde, comme tous les personnages importants du *Rouge*, s'exprime avec prédilection par le monologue intérieur.

686 *Le Rouge et le Noir*

Page 412.

1. On sait l'admiration que Stendhal éprouvait pour le *Matrimonio segreto* de Cimarosa.

2. Voici un de ces nombreux rappels qui existent entre la première et la deuxième partie. Mais Mathilde, pour parvenir à l'état de grâce que connaît spontanément Mme de Rênal, a besoin de cet intercesseur privilégié : la musique.

Page 415.

1. L'attrait pour le suicide est une constante du héros romantique. On sait, d'ailleurs, que les écrivains de la génération de Stendhal étaient persuadés, pour la plupart, que Rousseau s'était suicidé.

Page 418.

1. La relation sociale de maître à esclave se trouve donc renversée grâce à la relation amoureuse.

Page 419.

1. Sur l'exemplaire Bucci : « A rédiger. Les mouvements de son cœur étaient bien difficiles à réprimer. Le premier fait circonscrit l'imagination. Le premier fait réel qui vient circonscrire les imaginations de la jeunesse semble toujours d'un froid et d'un mesquin désespérants ; notre amour est brun et n'a pas la physionomie douce et charmante que donne quelquefois une chevelure blonde. — Quand notre imagination seule était chargée de nous peindre l'amour, notre amour était brun quand notre imagination préférait des laids mâles et décidés ; il était blond au contraire quand nous préférions la douceur des traits... — A vrai dire il était à la fois brun et blond. Pendant le premier mois et jusqu'à ce qu'il y ait des souvenirs, la réalité paraît froide et mesquine, au-dessous de tout, aux âmes poétiques... »

Page 431.

1. On y a vu parfois Mgr de Rohan, archevêque d'Auch, puis de Besançon.

Page 435.

1. On remarquera cette intrusion d'auteur d'un type très particulier : dialogue entre l'auteur et l'éditeur.

Page 438.

1. Au traité d'Aix-la-Chapelle.

Page 441.

1. « Duc de Wellington, » complète, à juste titre, H. Martineau.

2. Cf. *Rome, Naples et Florence* : « Je ferais cinquante lieues avec plaisir, pour voir un homme aussi fort pour la *féodalité* que M. Brougham pour les idées libérales. »

Page 451.

1. *Mémoires sur les campagnes des armées du Rhin et Moselle* de Gouvion Saint-Cyr, 1829.

Page 452.

1. Nous avons eu l'occasion de noter que, pour Julien, le fait de monter bien à cheval est le signe de la grâce aristocratique et entraîne le succès amoureux.

2. *De l'Amour*, chap. XLI : « Se laisser voir avec un grand désir non satisfait, c'est montrer soi inférieur. »

Page 460.

1. Exemplaire Bucci : « A la vue du canapé bleu, il se précipita à genoux et baisa l'endroit où Mathilde appuyait son bras, il répandit des larmes, ses joues devinrent brûlantes. »

Page 464.

1. Il est très rare que le lecteur soit informé des pensées de personnages secondaires : il ne les voit que de l'extérieur. Cette exception ici s'explique : la maréchale est une sorte d'image du monde qui entoure Julien et Mathilde ; elle représente toute une société.

Page 467.

1. Il n'y a de véritable regard que s'il y a *échange* de regard ; le regard doit devenir langage, ou il n'est rien.

Page 472.

1. Ce ballet fut représenté le 3 mai 1890 (livret de Scribe, musique d'Halévy).

Page 478.

1. Stendhal sur l'exemplaire Bucci a corrigé : « le portier, sans respect pour le cachet, pour les armes de la maréchale, lui apportait une de ses lettres dans... »

Page 480.

1. Comme chaque évanouissement dans *Le Rouge*, celui-ci marque un temps important.

Page 487.

1. On reconnaît sans peine ici le souvenir de Marie de
Neuville qui partit à Londres avec Édouard Grasset.

Page 494.

1. Exemplaire Bucci : « Au nom du ciel, j'invoque huit
ans de douce tendresse, aimez... — Manque de liaison. Style
heurté, lenteur à la Andrieux. »

Page 495.

1. Correction Bucci : « en se promenant à minuit dans le
jardin ». Ajout qui tend à enlever cette sécheresse que se
reproche Stendhal et relie la rédaction de la lettre aux promenades dans le jardin avec Julien.

Page 496.

1. On notera cette difficulté de Julien à trouver le langage qui lui conviendrait, d'où son recours à des citations
salvatrices : *La Nouvelle Héloïse* dans les scènes d'amour,
et ici *Tartuffe*.

Page 499.

1. Stendhal développe dans les corrections de l'exemplaire
Bucci : « Vers les midi Julien arriva. On entendit le pas du
cheval retentir dans la cour. Julien descendit de cheval. »

Page 501.

1. Le père de Mathilde est privilégié par le romancier :
il a une intériorité que n'a pas la mère.

Page 503.

1. Stendhal attribue à la paternité un rôle essentiel dans
le mûrissement du personnage.

Page 504.

1. Allusion à *Othello*, acte Ier, sc. III.

Page 505.

1. Cette parenthèse suggère donc que Stendhal aurait opéré
un choix parmi les lettres : c'est une habileté de romancier
pour créer une certaine densité de vie ; le romancier garderait le meilleur d'une correspondance réelle. Laclos use du
même procédé.

Page 507.

1. Stendhal par cette phrase entend justifier cette correspondance qui pourrait sembler bizarre entre des êtres qui
habitent ensemble. En fait la distance qu'établit la lettre
est nécessaire à ces personnages ; dans les lettres seulement,

ils peuvent aborder le sujet vraiment important, tandis que leurs conversations ou bien seraient de pure surface, ou bien tourneraient au drame.

Page 508.

1. Le changement de nom, comme le changement de costume, n'est pas seulement une nécessité sociale, mais une nécessité psychologique pour Julien : il ne peut vivre qu'en étant au-delà de lui-même, qu'en étant autre.

Page 510.

1. Et voici l'autre aspect — important également — du changement de nom : c'est le signe d'un reniement du père.

2. Cette hypothèse est une forme masochiste d'un rêve que Julien n'ose se formuler : être un bâtard de Napoléon lui-même.

Page 511.

1. Cette notation permet surtout de souligner l'écoulement d'une durée dans le roman.

Page 514.

1. Les regards malveillants sont toujours doués d'une force extrême chez Stendhal. Cf. dans *L'Abbesse de Castro* le regard des trois religieuses jalouses.

2. La note ajoutée sur l'exemplaire Bucci est particulièrement intéressante : « Pilotis *for me*. — M. B[erlio]z apprend que Mlle [Moke] qu'il aimait et qui lui jurait amour vient d'épouser M. [Pleyel]. Il achète un poignard, des pistolets et part pour Paris. Il allait la tuer. Il perd ses habits de femme, il en achète d'autres. — Enfin une lettre reçue de sa famille à Nice le réveille. — L'idée de tuer Mme de [Rênal]... » L'aventure de Berlioz est postérieure au *Rouge* (1831). Elle n'est donc pas une « source » éventuelle du dénouement, qui d'ailleurs était fourni par le procès Berthet ; mais la concordance aura frappé Stendhal, heureux de se prouver par des faits réels la vraisemblance des événements romanesques. On notera l'expression de Stendhal : « le réveille » : Julien, lui, agit dans un état de somnambulisme.

Page 515.

1. Encore une phrase qui montre que l'acte de Julien a été commis dans un état second.

Page 517.

1. Exemplaire Bucci : « Sa mine était emphatique. Julien savait qu'il sollicitait une recette de tabac pour un de ses neveux. La vue de cet homme... Un énorme large ruban

blanc soutenait le lys. La vue de cet être vil diminua le courage de Julien et lui fit mal. »

2. On a déjà plusieurs fois fait remarquer que le Code pénal de 1810 ne comportait que 484 articles : rien n'était plus facile pour Stendhal que de le contrôler ; cette fantaisie et cette désinvolture montrent bien à quel point le réalisme stendhalien s'écarte de toute copie minutieuse de la réalité.

3. Exemplaire Bucci : « Le petit esprit du juge ne comprenant pas cette franchise, il multipliait les questions. »

4. Voici, projetée dans un futur où il ne sera plus, l'obsession de Julien pour les changements de nom. Son désir de silence pourrait surprendre : on s'attendrait à ce que, ayant toujours rêvé de gloire, il soit heureux de laisser le souvenir d'un grand crime. Mais probablement, son crime lui-même lui semble médiocre, indigne de rester dans la mémoire des hommes, indigne de Mathilde : « Vous étiez faite pour vivre avec les héros du Moyen Age. » Il y a aussi, dans ce dernier temps du caractère de Julien, une fascination du néant, et de cette mort par-delà la mort qu'est l'oubli.

Page 518.

1. *Othello*, acte V, sc. ii.

2. A vrai dire, le lecteur du *Rouge* n'a pas forcément eu le sentiment que pour Julien la vie « n'avait été qu'une longue préparation au malheur » : dans ce dernier épisode, Stendhal confère à son héros brusquement affronté à la mort, une nouvelle dimension.

Page 524.

1. On note dans ce dernier état du caractère de Julien un élément, décidément nouveau : l'acceptation, assez chrétienne et quelque peu masochiste, de la mort comme châtiment. On ne verra pas dans ces transformations du caractère de Julien de ces incohérences ou invraisemblances qu'ont dénoncées les ennemis de Stendhal, mais au contraire la marque du génie du romancier. Jusqu'au bout — et en particulier devant un événement aussi nouveau que la mort — le personnage garde cet étonnant pouvoir de l'être vivant : se découvrir autre, multiple et contradictoire.

Page 532.

1. L'édition de 1854 a corrigé en : « bien *peu* chanceux. » Mais nous rétablissons le texte de 1830. Car, comme l'a fait remarquer M. de Sacy, « chanceux » peut également signifier, d'après Littré : « qui n'a que de mauvaises chances. »

Page 541.

1. C'est-à-dire de la défection de la droite : c'était le nom que l'on donnait à un groupe de la chambre, groupe de députés de la droite ayant fait alliance avec la gauche au moment des élections de 1827.

Page 546.

1. La correction de l'exemplaire Bucci va dans le sens opposé : « Les témoins furent entendus. Cela prit plusieurs heures. »

Page 549.

1. Tout le discours de Julien — qui est et se veut malhabile à obtenir une grâce — souligne que ce procès est un épisode de la lutte des classes.

2. La présence de Valenod a suffi pour que Julien soit condamné : c'est le jeu de la roulette : la symbolique du titre contient aussi une référence à ce jeu : le rouge et le noir étant les deux couleurs que l'on joue.

Page 553.

1. Stendhal fait réapparaître ici cette image obsédante et directrice du *Rouge*.

Page 554.

1. Voltaire, *Mahomet*, acte II, sc. v.

Page 556.

1. Manuel s'était engagé volontaire en 1792. Il quitta l'armée en 1797 et devint avocat, puis député sous la Restauration. Stendhal avait une grande admiration pour cet homme (1775-1827).

2. H. Martineau a découvert à quels vers du *Belphégor* de La Fontaine Stendhal faisait allusion ici :
     « Sire, dit-il, le nœud du mariage
     Damne aussi dru qu'aucuns autres états. »

Page 562.

1. Certes, mais un suicide qui a signification politique.

Page 564.

1. Cette scène est comme le point d'aboutissement de ce refus du père qui caractérise tout le personnage de Julien. On notera l'effet esthétique : le roman s'ouvre et se ferme

sur une scène violente de Julien avec son père. Le refus du père et le refus de l'ordre social se rejoignent.

Page 566.

1. Cette attaque contre la théorie du droit naturel, qui n'existe pas devant le droit du plus fort, est tout à fait dans la tradition du xviiie siècle.

Page 567.

1. On peut voir là une pointe lancée contre Chateaubriand et *Le Génie du Christianisme.*

Page 569.

1. Stendhal a été formé par les idéologues, et, à travers eux, par les sensualistes du xviiie siècle.

Page 570.

1. Transposition de Sainte-Marie-le-Haut, couvent accroché au flanc de la colline de la Bastille, à Grenoble.

Page 574.

1. Antoine Berthet fut de même courageux et simple lors de son exécution, le samedi 23 février 1828 sur la place Grenette, à Grenoble.

Page 576.

1. Exemplaire Bucci : « Style haché, à corriger. En écrivant, je n'étais attentif qu'au fond des choses. Vivement senti le 1er décembre 1835, relisant faute d'autre livre. »

DOCUMENTS

Procès d'Antoine Berthet

Page 623.

1. On sait quels noms propres correspondent aux divers points de suspension dans ce texte. « M. » désigne Michoud de la Tour, magistrat de Grenoble et connu de Stendhal. Mme Michoud avait trente-six ans. « M. de C. » désigne M. de Cordon. L'amie de Mme Michoud s'appelle Mme Marigny. Brangues est un village au nord-est du département de l'Isère.

Sur le Rouge et le Noir

Page 647.

1. Cet article, écrit par Stendhal lui-même, avait été adressé au comte Salvagnoli qui devait s'en servir pour

parler du *Rouge* dans l'*Antologia*, revue de littérature générale dirigée par Vieusseux et qui paraissait à Florence. La
revue ne tarda pas à péricliter et l'article ne servit pas.
Colomb en a publié la première partie dans la *Correspondance*. Et l'ensemble a été édité en 1928 par Ronald Davis,
en plaquette. Luigi Foscole Benedetto a retrouvé cet article
traduit en italien, dans les papiers de Salvagnoli, à la Bibliothèque centrale de Florence. Cet article prend la forme
d'une lettre fictive adressée à Salvagnoli. Stendhal a signé
« D.Gruffot Papera », signature dont il s'est servi plusieurs
fois dans cette période de 1830-39.

Page 668.

1. Voici la traduction proposée par H. Martineau : « Ceci
n'est autre chose que la matière brute que vous donne le
Procureur. A présent que vous connaissez les faits du procès
il revient à votre aimable éloquence de haranguer les lecteurs
de *l'Antologia* et de les persuader que cette œuvre est la
plus belle du monde et doit prendre place dans les biblio-
thèques à côté de l'immortel *Tom Jones*. L'essentiel est que
le bavardage soit long. Seulement modifiez spécialement
certains passages plutôt hardis. »

TABLE

LIVRE SECOND

DU MÊME AUTEUR

Dans la même collection

Impression Bussière à Saint-Amand (Cher),
le 26 février 1986.
Dépôt légal : février 1986.
1ᵉʳ dépôt légal dans la collection : janvier 1972.
Numéro d'imprimeur : 590.
ISBN 2-07-036017-2./Imprimé en France.